Ian Watt

The Rise of the Novel
Studies in Defoe,
Richardson and Fielding

"文化：中国与世界"编委会
(1986)

主　编

甘　阳

副主编

苏国勋　刘小枫

编委

于　晓　王庆节　王　炜　王　焱　方　鸣
刘　东　孙依依　纪　宏　杜小真　李银河
何光沪　余　量　陈平原　陈　来　陈维纲
陈嘉映　林　岗　周国平　赵一凡　赵越胜
钱理群　徐友渔　郭宏安　黄子平　曹天予
　　　　阎步克　梁治平

丁　耘　先　刚　李　猛　吴　飞　吴增定
赵晓力　唐文明　渠敬东　韩　潮　舒　炜

(按姓氏笔画排序)

现代西方学术文库

小说的兴起

笛福、理查逊与菲尔丁研究

〔美〕伊恩·瓦特 著

李树春 译

生活·讀書·新知 三联书店

Simplified Chinese Copyright © 2024 by SDX Joint Publishing Company.
All Rights Reserved.

本作品简体中文版权由生活·读书·新知三联书店所有。
未经许可，不得翻印。

图书在版编目（CIP）数据

小说的兴起：笛福、理查逊与菲尔丁研究 /（美）伊恩·瓦特著；李树春译. —北京：生活·读书·新知三联书店, 2024.8
（现代西方学术文库）
ISBN 978-7-108-07675-5

Ⅰ.①小… Ⅱ.①伊… ②李… Ⅲ.①小说史－研究－英国 Ⅳ.① I561.074

中国国家版本馆 CIP 数据核字 (2023) 第 133442 号

文字编辑	蔡雪晴
责任编辑	王晨晨
装帧设计	薛　宇
责任校对	曹忠苓
责任印制	卢　岳
出版发行	生活·讀書·新知 三联书店
	（北京市东城区美术馆东街 22 号 100010）
网　　址	www.sdxjpc.com
经　　销	新华书店
印　　刷	河北鹏润印刷有限公司
版　　次	2024 年 8 月北京第 1 版
	2024 年 8 月北京第 1 次印刷
开　　本	880 毫米 × 1230 毫米　1/32　印张 13.5
字　　数	323 千字
印　　数	0,001 - 5,000 册
定　　价	78.00 元

（印装查询：01064002715；邮购查询：01084010542）

现代西方学术文库
总　序

近代中国人之移译西学典籍，如果自1862年京师同文馆设立算起，已逾一百二十余年。其间规模较大者，解放前有商务印书馆、国立编译馆及中华教育文化基金会等的工作，解放后则先有50年代中拟定的编译出版世界名著十二年规划，至"文革"后而有商务印书馆的"汉译世界学术名著丛书"。所有这些，对于造就中国的现代学术人才、促进中国学术文化乃至中国社会历史的进步，都起了难以估量的作用。

"文化：中国与世界系列丛书"编委会在生活·读书·新知三联书店的支持下，创办"现代西方学术文库"，意在继承前人的工作，扩大文化的积累，使我国学术译著更具规模、更见系统。文库所选，以今已公认的现代名著及影响较广的当世重要著作为主，旨在拓展中国学术思想的资源。

梁启超曾言："今日之中国欲自强，第一策，当以译书为第一事。"此语今日或仍未过时。但我们深信，随着中国学人对世界学术文化进展的了解日益深入，当代中国学术文化的创造性大发展当不会为期太远了。是所望焉。谨序。

"文化：中国与世界"编委会
1986年6月于北京

"现代西方学术文库"自1987年出版第一部译著《悲剧的诞生》，迄今已近40年。这套译丛启迪了几代国人对学术的追求和对精神的探索，已经成为当代中国思想和文化发展的一个路标。其后，三联书店在这套文库编选思路的基础上陆续推出了"学术前沿""法兰西思想文化""社会与思想""西学源流"等西学译丛，为中国全面探究西方思想的时代前沿和历史源流提供了一大批极具影响力的作品。

在新世纪走向纵深、世界图景纷纭繁杂、中西思想交流日渐深化的此刻，我们重整和拓展"现代西方学术文库"，梳理自19世纪中叶以降，为应对现代世界的诸多问题，西方知识界持续做出的思想反省和理论推进，以供当代中国所需。我们将整合三联书店的西学译丛，修订或重译已有译本，并继续遴选优质作品，进一步丰富和扩充译丛书目。

感谢"文化：中国与世界"编委会和丛书主编甘阳在历史时刻做出的杰出工作，感谢译者们的辛勤付出！三联书店将一如既往，与学界同仁一起，继续为中国的学术思想发展贡献自己的绵薄之力。

生活·读书·新知三联书店

2024年6月

目 录

前言·i

第一章　现实主义与小说形式·1
第二章　读者群与小说的兴起·33
第三章　《鲁滨逊漂流记》，个人主义与小说·63
第四章　小说家笛福：《摩尔·弗兰德斯》·105
第五章　爱情与小说：《帕美拉》·158
第六章　私人经验与小说·205
第七章　小说家理查逊：《克拉丽莎》·247
第八章　菲尔丁与小说的史诗理论·288
第九章　小说家菲尔丁：《汤姆·琼斯》·315
第十章　现实主义与后续传统：一则笔记·352

后记　"一个可以讨论的问题"：小说的兴起
　　　（W. B. 卡诺坎）·366
索引·391

前　言

　　1938年，我开始研究读者群的增长与小说在18世纪英国的兴起二者之间的关系。1947年，作为申请剑桥大学圣约翰学院研究员职位的论文，我的研究终告完成。然而，两个更为宽泛的问题却有待解决。笛福［Defoe］、理查逊［Richardson］和菲尔丁［Fielding］无疑均受到了他们所处时代读者群的变化所带来的影响，但是，他们与18世纪的读者共同拥有的社会与道德体验，必定构成了更为深远的新风气，并影响到了他们的作品。如果不能指出小说这种新型文学形式曾经和现在所具有的不同一般的文学特征，那么没有人能够对此种影响与小说的出现之间有何关联说出多少道理来。

　　此刻我关心的这些问题都太开阔，因此需要有选择性地对它们进行讨论。比如，我就没有刻意去征引更早前的虚构写作传统，也没有去谈论中心人物之外更直接的先行者和同代人。同样令人懊悔的是，我对于菲尔丁的讨论要比笛福和理查逊简短，这是因为小说的大部分新鲜元素至此都已出现，故没有必要进一步去分析他如何将它们同古典文学传统相结合。最后需要说明的是，尽管我的主要目的是用较为系统的方式来阐明小说与众不同的诸文学特质，与使它生长和繁荣起来的社会诸特质之间的持久关系，我也没有将自己局限于这番思考：一方面是因为我还想对笛福、理查逊和菲尔丁进行一个总体上的批评定位；另一方面是因为我的研究让我去直面瓦特·项狄［Walter Shandy］这个少数派例子——这位极为系统的思想家会如何去"扭折与歪曲一切在本质上支持其假设的事物"。

感谢威廉·金柏公司允许我引用彼得·昆内尔《梅休的伦敦》一书中的片段；也要感谢《英语研究评论》和《论批评》的编辑和出版商，允许我使用来自他们书中的材料，尤其第一、三和八章中的内容。我对塞西莉亚·斯库菲尔德和伊丽莎白·瓦尔泽两人作为打字员和解码员所表现出的技巧和热忱表达衷心的谢意；我还要由衷感谢我作为剑桥大学圣约翰学院的学者、学生和研究员从纽约联邦基金和加利福尼亚大学校长那里所获得的资金及其他帮助。

在学术上受馈于大家的大部分情形，我希望已在脚注中做了充分说明。但在这里我必须要特别感谢Q. D. 利维斯［Q. D. Leavis］的大作《虚构写作与读者群》［Fiction and the Reading Public］，因为我在研究之初从中获得了巨大启发。其他需要感谢的人还有很多：A. D. M. 德·纳瓦罗太太，埃里克·特里斯特和休·赛克斯·戴维斯最早对我的作品表现出了兴趣；我还要感谢以下这些来自不同领域的学者，他们阅读了我的不同稿本并给予了批评意见，使本书得以最终完成，他们是：M. G. 劳埃德·托马斯小姐，霍腾思·鲍德梅克尔小姐，西奥多·阿多诺，路易斯·B. 莱特，亨利·纳什·史密斯，里奥纳德·布卢姆，贝特兰·H. 布朗森，艾伦·D. 麦基洛普，艾弗·理查兹，塔尔科特·帕森斯，彼得·拉斯利特，赫罗斯加·哈巴库克，以及约翰·H. 罗利，我受惠于他们太多；我亦受惠于那些以更正式，但也同样出于朋友的身份而在不同时间和地点指导了我的研究的人们：路易斯·卡扎米安和已故的F. T. 布兰卡德，虽然我与他们一起共事的时间很短；尤其需要提到的是约翰·巴特，爱德华·虎克和乔治·舍伯恩，他们审慎的鼓励和不可辩驳的批评意见，不知多少回把我从歧道上拽回。

I. P. W.

加利福尼亚大学，伯克利

1956年2月

第一章

现实主义与小说形式

任何对18世纪早期的小说家和他们的小说感兴趣的人们都会问到一些概括性的问题，然而许多这类问题至今仍没有完全令人满意的答案：小说是一种新的文学形式吗？假定我们像通常回答的那样，即，认为它是由笛福、理查逊和菲尔丁开启的，那么，它同过去那些以散文体形式写成的虚构性作品，比如古代希腊的、或是中世纪的、或17世纪法国的作品有什么不同呢？那么这些在其时、其地存在的不同是如何产生的呢？我们能否给出一个原因？

这般宏大的问题绝非那么容易切入，更是难以给予回答。而在当下这种情形，则显得尤其困难，因为笛福、理查逊和菲尔丁并非要在一般意义上建立起一个文学派别。的确，他们的作品极少表现出相互间的影响，而且在本质上显得如此不同，以至于乍看上去，我们对于小说兴起的疑问根本不太可能得到令人满意的答案，除了权且使用诸如"天才"和"偶然"之类的术语进行描述外，几乎没有多余的话可说——这两个词语就像两面神雅努斯的两张面孔，*宣示着文学史的尽头。当然，一方面，缺少二者我们无所作为；另一方面，我们对于使用它们又无多少可做之处。于是，当下的疑问

---

* 雅努斯神（Janus）：古代罗马宗教和神话中的门神，常被描述为具有两张脸，一张注视过去，一张注视未来；一般认为"一月"是根据该神来命名的。——译者注（本书凡以*标注的内容均为译者注，全书下同，不再注明。）

就转向另一个方向:假定这头三位小说家出现于同一时代并非完全偶然,他们也是得益于时代之便,其天纵之能才会创造出这种新的形式,那么我们就要试图找出文学和社会环境中的这些有利条件是什么,以及在哪些方面笛福、理查逊和菲尔丁是其受惠者。

要做此番探究,我们首先需要下功夫对小说的诸种特征下一个定义,这个定义要足够狭小到可以排除此前的叙述类型,但又要足够宽阔到使其适用于被置于小说这一范畴下的所有作品。对此任务,小说家们自己帮不了我们多少忙。确实,理查逊和菲尔丁认为他们自己创立了一种新型写作,二者又认为其作品与旧体传奇之间有一种断裂。但是我们需要了解这种新类型的特征,他们和他们的同时代人都没有为我们提供这些。的确,他们甚至也没有通过另立名称来使他们的虚构性作品已发生变化的本质得以经典化——我们所使用的术语"小说"直到18世纪末才得以完全确立。

得益于小说史家更为广阔的视野,他们因此能够更多地揭示出这种新形式与众不同的特点。简而言之,他们将"现实主义"[realism]视为限定性的特征,用以区分18世纪早期小说家的作品与之前的虚构写作。基于此——正是在"现实主义"这一特征上他们是相似的,否则这些作家之间是互不相同的——人们首要的保留意见必定是需要进一步对这个术语本身进行解释,因为把它作为小说的限定性特征而不对它的合法性加以澄清,就会令人反感并招致诘问:是否之前所有的作家和文学形式都是在追逐非真实的对象?

使用"现实主义"一语的最主要的批评代表当数"现实主义者的法国学派"[French School of Realists]。法语词"现实主义"[réalisme]的首次使用很显然是在1835年,它被作为一个美学上的描述性词语用于指称伦勃朗[Rembrandt]画作中的"人性真实"［vérité humaine］，而与新古典主义绘画的"诗性理想"［idéalité poétique］相对立。1856年由杜兰蒂［Duranty］编辑的一份名为"现实主义"的期刊正式成立，*该语随后即作为一个特定的文学术语被严肃地使用。[1]

不幸的是，因为福楼拜［Flaubert］和他的继承者们被指有不道德的倾向以及他们所谓的"低级"主题引起了激烈争论，这个词很快丢失了它的许多用途。其后果是，"现实主义"开始被主要用作"理想主义"［idealism］的反义词；而这种意义实际上反映出对手对于法国现实主义者的一种态度，也在事实上影响了许多关于小说的批评和历史写作。这种形式的前史一般被想象成是追溯早期所有描写低等人生的虚构作品之间的连续性：以弗所的寡妇的故事是"现实主义"的，因为它讲了一个性冲动超越妻子丧夫之痛的故事；**讽刺小说［fabliau］和流浪汉故事［picaresque tale］是"现实主义"的，因为在表现人类行为时，经济的或者肉体的冲动占据着首要的地位。依据同样的前提，英国18世纪的小说作家连同法国的菲尔第耶尔、斯卡龙和勒萨日，***被视为将这一传统最终推向顶点的人。笛福、理查逊和菲尔丁小说中的"现实主义"同如下事实

---

[1] 见 Bernard Weinberg, *French Realism: the Critical Reaction 1830-1870* (London, 1937), p. 114。

* 《现实主义》杂志是一份在1856年7月到1857年5月间发行于巴黎的月刊，创刊人是路易斯·埃德蒙·杜兰蒂和于勒·阿瑟扎，该刊主要发表文学和艺术评论文章。

** 关于"以弗所的寡妇"的故事，见古罗马作家佩特罗尼乌斯的《萨蒂里孔，110.6—113.4》。

*** 菲尔第耶尔（Antoine Furetière, 1619—1688），法国小说家，讽刺作家，词典编纂家，以多样化写作而闻名；斯卡龙（Paul Scarron, 1610—1660），法国作家，为戏剧、滑稽史诗和小说三种文学类型的发展做出过重要贡献，《喜剧小说》是其重要的小说作品，初版于1651年，1657年印刷第二版；勒萨日（Alain-René Lesage, 1668—1747），多产的法国讽刺戏剧家，经典流浪汉小说《纪尔·布拉》的作者。

密切相关：摩尔·弗兰德斯［Moll Flanders］是一个小偷，帕美拉［Pamela］是一个虚伪的人，而汤姆·琼斯［Tom Jones］是与人私通者。

然而，使用"现实主义"有一个严重的弊端，它会模糊可能是小说形式最原初的特点。如果仅仅因为小说关注了人生的阴暗面，就称它是现实主义的，那不如说它是颠倒过来的传奇［romance］。但事实上，小说肯定要努力去描写人类经验的所有不同方面，而不仅仅是满足于某一特定的文学视角：小说的现实主义不是取决于它所表现的生活类型，而是取决于它表现生活的方式。

当然，这一点非常接近于法国现实主义者自己的立场。他们声称，如果他们倾向于使小说不同于迎合人性的刻画——在许多确定的伦理、社会和文学规则的作用下完成，这仅仅是因为他们的小说更为冷静和科学地审视生活，这却是前人未曾尝试的。科学的客观性是否是人们渴望的一种理想，以及在实际写作中是否必定不能实现，都远未可知。然而，这种新文类起初持续的努力是要以批评的眼光认识到它的目标和方法，法国现实主义者本应在此期间将其注意力投注到这样一个问题——小说比其他任何文学形式都更为强烈地提出过这个问题：文学作品同它所模仿的现实之间的应和关系，这一点的意义非常重大。本质上，这是一个认识论的问题。所以，无论是在18世纪早期还是以后，似乎借助哲学家才可能最完备地澄清小说的"现实主义"本质，因为他们是一群职业从事概念分析的人。

I

借助一个只会吓坏新手的悖论，哲学中的"现实主义"是极为严格地应用于有关"现实"的一种观点，它同中世纪经院实在论者［scholastic Realists］所持的一般用法完全相反，即普遍的、有阶层的或抽象的事物，而非感官所得的、特殊的和具体的事物——后者才恰是真正的"种种现实"。*初看上去，这种理解似乎并无帮助，因为比起任何其他类型，小说中的普遍性真理只存在于"事物之后"［post res］。但是，对于经院实在论观点的极其不熟悉至少可以让我们将注意力转向小说的特征，该特征近似于今天已经变化了的"现实主义"的哲学意义：小说兴起于现代时期，此时期的智力倾向从总体上以其对普遍性的拒斥——至少企图拒斥——而极为坚定地与古典时代和中世纪的遗产分离开来。[2]

现代的现实主义毫无疑问开始于这样一种观点，即真理可由个人通过自己的感官来发掘。这种观点起源于笛卡尔和洛克，并在18世纪中叶的托马斯·瑞德［Thomas Reid］那里首次获得完整的表达。[3]但是，认为外部世界是真实的，我们的感官可以真实地反映它，这种观点很明显并不能对解释文学现实主义有多大帮助。既然对于所有时代的几乎每个人，在此种或彼种方式强迫下，都不得不凭借自己的经验对外部世界做出某种结论，文学在某种程度上却总是朝着具有认识论意义的率真开放。进一步看，现实主义认识论的独特原理以及与之相关的争议，在很大程度上过于专注自然，以至于对文学并无多少影响。对于哲学现实主义中的小说而言，其重要的部分非常不具体，它更像是现实主义思想的一般气质，它所曾使

---

［2］ 见 R. I. Aaron, *The Theory of Universals* (Oxford, 1952), pp. 18-41。
［3］ 见 S. Z. Hasan, *Realism* (Cambridge, 1928), chs. 1, 2。
* "Realism"在哲学中被翻译为"实在论""唯实论"或"实在主义"，这里为了突出说明该词在哲学用法与文学用法的关联，故除以上译名外，有时也翻译为"现实主义"；而"universal"在哲学上也常被翻译为"共相"，出于同样的考虑，本书也会使用"普遍性"译出。

用过的调查方法，以及它所提出的问题类型。

哲学现实主义的总体气质一直是批判性、反传统和革新性的；它所使用的方法是调查者个人对经验中的具体事物进行研究，此理想中的个人要能摆脱过去整体的假定和传统信仰；它还给予语义学特别的重要性，并特别关注词语同现实之间的应和本质。哲学现实主义的所有这些特征同小说形式的独特特征有许多相似性，这些相似性使我们的注意力可以集中到生活与文学之间特有的应和上，而这是从笛福和理查逊以来的散文体小说 [prose fiction] 中得到的。

（a）

13　笛卡尔的伟大之处主要在于他提供了一种方法，表达了一种彻底的不轻信任何事物的决心。他的《方法论》[Discourse on Method, 1637] 和《沉思录》[Meditations] 极大地促成了一种现代性假设的发生，该假设认为对于真理的追寻完全是个人的事情，它在逻辑上独立于过去的思想传统，以及通过远离这种传统而更有可能达到它。

小说作为一种文学形式，能够最完整地反映这种个人主义的、革新性的重新取向。此前的文学形式反映了它们文化的总体倾向而与传统的惯例保持一致，并以此作为对真理的主要检验：比如，古典时期和文艺复兴时期的史诗情节都建立在过去的历史和寓言的基础上，而作家的处理能力则主要根据一种文学上合度的观点来进行评价，而这观点又是从这种文类的公认典范里推导出来的。这一文学的"传统主义"首当其冲且最多地受到了小说的挑战，因为小说的主要评判标准是真理要符合个体经验——个体经验总是独特且崭新的。小说于是就成了文化的有逻辑性的文学载体，而此文化在过去的几个世纪里已经给予了原创性和小说前所未有的价值，因此它得到了一个较好的命名。

这是对一些批评难题的新解释进行强调，人们广泛同意此类批评难题是由小说提出的。当我们去评判另外一种类型的作品时，认同它的文学典范通常是重要的，有时是必须的。在很大程度上，我们的评价依赖的是作者处理恰当形式传统的技巧。另一方面，一部小说无论在哪种意义上去模仿另一文学作品，无疑是非常具有破坏性的。其理由似乎是，既然小说作家的主要任务是忠诚地传达从人类经验而获得的印象，故而将注意力集中于此前任何已确立的形式传统只能有损于他的成功。同悲剧或颂诗相比，人们经常感受到小说的无形式性，这可能是因为：小说形式传统的贫乏似乎是它必须为其现实主义付出的代价。

相比于对传统情节的拒斥，小说中形式传统的缺乏无足轻重。情节当然不是一个简单的问题，它的原创性程度或有无原创性从来都不容易确定。然而，对小说与此前的文学形式进行一个宽泛和必要的概括性比较揭示了一个重要的区别：笛福和理查逊是我们的文学中第一批伟大的作家，他们没有借用神话、历史、传奇或之前文学中的情节。在这一点上，他们不同于乔叟、斯宾塞、莎士比亚和弥尔顿，这些作家同古代希腊和罗马的作家一样，习惯性地使用传统的情节。从上面的分析中可以了解到，他们如此做是因为接受了他们时代的大前提——自然在本质上是完整和不变的，无论是《圣经》中的、传奇的还是历史的，对它的记录构成了人类经验有限定性的集合。

一直到19世纪，这一观点都不断得到表达。例如，巴尔扎克的对手们以此作为工具嘲弄他对当代着迷，以及用他们自己的话来说，着迷于昙花一现的现实。但与此同时，自文艺复兴以降，一种不断增长的倾向要求以个体经验来取代集体性的传统，并将其作为现实的至高无上的仲裁者。这一过渡似乎会构成小说所面临的危险的大文化背景中一个重要的部分。

具有重要意义的是，支持原创性的潮流在18世纪的英国第一次得到了强有力的表达。"原创性"[originality]一词此时已获得了它的现代意义，这是一次语义的反转，同"现实主义"一词意义的改变相互呼应。从对于普遍性现实的中世纪信仰中，我们已经了解到，"现实主义"已经昭示了个体通过感官理解现实之信仰的出现。同样，在中世纪意为"首次出现"的"原创性"一词，逐渐指称"非衍生的，独立自主的，第一手的"；到了爱德华·扬[Edward Young]在其划时代之作《关于原创性写作的几点猜想》[Conjectures on Original Composition，1759]里欢呼理查逊为"道德性与原创性俱佳的天才"，[4]这个词才可能被用作表扬的术语，意为"在人物塑造或风格上新奇的或新鲜的"。

小说使用非传统性的情节，是对此重点进行展示的一次早期并可能是独立的努力。比如，当笛福开始创作虚构性作品时，他几乎没去留意当时占主流地位的批评理论，而此理论仍倾向于对传统性情节的使用；相反，笛福只是一任他的叙述依次自主流动，全凭自己感觉其笔下主要人物接下来最有可能怎么行动。正是他的这般做法，笛福开始了虚构性写作中一种新的重要潮流：他将小说中的个体经验放在首要地位，而完全将情节置于自传性记述的模式之下，这表现出来的挑战精神一如当年笛卡尔"我思故我在"的论断在哲学中的表现。

笛福之后，理查逊和菲尔丁各自以不同的方式继续着后来成

---

[4] *Works* (1773), V, 125; 另见 Max Scheler, *Versuche zu einer Soziologie des Wissens* (München and Leipzig, 1924), pp. 104ff.; Elizabeth L. Mann, "The Problem of Originality in English Literary Criticism, 1750-1800," *PQ*, XVIII (1939), 97-118。

为小说写作的惯常的实践，即使用非传统性的情节，或是完全自己创造，或是部分借自于某个当代的事件。我们不能断言其中任一种方式完全实现了情节、人物的交相渗透和道德主题的出现——它出现在小说艺术最高等的例子中。但必须记住，这不是一个简单的任务，特别是当开放给创作性想象的既定文学路径，取决于从本身不是小说的情节中诱导出一种个人模式和当代意义的时候。

（b）

如同笛卡尔和洛克的方法让他们的思想能够自如地从其意识到的当下事实中发生，小说也要能够自如地体现出个体对于现实的理解，但在此之前，在虚构性写作的传统之中，除去情节之外，还有其他许多方面必须得到改变。首先，情节中的行动者和他们行动的场景必须被放置在新的文学视角下：情节必须在特定的环境中由特定的人物表演出来，而不是像过去常见的那样，把总体性的人物类型置于一个主要由合宜的文学传统所决定的背景中。

文学中的这一变化类似于对普遍性的拒斥和对细节的强调——这是哲学现实主义的特征。亚里士多德可能会同意洛克的一个基本假设，即人的各种感官首先摄入具体的想法，并装点思维的空匣子。[5] 但他会继续坚说，对于具体事例进行考察本身是没有多大价值的；对人们而言，恰当的智力任务是合力反对感觉的无意义流动并获得普遍性的知识，普遍性自身能够构成最高和不变的现实。[6] 正是这种对于一般化的强调，让17世纪以前的大部分西方思想呈现出强烈的家族相似性，并碾压了其他所有种种不同的表达；同样，

---

[5] *Essay Concerning Human Understanding* (1690), Bk. I, ch. 2, sect. xv.
[6] 见 *Posterior Analytics*, Bk. I, ch. 24; Bk. II, ch. 19。

1713年，柏克莱笔下的菲洛努斯［Philonous］断言说，"一条被广泛接受的格言是，所有存在的事物都是特殊的"。[7]他是在陈述一个相反的现代倾向，并因此给予现代思想自笛卡尔以来在观点和方法间的某种统一性。

在这里我们再一次看到，哲学中的新潮流和与小说相关的形式特征都与主流的文学观念相反。因为18世纪早期的批评传统仍受到追求一般与普遍的浓厚古典偏好的支配：合适的文学目标仍然是"无论何时、无论何地、均为所有人相信"。*这种偏好尤其在新柏拉图主义倾向里得到宣扬，并一直都很强烈地在传奇中被表现出来，且在文学批评和美学里普遍地变得愈加重要。例如，莎夫茨伯里［Shaftesbury］在他的《论机智与幽默的自由》[Essay on the Freedom of Wit and Humour, 1709]中着重表达了对在文学和艺术中追求特异性这类思想流派的反感："说到区分自然中的每件事物，如果仔细观察的话，自然的多样性就是通过事物独特的本源性特征，使其看上去同这个世界里现存的任何他物不同，但好的诗人和画家却竭力避免这种效果。他们憎恶微小之物，也对特异性心存恐惧。"[8]他接着说："仅仅描画人面的画家的确同诗人少有共同之处，但是，他像历史学家一样，画出他所见到的，去仔细描摹每一特征和奇怪的印记。"而且，他自信地总结说："如非这样，他就不是一位具有创造性和设计能力的人。"

尽管有了莎夫茨伯里这番动人的结论，然而，一种相反的美

---

[7] *Three Dialogues Between Hylas and Philonous*中的第一篇对话，1713 [Berkeley, *Works*, ed. Luce and Jessop (London, 1949), II, 192].

[8] Pt. IV, sect. 3.

* 此句拉丁语为基督教圣徒"勒兰的文森特"（Vincent of Lérins，死于公元445年，早期基督教作家）所说。

学潮流却热衷于特异性并很快开始为自己正名,这主要是将霍布斯和洛克的心理学方法应用于文学问题的结果。卡穆斯爵士［Lord Kames］可能是这种潮流最直率的早期发言人。他在《批评的要素》［*Elements of Criticism*,1762］一书中宣称:"抽象的或者总体性的词语对于任何娱乐性的创作都没有好的作用,因为只有那些特殊的目标物才能使意象确立起来。"[9]卡穆斯继续声称,同一般的观点不同,莎士比亚的魅力在于这样一个事实:"他所描写的每一对象都是独特的,如它本来的模样。"

在此问题上,如同在原创性的问题上一样,笛福和理查逊在他们能够依赖批评理论的任何帮助以前,确立起了小说形式特征的文学方向。并不是所有人都会同意卡穆斯所说的,认为莎士比亚所描写的"每一对象"都是独特的;但是,独特性的描写却一直被认为是《鲁滨逊漂流记》和《帕美拉》的典型叙述风格。的确,理查逊的第一位传记作家,巴鲍德夫人［Mrs. Barbauld］在描述他的天才时使用了一个充满争议的类比,这个争议一直在新古典主义的一般性和现实主义的特殊性之间展开。例如,乔舒亚·雷诺兹爵士［Sir Joshua Reynolds］就表达过支持意大利绘画中"伟大而普遍的思想"［great and general ideas］这个新古典主义的正统观念,而轻视荷兰学派［the Dutch School］追求"见于偶然事件中之细节本身的字面真实和细处准确"。[10]然而尚可记住的是,法国现实主义者追随的是伦勃朗［Rembrandt］的"人性真实",而不是古典学派的"诗性理想"。巴鲍德夫人准确地指出了理查逊在这一矛盾中的立场,说

---

［9］　1763 ed., III, 198-199.
［10］　*Idler*, No. 79 (1759). 另见 Scott Elledge, "The Background and Development in English Criticism of the Theories of Generality and Particularity," *PMLA*, LX (1945), 161-174.

他具有"荷兰画家最后完工的精确性和耐心加工细节而见成效的内容"。[11]理查逊和笛福事实上都没有在意莎夫茨伯里的轻视,而是像伦勃朗一样满足于仅成为"人面画家和历史学家"。

文学中的现实主义特殊性[realistic particularity]这一概念本身有些太过宽泛,以至于不能够对其进行具体的展示:因为要使此展示可行,必须首先建立起现实主义特殊性之于叙述技巧某些特定方面的关系。如上所述的两个方面都表明了其自身在小说中的特殊重要性——人物描写,以及对背景的呈现:小说因其所受到的关注同其他文类和之前的虚构性写作形式显著区别开来,而其所获得的注意力照例同人物的个性化刻画与对人物所处环境的详细呈现保持一致。

(c)

从哲学角度看,对人物进行特殊化处理的方法即是致力于定义个性化人物这一问题。当笛卡尔给予个人意识中的思维过程以至高的重要性,与人物身份相关的哲学问题自然就吸引了许多的注意力。比如在英国,洛克、巴特勒主教[Bishop Butler]、柏克莱、休谟和里德[Reid]都参与了对此问题的争论,且该争论甚至还被登上了《旁观者》[Spectator]。[12]

现实主义思想传统与早期小说作家所做的形式革新,二者明显在此构成了一对平行呼应之物:比起之前对于一般性的关注,哲学家和小说家更为关注特殊的个体。但是,对小说中人物的特殊性刻

---

[11] *Correspondence of Samuel Richardson*, 1804, I, cxxxvii. 同时期法国读者的相似评论,见 Joseph Texte, *Jean-Jacques Rousseau and the Cosmopolitan Spirit in Literature* (London, 1899), pp. 174-175。

[12] No. 578 (1714).

画给予的极大关注,其本身就是一个如此庞大的问题,我们将只考虑其中更具操作性的一个方面:小说家表明意图的惯常方式是把人物呈现为特殊个人,通过完全按照特殊个人在日常生活中被命名的情形那样来命名他。

从逻辑上讲,个体身份的问题与对专有名称的认知状态密切相关*;因为,以霍布斯的话说,"专名只会让你想到一物,而普遍性却会唤起许多事物中的任何一物"[13]。专名在社会生活中具有完全相同的功能:它们是对每一具体个人的特殊身份进行的口头表达。然而,在文学上,专名的这一功能是在小说中首次被完全建立起来的。

当然,此前诸文学形式中的人物通常也被赋予了专名,但实际使用的名称类型表明作者并非力图把他的人物当作完全特殊的实体。古典时期和文艺复兴时期的批评规范与他们的文学实践保持一致,即倾向于使用历史名称或者类型化的名称。无论哪种情形,这些名称将人物放置到一个对其充满诸多期待的语境里——这些期待主要形成于过去的文学,而不是形成于当代生活的语境。甚至在喜剧中,对人物的惯常要求是新创造的而不是来自于历史,但是人名仍然要求具有"典型性",如亚里士多德告诉我们的那样。[14] 直到小说兴起之后很久,人名仍然保持这种倾向。

早前以散文体写作的虚构性作品类型也倾向于使用类型化的名称,或者说在其他某些方面是非特殊和非现实的;其使用的名称,或者如拉伯雷、锡德尼、班扬笔下的那样,象征某种特别的品质,

---

[13] *Leviathan* (1651), Pt. I, ch. 4.
[14] *Poetics*, ch. 9.
* 本书将"proper name"译为"专有名称""专名"或"正式名称",其含义都是一致的,表示与类型化名称相对,指人物之名来自于所处的当下社会,是具有自身独特性的人名。

或者像黎利、阿芙拉·贝恩［Aphra Behn］或曼丽夫人那样，将外国的、古代的或文学的寓意引入其中，但都排除了对真实的、当下的生活的任何联想。专名最原初的文学性和习惯性倾向，由以下事实可得到进一步证明，即坏人先生［Mr. Badman］或绮丽先生［Mr. Euphucs］，通常二者只居其一。不同于日常生活里的人，虚构性作品里的人物不会同时享有名和姓。

然而，早期的小说作家与传统进行了一次意义重大的决裂：他们对笔下人物进行命名的方式，让人觉得其人物是当下社会环境里的特殊个人。笛福使用专名比较随意，且有时还互相矛盾，但是他极少使用传统的或奇怪的名称。有一个可能的例外，就是作为假名的"罗克珊娜"［Roxana］，不过该名称已被仔细地解释过。大部分主要人物的名称如鲁滨逊·克鲁索［Robinson Crusoe］或摩尔·弗兰德斯［Moll Flanders］都还是来自现实里的名称或者别名。理查逊继续了这一实践，但更为仔细，他给所有主要人物甚至大部分次要人物，都起了名和姓。他在小说写作中也曾遇到过一个细小但并非无关紧要的问题，就是在命名上，名称的合度和暗示都比较巧妙，然而听上去仍然像现实里的普通名称。于是，有传奇色彩的"帕美拉"［Pamela］必须要通过"安德鲁斯"［Andrews］这样普通的家族名（姓）来进行调节和控制，而克拉丽莎·哈洛［Clarissa Harlowe］和罗伯特·拉夫雷斯［Robert Lovelace］这两个名称从许多方面看都是合适的命名。理查逊笔下几乎所有的专名，从辛克莱夫人［Mrs. Sinclair］到查尔斯·格兰迪森爵士［Sir Charles Grandison］，听上去都极威严，但都符合名称所有者的个性特点。

如一位匿名的当代批评家所指出的那样，菲尔丁给他的人物命名时"不使用新奇而夸张的名称，而使用尽管有时与人物具有某种关联，但却更具现代色彩的称谓"。[15]像哈特富力［Heartfree］、奥尔沃西［Allworthy］和斯奎尔［Square］等当然都是类型化名称的现代版本，虽然它们也是可信的。甚至韦斯顿［Western］或者汤姆·琼斯［Tom Jones］都非常强烈地暗示菲尔丁既关心类型化，也同样关心特定的个体。然而，这同当前的问题并不矛盾，因为毫无疑问它大体上符合菲尔丁关于命名的实践，而且从他对人物的整个描写来看，它的确摆脱了小说中对于这些问题的通常的处理方式。但并不是说，如我们从理查逊那里所见到的，小说中不能容许专名的使用，在某些情形下，使用专名指称相关的人物也是合适的；而是说，这种合适性一定不可以损害该名称的主要功能，使用它是作为一个事实象征，即人物会被视为一个特定的人而非类型化的人。

的确，当菲尔丁开始写作他的最后一本小说《阿米莉娅》［Amelia］时，他似乎已经意识到这一点：在此书中，他对类型化名称的新古典主义偏好，表现在一些次要人物的命名上，如斯拉舍尔法官和庭吏波恩杜姆；而主要的人物，如布斯夫妇、马修斯小姐、哈里森医生、詹姆斯上校、阿特金森中士、特伦特上尉和班尼特夫人等，都是普通的当代名称。确实有证据表明菲尔丁同一些现代小说家一样，多少有些随意地使用了一份打印着同时代人名的名单上的名称——上面所给出的这些家族名字都出现在一份于1724年订阅了吉尔伯特·伯内特［Gilbert Burnet］的对开本形式的《他自己时代的历史》［History of His Own Time］一书的订阅者名单中，众所周

---

［15］ *Essay on the New Species of Writing Founded by Mr. Fielding*, 1751, p. 18. 对整个问题进行更全面的讨论，可参见我的一篇文章"The Naming of Characters in Defoe, Richardson and Fielding," *RES*, XXV (1949), 322-338。

知,菲尔丁拥有该书的这一版本。[16]

无论这是否是事实,可以肯定的是,菲尔丁逐渐地对由笛福和理查逊开启的使用专名命名小说人物的习惯做法做出了极大让步。尽管这一惯例并未被后来的18世纪晚期的一些小说作家一直遵循,如史沫莱特[Smollett]和斯特恩[Sterne],但它后来被确立为这种形式传统的一部分。如亨利·詹姆斯[Henry James]在提到特罗洛普[Trollope]笔下多子的牧师奎弗福尔先生[Mr. Quiverful]时所指出的那样,[17]只有以破坏读者对相关人物字面现实的信仰为代价,才能够与传统分道扬镳。

(d)

洛克曾把个体身份定义为在时间的持续中所保持的身份意识,个体通过对过去思想和行动的记忆而与自身持续性的身份产生关联。[18]记忆库里存有个体身份的来源,这一定义在休谟那里得到延续:"如果我们没有记忆,我们就绝不会有任何因果关系的概念,因此就不会有原因和结果的链条,而这恰构成了我们自身或者人本身。"[19]这个观点构成了小说的特征,从斯特恩到普鲁斯特的许多小说家,他们的主题就是探索个性——其本身就被定义为过去与现在自我意识的相互渗透。

在另外一个相关却更外在的方法中,时间是一个重要的范畴,此方法用以解决对任一物体的个体性进行定义的问题。洛克所接受的"个体化原则"[principle of individuation]指的是在时空里某个

---

[16] 见 Wilbur L. Cross, *History of Henry Fielding* (New Haven, 1918), I, 342-343。

[17] *Partial Portraits* (London, 1888), p. 118.

[18] *Human Understanding*, Bk. II, ch. 27, sects. ix, x.

[19] *Treatise of Human Nature*, Bk. I, pt. 4, sect. vi.

特定位置中的存在原则，他写道，因为"当把时空的背景与观念相分离，观念就变得笼统起来"。[20] 所以只有当时空二者的背景得到确定时，它们才会变得特殊起来。同样，如果小说中的人物被置于特定的时、地背景中，他们才能够变得个性化起来。

古代希腊和罗马的哲学与文学深深地受到了柏拉图观点的影响，他认为形式或观念是现世具体物体背后的最高现实。这些形式被认为是永恒的和永不改变的，[21] 于是总体上能够反映出他们文明的基本前提，即如果它的基本意义不独立于时间之流，那么没有什么发生或能够发生。这一前提与文艺复兴时期以来确立的观点完全相反，它们认为时间不仅仅是物理世界的重要维度，也是形成人的个体性和集体历史的力量。

小说在任何方面所体现出的我们的文化特征，都不如它对现代思想的特征性倾向所做出的反映。E. M. 福斯特［E. M. Forster］认为更古老的文学偏爱"根据价值描写人生"，而小说则加入了它的"根据时间描写人生"的特殊作用。[22] "超历史"［ultrahistorical］的现代人需要的是斯宾格勒［Spengler］对于小说兴起的观点，因为这种文学形式能够处理"全部的人生"。[23] 然而更新近的观点来自于诺思洛普·弗莱［Northrop Frye］，他把"时间与西方人的联姻"看作小说同其他文类相比所具有的规定性特征。[24]

对于小说给予时间维度的重要性，我们已经考察了它的一个方面：早前的文学传统利用无时间性的故事来表现永不改变的道德真

---

［20］ *Human Understanding*, Bk. III, ch. 3, sect. vi.
［21］ 柏拉图没有具体说明理念是永恒的，但是这个概念可以追溯到亚里士多德那里（*Metaphysics*, Bk. XII, ch. 6），它是理念与之相关的整个思想系统的基础。
［22］ *Aspects of the Novel* (London, 1949), pp. 29-31.
［23］ *Decline of the West*, trans. Atkinson (London, 1928), I, 130-131.
［24］ "The Four Forms of Fiction," *Hudson Review*, II (1950), 596.

实［moral verities］，小说与之进行决裂。小说的情节也与之前的大多数虚构性写作不同，它将过去的经历用作现在行动的原因：因果联系运行在时间之中，取代了之前叙述对于假扮和巧合的依赖，而这给小说营造了更具黏合力的结构。甚至更重要的可能性是，小说对于时间过程的坚持而对人物塑造所产生的效果。最为明显和最为极端的例子就是意识流小说，它的目标是把在时间流动中发生在个体心灵中的一切直接引用出来。但在总体上，同其他任何文学形式相比，小说更在意小说人物在时间过程中的发展。最后，小说对日常生活里种种关切的详细描述，也取决于它对时间维度所施加的影响力：T. H. 格林［T. H. Green］指出，人们生活中的许多内容几乎无法拥有文学化的表达，这仅仅是因为它的慢节奏。[25]小说与日常经验本质的相近，直接取决于它运用了更为精细的时间维度，远胜于之前叙述里的时间维度。

23　　时间在古代、中世纪和文艺复兴时期文学中所发挥的作用当然与其在小说中的作用有非常大的不同。例如，悲剧里的行动被限制在24小时之内，为人称道的时间一律原则其实否认了时间维度在人们生活中的重要性。因为，同古代世界认为现实存在于永恒的普遍性中的观点保持一致，它表明存在的真理可以在一日的空间内完全展开，与其在一生的空间内展开毫无二致。把时间比拟为带翅的马车或严肃的收割者同样为人称道，它表明了一种在本质上相似的观点。它们关注的不是时间的流动，而是关于死亡的永恒事实。它们的作用在于克服我们关于日常生活的认识，如此我们才会准备好去面对永恒。这两种拟称事实上都类似于时间一律原则，它们基

---

［25］ "Estimate of the Value and Influence of Works of Fiction in Modern Times" (1862), *Works*, ed. Nettleship (London, 1888), III, 36.

本上是去历史化的；所以，它们同样不具有什么特别的重要性，如同在小说出现之前的大部分文学里，对时间维度给予极微小的重要性。

比如，莎士比亚对于过去历史的认识同当代的看法就极为不同。特洛伊和罗马、金雀花王朝与都铎王朝，无一不与现在或彼此相距遥远。在这一点上，莎士比亚只是反映了他那个时代的观点：当"时代误置"[anachronism]这个词首次出现在英语中时，莎士比亚已经去世30年了；[26]然而，他仍然距离中世纪的历史概念很近，因此无论这一时期有过什么，借此概念，时间的车轮可以产生出同样永恒的适用的例子[*exampla*]。

与这一去历史化的观念相关的是，对由时时刻刻、日日夜夜所构成的时间场景，明显缺乏关注的兴趣，许多剧作家的戏剧表现出缺乏此种兴趣——包括莎士比亚和他之前自埃斯库罗斯以降的大部分戏剧家，在时间设计上令后来的编辑和批评家感到十分困惑。早期的虚构性写作对于时间的态度与之十分相似：事件发生的系列被置于一个非常抽象的时空延续中，时间作为人与人之间关系的因素并不受重视。柯勒律治曾指出《仙后》中所有特殊的空间或时间，表现出令人惊叹的自主性和真正想象力的缺席"；[27]时间维度在班扬的寓言或英雄传奇里，同样是模糊和不确指的。

然而，时间的现代意义很快就开始渗透到许多思想领域。17世纪晚期就兴起了对于历史的更为客观的研究，也因此出现了对过去与现在的差别更深刻的理解。[28]与此同时，牛顿和洛克都对时间过

---

[26] 见 Herman J. Ebeling, "The Word Anachronism," *MLN*, LII (1937), 120-121。

[27] *Selected Works*, ed. Potter (London, 1933), p. 333.

[28] 见 G. N. Clark, *The Later Stuarts, 1660-1714* (Oxford, 1934), pp. 362-366; René Wellek, *The Rise of English Literary History* (Chapel Hill, 1941), ch. 2。

程做了新的分析。[29] 它变成了对于持续性更慢和更机械的理解，此持续性具有足够的区分性，可以对物体的下落或头脑中思想的延续进行测量。

这些新的重点反映在笛福的小说中。他的小说首次给我们呈现出一幅图景：个体生命作为历史进程被置于一个更大的视野中，而在更近的视距中，此进程则在思想和行动转瞬即逝的背景下正被付诸行动。不可否认，他的小说中的时间跨度有时互相矛盾，与其假设的历史场景也不一致，但出现此类矛盾的事实本身也必然构成一种证明，即让读者感到人物都是根植于时间维度之内的。对于锡德尼的《阿卡迪亚》[Arcadia]或班扬的《天路历程》[The Pilgrims Progress]，我们显然不会严肃地对待这些矛盾；没有足够证据表明时间现实造成了许多矛盾的产生。我们在笛福那里的确可以找到这样的证据。他尽其所能地让我们完全相信他的故事发生在具体的地方和具体的时间，我们对他小说内容的记忆，主要是他的小说人物生活中的那些被生动呈现出来的时刻，那些时刻被松散地组织在一起而形成一个令人信服的自传式视角。依靠延续性，我们获得关于个体身份的意义，然而这又随着经验的流动而得到改变。

理查逊更坚决和更完整地实现了此种印象，他非常仔细地将故事里的事件放置在一个空前详细的时间系列里：每封信的信封上都注明是本周的周几，且经常也给出了当日的日期；这些又相应地为信件本身在更大的时间细节里建立起一个客观的框架——比如，我们了解到，克拉丽莎死于9月7日（星期四）下午6时40分。理查逊使用书信的形式还能引起读者产生如同实际参与到行动中的连续

---

[29] 尤其见 Ernst Cassirer, "Raum und Zeit," *Das Erkenntnisproblem...* (Berlin, 1922-1923), II, 339-374。

感觉，这使得行动的完整性和强度在当时是无可比拟的。如理查逊在《克拉丽莎》[Clarissa]序言里所写，他明白是"严峻的形式与被称作即时的[instantaneous]描述和反映"最大地吸引了人们的注意力；且在许多场景中，叙述的节奏由于对事物的仔细描述而有所减缓，而此描述非常接近于现实中的经验。在这些场景中，理查逊为小说获得了D. W. 格里菲斯[D. W. Griffith]为电影所创造的"特写"[close-up]技巧：增加新的维度去呈现现实。

菲尔丁在他的小说里从一个非常外部和传统的角度对时间问题进行处理。在《莎美拉》[Shamela]中，他对理查逊使用现在时态大加讥讽："杰维斯夫人和我都正躺在床上，门没锁，如果我的主人这时进来……！我听到他刚刚走到门边。你看我在使用现在时态，像帕森·威廉说的那样。瞧，他正在床上，就躺在我们中间……"[30]在《汤姆·琼斯》[Tom Jones]一书中，他表明了自己的意图，称他会在处理时间维度方面比理查逊更为挑剔："当那些伟大的场景在人类舞台上上演时，他着意去描写那些不平凡的时代，而我们则打算……不如去追求那些作家的做法，他们宣称要揭示不同国家里的变革，而不是去模仿那位令人痛苦且卷帙浩繁的历史学家——他会为了保持系列著作的整饬，认为自己必须使用并无特别事件发生的年月里的细节来填充尽可能多的纸张。"[31]然而与此同时，在时间的虚构性处理上，《汤姆·琼斯》引入了一种有趣的革新。菲尔丁似乎已经用上了某种年鉴，它是出版商用来传播时间客观意义的象征：少有例外的是，他小说里几乎所有的事件在时间上都是连贯的，不但彼此之间，以及与不同人物从威斯特郡到伦敦

---

[30] Letter 6.
[31] Bk. II, ch. 1.

城一路上每个阶段真正发生的时间是连贯的，而且与外部的因素，如月亮在一个月内的移动位置和詹姆士党人在1745年的起义时间表——小说的行动被认为是发生在这一年——都是连贯的。[32]

（e）

在当下的语境中，如同在其他许多语境中一样，空间是时间的必要关联物。从逻辑上讲，个别、特殊的情形是通过空间和时间两个坐标来加以确定的。从心理学的角度看，如柯勒律治所指出的那样，我们对于时间的理解"总是与空间的概念混合在一起"。[33] 这两个维度在许多实际的目标上的确是不可分的，就如以下事实所显示的那样，"现时"[present]和"分钟"[minute]两个词可以指示任一维度；*稍作思考，也可了解到，如果不将任一存在的特定时刻放到它的空间环境中，我们就无法轻易地呈现出此存在的特定时刻。

传统上，在悲剧、喜剧和传奇中，地点与时间都几乎同样的笼统和模糊。约翰逊告诉我们，莎士比亚"对于区分时间和空间毫不在意"；[34] 锡德尼在《阿卡迪亚》中不指明地点，如同伊丽莎白时期舞台上"波西米亚式的居无定所"。确实，在流浪汉小说和班扬的作品中，有许多生动而独特的关于现实世界的描写段落，但是这些描写都是偶然为之和片段化的。笛福大概是我们这些作家中的第一位，他让他的整个叙事形象化起来，似乎该叙事就发生在一个实际

---

[32] 如 F. S. Dickson 所表明的那样。见 Cross, *Henry Fielding*, II, 189-193。
[33] *Biographia Literaria*, ed. Shawcross (London), I, 87.
[34] "Preface" (1765), *Johnson on Shakespeare*, ed. Raleigh (London,1998), pp. 21-22.
* 作者是在说明"present"和"minute"这两个词本身可以同时指示时间和空间两个维度。

的环境中。可他对于环境的描述还只是间歇性的,但就是这些随意的生活细节为他的叙事增加了持续性的意味,从而相比于之前虚构性作品里的人物同环境之间的关系,鲁滨逊·克鲁索和摩尔·弗兰德斯同环境之间的联系就更显密切。富有特点的是,环境的连贯一气尤其可见于笛福对现实世界里活动目标的处理:在《摩尔·弗兰德斯》中,有许多有待清点的麻布和金子,而在鲁滨逊·克鲁索的岛上,却是充满着对于布匹和器物的记忆。

理查逊再一次在发展叙事的现实主义技巧中占据了中心地位,并将此进程推进得更深入。整部小说中对自然环境的描写较少,但把大量的精力投向了室内环境。帕美拉在林肯郡和贝德福德郡的居所完全就像是监狱;小说为我们呈现了一个对于格兰迪森大厅高度细节化的描述;《克拉丽莎》里的一些描写预告了巴尔扎克的技巧,让小说背景成为一股无处不在的操作性力量——哈洛公馆变成了一个令人恐惧的、真实存在的、有道德意涵的环境。

在这一点上,菲尔丁又与理查逊的特殊性稍有距离。他不为我们呈现全部内景,他的景物描写常常是非常模式化的。然而,《汤姆·琼斯》在小说史上第一次描写了一座哥特式府邸:[35]菲尔丁对于小说行动的地形学如同年代学一样仔细;汤姆·琼斯去伦敦路上的许多地点都有了名字,而其他一些确切地点则以不同类型的证据来进行暗示。

总体来看,尽管18世纪的小说中还没有能与《红与黑》或《高老头》的开头章节相比的,那些章节立即显示出司汤达和巴尔扎克对于环境在整个生活图景中重要性的强调。然而,毫无疑问的

---

[35] 见 Warren Hunting Smith, *Architecture in English Fiction* (New Haven, 1934), p. 65。

是，追求逼真让笛福、理查逊和菲尔丁开始尝试"完全将人物置于他的现实背景中"的能力，而这在艾伦·塔特［Allen Tate］那里构成了小说形式非同一般的能力；[36]在很大程度上，他们获得成功的重要因素就是这些，这让他们区别于之前虚构性写作的作家，也解释了他们在新形式的传统中的重要性。

（f）

以上所述小说的不同技术特征似乎有助于推进小说家与哲学家共同分享的一个目标——制造那些被称为是各个个体实际经验的具有权威性的记述。除了偏离那些已经提到过的内容，这个目标还包含了许多与虚构性写作传统相偏离的其他方面。使用散文体来获得完全真实性的印象可能是其中最重要的一个方面，而这又与哲学现实主义的独特方法论的重点之一密切相关。

由于是语言的唯名论怀疑主义［Nominalist scepticism］在开始动摇经院实在论者对于普遍性的态度，所以现代实在论很快就发现自己正面临着语义学上的问题。词语并不都代表实在的物体，或者不以相同的方式代表它们，所以哲学就面临着要找到它们（词语）的理据的问题。洛克《人类理解论》[*Essay Concerning Human Understanding*]第三卷末尾的章节可能是17世纪代表此种潮流的最重要的证据，其中关于使用恰当词语的许多内容驱逐了大部分的文学，因为洛克遗憾地发现，"动听的言辞，就像漂亮的男女"，包含着动人的欺骗。[37]另一方面，有趣的是，尽管洛克所指的一些"语言的滥用"——像比喻性的语言，是传奇作品的一般特点，但相比

---

［36］"Techniques of Fiction," in *Critiques and Essays on Modern Fiction, 1920-1951*, ed. Aldridge (New York, 1952), p. 41.
［37］Bk. III, ch. 10, sects. xxxiii-xxxiv.

之前的虚构性作品作家,在笛福和理查逊的散体文中,比喻的使用要少很多。

以前虚构性写作的文体传统并不主要关注词语与实物之间的对应,而是通过使用修辞将外在的美加之于描述和行动。赫利奥多罗斯[Heliodorus]的《埃塞俄比亚传奇》[*Aethiopica*]确立了希腊传奇中使用华丽语言的传统,这一传统在约翰·黎利和锡德尼的绮丽体中、在拉·卡尔普莱奈德[La Calprenède]和玛德琳·德·史居里[Madeleine de Scudéry]的纤巧"妙喻"[conceit]或曰"福玻斯"[phébus]中得到延续。所以,即使虚构性写作的新晋作家已经拒绝了将诗体和散文体杂糅在一起的旧传统,踵武其后的叙事完全致力于描写如佩特罗尼乌斯[Petronius]《萨蒂利孔》[*Satyricon*]中的下层社会生活,但在文学上仍然存在着一股强烈的期望,即他们会从语言本身出发,将其作为兴趣之源,而不是纯粹的指示媒介。

当然,无论如何,古典批评传统在总体上对于不加润饰的现实主义描写没有作用——对于语言的如此运用表明了这是不加润饰的现实主义。第九期《闲话报》[*The Tatler*, 1709]将斯威夫特的作品《晨间的描述》[Description of the Morning]介绍为这样的一部著作:作者已经"开始了一种全新的方式,并如事情本身发生的那样去描述它"。于是就有了嘲讽的意味。那些受过良好教育的作者和批评家所暗含的假设是,一位作家的技巧并不表现为他让词语与物体对应得如何紧密,而在于一种文学上的敏感性,使得他的风格能够反映出语言与其主体之间的相应与合度。所以,我们自然应该转向以"巧智"[wit]为务的作家之外的作家,找到我们最早以散文体进行虚构性写作的例子,而散文体几乎可以完全将自身限制在对描述性和指示性语言的使用上。所以毫不奇怪,笛福和理查逊肯定受到了来自当时受过更好教育的作家们的攻击,指责他们笨拙的和经常不准确的写作方式。

他们主要的现实主义意图当然要求表现出与文学散文的公认模式非常不一样的东西。人所公认的是，17世纪晚期向清晰易懂的散文体发展的趋向极大地催生了一种表达方式，它比之前存在过的模式更好地适合现实主义小说。而关于语言的洛克式观点也开始反映在文学理论上——比如，约翰·丹尼斯［John Dennis］禁止在某些情形下使用比喻，因为它是非现实的："没有哪种比喻可以成为哀伤的语言。如果有人使用明喻来进行申诉，我或者发笑，或者睡觉。"[38]然而，奥古斯都时代（新古典主义时期）的散文规范仍然过于文艺化，以至于不像是摩尔·弗兰德斯或者帕美拉·安德鲁斯所发出的自然声音。例如，尽管艾迪生或者斯威夫特的散文足够简单而直接，但它经过精心安排的节省似乎表明了一种急促的总结，而不是对于它所描述的对象进行完整的汇报。

所以，我们绝不可将笛福和理查逊同散文中的公认经典进行决裂视作一种偶然性的冲突，而应视作为了获得文本与它所描述事物之间的即时联系与密切关系必须付出的代价。这种密切关系之于笛福主要基于现实的方面，之于理查逊则主要是感情上的；但我们在两人身上感受到的作者的唯一目的，是让词语呈现出目标物具体而独特的全部性质，并以我们熟悉的方式呈现出来，而以容忍其中出现的重复、插入和冗言为代价。当然，菲尔丁没有与奥古斯都时代的散文传统进行决裂，但仍然可以说，这一点无损于他叙事的真实性。阅读《汤姆·琼斯》，我们不会觉得我们是在偷听一种新的对于现实的探索；他的散文直接告诉我们这个探寻的任务早已完成，故

---

［38］ "Preface," *The Passion of Byblis, Critical Works*, ed. Hooker (Baltimore, 1939-1943), I, 2.

我们省去了相应的劳力，并读到他的种种发现经筛选后的简明报告。

这里有一个明显的自相矛盾之处。一方面，笛福和理查逊在语言和散文结构上坚定不移地应用了现实主义的观点，并因此剥夺了其他的文学价值；另一方面，菲尔丁风格上的优点倾向于妨碍他作为小说家的技巧，因为对于一种特许视角的选择，破坏了我们对于汇报中现实的信仰，或者至少让我们的注意力从汇报的内容转向了汇报者的技巧。在古代持久的文学价值和小说独特的叙述技巧之间似乎存在某种内在的矛盾。

与法国虚构性写作之间的对比表明了可能存在这种情况。在法国，强调优雅与准确的古典批评图景直到浪漫主义到来时才受到完全的挑战。部分原因可能就是这一点，法国的虚构性作品，从《克莱芙王妃》[*La Princesse de Clèves*]到《危险关系》[*Les Liaisons dangereuses*]，都溢出了小说的主要传统。因为它的所有心理刻画和文学技巧，让我们感觉过于雅致而不具有可信性。在这一点上，拉法耶特夫人[Madame de La Fayette]和肖德罗·德·拉克洛[Choderlos de Laclos]是笛福和理查逊的正相反的对立面，而正是他们扩大的影响力倾向于为他们的报道的权威性进行担保，他们的唯一目标就在于洛克所认为的语言的恰当目的，"传达关于事物的知识"。[39] 而他们的作品在整体上好似不过是对于现实生活的一种转写——用福楼拜的话说："真实的写作。"

于是由此见出，语言在小说中的功能远比在其他文学形式中更具指示性；这种类型的语言本身是详尽地进行呈现而不是专注于表现优雅。这个事实无疑解释了为什么小说在所有文学类型中最具有传递性；为什么许多伟大的小说家，从理查逊、巴尔扎克到哈代和

---

[39] *Human Understanding*, Bk. III, ch. 10, sect. xxiii.

陀思妥耶夫斯基，他们的写作通常并不典雅，有时甚至十分粗俗；为什么小说比起其他文学类型更不需要太多历史和文学的评价——它在形式上的规定强迫其要为自身提供注脚。

Ⅱ

³¹ 哲学与文学的现实主义之间的主要类比就说这么多。没有要求这些类比要十分精到，毕竟哲学是一回事，而文学又是另外一回事。这些类比无论在哪种方式上都并不依赖于一种假设，即哲学中的现实主义传统是小说中现实主义的起因，而其中存在着某些影响则是极有可能的情形，尤其是通过洛克——他的思想无处不在地渗透于整个18世纪的意见氛围。但是如果存在着具有某种重要性的因果关系，它也可能是不那么直接的。哲学和文学的革新必须被视作更大变化的两个平行的证明，文艺复兴以来西方文明的巨大转变已经让非常不同的世界图景取代了中世纪统一的世界图景——这种世界图景在本质上给我们呈现出一群处于发展中却无规定性的特殊个体，他们拥有来自特定时间和特定地点的特殊经历。

然而，我们这里关心一个更为有限的概念，其范围是，与哲学实在论的类比帮助我们隔离和定义了小说独特的叙述模式。它曾经表明，这是那些文学技巧的总和，小说借此对于人类生活的模仿遵循哲学实在论的程序，企图去探寻和汇报真相。这些程序绝不限于哲学，事实上，当考察与现实的关系时——对某一事情经汇报所得的任何现实——这些程序才倾向于被遵循。所以，根据另外一群认识论专家的程序——法庭的陪审团——小说模仿现实的模式同样会得到很好的总结。他们的期待和小说读者的期待在很多方面是重合的：二者都想了解一个具体事件的"所有特殊之处"——事件发生

的时间和地点;二者都必定满足有关各方的身份,并会拒绝接受关于某人叫作"打嗝爵士"或者"坏人先生"之类的人物证据——更不会接受一位没有姓或者"普通得像空气"的克洛伊;他们还会期望证人能够"用他们自己的话"来讲这个故事。陪审团实际上会采用"视情况而定的态度来看待生活",T. H. 格林先生发现这一点是小说的特色图景。[40]

这种叙述方法——小说据此反映上述"视情况而定的生活态度",可以被称作它的形式实在论;所谓"形式",是因为实在论这个术语在此并不涉及任何特殊的文学规则或者目的,而仅指示一套叙述的步骤,而这些步骤在小说中常常被组织在一起,但极少见于其他的文学类型,以至于它们可被看作这种形式本身的典型特征。形式实在论事实上是某个前提在叙述中的体现,这个前提被笛福和理查逊原原本本地加以接受,但在总体上,它却是暗含于小说形式之中的:此前提,或主要的惯例,即小说是对人类生活经验完整而可信的报告,所以它负有详述故事细节去取悦读者的义务,这些细节就那些行动者的个性而言,包括他们行动的具体时间和地点,以及通过语言的指示性用途而呈现出的细节——这种语言的指示性用途比在其他文学形式中更为广泛。

当然,形式实在论如同证据的各种规则,它仅仅只是一种协约;而且没有理由说明为什么关于人类生活的报告——通过此协约而呈现——应该事实上比通过其他文学类型中非常不同的那些协约而呈现的报告要更为真实。小说所表现出的完全真实性的姿态在此点上确实认可了混淆:一些实在论和自然论者忘记了对现实进行准确转述并不必产出任何真实之作或具有持久文学价值之作,这种倾

---

[40] "Estimate," *Works*, III, 37.

向毫无疑问对如下事实部分地负有责任——对现实主义以及今日流行的现实主义的所有作品都表现出相当普遍的反感。然而，这种反感可能也会加强批评上的混淆，而引导我们陷入相反的错误。我们绝不允许用对于实在论派的目标中某些缺点的认识来模糊这个极广大的范围；在此范围中，小说在总体上，无论是在乔伊斯那里还是左拉那里，都同样多地使用了这里被称之为形式现实主义的文学手段。我们也一定不能忘记，尽管形式实在论只是一种协约，但像所有的文学协约一样，它也拥有自己的特别优势之处。不同的文学形式模仿现实，程度仍有诸多不同；小说的形式实在论允许对个体在其时空环境里的经验集合进行模仿，这种模仿比起其他文学形式更为直接。其结果是，小说的协约对于读者的要求比大多数的文学协约要少得多，而这当然就解释了为什么过去两百年来大多数的读者在小说中发现了这种文学形式——它最忠实地满足了他们要求生活与艺术密切相应的愿望。形式实在论提供了与真实生活紧密而详尽的相应，它的优势并不限于促成小说的流行；它们还与其最独特的文学特质相关，就如我们将要见到的那样。

从最严格的意义上讲，形式实在论实际上并不是由笛福和理查逊发现的，他们只是比前人更全面地运用了它。比如，像卡莱尔［Carlyle］指出的那样，[41]荷马与他们都非常显著地具有"视野的清晰"，这体现在他们作品中无处不在的"详细、充分和准确的"描述上；后来的虚构性作品中，从《金驴记》［*The Golden Ass*］到《乌加桑和尼科莱特》［*Aucassin and Nicolette*］，从乔叟到班扬，有许多段落里面的人物、人物的行动和环境同18世纪里任何一部小说一样，都表现出了可信的细节。但是有一处重大的差异：在荷马和

---

［41］ "Burns," *Critical and Miscellaneous Essays* (New York, 1899), I, 276-277.

早期的散文体虚构性作品中,这样的段落相对稀少,并与周围的叙述相互脱节;整体的文学结构并不都一致地起源于形式实在论,尤其它的情节——通常是传统的,并常常具有高度的不可信性——与它的前提直接矛盾。即使以前的许多作家都公开声称有完全现实的目标,如同许多17世纪的作家所宣称的那样,可他们都没有全心全意地去追求它。拉·卡尔普莱奈德、理查德·赫德[Richard Head]、格里梅尔斯豪森[Grimmelshausen]、班扬、阿芙拉·贝恩、菲尔第耶尔,[42]仅列举上述的这几位作家,他们都宣称自己的作品是完全真实的,但是他们在序言中的论断与大部分见于中世纪圣徒传里极为相似的论断一样,都不能令人信服。接近真实的目标尚未深度融合于其中任一情形,从而引发对支配此文类的所有非现实性协约的完全拒绝。

对于下章将要讨论的诸种原因,笛福和理查逊都史无前例地摆脱了这些文学协约的限制——这些协约或许已经干扰到了他们的主要意图,并且他们更为全面地接受了关于字面真实的要求。兰姆本来不会在笛福的作品之前写作虚构性作品,其原因非常近似于黑兹利特对于理查逊的利用,[43]"它就像是在法庭上宣读证据"。[44]就其本身而言,这是否是一件好事,还留待讨论。笛福和理查逊几乎不配获此名声,除非他们拥有其他更好的理由以引起我们的关注。尽管如此,几乎没有多少疑问,能够制造出如此印

---

〔42〕见 A. J. Tieje, "A Peculiar Phase of the Theory of Realism in Pre-Richardsonian Prose-Fiction," *PMLA*, XXVII (1913), 213-252。

〔43〕"他开始描述每件物体和每桩交易,似乎整个过程是由一位目击证人作为证据呈现出来一样。"见 *Lectures on the English Comic Writers* (New York, 1845), p. 138。

〔44〕Letter to Walter Wilson, Dec. 16, 1822, 出版于后者的 *Memoirs of the Life and Times of Daniel Defoe* (London, 1830, III, 428)。

象的一种叙述方法,它的发展是对散文体虚构性写作蜕变为我们称之为小说的最明显证明。笛福和理查逊的历史重要性主要在于他们将突发性和完整性带入到写作中,而这又可被视为作为整体的小说这种文类一个极低等的可通约之处,这就是形式实在论。

第二章

读者群与小说的兴起

我们已经看到，小说的形式实在论与当下的文学传统之间形成了许多方面的断裂。比起其他地方，使此断裂在英国更早且更全面发生成为可能的众多原因中，相当重要的原因之一必当归于18世纪读者群的变化。例如，在莱斯利·斯蒂芬［Leslie Stephen］的《18世纪的英国文学与社会》[English Literature and Society in the Eighteenth Century]一书中，他很早就表明过："读者群的逐渐扩大，影响着以他们为写作对象的文学的发展。"[1]他指出小说的兴起，以及新闻业的兴起，是文学读者的变化所产生影响的主要例子。然而，该证据的性质是这样的：一个合理而充分的分析将会变得极其漫长，但在一些重要的事件上远不能做到全面，因为缺乏关于这些事件的信息，且难以对之进行解释。所以，这里仅对读者群的性质和组织变化与小说出现之间的一些可能联系，进行一些简短和尝试性的讨论。

I

许多18世纪的观察者认为他们的时代是大众对于阅读产生异

---

[1] London, 1904, p. 26. 另见 Helen Sard Hughes, "The Middle Class Reader and the English Novel," *JEGP*, XXV (1926), 362-378。

常显著且不断增长的兴趣的时代。另一方面,尽管读者群比之前时代的规模要大,但可能的情况是,它与今天庞大的读者群规模仍然相差甚远。关于这一点最有力的证据是数据化的,然而也必须记住,所有有效的数字式评估,在不同却总是值得注意的层面上,不仅其本身是不可靠的,而且其应用也是存在问题的。

当时对于读者群规模的唯一评估是在19世纪很晚的时候做出的:伯克估计在19世纪90年代为8万人。[2] 在至少600万的人口中,这个数字确实很小,而且它可能表明,在我们最为关心的19世纪更早的时候,这个数字还要小得多。这当然是一个推论,是根据关于报纸和期刊流通的最可靠的证据得出的:有一个数字,就是在1704年每周卖出了43800份报纸,[3] 这表明在100人中每周不足一人购买报纸;另一个更晚的数字,1753年每日卖出23673份报纸,[4] 这表明尽管购买人数在这个世纪的前半期增加了3倍,但是相对于整个人口数目,它仍然占一个很小的比例。即使我们接受当时对于每份报纸的读者数目中的那个最高估计——20人的估计是艾迪生在《旁观者》里做出的,[5] 我们就得到一个不到50万的最大报纸读者群(的规模)——最多在整个人口中占1/10的比例;既然每份报纸20位读者的估计似乎显得尤其夸张(但并非不让人感兴趣),真实的比例可能不过是这个数字的一半,或者少于1/20。

这一时期最受大众欢迎的书籍的销售量表明了买书的群体仍然只是以万计。那些数量极少的世俗作品中销售过万的大多数是

---

〔2〕 引自 A. S. Collins, *The Profession of Letters* (London, 1928), p. 29。
〔3〕 J. Sutherland, "The Circulation of Newspapers and Literary Periodicals, 1700-1730," *Library*, 4th ser., XV (1934), 111-113.
〔4〕 A. S. Collins, *Authorship in the Days of Johnson* (London, 1927), p. 255.
〔5〕 No.10 (1711).

小册子，如斯威夫特的《同盟者的品格》[*Conduct of the Allies*, 1711] 售出了11000本，普莱斯的《关于公民自由本质的观察》[*Observations on the Nature of Civil Liberty*, 1776] 短短数月就售出了60000册。[6]有记录的单部作品售出的最高数字是105000，它是1750年舍洛克主教的《伦敦主教阁下在最近地震后写给伦敦人民和牧师的信……》[*Letter from the Lord Bishop of London to the Clergy and People of London on the Occasion of the Late Earthquakes…*]，[7]这是一本有些轰动效应的宗教小册子，基于传播福音的目的，许多册都是免费发放出去的。进行整本销售而因此更显昂贵的作品，其销售量要小得多，特别当作品具有世俗性质的时候。

  与显示规模的数据相比，显示读者群增长的数据更为可靠，但在最少存疑的数据中有两个表明这一时期内出现了巨大的增长。1724年，印刷商塞缪尔·尼格斯[Samuel Negus] 抱怨伦敦印刷厂的数目已经增加到了70家；[8]但是到了1757年，另外一位印刷商，斯特拉恩 [Strahan] 估计有150—200家"经常开工"。[9]不包括小册子，一个现代估计表明新书平均年出版量在这个世纪里几乎增加了4倍；1666—1756年，年产出量平均少于100，而1792—1802年，这个数字是372。[10]

  所以可能的情况是，当约翰逊在1781年提到"举国皆读者"[11]时，他脑海中的印象是1750年之后的大幅增长，即便如此，他的说

---

[6] Collins, *The Profession of Letters*, p. 21.
[7] E. Carpenter, *Thomas Sherlock* (London, 1936), pp. 286-287.
[8] Collins, *Authorship*, p. 236.
[9] R. A. Austen-Leigh, "William Strahan and His Ledgers," *Library*, 4th ser., III (1923), 272.
[10] Marjorie Plant, *The English Book Trade* (London, 1939), p. 445.
[11] *Lives of the Poets*, ed. Hill (Oxford, 1905), III, 19.

法也千万不能当真：读者群的增长确实可能为他的夸张说法做出了显著的证明，但这一增长的规模仍是非常有限的。

对影响读者群组成的诸要素进行简要调查，会说明根据现代的标准它的规模为什么仍然那么小。

这些要素中首要且最显著的是文化程度的普及非常有限，不是18世纪意义上的文化程度——对于古典语言和文学尤其是拉丁语言和文学的知识——而是现代意义上的，即基本上能够使用母语来进行读写。即便是这样的要求，在18世纪也还远未普及。例如，詹姆斯·拉金腾〔James Lackington〕在18世纪末的一份报告中说："通过散发宗教的小册子，我发现一些农民和他们的孩子，以及3/4的穷人都不能阅读。"[12]有许多证据表明，乡下许多小户的农民，他们的家庭，以及大多数的体力劳工，几乎都是文盲；而即使在城镇，某些区域的穷人——特别是士兵、水手和街上的底层民众——都不能够阅读。

然而，在城镇里比较可能的情况是，半文盲比完全文盲的情况更为常见。尤其在伦敦，商店普遍使用名称而不是招牌记号，这给1782年来此访问的瑞士人卡尔·P. 莫里茨〔Carl Philipp Moritz〕留下极其不平常的印象。[13]这也显然说明有越来越多的看法认为，书面交流可以被相当大比例的人群理解，甚至是为杜松子酒巷的居民们所理解，他们也是宜于被招徕的对象。

学习阅读的机会似乎已在相当广泛的程度上变得可能，尽管有确凿证据表明大众教育充其量也还是偶然和间歇性的。大众教育系

---

〔12〕 *Confessions* (London, 1804), p. 175.
〔13〕 *Travels*, ed. Matheson (London, 1924), p. 30.

统几乎是不存在的，但是有多种多样性质的学校，如旧式的私立文法学校和英语学校，慈善学校和非私立的各式学校，特别是老年妇女开办的家庭小学，除了一些远离市镇的地方和一些北部新兴的工业城镇外，这些学校遍布全国。1788年是第一个可以获得充分数据的年份，这一年在英国有1/4的教区根本没有学校，而且有一半的地区没有私立学校。[14]学校的分布在18世纪的早期可能要广一些，但也不会多出很多。

在这些学校里的学习时间通常很短且不固定，教给穷人的也只是阅读的基本知识。下等阶层的孩子经常在六岁或者七岁的时候就离开了学校，如果他们想继续学习，那么也只能是在那一年里的几个月，正好碰上地里或者工厂里没有多少活的时候。最普通类型的小学，老年妇女开办的家庭小学，一周收取两到六便士的费用，这对于很多人的收入而言是一笔很大的开支，而对于全国范围内定期接受贫困救济的数百万或更多的人而言，则完全超出了他们的一般水平。[15]其中有一些学校，特别是在伦敦城和一些大的城镇中的慈善学校，提供免费的教育设施：但它们主要的目的是用于宗教教育和社会规范。教授阅读、写作和数学——即所谓的"三个'R'教育"，只是处于第二位的目的，而且也几乎不被寄予获得成功的希望；[16]由于这个或者其他的原因，慈善学校运动极不可能为提高穷人有效的读写程度做出巨大贡献，更不会促进读者群的增长。

在这一目标上，人们无论如何也没有达成普遍的一致意见。

---

［14］ M. G. Jones, *The Charity School Movement ...* (Cambridge, 1938), p. 332.
［15］ Dorothy Marshall, *The English Poor in the Eighteenth Century* (London, 1926), pp. 27-29, 76-77.
［16］ Jones, *The Charity School Movement ...* , pp. 80, 304.

整个18世纪,实用主义者和重商主义者反对给予穷人读写教育的声音日益增加。当时的态度可见于伯纳德·曼德维尔〔Bernard Mandeville〕的表述,他在《论慈善和慈善学校》中表现出一向的直接态度:"读、写和数学,对于穷人而言是非常有害的……那些将要待在并终于辛劳、乏味和痛苦生活处境下的人,他们越早开始将自己置身于其中,此后也将会越平静地投身于它。"[17]

在城镇和乡村里,不但雇主和经济理论家,而且许多穷人自己,都普遍地持有这种观点。例如,斯蒂芬·达克〔Stephen Duck〕,一位为谷子脱粒的诗人,在他14岁的时候,就被妈妈带离学校:"就生养他的家庭而言,要避免他变成一位过于优秀的绅士。"[18]许多乡村穷人的孩子只有当不用去地里干活时,才可以上学。在城镇,对于大众教育而言至少有一个更显不利的因素:5岁及以上的孩子逐渐被雇佣以弥补工业劳动力的缺乏。工厂的工作不再受制于季节因素,长时间的工作使得人们只有少量或几乎没有时间去学校学习;于是结果就是,很有可能在纺织行业和其他制造业中,大众的文化程度在整个18世纪倾向于下降。[19]

正如那些未受教育的诗人和独立奋斗的人的生活所显示的,像达克〔Duck〕、詹姆斯·拉金腾、威廉·哈顿〔William Hutton〕、约翰·克莱尔〔John Claire〕,对于那些想要能够读写的属于劳动阶层的人而言,存在许多严重的阻碍;然而所有限制识字的最普遍深入的因素可能是缺乏明确的学习动机。能够阅读对于那些注定要从

---

〔17〕 "Essay on Charity and Charity Schools," *The Fable of the Bees*, ed. Kaye (Oxford, 1924), I, 288.

〔18〕 *Poems on Several Occasions: Written by Stephen Duck …* , 1730, p. iv.

〔19〕 Jones, *The Charity School Movement …* , p. 332; J. L. and Barbara Hammond, *The Town Labourer, 1760-1832* (London, 1919), pp. 54-55, 144-147.

事中产阶级职业的人而言才是一项必要的成就,如商业、管理等职业;由于阅读本来就是一个艰难的心理过程,需要持续的练习,所以可能的情况是,只有一小部分的劳动阶层——他们的职业要求具备读写的能力,可以发展成为读者群中的积极参与者;进一步说,这些人中的大多数会集中到那些把读写作为职业必需技能的工作中。

许多其他的因素也倾向于制约读者群的增长。从作家的角度来看,或许其中最重要的是经济因素。

对于主要社会群体基本收入最可靠的两个估计,分别是1696年格雷戈里·金[Gregory King]的[20]和1709年笛福的,[21]它们显示超过一半的人口缺少基本的生活必需品。金特别指出总人口数5550500中约2825000的人口构成了一个"不创造任何利润的大多数",他们在"减少这个王国的财富"。这个人口中的大多数由佃农、贫民、劳动人口和户外工作的佣人组成;据估计他们的平均收入每年每户从6—20镑不等。很明显,所有这些群体的生活水平几乎刚刚够维持生存,以至于他们不能省出钱去支付书和报纸这类的奢侈品。

金和笛福都提到了一个中产阶级,介于穷人和富人之间。金列出了家里年收入在38—60镑之间的1990000人。他们的组成是:1410000人是年收入在55镑和42镑10先令之间的"较少地产保有者和农民",225000人是年收入为45镑的"店主和零售商",240000人是年均收入为38镑的"工匠和手工艺人"。这些收入都不足够富

---

[20] 见 *Natural and Political Observations and Conclusions upon the State and Condition of England*, 1696。

[21] *Review*, VI (1709), No. 36.

余去购买书籍,尤其当人们想到这到手的收入是要养活一家人时;但是对于一些更富有的农民、店主和零售商来说,他们还是有些余钱的;所以有可能是这个中产阶级的变化,构成了18世纪读者群增长的主要原因。

这个增长可能最明显地表现在城镇里,因为小自耕农的数量被认为在这一时期已经消失殆尽,他们的收入可能没有变化或者有所减少,〔22〕然而店主、独立的零售商、管理类和书记类职员的数目和财富在整个18世纪有了明显的增长。〔23〕他们不断增长的财富可能将其带入中产阶级文化的轨道中,之前余存的那部分人包括少量的富裕商人、店主和重要的零售商。购书群体中最实质的增加可能是来自这部分人,而不是来自人口中遭受贫困的大多数。

18世纪高昂的书籍价格彰显了经济因素限制读者群增长的严峻性。书价大体可以与今天相比,然而他们的平均收入差不多相当于今天货币价值的1/10,一位普通劳工的工资为一周10先令,有技术的熟练工人和小店主可以拿到一周1镑的体面工资。〔24〕查尔斯·吉尔敦〔Charles Gildon〕曾不屑地说:"没有一位老妪买得起《鲁滨逊漂流记》。"〔25〕当然也有很少的贫穷妇女,会拿5先令来买一本原版书。

如同当时不同阶层的收入差距远远大于今天,不同类型书的价格差距也十分巨大。卖给图书馆供绅士和富裕商人阅读的装帧

---

〔22〕 H. J. Habakkuk, "English Land Ownership, 1680-1740," *Economic History Review*, X (1940), 2-17.

〔23〕 M. D. George, *London Life in the 18th Century* (London, 1926), p. 2.

〔24〕 关于这个棘手的问题,可见 E. W. Gilboy, *Wages in 18th Century England* (Cambridge, Mass., 1934), pp. 144ff.。

〔25〕 *Robinson Crusoe Examin'd and Criticis'd*, ed. Dottin (London and Paris, 1923), pp. 71-72。

精致的对开本要花一个畿尼甚至更多,*然而一本12开的书,阅读的容量大致相同,价格则从1—3先令不等。蒲柏翻译的《伊利亚特》一套为6畿尼,远远超出了购书群体中许多人的购买能力;但是很快就出现了一个12开的荷兰语盗版版本以及其他一些便宜的版本,它们是"为了满足那些急切想读,却自身无力购买书籍的读者"。[26]

这些不那么富裕的读者无力购买法国的英雄传奇,它们通常以昂贵的对开本印刷。但重要的是,小说都在中等的价格范围内。它们逐渐以小12开的两卷或更多卷数来出版,通常单卖3先令,量大则以2先令3便士的价格出售。这样《克拉丽莎》先以7卷本后以8卷本形式印出,《汤姆·琼斯》则是6卷本。于是,虽然小说的价格与其他更大部头的著作相比处于中等水平,但仍然远远超过了不能享受优渥生活的人们的能力:比如,《汤姆·琼斯》的价格要花去一个劳动者一周的工资。所以,可以肯定的是,小说读者并不来自社会中这样一个范围广泛的交叉阶层,比如,伊丽莎白时代戏剧的观众。除了那些穷困者外,所有人都能不时付上一个便士就站到环球剧场的空地上看戏,它不过是1/4杯麦芽酒的价格。而小说的价格,则相当于一个家庭一到两周的生活开支。这一点很重要。比起那些公认的、受人尊重的文学和学术形式,小说在18世纪与读者群中增加的中产阶级的经济能力关系更加密切。

对于购书人群中那些经济基础较弱的人,当然还有许多更便宜类型的消遣出版物:民谣是半便士或1便士,故事集——其中包含缩写的骑士传奇、新的犯罪故事、对特别事件的记录等,价格

---

[26] Johnson, "Pope," *Lives of the Poets*, ed. Hill, III, 111.
  * 畿尼(guinea)是旧时的英国金币,合21先令。

在1—6便士之间，小册子是3便士到1先令之间，报纸在1712年被征税之前是1便士，到1757年涨到了3.5便士或2便士。许多报纸里都有短篇故事，或者连载的小说——比如，《鲁滨逊漂流记》就是在一份每周3期的报纸《新伦敦邮报》上这样重印的，以及便宜的12开本和故事集都包含有故事。然而，就我们特别的目标而言，这些更穷困的人群并不十分重要；我们所关心的小说作家的观念中并没有这种形式的出版，专注于此的印刷商和发行商通常使用那些已经以更昂贵形式出版过的作品，且常常不用为此付款。

经济因素阻碍读者群人数增长——特别是小说读者群人数增长的程度，可由非专有图书馆或曰流通图书馆［circulating libraries］的迅速成功得到说明，1742年这个术语被创造出来后，人们才开始如此称呼它们。[27]这样的图书馆在更早之前就有记录，特别是在1725年之后，但是这股运动的迅疾展开则是在1740年之后，这时第一个流通图书馆在伦敦建立起来，随后10年内至少有另外7家也建立起来。会费比较适中：通常每年收费在半畿尼和1畿尼之间，一般还有一些负责借书的设施，收费是一卷1便士，而通常3卷本的小说则收取3便士。

大多数的流通图书馆存有各种类型的文字书籍，但是小说被普遍认为是吸引读者的主要部分：几乎没有什么疑问，是它们导致了这一世纪中虚构写作读者群的最明显增长。它们当然引发了大量关于阅读扩展到较低阶层的当代评论。这些"文学的成衣商店"[28]

---

〔27〕 尤其见与Hilda M. Hamlyn, "Eighteenth Century Circulating Libraries in England," *Library*, 5th ser., I (1946), 197。

〔28〕 Mrs. Griffith, "Preface," *Lady Barton*, 1771.

据说已经败坏了三个王国中的男学生、犁地工人、"品质较好的女佣中的几位妇女",[29]甚至每一位屠夫和面包店店主、补鞋匠和修锅匠的思想。[30]所以,可能的情况是,到了1740年,很重要的一部分读者群因为图书的高价而不能全面参与到文学的场域中;进一步看,这一部分读者主要由潜在的小说读者组成,他们中许多人都是女性。

这一时期闲暇的分布(情形)支持并详细解释了已给出的关于读者群组成的状况;它也提供了最有力的证据用于解释女性读者所增加的部分。因为,正当许多贵族和绅士持续让他们的文化从伊丽莎白时期的朝臣退化到阿诺德所说的"野蛮人",还有一种与之并行的趋势,那就是文学正在成为一种主要是女性的追求。

如所常见的那样,艾迪生(往往)是新潮流的早期代言人。他在期刊《卫报》[*Guardian*, 1713]上写道:"为什么学习更适合于女性的世界而不是男性的,是有一些原因的。首先,因为她们手头有更多的业余时间,而且过着一种习惯于久坐的生活……还有另外一个原因,为什么妇女,尤其那些有素养的女士,要让自己去写信。这就是,因为她们的丈夫通常像陌生人一样与她们相处。"[31]在很大程度上,他们是群厚颜无耻的陌生人,如果我们按照戈德史密斯[Goldsmith]所谓忙于事务的人来判断的话,他的《好性子的人》[*The Good Natur'd Man*, 1768]中的洛夫替先生就宣称:"诗歌对于我们的妻子和女儿而言是一件足够美丽的东西;但对我们而言却不是。"[32]

---

[29] 引自 John Tinnon Taylor, *Early Opposition to the English Novel* (New York, 1943), p. 25。
[30] Fanny Burney, *Diary*, March 26, 1778.
[31] No. 155.
[32] Act II.

中上阶层的妇女很少参与到男人们的活动中，无论是生意还是休闲。也不常见她们参与到政治、生意或者管理她们的地产，而主要属于男性的休闲如狩猎和饮酒也被禁止。所以，这些妇女有很多的闲暇，而这闲暇通常就被广博的阅读占据。

比如，玛丽·沃特丽·蒙塔古夫人［Lady Mary Wortley Montagu］就是一位热切的小说读者，她让女儿寄给她一份从报纸广告中抄下来的小说目录，并补充说："我不怀疑至少这些中的大部分是垃圾，废物……然而，它们会让我度过这些空闲的时间……"[33] 后来，处在一个更低社会阶层的施拉尔夫人［Mrs. Thrale］讲述说，她的丈夫要求她"远庖厨"，并解释说，这个被强制的闲暇所带来的结果就是她"被驱向作为（她）唯一消遣的文学"。[34]

许多没有那么富裕的妇女也比以前有更多的闲暇。B. L. 德·缪拉尔特［B. L. de Muralt］在1694年就已经发现"即使在普通人家中，丈夫们也很少让他们的妻子工作"；[35] 另一位访问英国的外国人凯撒·D. 索绪尔［César de Saussure］，在1727年观察到商人们的妻子"非常懒惰，几乎没人做点针线活"。[36] 这些报道反映出女性的闲暇时间大大增加，而其可能发生则是因为这一时期重大的经济变化。旧时的家务劳动如纺织，做面包，制作啤酒、蜡烛和肥皂，以及其他许多工作都不再需要，因为大部分日用品现在都有制造商制造，且在商店和市场里就能够买到。增加了的妇女闲暇和经济专门化的发展，二者之间的关系在1748年被瑞典旅行家佩尔·卡尔

---

［33］ *Letters and Works*, ed. Thomas (London, 1861), I, 203; II, 225-226, 305.
［34］ *A Sketch of Her Life ...*, ed. Seeley (London, 1908), p. 22.
［35］ *Letters Describing the Character and Customs of the English and French Nations*, 1726, p. 11.
［36］ *A Foreign View of England*, trans. Van Muyden (London, 1902), p. 206.

姆［Pehr Kalm］所记录，他惊奇地发现在英国"人们几乎见不到这儿的妇女会让自己去做了点户外的工作"；即使室内工作，他发现"纺织活动在大部分人家里几乎也是很稀奇的事情，因为有太多的制造商把她们从此类制作必需品的工作中解放出来"。[37]

卡尔姆可能传达了一个对此变化稍显夸张的印象，无论如何，他也只是提到了伦敦周围诸郡治的情况。在远离伦敦的乡村地区，经济情况的改变要缓慢许多，大部分妇女当然还是几乎完全倾力于家庭内各种各样的工作——它们仍然主要是自足性质的。不论怎样，妇女闲暇的极大增长当然还是在18世纪早期发生了，尽管这可能主要还是限于伦敦及其周边以及较大的偏远城镇。

这些增加的闲暇时间有多少被投入阅读当中很难确定。城镇，尤其伦敦，提供了无数相互竞争的娱乐活动：在整个季节里，有戏剧、歌剧、假面舞会、化装舞会、集会、鼓乐，而那些新的临水的地方和旅游胜地则会去投合那些在夏季举办的悠闲集会。然而，即使最热心参与城镇娱乐的爱好者也必定会留出时间阅读，而许多不想参加或者无力参加的妇女则一定有更多的阅读时间。特别是对于有清教背景的人而言，阅读更不会是被反对的消遣。艾萨克·瓦茨［Isaac Watts］，一位18世纪早期非常具有影响力的不服从国教者，非常可怕地生活在"因时间遗失和浪费所带来的痛苦和凄凉的后果"中，[38]但是他鼓励他所看顾的人——大部分是女性，以阅读和文学讨论来度过她们的闲暇时光。[39]

18世纪早期有大量愤怒的批评认为，劳动阶层因热望得到上

---

［37］ *Kalm's Account of His Visit to England ...*, trans. Lucas (London, 1892), p. 326.
［38］ "The End of Time," *Life and Choice Works of Isaac Watts*, ed. Harsha (New York, 1857), p. 322.
［39］ *Improvement of the Mind* (New York, 1885), pp. 51, 82.

等人士所享受的闲暇消遣而败坏着自己和这个国家。然而，这些批评的言外之意基本可以忽略。不仅因为绅士的服装和流行的娱乐活动就生活标准而言比今天昂贵多了，而且因为对于普通大众中少数幸运或挥霍的人而言，稍稍增加的闲暇就足够引起同类的警惕和敌意，这一点是我们今天比较难以理解的。传统观点认为阶级的区别是社会等级的基础，所以闲暇消遣只适合有闲的阶层；当时的经济理论又极大地增强了这一印象，该理论反对一切可能使劳动阶层远离他们工作的活动。因此，重商主义、传统宗教和社会思想的代言人们达成了重大的一致，他们认为阅读对于那些以双手劳动的人而言也对他们的正常活动构成了一种危险的干扰。比如，卡莱尔的教长罗伯特·博尔顿[Robert Bolton],*他在《论时间的安排》[Essays on the Employment of Time]中提到阅读作为农民和技工打发时间之方式的可能性，并以如下结论表示了反对："我给他的建议是：不，留心你眼前的活！"[40]

穷人在这个方向上的不合适追求怎么看都只有很少的机会。对于乡村的劳动者而言，他们的工作时长包括了所有白天的时间，即使在伦敦，他们也要从早晨六点工作到晚上八点或九点。而通常的假期也只有四天——圣诞节、复活节、圣灵降临节和米迦勒节；在伦敦，还有额外的在行刑场进行绞刑的八天时间。确实，对于一些有特殊优待的职业，尤其在伦敦，劳动者能够而且也的确可以非常自由地离开自己的工作。但是在主要的工作环境里，除了星期天，不会有这样优惠的休闲时间；而在六天"工作之乐即为工作本身"的氛围中，通常会导致第七天被投入到更加外向的活动中，而不是

---

[40] p. 29.
　* 卡莱尔（Carlisle）是英国西北部的一座城市。

读书。弗朗西斯·普拉斯［Francis Place］认为，饮酒在18世纪几乎是劳动阶层唯一的消遣；[41] 务请记住，买一杯让自己酩酊大醉的便宜的杜松子酒可比买一份报纸的钱要少。

对于少数喜欢读书的人而言，除了缺乏休闲的时间和买书的钱之外，还要面临其他的困难。比如，几乎没有私人空间，在伦敦尤其如此，住房拥挤得可怕；常常没有足够的光线可用来读书，即使白天也是如此。17世纪末征收的窗户税已经让窗户数量缩减到最少，而剩下的窗户通常安装很深，且被覆上号角、纸张或绿色的玻璃。到了晚上，照明是一个非常严重的问题，因为蜡烛，甚至点灯芯，都被认为是奢侈的。理查逊就很自豪在学徒期间可以为自己买上蜡烛，[42] 而其他人不能或不被允许。比如，詹姆斯·拉金腾一度被他的面包师雇主禁止在自己的房间里点灯，他宣称是借助月亮的光线进行阅读的。[43]

然而，相对贫穷的学徒和家庭佣人是两个庞大且重要的群体，他们可能有时间和机会进行阅读，尤其是后者。他们通常有闲暇时间和供阅读的照明条件；主人家里通常有很多书；即使没有，由于他们不必为食物和住宿花钱，如果愿意，他们的工资和赏钱就可以用于购买书籍；而且如常见的那样，他们特别容易受到比自己优秀、有榜样作用之人的感染。

当然引人注意的是，当时有许多争辩反对下层日渐增加的闲暇、奢侈和在文学上的装腔作势，而此阶层特别指学徒和家庭佣人，尤其是男女侍从。在评价后一群体的文学重要性时，必须记住他们是一个非常庞大且显而易见的阶层，这一阶层可能在18世纪构成了

---

［41］ George, *London Life*, p. 289.
［42］ A. D. McKillop, *Samuel Richardson: Printer and Novelist* (Chapel Hill, 1936), p. 5.
［43］ *Memoirs*, 1830, p. 65.

这个国家最庞大的单一行业群体。那么,在一个由能识字且拥有闲暇的侍女们所组成的异常强大的妇女团体中,帕美拉可被视为她们中间的一位文化英雄。我们注意到在离开B先生后,她对于打算接受的新职位有一个主要条件,就是这份工作应该让她有"一点儿看书的时间"。[44]这个强调预示了她的成功,沿着一条贫穷阶层中稀有、在她这个特别行业里却并不少见的生活之路,她熟练地运用了那被称作引人注目的文化修养摧毁了这个社会中,同时也是文学中的种种障碍,而其本身就她享有闲暇的程度而言也是一次雄辩的明证。

获得和利用闲暇的证据于是就证实了此前关于18世纪早期读者群组成的图景。尽管(读者群)有极大的扩展,但一般而言,它在社会等级的阶梯上仍然没有下延太多,仅至于工匠和店主;一个重要的例外是那些备受青睐的学徒和室内佣人。有一些增长的部分,它们主要来自财富和人数不断增加的与商业和制造业相关的群体。这一点很重要,因为可能仅仅是这个特别的变化自身——即使它仍然占相对小的比例——就已经完全改变了读者群的重心,第一次把中产阶级作为一个整体置于支配性的地位。

要寻找此变化之于文学的影响,所期待的并非是中产阶级趣味和能力的非常直接或戏剧性的诸表现,因为无论怎么说,阅读群中中产阶级的支配地位早已在形成。对于小说的兴起表现出某种兴趣的总体性后果,似乎是从读者群的引力中心发生变化的地方开始追踪。18世纪文学面向逐渐扩大的读者这一事实,必定已经减弱了那些有着良好教育和足够闲暇的读者的相对重要性——这些读者以一种专业或者半专业的兴趣对待古典和现代学问;而这所带来的,也

---

[44] *Pamela*, Everyman Edition, I, 65.

必定是增加了那些渴望一种更简单的文学娱乐形式的读者的相对重要性,即便这种文学形式在其时的学术界少有声誉。

与众多其他目的一道,寻求愉悦和放松大约总是人们进行阅读所期望的;但是到了18世纪,相比于以前,更多地追求这些目的而排斥其他目的似乎已经成为一种倾向。至少,这是斯梯尔发表在《卫报》(1713)上的观点;他攻击了盛行的:

> ……这种未确定的阅读方式……它当然会诱导我们陷入一种同样未定的思维方式……被称为风格的词语组合完全被消灭了……这些人的一个共同的辩护(性理由)是,他们在阅读中除了寻求愉悦之外并无(其他)打算,我认为这应该来自于一个人对已经阅读之物的反思与记忆,而非来自于他对所行之事拥有的短暂的满足感,因此,我们的快乐应与我们的收获成正比例。[45]

"他对所行之事拥有的短暂的满足感"似乎是对阅读的质量所做的尤为恰当的描述,而该阅读是由18世纪的两种新的文学形式,报纸和小说中大部分的例子所引起的——这两种文学形式明显鼓励了一种快速、不经意和几乎无意识的阅读习惯。虚构作品所提供的不用劳神的满足感,的确受到了休伊特"关于传奇的起源"[Of the Origin of Romances]中一个段落的鼓励,而该文是塞缪尔·克罗克索尔[Samuel Croxall]*《小说和历史选集》[A Select Collection of Novels and Histories in Six Volumes,1720]一书的序言:

---

[45] No. 60.

* 塞缪尔·克罗克索尔(1690—1752),安立甘宗牧师,作家和翻译家,所译《伊索寓言》享有盛名。

> ……那些最有效诉诸和占据（思想）的发现如同以最少劳力而获取的东西，想象力在其中是最主要的部分，而其主题则如同诉诸我们感官一样明显……这种类型就是传奇；理解它不需要思想的任何巨大劳力，或是我们理性能力的活动，在这里只需要有强大的想象力就足够了，很少或根本不对记忆力构成负担。[46]

新的文学中的权力平衡，可能倾向于偏好轻松的娱乐，而以失去对传统批评标准的服从为代价。可以肯定的是，这一重点的变化是笛福和理查逊所能取得成就的重要因素。该时期读者群中新增群体之趣味和态度的其他和更积极的特点，也与这些成就相关联，这似乎也是可能的：比如，商业阶层的状况受到了经济个人主义的极大影响，也受到了在笛福小说中得到表达的、有些世俗化的清教主义的极大影响；读者群里增加的重要的女性组成部分找到了许多已被理查逊表达过的阅读兴趣。然而，对这些关系的思考必须被推迟到我们已完成对读者群的当下调查之后，该调查需被纳入对读者群趣味及其组织的一些其他变化所做的描述之中。

II

到目前为止，18世纪出版的最主要的单一类型书籍，同之前的许多世纪一样，是由宗教类著作构成的。在整个世纪里，每年平均出版超过200种此类书籍。《天路历程》[*The Pilgrim's Progress*]——尽管不太被那些彬彬有礼的作家提及，还常常被人嘲笑——到1792

---

[46] 1729 ed., I, xiv.

年，已出版了160个版本；[47]同时整个18世纪里还有至少10种祷告手册的超过30种版本在售，以及许多其他宗教类和说教类的作品也同样受人欢迎。[48]

然而，这些数量庞大的商品与以下观点并不抵触：18世纪读者的阅读趣味日益世俗化。首先，宗教出版物的数量无论同人口的增长还是同其他类型读物的销售量相比，似乎都没有增长。[49]进一步看，宗教读物的读者似乎已与世俗文学的读者相分离。"除了卫理公会教徒和不服从国教者，没人会读布道文"，史沫莱特笔下的亨利·戴维斯如此说，他是《亨弗利·克林克历险记》[*Humphrey Clinker*，1771]中的一位伦敦书商。[50]他的观点可由该时期的文雅信函里少有提及大众欢迎的虔诚之作这一事实得到部分支持。

另一方面，许多读者，尤其那些所受教育不多的社会阶层，是从阅读宗教读物开始的，并且由此发展出更广泛的文学兴趣，笛福和理查逊都是此潮流的代表人物。他们的父辈，以及他们许多读者的父辈，在17世纪除了耽于信仰读物外，几乎不阅读其他作品；但是他们自己却综合了宗教和世俗两种兴趣。笛福当然既创作了小说，也创作了信仰作品如《家庭教师》[*The Family Instructor*]；理查逊则极出色而成功地将道德和宗教目标融于他虚构作品里流行且主要是世俗的领域中。这种在才智之士和受教育不多的人之间，以及在纯文学作品和宗教教导之间的妥协，可能是18世纪文学中最重

[47] Frank Mott Harrison, "Editions of *Pilgrim's Progress*," *Library*, 4th ser., XXII (1941), 73.
[48] 这些数据我受惠于Ivor W. J. Machin尚未发表的博士论文"Popular Religious Works of the Eighteenth Century: Their Vogue and Influence" (1939, University of London, pp. 14-15, 196-218).
[49] Machin, p. 14.
[50] Introductory Letter, "To the Rev. Mr. Jonathan Dustwich".

要的潮流,而且在该世纪里最著名的文学变革中找到更早的表达,它们是创立于1709年的《闲话报》和创立于1711年的《旁观者》。

这两种期刊分别是一周出3期和每日出一期,所收录文章的主题体现着大众的兴趣,而这种兴趣反映了斯梯尔在《基督教英雄》[The Christian Hero, 1701]里所主张的目标:他们努力使文雅的变成宗教的,使宗教的变得文雅,而且他们的"让才智变得有用的健康工程"[51]完全取得了成功,不仅对于那些才智之士是这样,而且对于读者群里其他部分(的人士)也是这样。《旁观者》和《闲话报》在"不服从国教者学院"[52]里和其他一些团体中极受崇拜,在他们那里,其他大多数的世俗文学均受到鄙视:这些期刊常常被看作那些偏远地区、未受教育却有志于文学的人首先接触到的世俗文学。

期刊文章极大地帮助形成了一种小说也可对其进行逢迎的趣味。麦考利[Macaulay]认为如果艾迪生也写作了小说的话,那将"超越我们现有的任何一部小说";[53]T. H.格林对此也有暗示,他将《旁观者》描述为"那种特殊风格的文学中首要和最好的代表——我们时代唯一和真正的大众文学——其内容是向公众讲述它自己。对人性的处理一如在人们日常生活中所反映出的那样,并且以最大的、纤细入微的准确性被复制出来"。[54]然而,从德·克夫里先生[de Coverley]*的稿件到小说的过渡绝不会是直接的,主要因为成

---

[51] *The Tatler*, No. 64 (1709).
[52] *Diary and Correspondence of Philip Doddridge* (London, 1829), I, 152.
[53] *Literary Essays* (London, 1923), p. 651.
[54] "Estimate of the Value and Influence of Works of Fiction in Modern Times," *Works*, ed. Nettleship, III, 27.
* 德·克夫里先生是《旁观者》中的一个人物,一位生活在安妮女王时期的乡绅,代表着旧派乡村绅士的价值观,惹人爱却有点滑稽。

功的报人没有灵感的激发不能创造出一系列同样有趣的人物；这个特别的虚构创作方向在18世纪出版业里第二次巨大的新闻革新中得到延续——这就是作为记者和书商的爱德华·凯夫［Edward Cave］于1731年创立的杂志《绅士月刊》［Gentlman's Magazine］。*

  这份容量可观的月刊将政治期刊的功能同更为多样化的文学内容结合到一起，从"对一周内不同短评的一个中立看法"到"诗歌选读"都有涵括。凯夫想努力取悦比《旁观者》更多样化的读者，除了许多实在可靠的信息外，他还提供从菜谱到猜谜各种五花八门的内容。他也非常成功。约翰逊博士估计《绅士月刊》的全部发行量达到了10000份，并称有20种模仿它的杂志；而凯夫自己则在1741年声称他的杂志"只要是英语语言所延及的地方都有人读，而且……在大不列颠、爱尔兰和北美殖民地有几个出版商都在对它进行翻印"。[55]

  《绅士月刊》的两个特色——关于家庭生活的实用知识和融入娱乐的改良内容——后来都被吸收到了小说之中。而且，从《旁观者》过渡到《绅士月刊》表明了一个读者群已经兴起，它基本上摆脱了传统的文学标准，也因此成为一个潜在的群体——它能够容纳一种未被既定批评标准认可的文学形式。报纸本身，如《葛拉布街周刊》［Grub Street Journal］在一则关于笛福的讽刺性讣告中所说，是"一种在奥古斯都时代完全陌生的消遣"。[56] 但是，尽管新闻已经为读者群招纳了许多新的通俗文学的读者，公众的趣味对信息性、改良性、娱乐性和易读性的要求仍然没有找到一种合适的虚构

---

［55］ Lennart Carlson, *The First Magazine* (Providence, R.I., 1938), pp. 62-63, 77, 81.
［56］ No. 90 (1731).
 * 《绅士月刊》由爱德华·凯夫在1731年创立于伦敦，该刊持续运营至1922年才停刊。

写作形式。

III

《绅士月刊》也象征着读者群组成上的一个重要变化。《旁观者》是由当时最优秀的作家打造的,它迎合了中产阶级的趣味,但是带有一些文学的博爱主义[literary philanthropy];斯梯尔和艾迪生都赞同中产阶级的生活方式,但是他们对之都不十分了解。然而,过了不到一代人的时间,《绅士月刊》就表现出了完全不同的社会动机:它由一位有抱负但没受过多少教育的记者和书商主导,文章主要由雇佣的文人和业余爱好者提供。这个变化表明了一种发展,而理查逊本人是这种发展的重要代表。作为出版商以及书商和流通图书馆所有人詹姆士·里克[James Leake]的内兄,理查逊成为了一位在文学圈内制造和销售印刷产品的新秀。成为新秀的主要原因很明显:宫廷和贵族作为文学庇护人的衰落,已经导致在作家和他的读者之间形成了一个真空;而这个真空很快就被文学市场上的中间人填补,如出版商,或者如那时通常对他们的称呼"书商"——他们在作家和印刷厂之间以及此二者和公众之间占据着重要的地位。

到18世纪开始的时候,书商,尤其伦敦的书商,已经获得了一定的经济地位,一定的社会影响力,以及某种文学上的重要性——这种重要性要远远高于他们的前辈或海外的同侪。他们中间有数位享有骑士的封号(詹姆斯·霍奇斯爵士[Sir James Hodges],弗朗西斯·戈斯林爵士[Sir Francis Gosling],查尔斯·科比特爵士[Sir Charles Corbett]),数位名誉部长(亨利·林托特[Henry Lintot])和多位议员(威廉·斯特拉恩);他们中的许多人,如汤森叔侄、伯纳德·林托特[Bernard Lintot]、罗伯特·多兹利

[Robert Dodsley]和安德鲁·米勒[Andrew Millar],与当时伦敦城里的许多大人物都有交往。与一些印刷商一道,他们拥有或曰控制了所有意见、报纸、杂志和评论的主要管道,因此他们处于一个有利的位置,可以确保他们出版物的广告和有利的评论。[57]这种实际上对于意见管道的垄断也随之带来对于作家的垄断。因为,尽管"知识推广学会"[Society for the Encouragement of Learning]做出了许多努力帮助作家自主面对大众,但是对于作家而言,"行会"仍然是出版业的唯一有效形式。

书商影响作家和读者的力量无疑是非常巨大的,因此有必要追问这种力量是否在某种方式上同小说的兴起有联系。

当时的观点确实认为小说的兴起同书商新近获得的影响力有莫大关系,而且不时有论断称,它已具有将文学自身转化为纯商品的作用。这个观点在笛福那里得到了最简洁的表达,他在1725年称:"写作……正在变成英国商业中一个非常重要的分支。书商是主要的制造商或雇主。那几位写手、作家、抄写员、二流作家和所有其他从事笔墨作业的人都是被上述制造商雇佣的工人。"[58]笛福没有对这种商业化进行谴责,但是大多数持传统文学观的发言人则以严厉的言辞进行了谴责。比如,戈德史密斯常常谴责"那种致命的变革,让写作转变成为一种机械化的贸易;书商,而不是那些优秀人士,成为了天才作家的庇护人和发薪的老板"。[59]菲尔丁则走

---

[57] 见Stanley Morison, *The English Newspaper* (Cambridge, 1932), pp. 73-75, 115, 143-146; B. C. Nangle, *The Monthly Review, 1st Series, 1749-1789* (Oxford, 1934), p. 156。

[58] *Applebee's Journal*, July 31, 1725, 引自William Lee, *Life and Writings of Daniel Defoe* (London, 1869), III, 410。

[59] "The Distress of a Hired Writer," 1761, in *New Essays*, ed. Crane (Chicago, 1927), p. 135。

得更远,并公开地将这种"致命的变革"同文学标准的灾难性堕落联系到一起:他声称"进行纸张交易的商人,俗称为书商的人"习惯性地使用"这个行业的熟练工人",尽管他们没有"任何天赋或者学问作为资本",他还指出,在劣币驱逐良币的"格雷欣法则"[Gresham's Law]作用下,他们的产品已经驱逐了优秀的作品,迫使公众只得"喝苹果汁……因为他们造不出其他任何饮料"。[60]

"葛拉布街"[Grub Street]不过是这种"致命的变革"的另一个名字。圣茨伯里[Saintsbury],[61]以及其他许多人,都毫不费力地指出"葛拉布街"在某种意义上是一个神话;书商们其实比曾经的庇护人资助了更多的作家,而且也更慷慨。但在另一层意义上,"葛拉布街"的确存在,而且第一次,蒲柏和他的朋友们实实在在地警觉起来,担心文学会屈从于自由放任的经济法则,这种屈从意味着书商不管其自身趣味如何,都被迫成为"职业的涡流"[Curls by Profession][62]——这是乔治·切恩[George Cheyne]在一封写给理查逊的信中使用过的一个表达;他们不得不从葛拉布街的群氓那里获取公众可能希望购买的东西。

小说被广泛地视为品质低劣的写作中的一个典型实例,而书商则借此迎合着读者群。例如,菲尔丁的朋友兼合作者,詹姆士·拉尔夫[James Ralph],在《作家的箱子》[*The Case of Authors*, 1758]中写道:

> 书籍制作是书商必须赖以发家的产业:商业规则迫使他

---

[60] *The True Patriot*, No. 1, 1745.
[61] "Literature," *Social England*, ed. H. D. Traill and J. S. Mann (London, 1904), V, 334-338.
[62] *Letters of Doctor George Cheyne to Richardson, 1733-1743*, ed. Mullett (Columbia, Missouri, 1943), pp. 48, 51-52.

要便宜买进并尽可能贵地卖出……完全懂得各式各样的商品才能最好地适应市场，他因此就会相应地发出订单；他对预定发行时间的不容置疑，一如他对工钱的分配。

　　这在一个有说服力的程度上解释了出版业的突然勃兴。睿智的出版商感受到时代的脉搏，并根据它的律动而开出方子，不是去治愈而是去助长时疾：只要病人持续吞咽，他就不停地开药；一旦第一次出现反胃的症状，他就会改变剂量。于是，所有政治祛风剂的停用和对干斑蝥（粉）的引入，都以故事、小说、传奇等面目现身。[63]

　　然而事实上，这个过程不太可能会如拉尔夫所表明的那样自觉和直接。他正在这样一个时期写作——在理查逊和菲尔丁的小说取得巨大成功之后，继之以流通图书馆的传播，葛拉布街上的雇佣文人已极大规模地被弗朗西斯·诺布尔［Francis Noble］和约翰·诺布尔［John Noble］之流的书商和流通图书馆的所有者安排去创作小说并翻译法国小说。然而直到此时，很少有证据表明书商在鼓励小说写作方面发挥了直接的作用；相反，如果我们仔细考察那些已知的书商积极推广的作品，会发现他们的偏好主要集中在那些包含大量信息的大部头著作上，如以法莲·钱伯斯［Ephrain Chambers］的《百科全书》［Cyclopaedia，1728］、约翰逊的《词典》（1755）和他的《诗人传》［Lives of Poets，1779—1781］，对于许多其他历史和科学作品的编纂，他们也是极为慷慨地进行资助。

　　事实是，两位书商——查尔斯·里文顿和约翰·奥斯本——要求理查逊为公众提供一份非正式信函的写作指导，并因此为《帕

---

［63］p.21.

美拉》的写作提供了最初的动力,但《帕美拉》本身是一个意外产物。理查逊本来就一直紧跟文学的需求,对该作的"奇怪成功"表达过意外而以20镑的价钱卖出了2/3的版权,虽然他在之后的两部小说上变得更加精明了一些。[64] 同样不太可能的情形是,菲尔丁的重要实验性作品《约瑟夫·安德鲁传》[*Joseph Andrews*]是受到了书商某种鼓励的结果。传统看法是,当书商米勒交给菲尔丁200镑用来买他的小说手稿和一些短篇时,[65] 他惊呆了——这一事实无疑表明,在《帕美拉》的巨大成功之后,尽管米勒预计到菲尔丁的第一部小说将会大卖,但他和其他人此前都没有暗示菲尔丁这本书可能获利,并因此鼓励他在这一新的文学方向上努力。

即便书商几乎或根本没做任何努力去直接推动小说的兴起,但有一些迹象显示,他们让文学从庇护人的控制之下摆脱出来,并将其置于市场规则的控制之下——作为他们活动的一个非直接结果,二者都支持了这种新形式中的一个有特色的技术革新的发展——进行大量描述和解释——从而让笛福和理查逊明显地脱离古典批评标准成为可能,而古典批评标准是他们取得文学成就一个不可回避的背景。

一旦作者的首要目标不再是取悦庇护人和文学精英的标准,其他的考虑因素随即承担了一种新的重要性。其中至少有两个因素可能鼓励作者的写作趋于冗长:其一,异常直白甚至重复的写作或可帮助所受教育不多的读者更容易读懂其作品;其二,既然给予作者回报的是书商,而不再是庇护人,速度和数量因此变成经济活动的最高品德。

---

〔64〕 见McKillop, *Richardson*, pp. 16, 27, 293-294。
〔65〕 Cross, *Fielding*, I, 315-316。

上述第二种倾向由戈德史密斯指出，其时他在所著的《对当前学问状况的追问》[Enquiry into the Present State of Learning, 1759]一书中思考了书商和作者之间的关系："对于品位而言，或许不能想象有一种组合比这更具偏见。一种人的利益是允许尽可能少的写作，而另一种人的利益则是要求尽可能多的写作。"[66]戈德史密斯的观点在以下事实中找到了共鸣：对于作家出于经济原因而进行冗长写作的特别指责在18世纪早期变得尤其平常。比如，约翰·韦斯利[John Wesley]就有些严苛地指出艾萨克·瓦茨冗长的写作是为了"赚钱"。[67]这种倾向也可能已经对小说的兴起产生了影响，该可能性在以下事实中获得某种佐证——相似的指责也以笛福和理查逊二人为目标。

主要以经济标准运用于文学生产的最明显结果，就是散文体而非诗歌得到（读者的）偏爱。在《阿米莉娅》中，菲尔丁的雇佣文人让此联系变得非常清晰："一页纸是属于书商的一页纸；因此，无论是以散文体还是以诗体来书写，它们对它（这张纸）不构成任何不同。"[68]发现诗韵"并非坚不可摧之物"，葛拉布街上的居民就从为杂志创作诗歌转向从事小说的生产。有两个原因：一是因为"传奇类写作是我们事业中唯一值得我们追求的部分"；其次因为"它肯定是世界上最容易的工作，你写作这类作品的速度之快如同你落笔在纸面上一般"。

笛福自己的职业生涯很久以前就已沿此方向前进；他在早期生涯中使用了诗体讽刺这一当下流行的媒介，之后就转向几乎仅用散文体进行写作。这种散文体写作的特点，自然是不费力、下笔千言

---

[66] *Works*, ed. Cunningham (New York, 1908), vi, 72-73.
[67] A. P. Davis, *Isaac Watts* (New York, 1943), p. 221.
[68] Bk. VIII, ch. 5.

和毋经预先思考——正是这些特点，同他小说的叙述方式和他用笔劳动所获得的最大经济回报最为相符。优雅的语言，复杂的结构，效果的集中，所有这些都很费时且都可能需要大量的修改，然而笛福似乎已将作者的状况与经济的关联发挥到史无前例的程度——其态度是只要提供额外的报酬，修改就是必须要进行的活动。至少，这是一位匿名的编辑——笛福的《十足的英国商人》[*The Complete English Tradesman*] 1738年版的编辑所下的断言，他在写作中提到笛福的作品时认为它们"总体上说……太过啰唆，太多迂回"，并补充说"要从他手下获得一部完整的作品，需要每页付得足够多，以让他用自己的方式写作；之后再付给前面的一半让他砍去其中冗余的部分，或者对它进行提炼……"[69]

在理查逊那里也可发现类似的证据，尽管经济的驱动可能远没有在笛福那里如此迫切。1739年，他的朋友乔治·切恩博士指责他以书商的定价方式进行思考——根据"纸张的数目付给作者价钱"。[70]此后，诗人申斯通 [Shenstone] 提到《克拉丽莎》时也说理查逊"不必要地将该书扩展到离谱的长度……如果他不是印刷商兼作家的话，他几乎不会这么做"；接着——对理查逊的形式现实主义下意识地表达了敬意——他继续写道："除了事实，没有其他任何原因可以允许如此多的细节，的确没有其他因素可以如此：除非在法庭上。"[71]

笛福和理查逊当然不仅仅是在散文体风格上同古典文学的标准分道扬镳，他们几乎在对生活的看法以及在寓此看法于其中的诸技

---

[69] 4th ed.
[70] *Letters to Richardson*, ed. Mullett, p. 53.
[71] *Letters*, ed. Mallam (Minncapolis, 1939), p. 199.

巧等所有方面都是如此。这也是对于文学的社会语境所发生的深刻变化的表达，这些变化进一步削弱了既定批评标准的影响力。

18世纪中期的人们很清楚这种新的力量平衡已怎样革命性地改变了批评家和作家。根据菲尔丁的看法，整个文人的世界正在变成"一个民主的社会，或毋宁说是一个无序的社会"；并且没有一个人再去强化旧的规则，因为，如他在《卡文特花园周刊》[Covent Garden Journal, 1752]*中所写，甚至"批评的职务"也已被"一大帮不合规矩者"接管，他们被接纳进入"批评的王国，却根本不懂古代法则的片言只语"。[72] 一年以后，约翰逊博士在《探险者报》**中表明这群不合规矩者也同样在作家群内建立起了权威："当前的时代，或许可以极为恰当地标注为作家的时代；因为，或许从没有一个时代，不同能力、接受各式教育以及从事不同职业和工作的人，都对出版都表现出如此广泛的兴趣。"于是，为了强调同过去的比较，他补充说："写作这一领域从前是留给这样的一群人，他们通过学习，或貌似进行过学习，而被假定已经获得了知识——那些忙于生计的人所不可获取的知识。"[73]

在那些在旧的职业分配下几乎不可能成为作家的人中，还有那些对文学的"古老原则"懂得很少或几乎不懂的作家中，我们当然要挑出18世纪的忙碌典范——笛福和理查逊。他们的思想和所受的训练很难让他们可以期望讨得那些掌握文学宿命的旧式裁断者

---

[72] Nos. 23, 1.
[73] No. 115.
 * 《卡文特花园周刊》由菲尔丁创立于1752年2月，每周二、六发行，6月以后便不定期发行。
 ** 《探险者报》由 John Hawkesworth 任编辑，于1752年11月7日发行第一期，最后一期止于1754年3月9日，共计出刊140期。约翰逊博士是该报主要供稿人之一。

的欢心；但是当我们回顾古代的观点同形式现实主义的要求是怎样相违的，下述事实就变得明白起来——他们对于不同原则的拥护，可能构成了他们进行文学革新的重要背景。的确，沙蓬夫人［Mrs. Chapone］曾在理查逊的例子中做过如下结论："我们现在只有从一无所知中才能够获得任何具有原创性的东西；每位文学能手都是从成名的权威那里抄袭，而不去理睬自然的事物。"[74]比如，笛福和理查逊当然比法国作家更加自由地以任何他们想要的方式去呈现"自然的事物"——在法国，文学的风趣仍然主要是以宫廷为指向；可能是由于这个原因，正是在英国，小说才能够在内容和形式上同之前的虚构写作更早和更彻底地分裂。

最终，书商对于庇护人的取代，以及笛福和理查逊随之从过去的文学状况中获得的独立，这些都不过是对他们时代里一个更大甚至更重要生活特征的反映——中产阶级作为一个整体具有了显著的能力和自信。凭借着与印刷、出版和新闻的多方面接触，笛福和理查逊同读者群新的兴趣和接受能力发生了直接的接触；但更为重要的是，他们自己也完全是那个群体新的引力中心的代表。作为伦敦的中产阶级商人，他们只需要参考自己关于形式和内容的标准，以保证他们的写作将会受到更多读者的欢迎。读者群构成的变化和书商新获得的支配性地位对于小说兴起的最重要结果可能就在于此了；笛福和理查逊对于他们读者的新需求毋需过多反应，但是他们能够从内部来表达这些需求——如果之前可能的话，现在也自由得多了。

―――――

［74］ *Posthumous Works* ..., 1807, I, 176.

第三章

《鲁滨逊漂流记》，个人主义与小说

小说对于普通人日常生活极具兴趣的关心似乎依赖于两个重要的普遍条件：这个社会必须高度重视每一位个体，认为他们才是小说这种严肃文学的恰当主题；普通人的信仰和行动必须足够多样，对他们的细致描写会引起另外一群普通人的兴趣，这群人正是小说的读者。很可能小说赖以存在的这两个条件都是新近才得以广泛地发展的，因为二者都依赖于这种社会的出现——该社会以由"个人主义"［individualism］所表征出的众多复杂而相互依赖的因素为特征。

甚至这个词也是新近的，仅能追溯至19世纪中期。毫无疑问，在所有的时代和所有的社会中，一些人成为"个人主义者"的含义是他们都是自我中心的、独特的或明显独立于时下的意见和习惯的；但是"个人主义"这一概念所涉及的范围更大。它假定整个社会主要受到每一个体具有内在独立性这一思想的支配，其既独立于其他的个体，也独立于对过去思想和行动方式之不同程度的忠诚，这即是"传统"［tradition］一词所表明的含义——"传统"作为一种力量总是社会性的，而不是个人的。反之，如此一种社会存在也明显依赖于一种特殊类型的经济和政治组织以及一种合适的意识形态；更具体地说，所依赖的经济和政治组织能够让它们的成员在行动上有非常广泛的选择范围，而意识形态则主要不基于过去的传统,而是基于个体的自治,且不考虑其特定社会地位或个人能力。大家普遍认同,现代社会在这些方面尤其是个人主义性质的,且在其出现的诸多历史原因中,有两个特别重要——现代工业资本主义的兴起和新教的传播,尤其是以加尔文宗或清教的形式。

I

资本主义带来了经济专门化的巨大增长,而又与一个更少刻板和同质的社会结构、一个更少专制而更加民主的政治系统相结合,从而极大地增加了个体选择的自由。对于那些完全处于新经济秩序之下的人而言,社会组织现在基于的有效实体不再是家庭,不再是教会,不再是行会,不再是镇区,不再是任何其他的集体单位,而是个体:他独自决定自己的经济、社会、政治和宗教的角色,并完全为之负责。

很难说这一倾向的改变从何时开始从整体上影响了社会——有可能是到19世纪,但是这一运动肯定要开始得更早。16世纪的宗教改革和民族国家的兴起彻底挑战了中世纪基督教世界里牢固的社会均质性,并且用历史学家梅特兰〔Maitland〕众所周知的话说:"第一次,专制的国家遇见了专制的个人。"然而,政治和宗教领域之外的改变进行缓慢,而可能的情形是,直到工业资本主义进一步发展,特别是在英国和低地国家,一个主要是个人主义的社会和经济结构才形成,并开始影响极大一部分民众,尽管还绝不能说是大部分的民众。

至少,人们一般都同意这种新秩序的基础在1689年"光荣革命"之后就迅速形成了。商业和工业各阶层——他们是引起个人主义社会秩序的主要始作俑者——已经获得了更大的政治和经济权力，而这种权力已经在文学的领域中得到反映。如我们所见到的，城镇里的中产阶级在读者群中变得愈加重要；同时，文学开始以偏爱的目光看待贸易、商业和工业。这是一个颇为新颖的发展。之前的作家，如斯宾塞、莎士比亚、多恩、本·琼生和德莱顿，都倾向于支持传统的经济和社会秩序，并攻击新兴个人主义的许多症候。然而，到18世纪开始的时候，艾迪生、斯梯尔和笛福有些浮夸地对奉行经济个人主义的主要人物在文学上盖下了赞赏的印戳。

这种新的动向在哲学领域也同样明显。17世纪伟大的英国经验论者在他们的政治和伦理思想上如同在他们的认识论上一样，都是精力充沛的个人主义者。通过从大量个体那里收集到的事实数据来运用他的归纳法，培根希望开创一种完全崭新的社会理论；[1] 霍布斯也感觉到他在处理一个以前从未恰当处理过的主体，他将自己的政治学和伦理学理论建立在个体原始的以自我为中心的心理构成上；[2] 在他的《政府二论》[*Two Treatises of Government*, 1690] 中，洛克在个体权利不可取消的基础上构建了政治思想的古典系统，以反对更加传统的教会、家庭或国王的权力。这些思想家本应成为新生的个人主义在政治学和心理学上的前驱，以及有关它的知识理论的先锋，这些都表明他们对自身以及自身与小说革新之关系的重新定向是如何紧密关联的。因为，当希腊文学形式的非实在论本性，它们高度社会化的或曰市民化的道德图景，与它们对于宇宙的哲学化偏好之间存在一种基本的调和之时，现代小说才一方面与现代的实在认识论紧密相连；另一方面又紧密相连于它的社会结构中的个人主

---

[1] *Advancement of Learning*, Bk. II, 尤其是 ch. 22, sect. xvi 和 ch. 23, sect. xiv。
[2] *Elements of Law*, Pt. I, ch. 13, sect. iii.

义。在文学、哲学和社会领域，古典时期集中于理想的、普遍的和全体的焦点已经完全发生转移，而现代的视域主要被离散的细节、直接领悟的感觉材料和自主的个体占据。

笛福的哲学视野与17世纪的英国经验论者有许多共同之处，他比之前的任何作家都更为彻底地表达过个人主义的多样化元素，他的作品对许多形式中的个人主义与小说兴起的关联提供了一种独特的展示。这种关联在他的第一部小说《鲁滨逊漂流记》中得到了尤为清晰和全面的显现。

Ⅱ

（a）

鲁滨逊·克鲁索被许多经济理论家非常恰当地用来阐明所谓的"经济人"［home economicus］*。正如"政治体"**作为以前社会之公共思考方式的象征，"经济人"从经济方面象征了个人主义的新面目。亚当·斯密曾被认为是其发明人，实际上，这个概念更古老。作为一种抽象，它走到前台是很自然的事情。只有当经济系统的个人主义本身已发展到一个高级的阶段，这种抽象才表达了此系统作为整体的个人主义。

鲁滨逊·克鲁索，像笛福小说中的其他主要人物一样，如摩尔·弗兰德斯、罗克珊娜、雅克上校和辛格尔顿船长等，都是经济个人主义的代表，这一点几乎不用多说。笛福的所有人物都追逐金

---

* "经济人"是一个经济学概念，指的是有理性、自我求利的人。
** "政治体"（the body politic）是一个古老的政治哲学概念，从古希腊到霍布斯都使用此语来指称一国（城邦）之全体成员。其以"身体"为喻，强调任一成员都是肌体的一分子。

钱,他称这一特点为"世界上最普遍的命名条款";[3] 他们根据亏损簿记 [book-keeping] 极有条理地追逐金钱,马克斯·韦伯视此簿记为现代资本主义与众不同的技术特点。[4] 我们观察到,笛福的主要人物都不需要去学习这种技术;无论出生和交友的环境如何,他们似乎血液当中就流淌着这种能力,并且比作品中其他任何一个人物都要更加详细地让我们了解到他们目前储存的银钱和货物量。的确,比起他的其他想法和情感,克鲁索已为他的簿记意识建立起一种有效的优先性;当他的里斯本管家借给他160个莫艾多金币 [moidores]*作为回报以缓解暂时的困难时,克鲁索写道:"当他开口的时候,我几乎忍不住掉泪;总而言之,我从中拿了100个莫艾多金币,并要了笔墨给他写了一张收据。"[5]

簿记只是现代社会秩序里一个中心主题的其中一面。我们的文明作为一个整体建基于个体之间的契约关系上,这与之前社会里未经明文规定的惯例和集体性的关系相对;而契约这一思想在政治个人主义的理论发展中起着非常重要的作用。它在同斯图亚特王朝的斗争中发挥过显著的作用,并在洛克的政治系统中被奉为神圣的原则。的确,洛克认为契约关系甚至在自然状态下也具有约束的作用;[6] 我们看到,克鲁索就像一位忠实的洛克主义者——当其他人来到岛上时,他强迫他们以书面契约的形式接受他的主导性地位,承认他的绝对权力(即使此前我们已被告知他早已用完了他的墨水)。[7]

[3] *Review*, III (1706), No. 3.
[4] *The Theory of Social and Economic Organisation*, trans. Henderson and Parsons (New York, 1947), pp. 186-202.
[5] *The Life and Strange Surprising Adventures of Robinson Crusoe*, ed. Aitken (London, 1902), p. 316.
[6] Second treatise, "Essay concerning...Civil Government," sect. 14.
[7] *Life*, pp. 277, 147.
*   一种葡萄牙金币,通行于18世纪早期的英国,时值为27先令。

但是经济动机的首要性、对于簿记和契约法则的内在敬意绝不是让克鲁索成为经济个人主义兴起过程之象征的唯一因素。从逻辑上说，经济动机的本质带来了思想、情感和行动之其他方式的贬值：传统集体关系、家庭、行会、村落、民族意识的不同形式，所有这些都被削弱了；同样，从精神救赎到消遣娱乐这些非经济的个人成就和享受，它们的竞争性主张也是如此。[8]

这一对人类社会诸成分进行的范围广泛的再排序，哪里的工业资本主义在经济结构中成为决定性力量，它就倾向于在那里发生，[9]而且它天然地在英国变得尤其明显。的确，到了18世纪中期，它已经成为某种司空见惯的现象。比如，戈德史密斯在《旅行者》[*The Traveller*, 1764] 一书中就描述过这个英国所夸耀的自由的伴随物：

> 自立一事，不列颠人誉之甚高，
> 它让人人自主，打破束缚、方便社交；
> 小小主公自力更生、独立自强，
> 无不以为未知生活自我制约、自散芬芳；
> 微弱受制于本性之索于此，
> 思想与思想相争，进攻与反击相系……
> 　　这还不是更糟。随着本性制约的衰颓，
> 随着责任、爱和荣誉失去支配，
> 虚构的绳索、财富与法律之绳，
> 仍然积蓄能量，令不情愿的敬畏产生。[10]

---

[8] 见 Max Weber, *The Protestant Ethic and the Spirit of Capitalism*, trans. Parsons (London, 1930), pp. 59-76; *Social and Economic Organisation*, pp. 341-354。

[9] 例见 Robert Redfield, *Folk Culture of Yucatan* (Chicago, 1941), pp. 338-369。

[10] II. 339-352.

与戈德史密斯不同，笛福并非是一位与新秩序公开为敌的人；然而，在《鲁滨逊漂流记》中仍有大量戈德史密斯的印记，这些可见于笛福对于群体关系——如家庭或国家——的处理。

　　在大部分情况下，笛福的主人翁或者没有家庭，如摩尔·弗兰德斯、雅克上校和辛格尔顿船长，或者在很小的时候就离开家并从未返回，如罗克珊娜和鲁滨逊·克鲁索。对于这个事实毋需赋予太多的重要性，因为冒险故事需要打破传统的社会交往。尽管如此，至少在《鲁滨逊漂流记》中，主人翁还拥有家和家人，并因为"经济人"这个经典的原因而离开它们——提高他的经济状况是必需的。"在那个自然的倾向中有种致命的东西"召唤着他走向海洋和历险，而不是停在他出生的那个站点——"下等人生的上等站点"——"着手做事"；这藐视了他父亲对那种状况所作的赞词。不久，他将这种"被禁锢的欲望"的缺乏，与对"上帝和自然已将他放置其中的状态"的不满足，视为他的"原罪"。[11]然而，其时父亲与他的争论还在进行，争论不是关于孝道或宗教，而是关于到底是出走还是留下才有可能在物质上带来最大的利益：双方都接受经济优先的论点。当然，克鲁索实际上被自己的"原罪"论说服，他也因此变得比他的父亲更加富裕。

　　克鲁索的"原罪"正是资本主义本身的动态趋势——它的目标绝不仅仅是要求维护现状［status quo］，而是要不间断地改变现状。离开家，提升其原生家庭的经济状况，是个人主义生活样式至关重要的特征。这可被看作洛克所谓"不适"［uneasiness］的经济和社会反映，洛克将"不适"作为他的动机体系的中心；[12]与帕斯卡

---

［11］ *Life*, pp. 2-6, 216.
［12］ *Human Understanding*, Bk. II, ch. 21, sects. xxxi-lx.

尔的观点全然相反,"不适"的存在,是凡夫苦难持续的表征。"所有人的不幸都源自于一个事实,就是他们不能安静地待在自己的房间",帕斯卡尔如此写道。[13] 笛福的主人翁对此完全不会赞同。甚至当克鲁索老了,他还告诉我们"……不能提供其他任何东西,发现这一点很令人不安;而贸易,它的利润如此巨大;当然,我会说,这其中有更多的快乐,与呆坐不动相比,它给思维带来更多的满足,而呆坐不动,尤其对我而言,是人生中最不幸的事情"。[14] 所以,在《鲁滨逊漂流记续集》[Farther Adventures of Robinson Crusoe]中,克鲁索又踏上另一个能获利的奥德修斯之旅。

于是,经济个人主义的基本倾向阻止了克鲁索过多关注与家庭的关系,无论是作为儿子还是丈夫。这与笛福所强调的重视家庭关系和重视宗教产生直接冲突,尽管笛福在他的说教性作品如《家庭教师》中曾对此有过特别的强调;但是他的小说所反映的不是理论,而是实践,它们让这些关系在实践中起着很微弱的作用,甚至在整体上起着阻碍的作用。

当一个人开始理性地审视自己的经济利益,他几乎不会受国家和家庭关系的约束。在经济利益方面,笛福对个人与国家当然都同样重视。笛福最富爱国色彩的言辞中有一则典型的内容,即宣称他的同胞比起其他国家的工人,在每小时内有更大的产出。[15] 我们注意到,克鲁索——浪漫主义诗人瓦尔特·德·拉·梅尔[Walter de la Mare]曾恰当地称其为"笛福精心选择的姻亲"——[16] 主要在经济价值缺失的时候,才会表现出忧惧。当这些经济价值存在时,如

---

[13] *Pensées*, No. 139.
[14] *Farther Adventures of Robinson Crusoe*, ed. Aitken (London, 1902), p. 214.
[15] *A Plan of the English Commerce* (Oxford, 1928), pp. 28, 31-32.
[16] *Desert Islands and Robinson Crusoe* (London, 1930), p. 7.

在西班牙总督、法国天主教牧师、忠诚的葡萄牙经销商那里一样，他会毫不吝惜地进行赞扬。另一方面，他还会谴责许多英国人，如那些定居在海岛上的英国人，认为他们不够勤奋。人们会感觉到，克鲁索不会受到对于国家的情感的制约，如同他不会受制于对家庭的情感一样；无论人们的国籍如何，只要同他做生意，他就感到满足；同摩尔·弗兰德斯一样，他认为"只要兜中有钱，哪里都是家"。[17]

那些首先将《鲁滨逊漂流记》置于"旅行和历险"这种稍显特别的类型中的因素，其时并非完全有意如此。在小说的发展过程中，依赖于旅行的情节确实倾向于将《鲁滨逊漂流记》置于有些边缘的位置，因为它将主人翁带离了通常具有稳定性和连续性的社会关系模式这一环境。但克鲁索也不只是一位不受约束的历险者，他的旅行如同他脱离社会关系的自由一样，只是一些倾向的极端例子，这些倾向在整个现代社会是很平常的，因为将获利作为主要的动机，经济个人主义极大地增加了个人的流动性。更具体地说，鲁滨逊·克鲁索的经历，如同现代学术所揭示的那样，[18]是脱胎于那些不可胜数的卷帙中所记录的一些事件。这些浩瀚的卷帙详述了那些航海者的掠夺，他们在16世纪不辞辛劳地通过提供金子、奴隶和热带地区的产品——这是扩大贸易所依赖的——来支持资本主义的发展；这些航海者还在17世纪通过发展殖民地和世界市场来继续这一进程，而这些市场又是资本主义未来发展所要依赖的。

笛福所设计的线索，表达了他所处时代中的一些最重要的趋势，而正是这一线索让他的主人公不同于文学中所描写过的大部分

---

[17] *Moll Flanders*, ed. Aitken (London, 1902), I, 186.
[18] 尤其见于 A. W. Secord, *Studies in the Narrative Method of Defoe* (Urbana, 1924)。

旅行者。鲁滨逊·克鲁索不像奥托吕库斯那样是一位经商的旅人，虽然他的旅行延伸到较远的地方，但仍然是在熟悉的区域活动。他也不像尤利西斯那样是一位不情愿的航行者，想努力地返回他的家庭和故土：利润是克鲁索唯一的使命，全世界都是他的领地。

个体经济的优越性主要在其倾向于削弱人与人之间以及群体之间关系的重要性，特别是建立在性爱之上的关系。性爱，如韦伯所曾指出的，[19]作为人类生活中最强烈的非理性因素之一，是个人对于经济目标之理性追求的最强大的潜在威胁之一。所以，如我们将要看到的，在工业资本主义的意识形态下，性爱被置于特别强大的控制之下。

在小说家中，肯定没有比笛福更为仇视浪漫爱情的人。甚至性爱的愉悦——对此他在小说中有所提及——都被减少到最低。例如，他在《评论报》[The Review]中抗议说，"其中被称为'快乐'的那件小事情"是"不值得为之感到懊悔的"。[20]至于婚姻，他的态度变得复杂起来，因为男性一方在经济和道德方面的德行并不能保证一桩能获利的婚姻投资：在他的殖民地上，"如在世界上所经常发生的事情那样（神意对诸事的处置，其智慧的目标为何，我无力明言），这两位诚实的人娶了两位糟糕的妻子，而那3位恶棍，上绞刑架都嫌抬举他们，却娶了3位聪慧、勤勉、细致且灵巧的妻子"。[21]他颇感疑虑的括号雄辩地表明了他是以严肃的态度看待神意理性的瑕疵。

所以，毫不奇怪的是，爱情在克鲁索的个人生活中起着很微小的作用，甚至性爱的诱惑都从他获得巨大成功的场景——他的海

---

[19] Weber, *Essays in Sociology*, trans. Gerth and Mills (New York, 1946), p. 350.
[20] I (1705), No. 92.
[21] *Farther Adventures*, p. 78.

岛上——被排除出去。当克鲁索真正注意到岛上尚未形成一个"社群"时,他祈祷能有同伴带来慰藉,但我们看到他所希望的不过是一位男性奴隶。[22] 于是,同星期五一道,他们过起了一种没有妇女所带来的便利的田园生活——这是对传统期望的一种革命性的脱离,而这种期望是从《奥德赛》到《纽约客》[New Yorker] 中的荒芜的小岛唤起的。

当克鲁索终于回归文明社会,性爱依然被严格地限制为从属于生意。只是当他的财富地位通过又一次的航海完全得到巩固,他才结婚;而关于这一崇高的人类历险,所有他告诉我们的不过是,此事"对我既非无利,亦非不快"。3个孩子的出生,他妻子的去世,只构成了他这个句子前边的部分,而后边结束的部分却是计划着进行另一次航海。[23]

妇女仅有一个重要角色,那就是经济方面的。当克鲁索手下的殖民者们以抽签来决定5位妇女的分配时,我们愉快地读到:

> 第一位抽签选择的人……选择了这5位妇女中被认为是最漂亮,也是最年长的那位,这着实让其他人感到好笑……但是这女人被认为是她们中间最优秀的一位,(在他看来)如同对其他事物一样,他们所期望的好处不过是(对她们的)利用和买卖,而她则刚好证明了是这一整群妇女中最出色的妻子。[24]

"这一整群妇女中最出色的妻子。"这里的商业化语言让我们想起笛福曾经说过的话,根据笛福对女性人物的处理方式,狄更斯确信他

---

[22] *Life*, pp. 208-210, 225.
[23] *Life*, p. 341.
[24] *Farther Adventures*, p. 77.

第三章 《鲁滨逊漂流记》、个人主义与小说

本人肯定是"一宗珍贵、枯燥无味且不讨人喜爱的商品"。[25]

同样的非经济因素的贬值也见于克鲁索的其他人际关系。他对它们进行处理的根据都是其商品价值。最明显的例子就是苏里,一位摩尔小孩,他曾帮助克鲁索逃脱了被奴役的命运,且在另一次,他通过牺牲性命来证明自己的忠诚。克鲁索非常恰当地决定"从此以后去爱他",并许诺"把他变成一位伟大的人"。但是当命运把他们领到了葡萄牙船长面前,船长要用60个银币从克鲁索那里买走8个人——这是两倍于犹大得到的钱数——时,他无法抗拒这笔交易,于是就把苏里卖为了奴隶。他有过短暂的犹豫,这是真实的,但是当他从新主人那里得到一个承诺"如果苏里成为基督徒,(我)十年后就会释放他",这些犹豫轻易就得到了满足。虽然后来他也产生了悔意,但只发生在当他需要完成岛上生活的任务时,在那些时候他觉得人力比金钱更有价值。[26]

克鲁索与星期五的关系也同样是以自我为中心的。他根本不询问他的姓名,而是直接给了他一个。甚至在语言上——人类凭此媒介在彼此之间比动物之间的关系能够收获更多,如克鲁索自己在他的《严肃沉思》[Serious Reflections] 中所写到的那样[27]——克鲁索也是一位严格的实用主义者。"同样地,我就教他说'是'和'不是'",[28]他如此告诉我们。但是星期五在与他长时间相处的最后,还是说着混杂的英语,如笛福同时代的批评家查尔斯·吉尔敦所指出的那样。[29]

[25] John Forster, *Life of Charles Dickens*, revised by Ley (London, 1928), p. 611 n.
[26] *Life*, pp. 27, 34-36,164.
[27] *Serious Reflections during the Life and Surprising Adventures of Robinson Crusoe*, ed. Aitken (London, 1902), p. 66.
[28] *Life*, p. 229.
[29] *Robinson Crusoe Examin'd and Criticis'd*, ed. Dottin (London and Paris, 1923), pp. 70, 78, 118.

然而，克鲁索将此关系视为理想的关系。他会"获得同样完美和完全的幸福，如果在尘世的状态下存在着完全的幸福这种东西的话"。[30]一种功能性的沉默——只会被不时的一声"不，星期五"，或可怜的一声"是，主人"打破——是克鲁索"欢乐岛"上的金色音乐。似乎人的社会本性，他对友谊和理解的需要，完全被正当的给予和感恩的接受满足，给予和接受来自于乐善好施却并非要求不高的主顾。后来，如同对苏里一样，克鲁索对自己承诺："如果他比自己活得长的话"，他要为他的佣人"做些特别的事情"。不幸的是，当星期五死在了海上，他就不必做出这番牺牲了；作为回报，除了一番短暂的动情的讣告，星期五一无所有。[31]

总的说来，情感纽带和个人关系在《鲁滨逊漂流记》中起着非常微小的作用，除去它们因经济事务而受到关注时。比如，当克鲁索离开后，他在里斯本的忠实的老代理人称他现在是一位非常富裕的人时，我们才到达情感的高潮："我脸色变得苍白且心里难受；要是这位老人没跑去给我拿来强心剂，我想这突然的惊喜已经击倒了我，我当场就已经死掉了。"[32]只有金钱——极现代意义上的财富——才是引起强烈情感的正当理由；而友谊只会给予那些能够安全地受托于克鲁索经济利益的人们。

我们还看到，静坐不动对于克鲁索而言是"人生中最不幸的事情"；追求安逸几乎也是同样糟糕之事。在这一点上，他与他的作者相似，因为他的作者同任何人一样几乎不迁就这种消遣。笛福在文学中极少谈论友谊，这一点已被人评论，而克鲁索可能是一位伟

---

[30] *Life*, pp. 245-246.
[31] *Farther Adventures*, pp. 133, 177-180.
[32] *Life*, p. 318.

大作家笔下的一个独特的例子,这位作家过去对文学全无兴致,现在也不像文学中那样对友谊作任何兴趣之语。[33]

在无视美学的经验方面,克鲁索称得上是笛福的同伴。我们谈论他就像马克思谈论典型的资本家一样:"享乐排在资本之后,享乐的个体排在进行资本活动的人之后。"[34]《鲁滨逊漂流记》的一些法语版本让他为自然致上礼赞之歌,开头就唱:"啊,自然!"笛福却不会这么做。岛上的自然景色唤起的不是崇拜之情,而是掠夺;克鲁索无论在哪里看到他的土地,都大声呼喊着要去改良它,以至于他根本没有闲暇去仔细欣赏这些土地本身原来也是一片风景。

当然,克鲁索也有自己的快乐,以一种冷漠的方式。如果他没有,像塞尔柯克[Selkirk]那样,[35]同他的羊群一起跳舞,他至少会同它们一起玩耍,还有他的鹦鹉和猫;但是最深刻的快乐还是来自于他对自己存货的检视。"我现在手头一切都齐备了,"他会说,"这就是我最大的快乐,看到我所有的货物都这样整齐地排列着,尤其看到我所有必需物品的存量如此之大。"[36]

(b)

如果鲁滨逊·克鲁索的性格在很大程度上依赖于经济个人主义的心理和社会动机,那么他的冒险对于读者的吸引力,似乎主要源自现代资本主义的另一个重要伴随物所带来的种种后果,经济专门化[economic specialisation]。

---

[33] 见 James R. Sutherland, *Defoe* (London, 1937), p. 25; W. Gückel and E. Günther, "D. Defoes und J. Swifts Belesenheit und literarische Kritik," *Palaestra*, CIL (1925)。
[34] 我译自 *Notes on Philosophy and Political Economy*, in *Oeuvres Philosophiqes*, ed. Molitor (Paris, 1937), VI, 69。
[35] 见 Appendix, *Serious Reflections*, ed. Aitken, p. 322。
[36] *Life*, p. 75。

劳动分工［division of labour］对于小说的出现起过很大作用：部分原因是社会和经济结构越专门化，当代生活中的人物、倾向和经验的重大差别就越大，这些都是小说作家可以描写的方面，也是能引起读者兴趣的内容；还有部分原因是这种专门化能在小说所要取悦的读者中制造出特别的需求来。至少，这些是 T. H. 格林的大概看法："在这种进步性的劳动分工中，当我们作为市民变得更加有用时，我们似乎却在失去作为人的完整性……完美的现代社会组织移除了冒险所带来的刺激以及独立行动的机会。越来越少的有关人类的兴趣可以打动我们、满足我们内在的召唤……"这种情况的"解决之道"，格林总结说，"是在报纸和小说中得到实现的"。[37]

很有可能，经济专门化造成了日常任务中多样性与激励性的缺乏，这造成了我们文化里的个人对印刷和出版业所提供的替代性经验形成了独特依赖，特别是以新闻和小说的形式所提供的经验。《鲁滨逊漂流记》是更为直接的对格林的观点的说明，因为该作很大部分的吸引力明显依赖于在经济领域笛福主人翁所拥有的"独力奋斗的那些机会"的特点，以及读者能够替代性分享这种努力的性质。这些努力的吸引力当然是一种尺度，用以衡量因经济专门化而导致的各种经验丧失的深度；这些失去的经验具有深远的性质，这从我们的文明又重新引入一些基本的经济流程作为治疗性消遣活动中能够得到说明：我们都可以参与到园艺、家庭纺织、制陶、露营、木艺和饲养宠物等有助于性格养成、令人感到愉悦的活动中——这也是环境强加给笛福主人翁的东西；并且像他一样，我们也被展示了那些本来不会知道的东西："通过对诸事做出最理智的

---

[37] "Estimate of the Value and Influence of Works of Fiction in Modern Times," *Works*, ed. Nettleship, III, 40.

判断,每人迟早都会成为所有手工艺术的主人。"[38]

笛福当然清楚不断增加的经济专门化是他所处时代的一个特征,并且使大部分"手工艺术"之于他的读者的经验而言变得陌生。比如,当克鲁索做面包时,他沉思道:"这是一件有些了不起的事情,我认为很少有人曾经思考过它,也就是说,这许多奇怪的小东西,都是在准备、采办、风干、制作并完成这块面包的过程中所必需的。"[39]笛福接下来的描述持续了整整7页,这些内容要是放在中世纪或者都铎王朝时期,人们是不会有什么兴趣的,因为他们在自己的家里每天都看到这些和其他的基本经济活动在进行。但是截至18世纪早期,如卡尔姆所报道的,大部分妇女都不"焙烤面包,因为在每个教区和村庄,都有一个焙烤师",[40]所以笛福希望他的读者们对这类经济生活异常详细的描述感兴趣,而这又构成了他的叙事中非常重要且令人难忘的部分。

《鲁滨逊漂流记》所描写的当然不是笛福自己时代和地点真正的经济生活,而是与经济生活在劳动分工下的现实多少有些相反,目的是为了表现普通个人的手工劳动以引起兴趣和启发灵感。《国富论》[*The Wealth of Nations*]中的劳动分工是亚当·斯密的著名例子,[41]某人负责徽章制作的许多独立工序中的一个,他不会觉得自己的工作像克鲁索那样令人感觉入神和有趣。所以,笛福把经济的时钟往回拨,把他的主人翁带到了一个原始的环境,在这里,劳动可以表现出多样性且令人欢欣鼓舞。还有另一个不同于家庭徽章制作商的重要区别,就是在个人努力和个人回报之间有一个

---

[38] *Life*, p. 74.
[39] *Life*, p. 130.
[40] *Account of His Visit to England*, p. 326.
[41] Bk. I, ch. I.

绝对的平衡。这就是当时经济环境的最终变化，该变化使得笛福将劳动分工、劳动尊严的意识形态对等物纳入到叙事表达成为必要。

劳动尊严的原则并不完全来自于现代：在古典时代，犬儒派和斯多葛派都反对对体力劳动的贬损，而这种贬损却是一个存在奴隶的社会里价值尺度的必需部分。后来，起源主要与奴隶和穷人相关联的基督教，曾做出过巨大努力扫除对于体力劳动的憎恶态度。然而，这一观念仅在现代时期获得完全的发展，大概是因为经济专门化的发展让体力劳动变得更加单调乏味，它的补偿性主张才变得更加必需，而它本身的原则又与新教的出现密切相关。尤其加尔文教倾向于让它的信徒们忘掉劳动是上帝对于不听话的亚当施加的惩罚这一观念，其方式是通过强调一种非常不同的思想，即不知疲倦地管理上帝给予的物质礼物是最大的宗教和伦理义务。[42]

克鲁索作为管理员的素质不容怀疑；他不容许自己有片刻的休息，即使出现了新的劳动力——星期五——也不是一个可以让他放松的信号，而是扩大生产的标志。笛福显然属于苦行的清教主义传统。他写过的大量作品听上去像是对韦伯、特勒尔奇、托尼等人的构想；例如，用迪克雷·克龙克[Dickory Cronk]*的格言来说："当你发现自己在早晨昏昏欲睡时，唤醒你自己，对自己说自己生来就是做事的，并且要在同代人中行好事，你才配得上你的品德，行为才像一位男子汉。"[43] 他甚至还——以一种诡辩式的迟钝——阐

---

[42] 见Ernst Troeltsch, *Social Teaching of the Christian Churches*, trans. Wyon (London, 1931), I, 119; II, 589; Tawney, *Religion and the Rise of Capitalism* (London, 1948), pp. 197-270。

[43] *The Dumb Philosopher* (1719), ed. Scott (London, 1841), p. 21.

* 笛福写于1719年的经典短篇小说，全题是"Dickory Cronke: The Dumb Philosopher; or, Great Britain's Wonder"。迪克雷·克龙克生下来不会说话，一直持续到58岁；而在其去世前几天，他突然能够开口讲话。

述这一观点,认为追求经济的实用性才是真正在模仿基督:"有用才是最大的快乐,且被所有善良的人认为是生活里最真实、最高尚的目的,人类拥有它才最接近我们救世主的品德,救世主四处奔走就是为了做好事。"[44]

笛福此处的态度表现出宗教和物质价值的混乱,清教劳动尊严的福音特别易于受此影响:一旦最高的精神价值被附于日常工作的行动中,接下来就是自主的个人以为自己的成就就是自己似神一般对环境进行控制。于是,可能的情况是,加尔文教"管理人"概念的世俗化对小说的兴起有着重大的作用。作为第一部虚构叙事,其中一位普通人的日常活动成为持续的文学注意力的中心,在此意义上,《鲁滨逊漂流记》当然是第一部小说。的确,这些活动也并不都是投射在世俗的光圈之下;但是,后来的小说作家可以延续笛福对于人的世俗活动的严肃关切而不必将其置于宗教的框架之下。所以这一切就变得可能,清教劳动尊严的概念帮助形成了小说的总的前提:对于文学的恰当主体而言,个人的日常生活具有充分的重要性和兴趣。

III

经济个人主义解释了克鲁索性格中的很多方面,经济专门化和与之相关的意识形态则帮助解释了他的历险何以具有吸引力,但是控制他精神存在的则是清教的个人主义。

特勒尔奇宣称:"个人主义的真正永久成就应归之于宗教的活动而非世俗的活动,应归之于宗教改革而非文艺复兴。"[45]在这些事

---

[44] *The Case of Protestant Dissenters in Carolina*, 1706, p. 5.
[45] *Social Teaching*, I, 328.

件中试图建立起优先顺序既不实用也无利润可言,但是以下事实是真实的:如果有一个因素被所有形式的清教主义所共有的话,它即是人与上帝之中介的教会统治已被另一种宗教观所取代,即个人自己的精神方向被交付给个人,对其负有首要责任。这种新清教要义中的两个方面——增强自我作为精神实体的意识倾向,道德与社会景象趋于民主化的趋势——对于《鲁滨逊漂流记》和对于小说形式实在论所基于的前提都尤其重要。

对于每位个人,宗教性的自我审视这一思想作为一种重要的责任当然比清教主义的历史要古老多了;它源自于原始基督教对于个人和主体性的强调,并在奥古斯丁的《忏悔录》[*Confessions*]中得到了最卓越的表达。不过人们一般都同意是加尔文在16世纪重建了早期这种目标明确的精神自省模式并使之系统化,且使其成为普通民众和僧侣的最高宗教仪轨:每位虔诚的清教徒持续省视内在的自我,以寻找证据确定自己在神性策划中被遴选和被拒斥的位置。

这种"良知的内化"[internalisation of conscience]在加尔文宗中处处可见。在新英格兰,据说,"几乎每位识字的清教徒都以某种形式记录着日志"。[46]并且,在英格兰,班扬在狱中完成的《罪魁蒙恩记》[*Crace Abounding*]是一种生活方式的纪念碑式的重要作品,这种生活方式为班扬以及他教派内的其他成员——浸信会教徒——所共同遵循,[47]这些浸信会教徒——略有一二增减,是正统的加尔文教徒。在后来的世代中,这种内省的习惯甚至在宗教信念减弱的地方仍然得以保留,并因此在现代时期产生了3部伟大的自

---

[46] Perry Miller and Thomas H. Johnson, *The Puritans* (New York, 1938), p. 461.
[47] 见 William York Tindall, *John Bunyan: Mechanick Preacher* (New York, 1934), pp. 23-41。

传性著作《忏悔录》,分别为皮普、卢梭和博斯韦尔所著,他们都是在加尔文宗的教义下长大的。的确,他们对于自我分析的热衷以及极度的自我中心,在总体上,是与晚期加尔文宗[48]以及笛福的主人翁所共同分享的特点。

(a)

对于笛福的作品和小说的兴起而言,主体性和个人主义精神形态的重要性不言而喻。《鲁滨逊漂流记》开启了小说处理个人经验的这一侧面,这匹敌于忏悔式的自传,并在带领我们靠近个体内在道德性存在这一方面超越了其他的文学形式。通过运用自传性实录作为形式基础,它实现了对主人翁内在生命的此种接近。总体来说,自传性实录是清教主义内省倾向的最直接和最广泛的文学表达。

当然,笛福本人生于清教徒,长于清教徒。他的父亲是一位不服从国教者,可能是一位浸信会成员,更有可能是一位长老会成员,无论哪种情况他都是一名清教徒。他把儿子送到一所不服从国教的学院里学习,可能是希望他以后成为牧师。笛福自己的信仰变化过多次,他在自己的写作中表达过从不妥协的宿命论到理性自然神论的全部教义,而理性的自然神论却是清教主义在不同发展阶段中始终坚持的。虽然如此,笛福毫无疑问一直是,并一般被认为是不服从国教者,而从他小说中反映出来的大部分印象则是典型的清教主义。

小说中没有表明鲁滨逊·克鲁索要被设计为一名不服从国教者。另一方面,他进行宗教沉思的语调常常具有清教主义的特

―――――

[48] Troeltsch, *Social Teaching*, II, 590.

点——其要旨被一位神学家视为非常接近于"1648年威斯敏斯特会议"的"长老会小教义问答"。[49] 克鲁索确实经常表现出《圣经》崇拜的迹象：除去许多较短的引文外，单在《鲁滨逊漂流记》第一部分，他就从《圣经》中援引了大约20行诗，他还不时随意翻开《圣经》以寻求神的指导。但是他精神生活中最重要的部分则倾向于进行充满活力的道德和宗教的自我检查。在他的每一行动之后都跟有一篇沉思，其中，克鲁索会思考该如何行动以揭示神的意图这一问题。如果玉米抽穗，这肯定是神迹"如此以维持我的生存"；如果他发了一场烧，"对死亡之苦的悠闲预习"[50]终于让他确信这是因为他忽视向神的仁慈表达感恩之情而招致的谴责。现代读者毫无疑问不会特别去关注叙事的这些部分，但是克鲁索和他的作者通过在篇幅和重点两个方面给予精神领域与现实同样多的重要性，非常清晰地表明了他们的观点。因此似乎是，《鲁滨逊漂流记》可能作为加尔文宗内省训导的残余部分，在虚构写作的历史上首次为我们提供了一位主人翁，他每日的精神和道德生活为读者所完全分享。

文学上的这一重要进步当然不仅仅是由清教主义的内省倾向导致的。如我们已见到的，工作的福音在给予个人日常经济活动及每日精神自省同等重要性方面具有相似的效果；这两种倾向的相似效果又因清教主义中另一种关系密切的倾向而得到补充。

如果上帝已经要求个人为自己的精神命运负首要责任，那么接下来的情形是，他就会通过个人日常生活中的事件向其表明自己的意图。所以清教徒倾向于认为他个人经验中的每一物体都富有潜在的道德和精神意义；当笛福的主人翁努力将叙事中如此多的世俗事

---

[49] James Moffat, "The Religion of Robinson Crusoe," *Contemporary Review*, CXV (1919), 669.
[50] *Life*, I, 85, 99.

件解释为神的示意——这可以帮助他在救赎和遗弃这一永恒的规划中找到自己的位置，他就是依据这一传统在行动。

显然，在此规划中，所有的灵魂都有平等的机会。于是随之而来的是，个人在平常生活中的行为如同在更稀见和更戏剧性的紧急事件中一样，都有充分的机会去展现他的精神品质。这是清教在总体上趋于道德和社会等级民主化的一个原因，并且，它得到了其他几个因素的协助。例如，有许多社会的、道德的和政治的原因说明为什么清教徒应该对贵族的价值尺度充满敌意。他们也成功否定了传奇里对传统英雄人物进行的文学表达，这些外扩型的征服者们不是在精神上和会计室里赢得胜利，而是在战场上和女性的闺房里。在所有的事件中都很清楚，是清教主义在其拥护者的社会和文学态度上引发了一种根本的和某种意义上的民主倾向，这种倾向在《失乐园》里被弥尔顿描述为"去了解/在日常里卧于我们之前的/是首要的智慧"，[51]这种倾向也引发笛福写出了他最为雄辩的文章之一，一篇载于《苹果蜂杂志》[*Applebee's Journal*, 1722]的关于马尔堡丧礼的文章。文章的结束语这样开始：

> 那么，人生的工作是什么？那些伟大人物，他们以貌似成功的姿态走过世界的舞台，我们称其为英雄，他们做过哪些事业？是在名誉的口中变得伟大，并占据数页历史叙述吗？唉，这不过是为着后人的阅读而编出一个故事，直到故事变成寓言和传奇。是为诗人提供主题，并活在他们称之为不朽的诗行里吗？简言之，那不过是后来变成民谣和歌曲，由老妪唱给婴儿使其安静罢了；或者，不过是在街道中心游唱，以聚拢众

---

[51] VIII, 192-194.

人而方便扒手和娼妓罢了。或者，他们的事业是为他们的荣誉增加德性和虔诚——这些自身会使其永恒，并让他们真正变得不朽吗？如果缺少德性，荣誉又是何物？一位伟大人物如果缺少宗教信仰，不过是没有灵魂的野兽。

于是，笛福对其进行调整并增加新的内容，使其更像是对符合中产阶级规范的清教主义遗产之一的价值勉强做的伦理评价："没有价值，何为荣誉？什么可以被称为真正的价值，除了那可以让人变好、让人变得伟大的东西？"[52]

必须承认，以美德、宗教、价值和善这些标准来衡量，克鲁索以及笛福笔下的任何主人翁都不引人注目；当然，笛福也无意要让他们如此做。但是这些标准的确代表了笛福小说中所存在的道德维度，而他的主人翁必须借此而得到评判：这一伦理天平已被内化和民主化，不像一般见于史诗或传奇的关于所取得的成就的天平，它与普通人的生活和行动相关。在这一点上，笛福的主人翁是典型的更晚期的小说人物：鲁滨逊·克鲁索、摩尔·弗兰德斯以及雅克上校甚至从未想过光荣或荣誉。与之前的叙事相比，他们日复一日、更完整地生活在这种道德的维度中，而他们的思想和行动仅表现出平常的、大众的善与恶。例如，鲁滨逊·克鲁索是笛福笔下最具英雄气质的人物，但是他的个性或者他面对陌生经历的方式并没有什么特别不一样的地方。如柯勒律治所指出的，他本质上是"普遍性的代表，关于此人，每一位读者都可以将其代之以自身……如果把每一个人可能想象到自己正在做的、思考的、感受的，或者希望得

---

[52] 引自 W. Lee, *Daniel Defoe* (London, 1869), III, 29-30。

到的排除开外,那么什么事情也不会被做、被思考、被经历,或者被渴望"。[53]

笛福将鲁滨逊·克鲁索刻画为一位"普遍性的代表",这是以另一种方式和清教主义的平等主义倾向密切关联。因为这种倾向不但让个人面对日常生活中每一问题的方式成为一种深沉而连续的精神性关怀,而且还鼓励了一种文学的观念,即以最为详尽的忠实性适合于描述此类问题。

《摹仿论》[Mimesis]是一部了不起的全景式作品,概述了文学中从荷马到弗吉尼亚·伍尔夫的现实主义描写。在该作中,埃里希·奥尔巴赫已经解释过基督教中对于人的观念与文学中对于普通人和普通生活的严肃描写之间的一般关联。古典的文类理论已经反映了希腊和罗马的社会与哲学目标:悲剧以合适的崇高语言描写高于我们自身的英雄人物的盛衰,而每日的现实这一领域则属于喜剧,喜剧被认为是以合适的"低等"的语言去描写"不如我们自己"的人。然而,基督教文学反映了一种非常不同的社会和哲学目标——根据主题事件所属的阶级地位而进行的风格等级分离原则[stiltrennung]在基督教文学中却无位置。这种福音式的叙事以极大的严肃性和不时的崇高性对地位低下的人们的活动进行处理,后来,这一传统在中世纪的许多文学形式中——从圣徒的事迹到奇迹剧——得到延续;并最终在但丁的《神曲》[Divine Comedy]中获得最伟大的表达。[54]

---

[53] *Works*, ed. Potter, p. 419.
[54] *Mimesis: The Representation of Reality in Western Literature*, trans. Trask (Princeton, 1953), 尤其是 pp. 41-49, 72-73, 148-173, 184-202, 312-320, 387, 431-433, 466, 491。我根据德文版(Bern, 1946)将 *stiltrennung* 翻译为"风格等级分离",比 Trask 先生的"风格区分"要稍稍更具体一些。接下来的两个段落依然来自对这本书的总结,除了关于清教主义是什么的内容。

然而，对文艺复兴和天主教复兴运动进行经典化的趋势重新建立起来旧的文类准则，并的确对其进行了详尽而精致的阐述，以致亚里士多德都会对此感到吃惊。这种阐述中最显著的例子出现在17世纪法国文学中，特别是在悲剧中——不但规定了对完全法典化的宏伟风格的不间断使用，甚至还将日常生活中的对象和行动从舞台上放逐。

然而，在清教国家中，风格的等级分离原则从未取得过权威的地位，尤其在英国，这里的新古典主义遭遇了莎士比亚以及作为中世纪部分遗产的、混合了悲剧和喜剧风格的特点。虽然这样，在一个重要的方面，甚至莎士比亚都遵守了这种风格的等级分离原则：他对于地位低下且粗鄙的人物的处理，非常近似于从本·琼生到德莱顿以来新古典主义传统中的主要人物，且其中全无平等主义的因素。相对于这种贬损的态度，这些主要的例外出现在清教作家的作品中，就具有非常重大的意义。在亚当身上，弥尔顿创造了第一位史诗英雄，他本质上就是一位"普遍性的代表"。班扬认为，在上帝面前所有灵魂都是平等的，他给予了那些卑微的人和他们的人生一种更为严肃和同情的关注，这是在他所处时代里的其他文学中没有的。在小说中，民主的清教个人主义与日常现实世界的客观呈现和所有生活其间的那些人物之间的关系，笛福的小说是最佳的说明。

(b)

然而，在班扬和笛福之间存在着一个巨大的差距，这个差距表明了为什么是笛福而非班扬通常被认为是第一位小说作家。在关于清教运动的更早期的虚构性作品里——如在亚瑟·登特［Arthur Dent］的《普通人的升天之路》[*Plain Man's Pathway to*

Heaven]中，或在班扬和他的浸信会会友本杰明·基奇的故事中——我们已经看到了小说的许多因素：简单的语言，对人物和地点的忠实描写，以及对普通个人道德问题的严肃呈现。但是这些人物和他们行动的意义主要依赖于对于事物的一种超验性设计：称里面的人物是寓言性的，是说他们在俗世的现实不是作者的主要目标，而是意味着，作者希望通过这些人物让我们看到一个更大而不可见的、超出时空的现实。

另一方面，在笛福的小说中，尽管存在着宗教的考虑，但是它们不再具有如此的特权地位：清教主义的遗产确实明显过于微弱，以至于不能为英雄人物的经历提供一个持续性和支配性的模式。举例说，如果我们就克鲁索的行为转向来观察他的宗教的实际效果，会出奇地发现其效果微乎其微。笛福常常表明：任何一个事件都是一宗神意或神之责罚的行为，但是这种阐释几乎不被故事里的事实支持。以下述这个重要的事实为例：如果克鲁索的原罪是作为子女的不孝顺——起初就离家出走——那么肯定不会有真正的责罚随之而来，因为他自出走之后所行甚佳。后来，他经常启程远行而不必担心他会因此而造成对神意的蔑视。这的确非常接近于"忽视"那些"告诫、警告和训导的……神意"，克鲁索在他的《严肃沉思》中称其为一种"事实上的无神论"。[55]神意在哪里带来赐福——比如，当他发现了玉米粒和稻粒——那里的事情就会变得不同：克鲁索需要做的只是接受。但此三部曲作为整体无疑表明，任何缺少合作意识而干涉神意的行为都可被安全地忽略。

马克思曾不悦地指出过克鲁索宗教生活中这一颇为无谓的特点。"我们不要在意他的祈祷，因为这不过是他获取快乐的一个来

---

[55] p. 191.

源，而且他把这些祈祷活动看作如同一种娱乐。"[56]他要是看到了吉尔敦的说法，会对这一说法感到高兴，吉尔敦认为这些"宗教的和实用的沉思"，"在事实上被放入笛福的著作中，是为了扩充它的容量，使得该书能以5个先令卖出"。[57]马克思和吉尔敦都正确地注意到了书中提到的宗教方面与其中行动的不一致：但是他们对笛福的评论都有些不公。他的这些宗教意图可能是很真诚的，只是这些想法有着"星期日宗教"的所有弱点，并且当被允许或强行暂缓进行真正的行动和实践中智力上的努力时，它们会不时地通过向超验之物定期致以敬意的不那么令人信服的活动来彰显自身。这当然就是克鲁索的宗教，并且我们认为，在此最终的分析中，这就是笛福自身未解决的和可能未意识到的矛盾所造成的结果。他完全生活在现实和实用的行动领域中，当他在描述鲁滨逊·克鲁索生活的这个方面时，他也可能完全是忠实于自身的存在。但是，他成长的宗教背景迫使他不时把一位明星级记者所写的精彩故事交给一位远方的同事以登载在宗教专页上——可以依赖他为快速告罄的宗教性评论提供合适的稿件。清教主义让编辑的原则不可更改，但它经常满足于完全形式化的固守。在这一点上，笛福也是清教主义发展的典型；以H. W. 施奈德的话说："信仰极少变为疑问；它们变为仪式。"[58]超脱尘世的事并不是笛福小说的重要主题，但是这些小说确以威胁性的结尾来强调这样的叙事，这些结尾表明了一种有些机械的实践生活。

---

[56] *Capital* (New York, 1906), p. 88.
[57] *Robinson Crusoe Examin'd*, ed. Dottin, pp. 110-111.
[58] *The Puritan Mind* (New York, 1930), p. 98. 克鲁索精神上阴郁的自我谴责对他行为的影响微乎其微，对此进行的详细分析可见Perry Miller, "Declension in a Bible Commonwealth," *Proc. Amer. Antiquarian Soc.*, LI (1941), 37-94。

笛福小说中宗教的相对无能所表明的，不是他缺乏真诚的观念，而是其观念深刻的世俗化，这一世俗化是他所处时代的突出特征——在其现代意义上，该词可以追溯到18世纪的头几十年。笛福自己出生之时，清教联邦已经在复辟中分崩离析，而《鲁滨逊漂流记》是写于"索尔特斯大厅争议"［Salters' Hall controversy］那一年，当时不服从国教者在与国教会进行妥协时已经放弃了最后的希望，在此之后，甚至他们在其自身内部进行联合的努力也被证明为不可能。在《鲁滨逊漂流期间的严肃沉思》中，笛福的主人翁思考着基督教信仰在全世界的衰落；在一个主要是异教徒的世界里，它是一个内部严重分裂的少数派力量，而且上帝的干预似乎比以前更显得遥远。至少在本书的最后部分，这就是鲁滨逊·克鲁索以自身经历被迫接受的结论：

> ……在我们的时代，将不会有对于基督教的如此热忱，或者在这个世界的任何时代可能都不会有，除非天堂自己能够敲响钟鼓，那些辉煌的军团从上天降下，去特意宣传他们的做工，并让全世界屈服为耶稣基督的顺民——有些人告诉我们这个时期并不遥远，但在我自己的旅行中和灵感里，不，没有关于它的一个词语出现。[59]

"不，没有关于它的一个词语出现"——那个垂死的秋天让克鲁索陷入绝望。他被告知所应期望的与他所经历的并不相符。他必须自己妥协去进行一次朝圣之旅，穿越一个事实上的世俗世界，走上一条属于自己的路，而该道路不再受到神意的清晰指引，直到天堂自

---

[59] p. 235.

己敲响钟鼓。

这一时期世俗化的原因有很多，但是最重要的原因之一，特别是就清教主义而言，是经济和社会的进步。比如，在新英格兰，那些清教之父们很快就忘记了他们本来创立的是"一个宗教的种植园，而不是贸易的种植园"。据说，布拉德福德总督［Governor Bradford］在他的《普利茅斯种植园史》［*History of Plymouth Plantation*］中表明，一位清教圣徒怎样开始"越来越少地像一位清教牧师那样去写作，而是越来越多地像《鲁滨逊漂流记》的作者那样去写作"。[60] 在英格兰，到笛福的时代，那些更受尊敬、不服从国教的教派至少是被那些富裕以及有些迎合潮流的商人和金融家支配的；获取更多利益的机会驱使着许多富裕的不服从国教者不仅会偶尔表示顺从，而且干脆会进入国教安立甘宗［Anglican Church］。[61] 笛福在早年曾激烈地谴责过那些临景应时的顺从姿态，但是我们注意到，鲁滨逊·克鲁索就是一位带有报复心理的偶尔表示顺从者——如果是出于经济上的权宜考虑，他甚至可以成为一位天主教徒。

精神和物质价值之间的矛盾是一个古老的话题，但是这个问题在18世纪可能比在其他任何一个时期都更为明显；所谓更明显是因为如此多的人们认为——他们显然深信不疑，这个矛盾并不真正存在。例如，沃伯顿主教［Bishop Warburton］就认为，"为实用提供信仰，同时也是为真理提供信仰，真理是实用不可分离的同伴"。[62] 不愿意思考精神和物质价值可能会冲突到何种程度，这在笛福的

---

[60] William Haller, *The Rise of Puritanism* (New York, 1938), p. 191.
[61] 见 A. L. Barbauld, *Works* (London, 1825), II, 314; Weber, *Protestant Ethic*, p. 175。
[62] 引自 A.W. Evans, *Warburton and the Warburtonians* (Oxford, 1932), p. 44。

小说中非常突出地表现出来，它们所提出的这个重大的关键性问题是，它们是否事实上并没有混淆整个问题，而这甚至都是可以被争论的。但是，不管我们在这一点上的决定是什么，至少清晰的是，此种混淆仅有的可能性单独存在，是因为在笛福写给我们的叙事中，"高尚"和"低微"两种动机都被同等严肃地处理：相比之前的任何小说，他的小说中道德的连续性更加接近于精神与物质问题的复杂结合，道德的选择在每日生活中照例都会被牵涉进来。

于是，可能的情况似乎是，笛福在小说历史上的重要性与他的叙事结构体现清教主义与世俗化倾向之间斗争的方式直接关联，而世俗化则根源于物质上的进步。同时，同样明显的是，世俗与经济的视角是主要的搭档，正是它才解释了为什么笛福而非班扬通常被认为是小说兴起的第一位关键人物。

德·沃格于埃［De Vogüé］，法国实在论者的天主教反对者，在小说对于非自然事物的排斥中找到了一种无神论的假设。[63]可以肯定的是，小说的惯常手段——形式实在论——倾向于排斥未经感官进行证实的一切：陪审团一般不会同意将神意干涉作为人类行动的借口。所以可能的情况是，一种世俗化的尺度对于这种新类型的兴起是不可缺少的条件。一旦大部分的作家和读者相信，个体的人——而不是人的集体如教会，或超验的行动者如三位一体中的"人们"——在尘世的舞台上被赋予了最高的角色，那么小说就只能集中关注人的各种关系。乔治·卢卡奇［Georg Lukács］写道，小说是一个被上帝抛弃的世界里的史诗。[64]用德·萨德侯爵［Marquis

---

［63］ 见F. W. J. Hemmings, *The Russian Novel in France, 1884-1914* (London,1950), pp. 31-32。
［64］ *Die Theorie des Romans* (Berlin, 1920), p. 84.

de Sade〕的话说,它给我们展示的是"一幅世俗风尚的图画"。[65]

这当然不是说小说家本人或者他的小说不可以具有宗教性,而只是意味着不管小说家的目的是什么,他的手段应该严格限定于这个地球上的人物和行动:精神的领域应该仅通过人物的主观经验得到呈现。于是,以陀思妥耶夫斯基的小说为例,其逼真性或意义绝不依赖于他的宗教观点。神意干涉不再是必需的构思,如同在班扬的作品中一样,每一个行动的原因和意义都有充分而完整的解释。对阿廖沙和左斯玛神父的描写都十分客观:的确,陀思妥耶夫斯基的描写极精彩之处在于他不能假设,而是必须证明精神的现实。《卡拉马佐夫兄弟》[The Brothers Karamazov] 作为一个整体,不依赖于任何非自然的原因或者意义而使自身有效和完整。

总之,我们可以说小说需要一种以个体的人之间的关系为中心的世界观,而这就涉及世俗化和个人主义的问题。因为直到17世纪末,个体的人还没有被看作完全自主的,而是被视为一幅图案里的一个元素,依赖神性的人物来给予它意义,以及习俗的机构如教会和王权来给予它世俗的形态。

同时,清教主义的积极贡献不仅在于现代个人主义的发展,而且也在于小说的兴起,以及它后来在英格兰的传统,这些都不能被低估。正是通过清教主义,笛福把对个人心理关怀的讨论带入小说,这些心理的关怀在辩论推理中是一个极大的进步,而辩论推理之前曾作为心理描写甚至出现在最优秀的传奇中,如在德·拉法耶特夫人的作品中。以下事实也没有否认笛福不服从国教背景的绝对重要性:用鲁道夫·施塔姆[Rudolph Stamm] 的话说——鲁道夫·施塔姆曾经对笛福的宗教立场进行过最完备的说明——笛福

---

〔65〕 *Idée sur les romans* (Paris, 4th ed., n.d.), p. 42.

的作品表明他"自己的现实经历与一位加尔文宗信徒毫无共同之处"。[66]因为我们可以谈论他,像谈论他之后处于同样传统中的其他小说作家如塞缪尔·理查逊、乔治·艾略特或D. H. 劳伦斯一样,认为他们从清教主义那里遗传了除宗教信仰之外的所有一切。他们都对生活有一种极为活跃的概念,把它看作一种持续的道德和社会斗争。他们都将生活中的每一事件看作提出一个固有的道德问题,面对此问题,必须发挥全部的理智和良知,才有可能采取正确的行动。他们所有人都通过自省和观察来寻求建立起他们自己道德确定性的个人设计,并且以不同的方式,他们都表现出了早期清教作家的自以为是和有些生硬的个人主义。

IV

直到现在,我们一直主要关心的问题是笛福的第一部虚构性作品对于经济和宗教个人主义与小说兴起之间联系的性质所带来的启发;但既然我们对《鲁滨逊漂流记》产生兴趣的主要原因在于它文学上的伟大,这种伟大与它反映个人主义最深刻的愿望与困境的方式之间的关系也需要稍稍进行考虑。

《鲁滨逊漂流记》极其自然地置身于经典序列中,不是同其他的小说一道,而是同西方文明中的那些伟大神话一道,同《浮士德》、《唐·璜》以及《唐·吉诃德》一道。所有这些作品中都有其

---

[66] "Daniel Defoe: An Artist in the Puritan Tradition," *PQ*, XV (1936), 227. 关于笛福的宗教这个极困难的问题,特别见于Stamm, *Der aufgeklärte Puritanismus Daniel Defoes* (Zürich and Leipzig, 1936); John R. Moore, "Defoe's Religious Sect," *RES*, XVII (1941), 461-467; Arthur Secord, "Defoe in Stoke Newington," *PMLA*, LXXVI (1951), 217。

主人翁一心一意所进行的追求——这位主人翁身上具备"西方"人众多特有渴望中的一种,而这就成为它们基本的情节和持久的意象。*在对我们的文化尤其重要的行动域中,这些主人翁中的每一位都表现出"德性"和"傲慢",一种不同寻常的英勇和一种有害的放纵。唐·吉诃德,骑士理想主义的轻率大度和有局限的盲目;唐·璜,追求关于妇女的无穷经验,同时为其所折磨;浮士德,这位伟大的认知者,他的好奇总未得到满足,他也因此受到谴责。克鲁索,似乎坚持认为自己与他们不同路;他们都是非常特别的人,然而在这种环境中,任何人都会去做他所做过的事。然而,他也有一种不同寻常的英勇;他完全能够独自生活。他也放纵:极度的自我让他无论身处何地都遭受孤立。

有人会说,他的自我中心是外界强加给他的,因为他被抛弃到了一个孤岛上。但是,以下事实也确实存在:他的个性一直在招致相应的命运,而这种个性得以发生,是因为小岛为他提供了最完整的机会去实现现代文明中三个互相关联的倾向——个人绝对的经济、社会和才智的自由。

正是克鲁索实现了才智的自由,使得卢梭认为该书之于爱弥儿的教育是"一本就可以教会(其他全部)书籍才能教会的一切的书";他认为"要让自己摆脱偏见和让自己的判断建立在事物间真正关系上的最有把握的方法,是让自己处于一个孤立的人的位置,而对所有事物所下的判断,要和那位孤立的人根据事物的实际用途所下的判断一样"。[67]

在他的小岛上,克鲁索也在享受这种摆脱了各种社会约束的

---

[67] *Émile, ou De l'éducation* (Paris, 1939), pp. 210, 214.

* 此处为突出西方文化和西方社会的价值理念,"Western"一词的"W"以大写的形式出现,故翻译时对"西方"一词加上引号以示强调。

绝对自由,而这正是卢梭所渴望的——这里没有家庭联系或者民政当局来干涉他的个人自治。甚至当他不再是一个人时,他个人的专制仍然得以保留——它的确是得到了增长:鹦鹉叫着它的主人的名字;星期五自发地宣誓要永远做他的奴隶;克鲁索无所在意地沉浸于作为一位独裁君主的幻想里,以致他的一位来访者甚至怀疑他是否就是神。[68]

最后,克鲁索的海岛给予了他完全的自由,这是经济人所需要的,用以实现他的目标。在国内市场环境下,税收和提供劳动力的问题让个人不可能去控制生产、销售和交换的各个方面。结论很明显:响应那些空旷地域的呼唤,发现一个海岛荒地,因为在它上面没有主人和竞争者。在那里建造起你自己的帝国,让星期五帮助你,他不需要工资,因此这样可以更加容易支持白人的事业。

这就是笛福的故事所表现出的积极和具有预言性的一面,这一面让笛福成为经济学家和教育家的灵感,也使他成为下述两种人的象征。一种是城市资本主义里无家可归的人物,如卢梭;另一种是城市资本主义里更讲实用性的人物,如帝国的建设者。克鲁索实现了所有这些理想的自由,并且如此行动让他毫无疑问地成为一位特殊的现代文化的英雄。例如,亚里士多德认为一个人如果"不能居住在人类社会中,或者不需要如此,因为他是自足的,那么此人必定要么是野兽,要么是神",[69]那么他一定会认为克鲁索是一位奇怪的英雄。或许,这是运用了理性;因为可以肯定的是,他实现的理想的自由在现实世界里既非常不实际,而且只要它们能被付诸实

---

[68] *Life*, pp. 226, 164, 300, 284.
[69] *Politics*, Bk. I, ch. 2.

践,那么对于人类的幸福而言一定是灾难性的。

或许有人反对,认为鲁滨逊·克鲁索的各项成就是可信的,并且统统是有说服力的。这是对的,但是仅仅因为在他的叙事中——或许作为卡尔·曼海姆称为"乌托邦式的智力"的一位无意识牺牲者,这种"乌托邦式的智力"是由意志控制行动,并因此"对所有动摇它信仰的一切,它都不予理会"[70]——笛福忽视了两个重要事实:所有人类经济活动的社会特性,以及独处时的实际心理效果。

鲁滨逊·克鲁索得以发达的基础当然还是来自于他从发生海难的船上掠取的那些常备的工具;我们被告知,它们包括了"各种各样……最大量的储存物品,这本来是为一个人准备的"。[71]所以,笛福的主人翁并不真的是原始的人,也不是一位无产者,而是一位资本家。在岛上,他对一块富裕而未开发的地产拥有永久的业权。地产上的所有物,加之从船上得到的储存,就是所谓的奇迹——它增强了支持者对这种新经济信条的信心。但仅仅只是真正信仰者的信心:对于怀疑者而言,自由创业的古典式牧歌事实上并不支持这种观点——每个人只要通过自己的努力就可以舒适而安全地生活。克鲁索事实上是无数其他个人的劳动的幸运继承人;他的孤独是他幸运的尺度和代价,因为它关涉到所有其他潜在股份持有者的幸运离世。并且那一场海难,远不是一次悲剧突变(peripety),*而是希腊悲剧里的"机械降神",**它让笛福表现孤独的努力成为可能,这

---

[70] *Ideology and Utopia* (London, 1936), p. 36.
[71] *Life*, p. 60.
* 此处的"peripety"是希腊文"περιπέτεια(peripeteia)"在英语中的写法,是亚里士多德在《诗学》中对戏剧,尤其悲剧所提出的"行动突然向相反方向的转变"。
** 拉丁语的"*deus ex machine*(god from the machine)"是对希腊语"ἀπὸ μηχανῆς θεός"的直译,在希腊悲剧(也见于喜剧)中,机械将扮演神的演员降落到舞台上,以解决戏剧矛盾或用于结束本剧。

种独自努力不是对死刑的一种替代,而是对于经济和社会现实困惑的一种解决之道。

作为一种行动模式,对于《鲁滨逊漂流记》的心理拒斥也很明显。当社会使每一位个体成为他之所是时,长期缺乏社会参与度,实际上倾向于让个人重新陷入思维与感情的令人窘迫的原始主义。在笛福《鲁滨逊漂流记》的故事来源中,那些实际发生在海难遇难者们身上的故事无论如何也称不上对人们具有启发性。最坏的情况是,被恐惧所困扰和为生态恶化所苦恼,他们越来越深地陷入到动物的境地,失去了使用语言的能力,然后发疯或者死于生活用品的匮乏。几乎可以肯定,笛福曾经读过一本书,《小艾伯特·德·曼德尔斯洛的航行和旅程》[*The Voyages and Travels of J. Albert de Mandelslo*],该书讲述了两个相似的案例;一个是关于一位法国人,他在毛里求斯孤独地待上两年后,因为食用一顿活龟而引起一阵癫狂,他把自己的衣服撕成了碎片;另一个是关于圣·赫勒拿岛上的一位荷兰水手,他挖掘出已经埋葬的同伴的尸体并乘着他的棺木出海。[72]

如同约翰逊博士曾表达的,这些关于绝对孤独的现实同对它后果的传统看法是一致的。"孤独的人,"他断言说,"一定是奢侈的,可能是迷信的,且可能是疯癫的:思维因为没被使用而变得呆滞,变得病态,并像一支蜡烛那样在浑浊的空气中熄灭。"[73]

在这个故事中,恰恰发生了相反的事情:克鲁索将他的这片被遗弃的地产变成了一份壮举。笛福放弃了可能发生的心理可能性,目的在于弥补他描述的不可抗拒的孤独景象,正因为如此,他异常

---

[72] 见 Secord, *Narrative Method of Defoe*, pp. 28-29。
[73] *Thraliana*, ed. Balderston (Oxford, 1951), I, 180.

强烈地引起所有陷入孤立的人的注意——谁又未曾偶尔孤独过呢？一个内部的声音不断地向我们表明，个人所培养起的人类的孤立是痛苦的，且绝对会朝向一种冷淡的动物性和精神错乱的人生。笛福对此的回应极有信心，认为它可以成为实现每位个体之潜能的艰难前奏。两个世纪个人主义中的孤独读者不由得为如此可信的例子喝彩——从需求里发掘德性，并为对个人主义的经验，即孤独的如此令人振奋的渲染感到欢欣鼓舞。

它是普遍的——这个词总被发现刻于个人主义这枚硬币的另一面——几乎不会受到怀疑。尽管笛福是这种新经济和社会秩序的乐观的代言人，我们已经发现，作为一位小说作家，他轻率而诚实的视野使得他可以去报道许多不那么令人振奋的、与经济个人主义相关的现象，经济个人主义倾向于让人们同其家庭和祖国分离。现代社会学家已将非常相似的结果归因于其他两种在《鲁滨逊漂流记》中得到反映的主要趋势。马克斯·韦伯，例如，已经揭示了加尔文的宗教个人主义怎样在它的追随者中制造了历史性的、前所未有的"内在分离"。[74] 而爱米尔·涂尔干［Émile Durkheim］从劳动分工和与之相关的改变中推导出了现代社会规则中无穷尽的矛盾和困惑，以及让个人依赖自己的社会失范状态，[75] 并且当描绘他所处时代的生活时，他也附带地为小说作家提供了丰富的关于个人和社会问题的矿藏。

笛福本人似乎比一般所认为的更加意识到他的孤独史诗所具有的更广泛的代表性。（但）这种意识并非全部，因为如我们所已见到的，他回避了孤独实际上带来的经济和心理的效果，以便让他的

---

［74］ *The Protestant Ethic and the Spirit of Capitalism*, p. 108.
［75］ *De la division du travail social*, Bk. II, chs. 1, 3.

主人翁的奋斗比可能相反的情况更加令人振奋。然而,克鲁索极具说服力的发言所关注的是作为普遍状态的人的孤独。

《鲁滨逊漂流期间的严肃沉思》(1720)实际上是一部有关宗教、道德和奇异因素的杂集,且作为整体,不能将其作为故事的一部分而加以严肃对待:拼凑这个集子主要是为了趁机利用这个三部曲第一部分所取得的巨大成功,其他两部是《鲁滨逊·克鲁索的生活和奇妙历险》[The Life and Strange Surprising Adventures of Robinson Crusoe],*以及稍薄的《鲁滨逊漂流记续集》。然而,在这些书的序言和第一篇文章"论孤独"[On Solitude]中,包含大量有价值的线索,关于笛福将什么——至少经过再三思考之后——视为他的主人翁种种经历的意义。

在《鲁滨逊漂流记》的序言中,他表明这个故事"尽管是寓言性的,也是历史性的":它来自于一个人的生活,他是"一位活着的人,也很出名,他生活中的这些行动是这些集子的正当主题,这个故事的全部或者大部分内容都直接提及他"。并且,笛福暗示说他本人就是原型,鲁滨逊·克鲁索是其"徽章",他所进行的寓言式描述正是他自己的生活。

许多批评家否认甚至嘲笑这一声明。《鲁滨逊漂流记》显然因其虚构性而受到抨击,笛福被认为在很大程度上只是使用这个寓言式的理由对这种批评进行辩驳,同时纾解清教徒对虚构叙事的普遍厌恶,他本人大量地运用了这些虚构叙事。然而,也不能完全否认这个声明所具有的一些自传性关联:《鲁滨逊漂流记》是唯一一部他做出如此声明的书,而且它同我们了解的笛福的形象和志向在很多方面非常符合。

---

* 即《鲁滨逊漂流记》。

笛福本人在他的时代是一位孤立而独行的人物；看看他对自己人生的总结就知道了，他在一篇序言里回应1706年的一个小册子，《答一份小册子，名为"哈弗莎姆爵士为其言论进行的辩护……"》[A Reply to a Pamphlet, Entitled "The Lord Haversham's Vindication of His Speech..."]，他在其中抱怨道：

> 我怎样在这个世界里茕茕孑立，被那些我曾亲自为其服务的人们抛弃；……，除了我自己的辛勤努力，（我）没有（得到）任何帮助，我怎样摆脱厄运，克服它们，不把写作所得计算在内，从17镑一直挣到接近5000镑；在狱中，在隐居时，在各种形式中的极端情况中，我一直依靠我自己，没有朋友或亲戚的帮助。

"以不惧挫折的勤奋寻求一条出路"无疑是克鲁索和他的作者所共有的英雄主义，在《鲁滨逊漂流记》的序言中，正是这一特性被他称为是此书令人鼓舞的主题："在最痛苦的遭遇中，所要建议的正是战无不胜的忍耐；在最重大、最令人沮丧的环境中，则是不屈不挠的勤奋和无畏的决心。"

对他的故事发表了具有自传性的声明之后，笛福继续思考关于孤独的问题。他的讨论对韦伯有关加尔文主义后果的观点进行了有趣的说明。他的大部分讨论是关于具有清教精神的坚持，即坚持个人需要在自己心灵中征服此世界，坚持个人需要获得精神性的孤独而不必诉诸隐修生活。他说，"要紧的是获得心灵上的退隐"，接着说，"假如我们愿意，应该如同生活在阿拉伯和利比亚的沙漠，或生活在一个无人烟的荒岛上那样，去实际地享受一种完整的孤独的所有部分，并增进充分的优雅，哪怕是在最拥挤的城市，或在宫廷

91

里匆匆的交流和献殷勤中，或在营地里的噪声和事务里"。

然而，这则评论不经意地落入一种更为普遍的把孤独作为一种持久心理事实的声明："所有的反思都在家里进行，且在某一方面，我们亲爱的自我是生活的目的。所以，或许可以恰当地说，人在人群中是孤独的，人在人群和事务的慌忙中是孤独的。他所做的所有反思都是针对自身的；所有愉快的事情，他都据为己有；所有令人生厌和痛苦的事情都经自己的味觉品尝过。"[76] 在这里，清教坚持远离一个有罪的世界以获得心灵的完好是基于一些条件，这些条件表明了一种对于社会的更为绝对、世俗和私人的疏离。后来，它作为对于笛卡尔所谓由"孤独自身"[solus ipse]重新定义的孤独的响应，被统合进一种个人孤独的痛苦意义之中，它使人无法抗拒的现实促使笛福发表了他最为急迫和最为感人的演说：

> 对于我们而言，他人的痛苦是什么，他人的欢乐又是什么？因为同情的力量，我们可能真的会被某事感动，且喜爱之情在暗地里发生转变；但所有这些实在的反思都朝向我们自己。我们的沉思全是趋于完善的孤独；我们的激情都在退隐中获得锻炼；我们在隐居和孤独中去爱，去恨，去觊觎，去享受所有的这一切。我们与他人交流的所有内容，不过是需要得到他们的帮助以追逐我们自己的渴望；目的就在家里；享乐和沉思全是孤独和隐休；我们为自己而享乐，为自己而遭罪。

"我们在隐居和孤独中觊觎和享受"：真正占据人们的是这样的东西，它让人无论身处何地都感到孤独，并且也让人意识到任何一

---

[76] pp. 7, 15, 2, 2-3.

种与他人的关系的有趣本质——人们在此关系中找到安慰。"我们与他人交流的所有内容,不过是需要得到他们的帮助以追逐我们自己的渴望"*:一种理性构思的自利对语言进行了嘲弄,克鲁索的无声生活场景因为它的功能性沉默而如同一个乌托邦,只会被那只鹦鹉偶尔发出的"可怜的鲁滨逊·克鲁索"打破。这一场景不会把为社会交往戴上假面强加到人们本体性的自我中心上,或放任嘲弄他与同伴交流的需求。

《鲁滨逊漂流记》为绝对个人主义的最终后果提供了一个训诫性的形象。但是这种趋势,像所有极端的趋势一样,很快就引起了反应。当人们的孤独强行引起人类的注意力时,个人依赖社会的密切而复杂的本质开始受到更仔细的分析,而曾经被视为理所当然的社会也受到了个人主义的挑战。比如,人类在本质上的社会本性,开始成为18世纪哲学家们的主要话题之一;其中最伟大者就是大卫·休谟,他在《人性论》(1739)中的一段话几乎就是对《鲁滨逊漂流记》的反驳:

> 我们的每一个想法,无不指向社会……让所有的权力和自然中的所有元素都串通起来为一个人服务并服从他;让太阳根据他的命令升起和落下;大海和河流随他之意流动,大地同时装点对他有益和令他愉悦的一切;然而,他仍将会感到痛苦,直到你为他至少找来一人,他可以与之分享幸福,并愉快地接受他的尊敬和友谊。[77]

---

[77] Bk. II, pt. 2, sect. v.
* 原本此处注遗漏。

正如对社会的现代研究仅当个人主义将注意力集中在人与同伴的显著分离上才开始一样，一旦《鲁滨逊漂流记》揭示出一种为它们而呐喊的孤独，小说才开始它对于个人诸种关系的研究。因为笛福的故事很少处理个人的各种联系，所以它可能还不是通常意义上的小说。但是在以下意义上，它又是合适的：小说传统应该开始于这样一部著作，它彻底废止了传统社会秩序里的各种关系，并因此将注意力转向以下的机遇和需要上，即要在新的和有意识的模式上，建立起新的个人关系网络。当旧的道德和社会关系搁浅以后，凭借个人主义的涨潮，通过鲁滨逊·克鲁索这个人物，有关小说问题的条件才得以建立，对于现代思想的条件而言也是如此。

第四章

小说家笛福:《摩尔·弗兰德斯》

比起之后对小说有起源之功的两位,理查逊和菲尔丁,批评家们对于笛福的成就产生了更多的异议。一方面,莱斯利·斯蒂芬曾因说出了关于小说家笛福"所有需要得到说明的"而受到F. R. 利维斯的赞扬,[1]他评论说:"笛福叙事的优点同对事实进行平白陈述的内在优点直接相应",[2]并表达了19世纪那个共同的观点,如威廉·敏托［William Minto］所表述的那样,笛福是"一位十足的、真正彻底的骗子,可能是迄今为止最著名的骗子"[3]——而其他几乎什么都不是。更近期有马克·肖勒［Mark Schorer］,在分析了《摩尔·弗兰德斯》[Moll Flanders]中道德缺陷与小说技巧的关系之后,总结说,这本书是"我们时代商业思维的经典反映:体现的是计量的道德,而笛福明显忽略了对其进行计量与测度"。[4]这些批评家——还有更多——都对笛福应被看作一位重要小说家这一声明不能信服。另一方面,也有许多仰慕者——从柯勒律治(的确,他仅提到《鲁滨逊漂流记》)到弗吉尼亚·伍尔夫,对笛福的评价非常高,伍尔夫就写过:"在为数不多的我们可以毫无争议地称之

---

[1] *The Great Tradition* (London, 1948), p. 2, n. 2.
[2] "Defoe's Novels," *Hours in a Library* (London, 1899), I, 31.
[3] *Daniel Defoe* (London, 1887), p. 169.
[4] "Introduction," *Moll Flanders* (Modern Library College Edition, New York, 1950), p. xiii.

为伟大的英语小说中，就有《摩尔·弗兰德斯》和《罗克珊娜》[Roxana]……"[5]

《鲁滨逊漂流记》前面的章节对笛福在小说传统中的重要地位的一些根本性历史原因有所揭示，但是它没有主要关注那些引起批评分歧的问题。《鲁滨逊漂流记》也不是服务于这一目的的最好例子：尽管它可能是笛福最有力、下功夫最多的作品，也可能是他最受欢迎的作品，克莱拉·里夫[Clara Reeve]在她早期对虚构作品的概览——《浪漫传奇的进步》[The Progress of Romance，1785]中，[6]很正确地将它归于"具有独特性和原创性的作品"。至少自 E. M. 福斯特的《小说面面观》[Aspects of the Novel，1827]以来，《摩尔·弗兰德斯》已被广泛地视为笛福在小说上所能取得彻底成就的代表，而且——尽管《雅克上校》[Colonel Jacque]、《罗克珊娜》和《大疫年纪事》[A Journal of Plague Year]在其他方面都有无与伦比的精彩之处——它令自身成为单独一部最佳作品，服务于探究笛福作为小说家的方法和其在小说传统中的地位。

《摩尔·弗兰德斯》在笛福小说中的杰出地位绝不是它在主题和观点上迥异于《鲁滨逊漂流记》的结果。确实，女主人翁是一个罪犯，但在我们的文明中，犯罪的高发生率本身主要是因为个人主义意识形态在一个社会里的广泛拓展，而成功在此社会里对于所有成员并不容易或能够公平获得。[7]摩尔·弗兰德斯，同拉斯蒂涅[Rastignac]和于连·索雷尔[Julien Sorel]一样，是现代个人主义的特殊产品，她认为获得最高的经济和社会奖励对于自己而言是理

---

[5]　"Defoe," *The Common Reader*, 1st Series (London, 1938), p. 97.
[6]　I, 127.
[7]　见 Edwin H. Sutherland, *Principles of Criminology*, 4th ed. (New York, 1947), pp. 3-9, 69-81; Robert K. Merton, "Social Structure and Anomie," *American Sociological Review*, III (1938), 680。

所当然的，并使用所有可用的方法来将自己的决定付诸实践。

因为她的犯罪如同鲁滨逊·克鲁索的旅行一样，都扎根于经济个人主义的动能中，这使得摩尔·弗兰德斯在本质上不同于流浪汉小说中的主人翁。这种"无赖"*正好有着真实的历史基础——封建社会秩序的解体——但这不是他诸次历险的要点；与呈现不同讽刺性观察和喜剧性情节的文学传统相比，他的个体特征并不完整，虽然他的实际生活经历就其本身而言是重要的。另一方面，笛福把妓女、海盗、强盗、小偷和历险者呈现为普通人，他们都是环境的正常产品，是形势的牺牲品，任何人都有可能经历这种形势，它完全会引起手段和目的之间的道德冲突，其他的社会成员也会面对相同的情形。摩尔·弗兰德斯的一些行为或许同"无赖"的行为很相似，但是这些行为所引起的感情包含着完整得多的同情和认同：作者同读者一样只会更严肃地对待她和她的问题。

这一严肃性会延伸到她因为自己的犯罪活动而逃跑的危险上；她面临的法律制裁比起流浪汉小说中的任何事物都更连续和严峻——惩处是一个现实，而不是一种传统。在一定程度上，这是一个文学问题："无赖"魔法般地享受到了免遭痛苦与死亡的严厉惩处，这一豁免给予喜剧世界中所有那些足够幸运的人，然而它却是笛福虚构世界的核心——在此世界里，它的痛苦连同它的欢乐，跟真实世界里的情形一样坚实。但是《摩尔·弗兰德斯》与流浪汉小说的区别也是某种与个人主义兴起密切相关的特定社会变革的结果，借此变革，现代城市文明特有的众多机构之一到18世纪早期就已经出现了：一个清晰可辨的犯罪阶层，以及一套应付它的系统，

---

* "无赖（*picaro*）"一词是流浪汉小说（picaresque）的词源，而流浪汉小说以来自底层的无赖式男女主人公的历险为主要线索。

包括法庭,告密者,甚至像笛福这样的犯罪报道者。

在中世纪,基督和圣弗朗西斯的例子支持着以下观点,即贫穷远不是一种耻辱,反而可以增加个人获得救赎的希望。然而,在16世纪,作为新兴的对于经济成就进行强调的结果,一种相反的观点开始被广泛接受:[8]贫穷既就其自身而言是羞耻的,也被推定为当下罪恶和未来堕落的证据。笛福笔下的主人翁分享了这一观点,他们宁可偷窃也不会乞讨,他们宁肯失去自尊——包括读者对他们的尊重——如果他们不能表现出经济人特有的骄傲[hubris]。

接受经济个人主义的目标也会牵涉到一种新的对待社会和它的法律的态度。只有当个人对于生活的动机得到确定的时候,其确定动机不是通过他对社区积极标准的接受,而是通过他的个人目标被当局在法律上的权力所限制,罪犯和非罪犯之间最显著的区别才变得至关重要。这一过程在《摩尔·弗兰德斯》中表现得非常明显:法律,用戈德史密斯的话说,不过是"强行征得不情愿的敬畏","城邦"已经变成了警治之邦。

政府努力应付犯罪的增长,尤其在伦敦,为《摩尔·弗兰德斯》提供了最直接的社会背景。随着偷窃案件的增加,在以《乞丐的歌剧》[The Beggar's Opera,1728]作为标志的抢劫的黄金时期,对侵犯财产的惩罚变得愈加严厉:摩尔·弗兰德斯因偷了"两块丝绸锦缎"论罪当处以绞刑,实际上被处以流刑,而她的母亲则因偷了"三块上好的荷兰亚麻布"而遭受同样的命运。[9]对她们进行惩罚的实际形式把我们带到了《鲁滨逊漂流记》的世界,以及经济个

---

〔8〕 见A. V. Judges, *The Elizabethan Underworld* (London, 1930), pp. xii-xxvi.
〔9〕 *Moll Flanders*, ed. Aitken (London, 1902), II, 101; I, 2.

人主义与殖民地发展的关系上。1717—1775年间，成千上万的都市罪犯从"老贝利"［Old Bailey］*出来就被流放到北美种植园；[10]他们中的许多人，如摩尔·弗兰德斯和雅克上校，都能够为自己当初在国内犯事的冲动找到合法的表述。

尽管《摩尔·弗兰德斯》有一个犯罪的背景，它在本质上是对各种力量和态度的表达——它们与《鲁滨逊漂流记》中所分析的那些密切相关。同样地，尽管《摩尔·弗兰德斯》中包含这些力量和态度的文学形式在某些方面比笛福的其他作品更为成功或者至少更有小说的特点，但它在类型上与它们并无本质不同。所以，关于笛福对于情节、人物和整个文学结构的处理，这里所说的大部分内容对他的所有小说以及对于它们之于个人主义各种力量的总体关系都是有效的。

I

以下是小偷摩尔·弗兰德斯晚年生活的一个片段：

> 这时接下来的事情就是企图拿到一位贵妇人的金表。碰巧会客室里有一大群人，在这样的地方，我要冒着被抓住的极大风险。我完全拿住了她的表，但是猛地迈了一个大踉跄，好像有人推我向她靠过去。就在这关头，我实实地拉了一把这块表，发现表没被拉下来，于是立刻就松了手，并像被人杀害或被人踩脚了一样哭喊起来，那里当然还有不少扒手，他们中不

---

［10］ J. D. Butler, "British Convicts Shipped to American Colonies," *American Historical Review*, II (1896), 25.

* 即英国中央刑事法庭（The Central Criminal Court of England and Wales）。

知谁拉了一把我的表;因为你会注意到在进行这些有风险的行动时,我们总是穿戴很体面,而我就穿着很漂亮的衣服,金表挂在身侧,就像其他的贵妇人一样。

还没等我说出口,就有其他人也喊出声来,"有小偷。"她说,有人刚企图把她的金表拽走。

当我摸到她的表时,我距离她很近,但当我喊出声来时,我就停下来了,我与她相距也还不远,不过人群推着她向前移动了一些,她也引起了喧闹,不过现在与我有些距离了,所以她根本不会怀疑到我;但是当她喊:"有小偷。"有人也跟着喊:"是,另外还有一个;这位女士刚才也险些被偷。"

就在那一刻,稍远一点儿的人群里,非常幸运地,他们又喊道:"小偷。"并且真的人赃俱获地抓住了一个年轻的小伙子。尽管这对这位倒霉的人而言是很不幸的,对我而言却非常幸运,尽管之前我已经很利落地把它拿到手了;但是现在毫无疑问,人群中活跃的人都跑向了那边,而那位可怜的孩子就被交付给了街头愤怒的人群,这是我不愿意描述的一种残忍景象;然而,他们庆幸的是,这也比送到新门监狱*好,在那里他们常常会待上很长一段时间,有时会被处以绞刑,而他们所能期望的最好结果,就是入罪之后能被判流放。[11]**

这些叙述是很可信的。这块金表是一个真实的物体,它没有被拉下来,尽管被"实实地拉了一把"。人群里都是实实在在的人,前拥后挤,并且在大街上对一个小偷行私刑。所有这些都发生在一

---

[11] II, 19-20.
* 即位于伦敦新门街的著名监狱。
** 本处引文为本书译者自译。

个真实的、特定的地点。可信的是，按照习惯，笛福没有试图去描写它的细节，只是稍稍着笔做了一点儿描画，就让我们完全关注到它的现实。毫无疑问，一个充满分歧的聚会厅是发生这些刺激性活动的最佳选择，但是，通过引起对该事件具有反讽性质的不合时宜之处的关注，笛福没有让人对自己就是一位文学家产生怀疑。

如果我们有些疑虑，这些疑虑不是有关此情节的真实性，而是关于它的文学地位。场景本身的生动描述具有令人好奇的偶然性。笛福从行动的要紧处着手，随着"我完全拿住了她的表"，紧接着就突然从言简意赅的往事回顾切换到更加细致而直接的描述，似乎就是为了支持他在开头所交代的真实性。这个场景没有被计划写成一个连贯的整体：在叙述此场景的中途，我们很快就被岔开的解释所打断。这个解释本来可以在前面展开，即关于摩尔·弗兰德斯本人的穿着像一位贵妇人这一重要事实：这个过渡增加了我们的信任，因为没有哪个捉刀人会将条理强加到摩尔·弗兰德斯有些杂乱的回忆中，但是如果我们从一开始就看见摩尔穿戴得跟其他贵妇人一样，这个行动的展开就会更加强劲有力，因为，它会径直发展到该场景的下一个事件——警报的发出。

笛福接着强调实用的道德，就是贵妇人本应该"抓住身后的那个人"而不是去叫喊。这么做的话，笛福就达到了他"作者自序"中的说教目的，但是同时，他把我们的注意力引向了这个重要的问题——叙述者的观点应该是怎样的。我们假设这是悔悟的摩尔在临近生命的终点时在说，但令人吃惊的是，在接下来的一段中，他却欢快地去描述她的"女房东""恶作剧"般下手偷盗的活动。于是，这一视角进一步的混淆变得明显起来：我们注意到对于摩尔·弗兰德斯而言，其他的小偷和一般的罪犯都是"他们"，而不是"我们"。她说话的语气好像她与那些一般的罪犯并无关系；或者，这或许是笛福本人无意识地、不知不觉地落入"他们"中——这是他本人用于指代他们的自然用法吗？早些时候，当我们被告知"另一位贵妇人"喊出声来，我们疑惑为什么是"另一"这个词。莫非是摩尔·弗兰德斯为了对以下事实表示嘲讽：她也穿戴得像一位贵妇人，或者笛福已经忘记了她事实上不是？

这些有关笛福是否完全控制着他的叙事的疑虑也没有被这层关系所消除，即该段落与本书的其他部分之间的关系——或者不如说是缺少关系。到下一个情节的过渡有些让人困惑。它的操作如下，首先是向读者发言，解释怎样应付扒手，然后是一份与那位女房东有些令人困惑的生活相关的简历，它由这些话导引出来："我经历过另一次冒险，它使这件事情不会令人生疑，而且它也许可以作为对于后代人在面临窃贼时的教导。"然而，我们和后代没有受到教导，因为接下来的冒险确实关于商店里的行窃，似乎可能的情况是，当笛福开始写这一段落时，他还没想好它的结尾，于是就即兴创作了一个说明性的过渡来标识时间，直到有某个其他的事件自然出现。

聚会厅场景与整个叙事之间的联系证实了这样的印象，就是笛福不太注意他的故事内在的连贯性。当被流放到弗吉尼亚时，摩尔·弗兰德斯给了她儿子一块金表作为他们重逢的纪念品。她讲述她是怎样"期盼他会因为我的缘故而不时地亲吻这块表"，于是她又有些嘲弄地补充说她没有告诉他"这是我在伦敦的一个聚会厅里从一位贵妇人身边偷窃来的"。[12] 既然在《摩尔·弗兰德斯》中没有其他的情节提到金表、贵妇人和聚会厅，我们必定可以推断，笛福对于他在100页以前写到企图偷窃那位贵妇人金表的内容印象模

---

[12] II, 158.

糊，而且他忘记了那是一次失败的尝试。

这些不连贯的地方有力地表明笛福没有将他的小说作为一个整体进行规划，而是非常快速地进行片段式的写作，并且没有任何后续的修改。基于其他的证据，这的确是非常可能的。作为作家，他主要的目标当然是进行庞大而有效的输出——在《摩尔·弗兰德斯》出版的那一年，超过1500页的文字被付印；这种输出速度主要不是为了迎合那些阅读仔细且挑剔的读者。笛福很少拥有作者对待自己作品一丝不苟的态度，甚至也很少拥有作者对待反对性批评的敏感性，这从他为《纯正的英格兰人》[*The True-Born Englishman*]在诗学上的不完美之处所写的序言性申辩中可以明显看出来，该作可能是他最为自豪的一部作品："……不要把我看作魔术师，但我要冒昧地预告，可能会有人责难我作品平庸的风格，粗糙的诗行和不正确的语言，对于这些我的确可以更小心些。但是书已经印行，尽管我也发现了一些谬误，但要去修改它们已经太迟了。这就是所有我认为有必要在此说明的……"如果笛福对待他一部早期的作品和一首诗像这般毫不经意，那么他肯定不会对一部像《摩尔·弗兰德斯》这样畅销的虚构作品可能存在的不连贯之处再三思考，尤其他的出版商不太可能愿意为这种被人轻视且转瞬即逝的写作类型支付额外的修改费用，而笛福对于修改他的手稿显然是要求得到报酬的。

笛福对自己的写作非常随意的态度可以解释他所有作品中极为常见的在细节问题上的不连贯性，缺少最初的一致计划和后期的修改可以总结为他叙事方法的特点。

几乎所有的小说都融合了两种不同的叙述方法。相对完整的情景叙述，即在确定的时间和地点，把人物的所作所为几乎完整地叙述出来；以及细节相对少得多的总结，只为营造背景和提供必须的联系框架。多数小说作家倾向于将后一种总结性的概要减到最少，而将尽可能多的注意力集中到为数不多的一些现实场景上，但是笛福的方法不是这样。他的故事有一百多个现实场景，每个场景的平均长度少于两页，而数量几乎同样庞大的段落包含着迅速且经常敷衍的连接场景。

这种效果是明显的：随着我们从情节部分转向总结部分时，几乎每一页都提供了张力下降的证据——有一刻，摩尔·弗兰德斯显得极受启发，只是为了陷入之前的令人困惑的回忆中，那种似明还暗的状态中。毫无疑问，正是那些得到充分叙述的情节才包含了《摩尔·弗兰德斯》中所有生动而令人难忘的部分，以及作为笛福天才叙事能力的证据而被那些热情者所恰当引用的部分。但是他们忘记了该书中有多么大的比例被毫无新意的总结占据，它们只是一些抹在无数缝隙之间的灰泥。笛福当然不会费力去减少修补的数量，而这是把各种情节尽可能整合进更大部分的要求。例如，第一个主要的情节组，当摩尔被兄弟中的老大勾引时，就被分成了许多单独的相关人物之间的遭遇，随着叙事落入空洞的总结，每一个遭遇的有效性都被大大消减。同样地，叙述摩尔发现自己与同母异父哥哥的乱伦婚姻后所做出的反应部分，又被分成了如此多的单独的场景，以致这个情节作为一个整体的情感力量被极大地削弱。

笛福叙事技巧中这一稍显原始的方面部分地反映了他的基本文学目标的性质——使自己的写作令人信服地近似于一个真实的人的自传性回忆。所以，它就需要在更大的语境中得到进一步的检验。然而，首先，现在对聚会厅段落的分析必须由以下的简短思考来进行总结，即什么是文章中最能打动人的成功的一面——它的散文体裁。

笛福的散文不是普通意义上的出色，而是当摩尔·弗兰德斯努力让自己的回忆变得清晰时,这种散文在让我们异常接近摩尔·弗兰德斯的意识方面具有特别的效果。当我们在阅读的时候,我们认为除了唯一集中于这单独的目标之外,没有其他方面能够解释这种完全不顾正常风格的考虑——不断的重复和插入,无计划和有时不顺畅的节奏,由并列从句构成的冗长而复杂的句式。句子的长度似乎在第一眼会干扰文章一气呵成的权威性效果,但事实上,句子中缺少显著的停顿以及常常出现的概括性语言倾向于加强它的效果。

关于这部作品的散文体风格最值得注意的方面可能是这一事实——这是笛福一以贯之的风格。此前没有哪一位作家的常规写作方式,能如此可信地成为描写像摩尔·弗兰德斯这样一位没有受过教育的人物的特有方式。笛福的散文能如此自然地达到此目的,部分原因是第二章所描述的作家们的处境发生变化的结果,部分原因是存在许多其他聚合的力量,它们在17世纪后期的几十年里已做出巨大努力把文学语言向普通读者的说话习惯和理解能力拉得更近。

这些力量中首要的是英国皇家学会的努力,他们发展出一种更加具有事实根据的散文体裁。这一点对于笛福风格的形成还不能被认为具有主要的作用,尽管这可能通过他曾上过的一所不服从国教的纽因顿·格林学院——该学院提供具有科学和现代偏见的教学大纲——而对他产生了一些影响。毫无疑问,笛福的散文完全验证了斯普拉特主教[Bishop Sprat]*声誉卓著的计划:一种封闭的、无遮掩的、自然的说话方式;明确的表达;清晰的意义;天然的轻松感;使所有事物尽其可能地靠近数学的平实:宁愿选择工匠、乡下

---

* 托马斯·斯普拉特(1635—1713),英国文人,罗切斯特主教和威斯敏斯特牧师,英国皇家学会创会成员和历史学家,对语言改革施加过重要影响。

人和商人而非智者和学者的语言。[13]笛福自然愿意选择这样的语言，因为他本人就是一位商人。从包含更高比例的盎格鲁-撒克逊词源的词语而非其他知名作家的词语这一意义来看——班扬是一个重要的例外——他的词语肯定是属于"工匠和乡下人"的。[14]同时，它还具有一种"数学的平实"，这是一种明确并指涉完全的品质，它非常符合执行语言的目的，如同洛克对其所曾下过的定义，"传达关于事物的知识"。的确，笛福的风格在一个非常重要的细节上反映了洛克的哲学：他总是满足于仅仅指示他所描述物体的主要性质——他们的体积，外延，外形，运动和数量——特别是数量；关于物体的次要性质几乎没有多少关注，他们的颜色，声音或者味道。[15]

笛福的散文宜于理解和积极的特点包含着17世纪晚期科学与理性图景的新价值，但这也代表着某种新风格的传道倾向。比如，理查德·巴克斯特［Richard Baxter］*是笛福阅读过的作家，他的宗教立场也与笛福自己的立场非常相似，他将平实作为自己的最高目标。它是一种准科学的平实，因为他的目的就是要把他所描述的"心灵实验"、"心灵事件"和"上帝的做工"带到他的观众那里。[16]甚至理查德·巴克斯特的强调方式和劝导技巧，都几乎完全依赖于那个最简单的修辞技巧，重复。在这一点上以及在他的整个理论和实际操作中，他的确非常接近笛福：像一位传道者在形成他的

---

［13］ *History of the Royal Society*, 1667, p. 113.
［14］ Gustaf Lannert, *Investigation of the Language of "Robinson Crusoe"* (Uppsala, 1910), p. 13.
［15］ *Human Understanding*, Bk. III, ch. 10, sect. xxiii; Bk. II, ch. 8, sects. ix, x.
［16］ *Reliquiae Baxterianae*, ed. Sylvester, 1696, p. 124.
  * 理查德·巴克斯特（1615—1691），清教牧师，影响了17世纪英国的新教运动，《巴克斯特遗稿》是他的自传性作品，记录了他自己精神上的各种斗争。

风格时所做的那样，巴克斯特对那些曾经影响过他的思考进行了记录，这些记录表明了他同笛福是如何相近：

> 我与那些无知的人们交往得越多，我就越多发现同他们讲话怎样平实都不为过。我们如果不使用他们自己粗俗的方言，他们就不会理解我们。是的，如果我们这么做，（他们就不会理解我们，）然而，如果我们使用同样这些词语造出优雅的句子来，或者如果我们简略地谈论任何事物，他们就体会不到我们所说的内容。是的，我发现如果我们不去有意地把这件事情包装在如此之类的一长串词语之中，并对它使用一些重复，这样他们可以听到它再次被重复，我们不过是在反复加深他们的理解，那么他们立马就会不知道我们在讲什么。正是这样的风格和方式易于对追求精确的耳朵造成一些冒犯，对追求新奇的耳朵显得单调和可厌……它必定能给那些无知的人带来最大益处。[17]

笛福的散文同斯普拉特或巴克斯特所设想的任何事情相比，可能更加接近于"粗俗的方言"和理解，主要因为笛福自己宣称"布道是讲给一些人听，印刷的书籍却是讲给全世界听"。[18] 笛福作为一名记者，为最大数量的读者进行写作，他对他们阅读能力所做的让步也因此要大得多。他在《评论报》中告诉他的读者，他已经"选择了最彻底的平实语言，在事实和风格两方面讲最紧要的话"，

---

[17] 引自 F. J. Powicke, *Life of the Reverend Richard Baxter, 1615-1691* (London, 1924), pp. 283-284。笛福对巴克斯特感兴趣的证据中可以提到的事实是，他至少引用了巴克斯特的两部著作（Gückel and Günther, *Belesenheit*, p. 8）。

[18] *The Storm ...* , 1704, sig. A^{2r}.

因为它"在总体上更有启发性,并且对于我所讲话的对象的理解而言是清晰的"。[19]他完全了解其结果是受教育更多的读者们会觉得他笨拙而啰唆,但仍敦促他"必须坚持使用那种重复的方式,出于明晰和公共事业的目的"。[20]

笛福早年作为记者和小册子写手的身份与他小说的真实性之间的直接联系,由他的第一篇著名叙事作品揭示出来,《维尔夫人幽灵的真实关系》[*The True Relation of the Apparition of Mrs. Veal*,1706]。莱斯利·斯蒂芬使用它来论述笛福作为小说作家的虚构方法。[21]实际上,笛福是在报告他去坎特伯雷采访一位曾见过上述幽灵的巴格雷福夫人时所听到的一则故事。然而,不可否认的是,斯蒂芬提到在论证链中来自虚弱联系的"对于确定证据的制造"以及"对于利益的偏向"能很好地适用于小说,即便这不适用于《维尔夫人幽灵的真实关系》。所以,笛福在唤起我们对于他小说的信仰方面所取得的卓越成功部分可能归功于——没有过分表达对于世俗的不满——他在新闻业这个艰苦的学校里所受到的训练。

笛福的新闻从业特质尤其合适地被运用到了他后来作为一名小说家的职业生涯中,因为,在他为一周三期的报纸——《评论报》写作的过程中,他几乎独力进行了大约9年之久,从1704年到1713年,并为自己创造了一个主编式的人物"评论先生",带有一种突出的个人化写作方式。当他的声音——人群中一位喋喋不休的、好论战的、朴实的,但又不时含糊其辞的人的声音——化身成为摩尔·弗兰德斯这一角色时,几乎无须改变。

---

[19] *Review*, VII (1710), No. 39 [引自 William L. Payne, *Mr. Review* (New York, 1947), p. 31]。
[20] *Review*, V (1709), No. 139.
[21] "Defoe's Novels," pp. 4-8.

笛福的可读性可能是他给我们的最重要的礼物，对此我们在很大程度上仍要归功于他的新闻工作。他的作品获得恰如其分的熟悉赞词："它们一经被拿起就难以被轻易放下。"的确，笛福在这一称誉之前对自己就有过不太客气的预言，在结束为《一位骑士的回忆录》[Memoirs of a Cavalier] 所写的序言时，他就以超过自己在句法上习惯性的不加讲究的方式预言，"……没有比故事本身更吸引人的，当读者进入这个故事时，他会发现很难从中逃脱，直到他已经读完它"。

II

笛福的小说是小说历史中的里程碑，这主要因为它们是第一批包含有形式现实主义全部元素的重要的叙事作品。尽管形式现实主义帮助定义了小说的独特性，但是很明显，它绝没有耗尽我们对它进行批评的急务。小说可能具有一种独特的表现技巧，但是如果它要被看作一种有价值的文学形式，像其他任何文学形式一样，必须也要有对它所有部分进行连贯表达的一种结构。我们起初的探讨已经对《摩尔·弗兰德斯》的连贯性提出了几个疑虑，而这连同对笛福作为小说作家的地位在批评上存在不一致意见的程度，使得对它的全部结构，特别是它的主要三部分的组成要素——情节，人物和道德主题之间的关系，进行更为完整的分析显得必要。

对《摩尔·弗兰德斯》的情节进行一个简短的概述会使它的情节的性质变得清楚。这个故事分为两个主要的部分：第一个较长的部分用于描述女主人翁作为妻子的生活；第二个部分则描述她的犯罪活动以及这些活动所产生的后果。第一部分由五个故事组成，它们每一个故事都以一位丈夫的去世或离开结束。还有两个主要的副情节，其中一个关于与一位已婚男士在巴斯无疾而终的恋情，而另一个关于她的那些计谋，她的那位朋友惹德利芙寡妇凭此确保自己获得了一位男伴。

不可否认这三个主要故事不完全是相互独立的。第一次婚姻，实际上既与摩尔第一次努力想要改善她的处境相关，也与她对两兄弟中的大哥的第一次勾引相关，这次婚姻对这部小说作为一个整体而言构成了一个令人满意且的确具有象征意义的序曲，尽管它后来不与情节发生联系。第三次婚姻，是与她同母异父的兄弟，这次婚姻导致她发现了自己身世的秘密，这样就与摩尔生活的开端以及在弗吉尼亚的最后场景发生联系，而在弗吉尼亚，她又找到了他和她的儿子。而第四次婚姻是与名叫詹姆斯或杰米的人*，那位爱尔兰人，来自兰开夏郡的或做拦路响马的丈夫（有如此丰富可供选择的身份应该看上去是令人渴望的，这就是笛福对命名漫不经心的典型事例），与小说之后从摩尔在老贝利受审以来的部分相联系。另一方面，尽管第一部分里一些情节的组成部分彼此相关，这种相互联结仍然只是初步的，并且在很长的间隙中，它完全潜沉在摩尔其他活动的细节中。

其次，对于许多读者而言，本书最有趣的部分主要是摩尔作为小偷的生涯；它与余下情节的唯一联系在于它最终导致以下事件，首先是她被逮捕，接着与詹姆斯在监狱中的重逢，随后她被驱逐，以及最后她返回到弗吉尼亚并回归那里的家庭。所以归根结底，摩尔犯罪的冒险经历终结于我们对情节前半部分两个主要故事的新认识，于是它使小说作为整体有一个相当利落的结尾变成可能。

---

* 英文中，杰米（Jemmy）是对詹姆斯（James）的昵称，该词还指盗贼用以撬开门窗所使用的短撬棍，故此处也暗示摩尔第四任丈夫的职业。

基于女主人翁、她的母亲、同母异父的兄弟、心爱的丈夫以及唯一重要的孩子之间的联系，这种连续性的程度给了《摩尔·弗兰德斯》一定程度的结构上的连贯性，该连贯性使它在笛福的小说中独树一帜。唯一与之相配的是《罗克珊娜》的情节，而且其中的联系机制，尽管更为简单，却具有某种相似性：一个小孩长大成人，阴暗过去留下的痕迹困扰着当下和女主人翁富足退休生活里种种可能的方面。然而，笛福在哪部小说中都没有表现出任何清晰的意图，以无论哪种表示完整或终结的意义结束其构思。在《罗克珊娜》中，以严肃的态度处理完母女关系之后——这种关系似乎倾向于一个悲剧性的结局［dénouement］——他以整个事件的悬而不决来结束他的小说；而《摩尔·弗兰德斯》则在某种混乱中结束，随着女主人翁紧接着是她的丈夫返回英格兰。甚至当情节的最终解决显得既容易又合乎逻辑时，笛福明显更愿意选择并且也当然达成了一种无后果的和非完整的结局。

这些不确定性的结局对于笛福而言是很典型的，而且它们在某种意义上具有不可否认的效果；它们也充当着最后的提示，即该叙事仅由主人翁生活中实际发生的事件决定。笛福瞧不起文学中的顺序性而去全力表现他对生活无序性的投入。

这种对虚假自传性模式并不恰切的遵从大大有助于解释笛福使用的情节类型。我们不知道他在写作《摩尔·弗兰德斯》时在多大程度上受惠于任何特定的形式模型，而女主人翁的实际原型——如果存在的话——则还没有建立起来。然而，非常清楚的是，笛福小说唯一可能的类比则是由某种自传性写作形式提供的，即所有这些形式都由一个按照历时顺序松散连接在一起的事件组成，而且它们都从以下事实——所有这些事件都发生在同一个人身上——获得某种统一性。

在主题问题上，与《摩尔·弗兰德斯》最接近的类比是由癞子传记 [rogue biography] 提供的，这是一种本土的传统，与流浪汉小说 [picaresque novel] 相比，它更加专一地致力于进行现实的社会记录。这一类型早已开始，起于完全对事实进行的编纂，例如，托马斯·哈曼的《对于普通书记官的告诫》[Caveat for Common Cursitors, 1566]，并且受到流浪汉小说和笑话书的影响，它已发展成为一种带有部分虚构性成分的形式。癞子传记当然是故事性的，但是他们在整体上与《摩尔·弗兰德斯》有所不同，这表现在日常生活的规则趋向于遗失在诡计与欺骗这些逸事的杂集中，而这些诡计与欺骗也并非特别地令人信服。然而，一种相似的非现实性，通常见于《摩尔·弗兰德斯》中那些与癞子传记里主要材料最相接近对比的情节里[22]——那些情节，例如女主人翁与她的兰开夏郡丈夫之间的相互欺骗，她用桌子攻击那位绸布商并因此造成损害而被逮捕，或者她与同母异父兄弟之间押韵的求爱辞，[23]这是一种诗意的不凡之举，在一位女士的家庭生活的历史中肯定不常见，毕竟没有多少征兆表明这位女士同缪斯有多么熟悉。

然而，这仅有的事实——这些少数的事件从笛福的其他叙事中独立出来，表明了《摩尔·弗兰德斯》大部分的内容与癞子传记之间存在着多么巨大的差别。这些事件，像那些典型的癞子传记一样，都有着一种经过了巧妙设计的样子：在这一点上，它们与传统虚构作品情节的概念相似，作者于其中选择他的故事，因为以某种方式，它如此整齐，如此逗乐或如此引人注目，以至于它从普通的

---

[22] 对17世纪最接近《摩尔·弗兰德斯》的同类作品的研究，见 Ernest Bernbaum, *The Mary Carleton Narratives, 1663-1673* (Cambridge, Mass., 1914), 尤其是 pp. 85-90。

[23] I, 145-158; II, 52-65; I, 77-78。

经验流动中突出出来并要求被讲述和被复述。然而，基于一个完全属于普通经验的行动，小说特别使用了一种类型非常不同的情节，并且总的说来，《摩尔·弗兰德斯》正是以这种类型为基础的行动。

那么看上去，与半虚构性的癞子传记相比，笛福在《摩尔·弗兰德斯》中设置的情节更接近于真实的传记，无论这是罪犯的、旅行者的，或者其他人的。在这种联系上，可以有趣地指出来的是，在写作《摩尔·弗兰德斯》的前两年，笛福编写了一部多少具有一些真实性的回忆录，《邓肯·坎贝尔先生的生平》[Life of Mr. Duncan Campbell]，邓肯·坎贝尔是一位有名的预言师，笛福在其中声称："在所有以历史的方式传达给世界的写作中，与那些为我们详尽地提供著名隐避人士生平的人相比，没有人曾获得更高的敬意；而且，如我所说，是以逼真的方式。"[24] 笛福对于真实传记的崇高敬意反映在他自己的小说总是以自身作为真实传记而结束的方式上。单单这一点会牵涉到他所使用的叙述结构类型：他仅须把自己投入到他的假想之中，认为《摩尔·弗兰德斯》是一个真实的人的生活，并且一个不连贯但却如同真实人生的情节顺序是必不可少的。不可能的情况是，笛福曾对如此一种情节的其他种种文学结局进行过思考；如果他曾经做过，他可能非常满足于牺牲形式上的种种不足以及可能随之而来的无论任何东西去交换那种绝对的真实性，它们让真实性成为可能，而且的确变得相对容易。

这些不足之处是明显且严重的。亚里士多德以为不连贯的情节，其统一性仅仅依赖于它是一个人物的历史，这种情节是情节中最糟糕的一种，因为"一个人会有许多行动，而这些行动不可能形塑为单一的行动；而且也因为历史关注的是实际发生的事，而与之

---

[24] "The Introduction."

相反的是,诗歌处理的则是可能或必然发生的事"。[25]可能的情况是,小说中的这些反对意见不是最终的,但是对于如下观点却有许多可说的——相反,笛福全神贯注于创作虚假的历史,尽管在适合小说形式现实主义的该类型情节发展中,这是关键性的一步,它非常具有排他性,以致虚构作品的其他目标,亚里士多德意义上诗歌的目标,都不可避免地被挤出了这幅画面。称其不可避免,是因为由不连贯的情节带来的这些不足并不会终止于此,但是这些不足让笛福失去了结构上的那些优势,而结构是要给予他笔下人物的思想和行为以连贯性与更多的含义。

《摩尔·弗兰德斯》当然是,如E. M. 福斯特所说,关于人物的小说;[26]情节把全部兴趣的重心都放在女主人翁身上,许多读者觉得她成功地支撑起了它。另一方面,莱斯利·斯蒂芬责备笛福缺乏"那些在现代小说中称之为心理分析的所有内容",[27]而且这也不是完全没有道理,至少如果我们的重点是在"分析"这个词上。在《摩尔·弗兰德斯》中可能没有哪一个情节,其动机是不可信的,但是就一些带有某种破坏性的原因而言——在与女主人翁相关的场景中,笛福很少去要求比巴普洛夫的狗所要求的还要更复杂的种种区分:他让我们钦佩摩尔对利润或危险进行反应的速度和决心;而且假如没有详细的心理分析,那也是因为它们完全是不必要的。

有两种主要的方式,后来的小说作家在其中已经证明了他们理解心理的能力:间接的方式,根据人物的行动来揭示他的个性;直接的方式,通过对人物不同的心理状态进行具体的分析。当然,这

---

[25] *Poetics*, 8, 9.
[26] *Aspects of the Novel*, p. 61.
[27] "Defoe's Novels," p. 17.

两种方式能够也通常结合在一起；而且它们通常与一种叙述结构相联系，该结构用于体现性格的发展，并把种种重大的道德选择放到他的面前，让他的全部性情在其中发挥作用。在《摩尔·弗兰德斯》中，很少有这类事情。笛福没有去过多地描述他笔下女主人翁的性格，而是在每一行动中假定它的现实性，并吸引着读者与其一道——如果我们赞同行动的现实，挑战行动者的现实就变得困难了。只有当我们试图把她的所有行为拼凑到一起，并把它们看作对独一个性的表达时，疑虑才会产生；而当我们发现，为了解她个性的全部画面，我们对其中一些应该要知道的事情却知之甚少，以及其中我们被告知的一些事情显得如此矛盾时，这些疑虑也不会减少。

这些缺陷在笛福处理人物关系时显得尤其明显。例如，关于摩尔·弗兰德斯众多爱情的性质，他告诉我们的甚少，甚至我们关于其数量的信息也是少得令人疑惑。当她责备自己"同十三个男人睡过觉"时，我们忍不住要憎恶以下这一事实，即她不但向她的第五位丈夫隐瞒了大约六个情人，而且，更不可宽恕的是，她也对我们进行了隐瞒。即使在那些我们知道的情人中，我们也不能确定哪一位是摩尔更喜欢的。我们有一种强烈的印象，詹姆斯是她的最爱，并且她离开他而投入到第五位或从事银行业那位的怀中只是出于经济上的极端需要。然而她告诉我们她在与后者的蜜月中"从没有一起度过更愉快的四天"，而且"未被干扰的轻松和满足"的五年时光随之而来。然而，当詹姆斯后来再次出现时，我们之前的印象以被更新过的力量重新出现：

> 他的脸色变得苍白，站在那里说不出一句话，像被雷击了一般，而且他也不能克服这种惊诧，除了一句"让我坐下

来"外，什么也说不出来；他坐在一张桌子旁，把他的一条胳膊肘放在桌子上，他的手支撑着他的头，他的双眼直盯着地面，像一个傻子。另一方面，我哭得如此惨烈，以至于过了好一会儿我才能够开口说话；但是在我以泪水倾泻了我的一些激情后，我重复着同样的话，"亲爱的，你不认识我了吗？"这时他才回答：认识。然后又很久不再说话。[28]

当笛福简洁的叙述方式集中在人际关系上时，它极能引发联想，但是这种情况很少发生，可能是因为笛福和摩尔·弗兰德斯都没有把如此难以明了的关注设想为人类生活中重要而持续的因素。当然，在理解摩尔与那位银行家在婚姻期间的矛盾感情时，我们所得到的帮助也极少。同最初的两位丈夫一样，对他的个性化描写也仅限于赋予了他一个普通的数字而已；而且摩尔与他一起的生活被当作一段简短和完全独立的情节，其情感前提也不必与她的生活和性格的其他特点保持一致。的确，我们被告知詹姆斯此时已三次写信给摩尔建议一起去弗吉尼亚——如她早先提议的那样，[29]但笛福只是在第五位丈夫去世后很久，才强调这种连续性；另一位小说作家可能会把这些恳求当作一个机会去阐明他笔下女主人翁对于两位男人的矛盾感情，但是笛福在他们失去对心理进行说明的潜在能力之后很久，才仅仅给予我们一些简单的事实。

如果我们企图对笛福如何处理这些特殊人际关系进行某种总结，结论当然是：摩尔·弗兰德斯与两位丈夫一起生活是衷心的幸福，尽管她对其中一位可能爱得更深些，但是她没有让这种情感干

---

[28] I, 190,196,197; II, 113-114.
[29] II, 117.

预到另一位能够给予她的实实在在的舒坦。很明显,她是深情的,却不是多愁善感的人。但是,当我们去思考她不是作为妻子,而是作为母亲的性格时,我们又得到某种不同的画像。一方面,当她去亲吻长久分离的儿子汉弗莱曾站立过的地面时,她能够表现出一片完全的深情;另一方面,尽管她对她的两三位儿子表现出亲昵之情,以一般的标准看,她对他们大多数人的态度多少还是有些无情——大多数人被提及只是为了被忘却;并且,一旦(把他们)留给亲戚或继母照顾,之后也不会把他们要回来,甚至之后也不会去过问一下,即使机会允许。所以,关于她性格的结论必定是:尽管存在一些可以为之找到借口的情形,她通常还是表现为一位铁石心肠的母亲。这一点怎样能够与如下事实保持一致是很难理解的,她亲吻汉弗莱站立过的地面;她本人大声谴责不近人情的母亲,[30]却从不对自身有任何类似的谴责——即使在她表示最深刻自责时。

　　对这一明显矛盾的一个解释使其成为一个问题,它不是关于心理学的理解,而是关于文学技巧的:简而言之,就是在阅读笛福时,我们必须对该叙事假定一种有限的可靠性,接受所有那些被具体阐明的事实,但是不要从那些省略中进行任何推论,无论它们看上去可能有多么重要。如果摩尔·弗兰德斯在她的第五次婚姻生活里对詹姆斯似乎没有表现出悔意,这只能是因为笛福不想把人物对待彼此之间的态度当作持久的现实,而这才是他的叙事技巧应该关注的目标。如果摩尔·弗兰德斯对除汉弗莱之外的所有孩子的最终命运缄默不言,我们一定不要推论她没有正常的母爱,而只是笛福当笔下人物离开舞台之后就不再把这些人物放在心上。事实上,在这两种情形之下,我们不能让自己的阐释脱缰太远,离开了笛福或

---

[30] I, 180-183.

摩尔·弗兰德斯所明确陈述的事实。

根据她在人际关系中的行为，缺少完整的证据来推论摩尔·弗兰德斯的性格还有另外一个解释：摩尔晚年所追求的犯罪个人主义趋向于降低人际关系的重要性。如同居住在该犯罪环境中的其他居民一样，她不得不冒用假名和假的身份，而且她的大部分生活就是致力于维护这些伪装的身份。所以，几乎她的所有私人关系都受到这一角色的影响；它们不可能非常深入或者毫无保留，而且在某种意义上它们都必须是暂时的，所以笛福把摩尔·弗兰德斯的私人关系描写为本质上是随机的一连串相遇，非常近似于梅休*在一个世纪后对真正的流浪汉和罪犯的生活所进行的描写，笛福的做法正是表现出他的现实性。以下就是一则这样的描述：

> 早晨我被（从工会里）赶了出来，在我离开后，我又勾搭上了一位年轻妇女，她在这个工会里待过一晚上。我说我要上路穿过乡村去伯明翰，并且我要她跟我一起走。我从前从没见过她。她答应了，于是我们一起沿途乞讨……在曼彻斯特我被关进了监狱，我就再没见着这位年轻的妇人。她从来没有来号子看我。她对我漠不关心。她只是跟我做伴，以便一路上她身边也有一个人；我也不关心她，我不。[31]

以上段落简明的真实性非常近似于笛福的描写，并且它典型地表现了犯罪环境里人际关系的散漫特性。的确，这种环境对个人关系产

---

[31] *Mayhew's Characters*, ed. Quennell (London, 1951), pp. 294-296.

* 亨利·梅休（Henry Mayhew, 1812—1887），出生于伦敦，记者和社会研究者，他以系列文章忠实记录了维多利亚时代伦敦穷人的工作生活，文章后收录在三卷本 *London Labour and the London Poor*（1851）一书中，1861年又出了该书的第四卷。

生影响，它与《鲁滨逊漂流记》里经济个人主义所产生的情形并无不同。梅休的流浪汉，摩尔·弗兰德斯，以及大多数笛福笔下的其他人物都属于克鲁索的海岛；他们都有本质上的孤独感，都以一种特别实用的观点来看待自己的同伴。

  要如此这般通过她在人际关系中所扮演的角色去揭示摩尔的个性，既非笛福的叙事重心，也非他的主题性质。这在其本身也没有损害笛福对他笔下女主人翁心理进行表现的合理性：上文指出的一些明显出入大多是否定性的——信息缺乏的结果，当假定摩尔·弗兰德斯天生一副热心肠，只是环境常常迫使她不得不独立承担一切，这个最基本的困难就可以合理地得到解决。然而，在确定是否是如此时，摩尔·弗兰德斯在人际关系中没有一个稳定环境这一事实又提出了大量的难题。通常当我们试图确定某个人的全部性格时，我们会收集有关这个人的尽可能多的观点，通过把这些观点同我们自己的进行比较，能够获得一种立体的效果。

  这种启迪不会降临在笛福的女主人翁身上。情节的不连贯性意味着，尽管在《摩尔·弗兰德斯》一书中有两百多个人物，他们中没有一个人对这位女主人翁的了解会超过她生活中的一个片段。然而描述的自传性模式意味着他们对待摩尔·弗兰德斯的态度只会取决于她是否想以及她想怎么样来告知我们。他们的证据实际上揭示了一类非常可疑的人的一致性——笛福的女主人翁明显在这些最有资格评判她的人中激发出——例如，詹姆斯，那位女家庭教师，汉弗莱等——最无保留、最无私的忠诚。另一方面，看到摩尔·弗兰德斯本人从未完全诚实待人并且也无兴趣与他们或者其他任何人交往，读者特别容易把他们明显的爱慕理解为一种表现摩尔·弗兰德斯偏执错觉的证据，而不是当作她对待他们所表现出的性格的一种准确评价。每个人似乎都是只为她而存在,而且似乎没有人对此抱有怨恨。例如,人们可能会想到那位女房东,她对摩尔的洗心革面感到遗憾,因为这让她失去了获得一流的偷窃物的来源。相反,一旦这位女主人翁不再发挥任何作用继续为她服务,她就变成了"一位真正忏悔的人"。[32]

如果亲近摩尔·弗兰德斯的人中似乎没有人真正清楚她的真实性格,并且如果我们持续怀疑她对自己的陈述可能是局部的,那么我们有关她个性公正的观点所剩的唯一来源就只有笛福本人了。然而再一次,我们在此立刻遭遇许多难题。因为摩尔·弗兰德斯与她的作者特别相似,甚至在一些我们期望有突出和明显不同之处的事件中也是如此。比如,那些表现她是一位妇女和罪犯的事实;但是这两种角色都没有如笛福曾对它的刻画那样决定她的个性。

当然,摩尔·弗兰德斯具有许多女性特点。她对漂亮的衣服和干净的亚麻布料目光敏锐,对她男伴的生物性舒适表现出妻子般的关怀。而且,本书的头几页毫无疑问以逼真的清晰感表现了一位年轻的姑娘,后来还有许多粗糙的不可否认带有女性腔调的伦敦式幽默。但是相对而言,这些还是外在和次要的问题,她性格和行动的核心,至少对一位读者而言,基本上是男性特点的。这是一种个人的印象,这一点会很难被建立起来,即使并非不可能,但至少可以确定的是,摩尔不接受她的性别给予她的种种不足,而且的确如此。人们不禁觉得弗吉尼亚·伍尔夫对她的崇拜主要在于她是一位完全实现了女性主义众多理想之一的女主人翁:在女性角色里拥有不参与任何非自愿活动的自由。

---

[32] II, 102.

摩尔·弗兰德斯在另一方面又与她的作者有相似之处：她看似根本不会受到她自己作为罪犯这一背景的影响，而且相反，她还展现出作为一位具有德行且热心公益的市民的许多倾向。再一次，这里不存在显著的不一致性，但是存在一种突出的倾向模式，把摩尔同她所在阶层的其他成员区分开来。在上文所引的段落里，她对偷钱包的小男孩没有表现出同行的关心。后来她对新门监狱里的"死硬的恶棍"又充满了正义的愤怒，而他们对她也报之以同样轻蔑的叫喊。当她最终被转移以后，她在船长的隔间里享有舒适的优待而获得一种旁观的满足，以为那种"古老的友爱"仍然"在船舱里得以保留"。[33] 摩尔·弗兰德斯显然把罪犯分为两类：他们中大部分是邪恶的恶棍，理应完全受到命运的惩罚；但是她和她的一些朋友基本上都是有道德且需要帮助的人，她们曾经历不幸——在她的妓女生涯中她甚至获得了道德上的洁净，因为如她向我们所保证的，从事该活动乃是出于不得已并且不是"为了罪恶本身的原因"。[34] 事实上像笛福一样，她也是一位善良的清教徒，尽管她做过一些无奈且遗憾的有损名誉之事，但是在那些大多数且遭到无视的著名先例中，她曾生存于一个贩夫走卒之地但没有受到污染。

正是这种自由让她能摆脱她所做的一切可能会产生的心理和社会后果，这种自由成为笛福刻画的她性格中最主要的难以置信之处。适用的不但是她犯下的罪行，还有她所做的一切。例如，如果我们挑出乱伦的主题会发现，在揭开她的可怕秘密之后，尽管主要因为摩尔·弗兰德斯的离开，她的同母异父兄弟在身心上都难以自持，一旦离开弗吉尼亚，她自己却完全不受环境的影响。明显的

---

[33] II, 90, 112, 90; I, 62-63; II, 134.
[34] I, 131, 139.

是，她儿子对待她的感情也不受影响，哪怕事实上他是自一桩乱伦婚姻而出的孩子；甚至不受如下事实影响，他的母亲在抛弃他二十多年后仅仅因为被遣返到他邻近的街区，就认为她现在可以继承一座房产，如果不是这样，他会享有这处房产。

于是，摩尔·弗兰德斯的性格既不明显地受到她的性别的影响，也不受到她的犯罪行为的影响，或者根本不受任何客观因素的影响，而这些客观因素本被期望能够把她同她的作者拉开距离。另一方面，她与笛福以及他的大部分人物有许多相似的性格特征，而这些特征通常被认为属于中产阶级。她热衷于有教养的斯文并且保持这种做派，她的自负很大程度上在于懂得怎样可以获得好的服务以及合宜的住处。在其内心，她是一位食利者，同她的"主要储备被迅速耗掉"时的境况相比，食利者的生活不会引起更大的恐惧。[35] 更具体地说，明显的是，如鲁滨逊·克鲁索一样，受到某种潜移默化的影响，她也捡起了商人的词语和态度。的确，她身上最积极进取的诸多特征与克鲁索一样，那位永不满足、不分是非、精力充沛的个人主义者。毫无疑问，我们可以辩驳说这些特征也可以在与她同一性别、地位和个人遭际的人物身上找到；但是很有可能，而且必定更合理地去假定所有这些矛盾都是由第一人称叙事的突出倾向这一过程所产生的后果；笛福对于摩尔·弗兰德斯的认同如此彻底，以致他创造了一种本质上属于自己的个性——尽管还保留一些女性特征。

笛福与他的女主人翁之间存在无意识认同的假设似乎是同样合理的，当我们开始分析《摩尔·弗兰德斯》整体结构的第三个方面，即它更大的道德意味。

————
〔35〕 I, 131.

"作者的序言"里陈述道:"在本书的任何一个部分中都没有一次邪恶的行动,但是或早或晚都使之变成了不快或不幸之事。"为《摩尔·弗兰德斯》所作的这番道德宣言实际上仅相当于如此一种断言,即它只是教授了一次有几分狭隘的伦理课程——邪恶必须受到报应而犯罪则不必受到惩罚。然而,甚至这一点都没有被叙事本身实现。似乎已经发生的情形是笛福对犯罪故事的永恒危险表示了让步:要显得有趣,作者不得不把自己尽可能地完全投射到那位坏蛋的思想中去,但是,尽管曾经沾染过犯罪的色彩,他扮演的却是赢家。笛福不能忍受让摩尔·弗兰德斯在邪恶的日子里出现。毫无疑问,她的命运多变。但是她从未败落到如此低贱的状态以致被迫要去打破她早前立下的绝不"从事家务"的决心,[36]而且即使在狱中,她仍保持着自己中产阶级的身份。大多数时候,无论是作为妻子、情人或者小偷,她都异常成功,并且当厄运砸来时,她积累起了以不正当手段获得的足够财富而开辟了一个种植园,在英国还有可观的盈余。

　　摩尔令人生悔的财富,来自于她的犯罪生涯,而且她自我革新的真诚从没有接受以牺牲物质换取德行之善的尖锐检验。实际上,这种情节全然否定了笛福所意图的道德主题。

　　然而,仍然可以设想的是,另外一些类型的道德含义可能包含在这一叙事中,假设是以其他的方式而不是如该情节所意味的那样。例如,笛福可能使用过直接的编者评论来强使读者从合适的角度来看待他的人物,让注意力去关注她习惯性的无私和她忏悔的外表。然而,此类的编者干预,会干涉到笛福的主要目标,即要表现出《摩尔·弗兰德斯》实实在在是真实自传这一印象,因而其方法

――――――
[36] I, 4-6.

也是不可接受的。

所以，无论笛福想给他的故事赋予什么样的道德含义，都不得不直接产生于他笔下女主人翁的道德意识。这就意味着她不得不既是书中的一个人物又是编辑的口舌，所以，她必须从她后来产生悔意的角度来重述这个故事。这也会牵涉到许多难题。部分原因是摩尔的爱情与盗窃对于读者而言会明显失去吸引力，假如它们掺杂着太多悔恨的灰烬；部分原因是如此一种视角要求在时间上对行使罪恶行为的意识与改过自新的意识进行严格区分，这种自新的意识有助于它们的修正。

笛福没有意识到这些问题，这是在他的"作者序言"里揭示出来的，该序言回避了该小说与摩尔"自己的备忘录"之间的关系这一关键性问题，而据称这部小说就是"成自于"这部备忘录。这支"用于完成她的故事的笔"写到了一个"首先到手的副本"，以及该副本需要进行许多删节以"使它能够讲出适合于阅读的语言"。但是这个副本的存在又推导出一些时间上晚出的，且估计更纯洁的文件，这些文件显示摩尔"变得谦逊和悔恨，如她后来所声称的那样"。然而，关于这些，笛福保持了沉默，因此我们无法分辨文本中哪些——如果存在的话——道德和宗教的反思实际上是由这位女主人翁做出的，也无法分辨是在她生命中的哪个阶段做出的。

对于时间跨度的犹豫不决有时甚至在那些表示忏悔反思的行文中明显表现出来。例如，显而易见的是，摩尔最早且不能完全宽恕的罪行之一就是她的重婚罪：她还没有与第二任丈夫离婚，而且也没有关于他去世的消息。所以，她后来的恋爱生涯是累加的重婚罪并伴以通奸的罪行。然而，这个问题仅仅进入过她的道德意识中一次，那是当她的巴斯情人决心不再继续他们之间"不幸福的通信"而使她的良知受到震动时。她写道："但是我从没有一次想过我一直是一位有夫之妇,是B先生——那位经营亚麻布的布料商人的妻子,尽管他出于自己的窘境离开了我,他没有能力把我从我们之间的婚姻契约中解脱出来,或者给予我再婚的自由。因此我一直就像是一位妓女和通奸之人。对于我自作主张的这些事情,我于是责备我自己,我怎样落入了这位先生的陷阱……"[37]

乍一看,这一段落似乎是心生悔意的摩尔在回顾她以前的鲁莽之举时所进行的反思。如果是这样,人们不得不怀疑她进行精神检查的严厉性,因为针对后面的两次——同样具有重婚性质——婚姻都没有这样的反思行动。然而,如果我们再看一眼这一段落,以下事实就变得明显起来:无法对这一点进行追寻,因为关于该反思应在何时进行出现了真正的混淆。在写到"我于是责备我自己"时,"于是"[then]当然意味着摩尔·弗兰德斯在此事发生时责备了她自己。如果正是如此的话,她或者她的作者肯定已经忘记了该段落最初的时间状态,该段落从"我从未进行过一次反思"开始,它意味着忏悔终于随之发生,也就是说这些道德反思在该事件发生很久后才进行。

于是笛福在他的女主人翁道德进展的任何一个特定时期都没能令人信服地为他的说教性评论找到合适的位置;这就成为他在整体上失败的一个例子,他没能解决形式上的诸种问题,而他的道德目的和他的自传性叙述模式要求他致力于解决这些形式问题。对此进行解释的一个原因毫无疑问就是,笛福既没有对他的艺术也没有对他的内心给予探索性的关注,而这是他的道德目标所要求的。另一方面,我们必须记住他实际上面临着一个问题——该问题在当时还是一个新问题,并且自此以来成了小说的中心问题:在无损小说

---

[37] I, 126-127.

文学真实性的状态下,怎样给叙事加上一种连贯性的道德结构?

形式现实主义仅仅是一种表现的方式,所以在伦理上它是中立的:笛福的所有小说在伦理上也是中立性质的,因为它们让形式现实主义成为一种目的而不是手段,让任何一致的隐秘含义屈从于一种幻想之下,即以为文本代表着对一位历史性人物进行真实反映的精心之作。但是这本单独的案例集只是一项贫乏的研究,除非在一位熟练的审问者手中,他才能够推导出我们想要知道的事情,而这些通常正是相关人物并不知道或不愿意承认的那些事情。小说的问题就是发现并且揭示这些更深层的含义,而不必损害形式现实主义。

后来的小说家会看到,尽管形式现实主义给以下方式强加了一种更加绝对和不涉人情的光学精确性,在此方式中,文学执行着它举起镜子照向自然的古老任务,然而还存在一些能够传达某种道德模型的方式,尽管它们比之前的文学形式可能显得更加有难度和不直接。因为,在取代直接的评论,或语气和意象的力量时,该模型必得依赖于镜子对时间、地点、远近和光彩而进行的操作。"视点"就成为重要的工具,作者借此表达他的道德情感,而模型成为某种隐含的技巧所达成的结果,凭借此技巧,镜子被举起的各种角度被用于反映小说作家所见到的现实。这种模型没有出现在笛福对《摩尔·弗兰德斯》的情节和人物塑造的处理中,至于他笔下女主人翁的道德意识,则在无限的回归中持续地回避着我们,这种回归源于他的叙事目标中的不同方面之间缺乏配合。

Ⅲ

像约翰·皮尔·毕舍普[John Peale Bishop]一样的那些人,把《摩尔·弗兰德斯》视为"伟大的英国小说之一,或许是最伟大的小说",[38]几乎不可能没有注意到这种配合的缺乏,但是他们在其背后认识到一种对人类行为现实的坚定理解。至于道德化的问题,他们认为笛福可能并没有严肃地看待它,并且这个故事属于那样一类小说,在其中,明显的道德要旨与读者对它的任何明智理解之间的出入是一种文学的手段,作者通过它告诉我们他的作品必须以反讽的方式加以阐释。这种方法可以被称作第一人称叙事下明显的作者担保缺席的方法,并且它无疑已被成功地用在《摩尔·弗兰德斯》里的这种现代类比中,如同阿尼塔·露丝的《绅士们喜欢金发女郎》和乔伊斯·卡利的《惊呆了她自己》里的类比一样。

以这种方式阅读《摩尔·弗兰德斯》会意味着笛福与他的创作相去甚远,以及他甚至没有打算严肃对待序言里的道德声明,并且正好相反,他毫无悔意地乐于见到他对物质与道德考虑之间具有颠覆性和反讽性对照的描写,而这一对照对现代读者而言是最显而易见的小说特征。这种阐释,尽管与当下的大量分析一致,本质上却完全与之相反。尽管如此,它最近已经获得了广泛而充分的支持,要求开展进一步的探讨。

或许对作为艺术家的笛福所作的最著名宣言来自于柯勒律治,该宣言出现在对《鲁滨逊漂流记》中一个段落所做的一则页边笔记里,该段落叙述主人翁在失事船只的船舱里偶然发现了黄金:

> 看到这些钱,我会心地笑了,唉,这毒药!我高声说,你有什么用处,在我眼里你不名一文,我不是要借别人之力才能起飞的雨燕,*这些刀中的任何一把都比得上这一堆金子,

---

[38] *Collected Essays*, ed. Wilson (New York, 1948), p. 388.
* 传说雨燕(Swift)自己不能从地上起飞,需要被人掷到空中才能借势飞行。

我无法让你派上用场,所以你本来在哪里就待在那里吧,然后像不值得营救的生物一样沉到海底。然而,转念一想,我又把它拿走;把所有这些用一块帆布包裹起来……

所以,柯勒律治在标有星号的地方评论笛福:

> 比得上莎士比亚;——而且在它那个简单的分号之后,没有丝毫本能反应的意识停顿就匆匆过去,这比该手法本身更加精湛和巧妙。一位稍逊的作者,一位叫马蒙泰尔的人*,会在"拿走"一词之后加上一个感叹号"!",然后才开始一个新的段落。[39]

我们对"转念一想"一词不禁莞尔,它以其随意性稀释了克鲁索对于金子一钱不值的修辞性悖论。在笛福回避对一位求利者情不自禁的非理性活动做进一步解释的行文中,我们又被吸引着要去一探其中精确的文学的庄重合度。然而,我们能够保证这里的反讽不是无心之举吗?这个悖论性独白真的符合克鲁索的性格或者他当下的状态吗?难道它不是笛福这位图利的宣传家表现警觉性的更典型手法,用以加强一种有用性的真理——认为单单货物本身才构成真正的财富?如果是这样的话——难道这个明显的反讽仅仅是最满不在乎的态度的结果吗?笛福这位宣传家以这种极不在乎的态度又将自己拉回到小说家的角色,并匆忙告诉我们他对克鲁索有何了解,以及其他任何人在这些情形下实际上会做些什么。

---

[39] *Miscellaneous Criticism*, ed. Raysor (London, 1936), p. 294.
* 让-弗朗索瓦·马蒙泰尔(Jean-François Marmontel, 1723—1799),法国诗人、戏剧家、小说家和批评家,其以自传性作品《一位父亲的回忆录》著称。

既然已有了这样一个评论，我们当然不能让柯勒律治的赞扬一带而过。他使用的是该书的1812年版，该版本——同后来的大多数版本一样——对笛福随意的断句进行了大量顺序上的调整。在早期的版本里，"我又把它拿走"之后是一个逗号，而不是一个分号。而且——柯勒律治对于笛福文学技巧的分析在于笛福首次将反讽的两个部分组合到一起——即使金子在那种情形下是无用的，却仍然被拿走——成为一个单独的意义单元，以及他拒绝给予读者任何明显的信号，比如一个感叹号。然而，事实上不仅有柯勒律治以为是分号的逗号，还有许多其他的标点符号，因为这个句子东拉西扯地长达十五行，其中有克鲁索游泳上岸以及风暴发生等事件。这似乎对它的效果掩盖了太多，并且表明笛福笔下各处反讽具有相似性的真正原因很可能是多种多样事物的数量，他习惯性地将这些事物组合进一个句法单元，加上这种极端的随意性，而各种不相干事项之间的过渡都因此受到影响。

柯勒律治的热忱总是在提醒我们一种危险，据称聪明人尤其容易面临此种危险：看到的太多。这似乎就是弗吉尼亚·伍尔夫的《普通读者》[The Common Reader]里的两篇论文中所发生的情形。难道《鲁滨逊漂流记》和《摩尔·弗兰德斯》的文本没有为她提供表现聪明的机会吗，因为其所见比真正存在的还要多？例如，她写道"一个普通的陶罐立在显著的位置……（它）……诱导着我们望见远处的海岛和人类灵魂的孤独"。[40] 鉴于"论孤独"一文对《鲁滨逊漂流记》最后一部分的论述，毫无疑问，更可能的情况是，笛福的技巧不够精巧或自觉而足以引起人类孤独的主题，并对我们在同一时间内和同一叙事中进行初级陶艺的教导。

---

[40] "Robinson Crusoe," *The Common Reader*, 2nd Series (London, 1948), p. 58.

所以当弗吉尼亚·伍尔夫写到笛福让"其他每一种元素都服从他的设计"时,[41]我对此保持怀疑。在这个词语的一般意义上,无论在《鲁滨逊漂流记》还是在《摩尔·弗兰德斯》中,真的存在任何"设计"吗?难道这样一种阐释真的是对某种优越感的一种间接的批评回馈吗?笛福使我们具有的这种优越感是从他自己粗陋而未经思考的散体文章中推导出来的,这种优越感让我们具有了把他笨拙叙事的极端例子转变成反讽的能力吗?

《摩尔·弗兰德斯》中有一些新奇而自觉的反讽的例子。首先,有一类简单的戏剧性反讽大量存在。例如,在弗吉尼亚,一位妇女讲述摩尔乱伦的婚姻故事,而不知道她是在对主要人物讲话。[42]还有一些尖锐得多的反讽的例子,如在一个段落里,当还是一个小姑娘时,摩尔·弗兰德斯发誓她长大后要成为一位高贵的女人,像她的那些生活悠闲却声名狼藉的邻居中的一位:

>"可怜的孩子,"我善良的老姆妈说,"你很快就会成为那样一位高贵的女人,因为她是一个名声败坏的人,生了两个野种。"
>
>我一点儿也不懂那些话;但是我回答说,"我向你肯定,人们喊她'夫人',而且她不出去做事也不做家务";所以我坚持认为她就是一位高贵的女人,而我将也要成为像她那样的一位贵妇人。[43]

有一个精彩的戏剧性反讽是指出这样一个预言性的情节,该

---

[41] "Robinson Crusoe," *The Common Reader*, 2nd Series (London, 1948), p. 58.
[42] II, 142.
[43] I, 8.

情节里包含有一个片语"像她那样的一位贵妇人",这个片语在语言上的强调也清楚地说明了德行和阶级,与被斯文的外表所欺骗的道德性危险之间的差别。我们能够确定这里的反讽是自觉的,因为它的主旨在笛福的其他作品中能够获得支持,这些作品常常对绅士阶层不能提供合适的行为规范而表现出某种程度的怨愤。例如,摩尔后来把(两兄弟中的)大哥嘲讽地描述为"一位快乐的绅士,他……十分轻浮以致会做出坏心眼的事情,然而十分喜欢评头论足,尤其重视他自己的快乐",这里就表现出相同的倾向。典雅的风格以及与笛福自身观点显而易见的协和,这二者的结合让我们确信摩尔·弗兰德斯在她被詹姆斯欺骗后所进行的反思也是具有讽刺意味的:"被一位正人君子而不是流氓所勾引,也算是一件值得庆幸的事情。"[44]这表现在语言上的夸张透彻地说明了在公开的和实际的道德标准之间的反差:"勾引"是一个经过权衡的夸张表达,摩尔·弗兰德斯就是她已经成为的那种人;而"正人君子"的模糊性使用似乎完全出于它的颠覆性效果。

然而,《摩尔·弗兰德斯》中这些自觉性反讽的例子特别缺少更庞大的结构性反讽,这种庞大的结构性反讽表明笛福要么以反讽的态度看待他的中心人物,要么以反讽的态度看待他宣称的道德主题。在《摩尔·弗兰德斯》中肯定没有什么东西清晰表明了笛福与他笔下的女主人翁看待该故事有何不同。确实,有一些这样的例子,其中存在如此一种意图似乎是可能的。但是一经检验,它们又不具有上文所示的自觉性反讽例子的特征;相反,它们倒与《鲁滨逊漂流记》中的那一段落密切得多。

与克鲁索从他的修辞性高峰突降构成密切对比的情形,发生在

---

[44] I, 14, 155.

摩尔·弗兰德斯向她的丈夫也即她的同母异父兄弟揭露自己的身世这一残酷的现实时：

> 我看见他脸色变得苍白并看上去显得癫狂；于是我说："记住你的承诺，拿出你的理智来接受这件事；因为谁会像我那样说那么多来让你接受这件事？"然而，我叫进来一位佣人，并给他灌下了一小杯朗姆酒（这是这个国家常见的饮料），因为他正在晕过去。[45]

对可信性的坚持——导致了要使用蹩脚的括号来解释为什么要用朗姆酒而不是白兰地——在巨大的感情压力和应对它的无聊方法之间制造了强烈的对比。人们或许同意，生活就是那个样子；但是哪位想要坚持表现感情强度的作家都不会建议利用一杯朗姆酒就能满足这个要求。尤其是一小杯——"小"是一个较好的例子，可以表明一种对微小却有几分不合宜的细节所进行的"现实主义的"关注能够帮助制造反讽。

从形式上看，我们注意到，这一段落与金子的那个段落是相似的。这里在不协调元素之间的过渡中使用了表示相反意义的"然而"一词，"然而"一词是在强调叙事者思想中的逻辑联系。如果笛福只不过又开始了一个新的段落，这个反讽就会减弱许多，因为这取决于坚决支持两个平行条目——在每一情形下，一个充满情感的或抽象的极端后面会跟随一个更加实际的考虑——确实属于同一个话语体系。

这一段落在内容上也是典型的，因为从情感到行动的突转引起

---

[45] I, 103.

我们对于反讽的疑虑,而这种突转在笛福的小说中是非常普遍的,尽管永远也无法肯定他是否有意设计了这种反讽。例如,有这样一个情景,当摩尔在她少有的一次情感流露中,亲吻了她儿子曾经踏过的地面,但是一旦当别人敦促说地面"潮湿且危险"时,她就放弃了。[46]可能的情况是,笛福在嘲笑他的女主人翁身上没有羞耻感的感情冲动与常识理性的混合。但是更有可能的情况是,他非得要让摩尔跪下,这样他才好进行这个故事,而且他还没有非常仔细地想好这样做的方式。

不协调的态度之间独立性的缺乏似乎特别具有反讽性,如果我们已经倾向于认为他们中间的一个是虚假的话。这种情况发生在许多道德说教的段落中,笛福当然也没有以引入它们的方式那样采取任何措施来消除我们的怀疑。一个显著的不太可能的例子就发生在还是同样不知悔改的摩尔身上,她向女房东讲述她怎样被一位醉汉所救但她后来仍然抢劫了他,并继续通过引用所罗门反对醉酒的世俗布道来加强这一事实的印象。这位女房东很受感动,摩尔告诉我们:

> ……这件事如此地感动着她,以至于她几乎不能忍住眼泪,不能想象这样一位绅士每当一杯酒入肚时,每天怎样冒着被勾引的危险。
>
> 但是至于我获得的那些赃物,以及我怎样彻底脱光他的衣服,她告诉我说这让她感到特别高兴。"不,孩子,"她说,"那种方法可以,就我所知道的,比他一生里所听到的所有布道要更好地改造他。"假如剩余的故事是真实的,它会起到

---

[46] II, 141.

相同的效果。[47]

这两位妇女于是合计着去预测神的惩罚,并榨取那位可怜绅士身上的钱财,目的是为了彻底实践她们的教训。这则故事当然是对虔诚与道德的滑稽模仿,然而以为笛福在进行反讽性的描写则是极不可能的情况,至多是在晚些时候他进行了如此描写,这是当摩尔·弗兰德斯借助于人的某种特别缺陷,对狱中牧师要求自己认罪时为自己所做的开脱,称她承认自己的罪行一如他对杯中之物的嗜好。[48]这两个情节从心理学上看都有足够的说服力:醉心于一种恶习的人比那些有德行的人在对待他们碰巧不喜欢的人时通常更少宽恕之心。然而,问题在于是否笛福本人忽略了并且期望他的读者们忽略这则语境所具有的破坏性性质——他反对饮酒的种种说教就发生在这则语境里。绝对有理由相信他忽略了这个问题:设计这个教训本来一定是严肃的,而不是反讽性的。至于它的上下文,我们已经了解,除了把摩尔分作两人来为他自己的忠实信仰唱起合唱,笛福不可能让他说教性的宣言显得自然合理。所以,一个可信的好的理由是,这种对我们而言明显可笑的对道德的无感知力,事实上反映了笛福与其女主人翁共同依据的清教主义心理特征中的一种。

斯文·雷纳夫[Svend Ranulf]在他的《道德的愤怒与中产阶级心理》[Moral Indignation and Middle Class Psychology]中已经揭示——该书主要编自于英联邦的各种小册子,清教徒怎样比保皇党分子更痴迷于爆发道德的愤怒。[49]他提出,清教主义的力量之一在于,它倾向于把对正义的要求转变成为一种有几分严厉的进取精

---

[47] II, 37-38.
[48] II, 93.
[49] Copenhagen, 1938, 尤其见于 pp. 94, 198。

神,以反对他人的罪行,而这当然又随之带来一种补充性的倾向,让个人对于自己的错误保持一种宽容的视而不见。摩尔·弗兰德斯不时例证了这种倾向。一个著名的例子就是在一个段落中,她因为偷窃了一个小孩的金项链而安慰自己说:"我只是想给那对粗心的父母一个正当的教训,他们让这个可怜的羔羊自己送上门来,这下可以教训他们下次要更小心。"[50]这里的自我反思毫无疑问表现的是一种心理上的贪婪:她的道德心就是一位伟大的诡辩家。然而,关于笛福的意图还有某种疑问:对于他的女主人翁在道德上的表里不一,以及她倾向于对自己眼中闪烁的贪婪之光视而不见,是否有意要构成一种反讽性的色彩?或者当笛福想到这对父母如何粗心以及他们如此富裕应该受到惩罚而内心恼怒时,他是否忘记了摩尔的存在?

假如笛福打算以此段落对精神的自我欺骗法进行反讽性的描写,则有必要假定他把摩尔·弗兰德斯的性格在此视角下看作一个整体,因为这一事件非常典型地表明,她对自己精神和智力的不诚实通常采取忽视的态度。比如,她总是对自己的经济地位说谎话,即使面对那些她爱着的人。于是,当她与詹姆斯之间相互的伎俩被揭穿以后,她藏下了一张30镑的银行汇票,"并更无顾忌地使用剩下的钱,考虑到他的情况,因为我真的从心底里同情他"。她接着说:"但是回到这个问题上,我告诉他我从没情愿去欺骗他,而且我将永远不会这么去做。"后来,在他离开后,她说:"在我的一生当中,发生在我身上的事情都没有像这次分手那样如此深刻地纠结着我的内心。在我的思想中,因为他离我而去,我骂了他一千次,因为如果我依靠乞讨面包过活,我将会与他一起周游这个世界。我摸了一下我的口袋,我在里头发现了10个畿尼,他的金表,以及两

125

---

[50] I, 204.

个小的戒指……"[51]通过让她确信在自己口袋里有足够的钱可以供她一生衣食无忧,而不立即证明这只是一个修辞性的夸张,她甚至不能以她表达愿意乞讨面包而从理论上证明她忠诚的现实。这里肯定不存在自觉的反讽:对于笛福和他的女主人翁而言,大度的情感是好的,而隐藏现金储备也是好的——可能更好。但是并不会感到它们相互矛盾,或者一种态度削弱另外一种态度。

笛福谴责过那些临时的英国国教徒"在与上帝玩'啵—丕普'游戏"*。[52]这个词语极好地描述了对于共同的诚实和道德真实所做出的精明的模棱两可的态度,这在《摩尔·弗兰德斯》中非常常见。这里笛福在不同的层面"玩'啵—丕普'"的游戏:从这句话和这一事件到整本书的基本伦理结构,他对自己创作的道德态度显得肤浅、不坦诚以及容易发生偏向,如同他的女主人翁在以下场合中所表现出的那样。当已婚的求爱者写信要求结束这段恋情,并敦促她改变她(种种行事)的方式,她写道:"我受到了这封信的打击,如同身体遭受到一千处创伤;对我自己良心的谴责是我有口难言,因为我并非无视自己的罪行;而且我想我可以同我的兄弟继续过下去而不会有太多过错,因为我们都不知道这件事情的真相,我们的婚姻就这一点而言并不构成罪行。"[53]

让自己去思考笔下女主人翁的良知或者她生计的道德含义,没有作家会以一种反讽的精神去严肃地描写这个,笛福也不会去描写詹姆斯的道德自新,其中摩尔·弗兰德斯告诉我们她怎样给他带来

---

[51] I, 154, 158.
[52] *A True Collection ...*, p. 315.
[53] I, 126.
  * Bo-Pee:此处译为"啵—丕普"游戏,它是小孩之间玩的一种游戏;他们掩藏住脸,然后口中发出"啵"的一声露出脸来。

了她儿子所赠与的财富,且没有忘记"我们农场所需要的马、猪和牛,以及其他的储备",并总结说"从现在开始,我相信他是一位真诚忏悔、完全改过后的新人,如同上帝之善把一位浪荡子、一位强盗以及一位盗贼带回正道"。[54] 我们,而不是笛福,都觉得把上帝和金钱的力量加以并置具有嘲讽意味。我们,而不是笛福,都会通过猪羊来嘲笑改过自新的概念。

关于这些特别事例,无论存在什么样的分歧,尤有把握的是,在《摩尔·弗兰德斯》中不存在前后一致的反讽态度。在更大的意义上,反讽表达了一种对在尘世中困扰人们的冲突和不一致事物的深刻了解,一种显示在文本之内对相互矛盾的阐释所表达出的坚定怀疑。一旦我们意识到作者的隐蔽目的,我们可以发现所有明显的矛盾,它们是隐含在整部作品中前后一致倾向的标志。如此一种写作方式明显对作者和读者的注意力提出了严峻要求:每一个词语的意涵,每一个情节的并置,每一部分与整体的关系,所有这一切都必须排除意图之外的任何解释。如我们所见到的,极不可能的情形是笛福即以这种方式写作,或者他拥有这样的读者。的确,所有的证据都指向相反的方向。

可能会遭到反对的事例是,笛福至少写作了一个公开的反讽性小册子,《对待不服从国教者的最简捷方法》[*The Shortest Way with Dissenters*, 1702]。的确,他在这里非常成功地模仿了恼怒的高教会*的风格、特征和其基本的策略——他们在安妮女王执政后终于

---

[54] II, 160.

* 高教会(High Church)与低教会(Low Church)相对,该词出现于17世纪晚期,指英国国教内的教派或运动,其旨在反对国教内的加尔文主义清教徒,强调与天主教教会的延续性,重视主教的权威,强调圣事、圣礼和仪式的重要性。

找到了机会去碾压不服从国教者。然而,众所周知的是,许多读者实际上把这个小册子当作极端的托利派教士的真实表达。这样做的原因通过对该作品的研究就变得很清楚:如同在《摩尔·弗兰德斯》中那样,笛福如此全面地把自己替代性地认同为那位假想的说话者,以至于模糊了他的本来意图。事实上,他对反讽的唯一的自觉性运用确实是一部杰作,但不是一部反讽的杰作,而是一部顶替身份的杰作。

在此没有时间去详细论证这一点,但当时对《最简捷方法》的接受至少表明,它没有构成不可辩驳的证据来表明反讽是笛福能够得心应手操作的武器。的确,所有把《摩尔·弗兰德斯》看成反讽之作的人,他们的这种观点也站不住脚。例如,波纳梅·多布里[Bonamy Dobrée]在一篇劝诱性的评论中认为这部小说"充满了怡人的反讽,只要我们把摩尔排除在外"。但是,如他所承认以及上文已经讨论过的,很难相信笛福可以足够客观地把他的女主人翁排除在外,而多布里宣称《摩尔·弗兰德斯》是"一部令人惊奇、无与伦比的杰作"[55]似乎依赖于此观点,即认为它的反讽是无意为之[unintentional]且是无意识之作[unconscious]。

所以,我们的一个关键问题似乎是我们能怎样解释这样一个事实:本无反讽意图的小说却被如此多的现代读者以如此角度来解读。答案似乎不是一个文学批评的问题,而是一个社会历史的问题。今天我们不能相信,像笛福这般聪明的人会把他的女主人翁的经济态度或者她虔诚的声明与除嘲笑之外的任何事情联系起来。然而,笛福的其他作品并不支持这种看法,而且可以猜想历史的进程

---

[55] "Some Aspects of Defoe's Prose," *Pope and His Contemporaries, Essays Presented to George Sherburn*, ed. Clifford and Landa (Oxford, 1949), p. 176.

已经给我们带来了强烈且常常无意识的倾向去把一些特定事件看作反讽性的,而笛福和他的时代则完全严肃地看待它们。

在这些倾向中,这些具有内在反讽性质的态度中,《摩尔·弗兰德斯》至少强有力地调动了其中两种:关于罪恶的种种情感——它们如今非常广泛地与作为动机的经济收益相关联;以及以下观点,即对虔诚的种种宣称无论怎样都是可疑的,尤其当与对某人自身经济利益给予的大量关注相联系时。但是,如我们已见到的,这两种态度笛福都不具备。他并不耻于把经济上的自我利益当作人类生活的主要前提,他不认为这样一种前提与社会或宗教的价值相矛盾;该前提与他的时代也不矛盾。所以,可能的情况是,《摩尔·弗兰德斯》中一类明显的反讽可以被解释为笛福自己观点中未被决定且主要是无意识的一种矛盾,这种矛盾典型地反映在后来清教主义把经济问题从宗教和道德制裁中分离出来。

《摩尔·弗兰德斯》中其他大部分反讽都能够以类似的方式得到解释。我们注意到,一类明显的反讽以对实际问题的考虑压过对情感的考虑为中心:当然,我们在这里有一些理性和怀疑的直觉,以为笛福在无意识中反抗这文类和它的读者所要求的感伤场景与谈话。另一类可能的反讽围绕着女主人翁的爱情历险,我们很难相信这些只是为了道德教诲的目的而被讲述。然而,这种矛盾心理是典型的世俗化的清教主义。例如,约翰·邓顿[John Dunton],一位怪异的不服从国教者,也是笛福的熟人,他写作了一份月报揭露卖淫,《夜行人:或,夜间漫游以搜寻淫荡的女子》[*The Night Walker: or, Evening Rambles in Search after Lewd Women*,1696-1697],其中一个公开的道德目标同今天喜欢制造轰动新闻的记者对公开卖淫进行的类似呼吁一样强烈和令人信服。一个更相近的类比是皮普

128

[Pepys]*提供的:他买了一本淫秽的书,周日的时候就在办公室阅读它,他如此评论,"一本特别淫秽的书,但是对于一位清醒的人士而言,阅读一次让他了解这个世界的丑恶也并非不合适"。[56]

在笛福的观点中,还有一些其他的矛盾领域,在《摩尔·弗兰德斯》的批评阐释中,这进一步解释了两个重要的难题。认为笛福没有认真对待摩尔在精神上的革新的一个原因,是她的认罪与忏悔没有从行动或者甚至没有在任何真正心理变化的意义上得到支持:如在《鲁滨逊漂流记》中,其精神维度被呈现为心灵机制中一系列有些无法说明的宗教性的崩溃,然而,这些崩溃没有永久性损害她强健的超道德性。但是这种把宗教从日常生活中分离开的举动是世俗化的一种自然结果,并且与笛福时代相同的社会生活特点可能也是摩尔·弗兰德斯的道德意识产生混淆的主要原因——她倾向于把对自己罪行的忏悔与自己对因罪行而受的惩罚的懊悔混淆起来。个人道德的世俗化明显倾向于强调霍布斯[Hobbes]所做的区分,他写道"每一桩恶行都是一种罪,但并不是每一种罪都是一桩恶行"。[57]我们认为,肯定是因为摩尔·弗兰德斯真正的恐惧仅在发现自己恶行后才会延伸至它们可能产生的后果,引用里德·惠特莫尔[Reed Whittemore]的话说,在她的道德意识中"地狱几乎与新门监狱的墙相邻"。[58]

《摩尔·弗兰德斯》中许多明显的矛盾因此都与个体道德的领域相关。在此领域里,过去两个世纪已经教会我们要做仔细的区

---

[56] *Diary*, ed. Wheatley (London, 1896), VII, 279.
[57] *Leviathan*, Pt. II, ch. 27.
[58] *Heroes and Heroines* (New York, 1946), p. 47.
* 萨缪尔·皮普(Samuel Pepys,1633—1703),著有《皮普日记》(1825),该日记以引人入胜的笔墨描绘了复辟后从1660年到1669年伦敦官员和上层社会的生活。

分，但是在此领域，18世纪早期的倾向远非那么敏感。所以，自然的情形是，我们很容易把更有可能只是一种混淆的情况看作反讽——我们的世纪比笛福或者他的时代有着更好的准备以对这种混淆加以辨识。在这种关联中可能重要的是，《摩尔·弗兰德斯》的大部分热切赞赏者在他们的观念和兴趣上都是不合历史的。例如，E. M. 福斯特在《小说面面观》中从他的探究里特别排除掉了对特定时代的考虑。约翰·皮尔·毕舍普可能接受，但却是误读了笛福"写于1683年"的结论性主张，而把小说的时间确定在1668年。[59]

对于现代人倾向于以反讽的方式阅读《摩尔·弗兰德斯》，还有另外一种类型有些不同的历史性解释：小说的兴起。我们把笛福的小说放置到一个与他自己的时代非常不同的语境里。我们现在对待小说的态度要严肃得多，而且我们是以今天更为严格的文学标准来评判他的小说。这种推定，加之笛福的实际写作模式，迫使我们把大量的内容解释为具有反讽的性质。例如，我们相信，一个句子应该具备完整性。假如我们必须要为一些句子虚构一个完整的结构——它们实际上是许多不相干、不协调成分的从句的随意聚合，我们只能通过让一些成分以反讽的方式去附属于另外一些成分来强加其整体性。同样地，这也可以运用到更大的组成单位上，从段落到整体结构：如果我们在一个先验的前提下假设必须有一个连贯的计划，我们就去找到一个，并因此从那些实际上并不协调的事件中去制造出一个复杂的结构来。

当然，生活本身就是一个尤其适合反讽意图的对象，因此倾向于把《摩尔·弗兰德斯》看作反讽性的，在某种意义上是向作家笛福的活力致以的礼敬——这部分是因为他创造的作品似乎如此真

---

[59] *Collected Essays*, p. 47; 实际的时间是1722年。

实，以至于我们觉得必须明确对待它的态度。但是，毫无疑问，相比于其他任何作品，读者的这种态度被真正的反讽作品所排斥：每一种看待这些事件的方式都已被预估到，并且要么被组织到整部作品中去，要么变得不可能。在《摩尔·弗兰德斯》中没有证据表明此种排斥存在，它更加缺少运行于作品每一个方面的全局性控制。如果存在反讽的情形，它们肯定是社会、道德和文学失序的反讽。然而，或许，它们最好不要被看作一位讽刺作家的成就，而应看作通过对笛福笔下社会、道德和宗教世界里的矛盾来偶然运用的叙事真实性而产生的一些意外事件，这些偶然事件不知不觉地向我们揭示了他的价值系统中存在的那些严重的不符之处。

既然这些不符都已被揭示出来，这便碰巧成为对形式现实主义搜寻能力的一种礼敬，它允许而且确实鼓励去表现文学的目标和倾向，这些目标和倾向迄今尚未在同一部作品中相互排挤，但被分隔为各自独立的单元，如悲剧、喜剧、历史、流浪汉小说、新闻与说教作品等类型。后来的小说家如简·奥斯丁以及福楼拜，都把这些矛盾与不一致吸收进了他们作品的结构之内：他们制造反讽，并让小说的读者们对它的各种效果变得敏感。我们只能通过一些文学性的期待来接近笛福的小说——后来的小说大家们让这些文学性期待变得可能，而作为我们对笛福人生哲学中两种主要力量的矛盾性质具有敏锐意识的结果，这些期待似乎找到了某种明证——理性的经济个人主义与对精神救赎的关切——这两种力量一起支配了他分裂却明显不会令人不安的忠诚。然而，如果我们主要关注笛福的实际意图，我们必须对其做如下总结，尽管他揭示了这些诡辩法，这两重忠诚也借此得以完好保留，但是严格地说，他没有描述它们。因此，《摩尔·弗兰德斯》毫无疑问是一个讽刺的对象，却不是一部反讽的作品。

IV

　　此前的部分不是要否定笛福作为小说作家的重要性，而只是为了展示一个事实。人们对该事实或许已习以为常——如果它没有受到挑战或近来被太多批评家忽略：这一事实就是，笛福的小说既在细节问题上缺乏连贯性，许多名气比他小的作家都能做到这一点，也缺乏最伟大文学中所能见到的更大的连贯性。笛福的长处在于精彩的情节。一旦他的想象力抓住了一个情景，他就能够以全面的逼真度来报道它——这种能力完全超越了此前的任何虚构性作品，而且它的确也从未被超越。这些情节在引述中极具诱惑力。《摩尔·弗兰德斯》的卓越可能主要在于对它的坚定论断，即，与其说它是一部伟大的小说，不如说它是笛福极为丰富的选集。

　　我们应该在多大程度上让笛福在完美情节方面的天赋显得比他明显的不足更重要——结构的虚弱，不注意细节，缺乏道德或形式上的模式，这是一个特别困难的批评问题。关于笛福的天才，有一样事情如同他笔下女主人翁极有韧性的自我一样自信和不可摧毁，并且说服我们去接受一个名声不佳的批评上的怪论——单独一项使用得当的才能可以弥补其他所有的不足。

　　当然，这种才能是这部小说中最重要的才能：笛福是一位优秀的魔术师，而这几乎让他成为这种新形式的创立者。几乎，而不是完全：小说只有当现实主义的叙事被组织进一个情节才被认为可以建立起来，而情节在保持笛福的生动性时，也有着内在的连贯性。也就是当小说家的目光集中在作为整体结构中的首要人物和人物关系，而不仅仅是作为辅助性的工具来加强所描述的行动的真实性，并且当所有这些都被联系到一个支配性的道德意图中时。是理查逊更进一步采用了这些步骤，并且主要由于这个原因，通常将他而非

131

笛福当作英国小说的奠基者。

笛福创造了他自己的类型,它在文学的历史中完全独树一帜,如同它正适合于鲁滨逊·克鲁索的创造者:这个孤独的位置直接与他作品中的个人主义的角色相联系。如同一个令人好奇的类比所表明的那样,即他(笛福)的小说与一位更早期的个人主义者和文学革新者克里斯托弗·马洛[Christopher Marlowe]的戏剧之间的类比。

两人都出身低微、贫穷、受过良好教育、永不安分、精力充沛;两人均发现要在他们的时代找到令自己满意的位置非常困难,并且作为告密者和秘密特务,两人最终都通过政府丑恶的一面而得以与权力的种种神秘之处发生接触。他们的生活都反映在他们的写作中。两位都通过极端疏远社会的人物来充分表达自己,而人物似乎就是无意识的自传性投射。当然,尽管他们身处极为不同的环境,他们都有一种强烈的家族相似性,就像帖木儿之于巴拉巴斯与浮士德,鲁滨逊·克鲁索之于摩尔·弗兰德斯与雅克上校。在马洛和笛福那里,这些中心人物的出现都与相似的结构和主旨性难题相关联。这些情节趋向于偶然性,而从人物之间的关系而言,基本的矛盾却没有被完全呈现——所有的关系都倾向于让自身落入一个"自我反对世界"的逻辑之中。关于这个矛盾的问题同样是模糊的:道德的、社会的和宗教的规范最终都被用来惩罚态度轻蔑且独断专行的男性主人翁,而被描述出来的这些规范比他对那些规范的违反更难令人信服,因此他们的成功似乎充其量是草率的,并让我们怀疑这种成功怎样得到了作者的完全认可。

笛福和马洛作品中最积极的价值当然不是传统的道德秩序。如在司汤达的例子中,法国文学对个人主义的最重要表达,其描写的人生视角十分精彩,不是因为其中的智慧而是它的精力。或许,这种二重性在总体上为个人主义以及具体而言为摩尔·弗兰德斯这个人物的道德评价提出了一个中心问题。她的智慧并不引人注目,至多是一种低级返祖的类型,完全是为了解决生存问题。但是没有什么能比她旺盛的精力更令人难忘,而且它也有一个道德前提,一种难以言喻却得到强化的斯多葛主义。每一件事都会发生在摩尔·弗兰德斯的身上,但是没有什么事情留下过痕迹。她的种种怀旧的语气让我们相信没有什么变迁沉浮能损害她舒适的活力。很明显,我们最粗俗的罪行和我们最可鄙的道德弱点,将永远不会剥夺我们对于别人的爱,甚或我们的自我尊重。的确,全书就是一系列有关个体主义对当下的正统与对过去的智慧进行永恒挑战的变奏,在这个系列当中,女主人翁,一位毫无畏惧的自吹自擂者〔Parolles〕*,轻蔑地宣称:"我不过就是让我能够生存下去的一种东西。"

这些话浓缩地表达了笛福小说的形式和内容对后代所确立的这种主张;十分合理的情形是,这种主张理应在过去了近两个世纪之后得到完全允许——这两个世纪只是给予了它们某种文学亚类的名声,[60] 它们在过去的几十年里找到了一种新的共鸣,而在这几十年里,小说以及与它相关联的生活方式——个人主义,似乎已经走完了一个完整的循环。

有一个时期,小说技巧的复杂化达到了空前的程度,笛福在形式上的无艺术性似乎比以前更甚。很容易看到理查逊的笨拙或菲尔丁的矫揉造作,因为小说的发展已经离他们所提供的解决形式问题的方案很远了。但是笛福没有进行抗争,令人耳目一新的是去赞扬

---

〔60〕 见 Charles E. Burch, "British Criticism of Defoe as a Novelist, 1719-1860," *Englische Studien*, LXVIII (1932), 178-198。

* Parolles 乃是莎士比亚戏剧《皆大欢喜》中的人物,是一位好讲大话、好吹嘘而思想醒醒的士兵,此处译为"自吹自擂者"。

一位仍对我们生动讲述的作家,尽管他显然未曾有过一刻去反思这么做的过程中相关的技术性问题:至少,在小说的形式上,除最高等的艺术外,无艺术性的真实似乎对于所有形式而言都是可取的。因此,弗吉尼亚·伍尔夫以及 E. M. 福斯特为我们提供了一位18世纪20年代的笛福,作为对阿诺德·班尼特和高尔斯华绥的机械性技艺进行猛击的同盟者。

同时,在接下来的几十年里,个人主义的智力和社会基础都受到了前所未有的挑战,而这也给早先记录其成功与衰落的作品以反讽的主题。尤其第二次世界大战,让我们更近距离地接触到笛福个人主义图景的预言性质。加缪使用了笛福为《鲁滨逊漂流记》所做的寓言性宣言作为他自己的寓言——《鼠疫》[La Peste, 1948]——的题词:"使用一种类型的囚禁来表现另一种类型的囚禁是合理的,正如使用不存在的来表现任何真实存在的事物一样。"与此同时,安德烈·马尔罗[André Malraux]写道,只有3本书,《鲁滨逊漂流记》《唐·吉诃德》和《白痴》[The Idiot]为那些见过监狱和集中营的人保留了他们的真理。[61]

笛福对疏离的个人的集中关注,与中间数个世纪里人们所持有的人生观相比,似乎更接近于今天许多作家的人生观。有可能这些作家阅读笛福比他所认真意图的要更加深入。但是无论笛福对于自己小说的象征性品质的意识可能会是什么,可以肯定的是,在欧洲小说漫长传统的末尾,以及在如此一个社会的末尾——该社会的个人主义、休闲和无与伦比的安全允许它让个人之间的关系成为它的文学的主要主题,笛福是一位受欢迎的奇特人物。受欢迎是因为他似乎很久以前就吹嘘过小说——其建议就是个人之间的关系确实就

---

[61] *Les Noyers de l'Altenburg* (Paris, 1948), pp. 119-121.

是生活里最重大且终结性的问题。奇特是因为他,也只有他,在过去所有伟大的作家中,以冷峻的笔调描写了为生存而进行的挣扎,而最近的历史把这种冷峻的笔调又带回人类舞台的中心位置。

134

因此,历史中的偶然事件幸运地光顾了笛福,尽管他不过是以其他作家未曾做过的方式奉承了这些事件,对他的奖赏也应是实至名归。这些事件强迫他在小说的历史中迈出了关键性的一步。他对自己笔下男女主人翁行动的盲目和几乎无目的的专注,以及他在无意识和无反思中把人物和自己对这个他们均生存于其间而毫无名誉可言的世界的思考搅和在一起,使得对许多动机和主题的表达变成可能。如果没有笛福出其不意的手段,这些动机和主题的获取不能进入到小说的传统之中:就动机而言,如经济上的利己主义和社会性的疏离感;就主题而言,如表现在日常生活里的新旧价值链之间的种种矛盾。很少有作家为他们自己创造一个新的话题和一种新的文学形式来表现它。笛福却都做到了。在他让自己描写的事物显得绝对可信而显得有几分单目镜式的专注中,还有更多的方面他没有见到。但是被省去的部分可能就是为如此令人难忘且前所未有地被写入的部分而付出的代价。

第五章

爱情与小说：《帕美拉》

理查逊在小说传统中的位置的重要性，主要因为他成功地讨论了笛福遗留下来的几个悬而未决的重要的形式问题。其中最重要的可能就是关于情节的问题，而理查逊在这里的解决办法却出奇的简单：他通过把自己的小说建立在一个单一的行动上，从而避免了片段式的情节结构，这个单一的行动就是：求爱。毫无疑问，令人感到意外的是，如此重大的文学革命竟然由如此古老的一种文学武器所引发；但在理查逊的手中，它展示出了新的力量，而这就是本章的主题。

I

斯塔尔夫人［Madame de Staël］把古人没有小说这一事实与另一事实联系起来，该事实就是，在很大程度上，因为妇女低下的社会地位，古典世界对于男人与女人之间的情感关系给予了相对较少的重要性。[1]这当然是正确的，古代希腊和罗马人对于我们今天意义上的浪漫爱情知之甚少，而他们在总体上的淫乱生活，并不像在现

---

[1] *De la littérature, considérée dans ses rapports avec les institutions sociales*, in *Œuvres complètes* (Paris, 1820), IV, 215-217.

代生活和文学中那样受重视。甚至在欧里庇得斯［Euripides］那里，性爱激情被明显地视为是对人类规则的违犯；虽然不完全是一种恶行，但它肯定也不是一种德行；而且，尤其对于人类而言，对它的过度放任是一种软弱而不是力量的标志。至于在拉丁语文学里，对于它的同样的轻视态度在一段塞尔维乌斯［Servius］对《埃涅阿斯》［Aeneid］的评注中被表明出来：他解释说狄多女王［Dido］的爱情对于史诗的尊严而言不是一个足够严肃的话题，但是维吉尔［Virgil］通过以一种几乎喜剧的风格来描写它，从而为自己进行了开脱——这几乎就是喜剧作家的风格：这也难怪，既然它描写的是爱情［paene comicus stilus est: nec mirum, ubi de amore tractatur］。[2]

将两性之间的爱情看作世上最高价值的思想被广泛认同，其源头乃是兴起于11世纪普罗旺斯的"典雅爱情"［amour courtois］。典雅爱情本质上是一种宗教崇拜的对象从神圣向世俗发生转移的结果——从对圣母玛利亚的崇拜转向对行吟诗人［troubadour］恋慕的贵妇人的崇拜。所以，就像现代个人主义，浪漫爱情的兴起深深植根于基督教的传统，因此它应该成为我们社会两性行为之理想模式的基础，这是非常合适的。西方最普遍的宗教，至少根据维尔弗雷多·帕累托［Vilfredo Pareto］的说法，[3]是性别的宗教；小说为它提供了信条和仪式，正如中世纪的浪漫传奇为典雅爱情所做的那样。

然而，典雅爱情本身不能提供小说所需要的那种联结性或结构性的主题。它主要是一种休闲性的幻想，被创造出来以满足贵族妇女，她们实际的社会和经济前途已经通过嫁给封建领主而被确定；它属于一个去道德的世界，这是一种社会真空，其中只有个人的存

---

[2] Bk. IV, n. 1.
[3] *The Mind and Society*, trans. Livingstone (New York, 1935), II, 1129; 但可见于 p. 1369, note 1。

在，而外部世界因为它对奸情所进行的严厉的法律和宗教制裁而被彻底遗忘。[4]结果是，中世纪文学的种种形式在描写日常生活时没有关注典雅爱情，并把女性描写成为一类永不知足而贪婪的物种；另一方面，描写典雅爱情的诗体和散文体的浪漫传奇又把它们的女性人物描写成天使一般的人物，而这种理想化处理通常被延伸至该故事的心理、背景和语言等方面。不仅仅如此：从情节的角度看，主人公的贞洁恰恰屈从于文学中相同的缺陷——久已成习的滥交；两者在推进发展和制造意外的特点上都表现贫乏。所以，在浪漫传奇中，当典雅爱情提供了常规的开头和结尾，叙事的兴趣就取决于骑士为他心目中的贵妇所进行的冒险，而不在于爱情关系本身的发展。

然而，浪漫爱情的规则开始逐渐地调整自身以适应宗教、社会和心理的现实，显著的就是爱情与家庭。这一进程似乎在英国发生得特别早，而逐渐形成的新意识形态为小说兴起以及英法传统在小说上的显著区别做出了许多解释。丹尼斯·德·胡格蒙［Denis de Rougemont］在他对浪漫爱情的发展所进行的研究中，写到法国小说"根据它的作品来判断，通奸似乎成为西方人最具特点的活动之一"。[5]在英国却不是如此，在这里，与典雅爱情源发性的通奸特点产生的分离如此彻底，以至于乔治·摩尔［George Moore］几乎可以理由充分地宣称自己"塑造了通奸描写，在我开始写作之前，它在英国小说中是不存在的"。[6]

至少早在乔叟的《弗兰克林讲述的故事》中，典雅爱情与婚姻的机制之间就出现了相互和解的迹象，并在斯宾塞的《仙后》中非

---

[4] 见 F. Carl Riedel, *Crime and Punishment in the Old French Romances* (New York,1938), pp. 42, 101。
[5] *L'Amour et l'Occident* (Paris, 1939), p. 2。
[6] 引自 Joseph Hone, *Life of George Moore* (London, 1936), p. 373。

常明显。再后来,已经在斯宾塞那里有强烈表现的清教主义在《失乐园》中找到了它的最重要表达,而《失乐园》除了表现其他内容,也是关于婚姻生活最伟大且真正唯一的一部史诗。在接下来的两个世纪里,清教关于婚姻和两性关系的概念普遍成为盎格鲁-撒克逊社会里被接受的准则,且达到了某种其他地方尚不了解的程度;用弗里达·劳伦斯[Frieda Lawrence]的话说——必须允许他在此问题上发挥重要的专业知识,"只有英国人才有这种特殊标记的婚姻……上帝赐予的婚姻联合体……这是清教主义的一部分"。[7]

理查逊为建立这种新的准则发挥过重要的作用。他在一个发生众多经济和社会变化的时期进行写作,其中一些变化是暂时的和本土的,但是大多数都具有现代英国和美国文明的特点,这些变化组合在一起让婚姻对于妇女而言变得比以前更加重要,同时也变得更加难以实现。这些变化带给理查逊远超浪漫传奇作家的优势,他不必求助于任何外在的复杂因素,就可以思考他所处时代的实际生活,并可扩充一个单一情节而创作一部比笛福任何小说还要长得多的小说。在《帕美拉》中,情人之间的关系具有了浪漫爱情的纯粹性质;并且它还可以把日常生活中的基本问题以现实主义的态度纳入其中——比如,不同的社会阶层和他们不同观念之间的矛盾,以及两性本能与道德准则之间的矛盾。事实上,帕美拉和B先生之间的关系,能够以一种在浪漫传奇中不可能完成的方式承载起其文学结构的全部重量。

Ⅱ

直到婚姻变成主要由相关方进行自由选择的结果,典雅爱情的

---

[7] "Foreword," *The First Lady Chatterley* (New York, 1944).

各种价值观念才与婚姻的价值观念统一起来。这种自由选择直到最近还是一种例外,而不是人类社会历史中的一个规则,尤其对于妇女而言。于是,小说的兴起似乎与现代社会里妇女享有的更大自由相关,这种自由的取得,特别就婚姻而言,英国比其他地方要早且更全面。

例如,在18世纪的法国,女儿们按照习俗要与年轻的男性隔离开,直到她们的父母为她们安排了一桩婚姻。相比较而言,英国妇女的自由程度则要突出得多,如孟德斯鸠[8]以及其他许多当时的人们指出的那样。在德国,妇女的地位甚至被认为更加不利,[9]而玛丽·沃特丽·蒙塔古夫人则批评《查尔斯·格兰迪森爵士传》,认为理查逊应该对意大利关于女性权利的限制有足够的了解,这样他的主人翁就不会在克莱门蒂亚父亲的家里开始他与克莱门蒂亚之间的爱情。[10]

英国妇女享有相对大的自由度出现的时间最早可以追溯到伊丽莎白时期,但是它在18世纪因为个人主义兴起的一些方面而得到加强。我们已经看到,经济个人主义倾向于削弱父母与子女之间的纽带,并且它的传播与一种新型家庭秩序的发展联系在一起,而这种秩序自此就成为大多数现代社会的标准秩序。

使用A. R. 拉德克利夫-布朗[A. R. Radcliffe-Brown]的术语,这套秩序系统可以被描述为"基要"家庭[the "elementary" family],[11]或者使用爱米尔·涂尔干的术语,"核心"家庭[the "conjugal"

---

[8] *L'Esprit des lois*, Bk. XXIII, ch. 8. 我很感激刚刚故去的Daniel Mornet让我阅读他针对名为"Le Mariage au 17e et 18e siècle"的研究所做的笔记。

[9] Thomas Salmon, *Critical Essay Concerning Marriage*, 1724, p. 263.

[10] *Letters and Works*, II, 285.

[11] "Introduction", *African Systems of Kinship and Marriage*, ed. Radcliffe-Brown and Forde (London, 1950), pp. 4-5, 43-46, 60-63.

family]。[12] 当然，几乎在所有的国家，家庭的单位都包括由丈夫、妻子以及他们的孩子组成的"基要"或"核心"家庭，也包括一整个杂居的其他关系不那么密切的相关亲属；所以，这里所使用的术语有一种真正进行定义的力量，因为它表明这种"基要"或"核心"家庭是我们社会里家庭构成的基本单位；它是由两个个体自愿结合而形成的实体。

这种类型的家庭，我们这里对其使用涂尔干的术语"核心"一词比使用拉德克利夫的术语"基要"一词多少更具描述性也或许更少招致反感，这种家庭与其他社会和其他时期的家庭在许多方面都不同，这些不同中可以提及的有如下方面：关于婚姻，一对夫妇建立起一个新的家庭，完全与他们自己的父母分开，且常常距离他们很远；就财产和权威而言，男方和女方的后人都没有确定的优先性，但相反，两系人员都具有相同的相对无足轻重的特点；总体上，扩大的亲属关系，祖父母，阿姨和叔叔，表（堂）兄弟姐妹，等等，都不具备强制性的重要性；并且一旦建立起来，这种核心家庭就在经济和社会事务上成为一个典型的自治性单位。

这些安排对于今天的我们而言似乎完全是不言而喻的，但在历史上它们事实上是崭新的，而且它们都增加了婚姻选择的重要性。这种选择对于妇女而言尤其重大，因为，作为男性在经济领域占统治性地位的结果，以及由资本主义带来的社会、住房以及职业流动的结果，婚姻不单决定了女性最重要的人际关系，而且也决定了她的社会、经济甚至地理性的未来。所以，现代社会学家应该把浪漫爱情看作核心家庭系统的一种必要补充，这是很自然的；[13] 加强男

---

〔12〕 "La Famille conjugale," *Revue philosophique*, XCI (1921), 1-14.
〔13〕 见 Talcott Parsons, "The Kinship System of the United States," *Essays in Sociological Theory Pure and Applied* (Glencoe, 1949), p. 241。

人与妻子之间的内在纽带,以取代由更具凝聚力和更加扩大的家庭系统为妇女命运所提供的更大安全感和连续性,并且为分离的核子单位尤其是妻子提供强大的意识形态支持,这些都是绝对必需的。

18世纪英国所建立的核心家庭系统如何彻底和广泛还很难说——关于这个话题的系统化的信息非常难以获取。似乎可能的情况是,在17世纪,传统的父权式家庭模式至此仍是最普遍的。"家庭"一语,在格雷戈里·金那里如同在莎士比亚那里一样,都指的是一大家人,并且常常包括祖父母、表(堂)兄弟姐妹以及甚至更远的亲戚,也包括佣人和其他被雇佣的人员,如同该词的现代意义所指称的那样。家庭在这个更大的意义之下,在家长的主导之下,是主要的法律、宗教以及经济单位。比如,在经济事务中,许多的食品和衣物都是在家庭之内制造的,甚至在市场上销售的货物都主要是由家庭工业生产出来的;结果是,作为一个整体的家庭的收入才至关重要,而不是单个人的工资。

于是,从经济角度来看,父权制的家庭是个人主义发展的阻碍,并且可能由于这个原因,核心家庭系统才在个人主义和新教的社会里牢固地建立起来,而它的性质在本质上是市民阶层和中产阶级。

从父权制家庭和家庭工业发生转移的最早标志之一是詹姆士一世时期发生的对于"家政"[housekeeping]衰退的强烈抗议,[14]这种衰退被当时的人们归因为贸易和商业阶层力量和数量的增长。人们极普遍地同意,社会中的这一部分首先在内战中展现出了它的力量,而且重要的是,因此,保皇派一方最主要的理论家罗伯特·菲

---

〔14〕见 L. C. Knights, *Drama and Society in the Age of Jonson* (London, 1937), pp. 112-117。

尔莫爵士［Sir Robert Filmer］在他的著作《父权制》［*Patriarcha*］中——该书在他死后发表于1680年——已经表示，这个新的政治和社会运动对于他而言，至少挑战了历史悠久的社会和宗教基础，即父亲凌驾于家庭之上的权威，而这是其他每一种权威和等级的象征。[15] 同样重要的是，洛克，这位辉格党个人主义的哲学家，反对所有形式的父权主义，包括父权制家庭的一些方面。他的政治和经济理论让他把家庭主要看作一种世俗的和契约式的机构，其存在是为了履行在小孩能够照顾自己之前照看小孩的一种理性功能。他相信，一旦孩子能够照顾自己，"这种从属的约定"应该"被完全抛弃，并让他自由支配自身"。[16] 洛克因此在一个重要的方面成为核心家庭的理论家。

然而，整体而言，18世纪早期的家庭图景仍处于一种缓慢且令人困惑的过渡之中。当然，笛福和理查逊作品所提供的方案就是这样，作为中产阶级的伦敦人，他们属于这样一种社会环境，发生于其中的过渡有可能是向前迈进最为迅猛的。就父亲的权威和家庭作为道德与宗教实体之必不可少的重要性而言，他们自身坚定地站在传统的一方；另一方面，他们的小说似乎趋向于对摆脱家庭纽带的个体自由进行肯定。

然而，由于不同的原因，这种肯定对于笛福和理查逊笔下的女主人翁而言是非常难以获得的。

首先，18世纪妇女的法律地位在非常大的程度上受制于罗马法里的父权概念。家庭之内唯一享有"自身的权利"、作为法人实

---

［15］ 见 T. P. R. Laslett, Introduction to Filmer's *Patriarcha* (Oxford, 1949), 尤其是 pp. 24-28, 38-41；我在这些问题上也从与Laslett的私人讨论中受益很多。

［16］ *Two Treatises of Government* (1690), "Essay concerning Civil Government," sect. 55.

体的人是这个家庭的家主,通常是父亲。例如,一位妇女的财产通过婚姻完全变成了她丈夫的,尽管在制定婚姻的法律条款时,习惯上要为她安排丈夫死后所继承的财产;孩子根据法律却属于丈夫;只有丈夫才可以起诉离婚;而且他有权惩罚他的妻子,打她或者囚禁她。

的确,妇女的这一法律地位不是当时人们为反映环境的现实而想出来的。1729年版的《大不列颠通告》,承认已婚的妇女"她们所有可移动的物品……全部在'男人的支配'之下",并继续写道:"尽管如此,她们的实际状况(应该)是世界上最好的。"[17]然而,法律本身当然强调妇女获得正确婚姻的需要,并因此保证"她们事实上的状况"不应仅仅是她们可怜法律身份的表达。

父权的和个人主义的看法相互抵牾非常清晰地表现于这一事实,即已婚妇女在父权制下的合法处境让她们不可能实现经济个人主义的目标。如我们所应该期望的那样,笛福非常清楚地看到了该问题的这一面,并以在道德上不顾一切的权宜方法来戏剧化地表现这一问题重心,而这种方法就是罗克珊娜所被迫采用的,以克服妇女在法律上的种种不利条件。作为一名"女商人",她意识到对金钱的追求不能与婚姻结合在一起,因为"婚姻契约的真正本质……不过是要将自由、地产、尊严,以及所有的事物让与男性,而且自此以后,妇女确实仅仅只是女性——也即是说,一名奴隶"。所以她拒绝婚姻,哪怕是与一位贵族男子结婚,因为"只要我拥有地产,没有这些封号我也一样很好;当我每年有了自己的2000镑,与作为一位贵族男人的政治犯相比,我会幸福得多,因为我认为处在那个等级的妇女并不比我好多少"。[18]的确,笛福的经济热情让他

---

〔17〕 p. 174.
〔18〕 *Roxana*, ed. Aitken (London, 1902), I, 167-168, 58, 189.

危险地接近于证明:考虑到所拥有的银行和投资的知识,罗克珊娜的特长可以得到发展而进入到当时最有利的并对妇女开放的职业之中。

然而,对于那些缺乏罗克珊娜这些特别的综合品质的妇女,获取婚姻之外的经济独立在18世纪变得愈加困难。家庭工业的衰退对妇女产生了非常不利的影响。在劳动力市场上,妇女劳动力大量过剩,这导致的结果就是把她们的工资降低到一个平均数,6便士2先令一周,大约是男性平均工资的1/4。[19]

与此同时,妇女们发现找到一位丈夫比以前更难,除非她们能带去嫁妆。有许多证据表明,18世纪的婚姻与之前的情况相比,变得更像是一种商业事件。报纸上登有婚姻的商业信息,登有提供或者需求特定嫁妆以及妇女所得遗产的广告;而年轻的姑娘们由于经济的原因被迫进入明显不合适的婚姻之中:例如,德拉尼夫人[Mrs. Delany]在17岁的时候嫁给了一个将近60岁的男人,而为斯特恩所钟爱的伊莱扎在她14岁时成为一位中年男子的妻子。根据威廉·坦普尔爵士[Sir William Temple]在17世纪末的写作,婚姻的习俗"就像其他的交易和销售一样,仅仅考虑利益或利润,而没有任何爱情或尊重",这是"没有古代先例"的。[20]当然,经济因素事实上在婚姻安排中一直重要;但可能的情形是,当旧的家庭系统逐渐屈从于经济个人主义的压力时,家长行使传统权力则越来越少关注非物质的考虑。

在更低一些的社会阶层,也有大量的证据支持摩尔·弗兰德斯

---

[19] Alice Clark, *Working Life of Women in the Seventeenth Century* (London, 1919), pp. 235, 296.
[20] *Works*, 1770, 1, 268. 另见 *The Tatler*, No. 199 (1710), 和 H. J. Habakkuk, "Marriage Settlements in the Eighteenth Century," *Transactions of the Royal Historical Society*, 4th ser., XXXII (1950), 15-30。

的观点,她认为婚姻市场已经变得"对我们的性别不利"。[21]更贫穷的妇女所遭受的艰辛在对妻子的买卖中得到极为戏剧性的表达,很显然,她们的价格从6便士到3.5畿尼不等。[22]随着更多男性接受了班扬笔下巴德曼先生的哲学——"当用一便士就能换取一夸脱牛奶时,谁会饲养一头自己的牛呢?"——这些艰辛通过不合法关系的增长而以另一种方式得到表明;[23]这种增长的范围在以下事实里得到显示,即对非婚生孩子的供给成为那些关心赈济的人的主要问题之一。[24]由于经济的原因,男性倾向于晚婚的趋势让妇女也受到了不利的影响。例如,笛福在《十足的英国商人》(1726)中鼓吹这一信条:"除非快马加鞭,否则莫谈婚恋";[25]这一观念所带来的大量后果在以下事实里得到表明,即"基督教知识推广学会"被引导着去反对这一观念,因为它助长了两性关系中的不道德行为。[26]

做佣人的女孩子们的情况尤其糟糕。确实出现过一些了不起的(相关的)描写,然而它们没有一个可与帕美拉所提供的卓越例子完全相提并论。但是家庭佣人的一般命运都没有那么幸福:她们通常一定要与她们的雇主待在一起,直到她们到了21岁,或者结婚;许多雇主无论在何种情况下都禁止他们的佣人结婚;[27]事实上,在1760年,据说在伦敦的未婚佣人的数目占到了佣人总数25000中的10000。[28]所以,帕美拉完全成年后逃脱做仆人的唯一机会就是嫁

---

[21] I, 65.
[22] J. H. Whiteley, *Wesley's England* (London, 1938), p. 300.
[23] Everyman Edition, p. 279.
[24] 见 Marshall, *English Poor*, pp. 207-224。
[25] Ch. 12.
[26] 见 Lowther Clarke, *Eighteenth Century Piety* (London, 1944), p 16。
[27] 见 David Hume, "On the Populousness of Ancient Nations," *Essays and Treatises* (Edinburgh, 1817), I, 381.
[28] John H. Hutchins, *Jonas Hanway* (London, 1940), p. 150.

给她的主人，这实际上是她自己安排的婚姻；顺便一提的是，雇主的婚姻是个人选择的最重要行为，该行为可以无视来自他的家族和他的阶层的种种传统。

Ⅲ

受到这种婚姻危机影响的人口比例有多大，显然是不可能说得出来的。然而，就我们的目标而言，了解到这个问题激起了巨大且不断增长的关注可能就已经足够了：无论统计数字是否将会证明它们，许多人肯定相信这个问题的严峻性，并呼吁采取激烈的措施。

一种事态发展极为清晰地揭示了该危机如何广泛地影响了公众态度，这就是未婚妇女地位的改变。"老姑娘"［old maid］这一说法如果不是令人极不愉快，也是滑稽的类型称呼，它似乎起源于17世纪晚期。理查德·阿莱斯特里［Richard Allestree］在1673年就在《女士们的召唤》［The Ladies' Calling］中表明："老姑娘现在被认为是一种诅咒，任何诗意的愤怒都不能超越……并且如同自然界最不幸的生物。"[29] 后来，笛福谈了很多有关这类"悲惨生物的状况，（她们）被称作'老姑娘'"，[30] 并且在18世纪文学中出现了关于此类型的大量文学性的讽刺描写，从斯梯尔《温柔的丈夫》［The Tender Husband, 1705］中的提普金斯夫人到菲尔丁《汤姆·琼斯》中的布丽奇特·奥尔沃西，以及史沫莱特《亨弗利·克林克历险记》［Humphrey Clinker］中的塔比瑟·布兰布尔。碰巧的是，"塔比"在被用于指称一类温顺的猫之前，是一种用来贬低老姑娘的类

---

[29] 引自Myra Reynolds, *The Learned Lady in England, 1650-1760* (Boston, 1920), p. 318。
[30] 见Lee, *Defoe*, II, 115-117, 143-144; III, 125-128, 323-325。

名词。[31]

未婚妇女地位下降的主要原因在"老姑娘"一语中得到表明。《牛津英语词典》记录了该语的第一次使用,其含义是"一位未婚的妇女超过了通常的结婚年龄",所记录的日期是1719年,并且出现在一份名为《老姑娘》的报纸的第一期。这里斯梯尔以笔名雷切尔·伍尔帕克回顾了该词起初并无轻蔑的含义,它指的是值得赞扬的"女性制造商的工业"。然而,在18世纪,未婚妇女不再完全是家庭的经济财产,因为对她们进行纺纱、织布以及其他经济活动的需求减少;造成的结果是,许多未婚妇女面临着不愉快的选择,或者拿非常低的工资去工作,或者依靠其他人而基本成为一个多余的人。

第二种选择仅针对那些出身士绅阶层的女性,因为,如简·科利尔〔Jane Collier〕——依附于菲尔丁,且是理查逊的朋友——所写:"对于年轻男子而言,有许多方法……去获得上流社会的给养;但是对于女孩子而言,我不了解有哪种支持的方式是来自这个世界的尊重,且不会把她抛到淑女社会的底层"。[32] 的确,一些未婚妇女如伊丽莎白·卡特夫人〔Mistress Elizabeth Carter〕——威廉·海利〔William Hayley〕把他的《关于老姑娘的哲学,历史和道德论》〔Philosophical, Historical and Moral Essay on Old Maids, 1785〕一书献给了她,或者一代人之后的简·奥斯丁,她们都能够追求文学生涯的成功;而其他许多老姑娘追随着她们的脚步却都没有取得显著成就,她们的小说只能在图书馆中流通。但是在18世纪,没有一

---

〔31〕 见 R. P. Utter and G. B. Needham, *Pamela's Daughters* (London, 1937), p. 217。我非常感谢这部作品,以及 G. B. Needham 的博士论文 "The Old Maid in the Life and Fiction of Eighteenth-Century England," Berkeley, 1938。

〔32〕 *Essay on the Art of Ingeniously Tormenting*, 1753, p. 38.

个有记载的案例提到某位女性完全依靠自己的写作来谋生,毕竟,作家的职业无论如何只是开放给范围非常小的少数人。

人们一般认为,最需要的机构是女修院的替代物,女修院在宗教改革中被关闭之前,曾经为贵族妇女提供了栖息之地和一种使命,而且在天主教国家里,它仍然在提供此类服务。玛丽·阿斯特尔[Mary Astell]在《献给女士们的一条严肃建议》[*A Serious Proposal to the Ladies*,1694]中,敦促要建立一个"修道院或者宗教的隐逸之所";笛福在他的《规划论》[*An Essay upon Projects*,1697]中提出过相同的思想;而在1739年,《绅士月刊》则非常明确地提议一种"新的方法,让妇女在自我谋生方面与男人们一样有用和有能力,并因此预防她们最后变成老姑娘或者走上不幸的道路"。[33]理查逊的内心含有这种思想;克拉丽莎就遗憾于她不能在一所女修院里栖身,[34]而查尔斯·格兰迪森爵士为"新教的女修院"进行强烈辩护,因为在那里"许多年轻的妇女,加入到她们微小的命运之所,可以……依靠她们自己的收入来维持体面的生活;而她们每一位在这世界里独自生活都会变得非常窘迫"。[35]顺便说一句,他的提议是玛丽·沃特丽·蒙塔古夫人在这本书里唯一找到并加以赞扬的部分。[36]

然而,这些计划没有一项得以执行,而那些未婚贵族女性对别人的悲剧性依赖依然在继续。显而易见的是,这一时期的许多文学人物都被一串老姑娘包围着——例如,斯威夫特、蒲柏、理查逊、菲尔丁、约翰逊、贺拉斯·沃波尔等。她们中的许多人或是完全依

---

[33] 引自 *Pamela's Daughters*, p. 229。
[34] *Clarissa*, Everyman Edition, I, 62.
[35] *Grandison* (London, 1812), IV, 155.
[36] *Letters and Works*, II, 291.

靠或者部分依靠别人；如她们早先可能的情形那样，不是通过出生获得的权利而成为一个大家庭里在经济上有用的成员，而是成为自发的个人慈善的接受者。

鳏夫们则不能如老姑娘们那样激起如此多的怜悯，但是他们数量的增长被广泛地认为从社会的角度而言是可悲的，以及在道德上是危险的。在17世纪末，一些政治经济学家如配第〔Petty〕、达文南特〔Davenant〕以及格鲁〔Grew〕曾提出应该对鳏夫征收比已婚男子更多的税；例如，配第主张无论谁拒绝生育，都应该"为另一对劳动双手的丧失而对国家进行弥补"。[37]还有道德层面对男性保持单身的反对，特别是在清教徒中：在新英格兰，独身主义者不允许单独生活。[38]理查逊在他的小说中表明了同样的不信任，然而，尽管他对鳏夫道德的主要关切不如对他们潜在配偶之利益的关切多，如我们从哈莉特·拜伦〔Harriet Byron〕的悲叹中所见到的："在英格兰有了更多的单身汉，与几年前相比，多出了数千人；而且，可能，他们的数目（当然，也有单身女性的）将每年增长。"[39]

拜伦小姐的警告可能很有根据。单身汉在这一时期文人中的比例确实非常高：比如，蒲柏、斯威夫特、艾萨克·瓦茨、詹姆斯·汤姆森、贺拉斯·沃波尔、申斯通、休谟、格雷，以及考珀，都一直单身；在这一时期的一首滑稽诗《鳏夫的独白》〔The Bachelor's Solioquy，1744〕中，总体上似乎有一个前所未有的时事性话题，诗歌这样开头，"结婚还是不结，这是一个问题"。

---

[37] 见E. A. J. Johnson, *Predecessors of Adam Smith* (London, 1937), p. 253。
[38] Edmund S. Morgan, *The Puritan Family* (Boston, 1944), p. 86.
[39] *Grandison*, II, 11.

理查逊的解决办法显然就是格兰迪森那种直率的表达："我赞同让每个人都结婚。"[40]实际上，即使所有的男性都服从结婚的要求，妇女的婚姻问题也仍然非常严峻，因为在英格兰有很大数量的女性盈余，特别是在伦敦，1801年的统计[41]显示，这一盈余情况很可能在此整个世纪里都会存在；这确实是一种普遍的观点。[42]所以，唯一的解决办法就会是——使用18世纪的一个惯常用语，一夫多妻，或一妻多夫；在此时期内的确出现了对于该话题的大量兴趣，这一事实表明婚姻中的这一危机被人们看作一个多么严肃和广泛的话题。

这里关于多配偶制争议的细节与我们的主题无关，因为不能称多妻在英国小说中是普遍现象，[43]除了可能在托马斯·阿莫里[Thomas Amory]的《约翰·班克乐传》[*Life of John Buncle*, 1756]中所实行的得体的变体，这里旧的爱情在新的爱情出现之前就已被匆匆送入了坟墓。简而言之，多配偶制，其合法性在17世纪里被一些极端的新教内部的圣经崇拜者所争辩，这既吸引了自然神论者，[44]他们通过指出多配偶制得到了"摩西律法"的批准而攻击正统的基督教的婚姻观，也吸引了从艾萨克·沃修斯到大卫·休谟的政治经济学家，[45]他们在多配偶制中发现了一种可能的解决人口减少这一问题的方法，他们（非常错误地）认为由不断增加的独身导

---

[40] *Grandison*, II, 330.
[41] J. B. Botsford, *English Society in the Eighteenth Century …* (New York, 1924), p. 280.
[42] 见Goldsmith, "Essay on Female Warriors," *Miscellaneous Works*, ed. Prior (New York, 1857), I, 254。
[43] 见A. O. Aldridge, "Polygamy in Early Fiction…," *PMLA*, LXV (1950), 464-472。
[44] 见A. O. Aldridge, "Polygamy and Deism," *JEGP*, XLVIII (1949), 343-360。
[45] 例见休谟的文章"Of Polygamy and Divorces"。

致的人口减少在威胁着社会。[46]

当然,正统的基督教徒和道德家们激烈地攻击那些鼓吹多配偶制的人。例如,理查逊的朋友,帕特里克·德拉尼写过一部专著《关于多配偶制的思考》[*Reflections upon Polygamy*],该著作有些歇斯底里的语气提示了一种深深的警告。他担心尽管"多配偶制当前确实被废止了……然而鉴于当前不忠和淫乱情形的增加,这种情况能持续多久却很难说"。[47]他的书由理查逊于1737年印刷,可能在《帕美拉》的第二部分为讨论多配偶制提供了素材,其中B先生恰当地利用了纵欲的自然神论者们的观点,尽管他的新娘最终让他放弃了"那个愚蠢的话题"。[48]然而,拉夫雷斯继续着B先生邪恶的方式,并提出了一个巧妙而独特的变体——一条针对年度婚姻的《议会法案》:他认为,如此一种实践可以阻止多配偶制"被狂热地追求";它将会终止"这种忧郁与怨恨"的流行;而且它会保证将不再有一个"老姑娘生活在大不列颠和它的所有领土上"。[49]

因此,存在大量不同的证据支持以下观点:向个人主义的社会和经济秩序的过渡随之带来了一种婚姻上的危机,它让人口中的女性一方变得尤其艰难。就她们能够结婚和她们所选择的那种婚姻而言,她们的未来相比以前变得更加完全地依赖别人;而与此同时,对于她们而言,找到一位丈夫也变得越来越困难。

这一问题的急切性当然足够揭示《帕美拉》在当时所获得的巨大成功。做女佣的姑娘们,如我们所见到的,构成了读者群中相当重要的一部分,并且她们发现结婚非常困难:因此,毫无疑问,玛

---

[46] 见 James Bonar, *Theories of Population from Raleigh to Arthur Young* (New York,1931), p. 77。

[47] 2nd ed., 1739, p. viii.

[48] Everyman Edition, II, 296-339.

[49] *Clarissa*, III, 180-184.

丽·沃特丽·蒙塔古夫人认为帕美拉在婚姻上的成功让她成为"所有国家里女佣们的快乐"。[50]更广泛地讲，可能的情形是，理查逊的女主人翁象征着遭遇以上所述各种困难的读者群中所有妇女的理想。不仅仅如此，作为经济个人主义和核心家庭所带来的双重效果的结果，有些相似的困难也由此成为现代社会里的标准；而这似乎也解释了为什么自《帕美拉》以来所写作的大部分小说一直继续着它的基本模式，并把它们主要的兴趣集中在导向婚姻的求爱经历上。

的确，《帕美拉》在一个重要的方面偏离了通常的模式：即使我们不理会理查逊欠考虑的延长，该叙事也没有以婚姻收场，而是继续写了约200页，其婚姻仪式以及所导致的新核子式家庭模型的每一个细节，根据理查逊的示范性规定都得到了说明。这一特别的强调对于我们而言有些奇怪，并提示出在小说中缺乏一种形式的比例。实际上，它可能较好地暗示了理查逊的真实意图：在1740年，中产阶级对于婚姻的观念还没有被完全建立起来，而且理查逊必定认为他的目标是为男女之间的关系建立一种新的行为模式，这会牵涉到对许多问题的关注，这些问题我们今天认为理所当然，但是在他写作的时候还没有完全取得公开的一致性。

与理查逊对婚姻所热切进行的重新定义构成的历史对照可见于法律的领域。在1753年，大法官哈德威克提出了《婚姻法案》，它确定了现代实践的法律基础，并且用一位维多利亚时期历史学家的话来说，该法案巩固了"上流社会和底层英国人民核心式的家庭关系"。[51]它主要的目的是解决关于什么构成了一桩合法婚姻的困惑，

---

［50］ *Letters and Works*, II, 200.
［51］ Charles Knight, *Popular History of England* (London, 1856-1862), VI, 194.

以及去执行它以明确的条款所确定的问题,即,除了在特别指定和非常特殊的条件下,一桩有效的婚姻,在3个连续的周日公开宣读禁令之后,只能由英国国教会的牧师在教区的教堂内执行,并颁发一个官方的许可证。[52]

这种实践已经变得普遍;但是,如该法已确立的,通过口头而相互同意的婚姻也是合法的;并且——更重要的是——由一位经委任的牧师执行的秘密婚姻也是如此。这导致了许多私下的婚姻,尤其是那些由名声不好的神职人员在弗利特监狱的特许区域之内所执行的婚姻,还导致了其他一些弊端,如在复辟时期喜剧里常常描写的虚假婚姻仪式,以及在B先生那里反复出现的以虚假婚姻来引诱帕美拉的企图。[53]

《婚姻法案》激起了托利党非常强烈的反对,理由在于公民政府在这件事情上没有能力干预,并且既然神职人员仅仅是作为国家的代理人在行使职能,辉格党的行为就是在颠覆婚姻的正统神圣观念。[54] 事实上,尽管这当然不是该法案意图的重要部分——法案的确是在法律需要和一般宗教性实践之间达成的妥协,其措施的确有助于取代菲尔莫关于婚姻的传统和宗教性看法:因为它吸收了洛克家庭观的核心特点,他使婚姻成为个体之间的一种公民契约——碰巧的是,洛克的这种观点与清教徒的一致,[55] 他们在18世纪的继承者们,不服从国教者,支持这一法案,尽管它意味着他们必须去安

---

[52] 见 Philip C. Yorke, *Life and Correspondence of Philip Yorke, Earl of Hardwick* (Chicago,1913), II, 58ff., 72ff., 134ff., 418ff., 469ff.。

[53] 见 Alan D. McKillop, "The Mock-Marriage Device in *Pamela*," *PQ*, XXVI (1947), 285-288。

[54] 见 M. M. Merrick, *Marriage a Divine Institution*, 1754, 以及注释57,60,62中的参考文献。

[55] Chilton Latham Powell, *English Domestic Relations, 1487-1653* (New York, 1917), pp. 44-51.

立甘教堂结婚。[56]

针对如今伴随婚姻仪式而出现的复杂性和公开性，这时出现了大量的批评。例如，戈德史密斯就持批评的观点，这也是谢比尔在他的小说《婚姻法案》[*The Marriage Act*，1754] 中的观点，该小说肯定是首部源自于一条立法的虚构作品；而贺拉斯·沃波尔抱怨"每一位斯特雷封和克洛伊……都将会遭遇与一个和平条约一样多的阻碍和繁文缛节"。[57]

然而，用理查逊的朋友托马斯·鲁滨逊 [Thomas Robinson] 的话说，该法案本质上是"每一位善良的人所期望"的东西。[58] 它用法律术语表达了经过深思熟虑的合同协议的样子，而理查逊已经在《帕美拉》中给出了婚姻这一合同协议，小说的女主人翁就坚持要求有公开的仪式。[59]《查尔斯·格兰迪森爵士传》的出版时间与《婚姻法案》最终得以通过成为法律的时间是在同一年；而且它的男主人翁勇敢地支持如下观点："秘密婚姻"[chamber-marriages] 既不"体面"也不"神圣"，并声称他会"在一万名见证者面前"牵上妻子的手并因此"感到荣耀"，[60] 他的确面对着稍小的人群在教堂里结了婚。确实，理查逊在他的小说中坚持以恰当的仪式结婚，以至于玛丽·沃特丽·蒙塔古夫人以嘲讽性的语气表明，它们的作者肯定是"某位教区牧师，他的主要收入依赖于主持结婚和受洗仪式"。[61]

---

[56] 见 Cobbett, *Parliamentary History* (London, 1803), XV, 24-31。
[57] *Letters*, ed. Toynbee, III, 160 (May 24, 1753).
[58] 来自一封在1753年6月6日写给哈德威克的书信（B. M. Add. MSS. 35592, ff. 65-66）。要了解鲁滨逊与理查逊之间的关系，见 Austin Dobson, *Samuel Richardson* (London, 1902), p.170。
[59] Everyman Edition, I, 253.
[60] VI, 307-308, 354-365.
[61] *Letters and Works*, II, 289.

Ⅳ

《帕美拉》的成功,如所表明的那样,主要因为它迎合了女性读者的兴趣。在继续往下推进之前,或许有必要简短地对如下信念进行思考:不但女性构成了小说读者群中足够庞大的比例而使得这种成功变成可能,而且理查逊本人所处的位置可以表达她们独特的文学兴趣。

我们已经看到,许多女性,尤其那些居住在城镇且处于中等生活水平的阶层,比以前有更多的休闲时间,于是她们花去大量休闲时间在文学和其他的文化追求上。这反映在书商和作者不断增长的回应女性读者特别诉求的倾向上。约翰·邓顿在1693年创立了第一家公开面向女性的期刊,《女士的信差》[The Ladies' Mercury]。还有许多其他相似的努力,比如,1709年的《女性闲话报》[The Female Tatler]和1744年伊莱扎·海伍德创立的《女性旁观者》[Female Spectator]。艾迪生本人也开始去取悦女性,而斯梯尔则在1714年编辑了《女士图书馆》[The Ladies' Library],以便为她们提供比那些轻浮的素材更加有教导意义的内容,据称她们常常被限制去阅读这些轻浮的材料。

如无休止地所宣称的那样,大部分女性不可能仅仅阅读传奇和小说。许多人肯定也醉心于阅读宗教文学。但是,就世俗读物而言,可能的情况是,较低的教育水平让她们中的大部分人不可能去阅读古典的和深奥的文学;所以,她们倾向于花许多休闲时间在任何可及的更轻松的读物上。"读小说的女孩子"——以斯梯尔《温柔的丈夫》(1705)中的比蒂·提普金斯为例,已成为18世纪早期一类确定的喜剧类型,[62]这一事实无疑表明小说是更年轻女孩子

---

[62] 见 Reynolds, *Learned Lady*, pp. 400-419。

的主要读物;但是,更可能的情况是,她(比蒂·提普金斯)是一个极端的例子,而大部分的妇女既阅读小说,也阅读更严肃的作品。这种不同趣味的混合通过莎美拉的图书馆在一个社会阶层里表现出来,该图书馆收藏了不同的宗教作品如《人的全部责任》[*The Whole Duty of Man*],以及一些粗俗的小说如《修道院里的维纳斯,或罩衫下的修女》[*Venus in the Cloister,or the Nun in Her Smock*]。[63]在更高的社会阶层,我们拥有代表性的女性类型如威廉·洛《对虔诚而圣洁生活的严肃召唤》[*A Serious Call to a Devout and Holy Life*,1729]一书中的玛蒂尔达和弗莱维娅,她们的书架上既存有宗教虔诚类的书籍,也存有机智诙谐类的书籍;在理查逊自己的社交圈内,有许多这样的妇女同时包含有这些趣味。所以,非常有可能的情形是,《帕美拉》成功的原因之一是,该作让读者在同一部著作内既享受到小说虚构性的吸引力,又享受到宗教虔诚文学的吸引力。

很难决定理查逊是否具有任何自觉的意图去迎合女性文学趣味中的这两种元素。他关于自己写作的通信无疑显示了大量且几乎着迷的有关公众对自己作品反应的兴趣;针对切恩反对《帕美拉》中的"抚爱与殷勤"而做出的回应之一,似乎包含了当前这个正被讨论的问题:"如果我过于注重精神性,我怀疑我应该抓住的读者除了奶奶们之外别无他人;因为孙女们会为我的女主人翁找到更好的陪伴,比如那些严肃作家笔下的女孩,于是她们就此离我的女主人翁而去。"[64]另一方面,没有必要去假定理查逊在他的小说中所表明的对于女性问题的巨大兴趣是企图去取悦女性的趣味,因为我们关于他本人个性和生活方式所了解到的一切,显示他在非常惊人的程

---

[63] Letter 12.
[64] 引自 McKillop, *Richardson*, p. 62。

度上也分享有这些趣味。

他在女性的世界里总是感到最幸福，在与他的朋友"那位好人贺伯顿博士"有过3次单调的会面之后，他曾向海默尔小姐［Miss Highmore］透露说："与聪明的女性为伴，不是令人受到启发，就是令人感到快乐。"[65]他为其作品的"倾向""是赞美女性"这一事实感到特别自豪，也为他被回报以无比的敬意而感到自豪；"没有人，"他说，"像我曾经那样，如此受到女性美丽灵魂的尊敬。"[66]的确，他的书信中有多处表明他对异性有一种深刻的个人认同，这大大超过了社会性的偏爱或者文化上的亲善。这一点肯定通过如下事实得到了暗示，他害怕老鼠，或至少向未来的沙蓬夫人坦白过，称他"对那些种类的动物天生抱有一种厌恶感"。[67]

理查逊与女性观点相亲近的一个表现，可见于《帕美拉》中对于家居细节的大量细致入微的描述。当代许多读者明显对小说中"成堆的细枝末节"感到反感；坐在咖啡屋里的一位绅士嘲讽性地"疑惑作者没有告诉我们当帕美拉出发去林肯郡时，她身上别针的准确数目，以及她花一便士买了多少排这些别针"；[68]而菲尔丁在描写服装等事物时戏仿了理查逊明白无误的细致，当莎美拉离开布比乡绅时，他让她带上了"一只木屐，几乎还有另一只"。[69]但假如男性是在表示讥讽，则毫无疑问许多女性读者出于自身的原因喜爱这些细节；例如，杜·德芳夫人［Madame Du Deffand］就特别赞扬了"所有这些家居细节"[70]，并因为这些，相比于法国的传奇，她更

---

［65］ *Richardson*, p. 189.
［66］ *Correspondence*, IV, 233; V, 265.
［67］ 引自 C. L. Thomson, *Samuel Richardson* (London, 1900), p. 93。
［68］ 引自 McKillop, *Richardson*, p. 67。
［69］ Letter 12.
［70］ 引自 McKillop, *Richardson*, p. 277。

喜欢理查逊的小说。

在理查逊的女性读者一方，她们对家居细节的兴趣为叙事贴近日常现实的气氛做出了相当可贵的贡献；例如，传奇里的女性人物进行过足够多的旅行，但是在帕美拉的旅行之前未曾有过一次旅行如此真实，以至于因为要去组装一只合适的旅行衣橱而遭遇到许多令人困惑的问题。然而，在另一个方面，理查逊与女性观点的密切让他极大地远离了人类生活的普通轨迹。帕美拉与一位在经济及社会地位上远高于她的人结婚，对于她的性别而言是一次空前的胜利；而且尽管B先生欣然接受他的命运安排，但是不能认为这种结果给他带来了同样重大的满意度；事实上，该情节的此一方向异常地满足了女性读者的想象力，也严重地约束了男性读者的想象力。

《帕美拉》在这里也开启了一种特别持久的小说传统。主人翁的婚姻通常导致新娘在社会和经济地位上的上升，而不是新郎的。与上层社会联姻，尽管不是现代社会的传统，却是小说中极为常见的传统；它的主要原因当然是妇女在小说阅读群中所占的多数地位，这种多数地位直接反映在小说的婚姻之秘这一重要细节上。

V

理查逊的《帕美拉》因此对其读者中的女性读者产生了特别的吸引力；我们现在可以回到我们的主题了，来看一看她们的婚姻问题如何提供了丰富的文学资源。我们已经见到在理查逊所处时代的社会历史中，有无数力量倾向于加强对帕美拉努力获得配偶所产生的兴趣；这些力量也与一些非常重要的变化有非常密切的关系，这些变化出现于对两性道德和心理角色公认的看法中，并为理查逊表现他的女主人翁的性格和行动方式提供了最初的基础。正是因为这些变化，如果就B先生的策略而言，那不是一个令人发笑的婉转表达，《帕美拉》中的求爱就牵涉着一场争斗，它不仅仅是在两个个体之间，也是在两种相对的性别观与两个不同社会阶层所持的婚姻观之间，以及在男性与女性角色的两个概念之间，而这让他们在恋爱中的相互作用变得比之前更加复杂和更成问题。

确定这些概念到底是什么并不容易。这是在文学阐释中应用社会史的方法所会遭遇到的一般性问题之一，如我们关于任何特定社会变化的知识可能会变得不确定一样，我们对于这些概念的主观的各个方面的知识，它对相关个体思想与感情产生影响的方式，甚至变得更加不确定和具有假设性。然而，这种问题不能完全得到避免；无论这些关于妇女社会状况复杂之处的外在现实可能会变得如何重要，它们都以周围人下意识假设的形式呈现在理查逊面前；大概正是这些社会和心理动机决定了他的读者理解《帕美拉》中人物思想和行动的方式。所以，有必要去尝试发现这些支配性的考虑是什么，这些考虑构成了对此处所描述的性别和婚姻的多种观念。

我们已经注意到了这些观念之一——无比迷恋于女主人翁的婚姻以及与之相关的每一个细节；但是这一强调得到了另一个因素的补充——在核心之结未缔结之前，任何对于性的要求和提示都会产生同样特别的恐怖。这两种观念都是清教主义的典型特点。

上文的观点认为，把浪漫爱情的价值观融入婚姻之中，这一实践在英国的发生时间特别早，并且与清教运动密切相关。当然，这不是因为清教主义肯定了浪漫爱情，而是因为它的个人主义和反教会的宗教类型，让它把终极的精神重要性赋予丈夫与妻子之间的关系，如笛福的《虔诚的爱情：从历史语境看仅与虔诚丈夫和妻子结婚的必要性》（1722）这一题目所表明的那样。男人与妻子之间精神和谐的需要常常被转化成这种关系本身的内在性质：例如，哈勒夫妇就曾经描述过弥尔顿怎样从"放大婚姻的宗教意义"到放大"婚姻关系中情感的、浪漫的和理想的方面"。[71]

毫无疑问，这两种倾向可以很好地结合起来：而且还必须多说一点——无论它们是被结合在一起还是被隔离开来——它们绝非仅仅属于清教，而且也属于许多其他的新教教派。理想化的婚姻，然而，特别是新教性质的，因为罗马天主教的最高宗教价值是与独身联系在一起的；而且考虑到把清教主义理论应用于社会组织和个体心理每一个细节时所具有的特别长处，它就有可能是发展婚姻关系中精神价值这一新重点的最强大的独一力量，这一重点可以被视为典雅爱情起源性宗教基础的现代对应物。

清教主义毫无疑问在加强该补充性观念上尤其具有活力——所有婚姻之外的性活动都是有罪的。无论在哪里获得了政治权力，在日内瓦、苏格兰、新英格兰和联邦时期的英格兰，清教主义都积极地去调查个人的性行为，去审问冒犯者，强迫他们公开承认他们的罪行，并严厉惩罚他们。这一运动的高潮可能是1650年英格兰通过了一个法案，让通奸成为可以处死的罪行。

在此事上，以及在许多其他的事务上，清教主义仅仅把一种特别沉重的强调加到一些观念上，这些观念本身之于它而言并不特别，且只是回到了基督教传统下保罗和奥古斯丁式的那些因素。人们的身体本能以及它的欲望被视为是极端邪恶的，它们是"亚当夏娃之堕落"所带来的"使人沦落的遗产"：结果是，道德本身倾向于成为压迫自然本能之物。这——在清教主义如在圣保罗那里一

---

[71] William and Malleville Haller, "The Puritan Art of Love," *HLQ*, V (1942), 265.

样——一开始就仅被视为消极的一步：对肉体的克服为精神的法则提供了更好的运作机会。然而，后来随着世俗化的加强，针对僵化的伦理本身出现了一种广泛的倾向，这种倾向就是清教徒只是在维多利亚时期道德的意义上才是清教徒：对于身体欲望的抵抗成为世俗道德的主要目标；贞洁，不再仅仅是许多德行中的一个，而是倾向于成为最高的德行，并同时适用于两性。

我们有趣地注意到，这一特定的伦理倾向特别适合于个人主义的社会。亚里士多德的伦理主要是社会性的；潜在的道德重要性根据个体取得公民出色品质的能力而有所不同。然而，这样一种规则不能健康地合拍于以下这一文明，该文明里的成员主要的动机在于获取他们自己个人在经济、社会以及宗教领域中的目标；而且它尤其不适合于女性，与公元前4世纪的雅典相比，她们在18世纪的英国并没有获得更多机会去实现作为公民、战士或哲学家的德行。另一方面，通常被称为清教道德的那些内容，它们的重心在于对性的克制，完全适合于个人主义的社会秩序，并为妇女提供了同男人一样取得成就的大量可能性。

无论如何，非常明显的是，伦理的范围在18世纪出现了极大的压缩，主要按照性的原则来重新定义道德。例如，约翰逊博士认为"男人的主要优点在于抵挡自然性的冲动"；[72]重要的是，这些冲动逐渐与"爱的激情"相等同。[73]当然，这只是理查逊的观点。查尔斯·格兰迪森爵士的导师，巴特利特博士说"一位善人的生活就是与自己激情的不断战争"，[74]理查逊的小说表明这些激情极大部分

---

[72] "Recollections" of Miss Reynolds, *Johnsonian Miscellanies*, ed. Hill, II, 285.
[73] 例见 Mrs. Manley, *Power of Love* …, 1720, p. 353; Anon, *Reasons against Coition*, 1732, p. 7; Ned Ward, *The London Spy* (1698-1709; London, 1927ed.), p. 92。
[74] III, 251.

都是与性相关的。同样的倾向可以发现作用于伦理词语本身：一些词语如道德、得体、体面、谦逊、矜持、纯洁，几乎无一例外逐渐具有了性的暗示，并且大多自此一直都保留着这种暗示。

这种道德转变的一个方面对于《帕美拉》而言特别重要，也是18世纪对于双重标准的攻击。许多妇女作家抗议该书对于她们女性的不公：例如，曼丽夫人在《新亚特兰蒂斯》[The New Atalantis, 1709] 中就攻击过它；[75] 1748年另一位犯错的主妇，蕾蒂西亚·皮尔金顿 [Laetitia Pilkington] 问道："引诱我们的人成为控告我们的人，这不是很怪异的吗？"[76] 这一时期大多数的男性改革者也在抗争仍流行的臆断，认为性的纯洁对于男人而言不如对于女人那么重要。在1713年，《卫报》"敢于把贞洁作为男人最高尚的德行向它的读者推荐"；[77] 并且在18世纪中期，针对科利·西伯 [Colly Cibber] 怀疑的笑声，以及一些贵妇人更加令人反感的惊恐，理查逊让这一原则更加清晰，坚称他笔下理想的人物查尔斯·格兰迪森爵士直到结婚前还是处子之身。[78]

在双重标准这件事情上，如同在18世纪许多性道德改革的其他方面，不同的阶级之间存在着观念上突出的差别，并且毫无疑问，中产阶级表现出最大的热情。

因为许多原因，在人类历史上，严格的两性关系易于与渐增的私有财产的重要性保持一致——新娘必须贞洁，从而她的丈夫能够确定继承财产的人是他的儿子。这种考虑对于那些价值观主要与贸

---

[75] II, 190-191.
[76] *Memoirs* (1748; London, 1928 ed.), p. 103.
[77] No. 45.
[78] 见佚名的小册子，可能由 Francis Plumer 所写，*A Candid Examination of the History of Sir Charles Grandison*, 1754, p. 48。

易和商业相关的人而言一定特别重要；而它的效果至少因为中产阶级生活的其他两个特点而得到加强。首先，在经济和性的目标上存在着冲突，威廉·洛对这一点进行了很好的解释，他在评价笔下典型的商人内格提乌斯时说："如果你问我是什么保证了内格提乌斯远离了所有可耻的邪恶之举，它是与让他远离所有严肃的奉献相同的东西，这就是他的伟大的生意。"[79]其二，商人或者做贸易的人倾向于讨厌且不信任那些生活方式主要不是导向经济目的的人，以及那些因此有闲暇和闲情逸致的人——他们凭此能够成功地追求市民的妻子和女儿，就如宫廷和城里那些殷勤之士所做的声名狼藉之举。

由于这些以及许多其他的原因，这些毫无疑问必定包括有着悠久历史的宗教矛盾，性的非凡技艺以及性的特权在中产阶级的观念里倾向于同贵族和绅士联系在一起。例如，笛福就把那个时代的不道德之举的责任完全归咎于上层阶级："是国王们和绅士阶层首先……堕落而不严格遵守道德品行，并自此让这些邪恶行为流传下来，以至于现在看起来……我们这些贫穷的普通人……因为他们的先例而真正受到诱惑而行邪恶之事。"[80]

这则引言取自于《穷人的申辩》[The Poor Man's Plea, 1698]，这是笛福对于不同的道德改革运动所做的贡献之一，这些运动开始于威廉和玛丽统治时期，由那些新成立的"风俗改良协会"进行。最能表达这些协会观点的文学方面的作品是杰里米·科利尔[Jeremy Collier]的《有关英国舞台上亵渎和不道德行为的短评》[Short View of the Profaneness and Immorality of the English Stage]，该书

---

〔79〕 *Serious Call, Works* (Brockenhurst, 1892-1893), IV, 121-122.
〔80〕 p. 6.

也发表于1698年。[81]很自然的情形是，对于上层社会所享特权的憎恶理应扩展到对它进行表达的文学上，并且这种态度所导致的一个结果对于中产阶级性规范的发展尤其重要。许多作家认为公众不仅应该警惕科利尔所攻击过的那种公然的不道德类型，而且也要警惕同样危险的大体潜藏于复辟喜剧情趣里的浪漫概念，这些概念也被宫廷里女性道德的敌人们用于老练的欺骗。例如，斯梯尔指出，"骑士风度的概念"最近已经被"颠倒过来，这个放荡世纪里的侠义之风正在尽它们所能去糟蹋尽可能多的女性"，[82]而在他的《关于婚姻的批评文章》[Critical Essay Concerning Marriage，1724]中，托马斯·萨尔蒙[Thomas Salmon]对日常语言中使用"荣誉与骑士之风"这类词语引起含混而带来的危险进行了强调。[83]当然，笛福坚持把性阴谋的现实置于我们面前，去掉了它们习惯上的语言修饰，并嘲讽无论出现于何处的浪漫爱情的表白。这种潮流被理查逊加以延续，他在自己的《重要事件的亲密信函》[Familiar Letters on Important Occasions]中收录了"讥讽求爱的浪漫狂想曲"的书信，[84]并在《帕美拉》中警告"柏拉图式爱情是柏拉图式的废话"。[85]

假如品行良好的女儿们被迫看到这些卑鄙的目标——它们隐藏在伊莱扎·海伍德笔下阿尔德曼·萨文所称"镇上另一头浪漫无聊概念"的背后，[86]甚至"爱情"一词都是危险的，并且它的概念

---

[81] 见 J. W. Krutch, *Comedy and Conscience after the Restoration* (New York, 1924), p. 169。

[82] *The Lover*, No. 2 (1714).

[83] *Critical Essay Concerning Marriage*, p. 40.

[84] Letters 89, 96, 97, 98.

[85] II, 338.

[86] *Betsy Thoughtless*, 1751, I, 50.

需要得到澄清。理查逊在这里做出了一个特别的贡献,在《克拉丽莎》的后记中说"被太过笼统地称之为'爱情'的东西应该(或许同样笼统地)用另外一个名称来称呼",并且尖刻地建议将其替换为"贪婪或欲望兴奋剂……尽管对于脆弱的耳朵而言它们可能听上去刺耳"。

要宣布"欲望兴奋剂"为非法,涉及对男女之间关系的重新定义,这种关系排除了性的激情,而强调要做出理性的婚姻选择,以理性的友谊作为它的最终目标。例如,斯威夫特在《关于她的婚姻而写给一位特别年轻女士的信》[Letter to a Very Young Lady on Her Marriage, 1727]中警告不要期望"任何种仅存在于剧本和传奇故事里的荒谬激情的混合",而是应该坚持"出自谨慎和相互喜欢的联姻"。[87]这一观点在理查逊的圈子内被广泛接受。例如,他的朋友德拉尼博士在1743年给他未来的妻子写信时说,"理想的友谊除了婚姻之外无处可寻",[88]而理查逊本人相信"友谊……是完美的爱情",[89]并把婚姻定义为"凡人能够了解的友谊的最高状态"。这一趋势的高潮毫无疑问当数《查尔斯·格兰迪森爵士传》中出现的情形,其中理查逊庆贺精神纽带超越肉体甚至婚姻纽带所取得的胜利,他让查尔斯爵士与喜欢他的两位对手向一个三角关系的永恒友谊发誓表达忠诚,并为纪念他们之间的契约而庄重地修建一座神庙。[90]

不幸的是,就男性而言,查尔斯爵士是某种例外,而结果是,反对性活动的斗争被迫达成一种独特的妥协。就B先生以及与他

---

[87] *Prose Works* (London, 1907), XI, 119.
[88] Mrs. Delany, *Autobiography and Correspondence*, ed. Woolsey (Boston, 1879), I, 246.
[89] *Correspondence*, III, 188.
[90] *Grandison*, I, 283; VII, 315.

相似的人而言,通过让婚姻成为唯一被允许的表达性的方式,可以期望的最好情形就是在自身之内对罪孽深重的人之本性进行社会性的约束:除了一些全不加约束的女性,帕美拉和她的性行为,都为了更高的目的而被保留着;新的意识形态让女性完全免于性情感的作用,并且假如她们结婚了,这并不是因为她们有任何排解欲望的需要,而是因为婚姻和家庭的虔诚只有握在她们手中才是安全的。

这番特别的生物性辨别的确具有某种历史性的新奇。例如,它与我们关于父权的观念以及文学中描写爱情的经典传统完全相反,从乔叟的《特洛伊罗斯与克丽西达》[Troilus and Criseyde]到莎士比亚的《罗密欧与朱丽叶》[Romeo and Juliet]。甚至更为引人注目的是,它直接与清教主义本身更早期的观点相反,相比于男性的情欲,早期观点里一些人物如加尔文、约翰·诺克斯以及弥尔顿,众所周知都倾向于更加强调女性的欲望。

然而,一种不同的观点已经在18世纪早期被广泛地建立起来。例如,笛福的小说倾向于支持他在《评论报》(1706)里所表达的观点:"在我们对于性的全面追求中,魔鬼一般作用于男人,而不是女人。"[91]究竟为什么蛇与夏娃的有害联系应被忘掉还不清楚;人们只能猜测,因为一种不为心理学家所知的曲折过程,此时妇女状况所面临的这些难题引发了关于女性角色的一个新概念,女性角色比以前更完全地把自己实际的依赖性掩藏于对男性所具有的性别吸引力背后,并通过让接受求爱成为如下一个事实,即不是人与人之间的共同满足,而是居于优势地位之人所应负的责任,从而来加强她们在求爱中的策略性地位。

---

[91] *Review*, III (1706), No. 132.

这一新性别意识形态的起源明显很成问题，但几乎没有什么疑问，至少《帕美拉》的出现标志着我们文化史上有了一次非常显著的顿悟：出现了一种新的，获得完全发展以及具有极大影响力的女性角色典型。这种理想女性的性质以及后来的影响力是一个出色研究的主题，即《帕美拉的女儿们》[Pamela's Daughters, 1937]，作者是R. P. 阿特和G. B. 尼达姆。简而言之，他们所表现的是这种类型的女性人物一定非常年轻，毫无涉世经验，在身体和心理构成上非常脆弱，以至于遇到任何针对自己的性的要求便会晕了过去；尤其消极的是，在婚姻之结被缔结之前，她们对自己的追求者不会有任何感情——这就是帕美拉，这也是维多利亚时期结束之前大部分小说女性主人翁的情况。

意外地，这种新类型的性质反映了之前所描述的许多社会的和经济的潮流。例如，甚至帕美拉的易于昏厥，也可被视为对正在发生变化的婚姻经济基础的一种表达：因为，自从中产阶级的妻子们愈加倾向于被视为闲暇的体现者，与更加细微和管理性的家务经营相比，她们所从事的是同样不够沉重的经济任务，一个明显柔弱的身体既是对被周密孕育的过去的肯定，也是对相似未来的预期声明。的确，帕美拉低微的身世几乎不可能让她获得这一特征；但事实上，她对它的完全占有表明她的全部存在如此深刻地被高于她背景的那些思想所塑造，以至于她的身体甚至表现出——为了呼吁一种新理论的协助，对于这一新理论无论在何种情况下都存在一种令人遗憾的需要——一种并非不常见的、仅能被称为社会身体（关联）性势利的那种东西的形式。

《帕美拉》中表现的女性角色概念是过去200年来我们文明的重要特点。玛格丽特·米德[Margaret Mead]在《两性与气质》[Sex and Temperament]中写道：这一文明主要"依赖于在许多人为的区分上制造大量矛盾的价值，其中最显著的就是性别"。[92]我不打算去表明这种特别的区分此前曾逃脱过被关注，也不会去表明它完全就是人为的性质；但肯定正确的是，我们在理查逊那里发现两性概念比之前存在的包含了更加完整且全面的男性与女性角色之间的分离。

这两种角色之间的差别在讲话和习惯的几乎所有方面都得到了强调。理查逊的朋友，约翰逊博士，拥有一种观点，"认为性别的精细（区分）应该一直不加违背地得以保留，在吃饭上，在运动上，在着装上，在所有的事情上"；[93]而理查逊本人——为在《帕美拉》中第一次使用"粗俗"[indelicacy]一词负有责任[94]——在此领域内是一位公开的改革者，"我将乐意把精细一词降低到一个标准"，他在写给海默尔小姐的信中如此说到。但又迅速纠正自己说："我说过降低吗？难道不应该是'提高'这个词吗？"[95]对于他态度的进一步提示早已呈现在《帕美拉》中，当B先生给了女主人翁一些她过世的女主人的衣物时，她立即就感到难堪，并且当他说"不要害羞，帕美拉，不要以为我不懂漂亮的女佣应该穿鞋和袜子"时，她报告说，"我对这些话感到非常困惑，你都可以用一根羽毛把我打倒"。后来，当她的父母听说B先生"关于袜子的随意说辞"时，他们立即担心更糟的事情（会发生）。[96]

这一语言学上的敏感性似乎是一个很新的现象。毫无疑问，在某种程度上，妇女或者混合群体的语言总是易于与男性的语言有所不同，但是这些差异此前从未如此明显。然而，在17世纪晚期，杰

---

[92] London, 1935, p. 322.
[93] *Thraliana*, I, 172.
[94] *Pamela's Daughters*, p. 44.
[95] 引自McKillop, *Richardson*, p. 197。
[96] I, 8-9.

里米·科利尔就很好地利用了这一事实,即"诗人们让女人说些下流话",[97]而在他的《女勇士》[The She-Gallants, 1695]一书中,乔治·格兰维尔[Geogre Granville]甚至嘲讽地表明改革这种语言上粗俗用法的运动正在进行:他提到"正在准备一部字典……让我们的语言符合女性的身份,并去除以下流语言开始和结尾的这类词语中不检点的音节"。[98]

仅仅一代人以后,关于生理暗示的禁忌似乎已经完全建立起来了:曼德维尔记录说,"在那些有教养的人中间,在一群人面前以直白的语言提到与人的繁衍之秘相关的任何事情都被算作极大的罪行";[99]而爱德华·扬在他的讽刺诗《论妇女》[On Women, 1728]里赋予非女性化的塔乐斯特丽丝一些惊人的特征,其中就有"大自然敢于生就的,她就敢于叫出名来"。[100]这一运动进展飞快,到了18世纪末,《闲话报》和《旁观者》就被发现不适合女性读者阅读:至少,柯勒律治认为它们包含了一些词语,"在我们的时代会冒犯女性耳朵的精细,并对女性的敏感性产生震撼",[101]而且他的忧虑在简·奥斯丁的《诺桑觉寺》[Northanger Abbey]中得到了回应。[102]

理查逊在使语言适应新的女性规范中起过重要的作用。他对雷斯特兰基爵士[L'Estrange]《伊索寓言》版本的重写表明他是我们最早的书刊净化者之一,[103]而且他的小说对于女性语言规范的各种

---

[97] *Short View*, 3rd ed., 1698, p. 8.
[98] 引自 John Harrington Smith, *The Gay Couple in Restoration Comedy* (Cambridge, Mass., 1948), p. 165, n.15。
[99] *Fable of the Bees*, ed. Kaye, I, 143.
[100] *Love of Fame*, V, 1. 424.
[101] *Lectures and Notes on Shakespeare* (London, 1885), p. 37.
[102] Oxford, 1948, p. 35.
[103] 见 Katherine Hornbeak, "Richardson's Aesop," *Smith College Studies in Modern Languages*, XIX (1938), 38。

性质表现出特别的关注。例如，当帕美拉怀孕了，她吃惊地发现达沃斯夫人"以她优雅的方式"[104]公开记录了这一事实；但是达沃斯夫人的确是那些"泼辣的、具有雌雄同体思维的"人之一，这些人在"第二版序言"里受到过谴责；[105]并且她也成为"这种品质"声名狼藉的不纯洁的象征。

所谓的公共女性角色的去性欲化，进一步为以下事实提供了解释，即在《帕美拉》中，如在大多数小说中一样，求爱导致女主人翁而非男主人翁社会地位的上升。男性读者大约愿意看到男主人翁赢得某位高贵女士的垂青；但是在一刻反思之后，他们会发现如果不强迫女主人翁严重破坏女性得体的规范，就难以提供这种满足。

这一点在达沃斯夫人与B先生之间的讨论中被提出来。他认为与他门户不般配的婚姻绝不会如角色调转之后那样引起震惊，因为"一位妇女，尽管出身高贵，也会因一桩低贱的婚姻而贬低了自己"。[106]这是一种确定的观点。例如，像约翰逊博士那样具有人道精神的人，也会认为一位妇女嫁给比她地位低的人是一种"变态"之举。[107]其原因很清楚。B先生可能会受到他自己喜好的左右而娶比他地位低的人，因为不可否认且不可救药的事实是，男性都受到了性欲的支配；但是如果妇女如此做，将会被认为是对性欲失去免疫力，从《帕美拉》直到最近英国小说中的女主人翁，她们身上常有的特别之处之一就是免疫力，而这种能力的突然瓦解则是20世纪小说中一个令人惊异的特征。

---

[104] 如在 *Pamela's Daughters*, p. 15指出的那样。
[105] 1741, I, XXIV.
[106] I, 389.
[107] Boswell, *Life*, ed. Hill-Powell, II, 328-329.

VI

在理查逊的一生中,两性将自身导向各自角色的种种方式中所出现的许多重要而复杂的变化其时已经取得了极大的进步。这些变化具有值得重视的内在兴趣,因为它们预告了求爱、婚姻以及女性角色等概念在实质上的建立,这一概念在过去两个世纪里通行的范围极为广泛。然而,我们在这里对它们产生兴趣的原因,更直接地是文学性质的:它源自于这一事实,即这些社会和心理的种种变化发展到足够可以解释《帕美拉》所引起的两个主要性质:它在形式上的一致,以及它关于道德纯洁和不洁的独特结合。

约翰逊博士,他的思想里有了"短篇故事"的概念,把"小说"定义为一个"小故事,通常关于爱情"。当《帕美拉》问世时,它被称作"被扩大的小说",[108]因为它的主题在本质上是一个单一的爱情情节,此前的短篇小说通常关注这种情节,但是它的写作规模更接近于一部传奇的规格。

规模上的变化与理查逊赋予性道德以极大重要性之间的直接联系,在与笛福的对比中变得清晰。在笛福的小说里,两性的种种遭遇,婚姻的或者其他的(遭遇),都被放置在一个追求经济安全感的更大语境里而作为小的事件来进行处理。摩尔·弗兰德斯就"曾经被那个称作爱情的欺骗捉弄",[109]但它只是一个开头,还不是结尾;雅克上校在评论他忠实的妻子莫基"年轻时犯下的错误"时说,"无论如何,它对于我而言都不会产生严重的后果"。[110]

---

〔108〕引自 George Sherburn, "The Restoration and Eighteenth Century," *A Literary History of England*, ed. Baugh (New York, 1948), p. 803。
〔109〕I, 57.
〔110〕Ed. Aitken (London, 1902), II, 90.

在《帕美拉》的世界里，这种轻率的行为是不能想象的。因为在这里，用亨利·布鲁克的话说：

> 女性得不到拯救，
> 荣誉的伤口永难愈合。[111]

当然，B先生把帕美拉对这种观点的接受视为证据，认为她的"脑袋被那些传奇故事和如此一些无聊之物所改变"，但他是错误的。传奇里女主人翁理想的贞洁观已经完完全全混合进了总体的道德观；帕美拉"读到过许多男人在遭到拒绝时曾经为他自己邪恶的企图而感到羞愧"，并且关于那个重要的广告式语言，她"在一到两个晚上前"的遭遇让她在恰当的处境里喊出来——"让我别活了，有一刻，那个关键的时刻，我就要失去我的童贞了！"而这种描写的确出现在许多单调得多的文学源头中。帕美拉了解到"万两黄金也不会买来对过去误度的人生进行回忆时的幸福一刻"，尽管这一次没有可以借鉴的文学源头，它也可能是来自于某本礼仪书籍。[112]

当然，甚至为了远远少于B先生所给的500畿尼的奖赏，笛福的女主人翁也不会进行再三思考：小说之所以诞生，是因为帕美拉让自己对一种"比死亡还糟的命运"所进行的史诗般抵抗成为重大的委婉性夸张，这种夸张如此广泛地出现在后来的小说历史中。

当然，让一位女性小说人物把自己的贞洁看作最高的价值，本身并不是什么新颖的东西；新颖之处在于理查逊把如此一些动机赋

---

[111] *Collection of Pieces*, 1778, II, 45.
[112] I, 78, 31, 20, 169.

予一位侍女：鉴于传奇通常抬高女性的贞洁，以其他各种形式对出身更加低微的人物进行描写的虚构作品，就倾向于对女性心理采用一种相反的观点。正是这一历史和文学的角度让《帕美拉》的重要性变得清晰：理查逊的小说代表了小说中两种先前相互对立传统的第一次完全合流；它合并了"高雅"和"低俗"的动机，而且更重要的是，它描写了此二者的矛盾。

理查逊于是使小说彻底离开在两性关系这一重要领域里关于风格的高下分类。不仅仅如此：他还打破了"高等人生"和"低等人生"之间的分隔——这是风格分类的阶级维度，并且也是出于同一原因。我们已经看到，道德革新运动易于受到主要是中产阶级的支持，他们作为一个群体加强了自己的观点，并认定社会中高于他们的阶级却在道德上不如自己。当然，这就是《帕美拉》里的情形——放荡的乡绅与低微却有德行的女仆——并且比起所讨论的人物之间单纯的个人事务，它让这个故事具有更大的意义。

总体来说，利用社会阶层之间的矛盾是小说的典型特征；它的文学方式极为特殊，但是通过让它的单个行动和人物代表更大的社会问题，它就获得了意义的普遍性。笛福的情节安排没有让他笔下的人物关系在详尽阐述这一类型意义上过度发展，然而《帕美拉》里的行动所具有的更大简洁性让描写帕美拉与B先生之间的斗争变得更加容易，这些斗争又映射了两个阶级和他们生活方式之间的同时代的矛盾。

中产阶级在两性伦理上确立的胜利，与之而来的不仅仅是B先生同意结婚，也包括对B先生在以恰当态度面对性与婚姻的方面所进行的全面的重新教育。当然，这些主要是主观性的个体价值问题，而且它们的调适关系到对整篇小说中人物内在生活的逐渐揭示，该过程一直持续到男主人翁发生彻底的转变，以至于就达沃斯夫人而言，他变成了一位"清教徒"。[113]

因此，与传奇里传统情人之间的关系相比，帕美拉与B先生之间的关系因此能够发展出更丰富的心理和道德内容。他们之间必须被消除的障碍不是外在的和虚假的，而是内在的和真实的；并且由于这一原因，与以下事实一起，即这些障碍都是基于他们各自阶级观念的不同，这对情人之间的对话不像在传奇中那样是一种修辞上的传统操练，而是对于那些塑造了他们现在之所是的力量的探索。

对于《帕美拉》的结构，最后还有一个非常重要的贡献，它直接相关于中产阶级清教徒的性规范，以及这种规范与典雅爱情传统之间的主要区别。

典雅爱情以相似的方式把两性角色分离开来——充满性欲的男人倾慕女人如神一般的纯洁，而且这两个角色之间的冲突是不可避免的。在理论上，至少是如此，因为如果女士委身于她情人的追求，它即意味着这种传统的完全坍塌。然而，清教主义通过为婚姻提供巨大的精神和社会意义，而在精神与肉体之间、传统与社会现实之间架起了一座可能的桥梁。架起这座桥梁不是一件容易的事情，因为，如理查逊曾在1751年写给《漫谈者报》那篇受人欢迎的文章中所解释的那样，在他确实请求牵着她的手走入婚姻之前，典雅爱情中的女性角色让自己对一位追求者产生爱情，这对于女孩子而言显得既不道德也不礼貌。[114]然而，正是这一难题以及它所暗示的女性态度的突然逆转，为理查逊提供了一个重要的情节资源，因

---

[113] I, 391.
[114] No. 97. 根据 Walter Graham（*English Literary Periodicals*, New York, 1930, p. 120）记载，它是《漫谈者报》中最受欢迎的文章。

为它让以下的设计对于理查逊而言成为可能,即,一直到行动的危机出现之前,对我们(读者)隐瞒有关帕美拉表现出对于B先生的真实情感的任何信息。

当帕美拉离开B先生回到她的父母身边时,看似二人之间的关系彻底结束,这变得很确定。而事实上,一种反向运动已经开始。一方面,她在自己的情感中吃惊地发现"如此奇怪……如此意想不到的事情",以至于她被迫地想去了解她是否真的对于离开不感到后悔;[115]另一方面,B先生的深沉情感,如在他的分手信中所揭示的,显示他不只是淫荡乡绅的老套形象,而是这样的一个男人,他的种种意图有可能变得诚实,并且非常有可能成为帕美拉的合适伴侣。恋人们在传统和实际观念之间存在的差异突然得到揭示,这让理查逊能够在一种情节类型和一种复杂行动里处理好他们之间的关系,这种情节类型被亚里士多德认为是最好的,"突转"和"认出"在这种复杂行动里同时发生。*经由这个时代实际的道德和社会观念,《帕美拉》情节的戏剧性解决事实上变成可能,这些观念在传统两性角色和内心种种指示的实际思路之间制造了空前的不一致。

公开与私下态度之间的矛盾是小说在总体上非常关注的一个方面,而且也的确特别合适于它去描写。然而,存在着一个极大的疑问,即理查逊在多大程度上意识到与女性角色相关联的二重性,或者对表现她们的叙事,我们应该如何去阐释?

众所周知,《帕美拉》一直是非常矛盾的阐释的对象。在它初次出版后不久,一位匿名的小册子作者报告说,"尤其在女士们中

---

[115] I, 222.

* "突转"(peripety)与"认出"(recognition)是亚里士多德的《诗学》中谈到的情节的两个重要方面。

间,(存在着)两个不同的群体,'帕美拉者'和'反帕美拉者'",二者的分歧在于"到底是年轻的处女……还是……一位虚伪的、精于算计的女孩……她掌握着把男人引入自己圈套的技巧,才是女性应该模仿的对象"。[116] 当然,受到争议的最著名的作品是《莎美拉》,如它的书名所暗含的,菲尔丁把理查逊的女主人翁理解为一个虚伪的人,她熟练运用女性角色所具有的资源让自己能够引诱一只富有的"呆鹅"(一同)走入婚姻,尽管她的纯洁事实上没有超出传统上公众的假意。这是由卢克丽霞·贾维斯夫人提出的——需要避免"被我们妇女称之为粗鲁的事情在其他人眼前发生"。[117]

菲尔丁的小册子无疑把吸引力引向了《帕美拉》中一个重要的模糊之处,但是当后来的批评家们提示我们必须在菲尔丁的阐释或者理查逊的阐释中间进行选择时,他们肯定忽略了如下这种可能性,即这种模糊性不必来自于帕美拉一方有意的欺骗,因为它在她行动所依据的女性规范中是不明显的。例如,似乎明显的是,这一规范极大地强调了两性在行为和穿着上的不同,就菲尔丁对《帕美拉》所做的评论而言,这会招致非常相似的批评。"得体",如萧伯纳曾提醒我们的,"是不得体的沉默的同谋",并且18世纪道德家们对女性纯洁的关注表明,想象为所有事情附上了不纯洁的性的含义。

萨拉·菲尔丁[Sarah Feilding]在《欧菲利亚》[*Ophelia*, 1760]中提到达金思夫人怎样认为一位"女孩子不要抬眼去瞧性别不是女性的婴儿";[118] 当我们记得正是康格里夫[Congreve]《世界之道》[*The Way of the World*]里淫荡的魏士福特夫人,自以为豪地不让她

---

[116] *The Tablet, or Picture of Real Life*, 1762, p. 14.
[117] Letter 7.
[118] II, 42.

自己尚是婴儿的女儿与小男孩一起玩耍时，对于这种态度所做的种种堕落的假设就变得清楚了。[119] 同样地，我们可以解释艾迪生在《卫报》[120] 里反对裸露胸脯的斗争，只需回忆一下：通过向多琳的胸脯抛掷一块手绢，[121] 塔突弗病态的淫乱就显示出来了；通过对农夫女儿们所穿着的露出身体的周日服装发出的愤慨叫喊，[122] 布丽奇特·奥尔沃西的淫荡也得以展露。理查逊自己的思想肯定也以相似的方式对性着迷，如同我们在他自己对于性欲节制而发出的宣言中能够见到的那样。例如，在《重要事件的亲密信函》中，他以一位叔叔的身份写信，使用了以下这些措辞来批评他的侄女："我特别生气于你最近养成的骑马的习惯。从事这种活动如此挥霍，以至于人们根据它不能轻易判定你的性别。因为在这种活动里，你看上去既不像一位淑女，也不像一位讨人喜欢的男孩子。"[123]

在理查逊笔下女主人翁的这个例子中，对于女性谦逊的显著关心所表现出的矛盾含义以同样的力量在表明它们自身。例如，通过参考格雷戈里博士［Dr. Gregory］的观点——他是一位倡导新女性规范的有影响力的人，去解释帕美拉对得体穿着的持续关注无疑也是吸引人的：在他的《父亲留给女儿们的遗产》[*A Father's Legacy to His Daughters*，1774]中，他以马基雅维利式的插语来总结他反对"裸露"的警告——"自然生就的最好胸脯不如想象力所创造的胸脯漂亮"。[124] 随便它怎么说吧，至少，毫无疑问的是，B先生觉得帕美拉保持贞洁的反抗比任何顺从所能带来的感受都要刺激得

---

［119］Act V. sc. v.
［120］No. 116 (1713).
［121］*Tartuffe*, Act III, sc. ii.
［122］*Tom Jones*, Bk. I, ch. 8.
［123］Letter 90.
［124］1822 ed., p. 47.

多,并因此对新女性角色在实现它的最高目标时所表现出的效力不由自主地进行礼赞。

然而,这并不能证明我们做如下假设显得有道理,如菲尔丁的阐释所表明的那样,即假定帕美拉表现谦逊仅仅是因为她想要引诱B先生。当然,更好的情形是,把她看作一个真正的人,她的行动是关于女性规范自觉或不自觉的由她的处境和效果所带来的复杂性后果。斯梯尔指出,就她们"在性别上对所有的思想、语言和行动进行区分"而言,拘于礼仪和卖弄风情的女性都是相似的:[125]要求帕美拉和她的作者保持忠诚的规范,其本身对任何一种阐释都是开放的。同样地,尽管帕美拉接纳B先生作为自己的丈夫,这表明她认为早前他所进行的诸般勾引(其实)没有她当时公开承认的那么可恶。从作为公共规范而非她自己性格错误的结果这一角度来看,这种前后不一致的情况是可以得到充分解释的。当然,如果我们谴责帕美拉背离了恋爱关系中绝对的公开性和真诚性,我们一定不要忘记这种指责可以如何广泛地用于批评相同情形下的他人,无论是在她的时代还是在我们的时代。

理查逊自己的态度难以确定。同他的女主人翁一样,他也轮流地对B先生淫荡的企图产生迷恋和反感,并且他在道德上的声明并不完全可信。然而,作为一位艺术家,理查逊似乎一直比普遍承认的还要更加清楚关于帕美拉性伦理的两种观点,尽管他通过让可恶的朱克丝夫人作为他的发声代表而含蓄地否定了相反的观点。例如,当帕美拉发表评论说"夺去一位女性的贞洁比割开她的喉咙还要严重"时,朱克丝夫人却以不理解进行回应,这种不理解虽然可悲,但也不是没有著名的先例:"为什么现在,你的谈话真奇怪!

---

[125] 引自 *Pamela's Daughters*, p. 64。

难道两性不是为彼此而创造的吗？难道一位绅士爱上一位漂亮女士不是自然的事情吗？并且假设一下，他要是能够（强行）满足他的欲望，那难道也像割开她的喉咙一样糟糕吗？"这番见解在《莎美拉》中也并非不合适；当帕美拉恳求她不要让主人进门，担心自己会被勾引——"一次巨大的勾引！"——时，[126] 朱克丝夫人轻蔑的反驳也并非不合适。

171　　总之，作为一名小说作家，理查逊能够实现最大的客观性；但清楚的是，作为一位自觉的道德家，他完全站在帕美拉的一方，而正是在这里，针对他小说的最严厉的反对得以发生。他小说的副标题："受到奖赏的德行"，把关注引向该书道德本质里未能减轻的粗鲁特征；毫无疑问，明显的情形是，帕美拉只是在一个非常技术性的意义上才是贞洁的，而这种技术性的意义对道德观点没有多少兴趣，而且菲尔丁击中了这个故事的主要道德缺陷，他让莎美拉发表评论说："我曾经想通过我的身体来发点小财。但我现在打算通过我的德行来获得更大的财富。"[127] 至于B先生所吹嘘的自我改造，则难以见到它比一个诺言还要更有效力，用曼德维尔的话说，"除非有自己的鹿肉，否则永远不要去做一名偷鹿者"。[128]

　　当然，曼德维尔是一位自封的资产阶级无意识的教唆者，他决意要把关注引向公共道德中的所有困惑之处，而这却是艾迪生和理查逊决意要忽略掉的；并且他的嘲讽性类比让我们返回到一个极大的范围内，在此范围中，理查逊在描写婚姻时所提出的问题成为了作为整体的现代西方文化的特征。如果我们继续把《帕美拉》与乔叟的《特洛伊罗斯与克丽西达》或者莎士比亚的《罗密欧与朱丽

---

[126] *Pamela*, I, 95-96, 174.
[127] *Shamela*, Letter 10.
[128] *Fable of the Bees*, I, 161.

叶》进行比较，肯定明显的是，尽管理查逊在他的语言和态度上要纯洁得多，然而他的工作更多专门地集中于两性关系本身。这一结合自此以后在小说中尤其广泛地得以通行，甚至扩展到影视中。在好莱坞的电影中，如同在理查逊开创的流行小说这一类型中一样，我们有一种前所未有的激烈而仔细的清教式审查制度，以及一种形式的艺术——它在着力激发两性兴趣上具有历史角度上的独特性；而在其中，婚姻像是道德上的"机械降神"（可以脱危解困），就如詹姆斯·福代斯［James Fordyce］所说的喜剧中的婚姻，"被转换成一块海绵，只需一下就擦净了罪恶的痕迹"。[129]

　　这一两重性的原因——在理查逊的时代如同在我们的时代中一样——大概是，禁忌之物总是象征着禁忌社会里最深层的兴趣。所有联合起来加强针对两性活动禁令的力量，易于在实际上增加性在整个人类生活图景中的重要性。在理查逊身上，它们正是如此表现的。根据他同时代的批评家之一，那位匿名的"德行热爱者"——他弄出了一本《关于〈查尔斯·格兰迪森爵士传〉,〈克拉丽莎〉和〈帕美拉〉的批判性评论》[*Critical Remarks on Sir Charles Grandison*, *Clarissa and Pemela*, 1754]，即可以表现出来。他把"爱情，永恒的爱情，就是你全部写作的主题、重心"这一事实，与理查逊对他所称的"政治的贞洁"所进行的极大强调联系在一起；而对于"政治的贞洁"，"你和你的女主人翁制造了如此一种喧嚣和躁动"；这种贞洁与古希腊妇女的贞洁相比，在他看来，是令人很不满意的。即便如此，当无须外力的"天赋本性"被信托为可以"阻止世界走向终点"时，该作家感到困惑的是为什么如此多的"具有公共精神的作家"认为有必要运用"他们全部的艺术和辩才让人们

---

[129] *Sermons to Young Women*, 1766, I, 156.

记住，他们由不同的性别组成"。[130] 当然，其解释就是，对于"天赋本性"这一本能的压迫，加之对我们文化以善辩的迂回方式所称的"生活中诸种事实"的逐渐掩盖，在公众中制造出种种必须被满足的需要来。可以建议的是，自理查逊以来的小说的主要功能之一，就是让一种虚构性的起始仪式服务于它的社会里最根本的神秘之处。

只有通过某一此类的假设，我们才可以解释小说后来的轨迹，或者解释那种引人注目的悖论；理查逊，一位致力于性改革运动的领导者，以及一位浪漫和肉欲之爱的公开敌人，通过一部比以前作品对单独一桩爱情纠葛的描写更为详细的作品，而让自己彪炳文学史册。看起来，理查逊观念中相反的性质，他的清教主义观和他的情色观，是这些相同力量的结果，而这毫无疑问地解释了为什么它们的效果如此复杂地联系在一起。这些被并置一起的力量的复杂之处，是《帕美拉》为小说带来这些独特文学特点的主要原因：它们让对一个私人关系的详细描写变成可能，而这个关系又被一系列逐步展开的对比所丰富：理想的与现实的，表面的与实际的，精神的与肉体的，有意的与无意的。但如果两性规范潜在的模糊之处帮助理查逊创造了第一部真正的小说，那么它们同时在另一层意义上也共同谋划创造了某种新的且具有预言性质的东西：一部可以在讲道坛上进行赞扬和作为淫秽之物被加以攻击的作品，一部因混合了来自于布道和脱衣舞的吸引力而迎合了读者群的作品。

---

[130] pp. 38, 35, 27-30, 39.

第六章

私人经验与小说

艾伦·希尔［Aaron Hill］可能是一位大事声张地为理查逊鼓掌欢呼的最热情的成员，但是当他宣称"一种能扣人心弦的力量"已经出现，"粉饰着对于我们文学午夜的恐惧"时，[1]他不过是稍稍地夸大了感情上的热忱，而大部分他的英国和海外的同时代人正是以这种热忱来接受《帕美拉》和《克拉丽莎》的。[2]我们已经明白，产生这种热忱的一个原因就是理查逊的主题素材让他受到女性读者们的喜爱；但是在另一方面，男人们几乎也同样感到兴奋，因此我们必须进一步寻找解释。

一种相当常见的观点认为理查逊的小说迎合了他那个时代的感伤倾向。"感伤主义"［Sentimentalism］就它的18世纪意义而论，意味着一种反霍布斯式的、对人内在之善的信仰，这一信条有着文学上的推论，即对蕴含于仁慈的行动或大度的泪水中的固有之善的描述是一个值得赞扬的目标。理查逊的作品中毫无疑问有一些特点在此处以及在当下的意义上是"感伤的"，但是当应用到他自己的观点上或者他小说中独特的文学特征上时，这个词语还是会具有一些误导的性质。因为，如我所曾见到的，理查逊的道德理论在总体

---

[1] Letter to Richardson, March 8, 1749 (Forster MSS. XII, ii, f. 110).
[2] 见McKillop, *Richardson*, pp. 43-106。

上反对对爱的膜拜和情感的释放，而在实践中，作为一名小说作家，他表现出比那些感伤主义者通常将自身局限于其中的那些感情要宽广得多的感情范围。理查逊小说的独特之处不在于情感的类型，或甚至是情感的数量，而不如说是对它（情感）所进行呈现的真实性：这一时期的许多作家都写到了"同情的眼泪"；理查逊甚至描写过更为悲惨的"头脑清醒的流亡者"，[3] 但是他描写的流泪是其他人所不能比拟的，也是以前从未有人描写过的。

理查逊怎样让泪水流淌，他怎样让他的读者深入地参与到他笔下人物的情感之中？弗朗西斯·杰弗里［Francis Jeffrey］在《爱丁堡评论》［*Edinburgh Review*, 1804］里对此有过精彩的描写：

> 其他作家省去所有无关或让人印象不深刻的细节……其结果是，我们只能通过他们在仪式上的着装去了解他们的性格，并且除了在那些重要的场合，以及在那些引发强烈情感的时刻，我们永远也看不见他们，但是这些场合和时刻在现实生活中极少出现，我们绝不会因此受到欺骗而去随意相信他们的现实状况，我们会认为这全部的事实就是一个被夸大且令人眼花缭乱的幻象。对于这些作家，我们只是按照约定进行一次拜访，我们明白，所见与所听的内容只是已经为我们的认知准备好的。在理查逊那里，我们不知不觉地就滑入到他笔下人物的家庭私生活之中，无论它有趣或是无趣，也无论它是满足了我们的好奇心，或是让我们的好奇心失望。所以，我们对前者的感受，仅如我们对历史上那些王室和政治家所拥有的感受一样，对于他们作为个体的情况，我们只有极不充分的认知。我

---

[3] *Clarissa*, III, 29.

们对于后者的感受,如同我们对亲密朋友和熟人的感受一样,我们熟悉他们的全部情况……在这种艺术里,毫无疑问没有一位能与理查逊匹敌的人,并且,如果撇开笛福不论,我们相信,在整个文学史上他都没有一位竞争者。[4]

杰弗里所描述的叙事方法的组成要素之一已在第一章里被提出过——时间范围被区分得越细微,对于应该告诉读者什么内容就越少选择性的态度,这就是理查逊形式现实主义的特征。但是对于所呈现之物没有选择性的幅度不能单独解释理查逊怎样能够让我们"滑入……人物的家庭私生活中":我们必须考虑到他的叙事方向以及规模。当然,这一方向是对人物家庭生活和私人经历的描写,而人物是从属于它的:这二者结合在一起,我们就进入到他们的思想之中以及他们的房子之内。

正是主要因为叙事视角的这种重新定位,给予了理查逊在小说传统中的位置。例如,它把他与笛福区别开来:因为尽管两位作家都是,如巴鲍德夫人所写,"准确的描述者,仔细而详尽……笛福的细致在描写事物时应用更多,而理查逊的细致则更多应用于人物和感情"。[5]同他的描写的完整性结合在一起,这种叙事视角又把理查逊同那些与之竞争的自称现代小说创始人的法国对手区分开来。例如,当乔治·圣茨伯里[Geogre Saintsbury]总结称《帕美拉》的确是第一部小说时,他这么说是因为对于如下问题:"在这之前,我们去哪里可能找到这样的一个人,他(她)被塑造到(与此)相同的程度?"他给出的答案是——"哪里都找不到"。[6]在《帕

---

[4] *Contributions to the Edinburgh Review* (London, 1844), I, 321-322.
[5] "Life," prefixed to *Correspondence of Samuel Richardson*, I, xx.
[6] *The English Novel* (London, 1913), pp. 86-87.

美拉》之前的文学中出现过许多同样可能的且可能更有趣的人物，但是他们中没有哪一位的日常想法和情感，我们了解得如此详细。

什么力量影响了理查逊，让他赋予了小说这种主观且向内的方向？其中的原因之一是由他叙事的形式基础——书信，所表明的。当然，与口头交流通常所能提供的相比，亲密书信可以成为作者更完整和更无保留地表达自己私人情感的机会，而对此类通信的膜拜主要是在理查逊自己的一生中形成的，他自己不但去追随它，而且还促进了它。

就其本身而言，它牵涉到一个非常重要的偏离古典文学视角的转变。如斯塔尔夫人所写的，"古人永远也不会想到要给予他们的虚构作品以如此一种形式"，因为书信体的方法"总是预设比行动具有更多感情"。[7] 所以，理查逊的叙事方式可以被视为在观念里发生的一个更大变化的反映———一种过渡，这种过渡是从古典世界里客观的、社会的和公共的目标转向过去200年里文学和生活的主观的、个人的和私自的目标。

这是一种非常熟悉的对比。它包含在黑格尔对古代和现代悲剧的对比中，或在歌德和马修·阿诺德对于希腊和罗马艺术中非人格化和客观性的渴求中，正与他们自己浪漫文学里狂热的主观性相对；从我们的观点来看，它最重要的方面在瓦尔特·佩特［Walter Pater］的《伊壁鸠鲁主义者马里乌斯》［Marius the Epicurean］中得到了表达，他评论古人怎样"在我们能够瞥见内在自我这一最大的方面表现出嫉妒来，而实际上，瞥见内在自我在许多情形下可以使得对他们的客观信息所产生的兴趣翻番"。[8]

---

［7］ *De l'Allemagne,* in *CEuvres complètes,* XI, 86-87.
［8］ London, 1939, p. 313.

这些极其不同的现代性强调的最重要原因，前文已经提到过。例如在总体上，基督教本质上是一种内向的、个体的和具有自我意识的宗教，并且它的效果最强烈地表现在清教主义中，它强调的是内在之光；而重要人物斯塔尔夫人把注意力引向17世纪变化了的哲学观对小说主观性和人物分析方法产生的影响上："直至两个世纪以前，哲学才逐渐融入到我们的诗学之中，分析的方法也因此在作品中占据重要的位置。"[9]伴随着这种新哲学，思维的世俗化也朝相同的方向发展：它导致了一种本质上以人为中心的世界，在此世界里，个人为他自己的道德和社会价值范围负有责任。

最后，个人主义的兴起具有极大的重要性。通过减弱与社群和传统的关系，它不仅仅发展了我们在笛福笔下主人翁身上发现的这类私人的和以自我为中心的智力生活，而且也发展了稍晚出现的对于私人关系重要性的强调，这种私人关系既是现代社会的特点，也是小说的特点——这种关系可以被视作为个人提供了一种更自觉和更具选择性的社会生活模式，以取代已被个人主义破坏掉的更为发散的和社会性的黏合力——而这是不由自主地发生的。个人主义至少在另外两个方面也为理查逊对私人经验的强调起过推动作用：它准备了一部分观众，这些观众对发生在个体意识里的所有过程有足够深入的兴趣，从而能够发现《帕美拉》的吸引人之处；并且它在经济和社会领域的发展最终导致了城市生活方式的发展，这对现代社会具有基本的构成性的影响，这种影响似乎在许多方面与理查逊个人，以及小说形式在总体上的私人和主观倾向相联系。

---

[9] *De l'Allemagne*, p. 87.

I

18世纪的伦敦在当时的国民生活中具有重要的地位,而其他地方都无法与之抗衡。在整个这一时期,它比英国其他任何一个城镇都要大出10倍开外,[10]并且,或许更重要的是,正是在这里,社会变化如经济个人主义的兴起、劳动分工的增加以及核心家庭的发展等,都是最发达的;然而,如我们已经见到的,它还包含着一个很大比例的读者群——1700—1760年,英国一半以上的书商都出现在这里。[11]

伦敦面积的不断扩大被很多观察者进行过记录。他们尤其惊诧于建筑物的扩张超过了伦敦和威斯敏斯特这两座双子城的古老的范围,这在1666年的伦敦大火之后变得更为明显。[12]上流社会向西和向北迁移,而东边的聚居区也在兴起,它们几乎主要是由劳动阶层的穷人们居住。许多作家对这种阶层之间的日益分离都进行过评论。艾迪生在《旁观者》上发表的评论尤其重要:"当我从它的几个部分和分区来思考这座城市时,我把它看作几个国家的集合体,它们之间以各自的风俗、习惯和兴趣相互区别……总而言之,圣詹姆斯街上的居民,尽管他们生活在相同的法律下,并且讲着同样的语言,但是相对于齐普赛街上的居民而言,他们是完全不同的人群,而齐普赛街上的居民同一侧圣殿区的居民以及另一侧史密斯菲尔德区的居民同样又相差很远。"[13]

---

[10] 见 O. H. K. Spate, "The Growth of London, A.D. 1660-1800," *Historical Geography of England*, ed. Darby (Cambridge, 1936), pp. 529-547。

[11] Plant, *English Book Trade*, p. 86.

[12] 例见 T. F. Reddaway, *The Rebuilding of London after the Great Fire* (London, 1951), pp. 300-308。

[13] No. 403 (1712); 另见 Fielding, *Covent Garden Journal*, No. 37 (1752)。

这一进程——伦敦的扩大以及与之相随的在社会上和职业上的区别——一直被视为"可能是斯图亚特王朝晚期社会历史中最重要的独一特征"。[14]某种接近现代城市模型的事物正在逐渐地把自身加之于莎士比亚所了解的更有内聚力的社群中，而这至少是许多迹象中最普通的一个，因此，我们应该期望发现：与此同时，现代的都市化所具有的一些独特心理特征开始在展示自身。[15]

在17世纪最后的几十年里，伦敦人口从1660年的450000人增长到1700年的675000人，[16]加上居民住宅之间不断扩大的分隔，以及都市区域的不断扩张，这些当然在足够大的范围内，让乡村和城市生活方式之间的差别变得比以前更加深入和全面。18世纪的伦敦市民具有一种在许多方面与现代城市居民相似的视野，他们看到的不再是乡下人眼前一成不变的乡村景观，这种景观由以下的因素所支配：季节的规律性交替，在社会和道德秩序上已确立起的等级制度——该秩序由庄园、教区教堂以及乡村草坪所象征。城市里不同区域的街道和商业区呈现出层出不穷的多样化生活方式，这是任何人都可以观察到的生活方式，然而这些生活方式的大部分对于任何个体经验而言却完全是陌生的。

空间上的邻近与巨大的社会距离的结合是城市化的典型特征，而其中一个结果特别强调了城市居住者在生活态度上的外部和物质

---

[14] Max Beloff, *Public Order and Public Disturbances, 1660-1714* (London, 1938), p. 28.
[15] 我接下来的概括主要基于取得一致的领域，该一致性的区域表现为Louis Wirth的社会学分析 "Urbanism as a Way of Life," *American Journal of Sociology*, XLIV (1938), 1-24, 以及Lewis Mumford在*The Culture of Cities* (1938)中进行的想象性和历史性处理。我或许应该清楚表明此处无意把城市作为乡村生活的对立面来进行比较性的评估；例如，后者的稳定性不如说是对于马克思和恩格斯曾极不明智地描述为"乡村生活的愚蠢"的那种东西所做的一种委婉表达。
[16] Spate, "Growth of London," p. 538.

性价值观：最明显的价值观是关于经济的——这些对于每个人的视觉经验而言是平常的。例如，在18世纪的伦敦，充斥在摩尔·弗兰德斯视野中的，是马车、漂亮的房子和贵重的衣服。社群价值适用于乡村教区教堂所代表的一切，对于这一表达而言，不存在真正的城市对应物。在许多新兴的人口中心，根本没有教堂，由此造成的结果是，根据斯威夫特的说法，"5/6的伦敦人口做礼拜完全受到了阻碍"；[17]并且不管怎样，伦敦正在快速变成"一个无信仰的市场"[18]的气氛易于阻碍人们上教堂——塞克主教称"上流人士"通常参加"乡村里的礼拜……为了避免丑闻"，但是他们"很少或从不在城里（做礼拜）"。[19]城市宗教价值的衰落让位于物质价值的优先性，这种优先性的标志是伦敦在大火之后的重建：在新的蓝图下，"皇家交易所"而非"圣保罗教堂"成为了这座城市的建筑中心。[20]

如此广阔和多样的环境——任何一个个体只能经验到其中很少的一部分，以及以经济为主的价值系统，它们一起在总体上为小说提供了两个最独特的主题：个人在大城市里追求财富而可能仅以悲剧性的失败告终，这在法国和美国的现实主义者那里经常得到描写；常常与此相联系的是巴尔扎克、左拉和德莱塞此类作家所进行的环境研究，我们被带到这些场景之后，被展示在这些地方实际发生的事情，而我们只有在大街上亲眼目睹它们或者在报纸上读到它们才可能了解到。这两个主题也显著地成为18世纪文学的特征，小

---

[17] "A Project for the Advancement of Religion and the Reformation of Manners," 1709, *Prose Works*, ed. Davis (Oxford, 1939), II, 61.

[18] Bishop Sherlock's phrase (1750), 引自 Carpenter, *Sherlock*, p. 284。

[19] 引自 W. E. Lecky, *History of England in the Eighteenth Century* (New York, 1878), II, 580。

[20] Reddaway, *Rebuilding of London*, p. 294.

说在此对记者和小册子作者们[21]的工作进行了增补,并揭示着城市里的所有秘密:笛福和理查逊两人满足了这种兴趣,并且它在菲尔丁的《阿米莉娅》和史沫莱特的《亨弗利·克林克历险记》这类作品中甚至更为突出。同时,伦敦在此时的许多戏剧和小说中充当着财富、奢侈、刺激以及或许一位富裕丈夫的象征:对于斯梯尔笔下读小说的姑娘比蒂·提普金斯而言,以及对于伊莱扎·海伍德笔下的贝特西·索特丽丝而言,正是在此环境中,所有的事情得以发生,这也是人们真正居住的地方:在大城市里获取成功,已经成为个人世俗朝圣之旅中的圣杯。

几乎没有人像笛福那样如此高度地参与到伦敦的辉煌而悲惨的生活中去。他生在伦敦,长在伦敦,经历了从法庭到监狱的全部生活,并且最后,像所有成功的商人一样,他希望自己的人生可以并且在某种意义上也的确以拥有马车和乡间房产而告终。他对伦敦的所有问题都有强烈的兴趣,这明显表现在《赢取辉煌的胜利》[*Augusta Triumphans*, 1728]这一类研究上——这是一篇关于城市改造的有趣文章,他的许多其他作品也同样关注此类问题;而且他计划通过在蒂尔伯里建立起他倒霉的砖瓦厂而直接从伦敦的扩张中获利。

笛福的小说包含了城市化的许多积极方面。他的男女主人翁想方设法地通过充满竞争和邪恶的都市丛林去寻求财富,并且当我们伴随着他们的脚步,我们获得了许多有关伦敦场景的非常完整的画

---

[21] 例如,John Gay, *Trivia*, 1716; Richard Burridge, *A New Review of London*, 1722; James Ralph, *The Taste of the Town: or A Guide to all Public Diversions*, 1731; 另见 Paul B. Anderson, "Thomas Gordon and John Mottley, *A Trip through London*, 1728," *PQ*, XIX (1940), 244-260。

面,从海关大楼到新门监狱,从拉特克里夫的贫民公寓到西伦敦时尚的公园和房子。尽管这个画面有它自私和肮脏的一面,但是它与现代化城市所呈现的方面有一个非常重大的区别。笛福的伦敦仍然是一个社区,一个迄今为止几乎由无数不同部分组成的社区,这些部分至少仍然可以找到它们之间的近缘关系;它很大,但是终究保持着本土化的特点,并且笛福和他笔下的人物都是它的一部分,他们在理解着别人并被人理解。

笛福表现出的乐观和无忧无虑的口吻,可能存在许多原因。他对伦敦大火之前的时光仍然有一些记忆,而且他生长于斯的伦敦仍然是一个实体,它的许多部分被城墙围了起来。但是最主要的原因一定是,尽管笛福自那以后见过无数变化,但是他本人也积极且豪情万丈地参与了它们;他居住在一个喧嚣之地,这里正是这种新的生活方式被奠下基础之处;而且他与这种生活方式保持着一致。

理查逊对于伦敦的描述则完全不同。他的作品所表达的,不是整个社区的生活,而是一种对城市环境深深的个人的不信任甚至恐惧。尤其在《克拉丽莎》中:它的女主人翁,和帕美拉一样,不是那种"城市女性"中的一员,这种女性"自信的"外表是理查逊极其讨厌的,而只是一位单纯的乡下姑娘;而她的殒命则是由如下事实导致的,即如她后来告诉贝尔福德的,"我对城市及它的运行方式毫无所知"。正是因为这一点,克拉丽莎不能意识到辛克莱夫人是"一个非常歹毒的家伙";而且尽管她注意到正要用来毒害她的茶"有种奇怪的味道",但是她轻易摆脱它的理由却是茶里有"伦敦的牛奶"。当她企图逃离她的敌人时,她同样处在不利的形势之下,因为她从不懂得有些什么样的欺骗隐藏在她所遇到的那些人的行为中,或者也不了解在房屋的墙壁后面有些什么可怕的事情正被实施。她最终只能去死，因为她的那颗纯真之心不能够免遭"巨大邪恶之城"道德败坏的残忍；[22]但是直到她拖曳着沉重的步履一路走过她全部的忧伤之路，从圣奥尔本斯到时尚的多佛街上的妓院，从汉普斯特德的满是林荫的度假胜地到高霍尔本的债务人拘留所，仅当她返回到自己出生并准备安葬于斯的乡村时，她才找到安宁。

有趣的是，至少有一位理查逊的同时代人，那位写下了1754年出版的《关于〈查尔斯·格兰迪森爵士传〉,〈克拉丽莎〉和〈帕美拉〉的批判性评论》的匿名作家，把造成克拉丽莎殒命的媒介看作城市化的典型产物。他写道，"像拉夫雷斯和他的同伴，或者辛克莱夫人以及她的那些漂亮的皮条女这样的人物"，只能生存"在伦敦这样的城市，一个过度生长的属于一个强大帝国和存在广泛商业的都市"；他还补充说："所有这些堕落腐化的景象都是这一系列事物所带来的必然且不可避免的结果。"[23]

笛福和理查逊对于城市生活态度的一些差异，是因为发生于18世纪中期几十年里的巨大变化，对此几乎没有什么疑问。这一时期见证了许多的改革，例如以房屋号码取代标记，拆除城墙，设立一些中心机构以负责道路铺设和照明，进行供水和排污，以及菲尔丁对警察系统进行的改革。它们本身都不是特别重要，但是它们显示出这些情况需要运用同从前足以胜任的方法非常不同的方法来应对：[24]各种变化的规模达到了让社会组织的种种变革变得必不可少的地步。然而，笛福与理查逊同为伦敦人的巨大反差，不能仅仅或甚至主要作为不断扩大的城市化所带来影响的结果来进行解释：毕

---

[22] *Clarissa*, I, 353, III, 505, 368, I, 422；另见III, 68, 428。

[23] p. 54.

[24] 见Ambrose Heal, "The Numbering of Houses in London Streets," *N. & Q.*, CLXXXIII (1942), 100-101; Sir Walter Besant, *London in the Eighteenth Century* (London, 1925), 84-85, 88-101, 125-132; George, *London Life*, pp. 99-103.

竟，这两个人之间只有一代人的间隔——笛福生于1660年，理查逊生于1689年。毫无疑问，他们对于城市生活极为不同的描述的主要原因是，他们在身体和心理的构成上大相径庭。

然而，甚至在这里，他们之间的差异也具有某种典型性。笛福有着一个多世纪以前德洛尼所描写的纺织商人的所有活力。同他们一样，笛福在某种程度上是一位乡下人，熟悉庄稼和牛羊，如同在商店或者账房里一样，对在乡下骑马来来回回同样感到自在；甚至伦敦的交易所、咖啡店以及街道也为他提供了萨迦传奇里乡村景观的对等物：无论他走到哪里，他都感到自在。但如果说笛福是在回看市民保持英雄般自立的那些日子，理查逊则是让我们窥见了即将登上舞台的中产阶级商人，这些商人被城市里办公室的视野和郊区家中的斯文同时规定。

伦敦本身当然没有提供一种理查逊可以参与其中的生活方式。一方面，他深刻地意识到在城市里的商人和在威斯敏斯特居住的有身份的人之间所具有的这些社会差别，而这一意识无法通过笛福对于自己阶级充满自信的偏爱来证明。"在我们之间存在着一道栅栏，"理查逊在1753年写给德拉尼夫人的信中提到一种两人都了解的事物时这么说，"坦普尔栅栏。住在希尔街、伯克利以及格罗夫纳广场附近的女士们不喜欢越过这道栅栏。她们提到它时，似乎越过它需要一天的旅程。"另一方面，理查逊极少参与到他自己环境里的生活中去。他"不能忍受和人群待在一起"，并且出于这个原因不再上教堂；甚至当他在自己的印刷厂里，他也更愿意通过"间谍窗户"〔spy window〕来监督他自己的工人们。[25]至于城里的种种乐事，它们都是通向对《克拉丽莎》里萨利·马丁这类放

---

〔25〕 *Correspondence*, IV, 79-80, I, clxxix, III, 225.

荡不羁女性的诅咒之路，并且让他渴望"最后时期的到来，那时就没有沃克斯霍尔，拉尼拉，玛丽伯恩斯，以及如此之类的娱乐场所，让人着盛装去寻欢作乐"。[26] 甚至这些街头的生活很快就变成只有穷人才参与的生活。如果我们从他向布雷德莎福女士〔Lady Bradshaigh〕描述他如何在外步行的情形来判断的话，这种生活不属于理查逊：

> 一只手通常揣在怀里，另一只手则攥着一根拐杖，他把拐杖常常靠在他外套的下摆底下，这样当震颤或抖动，以及眩晕突然发生时——这些非常频繁地在袭击着他，它就可以不显眼地给予他支撑……行人可能以为，他是直盯盯地看着前方，但是他却在观察他身体两侧让他不安的一切，他的短脖子一动不动；几乎从不转身……他迈着常规而平均的步伐，悄悄地从地面走过，似乎不像是要从地面逃离。[27]

理查逊的步伐和姿态中有某些特别都市化的东西，的确，甚至他的一些病痛都具有这种特征，如同他的朋友乔治·切恩博士告诉他的那样，这些疾病典型地属于"那些不得不从事一种（需要）久坐的职业的人"。切恩建议理查逊，虽然他的神经不允许他骑在马背上，他至少应该弄到一辆"马拉的车"，一种可以让"肝脏震动的设施"——如同B. W. 道恩斯所描述的，[28] 这在当时被广泛使用。但是运动并不能减缓他神经的紧张，切恩将其诊断为"英式疾病"或"神经性忧郁"，他坦承，这种疾病不过就是"任何一类神经紊

---

[26] *Clarissa*, IV, 538.
[27] *Correspondence*, IV, 290-291.
[28] *Richardson* (London, 1928), p. 27.

乱的缩写式表达",[29]而且它可以被视作焦虑性神经症的18世纪版本,即典型的城市性的精神错乱。

理查逊因此是城市化所产生的许多不那么有益于健康的效果中的一个例子,而且他与同时代的伟大人物菲尔丁的反差,同他与笛福的反差一样巨大。如理查逊的朋友唐纳伦夫人所指出的,它也同样标明了文学上的后果;唐纳伦夫人把他糟糕的健康与他作为作家的独特的敏感性联系起来,企图以此安慰在疾病与健康之间一再反复的理查逊:

……这种不幸发生在那些适合于进行敏感性写作的人身上,必须要这样去想;那些能够形成某种忧虑的人必定能够感受到它;因为心灵与身体是如此密切地结合在一起,以致彼此互相影响,这种敏感性才得到传达,因此人们极容易发现心灵的温柔和柔软与同样显著具有这些特征的身体是相匹配的。汤姆·琼斯能喝到酩酊大醉,并因为他叔父恢复健康而处在快乐的峰巅去做各种各样的坏事。我肯定菲尔丁是一位强健、壮硕的人。[30]

菲尔丁的确具有许多乡下人的健硕特征,而且这两位小说家之间以及他们作品之间的差异,代表了英国文明史中不同道路的根本分歧;在此分歧中,是城市化的理查逊才代表了要取胜的那条道路。D. H. 劳伦斯敏锐地意识到这种革命带来的道德和文学上的效果,并在《为〈查泰莱夫人的情人〉所作的辩护》[*A Propos of Lady*

---

[29] *Letters of Cheyne to Richardson*, pp. 34, 59, 61, 109, 108.
[30] *Correspondence*, IV, 30.

Chatterley's Lover]中对其中的许多内容进行了总结,这是他为一部描写性的小说所做的辩护,据说这让由《帕美拉》所开启的潮流走了一个循环。他简略地提出经济变化和清教主义的结合破坏了人与自然生活以及与同伴之间的和谐感,其结果造成了"存在于孤立之中的个人主义和独立个性的感觉"。这种和谐感直到18世纪中期之前都曾存在于"旧英格兰":"我们感觉到它,"劳伦斯写道,"在笛福或菲尔丁那里。然后,在平庸的简·奥斯丁那里,它就消失了。这位老姑娘已经让'个性'而非性格成为典型特征,这是对分离的敏锐认识。"[31]

当然,劳伦斯是一位难民,逃离了"个性"和人际关系,逃离了"除了人之外一无所有"的世界。[32]当这么做时,或许,他也是一位逃离小说的难民。因为小说的世界在本质上是现代城市的世界;两者都呈现了生活的画面,作为个人在其中都沉浸在私有的和个体间的关系中,因为与自然或社会的更大交流不再可得。当然是理查逊而不是他的继承者简·奥斯丁才是第一位小说作家,在他身上的所有倾向让这种"对分离的敏锐认识"变得明显。

在 E. M. 福斯特的《霍华德庄园》[Howard's End]中,城市化与小说专注于人际关系之间的联系得到了陈述。它的女主人翁,玛格丽特·施莱格尔,逐渐感到"伦敦不过是这种漂泊文明的一种迹象,它如此深刻地改变着人类的本性,并给人际关系投上了比它们之前所曾有过的还要巨大的压力"。[33]这种联系的最终极原因似乎是城市居住者经验中最普遍和最独特的特征之一,即以下事实,他

---

[31] London, 1930, pp. 57-58.
[32] *Letters of D. H. Lawrence*, ed. Huxley (London, 1932), p. 614.
[33] Ch. 31.

属于许多的社会群体——工作上的，礼拜活动中的，家庭里的，休闲中的——但是没有一个人可以了解他的所有角色，而且他也不知道任何他人在他们所有活动中的角色。事实上，每一天的活动都不为社会交往提供任何永久性和依赖性的网络。与此同时，没有其他首要的或一般的标准，于是就产生了对于一种情感安全和理解的巨大需要，而这种情感的安全和理解仅由人际关系中相互分享的亲密感才能提供。

在笛福那里，几乎没有提及这种需要：摩尔·弗兰德斯自己的人际关系都是暂时性的，并且很肤浅，但是她似乎陶醉于她自己的这种多重角色，而她所寻求的唯一安全感是经济的。然而，到了18世纪中期，有许多迹象显示一种新的趋势正在形成。例如，伦敦就是这样一种环境，如萨拉·菲尔丁的小说《戴维·辛普尔历险记》[David Simple, 1744]的副标题所宣告的，她的男主人翁无精打采地游荡着"穿过伦敦和威斯敏斯特去寻找一位真正的朋友"，在一个混乱的环境里他孤独无名，而在此环境里的人际关系都是唯利是图的、转眼消失的和对友情不忠的。

理查逊对此环境的畏缩似乎与此非常类似。然而，幸运的是，还有一条出路：城市化提供了它自己的一种解决之道，郊区。它为逃离拥挤的街道提供了退避之所，而且它的非常不同的生活方式标志着一种差别，一种在笛福小说里所描述的各式各样却随意的关系，与理查逊所描述的少得多却更加强烈且内倾的关系之间的差别。

笛福在斯托克纽因顿度过了他最后的几年，但是这种退休前生活在郊区的模式相对来说仍然是新鲜的。如在1839年版《十足的英国商人》的序言中所指出的，该序言轻蔑地评论说，从笛福"如此坚持商人们的妻子要让自己熟悉她们丈夫的生意，而几乎没有做过任何暗示提到商人一家在城外的房子……我们容易明白此时存在于伦敦的事情的一种简单状态，如同今天或许仅在四流城市所能见到的"。[34]然而，很快，富裕人群向郊区的迁移变得非常显著了，并且的确造成了城市范围内人口的减少。[35]这是一种发生在城市里的潮流，理查逊毫无保留地参与其中；在周末以及假期，他高兴地离开他在斯特兰德大街旁的索尔兹伯里街做生意的地方，去尽情享受他起初位于"市郊怡人的北角区"的漂亮休养之所的平静，并在1754年之后，搬去了帕森斯格林。这两处居所位于富勒姆区，根据卡尔姆的记载，1748年的富勒姆区是一个所有房子都用砖砌成的"非常漂亮的城镇"，被安置在"到处除了欢乐别无他物"的乡村中间。[36]理查逊在这里筑起了他的小院子，据塔尔伯特小姐的记载，在这个院子里，"他的那些家禽被50个小巧的装置照顾得非常开心"。[37]

郊区可能在新的城市模型中是阶层之间分离的最重要方面。最富有和最贫穷的人都被分隔开，因此中产阶级的模型可以不受侵扰地进行发展，既不受城里富人区显而易见的不道德现象也不受穷人所遭受的悲惨和无能为力生活的影响——"暴民"[Mob]是一个重要的17世纪晚期的新造词，它反映了对城市大众日渐增长的厌恶，甚至不时的恐惧。

旧的城市生活方式与取代它的新社会模式之间的对比可能在"城市的"[urbane]与"城郊的"[suburban]这两个词语不同的含义中得到了最好的说明：一者是文艺复兴时期的思想；另一者是

---

[34] Edinburgh, p. 3.
[35] George, *London Life*, p. 329.
[36] *Account*, p. 36.
[37] 引自McKillop, *Richardson*, p. 202。

典型的维多利亚时期的观念。"城市的"表明了礼貌和理解的诸特征，而它们都是使城市生活成为可能的更广阔社会经验的产物；与之一道的是喜剧精神，这种喜剧精神在16世纪和17世纪的意大利、法国或英国喜剧中，以街道和广场上的快乐生活为中心，而此处房屋墙壁所提供的仅仅是象征性的隐私。另一方面，"城郊的"一词表明了在被遮挡的中产阶级家里受到保护的满足与褊狭：如芒福德〔Mumford〕曾经说过的那样，城郊就是"去过一种私人生活的集体努力"；[38]它提供了一种社会慰藉与个人隐私安全之间的奇怪结合，它专注于平静的家庭生活与有选择性的人际关系这样一种在本质上属于女性的理想，而这仅在小说里得到过描写，并且在理查逊的作品中第一次找到了关于它的完整的文学表达。

城郊的隐私性本质上是女性化的，这是因为它所反映的是已讨论过的日渐增加的一种倾向，要把女性的谦逊看作高度脆弱性的，因此需要一种防御性的隔离；城郊的隔离又由这一时期另外两个现象的发展得到加强——乔治式房屋样式所提供的更大隐私空间，以及由亲密书信写作可能带来的新的人际关系模式，这种模式所涉及的当然是一种私密的和个人之间的关系，而不是社会性的关系，而且这种关系不必离开家所提供的安全感就可以继续进行。

在中世纪，几乎家庭里的所有生活都在大厅里进行。然后逐渐地，主人们和佣人们的私人卧室和分开的用餐区就变得通行；截至18世纪，对家庭内部隐私的最后改进被完整地建立了起来。相比以前，每一位家庭成员单独的睡眠区域得到了更多的强调，甚至对于家里的佣人也是如此；所有的主要房间里都有单独的火炉，这样每一个人只要他愿意就可以独处，这成为那些紧跟潮流的家庭主妇们

---

[38] *Culture of Cities* (London, 1945), p. 215.

满意地注意到的细节之一;并且给门上锁——在16世纪还是极为稀罕之事——变成了绅士阶层坚持的现代化事物之一,当和B先生在为她的父母准备一幢房子时,帕美拉就如此做过。[39]帕美拉当然有充分理由对此给予关注:在她所经历的种种考验中,能够锁上她睡觉的不同地方的门是一件比死亡还要紧要的关乎生存或命运的事情。

乔治式房屋的另一个独特的特点就是私室,即通常与卧室相连的一个小的私人房间。典型的情形是,它储存的不是瓷器而是众多的书籍,一个写字台和一个墨水台;这是"一间自己的房间"的早期版本,弗吉尼亚·伍尔夫把此看作妇女解放的首要必需品;与它的法国对等物——法国女性的梳妆室相比,它尤其独特地成为妇女自由甚至特权的一个地方,因为它的用途不是用于隐藏求爱者,而是把他们锁在门外,这样帕美拉可以写作她的"轻快的日志",而克拉丽莎可以让安娜·豪及时了解新闻。

理查逊在某种程度上是一位对催生这种女性情感的新式房屋进行鼓吹的人;例如,在一封写给维斯特扣姆小姐的信中,他把社交交流中的"像鹅一般的嘎嘎闲聊"与同把"她的私室变成天堂"的女士进行书信交流的快乐进行了对比。[40]他的女主人翁不会也不能与笛福的摩尔·弗兰德斯甚至菲尔丁的韦斯顿小姐一样参与到街头、公路以及公共休闲场所的生活中去,她们被理查逊以特别恼怒的厌恶描述为"常常光顾酒馆的索菲娅";[41]理查逊的女主人翁居住在宽大的房子里,安静又与世隔绝,但是每一个房间里都充满着火热而复杂的内部生活。她们的故事在一封封来自一个接一个私室的信中展开,这些信由居住其中的人们所写,她们停下来只是为了以

---

〔39〕 *Pamela*, Pt. II, p. 2.
〔40〕 *Correspondence*, III, 252-253.
〔41〕 Letter to Miss G [rainger], Jan. 22, 1750, in *N. & Q.*, 4th ser., III (1869), 276.

大胆的猜测去倾听屋里其他部分传来的脚步声，她们交流着不能忍受的紧张感，这种感觉来自于打开的门对被珍视的隐私构成的某种新的威胁和妨碍。

在她们致力于写作亲密书信的活动中，理查逊的女主人翁们表现出一种对书信写作的崇拜，这种崇拜是18世纪文学史上最独特的特点之一。这种崇拜的基础是中产阶级妇女休闲活动的极大增加，以及识字能力的极大提高；并且在物质上又获得了极大改善的邮政设施的帮助。一便士邮政在1680年的伦敦就建立了起来，并且到了18世纪20年代，它所提供的服务的经济、速度和效率，至少根据笛福的记载，在整个欧洲都是无与伦比的；而接下来的几十年更是见证了英国其他地区邮政系统的极大改善。[42]

随着书信写作的增多，它们的性质也发生了重要变化。在16世纪及更早期，大部分的常规通信都具有公共的性质，关注的是商业、政治或外交事务。当然，也有关于其他内容的书信，如关于文学、家庭事务，甚至爱情等的书信。但是它们似乎非常少见，且局限于相对受到限制的社会领域。毫无疑问，几乎没有什么迹象表示曾经存在过"涂鸦协议"［scribbling treaties］，这是玛丽·沃特丽·蒙塔古夫人对它们的称呼，[43]而它们在18世纪如此常见——在这些通信里，不同社会阶层的人们习惯性地互相交换他们日常生活里的新闻和意见。对于这种似乎已经发生过的变化，一个最新的类比就是电话的出现：它长期以来仅限于用在重大事情的沟通上，通常是用在生意上，随着各种设备的改进和（价格）变得便宜，它的用途，或许是特别受到女性的影响，逐渐得到推广，以满足一般社

［42］ Howard Robinson, *The British Post Office: A History* (Princeton, 1948), pp. 70-103.
［43］ *Letters and Works*, I, 24.

交的各种目的，甚至是（人们之间）亲密的交流。

无论如何，截至1740年，一位如帕美拉这样的女佣应该定期与她的父母保持联系显然不完全是不可信的；当然，正是写信这种习惯的广泛扩散为理查逊提供了最初的动力去描写帕美拉的种种冒险，因为它让他的两位书商同行建议他去准备一卷"亲密信函"，"以一种常见的风格，写作对那些自己不能写作的乡村读者有益的一类主题"。〔44〕

然而，帕美拉在写信上的熟练表明了她比实际上拥有更高的社会地位——她写信显然不需要帮助！事实上，她是一位以18世纪那些无以数计的贵族女性为原型创造的角色，她们听从了理查逊本人关于怎样利用她们的闲暇的建议："笔在妇女手指间的运用几乎如同使用针一般令人愉悦"。〔45〕

我们现在所处的位置可以更清楚地看见城市化与理查逊对私人经验进行强调之间的主要联系。相同的原因导致了理查逊对城市生活的拒绝和对城郊的偏爱，这让他在亲密书信写作中找到了他最大的满意度，这种形式的人际交流最适合于城郊所代表的生活方式。只有在这样一种关系中，理查逊才可以回避让他在群体中变得安静和不自在的深深压抑之感，这种压抑还让他更愿意用"小纸条"在印刷车间里与他的工人们交流，甚至以同样的方式与家人交流。〔46〕当他进行真正的或者虚构的通信时，所有这些压抑都可以被忘掉。他是如此投入，以至于他的朋友们会说："无论什么时候理查

---

〔44〕 *Correspondence*, I, liii.
〔45〕 *Ibid.*, VI, 120.
〔46〕 *Ibid.*, I, clxxxi.

第六章 私人经验与小说

逊先生觉得自己生病了，那都是因为他手里没有拿着一支笔。"[47]

仅仅笔本身就可能满足他的两种极为深层的心理需求，否则这些需求就会互相排斥：从社会中退避，以及情感的宣泄。"笔，"他写道，"嫉妒合群。我可能会说，它期望让作者的全部自我集中精神；每一部分都让作者退隐。"与此同时，笔还让作者从孤独中逃离而进入到一种理想的人际关系。如他写给维斯特扣姆小姐的那样，"通信的确是友情的黏合剂；这是通过手写和钤印而得到公然宣称的友情：我会说，这是建立在契约之上的友谊。在最纯粹的形式中，它比个人交谈更加单纯，却更加热烈，且更少被打断，因为它允许在准备写作以及写作过程中的思考"。[48]的确，理查逊的信念如此坚定，他认为书信交流给予了他情感上的满足，而这是被普通人生所否定的，他以一个启示性的然而错误的词源来支持他的看法："亲密书信的写作"，拉夫雷斯在《克拉丽莎》中解释说，"是从心写作……正如'心-回应'[Cor-respondence]这个词所意味的那样"，并补充说"不仅仅是心，其中还有灵的参与"。[49]

II

小说中的书信体在文学上的优势和不足已经得到过许多讨论。[50]其中不足尤其明显——如此连续不断地诉之于笔端让人不可

---

[47] 引自 Thomson, *Richardson*, p. 110。
[48] *Correspondence*, III, 247, 245.
[49] *Clarissa*, II, 431.
[50] 见 G. F. Singer, *The Epistolary Novel* (Philadelphia, 1933), 尤其是 pp. 40-59; F. G. Black, *The Epistolary Novel in the Late Eighteenth Century* (Eugene, Oregon,1940); 有关欧洲的背景，见 Charles E. Kany, *The Beginnings of the Epistolary Novel in France, Italy and Spain* (Berkeley, 1937)。

想象，以及这种方式所造成的重复和冗长，这些常常让我们认同拉夫雷斯的诅咒："去这笨鹅和这鹅毛笔的！"[51] 当然，主要的优势在于书信是那些实际生活中的作者内心最直接的实物证据。它们甚至比回忆录还要直接，用福楼拜的话说，书信是"现实的文书"，而且它们就是这样的一种现实，即向接受者和所讨论的人们揭示出作者主观和私人的动机，以及作者本人的内部存在。正如约翰逊博士写给施拉尔夫人的信中所说："一个男人所写的信……正是他内心的写照，无论什么通过了他的思绪，都会一览无余地以自然的方式被呈现出来。没有什么会被颠倒，没有什么会被曲解，你在它们的要素中见到体系，你从它们的动机中发现行动。"[52]

描写内部生活的主要问题本质上是一个时间范围内的问题。个人的日常经历由无休止的思想、感情和感觉的流动构成；但是最具文学性的形式——例如传记甚至自传——容易像时间的网眼一样太过粗糙而不能保留它的现实；而且在大部分情形下，记忆就是如此。然而，正是意识的这种一分钟接着一分钟的内容构成了个体性格真正的样子，并且规定了他与其他人之间的关系：只有通过与这种意识的接触，读者才可以完全参与到小说人物的生活中去。

对于日常生活里意识的最近似记录就是私人信件，而理查逊完全清楚他所称的"细微书写"技巧的种种长处。他在《克拉丽莎》的序言里对此长处有极为清晰的表述："作者写作所有这些书信时，他们的心一定完全被他们所要写的主题占据……因此这些书信不但充满了那些紧要的情形，也有那些所谓的'即时的'描述和思考。"理查逊认为，对行动所进行的一般现在时态的记述，也给予了他的

---

[51] *Clarissa*, IV, 375.
[52] Oct. 27, 1777.

作品胜过自传性回忆录的极大优势——笛福和马里沃曾使用过自传性回忆录作为他们叙事技巧的基础。因为,如一位同时期的批评家在一封信里所指出的——理查逊在《克拉丽莎》的后记里复制了这封信,"那些事件的细枝末节,那些派对上的情感与谈话"在他的方法中都"以全部的热情和精神被展现出来,而这热情与精神是正处其时、理应占据主导地位的激情所能引起的"。另一方面,"一般而言,传奇作品,以及马里沃的其他作品,都完全不可能实现这一点,因为它们以为根据一系列事件写作的历史会因为灾难而终止;这种情形表明了记忆的力量超越了所有的先例和可能的情形"。[53]

对不可能的情形的论证并不非常令人信服。书信体的方法绝不可能以其他的方式免受传奇作品的影响,而且两种方法必须以它们本来所是的面目被接受,这是文学上的惯例。但真实的情形是,使用书信体的方法会强迫作者去创作如此之类的内容,它们会被视为在自发地誊写主要人物对所发生事件的主观性反应,并促使他比笛福的实践更加全面地摒弃古典写作更加公开的选择性和总结性倾向。因为,如果事件在其发生很久后仍被记住,那么记忆会执行某种相似的功能,仅仅保留导致重大行动的内容而忘记所有暂时性的和没有结果的内容。

理查逊企图获得他在《帕美拉》的"编者序"里所称的对"每一情况之当下印象",这明显导致大量微不足道和滑稽的内容。他在叙事上的这一特点被申斯通进行了漂亮的戏仿:"于是我坐下来并写了这么些:这支笔在胡乱地画啊,画啊——为什么这样,这是怎么啦,现在?我问自己——这支笔出了什么毛病?因此我想我来

---

〔53〕Everyman版以及其他的版本都没有重印这些小说序言性的内容,也没有重印《克拉丽莎》重要的后记。这里的引用采自Shakespeare Head的版本(Oxford, 1930)。

结束这封信吧,因为我的笔总在胡乱地涂画……"[54]帕美拉对琐碎事情的重复以及她与自身交流的习惯完全是一种消遣;但是甚至在申斯通的戏仿里,尤其当读完它的全部内容时,明显的是,正是这种啰唆本身让我们极为接近帕美拉的内部意识;必要的是,该思想之流在这种方式下通常应该是转瞬即逝的、透明的,这样我们才能肯定没有什么被隐藏起来。毫无疑问,正是缺乏选择性使得我们更加积极地参与到所描述的事件和感情中去:我们不得不从一大堆周围的细节里挑出有关人物和行为的一些有意义的项目,这很像在真实生活里,我们企图从环境的偶然流动中汲取意义。这种类型的参与正是小说通常会引起的:它让我们感觉到我们所接触的不是文学而是生活本身未经加工的物质材料,就如它们在主要人物思想中被即时反映出的那样。

之前的书信写作传统不会鼓励这种叙述方向。例如,约翰·黎利的《尤弗伊斯》[*Euphues*,1579]也是一个以书信形式来讲述的典范性故事;但是,为了与他所处时代的文学和书信体传统保持一致,黎利的重点在于创造新的雄辩模型,人物和他们行动的重要性是居于第二位的。但是到了《帕美拉》的时代,大部分有文化的公众不在意典雅的修辞传统,使用信函的目的仅仅是与朋友分享他们日常的思想和活动;对于亲密书信写作的崇拜,事实上为理查逊提供了一个与私人经验的基调已相合拍的传声器。

理查逊在使用一种本质上是女性的,且从文学视角来看是非地道的书信写作传统,这一事实帮助他背离了传统的散文写作规范并让他使用这样一种风格,它完全合适于体现这样一类为他的叙事所关注的心理过程。在这里,如同在许多其他的事情上,他对自己的

---

[54] *Letters*, ed. Mallam, p. 24.

文学目标比他有时所允许的要更加有意识甚至更复杂。在《克拉丽莎》中至少有一个强烈的暗示，即就他的特定目标而言，他视自己的文学风格完全高于那些接受过经典教育的人：安娜·豪告诉我们"纯粹的学者们"过于经常"使用'比喻'来装饰他们的作品，他们陷入了夸大的言辞中，他们使用'崇高的'表达，堆砌'词语'而不是表达真情实感"；然而其他人"陷入了古典的泥沼，在那里打探和胡乱拼凑，从不去寻求表现他们自己的才能"。[55]

另一方面，理查逊和他的那些所受教育较少的女性通信者写的普通信件，都更简单且更少自觉：所有一切都服从于去表达写信时闪过脑海的那些思想的目标。这在理查逊所写的真实信函以及在他虚构的信函里都可以发现。例如，在以下写给布雷德莎福女士的这一段落里：

> 这里又有另一位他的灵魂所爱的人；但是带有尊重——嘘！笔啊，你躺下来！——一次及时的终止；我是在其他哪个地方停下来的？这位女士——忍受住这个令人动情的主题是多么难啊！但是我会忍受着。这位男子打算不这样——又继续开始了！今晚不再多写一个字。[56]

这里与奥古斯都时期的散文模式产生了完全的背离，但是它对于理查逊成功地转写出内心冲动与抑制的戏剧是一个重要的条件。

理查逊在小说中对于语言的使用，集中于创作他的人物在此环境下似乎可能写出的内容。对此进行的一个表达就是理查逊对流

---

[55] *Clarissa*, IV, 495.
[56] *Correspondence*, I, clx.

行词和习语的使用。例如，在《帕美拉》中，我们见到此类口语词如"肥-脸"，"不比他应该的样子更好"，以及"你用一根羽毛就可以把我打倒"[57]——用于喜剧或讽刺中既不优雅也不辛辣，然而却让人想起本书里道德和社会的环境。但是理查逊最具特点的语言上的创新是在词语上，也是在这里，他的目标是创造一种文学的工具，来更准确地传达心理活动的过程。例如，一位匿名的小册子作者抱怨理查逊创造的"许多新造词和习语，格兰迪森的'冥思地'[meditatingly]，瑟尔比大叔的'小心谨慎'[scrupulosities]，以及一大串不同的其他创造"，他担心，这些词语和习语会"被将来的一些编辑者通过辛勤的努力"转而"编辑成一部词典"。[58]碰巧，这些特殊的词语此前已经被使用过，尽管理查逊是独立地造了这些词。无论怎样，它们都显示出理查逊独特的文学上的途径："冥思地"显示出准确传达人物情感基调的需要；而"小心谨慎"是一个有用的缩写语，以揭示出大大小小的限制，它们支配着他笔下人物的内心世界。

特别有趣的是，切斯特菲尔德爵士似乎已经了解理查逊对于语言的合体与他着眼于新的文学目标之间的联系。他把理查逊未经考究的"闲话"与他"在进行描绘和令人心生兴趣两方面的渊博知识以及技巧"联系起来，并承认理查逊甚至曾"为那些可敬的小的秘密动作生造了一些表达"。[59]遗憾的是，他没有指明他所想到的那些词语，但是理查逊所实际生造的词语中有3个词可以

---

[57] I, 356, 6, 8.
[58] *Critical Remarks on Sir Charles Grandison, Clarissa and Pamela…By a Lover of Virtue*, 1754, p. 4. 申斯通在前面所引的段落里仿作了理查逊的新词，里面就包含了收录在《牛津英语词典》里 scrattle 一词的第一个用法。
[59] Letter to David Mallet, 1753; 引自 McKillop, *Richardson*, p. 220。

拿来为他的观点提供某种支持:"分娩让最轻浮的人变得'充满爱护之情'〔matronise〕"[60]就是用单独一个词表达全部复杂心理发展的一条证据;《克拉丽莎》为我们提供了用"个性"〔personalities〕表示"个人品质"〔indiviual traits〕的第一个有记录的用法,这远远早于它的单数形式的现代用法被确立起来的时间;而《查尔斯·格兰迪森爵士传》为我们提供了"女性特征"〔femalities〕这个词,该词确实"对瑟尔比先生的特征而言是一个独特但有表现力的词语"。[61]

书信的形式,于是,为理查逊提供了一条事实上的通往内心的捷径,并鼓励他以最大可能的准确性来表达他在此发现的东西,甚至以震惊文学上的传统主义者们为代价。其结果是,他的读者们在他的小说里发现了与他们内心感情相同的全部表达,以及相同的受人欢迎的往一个想象世界的隐退,这个想象世界充满着比日常生活所提供的还要更加亲密的令人满意的人际关系,它们为理查逊的写作提供了这些:事实上,作者和读者都在继续着这些倾向和兴趣,而这些倾向和兴趣起初就引起了《帕美拉》叙述模式之形式基础的发展——对亲密信函写作崇拜的发展。

III

在舞台上,或通过口头叙述,书信形式的亲密和隐私效果就会丧失:印刷是这类文学效果的唯一媒介。对于现代城市文化而言,它也是唯一可能的交流模式。亚里士多德认为城市的合适规模

---

〔60〕 *Familiar Letters on Important Occasions*, 1741, Letter 141;《牛津英语词典》所给出的第一个词条,理查逊也给出过,见 *Grandison*。

〔61〕 *Grandison*, VI, 126.

应该受限于市民在一个会议场地处理他们各种事务的需要;[62]超过了这个规模,文化就不再是口头的,而写作就成为内部交流的主要手段。随着后来印刷术的发明,出现了现代城市化的那种典型特征,路易斯·芒福德称其为"纸张的伪环境",由此"可见和真实之物……是仅仅已被转换到纸张上的东西"。[63]

难以对这种新媒介在文学上的重要性进行分析。但至少清楚的是,所有主要的文学形式起初都是口头的,并且在印刷出现之后,这种情形还继续影响着它们的目标和惯例。例如,在伊丽莎白时期,不但诗歌,甚至散文的创作仍然主要考虑需要通过人们的声音来表演的因素。同取悦恩主相比——他们的趣味是在旧有的口头模式上形成的,文学最终被印刷出来还是一个小事件。直到新闻的兴起,一种新形式的写作才兴盛起来,它完全依赖于印刷行为,而且小说可能是唯一在本质上同印刷这一媒介相关联的文学类型:所以,我们的第一位小说家本人就应是一位印刷商,这是非常合适的。

理查逊依赖于他的生意来取得他的一些独特的文学效果,这一点被F. H. 威尔科克斯 [F. H. Wilcox] 所关注。"理查逊写作中特有的印刷形式,"他指出,"见证了他忠于实际存在的事实的激情。没有哪位英国作家如此懂得标点符号在文学上的重要性……就实际交谈的语调和节奏而言。"[64]理查逊自由地运用斜体、大写的字母,以及破折号来表示一个不完整的句子,这当然会帮助传达对现实进行一种文学转写的印象,尽管它们一定会被他的许多同时代人视为仅

---

[62] *Politics*, Bk. VII, ch. 4, sects. ii-xiv.
[63] *Culture of Cities*, pp. 355-357.
[64] "Prévost's Translations of Richardson's Novels," *Univ. California Pubs. in Modern Philology*, XII (1927), p. 389.

仅是对文学风格的常规资源进行不完美的处理的结果。的确,他们的观点或许能在《克拉丽莎》里两个非常突出的印刷设计中找到某种证明:女主人翁在其狂热中表现出的不连贯的情感爆发,以混乱的诗性片段表达出来,这些片段模仿"第10页"上她最初狂乱的涂画而在纸张上以不同的角度印刷出来;而拉夫雷斯最后的喊叫"让我来补偿吧"则以特大号的大写字母来印刷。[65]

然而,理查逊以其他的更重要的方式来利用他的媒介资源。印刷,作为一种文学交流的模式,有着来自于它的完全超然性的两个特点:它们可以被称作印刷的权威性和错觉,并且它们给予了小说家在叙事方法上的极大灵活性,因为它们让他能够不费力地在公共和私人声音之间进行调整,在交易所的现实与白日梦之间进行调整。

印刷的权威性——即所有印刷之物都必然真实这一印象——在很早就建立起来。假如奥托吕科斯[Autdycus]的民谣作品被印刷出来,莫普萨会"肯定它们都是真实的"。[66]《唐·吉诃德》里的旅馆主人对于传奇故事有着相同的信念。[67]印刷物,对于读者而言,是人性不会犯错的样本——演员、诗人或者演讲者不必去证明他们自身是值得信任的:它是一种物质性的现实,可以被整个世界看见,并且比其中的每一个人都要活得久。印刷之物没有任何的个性、误差范围和个体特质,而这些甚至在最好的手稿中都有保留;它更像是一份客观的许可令,它——部分原因是国家和教会将它们的信息印刷了出来,并且这媒介是如此神圣——接受了全体社会许可的标记。我们不会,至少本能反应地,去质疑印刷出来的东西,

---

〔65〕 *Clarissa*, III, 209; IV, 530.
〔66〕 *The Winter's Tale*, Act IV, sc. iv.
〔67〕 Part I, ch. 32.

直到经验让我们变得聪明起来。

明显地,笛福极大地利用了印刷的权威性:他的故事倾向于对事件进行完全客观的、历史的叙述,这是新闻和报告文学所使用的方法。报纸的本质在于,它要扮成客观的样子,以防止读者询问"谁编造的这些?"

印刷的客观权威性还得益于它有能力确保对读者的主观性人生进行完全的渗透。这种机械性制作并因此千篇一律的信件在纸张上被设置为具有绝对的一致性,当然,它们比起任何手稿都拥有更多的客观性,但同时,我们可以更加不经思考地对它们进行阅读:我们停止了对眼前印刷物保持清醒的认识,而完全把自身交给了一个印刷版小说所描述的虚幻世界。这种效果又被以下的事实加强,即我们通常是在独自阅读,而且正在其时,那本书就变成了我们个人生活的一种延伸———一种我们随身装在口袋里或放在枕头底下的私有财产,它讲述着一个在日常生活里没有人大声讲出过的私密世界,这个世界之前仅仅在日记、忏悔录或亲密信函里被讲出过,这些形式的表达单独地对某一个人发言,无论他是作者本人、牧师或者作者的密友。

小说表演方式的私人性质对于《帕美拉》或者《克拉丽莎》的作者和读者而言是必需的。可能的情况是,因为心理原因,理查逊,如他本人所说,只可能变成一位以"编者性格的阴影把(他本人)遮挡在身后"的作者;[68]而对于读者而言,一个群体的反应倾向于与相同个体在独处时所做出的反应极为不同,这是一个被普遍观察到的事实。理查逊非常清楚这一点。当可敬的勒文博士敦促克拉丽莎把犯下强奸罪行的拉夫雷斯送去公开审判时,她非常现实地回答说:

---

[68] *Correspondence*, I, lxxvi.

"我在法庭上只有一丁点优势……其中的一些请求可能会对我有利，然而在法庭之外，这些请求对于私下的、有着严肃关切的观众而言，则会给他带来最大的压力。"对这些事件的一个简单明了的总结，可能意味着克拉丽莎在自作自受；只有完全了解她的情感和愿望，以及确信拉夫雷斯足够理解这些方面而意识到他侵害的严重性，我们才能够明白这个故事的真正本质。这一点在由安布罗斯上校举办的一个精彩的舞会场景中得到了进一步表现，在舞会上，拉夫雷斯确保自己被一群参与社交的人所接受，而这群人中的许多成员是克拉丽莎的朋友并且了解他对克拉丽莎的所作所为：甚至安娜·豪都不能够公开进行她的情感所要求她进行的有效抗议。[69]

《克拉丽莎》在这一点上是一个极端的例子。理查逊的公正且匿名的角色让他把自己秘密的幻想投入到隔壁一间神秘的房间：印刷的私密性和匿名性让读者藏在锁孔之后，而他也能在此不被注意地窥视并目睹强奸行为怎样蓄势，企图发起并最终得逞。读者和作者都没有违犯任何规范：他们所处的情势几乎与曼德维尔笔下有操守的年轻女子所处的情势完全一样，而她对于两性的公开和私下态度表现出令人好奇的两重性。她在公开场合表现出的谦逊很容易被扰乱，但是"当在房间里身旁是同样一位有操守的年轻女子时，让她们尽情地进行淫秽的交谈，在这里她肯定她不会被他人察觉，她也会毫不害羞地听着，即使不是仔细倾听的话"。[70] 足够讽刺的是，理查逊本人似乎使用了相同的辩论为自己辩护，以针对那些责难他的人，因为他们认为《克拉丽莎》中的"火热"场景超出了"体面的界限"。他或者自己亲自动手写作，或者鼓励厄本先生操刀，在

---

[69] *Clarissa*, IV, 184, 19-26.
[70] "Remark C," *Fable of the Bees*, I, 66.

《绅士月刊》中说,"该性别的体面人儿……可能忍受不了那些在成千的目击者面前发生在现实行动中以及在舞台上的场景,而她可能不认为在私室里应该拒绝这些事情"。[71]

于是,印刷机提供了一种文学的媒介,它面对公众态度的审查相比舞台具有少得多的敏感性,并成为一种在本质上更合适于私人情感和幻想交流的事物。这一点所带来的一个结果在小说后来的发展中非常明显。在理查逊之后,许多作家,出版商和流通图书馆的运营人员开始进行大规模的小说创作活动,仅仅是为做白日梦提供机会。至少,这是柯勒律治在《文学传记》里一个段落中所表达的令人难忘的观点:

> 至于那些倾心于流通图书馆的人,我不敢以阅读的名义去恭维他们如此"打发时间"或"消磨时间"的方式。毋宁把它称作某种乞讨式的白日梦,做梦者的思想在梦中为梦本身除了添加懒惰和一点矫情的情感之外别无所有。而这一剂量里的全部"实物"和意象是"从外部"由印刷间里生产出的"暗箱"提供的,这个"暗箱"暂时固定、反射,以及传送了某个人痴狂的动人幻象,以至于人们的成百上千个荒芜的脑袋遭受着相同的痴迷或者失去所有基本的理智和所有确定的目标……[72]

然而,对于理查逊而言,做出下述暗示是不公平的,即他从印

---

[71] 引自 Dobson, *Richardson*, pp. 100-101。
[72] Ed. Shawcross, I, 34, n.

刷所提供的他本人与读者之间的私人通道取得的主要优势,更多是将他自己白日梦的内容呈现给读者,较少是让对因审查而不能公开呈现之行动的描述变成可能。因为尽管已经谈过很多理查逊的"锁孔眼里的人生"——毫无疑问,他有时会将其用于一些于道德有害的目的,但它也构成了必要的基础让他为文学探索打开了私人经验的新领域。毕竟,我们必须记住这个术语本身仅仅只是暗喻的轻蔑形式,借助它,另一个伟大且专注于表现内在生活的学生,亨利·詹姆斯,表达了他对作者需要保持公正与客观的信仰:对于他而言,小说家族里的小说作家的角色,如果不是从锁孔里偷窥的偷窥者,至少也是"站在窗边的观察者"。[73]

IV

许多社会和技术的变化因此一起有助于理查逊表现人物的内在生活,以及他们人际关系的复杂性,这比在之前文学中所曾见过的更加完整且更令人信服。反过来,这又引发了读者与这些人物之间深刻得多且绝对的认同。出于一些明显的原因:我们让自己认同的不是行动和情景,而是行动和情景中的行动者,而且此前从未有过如此机会让我们可以毫无保留地参与到小说人物的内在生活中去,如同理查逊在她们的书信中对帕美拉和克拉丽莎的意识流动进行呈现时所提供的那样。

当代对于理查逊小说的接受清楚地显示了这一点。例如,艾伦·希尔在一封信里——理查逊在《帕美拉》极为重要的序言中对

---

[73] 见 *Portrait of a Lady* 和 *Wings of the Dove* 的序言, in *Art of the Novel*, ed. Blackmur (London, 1934), pp. 46, 306。

其进行了复述，描绘了当他一边阅读时，他怎样轮流化身为所有的人物："不时地，我变成了瑞士人科尔布兰德；但是，当我以那个人物的身份同样大步跨越时，我永远也不能逃脱朱克丝夫人的纠缠：她通常让我晚上不能入眠"；[74]而爱德华·扬把《克拉丽莎》视作"他最后的爱"。[75]狄德罗的证词表明，理查逊的人物在法国也被看作完全真实的人物。在他的《理查逊颂》[*Éloge de Richardson*，1761]中，他讲述了当他阅读《克拉丽莎》时，他怎样不由自主地向女主人翁大声叫喊起来："不要相信他！他在欺骗你！如果你跟他走了，你会被毁掉的！"当他的阅读要接近尾声时，他"感受到了与人们所感受到的相同的激动，就像准备同一起生活了多年的亲密朋友们分别"，并且当他已经结束阅读时，他"突然感到他被孤独地抛在一边"。的确，这种经历让人如此心力交瘁，以至于当他的朋友们随后见到他时，他们疑惑他是否曾经生过病，并询问他是否有友人或者双亲中的某位去世。[76]

在某种程度上，认同无疑对于所有文学而言是必需的，如同它对于生活而言也是必需的一样。人是一种"充当角色的动物"；当他无数次放开自身进入到他人的思想和感情中，其结果就是他变成了人类并发展了他的个性；[77]而所有的文学明显依赖于人的这种可以投射到他人和他们情景中的能力。例如，亚里士多德关于净化[catharsis]的理论，就假设观众在某种程度上把自身认同为悲剧英雄：你如何能被净化，如果不食用相同剂量的盐巴的话？

然而，希腊悲剧，如同小说出现之前的其他文学形式那样，包

---

[74] *Pamela*, 2nd ed., 1741, I, xxx.
[75] Richardson, *Correspondence*, II, 18.
[76] *Ceuvres*, ed. Billy (Paris, 1946), pp. 1091, 1090, 1093.
[77] 关于这一点，见 G. H. Mead, *Mind, Self, and Society* (Chicago, 1934), 尤其是 pp. xvi-xxi, 134-138, 173, 257。

含了限制认同所可能发生范围的许多元素。公开戏剧表演的环境,英雄的高尚性及其命运的特别可怕之处,所有这些都提醒着我们去想到观众,他们所见之物不是生活本身而是艺术;也让我们想到一种艺术,它在描写着非常不同于观众自己日常经验所提供的人以及情景。

另一方面,小说内在地缺少限制认同的元素,并且这种凌驾读者意识之上的更加绝对的权力做出许多努力,以在总体上对小说形式的优势和缺陷做出说明。一方面,它在探索伟大小说作家作品中的个性与人际关系方面具有无可比拟的微妙之处;对于D. H. 劳伦斯而言,"小说广泛的重要性"在于它能够"告知并带领我们同情之意识的流动抵达各种新的地方……引领我们的同情从已走向死亡之物那里后退……揭示出生命里最隐秘的地方"。[78]另一方面,凌驾于意识之上的相同权力,远不是扩大心理和道德认识,它让小说的这种角色成为可能——即作为替代性性经验和帮助青少年达成愿望的受人欢迎的承办者。

理查逊在小说传统中具有独特的地位,因为他开启了这两个方向。每一种发现都富于反讽意味,因为它易于受到如此不同用法的影响,但是在这些歧异的用法中有一个特别完整的反讽,而理查逊把他在第一部作品中的文学发现置于其上:因为《帕美拉》既是一项非常了不起的心理学研究,也是一项探索,如切恩在写给理查逊的信中所称的那样,是对"像一位礼貌之士以及一位深沉基督徒"的圣保罗所曾禁止之事的探索,他写道:"提起那些你暗中所做之事,是你的羞耻。"[79]

---

[78] *Lady Chatterley's Lover*, ch. 9.
[79] *Letters to Richardson*, pp. 68-69.

切恩是在暗示菲尔丁在《莎美拉》中非常极端的指责——认为《帕美拉》的风行是因为它提供了替代性的性欲刺激这一事实。有趣的是，在托马斯·提克特克斯特［Thomas Tickletext］的一封导言性的信函里也出现过这一指责，该信非常近似地戏仿了艾伦·希尔对理查逊与他笔下人物实现完全认同的能力的一篇赞颂。提克特克斯特写道：" ……假如我放下这本书，它会在身后追随我。当它整日如此之久地萦绕于我耳际，我整晚就会浮想联翩。它的每一页上都有巫术。——唉！甚至当我读到这一句，我都感受到了一股情感：我想我在这一刻看到了帕美拉，（看见了）她不加掩饰的骄傲。"

菲尔丁的嘲讽并非不应该；例如，《帕美拉》中的一些场景比薄伽丘《十日谈》里的一切更具性暗示的意味，尽管考虑到理查逊的道德意图，第一眼难以明白为什么应该这样。一个原因当然是在理查逊和他的社会里围绕着性的问题有更大的隐秘。在薄伽丘那里，男女主人翁都自由地公开表达他们关于两性的感觉；并且他们的行为以口头方式向一群男女混合的听众讲述出来，而没有任何人感觉到非常震惊，甚或激动。理查逊世界里的事物则很不一样，而围绕着性生活的隐秘意味着：B先生采取的每一步骤，对理查逊读者受惊的注意力所产生的吸引，相比薄伽丘关于性行为本身的描写对读者注意力的吸引要全面得多。

另一个原因可能在于理查逊的描写所表现出的表面上的庄重——劳伦斯生动地将其描述为理查逊对"白棉布的纯洁与内衣裤的兴奋"的结合。[80] 赞成《帕美拉》的道德家们可能已经注意到丹尼斯的观点，"目前，一些人对淫秽之事感到害羞，而对爱情又如此喜爱，这是一个极大的谬误。淫秽之事不会非常危险，因为它粗

---

[80] "Introduction to These Paintings," *Phoenix*, ed. MacDonald (London, 1936), p. 552.

鲁并令人震惊；但是爱情是一种激情，它特别适合于败坏本性的诸般行动，以至于看到它被生机勃勃地谈论并常常被呈现出来，一种色情的倾向会让自身不为人察觉地悄悄进驻最纯洁的内心"。[81]的确，有理由相信理查逊本人并非不清楚这里的相互矛盾之处；他轻蔑地评论斯特恩说，"他的作品中存在一种情有可原的情形，即它们太过粗俗而不会引起人们的激情"。[82]他可能对薄伽丘做过相同的评论，而且我们也可以回应说，没有作品比《帕美拉》里的一些段落更少粗俗而更多"引发激情"。

然而，理查逊所描写的性爱场景具有比薄伽丘的更多暗示性的主要原因，仅仅在于所涉及的行为者的感情更加真实。我们不可能认识薄伽丘《十日谈》里的人物，因为他们仅仅是表现一个让人开心的情景的必要道具；我们确实了解理查逊笔下的人物，而他关于人物对每一事件的反应所进行的详尽描述，让我们想象我们正参与到每一次令人陶醉的主动示爱和受挫后退中，正如在帕美拉激动的情感里所反映的一样。

然而，对于《帕美拉》以及由其开始的小说传统的主要非议，可能并不过多地在于它的淫秽色彩，而是它为传奇作品里古老的欺骗带去了新的能量。

毫无疑问，《帕美拉》的故事是古老的灰姑娘主题的一个现代变体。如这两位女主人翁本来的职业所表明的那样，这两个故事本质上弥补了普通家庭生活里的单调乏味和有限视角。通过把自身投射到女主人翁的位置，《帕美拉》的读者能够把现实世界里的非人

---

[81] "A Large Account of Taste in Poetry," *Critical Works*, I, 284.
[82] *Correspondence*, V, 146.

格性和单调转变成一个令人满意的范型，其中的每一个元素都被转变成能带来兴奋、羡慕和爱情的东西。这些都是传奇作品吸引人之处，而理查逊的小说处处都携有作为它起源的传奇所具有的各种印记——从帕美拉的姓名，它是西德尼《阿卡迪亚》[*Arcadia*]里公主的名字，到她提出要在自然之中寻找庇护之所并"像冬天里的一只鸟一样以蔷薇果和山楂果来生活"时，她所主张的是田园中女主人翁摆脱经济和社会现实的自由。[83]但它是一部与以往不同的传奇作品：神仙教母、王子和南瓜车被代之以道德、肥胖的乡绅以及六匹马拉的大马车。

毫无疑问，除自己作品之外几乎从不赞美任何小说的理查逊，忘记了他近乎是在提供与他所讥讽的传奇作品几乎相同的快感。他的注意力如此大量地集中在发展一种比虚构作品里所曾见过的更加精致的表现技术，以至于它容易忽略它所被应用于其上的内容——忘记了他的叙事技巧实际上被用来重新创造白日梦中的虚假现实主义，为反对所有障碍的以及与每种期望相反的胜利制造出一种真实的气氛，在最后的分析里，这种胜利如同传奇作品里的任何胜利一样，都是不可能的。

传奇与形式现实主义二者的结合既应用于外部行动，也应用于内在感情，这一公式解释了流行小说所具备的能力：在一个文学性的指导中，它满足了它的读者所怀有的浪漫热望。这个指导对背景的介绍如此丰富，对思想和情感每一刻细节的叙述如此完整，以至于从根本上说，对读者之梦的不真实逢迎似乎是完全的真实。由于这一原因，流行小说明显易于受到严厉的道德审查，而神话或传奇则不会：它假装是其他的某物，并且主要因为属于形式现实主义的

---

[83] *Pamela*, I, 68.

新力量，作为理查逊给予它的主观性方向的结果，流行小说比以前的任何虚构性作品更加隐秘地混淆了现实与梦之间的差异。

当然，这一混淆本身并不新鲜，至少自《唐·吉诃德》以来就是这样。但是假如我们就小说的效果而言，把《唐·吉诃德》同它的经典对等物《包法利夫人》进行比较，小说形式在行动和背景上明显的现实主义以及它对于人物感情生活的聚焦就变得显而易见。毕竟，唐·吉诃德是疯狂的，并且由传奇在行动中所造成的扭曲书写也是疯狂的——扭曲书写荒谬的非现实性对于所有人，甚至最终对于唐·吉诃德本人而言是明显的；然而爱玛·包法利对于现实和她在现实里角色的构想，尽管同样被扭曲书写，可是不被她或其他任何人如此看待，因为它的扭曲书写主要存在于主观性的领域，并且进行这些扭曲书写的企图不会牵涉到任何同塞万提斯笔下男主人翁一样的与现实的明显冲突：爱玛也曲解了现实，却不是关于羊群和风车，而是关于她自身和她的人际关系。

在这一点上，爱玛·包法利不由自主地称赞了如下这种方式，小说在此方式里进入内在生活，并给予它比传奇更加普遍和更为持久的影响，而且逃离或评估这种影响要困难得多。的确，就这种影响而言，文学品质的问题不具备首要的重要性。无论好坏，小说之于私人经验的力量已经让它成为关于现代意识期望和雄心的一个主要的形式化影响；正如斯塔尔夫人所写："……小说，甚至最纯净的小说，都会使人困扰；它让我们过多了解到情感中最隐秘的东西。如果现在我们没有事先阅读，甚至无法体会任何事物，遮住心灵的面纱都已被撕开。恐怕正因为如此，古人才没有把灵魂作为虚构作品的主题。"[84]

---

[84] *De l'Allemagne*, p. 84.

小说在专注私人经验和人际关系方面的进展与一系列的悖论相关。读者对文学里所曾见到的虚构性人物最强烈的替代性认同，是通过利用印刷作为交流媒介最客观、公正以及公开的特点而制造的，而这是悖论性的。接下来具有悖论性质的是，在城郊，城市化的进程已经导致了一种生活方式，它与以前相比更加隔阂且更少社交；与此同时，它帮助产生了一种文学形式，与以前的任何文学形式相比，它较少关注公开事务，而更多关注生活的私人方面。最后，还具有悖论性质的是，这两种倾向一起协助了最显著的现实主义的文学类型，使其变得比以前的任何文学类型更能彻底地颠覆心理的和社会的现实。

但是小说也可以带来巨大启发，因此自然的情况是，我们对于该类型本身以及它的社会语境的情感应该是混合的。或许，对此问题在其所有可疑情形下最具代表性和最全面的表现，见于理查逊所开启的这种形式潮流最重要的顶点上——詹姆斯·乔伊斯的《尤利西斯》[*Ulysses*]。没有一本书在对意识所有状态进行如实摹写上曾超越过它，并且也没有一本如此写作的书比它更完全地依赖于印刷这一媒介。更进一步，如路易斯·芒福德所曾指出的，它的主人翁是城市意识的一种非常完整的象征，反刍着"报纸和广告的内容，生活在未实现的欲望、模糊的向往、无力的焦虑、病态的强迫和沉闷的空虚之中"。[85] 作为一位专注于寻求由《罪恶的糖果》[*Sweets of Sin*]之类的小说所提供的替代性性能力的读者，利奥波德·布卢姆也是具有代表性的，而他与他妻子的关系，尽管不那么理想，也因为他们对于此类快乐和对于从它们那里获取的陈词滥调的着迷而得到渲染。同样具有典型的城市特征，布卢姆不属

---

[85] *Culture of Cities*, p. 271.

于任何一个社会团体，而只是表面上参与了许多这些团体；然而，没有一个为他提供了充满爱的理解和他所渴望的稳定的人际关系，而他的孤独让他想象在史蒂芬·迪德勒斯的身上找到了民间传说和白日梦里的有魔法的救助者，即戴维·辛普尔所寻找的"真正的朋友"。

布卢姆身上没有一点儿英雄的色彩，在哪一方面都没有什么突出的；乍看上去，很难明白为什么有人想要去写作关于他的事情；的确，只有唯一的一个原因，这也是小说一般借此存在的原因：尽管所有的事情都可以拿来反对布卢姆，但是他的内在生活，假如我们可以进行评判的话，比他在《荷马史诗》中的原型的内在生活更加多样，更加有趣，当然对自身和他的人际关系也更加自觉。在这一点上，利奥波德·布卢姆也是我们在此所关注的种种倾向中的顶峰；而理查逊，当然是他精神上的近亲，必须以相同的原因对其进行解释，或许，也须以相同的原因为其进行辩护。

第七章

小说家理查逊:《克拉丽莎》

1741年初,理查逊向艾伦·希尔解释说,他创作《帕美拉》是希望它"或许可能引入一种新类型的写作"。[1]这一声称比菲尔丁提出的时间更早——菲尔丁是一年后在《约瑟夫·安德鲁传》的序言中提出的,该声称还表明,与笛福不同,理查逊是一位更为自觉的文学革新者。

关于《克拉丽莎》,肯定没有任何偶然性的因素,它的情节在1741年就在他的思想中形成,而它的实际创作则从1744年开始,到1749年最后几卷被印刷出来,他一直为此持续地忙碌:以下事实不存在任何疑问,即通过创造一种文学结构——在此结构内,叙述模式、情节、人物和道德主题都被组织进一个统一的整体,理查逊在《克拉丽莎》中比在《帕美拉》中甚至更彻底地解决了仍然困扰小说的主要形式问题。因为,尽管《克拉丽莎》大约有100万字,且几乎可以确定是用英语写作的最长的小说,理查逊有理由宣称:"尽管这部作品很长,但是它没有一处跑题,没有一个插曲,没有一节沉思,所有的一切都是从该主题里自然产生的,朝向这个主题的,并推动着主题往前发展。"[2]

---

[1] *Correspondence*, I, lxxiii-lxxiv; 关于它的日期,见 McKillop, *Richardson*, p. 26, n。
[2] McKillop, *Richardson*, p. 127。

I

理查逊在《克拉丽莎》中对于书信形式的使用,比他在第一部小说中的情形更好地适合于表现人际关系。在《帕美拉》中,只有唯一的一种主要的通信——女主人翁与她父母之间的通信;结果导致没有直接表现B先生的观点,而且我们关于帕美拉本人的画像也完全是片面的。这就造成了一个与《摩尔·弗兰德斯》非常相似的关键性问题,即难以了解女主人翁对自己性格和行动的阐释在多大程度上是可以被接受的。但这一对比能够继续下去,因为理查逊实质上只有一个叙事来源,即帕美拉本人,这一事实意味着不但他本人作为编辑者必须不时对情节进行干预,并解释帕美拉如何从贝德福德郡到达林肯郡这一类的事情;而且更重要的是,书信体传统本身逐渐在解体,书信变成了"帕美拉的日志",因此造成了小说后来的情形与笛福的自传性回忆录并无不同的叙述效果。

然而,在《克拉丽莎》中,书信体的方法承载着故事的全部重量,因此,如理查逊在其后记里所说的那样,与其说它是一种"历史",不如说它是一种"戏剧性叙事"。的确,它与戏剧之间主要且明显的差别是有重要意义的:人物表达自己不是通过讲话而是通过写信,这一区别完全与所涉戏剧矛盾的内倾性和主观性是一致的。这一矛盾也为理查逊组织其叙事的方式进行了证明,该叙事方式是"在两位年轻有德行的女士之间……以及两位生活放任的绅士之间进行的双重但各自分开的通信"[3],这一基本的形式区分既是对性别角色两分的一种表达——两性角色是理查逊小说主题的中心——也是人物坦率进行自我揭示的一项必不可少的条件,而这种自我揭示

---

[3] "Preface," *Clarissa*. 关于此主题,见A. D. McKillop, "Epistolary Technique in Richardson's Novels," *Rice Institute Pamphlet*, XXXVIII (1951), 36-54。

本来会被混杂的通信抑制。

因此，使用两组平行的信函具有极大的优势，但也呈现出相当多的难题；不仅因为许多行动不得不单独并因此重复地被叙述出来，也因为在两组不同的去信与回复之间存在着分散读者注意力的危险。然而，理查逊通过如此一种方式对于叙事顺序的处理，可以把这些劣势降到最低的限度。有些时候，主要的人物对于种种相同事件的观点如此不同，以至于我们对于重复没有感觉；而在其他一些时候，他又以编者身份进行干预，解释说有些信件已被浓缩或被精减了——碰巧的是，这两种干预之间的区分是一个重要的区分：一种干预仅限于阐明对原始文件的处理，而另外一种存在于《帕美拉》中——在该书中，作者变成了叙述者。

然而，理查逊解决这一叙事问题的主要方法，是为我们提供来自一方或另一方的大扎的书信，并以一种方式来组织这些主要的写作单元——即在行动和讲述行动的方式之间存在一种重要关系。例如，一开始，克拉丽莎与安娜·豪之间的通信占据了头两卷的大部分内容。正是只有当她们的主要性格和背景已经完全被确立起来，克拉丽莎迈出了决定命运的一步，并把自身置于拉夫雷斯的权力控制之下时，主要的男性通信才宣告开始并立即揭示出克拉丽莎所处环境的全部危险性。故事的高潮部分引出另一个非常有效的对照性内容：拉夫雷斯简短地宣告了强奸一事，但是读者不得不忍受几百页令人痛苦的期待，才听到克拉丽莎对该事件以及对此事之前一些事件进行叙述的片言只语。到此时为止，她的死期已近在眼前，并且它促成了另一个对书信体模式所进行的重大的重新组序：僵化的通信渠道被一系列围绕着克拉丽莎的信函以令人羡慕和焦急的关注所打断，而拉夫雷斯则变成一位越来越孤立的人物，以致他最终的死讯要由一位旅行的法国男仆来报告。

理查逊要防止因为大量多样化辅助手段的使用，而让他处理主要书信体结构的根本性简明特征变得直白或令人厌烦。首先，在男性和女性通信的两个完全不同的世界之间进行对比；并且在它们中间，还对人物和性情进行进一步的对比：克拉丽莎令人焦虑的克制与安娜无所顾忌的畅谈被并置在一起，拉夫雷斯拜伦式的多变性情衬托着贝尔福德书信里透露出的渐增的清醒。不时地，对新通信者的引入又进一步提供了在语调上的对比，如克拉丽莎笨拙的舅舅安东尼，拉夫雷斯没文化的仆人约瑟夫·雷曼，那位可笑的卖弄学问的布兰德；或通过纳入构成对比类型的事件，从详细描写辛克莱夫人之死在道德和形状上的悲惨，到一些拉夫雷斯所参与的化妆场景中的社会喜剧。

因为——与一般的看法相反——理查逊拥有相当可观的幽默天赋。许多来自于他非故意的幽默，而《克拉丽莎》当然不能免于这类幽默——看看这一封信，其中克拉丽莎告诉她的剑桥大学毕业生哥哥，她"有理由讲出来，'我已听到人们常评论说，你不受控制的激情并未为你所接受的博雅教育增光'，对此我非常遗憾"。[4] 但是，在小说中还有大量有效的自觉性的幽默；菲尔丁在寡妇毕维丝身上发现了"许多真正喜剧性的力量"，[5] 从人物之间以及他们非常不同的标准和假设之间的相互影响中，许多非常生动且具嘲弄性的反讽被制造出来，尤其在此书的中心部分。一个简短的例子一定足够对此进行说明。在辛克莱夫人客厅里吃过晚饭后，在克拉丽莎还未意识到家庭的真正性质之前，拉夫雷斯不加渲染地汇报了克拉丽莎的赞许性评论，这番评论关于放荡的萨莉·马丁极具想象性地

---

[4] I, 138.
[5] 这封写给理查逊的信被 E. L. McAdam, Jr., 发现，并由他发表于 "A New Letter from Fielding," *Yale Review*, XXXVIII (1948), 304。

要与一位羊毛布料商进行联姻的前景:"马丁小姐对于婚姻以及对她谦卑的佣人特意说的话,是非常可靠的。"[6] 该评论增强了人们对于克拉丽莎好心的无知所感到的同情,并继续引导着我们去欣赏这一场景的全部反讽,该反讽依赖于如下事实,即正是拉夫雷斯嘲弄性地给贝尔福德写信谈到克拉丽莎对于所谓"非常可靠"的喜好。

理查逊在使叙述节奏多样化中也表现出极大的技巧性:例如,在进行一次特别长时间的准备之后,强奸的事件被如此迅速地报道出来,以至于它像一次意外的事情而出现,它的全部影响通过随后缓慢发展的沉重恐怖的气氛而产生回响。如此之类计划过的更改与行动本身的要旨结合起来,产生了一种令人好奇并完全独特的文学效果。理查逊特别缓慢的叙事节奏传达出一种受到轻度抑制的持续紧张意味:这种自制的、几乎处于行进中的叙事节奏,带有常常突然陷入野蛮或歇斯底里的特征,其本身就是对《克拉丽莎》里所描述的世界在形式上的完美规定,在该世界里,压抑性传统和与生俱来的虚伪的平静外表暂时地——但仅仅是暂时地——受到了由它引发却又掩盖的隐秘暴力事件侵入的威胁。

理查逊在人物塑造上与在书信体技巧上一样仔细和纯熟。他在后记里宣称"人物是多样的且是自然的;非常突出并获得了统一的支持和维系";他的论断在非常大的程度上是合理的。所有具备某种重要性的人物都被给予了完整的描写,其所记述的不但包括他们身体和心理的特征,还包括他们过去的生活以及他们的家庭分支和人际关系;而在"据称为贝尔福德先生所写的结语"中,理查

---

[6] II, 221.

逊预告了小说后来的一种传统，即承认他对所有"戏剧人物"所负有的责任并通过对他们后来的生涯进行简短交代来终止他的叙事。

的确，许多现代的读者，觉得克拉丽莎太好而拉夫雷斯太坏，以至于这不太可信，但在理查逊的同时代人看来却非如此，如他在后记里所记述的那样，这些人让他恼怒，一方面，他们倾向于谴责女主人翁"在爱情中太冷淡，太骄傲，甚至有时还具有挑衅性"，而另一方面，他们又屈从于男主人翁轻佻的魅力。"唉，真不可思议，我碰到欣赏拉夫雷斯的人比欣赏克拉丽莎的人还要多"，理查逊向格兰恩格小姐哀叹道，[7] 尽管存在如下的事实，即他在最初的文本中已经加入脚注对拉夫雷斯的残忍和口是心非进行了强调。对待理查逊笔下主要人物的这一非常不同的态度一直持续到19世纪：例如，巴尔扎克在1837年认为，通过提问"在一位克拉丽莎式的人物和一位拉夫雷斯式的人物之间，谁能进行判断？"[8] 来说明一个问题总是具有两面性，这一观点是恰当的——这种提问当然是刻意使用了一种修辞性的辞藻。

另一方面，毫无疑问，理查逊意图中的主要部分是要把克拉丽莎树立成女性道德的典范——他在序言里非常明白地陈述说，她被"预设为她的性别里的模范"——而这在我们与女主人翁之间插入了大量的阻碍。当我们被告知克拉丽莎懂得一点拉丁文，在词语拼写的正确率上很突出，甚至是"一位精通代数四则运算的女教师"，我们发现这是一种激起对她恰当敬意的笔调。克拉丽莎对于时间的系统性分配似乎显得荒谬，假如她偶尔花了超过每天分配给写信这一乐事的3个小时的时间，她会持续以难以置信的薄计方法记下这

---

[7] 引自 McKillop, *Richardson*, p. 205。
[8] *Les Illusions perdues* (Paris, 1855), p. 306.

样的条目:"慈善拜访条款下之债务人,如此多个小时";当克拉丽莎哀叹她的沦落剥夺了她拜访"我的那些贫穷邻居的小屋"的快乐,"因而不能给男孩子们一些教导,不能给更年长的姑娘们一些提醒"时,我们对此感到愉快而没有其他感受;并且我们希望对人类脆弱性的实质性承认比安娜·豪所承认的更多,她所承认的仅是她的朋友并不擅长绘画的"操作部分"。[9]

这些事情没有一桩对于理查逊的同时代人而言会显得更加荒谬。他们所处的时代是一个存在着非常深刻阶级划分的时代。在这个时代里,妇女的地位仍然处于如此一种状况,她们取得的任何有效的智力成就都会成为一个让人产生崇拜的合法原因;在这个时代里,慈善的庆祝活动以一种无动于衷的、显示优越感的浮华在普遍地进行。甚至克拉丽莎对于时间管理的关心——尽管以任何标准来看都是极端的,作为对于一种确立的清教倾向而言也是可赞颂的图式化行为,可能会得到广泛的赞许。

因此,理查逊的时代和阶级的理想,连同当时流行的有些许局限的文学视角(在该视角下,通过让人物成为邪恶或德行的范型,艺术的说教功能得到了极好的满足),很大程度上在对克拉丽莎个性中不可思议或不一致的部分进行解释时发挥着很大的作用。但是无论哪种情形,如此一种辩护仅仅对于该书的一小部分才是必需的——开头部分,尤其结尾部分,当她被朋友们虔诚的讣告淹没时;在大部分叙事期间,我们的注意力从她的种种完美之处偏转到她错误的判断所引起的悲剧性结果上——该判断的错误在于她从父母的屋檐底下出走而与拉夫雷斯为伴。这还不是全部:通过一种心理的洞察——该洞察显示,如有需要,理查逊这位小说家怎样能够

---

[9] IV, 494, 496, 507; III, 521; IV, 509.

让理查逊这位行为指导书作者噤声,以下事实获得了清晰的说明,即该判断之谬误本身是克拉丽莎在许多方面格外优秀的结果:"如此地渴望,"她自我打趣道,"想要被视为一个模范!这是一种虚荣,是我的那些偏爱我的崇拜者放入我头脑中的虚荣!它在我自己的道德中如此安稳无虞。"的确,以极大的客观性,理查逊把他笔下女主人翁的沦落同她企图实现上文所述性别改革斗争的目标联系起来。克拉丽莎最终意识到,因为她在精神上的傲慢,她落入了拉夫雷斯的权威之下,这种傲慢让她相信"我可能是上帝手中用来改造一个男人的一种卑微手段,这个男人如我所认为的,在内心拥有足够好的理性可以被加以改造"。[10]

在克拉丽莎这个例子中,理查逊具有强烈的倾向让他的人物成为一些更加明显的道德训诫的模范,这种倾向在很大程度上被同样强烈(如果不是更强烈的话)的另一种倾向所实现——它就是一种非常强大的对于更加复杂的心理和文学世界的想象性投影。在他对拉夫雷斯的描写中,也有相似的关于他道德倾向的资格问题——例如,理查逊拒绝满足一些狭隘道德家的要求,即给拉夫雷斯众多其他罪行里增加一条无神论的罪行,其理由是这会让克拉丽莎甚至不可能考虑把他作为自己的追求者。[11]但是对于拉夫雷斯性格最主要的反对意见具有些许不同的顺序:就拉夫雷斯本身的虚伪、自负和固执的性格而言,我们并不特别反对他身上所具有的示范性邪恶。理查逊毫无疑问在其心中留有罗*在《公正的忏悔》[*Fair Penitent*]

---

[10] II, 378-379; III, 335.
[11] Postscript.
* 尼可拉斯·罗(Nicholas Rowe, 1674—1718),英国悲剧作家,1715年获"桂冠诗人"称号。其剧作《公正的忏悔》中的主人翁洛塔利奥是理查逊小说《克拉丽莎》中拉夫雷斯的原型。

里所描写的洛塔利奥的印象,[12]还有几位他所认识的现实里的人；他"一直"就"留意于……一种性别（男性）的那些放荡的吹嘘……如同对另一性别（女性）的伪装所给予的留意一样"：[13]其结果就是创造了这样一个人物，作为多种不同轻佻特征的集合——这些特征部分源自于理查逊的个人观察，部分源自于他在戏剧里的大量阅读，他不太像是一个真实的个体。

然而，尽管不可否认在拉夫雷斯的性格中有造作和合成的成分，但如我们将要见到的，在他身上还有另外一些令人信服的人的因素；并且，如在克拉丽莎身上所发生的一样，一种对当时社会语境的意识让理查逊极大地从更加公然地对他创作可信性的指责里解脱出来。因为18世纪里的浪子与他们在20世纪里的同行非常不同。拉夫雷斯所属的时代，处于公立学校将一种男性的沉默原则强加给甚至贵族无赖汉中的最高亢者之前；[14]板球和高尔夫球都不能为那群有闲男性的过剩精力提供另外的疏通渠道。玛丽·沃特丽·蒙塔古夫人告诉我们，在1724年，菲利普·沃顿公爵作为理查逊塑造拉夫雷斯的可能原型之一，是"贵公子俱乐部"*里动人的灵魂，这些"策士"们"固定每周三次"聚会，"商讨风流计划以取得和推进幸福中的这一分支"；[15]并且还有许多其他的证据表明，对追求

---

[12] 见 H. G. Ward, "Richardson's Character of Lovelace, " *MLR*, VII (1912), 494-498。

[13] *Correspondence*, V, 264.

[14] 关于对人物的这种阐释，见 H. T. Hopkinson, "Robert Lovelace,The Romantic Cad," *Horizon*, X (August 1944), 80-104。

[15] *Letters and Works*, I, 476-477.

* "贵公子俱乐部"（Committee of Gallantry）是18世纪由20位英俊的男士所组成的一个俱乐部，沃顿公爵是该俱乐部的主席，他们自称为"策士"（Schemers）；俱乐部成员定期每周三次会面，商讨何风流计划可以增加此种风流之乐。

对象一心一意在当时的绅士阶层中并非一种惯例,而是一种例外,还表明许多年轻的一代与韦斯顿乡绅的区别仅仅在于他们倾向于一种捕猎活动,它没有禁猎期,并且猎物是人且为女性。

《克拉丽莎》的道德主题招致了许多反对意见,它们与那些反对它的人物塑造的意见相似,但至少毫无疑问的是,理查逊的目的,如在题目中所显示的那样,比《摩尔·弗兰德斯》中的情形要更加仔细地被执行。其题目是《克拉丽莎,或,一位年轻小姐的历史:理解私人生活中最重要的关切,并且与婚姻相关,尤其表现父母与孩子不当行为可能导致的烦恼》。接下来的内容证实了这一描述:双方都是错误的——父母力图把索尔姆强加给他们的女儿,而他们的女儿与另一位追求者暗通款曲,并与他一起离家出走;双方又都遭受到惩罚——克拉丽莎死了,并且不久后她后悔万分的父母也撒手尘寰,而命运分别带给她的姐姐和哥哥以相应的严惩:一位不忠实的丈夫以及一位并未带来预期的财富却仅带来"终身诉讼"的妻子。

然而,在后记里,理查逊还是表明了一个要大得多的目的。考虑到"当讲坛失效,其他权宜之举就变成需要",他决定"投入他的微薄之力"以革新这个不贞的时代,并"在流行娱乐的掩盖之下偷用了……基督教里那些伟大的律条"。这一高尚的雄心是否能够完成,仍然是一个严肃的问题。

该问题的关键之处在于克拉丽莎的死亡。在后记里,理查逊反过来批评了之前的悲剧,理由是"悲剧诗人……很少让他们的英雄人物……在他们的死亡之际对未来有所期盼"。反之,他却引以为豪,因为他"把解除受难的时间延迟到美德获得对它的奖励之后,这在基督教的系统里得到了很好的证明",并大量引用特别是《旁观者》上艾迪生关于该主题的文章,以继续讨论诗性正义的理论。[16]这导致了B. W. 道恩斯认为理查逊不过是延续了《帕美拉》里"美德得偿"的主题,唯一的不同是,他让"这种报偿"的时间滞后,并偿付给它"与在B——园里通用货币不同的货币"*:即,事实上,理查逊仅仅"使用了一种超验的审判来取代现世的审判"。[17]

尽管超验的审判在这些情况下比完全现世的审判更能令人获得美学上的满意,而现世的审判不仅仅见于《帕美拉》一书,也见于许多企图把悲剧模式同幸福结局结合起来的18世纪作品;但必须承认的是,理查逊对宗教充其量只有一个肤浅的概念,如一位《折中评论》(1805)的作者以极简的语言评论他说:"理查逊关于基督教的观点笼统而晦涩。"[18]另一方面,假如关于该问题的基督教艺术或者基督教神学的所有例子将被拒绝——超验性报偿的某种形式在这些例子中充当了重要的角色,那么这种例子就会所剩无几,尤其是18世纪里的例子。我们不能太严厉地谴责理查逊,或者因为他分享了他所处时代自满的虔诚,或者因为他没能克服为修正悲剧人物之死的通常效果而采用的基督教有关来世的总体观点。

无论哪种情况,由克拉丽莎之死所切实传达出的毁灭和失败的强烈感觉,加之她在面对死亡时所表现出的坚韧,实际上在克拉丽莎之死所引起的恐惧和庄严之间成功地建立起了一种真正的悲剧平衡,这种平衡揭示出一种秩序的想象性性质,这种秩序比理查逊

---

[16] No. 40.
[17] *Richardson*, p. 76.
[18] I (1805), 126.

* B——园(B-Hall)指的是"Baggrave Hall",该墓园被评入"二星级别"(Grade II*)的特别重要的建筑之列。

在后记里的批评性辩护中表现出的不成熟的来世观所意味的秩序要高出很多。然而，现代读者在此再一次遭遇了似乎不可克服的障碍——在一个巨大的范围内，克拉丽莎之死的每一个细节都得到了描述，一直到她的遗体被涂油以及她的遗嘱被执行。必须部分承认这一障碍存在的现实：小说近1/3的部分专注于女主人翁之死肯定是过分了。另一方面，理查逊的强调在某种程度上能够从历史和文学的角度获得解释。

清教主义一直反对教会的各种欢快节庆，但是它许可冗长的仪式，甚至赞同在死亡和葬礼上所表现出的情感的放任。结果是，葬礼安排的规模和重要性一直在增加，直到理查逊的时代，葬仪已经获得了前所未有的精心组织和安排。[19]所以，再一次，《克拉丽莎》中对于我们而言似乎是一个错误音符的内容，似乎也成为下述事实的证据：无论好坏，理查逊都充当着他所处时代各种主流音符的共鸣板；以及在该情形下，也偶然充当了另一音符的共鸣板——该音符呼应着从金字塔到20世纪洛杉矶的墓地。

事实上，《克拉丽莎》后来的部分属于墓葬文学的一种漫长传统。J. W. 德雷普［J. W. Draper］曾经指出清教对于诗歌做出的特别贡献是葬仪挽歌；[20]在临终床榻上的沉思常常因为传播福音的目的而作为小册子被单独发表出来。最终，这两种文学上的亚类发展成为一种更大的文学潮流，它利用了与死亡和葬礼相关的所有思想和感情；并且正是《克拉丽莎》被发表的那个10年，见证了这一运动在如下作品中所取得的胜利，如布莱尔的《坟墓》[The Grave,

---

［19］ 见H. D. Traill and J. S. Mann, *Social England* (London, 1904), V, 206; H. B.Wheatley, *Hogarth's London* (London, 1909), pp. 251-253; Goldsmith, *Citizen of the World*, Letter 12。

［20］ *The Funeral Elegy and the Rise of English Romanticism* (New York, 1929), 尤其是pp. 3, 82, 269。

1743］，爱德华·扬的《关于人生，死亡，以及不朽的夜间思考》[*Night Thoughts on Life, Death and Immortality*, 1742-1745]，以及赫维非常受人欢迎的《墓间沉思》[*Meditations among the Tombs*, 1746-1747]，理查逊印刷了后两本著作。[21]

与死亡相关的神学著作也属于这一时期的畅销书——其中就有迪林科特的《论死亡》[*On Death*]，笛福的《维尔夫人幽灵的真实关系》一般被认为是对该作的增补。毫无疑问，理查逊也打算提供另一本该类型的著作，一本针对死亡和葬礼的行为指导书。他写信给布雷德莎福女士，希望她把《克拉丽莎》与杰里米·泰勒[Jeremy Taylor]的《神圣生活与神圣死亡的规则和练习》[*Rule and Exercises of Holy Living and Holy Dying*]一起放在她的书架上；[22]并希望她会高兴地了解到托马斯·特纳——东霍斯莱的一位杂货店老板，也是一位迪林科特、舍洛克以及其他死亡文学专家的信徒——给予了他这一地位："我的妻子给我读了克拉丽莎·哈洛小姐葬礼的感人场景"，他在1754年写道，并总结说："啊，愿上帝赐我恩惠，让我的退场在某种程度上像那位圣人一样，以这种方式来引领我的人生。"[23]

对死亡进行如此强调的原因似乎在于如下信念，即，对未来之国的信仰怎样能够提供一个安全的庇护之所，以躲避死亡的恐怖，通过对此进行表现，才能最好地抵抗仅在思想上不断增长的世俗化倾向。至少对于正统的观念而言，死亡，而不是嘲讽，才是对真理的考验。这是扬的《夜间思考》主要的主题之一。扬在《关于原创

---

［21］ William Sale, Jr., *Samuel Richardson, Master Printer* (Ithaca, 1950), pp. 174-175, 218-221.
［22］ *Correspondence*, IV, 237.
［23］ *Diary*, ed. Turner (London, 1925), pp. 4-5. 特纳的反应正是理查逊希望能够激起的反应，见 *Correspondence*, IV, 228。

性写作的几点猜想》[*Conjectures on Original Composition*]中插入了这样一个故事,说艾迪生曾经怎样把一位年轻的不信教者招到他的床前,这样那位年轻人可以"观察一位基督徒可以在何种平静中离去",[24]理查逊本人对此事负有责任。对我们而言,克拉丽莎着迷于她自己的棺材,只可能显得是病态的做作;但对一个时代而言,它必定看上去像是对她圣徒般坚韧品格的令人信服的确认——在该时代里,即将被处以绞刑的新门监狱的罪犯,在他们还活着的最后的那个星期日,在举行那一次"遭谴责的布道"时,被要求跪在一口棺材周围。[25]

因此,对于他的同时代人而言,理查逊对于葬仪的强调似乎是为了对葬仪自身进行说明;而我们,或许要如同对巴洛克式纪念雕塑所做的大量工作那样——忘记象征主义使人难受的陈腐,而注意对它进行表现的精心确证,我们只能努力在相同的视角下来看待理查逊的小说。同时,我们必须承认,理查逊应该对他的女主人翁之死做出此种强调,(是因为)存在着一些强烈的文学上的理由。需要花很长很长的时间,才可能让我们忘掉克拉丽莎经历过的这些悲惨场景,并仅仅记住最后耀眼的一幕:当莫顿上校打开棺木时,她的脸上仍挂着"甜美的笑容"。需要有一个非常完整的描述,我们才能够充分欣赏贝尔福德所说的"对于同一个可怕而感人的情景,在一颗善良的心和邪恶的心之间存在着无限差别"。克拉丽莎以悲剧性的平静迎接她的大限,她要贝尔福德转告拉夫雷斯:"我怎样高兴地死去——如我自己的一样,我希望这也是他最后时刻的样

---

[24] Young, *Works*, 1773, V, 136; A. D. McKillop, "Richardson, Young, and the Conjectures," *MP*, XXII (1925), 396-398.

[25] Besant, *London Life in the Eighteenth Century*, pp. 546-548; 这一场景在 Ackermann, *Microcosm of London* (1808) 中也有刻画。

子。"[26] 但是拉夫雷斯的死亡来得突然且毫无准备，而通过他毫不慌张的强调，理查逊为克拉丽莎之死设计了一副表象，使其看上去完全出于克拉丽莎的意愿——屈服于人的有死之身而无须慌张，但是需要配合上苍之力来走好过场，为接纳她，它们早已做好商量。

II

在《克拉丽莎》一书中，理查逊解决了小说的许多形式问题，并且让这种新形式与他所处时代里的最高道德和文学标准产生关联。毫无疑问，书信体的方法缺乏笛福叙述风格的节奏和明快特点，但与《摩尔·弗兰德斯》不同，《克拉丽莎》是一部严肃且连贯的文艺作品，并且是一部——得到理查逊的国内和国外同时代人几乎一致的认可——该类型中迄今所写的最伟大的典范之作：约翰逊博士称理查逊是"最伟大的天才，他把其光辉投射到了文学的这条道路上"，并认为《克拉丽莎》是"世界上揭示有关人心的知识的第一本书"，[27] 而卢梭在《致达朗贝论戏剧书》[*Lettre à d'Alembert*, 1758] 中写道："在任何一种语言里，没有一个人曾经写出过一本小说，可以媲美，甚或接近《克拉丽莎》。"[28]

认为这不是现代的观点并不能证明这一观点是错误的，但不能否认的是，该时代里道德和社会的成见在《克拉丽莎》里，比在笛福或理查逊的伟大的同时代人的小说里更持续地彰显了它们自身；并因此让《克拉丽莎》没有那么迅速地受到当代读者的欢迎（我们已经了解，笛福的道德说教在今天通常被视为是反讽性质的；然

---

[26] IV, 398, 327, 347.
[27] *Johnsonian Miscellanies*, ed. Hill, II, 190, 251.
[28] 引自 McKillop, *Richardson*, p. 279。

而菲尔丁、史沫莱特和斯特恩，因为主要是喜剧性或反讽性作家，他们并不需要我们以同样的方式认可他们赞同的标准）。这一点加上《克拉丽莎》浩瀚的篇幅，以及理查逊不时令人难受的道德和风格上的粗俗——德莱塞在这个方面可能是伟大小说家中他唯一的同伴——拒绝给予它在小说形式里第一部伟大之作的称誉，但是它在自己的时代却轻易地赢取了这一称誉，并且在今天，它仍然在很大程度上享有这一称誉。

它获此称誉主要是因为理查逊积极响应了他所处时代和所属阶级的各种规定，这在很大程度上让《克拉丽莎》在今天不受欢迎，也在某种意义上帮助它成为比18世纪其他任何一部小说都更加现代的小说。理查逊对于新的性别意识形态中所有问题所做的深刻的想象性描写，以及他个人对人类私人和主观经验方面的专注探索，使他创作了这样一本小说；在该小说中，主要人物之间的关系包含了全部的道德和社会矛盾，其规模和复杂性超越了此前虚构作品里的全部方面；《克拉丽莎》之后，人们要等到简·奥斯丁或司汤达来提供可以与之相提并论的作品，这些作品在它们自己虚构性需求所产生的动力下，获得了如此自由和深远的发展。

如被经常注意到的那样，理查逊着迷于阶级的区分。可能不是有意识的，他似乎宁愿把对阶级差别的敏锐感觉，同早前清教徒们道德民主的某些东西结合起来，而这最终导致了维多利亚时期的一种观点，G. M. 扬将其表达为，"一条巨大的分界线……横亘在……那些体面的人与其他人之间"。[29] 如此一种二分法可能导致了对《帕美拉》中阶级问题令人非常不满意的处理：对于上层阶级的淫荡所

---

[29] *Last Essays* (London, 1950), p. 221.

产生的道德上的愤怒，极为令人不快地同女主人翁对B先生的社会地位所表现出的奴颜婢膝的尊敬不相协调。然而，在《克拉丽莎》中，或许因为不存在像《帕美拉》男女主人翁之间那样大的社会距离，理查逊得以更加强烈地表现社会矛盾本身，以及它的道德意涵。

克拉丽莎和拉夫雷斯二人都来自于富裕的有产绅士阶层，并有着各种各样的贵族关系。然而，哈洛一家的关系仅限于母亲一方，而他们绝对无法与拉夫雷斯的叔叔M勋爵或与他受封过的同母异父的妹妹相提并论。哈洛家所拥有的"甜美的观点"，如克拉丽莎苦涩地解释的那样，是"提高家庭的地位……这种观点会极为常见地……符合那些有大量家产的家庭的趣味，没有地位和头衔就不可能让这类家庭感到满意"。（克拉丽莎的哥哥）詹姆斯怀有这种志愿，他是家里唯一的儿子：如果家庭财产，加上他的两位没有子嗣的叔叔的财产，都能集中在他身上，那么他的大量财富以及与之相配的政治兴趣，"有望让他获得一个贵族爵位的头衔"。然而，拉夫雷斯追求克拉丽莎，威胁到了这一目标的实现。拉夫雷斯有着更高远的期望，而詹姆斯担心他的叔叔们会鼓励他们的结合而把他们的财富从自己这里转移到克拉丽莎那里。出于这一原因，加上个人对于拉夫雷斯的敌意，或许是嫉妒的恐惧，詹姆斯唯恐他妹妹在桂冠争夺中胜过他，于是他使用所有可能的手段让他的家庭强迫克拉丽莎嫁给索尔姆。索尔姆非常富有但是出身卑微，作为对这桩盛大联姻的回报，索尔姆对于嫁妆的期望不会超过克拉丽莎祖父的房产，而这已经是属于她的，因此在任何情况下它的丧失都是不可避免的。[30]

---

[30] I, 53-54.

所以，一开始，克拉丽莎就被置于阶级和家庭荣誉的复杂矛盾之中。索尔姆属于那种令人极为不快的正在兴起的中产阶级典型：唯利是图的人，卑鄙的集中代表，"暴发户式的人……他所拥有的巨额财产不是生来就有的"，克拉丽莎如此轻蔑地描述他。他完全缺乏社交的风度和智力的教养，形体令人生厌，此外还是一位糟糕的拼写者。相反，拉夫雷斯似乎拥有克拉丽莎发现的她周围人所匮乏的那些品质：大度的地主，一位"读书的，有判断力和品位的人"，[31] 而且更重要的是，他追求克拉丽莎主要不是出于经济上的兴趣，而是出于对克拉丽莎美貌和才能的真正仰慕。作为一位潜在的求爱者，他远远地超过了哈洛周围的那些男性——不仅仅是索尔姆，而且也包括之前她的那些追求者，以及安娜·豪的相当温顺的崇拜者西克曼。所以，每一条理由都使拉夫雷斯首先代表了克拉丽莎对哈洛一家生活方式种种限制产生的急切的逃避心理，他也能帮助克拉丽莎摆脱被迫嫁给索尔姆的直接威胁。

然而，后来的事件很快表明，拉夫雷斯实际上甚至更加危险地威胁到了她的自由和自尊，而这又由于种种原因与他的社会联系密切相关。当然，主要是由于他的贵族式的放荡生活，以及他玩世不恭地对于婚姻生活的嫌恶；这些才是问题所在，但是它们又在总体上伴着对中产阶级道德和社会态度非常自觉的敌意。如他所言，克拉丽莎的性道德对他构成极大的"刺激因素"，并且它必须被视为对她所属阶级的道德优越感的一种表达："要不是因为这些穷人和正在兴起的中产，"他评论道，"这个世界可能，很早以前就被从天而降的天火摧毁。"他已经欺骗并夺去了一位姓贝特顿的小姐的贞操，她来自于一个富裕的商人家庭，他们"一心想要进入贵族阶

---

[31] I, 59, 166, 12.

层"。使拉夫雷斯对克拉丽莎之爱发生变质的因素之一,是他决心要为自己的高贵阶层在反对哈洛一家的斗争中取得更大的胜利,因为这一家侮辱了他,他鄙视这一家并声称它"从粪坑里发迹,每一位年长的人都记得"。[32]

所以,克拉丽莎没有与她站在一起的人,而这种安排是合适的,因为她是新个人主义里所有那些自由和自信的人的英勇代表,尤其是与清教主义相联系的那种精神独立的代表:正因为如此,她不得不为实现这一新的思想而同所有的反对力量进行斗争——贵族阶层、父权主义的家庭系统,甚至经济个人主义,因为它的发展同清教主义的发展联系如此密切。

家庭的专制性特点是引起克拉丽莎悲剧的原因。她父亲的行为超越了通常给予父亲合法行使权利的范围:他不但要求她放弃拉夫雷斯,而且要求她嫁给索尔姆。这是她必然反对的,而在一封写给她叔叔约翰的有趣的信里,她列举了女性对于婚姻选择的绝对依赖,并总结说,"一位年轻人不应该被强迫去做出所有这些牺牲,仅仅因为她所爱的一个人"。[33]

哈洛家里的父权式威权因经济个人主义中各种不受限制的规则的支配性地位而恶化,而克拉丽莎身陷二者之中。她的哥哥姐姐最初对她生出的许多怨恨源自于他们的祖父单单挑出她来继承他的地产。当然,他这么做的后果无视了长子继承权,以及詹姆斯作为他的孙子是唯一能够延续家族名号的亲人这一事实;相反,他选择了克拉丽莎,一位更小的孙女,而这完全是出于个人的喜好,是个人的行为,不是基于家族关系的角度。与此同时,克拉丽莎的厄运

---

[32] II, 491, 218, 147; I, 170.
[33] I, 153.

因为詹姆斯对于嫁妆这一传统的痛恨而被加剧:"女儿,"他喜欢这么说,"都是养大了要端到其他男人们桌子上去的小鸡。"而且想到为了达到这一目的,"家族财产必须遭受损失而被纳入到这桩交易中",[34]他便不能忍受。

家庭威权与经济个人主义的态度相结合,不仅剥夺了克拉丽莎任何选择的自由,甚至导致她的家庭以精心计算的残忍方式对待她,其理由就如她的叔叔安东尼所说,她宁愿选择"一位鼎鼎大名的拉皮条者……而不是一位笃爱孔方兄的人士"。[35]理查逊在此表明,刻板的中产阶级道德,以及对于物质因素的主要考虑,在一种隐藏的和自以为是的残暴中表现出来;而这也被他圈子中的一位人士简·科利尔所承认。在她的《论灵巧折磨的艺术》[*Essay on the Art of Ingeniously Tormenting*, 1753]一书——对贵族家庭生活里小型迫害的一个早期研究——中简·科利尔对以下长者行为做了一番评论:"一位哈洛家的长者塞给一个克拉丽莎一样的女儿金钱、衣服、珠宝,等等,他很享受这样做,尽管他知道这个女儿想要的一切不过是和颜悦色和温暖的话语。"[36]

一个完成得很好的场景描述了这种迫害,这个场景就是,克拉丽莎的姐姐阿拉贝拉折磨她,假装不理解她为什么不愿谈论为她和索尔姆的婚礼而订制的妆奁。克拉丽莎因为不服从家庭的安排被限制在她的房间里,她如是记录了阿拉贝拉和她姨妈的来访:

> 我姐姐离开了后背朝向我们、在窗前出神的姨妈,并利用这个机会以更加野蛮的方式侮辱我:你看,她走到我的房

---

[34] I, 54.
[35] I, 160.
[36] p. 188.

间,拾起我妈妈送上来的那些衣服样板,拿到我的面前,并展开放在我旁边的椅子上;她将它们搭在她的胳膊和肩膀上,试了一件又一件;还撒起欢来,却装着一副十分平静的样子,并窃窃地嘟哝着说,姨妈可能不会听见她的话。克拉丽,这一件真够漂亮:但这一件让人非常着迷!我建议你穿上它看看样子。如果我是你,这一件应该作为我婚礼上的晚礼服,而这一件作为我穿的第二件礼服!你难道还不下单定做吗,亲爱的,把祖母的珠宝都镶嵌上去?或者你是想穿上索尔姆先生打算送给你的礼服来显摆呢?他说过要花上两三千镑来准备礼物,孩子!亲爱的甜心,你将会被打扮得多么华丽啊!怎么啦!亲爱的,一声不响!……[37]

克拉丽莎从这些压迫中逃离,这场斗争被转移到一个完全私人的层面。然而,甚至在这里,她还是面临着诸多巨大的不便。她离开家是为了保护自己的自由而不是出于爱他这一事实,极大地损害了拉夫雷斯的自尊,而使他们分开的主要问题,婚姻的问题,则表现出了特殊的困难。就拉夫雷斯而言,答应这桩婚姻等于就是轻易地送给了克拉丽莎一场胜利:它意味着"一个男人更像是她的奖品,而不是她是他的奖品"。拉夫雷斯因此使用各种策略努力让她"主动上前并表现出"她的爱情来,并让他的男性的吸引力完全得到承认;正是当这一切都失败了,他转而担心"她认为自己可以不需要我也能幸福生活"的时候,他才使用强迫的手段,希望至少家庭的压力和公众舆论将会使她不得不待在他的身边。[38]

---

[37] I, 235-236.
[38] II, 426-427; III, 150.

拉夫雷斯利用她的处境里每一个不利因素的方式，表明了克拉丽莎持续面对着父母威权所首先引发的问题——所有这些否定了她的性别公平地取得与男性平等地位的力量。正如理查逊在贝尔福德对《公正的忏悔》的讨论中所暗示的，她的确在从事着一桩与罗的女主人翁卡莉斯塔所从事的相同的事业，并且与她一块儿问道：

> 为什么我们
> 天生有高贵的灵魂，却还要维护自身的权利，
> 抖掉他们强加的这种邪恶的顺从，
> 还要在这世上争取一个平等的国度？[39]

然而，与卡莉斯塔不同，并且因为她更纯洁和无辜，克拉丽莎最终能够利用精神上的武器征服她的"洛塔利奥"。起初，拉夫雷斯宣称自己"是一位真正的犹太人"，相信"妇女没有灵魂"，但是他最终被先前未进入头脑的如下关于现实的思考说服：克拉丽莎的行为，如她经受那些可怕的考验时所表现出来的那样，让他相信"确实是如此，她告诉我……她的灵魂高于我的灵魂"。[40]这完全是他的实验所没有料到的结果，他想利用他此前使用过的方法来征服她，这些方法在针对该性别的其他成员时曾如此成功：他第一次被要求面对这一事实，每一个个体都绝对是一个精神性的实体，并且克拉丽莎是一个比他更好的实体。

所以，在某种意义上，克拉丽莎的胜利是这样一种胜利，她的性别问题在其中无关紧要，并追求一种个人主义社会所要求的新

---

[39] Act III, sc. i.
[40] II, 474; III, 407.

的、内向的伦理认可，而康德就是这样一个社会里的哲学发言人。他的一个范畴规则建立在这样一个前提之上："人，因为他们的本性向他们指出，他们就是自身的目的……而一定不能仅仅被视作手段。"[41] 拉夫雷斯利用克拉丽莎，如同他利用其他所有人一样，作为满足自己所处阶级、所属性别和所具有智力之傲慢的一种手段；克拉丽莎首先在世人的眼中失败了，因为她没有把他人用作手段，但是最终她证明了没有一个个人和机构能够毁灭人性之内的神圣。这一认识完全让他受到惊吓：如他所坦承的那样，"我从不了解男人的恐惧是什么——也不了解女人的恐惧是什么，直到我认识了克拉丽莎·哈洛小姐；不仅如此，最令人吃惊的事情发生在直到我终于把她置于我的掌握之中时"。[42]

如果理查逊就此搁笔，《克拉丽莎》就会成为一部可以类比于后来清教传统中的描写的小说，如在乔治·艾略特［George Elliot］的《米德尔马契》［Middlemarch］和亨利·詹姆斯的《一位贵妇人的画像》［Portrait of a Lady］中对女性个人主义悲剧的描写。这3部小说揭示了期望和现实之间几乎不可忍受的差距，这一差距面对着现代社会里的敏感女性，还揭示了每一位不愿被利用或利用他人作为手段的人面前的种种困难。然而，理查逊着迷地沉浸于性别的问题，从而产生了对于一种主题的处理，这种主题更为黑暗，更少节制，或许，甚至更加富于启迪性。

克拉丽莎，在许多其他的称谓中，是新型女性模范的绝佳体现，正是具有敏锐感受的典范人物。这是她与拉夫雷斯关系的一个

---

[41] *Fundamental Principles of the Metaphysics of Morals* (1785), in *Kant's Critique of Practical Reason and Other Works*, trans. Abbott (London, 1898), p. 46.
[42] III, 301.

关键因素，拉夫雷斯小心翼翼地谋划着以让克拉丽莎同意而又不会伤害她的敏感感受这样一种方式去求婚，她却对此进行拒绝："他会让我明白他的第一个，他的实实在在的第一个词吗？"她在一个场合这么问道。而在另一个场合，当拉夫雷斯残忍地询问她是否反对将婚期推迟一些日子，以便M爵士能够参加婚礼，她以"应有的礼仪"被迫回答道："不，不，你不要以为我一定觉得有什么原因要如此急切。"其结果就是，甚至安娜·豪都认为克拉丽莎"太过善良，太过敏感了"，并强烈敦促克拉丽莎"屈就自身去打消他的种种疑虑"。然而，理查逊在一个脚注里指出："对于一位有着她那样真正敏感心灵的人而言，不像她那样对一位如此残忍且无礼的老练的男人做出如此行动是不可能的。"而事实上，拉夫雷斯非常明白这一点，如他向贝尔福德所解释的那样："我认为在人类的心灵中，从来没有像这位女士所拥有的那种如此真实、如此敏感的谦逊……这一直是我的安全感所在。"[43]

在求爱中坦承她们的感情对于女性而言是一项被强化的禁忌，所以，该禁忌是导致克拉丽莎与拉夫雷斯之间的僵局持续时间如此之长的主要原因，并在此过程中变得愈加丑陋和无望的主要原因。的确，理查逊以极大的客观性甚至让拉夫雷斯挑战了这一规则的全部基础。他想知道妇女是否真的应该在婚姻问题上为"这些加给她们的任性和处心积虑的拖延"而感到骄傲。他暗示道："她们装腔作势的敏感难道不是一种失礼吗？难道她们没有巧妙地承认她们期望在婚姻中成为最大的受益者吗？在她们进行拖延的自尊中存在着一种自我否定。"[44]

---

[43] II, 28, 312, 156; I, 500; II, 156, 475.
[44] II, 457.

拉夫雷斯本人是男性典型中的一位代表，而女性的原则正是面对此典型的一种自我捍卫。例如，他认为这群"消极的性别"表现出的虚伪羞赧，为自己使用强迫的手段进行了证明。"请求一位正派女士的应允是令人痛苦的"，他写道，并从安娜·豪的观点中找到了一种支持，因为她相信"对付我们女性的最好办法就是使用狂暴和桀骜的精神"。克拉丽莎认识到一个更大的问题正在逼近，并辩护说一位"正派女性"应该"与众不同而想要与一位正派男士为伴"，如那位冷静的西克曼；但是拉夫雷斯的认识更透彻：女性并不真的渴望拥有一位爱人——"一位有阳刚之气的贞洁少女，我保证！"。因为，如他更愿意使用的聪明说法，一位有德行的女性如果嫁给了一位无赖之徒，她就能够"期望……她所想要的自信"；然而她不得不考虑到一位有德行的男子会"与她自己成为两条平行线；这样，尽管他们在肩并肩地奔跑，但是永远不会相交"。[45]

拉夫雷斯本人，像复辟时期戏剧里的无赖和英雄一样，把自己的忠诚交给了浪漫爱情的降格形式，因此在对待性爱的态度上，突出了他作为骑士精神代表的历史角色而与克拉丽莎作为清教精神的代表相矛盾。性爱的冲动被置于一个与婚姻的制度性安排不同且比它更高的维度，所以，尽管圣洁的克拉丽莎·哈洛几乎能够让他考虑"放弃荣誉的生活而接受有制约的生活"，他最大的愿望还是"说服她与自己一同过一种他称之为荣誉人生的生活"；在这种荣誉人生里，他许诺"永远不会再娶任何其他的女人"，但是在这种荣誉人生里，他们的幸福不要受到种种婚姻习俗的沾染。[46]

至少，这就是他的计划：使用自己定下的条件来赢得她的

---

〔45〕 III, 214; II, 147, 73, 126; III, 82.
〔46〕 I, 147; II, 496.

芳心；一旦他的个性和原则取得胜利，则总是具有他随后能够娶她的可能性。"如果我真的结婚，这个世界的普遍性原则就会赦免我吗？"他问道，"而教堂仪式在任何时候都不能修复的伤害是什么呢？每一个以婚姻而结束的灾难故事不都被认为是幸福的吗？"[47]

根据一般人的标准，拉夫雷斯或许变得同克拉丽莎一样接近于常人的观念，而且他的态度在《帕美拉》的故事中获得了某种支持。但是理查逊现在处于一种要严肃得多的情绪中，并且如他在序言里所宣称的那样，他决定去挑战"那种危险的但是被过于普遍接受的观念，即一位经过改造的浪子可以成为一位最好的丈夫"。因此他引入了当克拉丽莎因为麻醉剂而人事不知时被强奸的这个情节，这是本书里最不可信的事件，但是满足了许多重要的道德和文学上的目的。

对于理查逊的道德目标而言首要且最明显的是，本书把拉夫雷斯完全置于任何有关荣誉的观念范围之外，并宣告了潜藏在浪荡子文雅面孔背后的野蛮；拉夫雷斯本人逐渐意识到了这一点，并咒骂自己听信了辛克莱夫人及其同伙的建议。当然，这并不是出于道德上的后悔，而是在于它导致了全部的失败：因为在他自己的眼里，如他所言，"利用武力，并不能取得胜利。不存在对于意志的征服"[48]；因为在世人的眼里，如约翰·丹尼斯所做的嘲讽性的评论："悲剧里的强奸事件是对女性的一支颂歌……因为……妇女……理应保持贞洁，并无须同意而被取悦，然而被认为是遭天谴的无赖男人，却宣告是女性魅力所具有的力量强行驱使着他采取了如此可怕

---

[47] III, 281.
[48] II, 398.

的一种暴力。"[49]

一旦拉夫雷斯发现，与其期望相反，这不是"一朝臣服……永远都臣服"的情形，克拉丽莎就能够表明他对待女性原则的观点是错误的，并以如下这些有名的话对他表示蔑视："像你所曾表现的那样对我而言如同一位无赖的男人，他永远不会让我成为他的妻子。"在世人眼里，对于克拉丽莎而言，荣誉之于自己的意义比自己在世人眼中的名声要重要得多。事实上，这一原则并不是一个虚伪的噱头。拉夫雷斯的猜想——"这一时好时坏的骗术"会"像戏法一样……把我对哈洛小姐所犯下的所有错误变成对于拉夫雷斯夫人的和善和仁慈的行为"，是完全得不到认可的，并且他屈服于如此"不可阻挡的为了美德本身而爱好美德的证据"。[50]

如果这就是全部，那么《克拉丽莎》中的矛盾对于如此大部头的巨著而言，或许依然太过简单。然而，实际上，这一情形要复杂得多，也成问题得多。

弗洛伊德表明了人为的现代两性规则怎样"必须让（社会成员）倾向于隐藏真相，通过委婉的手法，自我欺骗的方法，以及欺骗他人的方法"。[51]在《帕美拉》中，这种自我欺骗的方法产生了反讽：读者把女主人翁假装的动机与她的透明的但主要是无意识的目的进行了比较。然而，在《克拉丽莎》中，女主人翁对两性感情类似的毫无察觉，其他人或将理解为对自我知识的总体缺乏，如果不是真正的不诚实之举，它就变成了故事发展中的一个重要部

---

[49] *Critical Works*, II, 166.
[50] III, 318, 222, 412, 222.
[51] "'Civilised' Sexual Morality and Modern Nervousness," *Collected Papers* (London, 1924), II, 77.

分,加深并扩大了这个故事公开的意义。

约翰逊对于克拉丽莎的观察是,"总有某种东西相对于真相而言,是她更愿意选择的"。[52]但是安娜·豪公正地指出,就女性与男性的交流而言,两性原则强加了这一两重性:因为,如她所言,如果一位妇女写信"把自己的内心告诉一个行骗的男人,或者甚至给一个用情不专的男人,那么这给了他什么样的凌驾于她的优势呢!"[53]然而,真正的悲剧是,这一原则也让克拉丽莎在安娜·豪面前抑制住了她的女性情感,甚至也不让它在她自己的意识里升起,正是这一点在头几卷里制造了主要的心理上的张力。对于这种处理,约翰逊尤其佩服理查逊。[54]克拉丽莎的通信,以及在更小范围里拉夫雷斯的通信,是一项非常吸引人的研究,因为我们永远也不能肯定其中的任何陈述是否应该被看作完整和真正的事实。或许约翰逊对理查逊产生崇拜的缘由之一在于,尽管如我们所了解的,他认为在一个人的书信里,他的"灵魂是赤裸无遮掩的",他也了解"与书信交流相比,没有什么交流会提供更强烈的导向谬误和世故的诱惑"。[55]

头几卷里与这些无意识的两重性构成的对应物建立在这样一个事实上,即安娜认为克拉丽莎与拉夫雷斯相爱,且不相信克拉丽莎的声明,称自己的私奔行为对她而言完全是毫无准备和非自愿的。在婚礼被久久推迟之后,安娜·豪甚至认为有必要给克拉丽莎写信:"你现在不得不做的事情就是逃离这个家庭,这个地狱之家!唉,你的内心会让你逃向那个男人!"的确,拉夫雷斯攫取了这封

---

[52] *Johnsonian Miscellanies*, I, 297.
[53] III, 8.
[54] *Johnsonian Miscellanies*, I, 282.
[55] "Pope," *Lives of the Poets*, ed. Hill, III, 207.

信,而克拉丽莎依照自己的决断逃跑了。然而,直到本书已经完成了一半,在每个人的心中都存在着一个真实的模糊之处;我们完全有权利怀疑克拉丽莎本人不懂得自己的情感;而拉夫雷斯怀疑她出于"女性的做作而否认爱情"也不完全是错误的。[56]

随着故事的发展,克拉丽莎本人逐渐对此有了察觉。她在很早前就有理由产生疑惑,在一封关于拉夫雷斯的书信中,她说,"我的思想充当着什么角色,如此蹩脚地复述到我的笔端";她与安娜·豪之间关于她对待他的真实态度的争论终于迫使她去质疑,是否她起初希望能够改造拉夫雷斯的愿望并非只是针对较不可信目标的幌子。"人是多么奇怪的不完善的存在啊!"她反思道,"但是这里的自我,它是我们所行以及我们所愿望的一切事的基础,它就是那位最重要的误导者。""一旦你下笔写作,"她向安娜·豪坦白说,"他那个阶层的人们并非是我们女性天然就不喜欢的人;然而我认为,这些人过去不是(尽管这是可能的)我们应该喜欢的人。"她不能否认她"在所有的男人当中,可能仅仅喜欢过拉夫雷斯先生",并且安娜嘲弄地称她没有"顾及她内心的律动",在这个嘲弄的要旨里可能也存在一些道理;她的原则就是我们应该"按照理性的召唤去喜欢和不喜欢",这一原则并非如她想象的一样那么容易被实行;并且她因为爱过他而判定自己犯下了"应受到惩罚的错误",应受到惩罚是因为"是什么必须成为那种爱情呢,如果对于它的目标而言没有某种程度的纯洁性?"但是,如她所意识到的,"爱与恨"都不是"自发的激情",并且就算如此的话,尽管没有全面清理她的感情,她还是承认安娜"探测"了她对于拉夫雷斯的冲动之情:"探测,我能这么称呼它吗?"她问自己,并无可奈何地补充

---

[56] III, 11; I, 515.

说:"我又能使用什么(词语)来称呼它呢?"[57]

在整部小说里,克拉丽莎越来越多地了解自己;但在同时,她也越来越多地了解到拉夫雷斯更加黑暗的欺骗。女性通信中所揭示的那些微小沉默和混淆,与拉夫雷斯对于克拉丽莎的虚伪态度和他在信中所揭示出的谎言与欺骗之间的明显出入相比,是微不足道的。那种男性的原则让他践行,甚至公开承认他在追求异性时表现出的完全缺乏真理与荣誉的精神。如贝尔福德所指出的,"我们的荣誉,和一般人心目中的荣誉,是两个不同的事物",而拉夫雷斯持有这样一种荣誉观,他从来"没有欺骗过男人,也几乎没有对妇女说过真话"。这些剖析的结果是,我们认识到让克拉丽莎过于谨慎的这一原则,当用男人们让自己收获目标时所使用的那些粗暴的手段来衡量时,却并不够谨慎。但是如果克拉丽莎的原则助长了这种自我忽略的态度——它使得克拉丽莎把自身置于拉夫雷斯的掌握之中,这至少无关于有意识的欺骗;并且因为这样,拉夫雷斯被迫认识到,因为克拉丽莎不能"屈身俯就于欺骗和谎言,不,不是为了拯救她自己",当贝尔福德声称"这种考验并不是一个公平的考验"时,他就是正确的。[58]

由两性原则所制造的这些有意和无意的诡辩,帮助理查逊创造了在本质上与《帕美拉》中非常相似的心理震惊与发现模型,尽管在女性的自我欺骗和男性的诡计之间存在一种更广泛、更有力的对比。但是理查逊对于由两性冲动所呈现出的无意识形式的种种探索,也让他向前迈得更远;他给已很复杂的一系列的两重性增加了

---

[57] I, 47; II, 379, 438-439; I, 139; II, 439.
[58] II, 158; IV, 445; III, 407; II, 158.

非常不同的另外一个范围的意义——这些两重性包含在拉夫雷斯和克拉丽莎的关系之中，而这另一个范围内的种种意义可以被视作对无意识领域里两性角色的二分法所进行的终极和毫无疑问的病理学上的表达。

两性关系得到传达的意象表明了理查逊思想的基本倾向。拉夫雷斯把自己想象为一只鹰，仅在最高等的猎物头顶盘旋；贝尔福德称他"如黑豹一般残忍"；而安娜把他看作一只鬣狗。的确，关于捕猎的比喻展现了拉夫雷斯对于两性的所有观念。例如，他给贝尔福德写信："开始时，当我们还是孩子的时候，我们同鸟雀打交道；当我们长大成人了，我们继续与女人交往。而二者，或许，轮流地，在体验着我们游戏的残忍。"当他勾画出"那迷人的等级"来时，他于是变得得意扬扬起来。根据这一等级的划分，鸟儿臣服于它的捕猎者，而他同样希望克拉丽莎也会臣服于他，并总结说："以我的灵魂起誓，杰克，在人的本性中有比我们通常所意识到的还要更多的野性。"但是杰克已经意识到了它，至少在拉夫雷斯的例子上，并回答说："你总是喜欢捕猎并折磨动物，无论它是鸟儿还是野兽，只要你喜欢它们并拥有凌驾于它们之上的力量。"

毫无疑问，施虐狂是18世纪相关男性身份观念的最高形式：它使得女性变成这样一种角色，其中妇女是，也只能是猎物；使用拉夫雷斯的另一个比喻，男人是一只蜘蛛，而女人则是无法逃离的苍蝇。[59]

对两性生活的这一概念化处理自理查逊以来有着辉煌的文学历史。马里奥·普拉茨［Mario Praz］曾经把《克拉丽莎》看作他所称的"被迫害女性的主题"的开端，该主题被德·萨德侯爵拾起，

---

[59] II, 253; IV, 269; II, 245-249, 483, 23.

并在浪漫主义文学中发挥了重要的作用。[60]后来，以某种更加温和的形式，对两性关系的刻画在英国也建立起来。维多利亚时期的想象力常常被一种恒久而急迫的攻击困扰，即纯洁女性受到残忍而好色的男性的攻击；而在一位罗切斯特或者一位希斯克利夫身上，夏洛蒂·勃朗特［Charlotte Brontë］和艾米莉·勃朗特［Emily Brontë］二人身上女性和清教主义的想象力创造了一种典型的男性，他是令人恐怖的动物性和同样病态的恶魔般的智力的综合体。

这种施虐狂式和充满性欲的男性的完成在于受虐的和无性的女性的存在；而在《克拉丽莎》中，这一概念既在与女主人翁相关的意象里存在，也在主要行动的潜在意涵里存在。关于意象，显著的是，克拉丽莎不是由玫瑰而是由百合花来进行象征的：在一个场合，拉夫雷斯把她看作"一朵花枝半折的百合，被过沉的晨露压得头重脚轻"，并且克拉丽莎后来安排说，她的骨灰瓮要装饰有"刚刚摘下以及正要从枝头落下的白色百合花的花苞"。[61]在行动的领域里，当克拉丽莎因为麻醉剂而人事不省时，强奸本身可以被看作女性作为被动受难的性别角色这一思想的最高发展：它表明男性的动物性仅能在女性精神缺位时才可满足其目的。

即使这样，克拉丽莎死了。两性的交合，很明显，意味着女性的死亡。理查逊在这里的意图是什么并不完全清楚，但可以指出的是，他已在《帕美拉》中表明了对于无意识象征主义的显著意识。当女主人翁仍受到B先生的惊吓时，她想象他以一只眼睛充血的公牛的形态在追逐她；后来，当幸福的结局近在眼前时，非常贴切地，她梦到了雅各的梯子*。[62]所以，刚好在她私奔以前，克拉丽

---

［60］ *The Romantic Agony*, trans. Davidson (London, 1951), pp. 95-107.
［61］ III, 193; IV, 257.
［62］ *Pamela*, I, 135, 274.

莎做了一个梦,拉夫雷斯在梦里用刀刺向了她的心脏,这一情节的意义是重大的;然后,她报告说,他"把我的尸体滚动到一个已经挖好的很深的墓穴里,其中还有两三具半朽的尸骸,他用双手朝我的尸体投掷下泥土,再用他的双足在上面踩踏"。[63]这个梦境主要是她对拉夫雷斯的实际恐惧的一种恐怖表达,但是它也受到两性交合是一种毁灭这一思想的渲染。

这种关联在本书此后的部分里萦绕不去。尽管害怕拉夫雷斯,克拉丽莎仍然同他一起离开;并且后来,当他的意图变得越来越明显,她几次三番地给他提供刀子或剪刀让他来结束她的生命。拉夫雷斯这样报告了其中的一回情形:"她赤着身子,用一种更癫狂的暴力,指着迷人的脖子上的一处,这儿,这儿,这位灵魂受创的美人说道,让你的尖尖的仁慈(刀锋)刺进去。"毫无疑问,不自觉地,克拉丽莎让性的侵犯与死亡联姻;并且当这种侵犯达到与死亡相等同的程度时,死亡对于双方而言就显而易见了。拉夫雷斯宣称:"事情结束了。克拉丽莎还活着。"——似乎相反的情形还可以被期望。而后来克拉丽莎指示说,假如拉夫雷斯坚持"要看她死去的样子——这是他曾经以死亡的方式见过的,那么就让他欢快的好奇心得到满足吧"。[64]

在某种意义上,克拉丽莎这里所指的即将到来的死亡,是她自己最初受虐的幻觉的一种运作:把性等同于死亡,并受到拉夫雷斯的性侵。她的自尊要求其期望的后果相继发生:如医生所言,她的日渐虚弱明显不是出于身体上的原因,而是"一桩因爱而生的病

---

[63] I, 433.
[64] III, 238, 196; IV, 416.
  * "雅各的梯子"比喻从地上通往天堂的梯子,见于《圣经·创世记》里雅各在逃离以扫的途中所做的梦(NIV, *Genesis* 28: 12)。

例"。[65]对于她的命运为什么不可能是其他情形的隐秘和不可更改的原因,文中并没有过多说明,但是对于这一事实本身从来没有任何疑问:其他的任何事情都会证明她最深层的自我已经犯下了错误。

当然,这不是克拉丽莎死亡的唯一原因,她的死有非常复杂的动因。例如,它与理查逊的以下信仰非常一致,即理查逊相信,相比于性侵所受到的压力,克拉丽莎宁愿选择死亡,尽管如拉夫雷斯所说,它"仅仅是一种观念上的侵犯"。[66]但是还有远不止一条线索说明为什么克拉丽莎不能面对的事情,与拉夫雷斯所做的或者世人对此可能的看法并没有太大关联,而是与这一思想相关——即,她自身并不是完全毫无过失。

在强奸发生之后的精神狂乱中,她写下了一些片段,有一个片段对此思想有着极为清晰的表达:

> 一位女士对一只年轻的狮子,或者一只熊,抱有极大的兴趣,我忘记了是哪一只——但总归是一只熊,或一只老虎,我相信它是。当有患了,则是给予她的一份礼物。她用自己的手亲自喂它:她极其温柔地喂养大这个邪恶的幼患,并全无恐惧或对危险毫无意识而与它玩耍……但是注意接下来的情况:最后,不知怎么的,她忽略了满足它饥饿的胃,或者在某个场合下在其他方面怠慢了它,于是它就恢复了它的本性,一下子跳到她的身上,把她撕成碎片。那么最应该责怪谁呢,我请问?这个畜生,或者这位女士?这位女士,肯定的!因为她所

---

[65] II, 468.
[66] III, 242.

做的是背离本性的，至少是不合其特征的；而它所做的正是出自它的本性。[67]

拉夫雷斯，作为一个男人，只是做了被期望去做的事情；但是克拉丽莎与他之间的游戏往来则违背她的本性。回顾过去，她或许记得安娜·豪曾嘲笑过她自己的断言，"她无论如何都不会爱上他"，并反讽性地祝贺她"成为我所听说的第一位女性，她按照自己的意愿，曾经把那只爱情的狮子变成了一只哈巴狗"。而表明她是错误的这个痛苦提示让克拉丽莎向内反省并瞥见这一事实，即，连她都没有超越拉夫雷斯所称的"性欲和本性"的"不光彩的"弱点。[68]这一观点在侵害着她的思想，把她从肉体中解脱出来的需要变得势在必行；她必须以极其直接的方式按照圣保罗在《罗马书》[Romans]里所说的话来行动："因为按着我里面的意思，我是喜欢神的律。但我觉得肢体中另有个律，和我心中的律交战……我真是苦啊！谁能救我脱离这取死的身体呢？"*

以历史的视角看，以下似乎就变得清楚了，克拉丽莎的悲剧反映了清教主义内向的精神性与它对肉体的恐惧的综合效果，这些效果倾向于阻止性欲冲动的发展超越孤僻和受虐的阶段。弗洛伊德和贺拉斯都同意："你使用干草叉去驱逐天性，可它又不断回来。"**——碰巧地，这一观点自被拉夫雷斯引用之后就为理查逊所熟悉——所以，毫不奇怪的是，克拉丽莎的"爱之死"

---

[67] III, 206.
[68] I, 49; III, 476; 另见 II, 420。
   * 《圣经·罗马书》第7章第22，23，24节，译文取自"中文《圣经》和合本"中相应部分的翻译。
  ** 该语摘自《贺拉斯书信》第1卷，第10封信，第24行。

[*Liebestod*]*理应表明情欲的冲动已经被引导到不同的和分散的方向。她为自己即将到来的死亡准备了每一个细节,她从这些细节中取得的这种反常的感官之乐主要在于这样一种感情,即她至少可以遇见天国里的新郎,"我在做更好的准备,以遇见比尘世丈夫更好的天国里的丈夫,"她宣称,"没有一位新娘像我这样已准备妥当。我的婚服已经买好……它们是那位少女新娘所穿过的最舒适的、最幸福的服装。"**但她从自己逐渐接近的死亡中所获得的快乐还带有一种强烈的自恋性质。贝尔福德报告说,她为自己的棺材所选择的"主要的图案""是一条戴着王冠的蛇,它把自己的尾巴咬在自己的嘴里,形成一个环状,这是永恒的象征"。毫无疑问,这是永恒的象征,它也是一种无休止自我吞噬的性欲的象征。[69]

对于《克拉丽莎》精神病理学各方面意义的各种细节,其观点可能很不相同,但至少毋庸置疑的是,这只是理查逊的想象力所瞄准的方向之一。在那个方向上,他对无意识和潜意识心理到目前为止已经声名狼藉的诡辩,表现出了无与伦比的洞察力。关于这一点的进一步证据,在强奸发生后的场景里可以见到,也见于克拉丽莎写给拉夫雷斯的语无伦次的信函里:菲尔丁表扬它"超过了我曾经读过的所有作品"。[70]另一位与菲尔丁同时代的理查逊崇拜者,伟大的狄德罗,特别指出对心灵更深处角落的探索是理查逊的强

---

[69] II, 99; IV, 2, 303, 256-257.
[70] "New Letter from Fielding," p. 305.
  * 德语"爱之死"原本为理查德·瓦格纳的歌剧《特里斯坦与伊索尔德》最后一首音乐的题目,也是歌剧的高潮。在文学上,"爱之死"意指两个情人在死亡中或在死之后爱情才得以圆满,如中国的"梁山伯与祝英台",西方的"罗密欧与朱丽叶"等。
  ** 少女新娘指的是圣母玛利亚。

项——这个证言具有很高的权威性,鉴于他自己在《拉摩的侄儿》[*Le Neveu de Rameau*]中对其主题的处理。"正是理查逊,"狄德罗说道,"他在洞穴深处举着火把;正是他尝试认清那些隐藏起来、难以捉摸且不道德的动机,人们急于表现道德的动机并藏于其后。他向洞穴入口处出现的雄伟壮丽的幻象吹了一口气,它所掩盖的丑陋的摩尔人便现出了原形。"[71]这当然是我们在《克拉丽莎》里所进行的发现之旅的本质;而那位丑陋的摩尔人无疑是隐藏在最贞洁内心里无意识生命的可怕现实。

这样一种阐释会暗示理查逊的想象力并不总是与他的教诲目的发生关系;但毫无疑问的是,它在其自身中并不是不可能的。那位世俗的主教得体的外表和若有所思的声音,传达出了理查逊思想中的一个重要部分,但不是它的全部;而且,他的主题就是所写的那些,可能的情况是,只有一个非常安全的伦理的表象,加上印刷的匿名的特点,以及趋于自以为是的诡辩的某种倾向,才能够平息他内心的审查,并因此放任他的想象力在其他经验的领域里自由表达它的深刻兴趣。

如此一种过程似乎在理查逊对拉夫雷斯以及克拉丽莎的描述中出现过。可能存在一种比理查逊所了解的要更为深刻的对于他笔下浪荡之徒的认同,这种认同在拉夫雷斯的评论中留下了印记:"要是每一位浪荡子,甚至,每一个人,都像我这样坐下来,写下所有进入他们头脑或者心中的事物,并以同等的自由和真实来指责自身,要让我自己保持平静,需得多大一队无赖之徒啊!"在其他地方,拉夫雷斯惊人的性幻想能力表明了一种来自于他的创作者一方心甘情愿的合谋,这种合谋远远超越了文学义务所要求承担的使

---

[71] *CEuvres*, ed. Billy, p. 1091.

命：例如，不仅强奸她，而且出于同样凶恶的目的绑架她的母亲，是拉夫雷斯对安娜·豪施加的报复计划。这个计划是一种恶魔式的没有理由的想象，就实现理查逊的教诲意图而言，这是完全不必要的。

然而，理查逊无意识认同的最终效果，从一个美学的角度来看似乎完全得到了说明。在小说最初的设计中存在的危险是，拉夫雷斯显得如此残暴和未谙世事，以至于他与克拉丽莎的关系不能够支撑一个正在发展中的互动心理模式。然而，理查逊通过赋予人物个性以心理上的潜在特性而消除了他笔下主要人物之间的不同。通过暗示在她的深层自我中存在不健全的方面，他减弱了克拉丽莎在许多方面的完美之处——这一暗示实际上增加了她的故事的悲怆色彩，但是在某种意义上，让她更加接近拉夫雷斯的世界；同时，他引领着我们感受到，正如女主人翁的贞洁并非没有它复杂的方面，他笔下恶人的种种邪恶也有值得同情的一面。

拉夫雷斯的姓名——它的发音如同它的词源学意义一样——意味着"无爱"[loveless]；[72] 并且他的原则——浪荡之徒的原则——如同克拉丽莎的，让他看不到自己最深层的感情。从一开始，他性格中的一个方面在持续地斗争，来表达对于克拉丽莎的公开而高贵

---

[72] 见Ernest Weekley, *Surnames* (London, 1936), p. 259。姓名常常是了解无意识观念的向导，而理查逊笔下主要人物的姓名有助于证明如下观点，即他暗暗把自己认同为他的主人翁——罗伯特·拉夫雷斯是一个足够快活的姓名——甚至在无意识中，配合着拉夫雷斯贬抑女主人翁的目的："'克拉丽莎'非常近似于'卡莉斯塔'，剧作家罗笔下不贞洁的女主人翁；而哈洛则非常近似于'娼妓'一词。"这种词语上的联系在阿拉贝拉写给克拉丽莎的一封信中，似乎存在于意识的边缘：她告诉她说詹姆斯会把她看作"一位普通人，如果他见到了你的话"，然后提到了关于拉夫雷斯是否会娶她的疑虑，并在一阵表达轻蔑的狂乱中补充说："……这就是大名鼎鼎的、光彩闪耀的克拉丽莎——姓什么的克拉丽莎？哈洛，不用怀疑！——并且将会是这个哈洛，让我们所有人感到羞耻。"(II, 170-171)

的爱情,并且常常也几乎成功了。的确,克拉丽莎清楚他本性下的这股暗流:"多么复杂的情感,"她跟他说,"你必须要压抑下去!你的内心是多么可怕,多么明断和冷酷啊;谁能够拥有你不时表露出来的这样的感情啊;以及偶尔从你的唇边说出的这样的情感话语啊!迄今为止,谁能够出于既定的目的和预谋像你所做的那样行事,去克服所有这些情感呢?"〔73〕

在拉夫雷斯身上有意识的恶与被压抑的善之间的区分,为叙事的进行提供了一种令人满意的形式上的对称。因为,克拉丽莎在无意识中爱上拉夫雷斯,随后被迫认识到,事实上,他不配获得这份爱情;与之相似,拉夫雷斯一开始对克拉丽莎爱恨交织,但是最后却完全爱上了她,尽管只是发生在他自己已使她无法酬答这份爱情之后。如果她更早一些了解到自己的感情,并且没有在一开始对自己的性意识完全无知,后来又如此惊恐于她的性欲,克拉丽莎或许可以嫁给拉夫雷斯,而且在很大程度上是以她自己提出的条件为前提;而拉夫雷斯本来不必失去克拉丽莎,如果他已经明白而且愿意承认他个性里更温柔的因素。

事实上,这一设想之所以不可能,是因为除了导致克拉丽莎自杀的因素外,这场悲剧还有其他一些原因:二者的命运表现了由两套原则带来的灾难,这两套原则注定了它们的持有者怀有让人类之爱不可能发生的心理趋向,因为它们在肉体与灵魂之间设置了一道无法穿越的障碍。克拉丽莎宁愿死也不愿认可肉体;拉夫雷斯让她爱上自己变得不可能,是因为他也做了一个同样绝对、尽管相反的区分:"证明她要么是天使,要么是女人。"克拉丽莎别无选择而只能做出她所做出的选择,拒绝身体上的女性,并用拉夫雷斯的话来

---

〔73〕 III, 152.

证明,"她的冷漠的确如同霜冻"。与此同时,对他而言也一样,救赎的唯一可能性在于拒绝他对自己的幻觉,这种幻觉同克拉丽莎的一样,根本上就是对错误的两性意识形态的一种投射。"如果我放弃了我的算计,"他在一刻的反省中写道,"我将不过只是一个普通人而已。"但是,当然,他就像克拉丽莎一样,将对自己的预先定义如此深地附着于自身,以致他不能进行改变。这个死结非常彻底,并且像他所坦承的那样,"有她有何关系,或没她又有何关系,我不知道"。[74]

所以,对于拉夫雷斯也一样,死亡是唯一的出路。毫无疑问,他的结局不是自杀,但它在某层意义上又与克拉丽莎的结局一样,这层意义就是他部分促成了克拉丽莎之死。他曾在一个梦里得到预警,在梦里,他最终想着要去拥抱她,却看到苍穹张开来迎接她,而留下他一个人,这时他脚下的大地下沉,他于是掉进了一个深不见底的地狱。他的无意识预兆被这一事件所证实,但不是在他做出忏悔之前,他向杀害自己的莫登上校承认他是自己命运的制造者,并恳求克拉丽莎圣洁的灵以怜悯和宽恕来照看他。[75]

一段恋爱关系就这样结束了,它至少在这个故事里,如同神话和传奇中伟大恋人之间的恋爱一样,超越死亡而得以延续。克拉丽莎与拉夫雷斯完全且致命地彼此相互依赖,如同特里斯坦与伊索尔德或罗密欧与朱丽叶一样。但是,为了与小说主观的视野模式保持一致,阻止理查逊笔下不幸的恋人们结合的主要障碍是主观性的,部分上也是无意识的,那些个人的命运之星通过不同的心理力量作用于个人。这些力量毫无疑问最终都是公共性的和社会性的,因为

---

〔74〕 II, 208; III, 190, 229.
〔75〕 IV, 136, 529.

主要人物之间的这些差别代表了他们所处社会里观念和伦理的更大的矛盾，但是，这些力量被如此彻底地内化了，以至于这一矛盾作为一种斗争来表达自身，该斗争发生在不同性格之间，甚至在同一性格的不同部分之间。

  这就是理查逊的胜利。甚至情节和人物中最明显之不合理的、充满说教的或不同时期的各方面，甚至强奸情节和克拉丽莎不合理的死亡时间，都被带入到一个更大的具有无限形式和心理复杂性的戏剧模型中。正是对一个简单情景持续进行充实和使其变得复杂的能力，让理查逊成为今日为人所知的最伟大的小说家；并且它也表明，小说最终在文学上变得成熟，它的形式资源不但能够支撑理查逊给予他的写作主题以巨大想象力的扩张，还能够引导他摆脱他在批评上的先入之见所具有的扁平说教，而转到对他笔下人物进行深刻的透视上，以至于他们的经验参与到了人类生活本身所具有的令人生畏的模糊性中。

第八章

菲尔丁与小说的史诗理论

因为《帕美拉》为《约瑟夫·安德鲁传》的写作提供了最初的动力,故不可认为菲尔丁对于小说兴起的贡献如理查逊那样直接,因此这里也不会对他进行广泛的讨论。他的作品无疑提出了非常不同的问题,因为他们的突出特点更多根植于新古典主义的文学传统,而不是社会的变动。这一点本身可能对当下研究的主要观点提出了某种挑战:比如,如果《汤姆·琼斯》的主要特点——它们事实上是奥古斯都时期文坛内部自主发展的结果——总体上后来为小说所独有,那么很明显,以上这种把新形式兴起的关键归之于社会变动的观点几乎就难以立足。

菲尔丁为人称道的"以散文体写作喜剧史诗"的方式,无疑为以下观点提供了一些权威性的佐证:小说远不是现代社会里独特的文学表达,其本质是更古老、更受尊重的叙述传统的延续。尽管这是一种相当笼统且未被系统描述的方式,但该观点无疑被人广泛接受且应得到思考。很明显,自从史诗成为叙述类型中第一个范围广大且性质严肃的例子,它有理由让自己的名称涵盖此类作品的整个类型:在此意义上,小说可被视为一种史诗类型。人们或许还可以进一步发挥,像黑格尔,他在一种现代且平淡的现实观的影响下,把小说看作史诗精神的表现。[1]然而,显见的事实是,小说和史诗实际的相似点都具有理论和抽象的性质,如果不忽略这两种形式各自的大部分文学特点,人们就不能获取更多的相似点:毕竟,史诗是一种口传的诗歌类型,它描写历史性或传奇性人物公开且通常卓越的行动,这些人物从事着集体性而非个体性的事业,而这些事业不是小说所要处理的题材。

这些当然也不是笛福或理查逊小说所要讲述的题材。正因为如此,他们对史诗不时发表的评论,为阐明这两种类型在社会和文学方面的不同起到了一些作用;在菲尔丁的史诗类比概念和它对小说贡献的性质被讨论之前,他们对这个主题的观点将会得到简要讨论。

I

在"不朽的维吉尔的……准确判断"同荷马"更丰富、更多产的构思和想象"之间相当传统的比较之外,[2]笛福对待史诗的总体态度也分享了其中一个相当随意的贬称:"不读维吉尔、贺拉斯或者荷马,我也能轻易告诉你有关大众困惑、私下争吵和党派宿怨的后果",他在《评论报》中如此写道;[3]在1711年所写的一个小册子《重罪条约》[*The Felonious Treaty*]里,他告诉我们,围困特洛伊不过是为了"拯救一个婊子"。[4]对海伦的这种看法并不少见,但是笛福把整件事情缩减为一句简单的道德判断,这提醒我们,中产阶级文学观的伦理关切,怎样可能极大地损害了古典文学的声誉。笛福

---

[1] 见 *The Philosophy of Fine Art*, trans. Osmaston (London, 1920), IV, 171。
[2] *The Life of Mr. Duncan Campbell* (Oxford, 1841), p. 86.
[3] No. 39 (1705).
[4] p. 17.

谴责"很久以前勃兴的……淫秽的拉丁语作家提布卢斯、普罗佩尔提乌斯及其他人",[5]并哀叹"在希腊人中除了普鲁塔克外没有一位道德家",[6]这可作为这种伦理倾向的又一佐证。

一旦笛福不把荷马视为道德家,他即可更鲜明地把他作为历史家而进行谴责。笛福对于文学的兴趣,几乎完全被他对事实的一味追求所左右。把荷马的价值视为储存事实,明显存在许多局限,这与口头传统在总体上的所有特点相似。这个话题最早出现在1704年《风暴》[*The Storm*]的序言中,并在1726年笛福的《论文学》[*An Essay upon Literature*]中得到完全展开。

文学之于笛福意味着写作。他有一个总体观点,即认为写作艺术是来自摩西的神圣礼物,帮助人类逃离"那种对传统极为腐化和复杂的使用",也就是说,那种原始的、"口传的关于人物和事件的历史",实际上总是倾向于把历史变成"寓言和传奇",把"无赖"变成"英雄",把"英雄"变成"神"。荷马在这方面是一位非常显赫的冒犯者。他的作品都是不可替代的历史档案:我们都不会知道"特洛伊曾被围城,如果不是荷马歌唱过它的话";然而,不幸的事情是,"甚至到现在,我们仍几乎不知道这个故事是历史,抑或是那位歌谣者为了赚上一文钱而歌唱的寓言故事"。[7]

最后这句话呼应了笛福广泛流传的一条对荷马的引用,该引文出现在对一项争议所做的非常有趣的干预过程中,争议起源于蒲柏没有承认曾与布鲁姆和芬顿合作翻译《奥德赛》这件事。笛福在《苹果蜂杂志》中写道——无耻冒失的言行在该杂志中都极少见,既然从荷马以来的所有作家都曾是剽窃者,单单挑出蒲柏进行攻击

---

[5] *Mist's Journal*, April 5, 1719, 引自 William Lee, *Daniel Defoe* (London, 1869), II, 31。
[6] *Essay upon Literature* (1726), p. 118.
[7] pp. 115, 17, 115, 117.

是可笑的：

> ……我朋友中的一位轻佻之辈向我保证说，我们的远房亲戚荷马本人犯过同样的剽窃之罪。你必须注意，远亲荷马是一位来自雅典的年迈、眼盲的民谣歌者，他在国内周游，也去希腊的其他地方，挨门串户歌唱他的谣曲；唯有的差别是：他歌唱的民谣一般都为他自己的创作……但是，我的朋友说，这位荷马，随着时间的推移逐渐获得一些名声——他挣的钱可能比诗人们应挣的钱还要多，于是变得懒惰和不真诚，让一位名叫安德罗尼库斯的，一位斯巴达人，和一位名叫S-L的博士*，一位雅典的哲学家，两位相当优秀却名气稍逊的诗人为自己写歌；因为他们穷困且饥寒交迫，所以让他们为其工作毫不费事。这样，诗人自己不再写诗，只是以自己的名义去出版和销售他的谣曲；通过这种方式，他的这些谣曲以高昂的价格获得了大量的订阅。[8]

有许多前驱对荷马的描画与笛福相近，如法国的德·奥比尼亚克神父［d'Aubignac］和佩罗［Perrault］，时间更近的有英格兰的本特利［Bentley］和亨利·费尔顿［Henry Felton］，他们都把荷马的诗歌看作一位漫游诗人的歌曲合集；[9]但是把荷马当作剽窃者和成功文学企业家的叙述，则是为了迎合当时的主题。笛福的策略——把所有的文学事件都约减到它们的商业对等物——被极巧妙地设计

---

[8]　July 31, 1725; 笛福关于这一话题的两封信都重印于Lee, *Daniel Defoe*, III, 410-414。

[9]　见Donald M. Foerster, *Homer in English Criticism* (New Haven, 1947), pp. 17-23, 28。

*　S-L博士影射塞缪尔·约翰逊博士（Dr. Samuel Johnson, 1709—1784）。

为不但去损害史诗的威望以及奥古斯都文化的古典前提，而且也把文学中的伟大作品降格到同葛拉布街文人作品同样低的水平，而他就曾被众人轻视地排斥到此等文人之列。

笛福反对荷马还有另一个重要的理由——他与同时代人一样有着异教徒的轻信。他在《魔法的体系》[*A System of Magic*，1727]中有一个结论就是，"希腊人是世界上所有膜拜魔鬼的人中最迷信的，比波斯人和迦勒底人还要糟糕"，他们的宗教文学被邪恶之人的"魔鬼骗术"所败坏，这些邪恶之人以"一种难以理解的偶像膜拜的可憎狂乱"持续"挥舞砍伐"。[10] 在另一部著作《魅影的历史与现实》[*The History and Reality of Apparitions*，1727]中，他语带讥讽地总结说："多么有学识的浑话，而这里又如此之多，在基督教的基础上，顺从某件事情同制造任何不会立即出现在普通人面前的事物一样容易！"[11]

对古人非理性和不道德的偶像膜拜所表现出的几乎不加掩饰的不耐烦语气，是留给笛福的一个合适话题。荷马可以作为历史证据的一个极有价值的来源。但是——部分是因为他自己贩卖谣曲的积习，部分是因为希腊文明顽固的迷信思想——他把"希腊人的战争……由现实变成完全的虚构……"[12] 要是特洛伊有一位极为出色的记者就好了！

II

人们不会期望从理查逊的谨慎秉性那里找到笛福身上自然形成

---

[10] Oxford, 1840, pp. 226, 191, 193.
[11] Oxford, 1840, pp. 171-174.
[12] p. 22.

的对于他人观点的叛逆论断；但是，有两个小的例外，[13]在他的小说和书信中可以辨见相似的对于史诗的敌意。

理查逊对于史诗文类的主要反感，如我们应该期望的，基于它所表现出来的风格和道德。他最直接的攻击出现在写给布雷德莎福女士的信中，布雷德莎福女士显然首先写信给他，让他开始讨论史诗带来的可怕后果：

> 对于您谈到《伊利亚特》中激烈的、战斗的内容，我深表佩服。学者，有判断力的学者，如果他们敢于高声发言，据其有利的方面以反对沿袭千年的偏见，我相信，他们至少会发现让荷马点头是可能的。就我看来，这首诗的确很宏伟，但恐怕在许多个世纪里已经造成了无尽的伤害；因为就它而言，它的副本《埃涅阿斯》在很大程度上受惠于它，其野蛮的精神，从最早的时期到今日，激发了那些参与战斗的人，他们比狮子或老虎还要凶残，劫掠着这个地球，让它成为一片血污之地。[14]

这个抨击中的思想没有原创性。蒲柏就已经写过关于荷马"最令人震惊的"事情是"《伊利亚特》中明显表现出来的野蛮精神"。[15]显然，既然战争在史诗中是"必不可少而非点缀性的内容"，[16]那么它的道德世界所代表的价值，对于一个爱好和平的社会而言是不相容和不受欢迎的。然而，理查逊比这走得更远，他谈到

---

[13] 见"Postscript," *Clarissa*以及*Grandison*, I, 284。
[14] *Correspondence*, IV, 287; 书信没有写明日期，但可能是写于1749年。
[15] 见Note, *Iliad*, IV, 75, 引自Foerster, *Homer*, p. 16。
[16] H. M. and N. K. Chadwick, *The Growth of Literature* (Cambridge, 1936), II, 488.

《埃涅阿斯》造成了"无尽的伤害",这是性质相当新鲜的说法,并且预告了布莱克后来更加总体性的谴责"……正是(由于)这些古典之作……荒芜的欧洲困于战争"。[17]

理查逊有一个持久的成见,认为史诗的声望危险地认可了邪恶的个人行为模式。在《查尔斯·格兰迪森爵士传》中,夏洛特夫人几乎一字一句地重复了理查逊讲给布雷德莎福女士的观点,但在结束的时候却扩大了指控:

> ……男人和女人都彼此欺骗。但是我们可以在很大程度上感谢这群诗人对此事的热衷。我讨厌他们所有人。难道他们不是这种糟糕激情的煽动者吗?说到史诗,亚历山大,一如他此前的疯态,不就是如此疯狂的一个人吗?这不就是拜荷马所赐吗?关于那些暴力、谋杀、劫掠,不就是这些史诗诗人,在鼓吹那些错误的荣誉、错误的辉煌、错误的宗教吗?[18]

史诗的错误荣誉原则,就像英雄悲剧一样,无非是男子气概的、好斗的、贵族气的和异教的。所以,理查逊对此完全不能接受,他的小说主要是攻击这种意识形态,并代之以极为不同的意识形态,这种意识形态里的荣誉是内在的、精神性的,而且对于愿意按照道德行事的所有人而言是不区分阶级或性别的。

理查逊最完整表现这种英雄主义的作品是《查尔斯·格兰迪森爵士传》,他在序言里称,他的朋友们坚持的结果是,他"在大

---

[17] 引自 "On Homer's Poetry" (c. 1820); *Poetry and Prose*, ed. Keynes (London, 1946), p.583。
[18] VI, 315.

众视野里创造了具有真正荣誉的人,他的性格和行动":它确立了一个重大社会问题的许多方面,这个问题中的新旧荣誉原则是不同的——这就是决斗。尽管格兰迪森爵士是一位优秀的剑术师,但他是这种野蛮行为异常坚定的反对者,以致他拒绝接受挑战。在"结论"中,理查逊非常强烈地捍卫了这一行动过程。他重申哈丽叶特·拜伦反对旧原则的声音:"谋杀的、卑鄙的词语——荣誉!……它是责任、良善、虔诚、宗教等不折不扣的反义词……";[19]并指出"荣誉明显是一个荒谬的、有害的概念";且坚持认为挑战要求决斗不过是"有礼貌的请求谋杀",这是每一个遵循基督教原则的人都应该拒绝的,因为"真正的英勇是在不利的条件下对全部责任的坚持"。

在《查尔斯·格兰迪森爵士传》以及《帕美拉》和《克拉丽莎》中,还有许多其他的内容支持如下观点,即,理查逊的小说是基督教和中产阶级为反对异教和勇士道德的华丽诱惑而进行的长期系统性声辩运动的高潮。斯梯尔曾经感到疑惑:"在我们的想象中,为什么异教徒趾高气扬,而基督徒却蹑手蹑脚?"[20]笛福曾经建议检验真正勇气的方案是"敢于行善"。[21]理查逊为这种勇敢行为提供了典范:荷马世界中积极而外向的理想同他自己生活方式之间的矛盾,甚至可能更清晰地表现在他居处郊外、久坐不动而对海默尔小姐所进行的沉思里:"在如此一个世界里,拥有一颗富于同情的心,英雄主义就获得了满足!"[22]

---

[19] *Grandison*, I, 304; 另见 *Clarissa*, IV, 461-463。
[20] *The Christian Hero*, ed. Blanchard (London, 1932), p. 15.
[21] *Applebee's Journal*, August 29, 1724, 引自 Lee, III, 299-300。
[22] *Correspondence*, II, 252 (July 20, 1750).

单是理查逊对英雄品质的厌恶，或许就足以让他去反对作为一种文学范型的史诗；但是，这种反对当然非常有可能表现在许多方面。

在18世纪前半期，人们逐渐意识到荷马的世界和当代世界之间存在着巨大而众多的差异。这种倾向在托马斯·布莱克维尔［Thomas Blackwell］那里得到极为显著的表达，对于以下这个受到广泛争议的问题——为什么后来的诗人再也不能取得与《伊利亚特》或《奥德赛》同样伟大的成就？——他在《荷马的生平与写作之探寻》［Enquiry into the Life and Writings of Homer，1735］中给出了比此前更为详尽的答案。布莱克维尔的主要论点是，荷马从他所处的社会环境中获得了独特的诗学优势，这是18世纪的英格兰无法复制的。生活在一个从完全的野蛮主义向安定、懒散的商业文明过渡的时期，荷马陶醉于这种自发的英雄文化，"依靠掠夺谋生却带来了灵魂和英勇的好名声"。荷马的听众也不是由"一个伟大而奢豪的城邦的居民"组成，而是由一些更加质朴和尚武的家伙组成，他们愿意倾听"他们祖先英勇的"事迹。[23]

布莱克维尔对这种比较所做的三种运用在总体上同史诗和小说之间的差异十分相关，具体而言，则尤为关联于理查逊所处的文学革新的环境。布莱克维尔写道，荷马的诗歌是"用于在一群人面前进行朗诵，或者歌唱；而不是用于私下的阅读，或者在一本书中细读"。其次，"那些质朴的希腊人……一点儿也不在乎他表达的情感"，并由于这个原因，比起他"更优雅却呈现两重性格"的同时代人，布莱克维尔更青睐于古希腊人。最后，既然史诗描写"更质朴的行动"，它不但要求当代作家必须"抛弃他的日常行为方

---

［23］ 2nd ed., 1736, pp. 16, 123.

式"——如果他想要"在更高的类型中作诗"的话,而且史诗的读者必须把他自身投射到他可能会觉得不寻常且令人不快的人和环境中。因此,抱着对于荷马的热情,布莱克维尔不得不总结说,尽管他的恩主"可能会对缪斯众神的寂静无声感到遗憾,然而我相信阁下会认同我们的想法,我们永远不会成为史诗的合适主题"。[24]

布莱克维尔继续解释为什么史诗在他所处时代的读者群中不受欢迎,受欢迎的却是小说。史诗不受欢迎的原因是可以被总结的,例如,当艾伦·希尔发表了他的《吉迪恩,一首史诗》[Gideon, An Epic Poem] 时,理查逊在1744年建议他不应该"在封面称它为史诗,因为看到这个题目的许多人,不会在同一时间知悉你对这个词语所下的令人钦佩的定义"。[25]这种不受欢迎的原因一定同以下事实相关,即阅读史诗意味着要持续努力去排除对当下日常生活的一般期待——而这种期待却正是小说所要利用的题材。艾迪生曾在《旁观者》中说,阅读荷马很难不会让你感觉到"是在阅读另一个物种的历史"。[26]然而伏尔泰在他早期的《论史诗》(1727)中,曾特别比较了他同时代人阅读《伊利亚特》和拉法耶特夫人的《扎伊德》的不同方式:"非常奇怪,然而却是真实的,在最有学问的人中间,以及在无限崇拜古代的人中间,几乎没有发现一个人,曾经带着渴望和狂喜去阅读《伊利亚特》,但是一位妇女,当她阅读《扎伊德》这部小说时,却会带有这些冲动。"[27]

《扎伊德》和《帕美拉》的女性读者一定会觉得很难让自己认同荷马笔下的人物;她们也一定对荷马处理女性的方式感到震惊。

---

[24] pp. 122, 340, 24, 25, 28.
[25] *Correspondence*, I, 122.
[26] No. 209.
[27] Florence D. White, *Voltaire's Essay on Epic Poetry: A Study and an Edition* (Albany, 1915), p. 90.

布莱克维尔告诉我们,希腊人都不以"他们本性的爱好"为耻;[28]如詹姆斯·麦克弗森[James Macpherson]后来所说:"荷马,在所有的古代诗人中,对性别的使用毫无顾忌。"[29]这种可耻的粗鄙态度进一步解释了理查逊憎恨史诗的原因——显而易见,他对史诗的攻击由他的一位女性通信者所激发,并主要通过他的女性人物表达出来。例如,在《查尔斯·格兰迪森爵士传》中,哈丽叶特·拜伦就是坚定支持基督教史诗和弥尔顿史诗观点的人。为了反对荷马,她还引用了艾迪生发表在《旁观者》上的文章,以及"可敬的迪恩先生"的文章,来支持她的观点。另一方面,荷马获得了一种极具破坏性的支持——来自一些男性学究如瓦尔登先生的赞扬,或来自直率且带有男性化的鲁莽的女性人物如巴内费尔特小姐的赞扬,拜伦小姐对此向塞尔比小姐进行了报告,其语调与理查逊本人对布雷德莎福女士所喊出的恐惧类似,"阿喀琉斯,这位野蛮的阿喀琉斯,迷住了她"。[30]甚至更令人诅咒的可能是,《克拉丽莎》中那位声名狼藉的拉夫雷斯玷污了史诗的羽毛。他利用维吉尔的先例为自己对待克拉丽莎的行为进行辩护,询问贝尔福德"在哈洛这件事情上,我是否能如维吉尔对狄多女王一节叙事的处理那样,获得宽恕";甚至足够厚颜无耻地辩称,既然他"对哈洛应负的责任不及埃涅阿斯对迦太基女王应负责任的一半",没有理由不去称呼"虔诚的拉夫雷斯,和虔诚的埃涅阿斯"。[31]

一位18世纪晚期的小品文作家,马丁·舍洛克[Martin

---

[28] *Enquiry*, p. 340.
[29] *Temora, an Ancient Epic Poem* (1763), p. 206, n.; 引自 Foerster, *Homer*, p. 57。
[30] *Grandison*, I, 67-86.
[31] *Clarissa*, IV, 30-31; 另见 II, 424; IV, 451。

Sherlock], 表达了一个被广泛接受的观点, 他说理查逊的"不幸是他不懂古人"。[32] 相反的看法更可能是事实本身, 至少就他的文学原创性而论, 重要的是, 理查逊在晚年变成了一位热情的今人支持者而反对古人。这点很清楚地表现在他在爱德华·扬写作《写给〈查尔斯·格兰迪森爵士传〉作者的一封信中关于原创性的几点猜想》(1759) 时所起的作用。其中, 如 A. D. 麦基洛普所表现的那样, [33] 他的责任在于从总体上, 在一股新的反对古典文学区分价值高下的方向上, 加强了扬的论争。《几点猜想》中一个值得称道并实际为理查逊所写的段落, 表明他也清楚此争论与其个人有着利害关系:

> 毕竟, 第一批古人在原创性上并无多少功劳: 他们不是模仿者。现代作者则可以进行选择, 并依其能力而取得成绩。他们可以在自由之域飞翔, 或者在轻松模仿的温柔桎梏下活动; 如同快乐曾为大力神赫拉克勒斯提供动力, 模仿有同样多令人信服的理由去敦促如此行动。赫拉克勒斯选择成为英雄, 并因此而不朽。[34]

理查逊隐秘的目的变得明显。他曾经是一位原创性作家, 而不是像荷马那样毫无选择, 只是他刻意选择对以前的模型进行拒绝。这位新兴的文学大力士, 是一位事后勇士, 因为直到他完成《克拉丽莎》之后, 我们才有证据表明他对古典模型的特别关切。但是我

---

[32] 见 *Lettres d'un voyageur anglais* (1779), trans. Duncombe, 引自 John Nichols, *Literary Anecdotes of the Eighteenth Century* (1812), IV, 585。
[33] "Richardson, Young, and the *Conjectures*," *MP*, XXII (1925), 393-399.
[34] Young, *Works* (1773), V, 94.

们必须同意理查逊的部分恳求：使他获得不朽名声的原创性，无论偶然还是刻意，与他忽略既定文学模型而偏爱自己对生活的生动意识相关，并且其不合惯例而特有的恰当方法让他有意去直接而自然地表达它。

III

与笛福和理查逊两人不同，菲尔丁却是浸淫于古典传统之中，尽管他绝不是一味顺从其规则，但是他也强烈感受到渐增而无序的文学趣味对于严格规范的呼吁。例如，在《卡文特花园周刊》中，他建议"作家们都不许进入批评家的行列，除非他已经通读过并且理解亚里士多德、贺拉斯和朗吉努斯等人各自的原文著作"。[35]他觉得尤其需要把相似的要求特别地应用于虚构性写作的领域，以反对曾被乔治·艾略特雄辩地描述为"仅仅是左撇子的愚蠢闯入"的指责；"拥有良好的学识"，他在《汤姆·琼斯》中建议道，是那些人想要写作"此类历史"的重要前提条件，[36]这些学识无疑也意味着掌握包括拉丁文和希腊文在内的知识。

为了在其第一本小说《约瑟夫·安德鲁传》（1742）中与他的总体看法完全保持一致，菲尔丁应该痛苦地为自己的计划进行过辩护，既是为了他自己，也是为了他的文学同侪，以便把小说引入到古典批评传统中。至于该辩护所应该导向的是哪个方向，几乎没有多少疑问。此前许多虚构作品的作家和批评家——尤其是17世纪法国传奇作品的创作者和批评者，认为叙事的形式对人类生活的任何模仿，都应该尽可能地吸收亚里士多德以及无数他的阐释者为史诗

---

[35] No. 3 (1752).
[36] Bk. IX, ch. 1.

奠定的规则；而菲尔丁——明显非常独立地——从这一相同的观点出发。[37]

他在序言的开头就建议——或许带有一点要别人领情的口吻，"纯英语读者与这些小册子的作者对传奇可能有不同的看法……因此，对这种类型写作说几句话作为提示语也并非不合适，因为迄今我不记得在我们的语言中曾见过这类写作被尝试过"。他接着说：

> 史诗，以及戏剧，被区分为悲剧和喜剧。荷马，是这些诗歌类型之父，为我们提供了这两类诗歌的样式，尽管后一种类型的样式已完全遗失；对此，亚里士多德告诉我们，《伊利亚特》同喜剧的关系和它与悲剧的关系一样重要……
>
> 进一步看，因为这种诗歌可以是悲剧性或者是喜剧性的，所以我会毫无顾虑地说，它同样可以是诗体或者是散文体的；尽管它缺少一个特别的部分，批评家将该部分列入史诗的组成部分中，这就是格律；然而，任何类型的写作如果包含了它的所有其他部分，如寓言、行动、人物、感情和辞令，唯一缺少的是格律，对于我而言，似乎有理由认为它与史诗有关；至少还没有批评家曾想到在任何其他类型的抬头下来合适地安排它，或者给它分配一个特定的名称。

菲尔丁在这里主张把他的小说"关联"于史诗类型，这并不能引起人们的关注：毫无疑问，《约瑟夫·安德鲁传》中就包含有亚里士多德认为史诗必须具备的六个部分中的五个；但是肯定不可能

---

[37] 见 René Bray, *La Formation de la doctrine classique en France* (Paris, 1927), pp. 347-349; Arthur L. Cooke, "Henry Fielding and the Writers of Heroic Romance," *PMLA*, LXII (1947), pp. 984-994。

认为任何叙事都与史诗相关，如果它不包含"寓言、行动、人物、感情和辞令"的话。

拥有这五个要素当然不能有助于说明菲尔丁对散文体史诗和法国传奇之间继续做的区分：

> 于是，康布雷大主教所著的《特勒玛科斯》在我看来属于史诗类型，就如荷马的《奥德赛》一样；的确，相比于让它与那些和它毫无共同点的类型相混淆，给予它一个对于那些类型而言显得普遍的名字则更为公平和合理，它与这些类型仅在一个单独方面有所差别。诸如此类的大部头著作，它们通常被称作传奇，像《科莱丽亚》《克莱奥佩特拉》《阿斯特赖亚》《卡珊德拉》《居鲁士大帝》，以及其他许多作品，它们如我理解的那样，几乎没有什么教益或娱乐。

可以观察到，菲尔丁对于费内隆的《特勒玛科斯》和法国英雄传奇之间的区分，完全基于对一个新要素的引入，"教益或娱乐"；很明显，这是一个个人价值判断的问题，所以很难纳入到任何一种总体的分析模式中。因此，当菲尔丁对自己的从严肃史诗延伸而来的"以散文体写成的喜剧史诗"同与它类似的散文体作品继续进行区分时，他也没有利用这个标准，这就毫不奇怪；相反，他使用了亚里士多德在严肃模式和喜剧模式之间的区分，这一方式实际上让所有的法国传奇都被置于同《奥德赛》和《特勒玛科斯》同样的范畴之内：

> 现在，一部喜剧传奇就是一部以散文体写成的喜剧史诗；它与喜剧的差别，就如同严肃史诗同悲剧的差别：它的行动被

拉长且更全面;包含着一个更大的事件循环,并引入了更多样的人物。在这里,就寓言和行动而言,它与严肃的传奇不同;在严肃传奇中,寓言和行动是严肃而庄重的,在喜剧传奇中,它们则是轻浮而荒谬的;通过引入举止卑下的人物,它在人物塑造上也不相同。然而,严肃的传奇给我们安排了最有风度的人物;最后,在感情和辞令方面,喜剧传奇保存了滑稽而不是崇高的成分。

这段话完成了菲尔丁在《约瑟夫·安德鲁传》的序言里对史诗的相似物所进行的批评阐述。很明显,这番论证全部的、关键的力量取决于"喜剧的"一词,而序言中剩下的占全部内容六分之五的部分,则是用于发展他的关于"滑稽的"思想。这一点当然不可避免地伴随着对史诗相似物的遗弃;因为,既然荷马的《马尔吉特斯》[*Margites*]已经遗失,喜剧史诗在《诗学》中几乎少有提及,菲尔丁企图将自己所著小说接上古典理论原则的努力既得不到现存文学类型的支持,也得不到理论前驱的支持。

在对有关小说的史诗相似物所产生的现实效果进行思考之前,似乎应该指出,上述已被重新写出的内容几乎构成了菲尔丁对于散文体喜剧史诗所说过的一切。《约瑟夫·安德鲁传》是一部匆匆写就且包含多种混合意图的作品,起初是作为对《帕美拉》的戏仿,之后又延续了塞万提斯的写作精神;而这可能表明没有必要赋予它的序言太多重要性,因为它并没有真正为虚构作品的全部理论描画出轮廓。如菲尔丁自己所说的那样,他仅仅包含了"一些极少的且很简略的暗示"。"以散文体写成的喜剧史诗"这一惯用的表达就只是这样的一条暗示;尽管菲尔丁在为他妹妹萨拉的《戴维·辛普尔历险记》(1744)所写的序言里简单地提到它,并随后称《汤姆·琼斯》（1749）是一部"散文体-喜剧性史诗之作"的范本，[38] 他没有在其后期作品中发挥或者修正他早期的方案；的确，他几乎没有对其给予进一步的关注。

IV

尽管菲尔丁想要创造一个史诗的喜剧性变体，但他却去掉了对其中至少两个组成部分的模仿——人物和感情；英雄人物和高尚的思想在《约瑟夫·安德鲁传》或《汤姆·琼斯》中明显没有位置。然而，史诗情节中的一些方面经改造后可以用于他的目的，且史诗的辞令也可以用于滑稽的形式。

甚至关于情节的真实情形是，它们之间的差别与它们之间的相似相比注定要更明显：喜剧人物不被允许做出英雄的行为，而史诗情节是基于历史或者传说，（因此）菲尔丁不得不去创作自己的故事。所以，他能做到的最大程度就是在对其内容进行修改的同时，保留一些史诗情节的其他总体特征。这里最好的例子可能就算《汤姆·琼斯》，小说的行动——至少在以全景式视角来表现整个社会这个意义上，具有史诗的特质，这同理查逊以详细的图画去描绘一个非常小的社会群体是相对的。

---

[38] Bk. IV, ch. 1; Bk. V, ch. 1. 有趣的是，偶然可以见到这些参考在之前出现过；在《汤姆·琼斯》前6卷之后，菲尔丁改用了一种更加全面的戏剧性方法，如 W. L. Cross 所指出的那样（*History of Henry Fielding*, II, p. 179）。关于菲尔丁并未很严肃看待史诗相似物并全面探讨其批评问题的进一步证据可见于如下事实，即他既不重视亚里士多德所提到的"如他们在现实生活中一样"（*Poetics*, ch. 2）去表现人的那种文学形式——大概这种文学类型至少可以包括《阿米莉亚》，也不重视当代关于一部"散文体史诗"是否明确不构成矛盾的争论 [见 H. T. Swedenberg, *The Theory of the Epic in England, 1650-1800* (Berkeley and Los Angeles, 1944), pp. 155, 158-159]。

但是尽管《汤姆·琼斯》的结构在广度和多样性上非常契合于今天"史诗"这个词所寓含的主要意义，这主要还是一个范围的问题，且不能作为证据表明菲尔丁在任何特定的方面受惠于某种史诗原型。然而，至少还有两个其他的确定方面，表明菲尔丁将史诗情节的独有特点转化到喜剧的环境中：他对"意外"的使用，以及他引进了"仿英雄"的战斗。

一般都同意，在新古典主义的理论中，史诗中的行动有两个特别的要素——逼真和令人惊奇。这些方式很好地利用了文艺复兴时期批评家们所具有的机巧创造，那些格格不入的同盟者们因此可以在其中兴高采烈地欢庆，而且他们那些有点诡辩式的论辩后来被许多法国传奇作家零星利用。菲尔丁在《汤姆·琼斯》第8卷开篇一章里对此进行了攻击。他一开始就原谅了荷马对一些不可思议情节的使用，理由是他"写给异教徒，对于这些人，以诗歌写作的寓言是宣传信仰的篇章"；即便如此，菲尔丁还是禁不住希望荷马能够了解并遵循维吉尔的原则——"尽可能少地"引入超自然的力量！菲尔丁继续写道，无论在哪种情况下，史诗作者和真正的史学家都能够比小说作家更有说服力地引入不可能的事件，因为他们记录的是已经为人所知的"公共事件"，然而"我们处理的是个体人物……没有公共名声，没有当下的证据，没有记录来支持并确证我们所传达的内容"。他总结说，这就"塑造"了小说作家"不但要待在可然性的范围之内，也要待在或然性的范围之内"。

于是，菲尔丁规定在小说这种新类型中要比在史诗或传奇中更为强调逼真性。然而，他批准了以下这一点，承认既然"诗歌的伟大艺术在于将真理与虚构融合，目的是为了将可信加入到意外之中"，"对读者怀疑的殷勤迎合"不应止于让可允许的人物或事件变成只是"平庸的，普通的，或者粗俗的；如同那些可能发生在每一条街道上，或者每一个家庭里的那样，或者跟报纸上家庭生活版中所载的文章相同"。

菲尔丁实际上所谓的"意外"在下面的语境中变得清晰：他主要是指那些一系列的巧合，其中，汤姆·琼斯连续碰到那位拾到索菲娅口袋书的乞丐，以及看见索菲娅从路上经过并为她充当一段路程向导的梅丽·安德鲁；更笼统地说，主要是指以下这种方式，即男女主人翁在他们去伦敦的旅程中不断经过彼此走过的道路却从没遇上。菲尔丁之所以重视这些技巧，是因为这些技巧可以把整个叙事组织进一个非常齐整且让人愉快的形式架构内。尽管把人物和事件如此恰当地进行并置，并不会像在荷马或维吉尔那里常见到的超自然干预那样非常明显地违反逼真性，但显而易见的是，通过暗示文学被操纵的程序而不是普通生活的进程，它们仍然会对叙事权威性的总体气氛造成破坏。于是就小说而言，甚至菲尔丁对奇妙事件原则相对不那么显眼的让步也倾向于证实，这些追随史诗作者的现代作家们所面临的现实困境。布莱克维尔在他的《探寻》中说："这些不可思议的奇妙事件是史诗类型的神经：但是在一个极为整饬有序的状态下会发生什么样不可思议的事件呢？我们（对此）几乎不会感到吃惊。"[39]

菲尔丁在小说里在行动上对史诗范本最明显的模仿——仿英雄的战斗——与形式实在论的规定和他的时代生活也有一些差异。或者是因为这些事件自身本来都是不可能的——例如，就跟约瑟夫·安德鲁斯和一群追捕帕森斯·亚当斯的猎犬打斗一样[40]——或者是因为它们以如此一种方式被叙述出来，以至于把我们的注

---

[39] p. 26.
[40] *Joseph Andrews*, Bk. III, ch. 6.

意力从对事件本身的关注，转移到对菲尔丁处理这些事件的方式以及对相关史诗类似物的关注上来。《约瑟夫·安德鲁传》中的事件正是如此情形，《汤姆·琼斯》中摩尔·西格拉姆进行的那场声誉卓著的墓地战斗甚至更为明显。[41]一群乡村暴徒在礼拜仪式之后袭击一位怀孕女孩的场景本身毫无趣味，只是菲尔丁的滑稽方式，他的"荷马式风格"，让他得以保持喜剧的调子。可以肯定的是，如果菲尔丁把我们的注意力完全转移到参与者的行动和感情上去，这个事件和其他的一些事件都是极难被人接受的；即便如此，我们有理由怀疑摩尔·西格拉姆的那个场景——出自像菲尔丁这样一位如此人道的人物之手，使理查逊更加反对史诗的好战影响。

菲尔丁的荷马风格本身表明了一种对待史诗范本有些模糊的态度：如果不是这个序言，我们完全有理由把《约瑟夫·安德鲁传》当作对史诗套路的戏仿，而不是某位作家计划把它们（史诗套路）用作这种新类型基础的作品；并且即使我们考虑到这个序言，菲尔丁的小说也当然反映了他的时代的模糊态度，在这样的一个时代，其特有的对仿英雄进行强调的文学重心，揭示出它与它所如此崇拜的史诗世界有多远的距离。

这种矛盾心理的原因在《约瑟夫·安德鲁传》的序言中确实非常明显，当他做出以下声明时：尽管他在其措辞中允许进行"戏仿或滑稽模仿"，主要是为了"娱乐"具有"古典趣味的读者"，但他已从他的情感和人物中"小心地排除了"它们，因为他的主要意图是限制自己去"严格遵循自然，我们能够……给理智的读者传达的

---

[41] *Tom Jones*, Bk. V, ch. 8.

所有愉悦，将从此合理的模仿中流出"，菲尔丁在其中以暗含的方式承认对于史诗的直接模仿与对"自然"的模仿是相反的。毫无疑问，如此一种两重态度的困难在于，像菲尔丁这样一位优秀的亚里士多德派，肯定懂得没有哪一部文学作品的单一组成部分可以实际上被视为一个独立的实体。例如，他在《汤姆·琼斯》中争辩说，没有"各式各样的微笑、描述，以及其他类型的诗学润饰，对普通事件的最佳叙述一定会让每一位读者无法忍受"。但他继续告诉我们，引入女性主人翁需要"我们在能力内可以给予的最高庄重感以配合崇高的风格，以及其他所有适合提升读者敬意的环境"，[42]并且在这之后，他又写了题为"一则有关我们在崇高主题之下可以做些什么的简短暗示，以及对索菲娅·韦斯顿小姐的描写"的一章，该章如此开始："让所有粗糙的呼吸变得安静。让统治这些风的异教徒把喧嚣的波瑞阿斯狂暴的四肢禁锢在铁链之下。"*——非常明显的是，菲尔丁以极高的代价获得了他的"诗性润饰"：索菲娅绝没有从如此武断的介绍里获得完全恢复，或至少绝没有让自己从它所诱导的这种嘲讽态度里完全脱离出来。

每当菲尔丁常见的叙事主旨被史诗的文体技巧中断时，读者对人物或行动权威性的信仰同样在减少；这当然强调了以下事实，即形式实在论的惯例构成了一个不可分割的整体，语言惯例是其中的组成部分；或者，如他的同时代人蒙博度爵士［Lord Monboddo］所说，菲尔丁放弃了他的"简单而熟悉的"风格，损害了"叙事的或然性，这一点应该在所有对真实生活和风俗的模仿中进行仔细的研究"。[43]

---

[42] Bk. IV, ch. I.
[43] *Of the Origin and Progress of Language* (Edinburgh, 1776), III, 296-298.
　　* 波瑞阿斯是希腊神话中的北风之神。

V

菲尔丁的最后一本小说《阿米莉娅》(1751)在伦理目标和叙事方式上是极其严肃的;而它对史诗模范的忠实则属于一种非常不同的方式。没有对散文体喜剧史诗的原则有所指涉,而且仿英雄的事件和史诗的用词都已经被抛弃;取代它们的(是对维吉尔《埃涅阿斯》的隐喻),如菲尔丁在《卡文特花园周刊》中所宣告的那样,维吉尔的《埃涅阿斯》"是高尚的模范,我在此使用到了它"。[44] 布斯也是一位无业的战士,他和马修斯小姐在新门监狱的那一节内容所指涉的,正是埃涅阿斯和狄多在山洞里发生的爱情,此外还有一些其他较小的对应,乔治·舍伯恩对此进行过描述。[45]

需要指出的是,这种类比所牵涉的不过是一种叙事隐喻,它有助于作者的想象力去为他自己对生活的观察找到一个模型,而无论怎样也都不必偏离小说表面的真实性。读者也无须去了解这种类比才可欣赏《阿米莉娅》,如同菲尔丁在其早期小说中对于滑稽段落所进行的处理一样。基于这些原因,《阿米莉娅》可以被看作菲尔丁受到史诗影响而收获最多成果的一部著作;正因为此,他有了自己最负盛名的后继者。每当小说和史诗的关系受到讨论时,T. S. 艾略特就开始热切地发出稍显强制的夸张之辞,他写道,詹姆斯·乔伊斯在《尤利西斯》中使用史诗类比"具有一种科学发现的重要性",[46] 并宣称"此前没有其他人曾在如此基础上建立起小说来",他明显没有公正看待菲尔丁对于一些相似思想进行的毫无疑问的零

---

[44] No. 8 (1752).
[45] "Fielding's *Amelia*: An Interpretation," *ELH*, III (1936), 3-4.
[46] "*Ulysses*, Order and Myth," *Dial*, 1923; 引自 *Forms of Modern Fiction*, ed. O'Connor (Minneapolis, 1948), p. 123。

星运用。

在《阿米莉娅》之后,菲尔丁继续偏离了他早前的文学观。他逐渐意识到自己早期看法的不充分之处,即认为矫揉造作是喜剧的唯一来源,并且他渐增的严肃伦理观甚至让他在他所偏爱的两位前辈喜剧作家——阿里斯托芬和拉伯雷身上,找到许多令人遗憾之处。[47] 与此同时,他对史诗的态度发生了改变,这个改变的高潮出现在《里斯本航海日志》[*The Journal of a Voyage to Lisbon*]的序言里:

> 但是事实上,《奥德赛》《特勒玛科斯》以及所有这些类型之于我这里所谓的航海写作,如同传奇之于真实历史的关系,只是前者是后者的干扰者和腐蚀者。我绝不是猜想荷马、赫西俄德以及其他古代诗人和神话作家拥有任何确定计划要扭曲和混淆古代的记录,但可以肯定的是,他们已经执行过这一计划。对于我而言,我必须承认我本应该更加尊敬和热爱荷马,如果他曾使用谦逊的散文来写作他所处时代的真实历史,而不是使用那些已如此正当地领取了所有时代赞词的高贵诗歌的话;因为,尽管我带有更多崇拜和惊叹之情阅读荷马的诗歌,但我仍是在阅读希罗多德、修昔底德以及色诺芬中才获得更多乐趣和满足感。

这些叙述一定要放到它的语境中。对于18世纪中抵达里斯本的一次航行而言,《奥德赛》明显不是一个令人满意的范本。若仍然把《特勒玛科斯》与《奥德赛》一致视为传奇,则完全颠倒了菲尔丁在《约瑟夫·安德鲁传》中所代表的立场。它们二者作为

---

[47] 见 *Covent Garden Journal*, No. 10, No. 55 (1752)。

一端,与"真实历史"作为另一端之间的比较,也远远超出了对这种他建议进行模仿的写作类型给予序言性解释所需要的内容;当菲尔丁谈到荷马和其他"原创性诗人"败坏了历史真实时,他非常接近于笛福的立场。对他们如此行动的原因,他给出了一个有趣的解释:"他们发现自然的界限对于他们无限的天才而言太过狭窄,如果不通过虚构来延展事实,他们就无法施展他们的天才,特别在这样一个时期,当人们的行为方式太过简朴而无法接受变化,而这些变化正是他们徒劳提供给那些极平庸作家以供其选择的。"

于是,菲尔丁终于认识到自己所处的社会在提供充分的兴趣和多样性,而使得一种文学类型变得可能,该类型专门致力于让读者能比以前更仔细地观察"自然"和现代的"行为方式",而他自己的文学进路正是朝此方向。如人们常常声称的那样,《阿米莉娅》比之前的作品更近似于理查逊对家庭生活的细致研究;尽管菲尔丁活得不够长,未能有另一部小说来体现他重新确立的目标,但是毫无疑问,他似乎已意识到这一事实,即早期他对史诗类比的应用,导致他极为明显地偏离了忠实记录时代生活的历史学家这一合适的角色——这种认识,碰巧就内含于他在《汤姆·琼斯》里对史诗用词进行的嘲讽性辩护中,他对引入史诗用词解释说,这样它"就可以毫无危险地类比于当代历史学家的艰辛劳动"。[48]

同时,也一定不要夸大史诗类比对菲尔丁早期小说的影响程度。他称《汤姆·琼斯》是"一部历史",并习惯把他自己的角色描述为一位历史学家或者传记作家,其作用是要对他的时代生活进

---

[48] Bk. IV, ch. I. 关于这一点,可参见 Robert M. Wallace, "Fielding's Knowledge of History and Biography," *SP*, XLIV (1947), 89-107。

行忠实呈现。可以说，菲尔丁对这一角色的认知，与笛福或者理查逊的认知是有差异的。但是这种差异所主要关联的，不是他模仿史诗的努力，而是新古典主义对他作品每一个方面所发生的总体性影响。《汤姆·琼斯》中所表现出来的最具体的文学借鉴不是来自史诗，而是来自戏剧：因为他批评的主要源头《诗学》主要同戏剧相关，而且把史诗置于第二的位置；也因为菲尔丁本人在尝试写作小说之前，曾在十余年中是一位戏剧作家。《汤姆·琼斯》情节里最显著的连贯性当然极少有来自荷马或维吉尔的实例，它更多是来自于亚里士多德的坚持——"在史诗里如同在悲剧中，故事应该围绕戏剧的原则来构建"；[49]《汤姆·琼斯》就显然是菲尔丁作为一位正在实践的戏剧家的经验产物，这是极容易被觉察到的。附带说明一下，此外极有可能的情形是，他的小说中的一些其他特点，比如以牺牲一定真实性为代价而制造发生意外情况的巧合和发现，也是来自于戏剧而非史诗的传统；而且，甚至那些滑稽和仿英雄的因素很久以前就出现在他的戏剧中，比如《大拇指汤姆，一则悲剧》[Tom Thumb, a Tragedy, 1730]。

那么，或许有人要问，用乔治·舍伯恩的话说，为什么散文体喜剧史诗的原则如此"困扰着小说的批评家们"？[50]毫无疑问，它立即对这样一群人产生吸引力——他们就像皮科克笔下的福利奥特博士一样，习惯性地表明了"一种安全而独特的对于思想的无法理解性，除了那些被推荐的几乎毫无艺术性的简易之作或古典之作外"；[51]而这可能给出了一条线索，解释了为什么菲尔丁被导向去发明原则，以及为什么这一原则后来变得通行起来。

---

[49] *Poetics*, ch. 23.
[50] "Fielding's *Amelia*," p. 2.
[51] Carl van Doren, *Life of Thomas Love Peacock* (London, 1911), p. 194.

1742年，小说还是一种声誉极差的文学形式，而菲尔丁可能觉得利用史诗的威望，会帮助自己在该文类中的第一篇文章在文学人士的听证中获得较少的偏见，若非如此，事情就会如预料的那样向相反方向发展。在这一点上，菲尔丁实际是在仿效一个世纪前法国传奇作家的例子；他们也在序言的声明里宣称与史诗的派生关系，这种声明没有对他们的成绩进行准确分析，只是企图缓解他们和读者对行文内容非经典性质感到的紧张和不安。如此企图也不得不需要去消解其中不神圣的气氛，甚至在我们的时代，散文体裁的小说在这种不圣洁的气氛中，似乎注定要终止其他的存在。F. R. 利维斯的"作为戏剧诗的小说"［The Novel as Dramatic Poem］似乎就是一个类似的企图，以一位古老且受尊崇的成员身份为掩护，利维斯要把小说偷运进批评的万神庙。

然而，与此同时，菲尔丁和利维斯把小说同主要诗学形式联系起来的程式表明，他们要把该类型置于最高等的可能的文学范围内。很明显，小说的创作和批评不得不借助于此，而且的确可能的情形是，菲尔丁根据史诗来思考其叙事而获得的最实在益处是，史诗鼓励他进行了与创作最高尚文学形式所需要的同样紧张而严肃的工作。

除此之外，史诗对于菲尔丁的影响可能很小，主要是逆向的影响，而且对于小说后来的传统几乎没有什么重要性。如埃塞尔·索恩伯里在她关于此问题的专题论文里所声称的那样，把菲尔丁视为"英国散文史诗的创立者"[52]肯定是在授予他一个没有繁衍能力的父亲身份。例如，菲尔丁最杰出的追随者，史沫莱特、狄更斯和萨克雷都极少去特意模仿他作品中的史诗特征。但是，如我们已经看到

---

［52］ *Henry Fielding's Theory of the Comic Prose Epic* (Madison, 1931), p. 166.

的,"散文体喜剧史诗"这一思想绝不是菲尔丁引起我们关注的主要主张:它的主要功能是表明文学成就是众多高标准中的一种,这是他开始开创自己小说写作新道路时所希望谨记在心的;它当然不是想要被用作18世纪里数不清的又一种"写作史诗的许可证";而这是幸运的,因为至少在文学中,秘方夺人命,但怀旧却能予人生命。

> 第九章

小说家菲尔丁:《汤姆·琼斯》

在文学界,极少发生过比菲尔丁和理查逊各自小说优点之争还更有趣的轰动事件,这个争论一直持续到今天[1];即使大约在19世纪,菲尔丁的支持者们在这个领域还几乎完全占据着上风。这个争论保持活力的主要原因在于这些问题具有超乎寻常的范围和变化——对立不仅仅在两种小说之间,还在两种类型的物理和心理构成之间,以及关于生活的两种社会、道德和哲学的观念之间。不仅仅如此:该论争还发挥着代言人的优势作用,强烈而又矛盾地支持着理查逊,从而对菲尔丁的支持者们构成一种持久的挑衅,令这些支持者们失望的是,他们发现约翰逊博士,这位新古典主义的权威发言人,竟然对奥古斯都精神在生活和文学上的最后一次全面体现发出诅咒。[2]

解决最后这一难题的方式是表明约翰逊博士的态度不应被太严肃地看待,因为它受制于友谊和个人的责任——理查逊曾帮助他逃脱债务的牢狱之灾。然而,约翰逊的批评看法并不总是会顾及此类

---

[1] 例见,Frank Kermode, "Richardson and Fielding," *Cambridge Journal*, IV (1950), 106-114;关于他们文学声誉的详细记录可参考F. T. Blanchard, *Fielding the Novelist: A Study in Historical Criticism* (New Haven, 1926)。

[2] 见Robert E. Moore, "Dr. Johnson on Fielding and Richardson," *PMLA*, LXVI (1951), 162-181。

意见，而且无论在何种情形下，这一假设都与以下事实相左，即他在热情地为理查逊的小说进行背书的同时，也伴有他对此君种种不足的毫无宽容的认识——（这些不足）见证着他对理查逊的致命嘲讽：理查逊"若非渴望尝到每次桨击产生的泡沫，则不能沿着名誉之溪满足地悄然航行"。[3]

因此，我们应该严肃地看待约翰逊的偏爱，尤其考虑到如下连贯性，即他重新回到了他的主要指控上。根据博斯韦尔的记述，他坚持认为"菲尔丁的人物和理查逊的人物之间所有的差别"，是"风俗性人物"[characters of manners]和"自然性人物"[characters of nature]之间的差别。当然，约翰逊将"风俗性人物"置于较低的位置，这是基于尽管"很有趣……比起自然性人物，他们被更肤浅的观众所理解，而理解自然性人物，人们必须深入到人的内心深处"。当约翰逊说出以下判断时："他们之间的差别之大如同一个知道如何制作表的人和一个看表盘而能说出时间的人之间的差别一样"，理查逊和菲尔丁之间的这一区别得到了更明确的表达；[4]同样的看法也出现在施拉尔夫人甚至更为直率而招人反感的陈述中："理查逊拾取了生活的内核……而菲尔丁仅满足于其外壳。"[5]

这种基本的区分并没有涉及任何对正统批评的直接偏离，但它可能暗中做到了这一点，因为理查逊"深入到人们内心深处"的基础是他对个人思维状态的详细描述，这种描述需要呈现人物细微的特点，所以它与新古典主义通常对于一般和普遍性事物的偏见相反。毫无疑问，约翰逊的理论假设强烈地表现出这一方面，如他所经常宣称的以下教条，即诗人"一定不要拘泥于这些愈加细微的差

---

[3] *Johnsonian Miscellanies*, ed. Hill, I, 273-274.
[4] *Life of Johnson*, ed. Hill-Powell, II, 48-49.
[5] *Johnsonian Miscellanies*, ed. Hill, I, 282.

别，借此一类而与他类相互区分"。[6] 然而，他关于小说的有效性前提明显非常不同，因为他批评菲尔丁不愿意专注于这些区别，例如，施拉尔夫人说，"菲尔丁可以描述一匹马或一头驴，但是他从不会去描述一头骡子"。[7]

于是，似乎理查逊具有活力且独立的文学敏感性倾向于至少为造成该对立的这些因素之一进行证明，该对立在第一章关于新古典主义理论和小说形式实在论之间的讨论中已进行过探讨。至于约翰逊在文学理论和实际裁判之间的出入，需要因事而论而不必大惊小怪：任何理论体系在它的某些应用中都会模棱两可，特别是当它应用于起初并非为其所设计的领域中。无论哪种情形，约翰逊的新古典主义都不是一件简单的事情（新古典主义本身也是如此）；他在当前这个例子中偏离了自己惯常的原则而必须被视为另一个例子，以说明他的文学洞察力所体现出的全部忠诚如此有力地引发了一些基本的问题，以至于后来的批评不得不使用他的构思作为出发点；任何对这两位最初的小说大师进行的比较当然必须要从他所提供的基础出发。

I

《汤姆·琼斯》和《克拉丽莎》在主题上有足够的相似性而能提供几个紧密相关的类似场景，这些场景可以详细说明菲尔丁和理查逊作为小说家所使用方法之间的区别。例如，二者都为我们呈现了这些场景，其中女主人翁被迫接受她们父母为她们选择，却被她

---

[6] *Rambler*, No. 36 (1750); 另见 *Rasselas*, ch. 10。
[7] *Thraliana*, ed. Balderston, I, 555.

们所憎恨的追求者的多番求爱，二者也描绘了父亲和女儿之间后来发生的、因为她们拒绝嫁给这位追求者而引发的矛盾。

首先，让我们看一下菲尔丁如何描述索菲娅·韦斯顿和令人讨厌的布利菲尔之间的面谈：

> 布利菲尔先生很快到了。韦斯顿先生很快就退了出去，留下这一对年轻人待在一起。
>
> 接下来，大约有一刻钟的长久沉默；这位绅士，他准备开始交谈，他有着包含在羞涩中的所有不得体的谦逊。他屡次试图开口讲话，但屡次到了开口要说的那一刻，他又咽了回去。最后，他终于打破沉默说出一连串不得体、极不自然的恭维，然而姑娘那边的反应却是频频低头看地，半欠身躯，并文雅说出几个单音节词。布利菲尔，因为不了解女性的这些行为方式，又出于本身的自负，把对方的这一行为看作对自己求爱的一种谦卑应允；当索菲娅再也忍受不了这一场景想要离场时，她就站起身来离开了房间，但是他却把这也仅仅归咎于对方的羞赧，并自我安慰地认为他很快可以得到她更多的陪伴。
>
> 他对于即将成功的前景的确感到十分满意；至于要完全并绝对拥有情人的心——这是浪漫的情人们所需要的，这个念头却永远没有进入他的思想。她的财富和她的身体才是他想要的唯一目标，他很快会得到全部财产——对此，他没有任何疑问；而韦斯顿先生急切地一心想要促成这一对儿；他很清楚索菲娅总是愿意严格遵从她父亲的意愿，而且更好的事情是她的父亲将会同意此事，如果时机成熟的话……[8]

---

[8] Bk. VI, ch. 7.

从结构上看，这个场景基于那种典型的喜剧手段，即一个人物完全忽略另一个人物的意图，这是三方之间误解的结果——乡绅韦斯顿一直受到难以言述的女主人韦斯顿的误导，而以为索菲娅爱的是布利菲尔，不是汤姆·琼斯。可能是因为必须要保持这种误解，这些相关的人物之间没有实际的交流，也几乎没有个人间接触的感觉。相反，菲尔丁充当着无所不知的作者，让我们进入布利菲尔的思想，了解到控制这个思想的卑鄙想法。同时，菲尔丁在语调上表现出的持续反讽向我们表明布利菲尔这一角色可能具有的局限：我们不必担心他会攫取索菲娅的财产和身体，因为尽管他被设计为一位无赖之徒，但也是公然在喜剧中充当的无赖之徒。

布利菲尔对索菲娅沉默的误解继续导致了后来喜剧性的曲折情节，因为这个误解让他给乡绅韦斯顿留下一种他的求爱已经取得成功的印象。韦斯顿立即跑去与他的女儿庆祝，他的女儿当然也不知道他受到了怎样的欺骗：

> 索菲娅注意到了她父亲表现出的这样一种慈爱，对此她并不完全清楚原因何在（因为表现出的这阵阵慈爱在他身上并不罕见，尽管此次比平时表现得还要更强烈），便想着从没有一个比现在更好的机会可以至少就布利菲尔先生的事情来袒露一下心声；而且她也预见到她需要很快给出一个完整的解释。所以，在答谢过这位乡绅对她所表现出的全部关爱后，她带着一种难以用语言传述的温柔表情进行补充说："我的爸爸有可能如此善心而把女儿索菲的幸福视为自己全部的快乐吗？"韦斯顿对此发下大誓并亲吻她予以确认，她这才抓住他的手，并跪下膝，在对爱和责任表达过许多次强烈而热忱的声明后，她恳求他"不要强迫我嫁给一个我所厌恶的男人，而让

我成为世界上最不幸的人。为这件事情,我恳求你,亲爱的先生,"她说道,"为了你,也为了我自己。既然你如此和善地告诉我,你的幸福取决于我的幸福。"——"怎么回事!发生了什么!"韦斯顿喊道,凶狠地盯着她。"噢,先生,"她继续恳求道,"不但你可怜的索菲的幸福,甚至她的生命,她的生存,都依赖于您允许她的恳求。我不可能同布利菲尔先生一起生活。强迫我接受这桩婚姻无异于要杀死我。"——"你不能与布利菲尔先生一起生活?"韦斯顿先生说道——"不,凭我的灵魂起誓,我不能。"索菲娅回答道——"那就去死,去,去死吧,"他吼道,把她从身边一下子推开……"我决定了这桩婚事,除非你同意,否则我不会给你一分钱,哪怕一个子儿也不给;不,哪怕我看见你在大街上奄奄一息,我也不会赏你一口面包来救你。我的主意已定,你好好想一想这件事。"于是他如此用力地甩开她,以致她的脸撞到了地板上;他直接冲出房间,让可怜的索菲娅仆倒在地上。

菲尔丁的主要目的当然不在于通过语言和行动来揭示性格。这并非打算让我们去推导,比如,索菲娅对她的父亲知之甚少,以至于产生这样的想法,以为通过逻辑的力量能够说服她的父亲改变态度;关于索菲娅决定把这件事情告诉她父亲,菲尔丁告诉我们的主要目的,明显在于强化接下来喜剧性的剧情反转。同样,我们不能把韦斯顿的威胁——"不,哪怕我看见你在大街上奄奄一息,我也不会赏你一口面包来救你"——看作这个男人在措辞或性情方面的特点——这种陈旧的比喻属于情节剧中任何与此相类的情形,而不属于某位习惯性地操着极其粗野的索莫塞特郡土语的特殊乡绅,而且他不受节制的孩子气只有在这里才能体现出如此具有想象力的放纵。称索菲娅和韦斯顿的语言与他们的性格极不相符会是某种夸张之辞；但是毫无疑问，他们都被完全导向对喜剧性突转的利用，而不是让我们充当真实生活中父女之间实际交流的观众。

实现菲尔丁喜剧性目的的一个重要条件可能是，这个场景不应全都放在它的物理和心理细节上进行解释；菲尔丁必须调和我们对于索菲娅命运的担忧而向我们保证，我们在观看的不是真的痛苦，而是那种惯例性质的喜剧性混乱，其目的在于加强我们最终对幸福结局感到的快乐，与此同时，又不会让读者流下不必要的泪水。实际上，菲尔丁对于笔下人物进行的这种外部且专横的处理，似乎对于成功实现他主要的喜剧目的是必需的条件：让注意力集中在误解和冲突直接发生的对比上，一定不要被对索菲娅的感情或其他任何离题问题的兴趣所稀释。

在她的女佣汉娜偷偷提醒她索尔姆就是那位给她定下的丈夫后，借助理查逊对克拉丽莎与索尔姆二人交流的描述，目的和方法的彻底比较得以被提出来。克拉丽莎在写给安娜·豪的信中是这么描述的：

> 早晨，当早餐准备好了，我怀着极不安宁的心情下楼了……盼望有一个机会去取悦我的母亲，希望能让她对我产生起兴致来，当她用过早餐准备退回到自己的房间时，我着意试图找到这样一个机会；但不幸的是，这个乏味的索尔姆就坐在我的母亲和姐姐之间，神情显得如此信心十足！但是你知道，亲爱的，我们不喜欢的人做任何事情都不能取悦我们。
>
> 这个讨厌鬼要是坐在原位，事情或许就好办多了；但是这位身材佝偻而肩阔的家伙非要站起来并朝一把椅子大步走过

去,那张椅子就正靠着准备给我坐的椅子旁。

我把它移到远一点的地方,像是要为我自己腾出路来;于是我便坐下,脑子飞快地转动着;我听到的一切都在脑海里回荡。

但是这还不足以让他畏缩。这个男人非常自信,是一个特别胆大、醒目的人!的确,亲爱的,这个男人非常自信!

他搬回我移到一边的椅子并将它拉到距离我如此近的地方,把他丑陋的身躯横放在里头,以至于都挤到了我的裙撑。这让我特别生气(如我所说,所有我听到的都是在脑海里),我于是起身坐到另一张椅子上。我承认我很少让自己发号施令。这让我的哥哥和姐姐特别有机可乘。我敢说他们做这事毫不犹豫,但是我想我是不由自主地做这事的。我忍不住去做它。我不知道我在做什么。

我看到了我的父亲特别不快。一旦生气,没有人的脸色如我父亲那样如此明显地表现出来。"克拉丽莎·哈洛!"他大声地说——然后又在那里顿住。"先生!"我一边颤抖着一边向他屈膝行礼说(因为我那时还没有重新坐下去),然后把我的椅子拉着靠近一些那个家伙,并坐下来——如我自己感觉到的,我的脸滚烫。

"泡茶去,孩子,"我和蔼的妈妈说,"坐到我的旁边来,亲爱的,再去泡茶。"

我欢快地移身到那个人腾出的座位上;正是这样放任地活动,我很快就回过神来;在早餐期间,我正式询问了两三个有关索尔姆先生的问题,我本来不想问这些,只是为了要同父亲寒暄。"神气的家伙也不过如此!"我的姐姐扭过头来朝我窃语,带着一丝得胜和不屑的神气,但是我懒得理她。

我的母亲是一位非常和蔼、谦逊的人。我问了她一次她是否对这茶满意……

让你烦的这些都是小事，亲爱的；它们会导致更大的事情发生，如你将会听到的那样。

在通常的早餐时间结束之前，我的父亲就同我的母亲一起起身离开了，说有些话要同她讲。于是，我的姐姐以及我的姑姑（她与我们待在一起）接着也都退下了。

我的哥哥自我嘲弄了一番，我非常理解他的意思，但是索尔姆先生不能够明白；最后，我的哥哥从椅子上站起身来。他说，妹妹，我要给你一个惊喜，我去拿过来。于是他就离开了，把门在身后紧紧地关上。

我明白所有这些是为了什么。我站起来，这人清清嗓子准备说话，也站起来并准备迈开他的八字腿（的确，亲爱的，这人的所有方式都令我感到厌恶！）做出要靠近过来的架势。我说，"省得我哥哥给我拿让我好奇的东西"，我屈膝行礼——"您的仆人，先生"。"小姐，小姐"，那人接连喊了两次，就像一个傻瓜。但是我走开了——径直去找我哥哥，话也省下懒得说。但是我哥哥，就像这天气一样无动于衷，已经跑到了花园同我姐姐一道散步。事情原来不过是，他已经激起了我的好奇，却没准备给我看什么东西。[9]

这一段落显示了理查逊非常与众不同的现实主义的特点。克拉丽莎在描述"今天早晨"发生了什么事情，而且是极"细微的"事情，她知道安娜希望她这样讲述；只有这样，理查逊才能传达出这

---

[9] I, 68-70.

个场景的实在情形——早餐时的聚会,为了琐事而争抢位置,所有这些普通而细微的日常细节承担了这个故事的主要内容。信的形式让理查逊能够进入某种在对话中不能说出的思想和情感,它们几乎不能够被理性分析——当克拉丽莎在琐碎的场合中极力反抗父母的独断,她被折磨的情感来回涌动。结果是,我们获得了一种同菲尔丁的创作非常不同的参与感:对这整个喜剧模式所产生的一种不生动却客观的感觉,是对克拉丽莎意识的完全认同——当她回忆这一场景时,神经还在颤抖,一想到自己在不由自主的反抗和无力顺从之间紧张地转换,她的想象力就此畏缩不前。

因为理查逊的叙述顺序是根据主要人物对经验的反应的深度所进行的探索,它就包含了感情和性格的许多微小方面,这些都不见于《汤姆·琼斯》中的段落。菲尔丁并非企图让我们理解索菲娅如此行事的理性根据——没有什么事情不会符合几乎任何一位明智的年轻女孩子在此环境下的行为;而理查逊的书信体技巧,以及克拉丽莎与安娜之间的亲密关系,鼓励他要比这一点走得更远,并就大量的事情进行交流——这些事情加深并具体化了我们对于克拉丽莎整体道德特质的印象。她颤抖的惊呼声——"的确,亲爱的,这个男人非常自信",她对她姐姐的干涉不屑的评论——"但是我懒得理她",以及她对小的家庭争执的承认——她后悔从索尔姆先生旁边移开,因为"这让我的哥哥和姐姐特别有机可乘"——所有这些塑造人物的细节必定被一些人所忽略,他们就是那些把理查逊描述为"理想"的人物创造者的人。当然,克拉丽莎身上有坚定的意志和坚强的韧性,但这绝对是一位涉世未深的年轻女子身上所拥有的那种品质,她有着姐妹间典型的斗气心理和活泼的自信,而且,她远不是要成为一位理想的处子式圣徒般的人物,而是一位能够以刻薄和轻蔑语气强调索尔姆先生是一件"稀罕物"的人。她无论如何也不是一位空洞的人物；我们没有见到索菲娅对于布利菲尔所产生的任何身体反应，但是我们却读到了克拉丽莎对于索尔姆所产生的非常剧烈的身体反应——一种本能的对"他丑陋的身躯"带有性意识的反感。

一个在身体、心理，甚至生理连续体中被详细描写的同样的人物关系，表现在一个简短的场景中，它是上面所引第二个来自《汤姆·琼斯》里段落的对应场景。与她母亲两次交谈后，克拉丽莎面临着来自于家庭的最后通牒，而她的母亲要与她一起来接受一个答案：

> 就在那时，我的父亲走上前来，板着的面孔让我颤抖。尽管患有痛风，他在我的房间里走了两三个来回。然后当母亲望着他时，他跟沉默不语的母亲说：
>
> "亲爱的，好久没见着你。晚饭差不多备好了。你之前不得不说的事情只是一个很小范围内的事情。当然，你要做的不过是把你的意愿讲出来，以及我的意愿——但是或许你可以讲讲这些准备工作。让我们扶你下去——你的手还拉着你的女儿，如果她还配这个称谓的话。"
>
> 然后他就下去了，他的目光向我扫射过来，他的表情如此严厉，以至于我不敢跟他说一个字，甚至几分钟内也不敢跟我母亲说一句话。[10]

理查逊和菲尔丁以非常不同的方式描写两位父亲的残忍：乡绅韦斯顿有一种不由自主和夸张的特点，而哈洛先生则属于普通人的

---

[10] I, 75-76.

那种性格。后者做出的无情决定似乎最为可信,因为它就表现在拒绝同克拉丽莎讲话这件事上——我们自己在情感上参与到克拉丽莎的内心世界,这使得一位父亲无动于衷的反应显得可信,而这根本不会出现在即便夸大的现实和修辞中,这种夸大的现实和修辞则被菲尔丁用于表现乡绅韦斯顿的愤怒。

Ⅱ

进一步分析,于是,约翰逊对理查逊与菲尔丁的比较并没有直接提出如下问题,即谁是更好的心理学家,而毋宁是取决于他们完全相反的文学意图:在菲尔丁的整个文学框架中,人物刻画在他的意图里被分配了极不重要的位置,而且也让他无法尝试那些适合于理查逊极不同目标的效果。这一分歧的完全含义可能最清晰和唯一地表现在菲尔丁对于《汤姆·琼斯》情节的处理上,因为它反映了作者整体的社会、道德和文学观。

菲尔丁对于行动的处理,尽管有些许累赘,如插入了关于"希尔山人"的故事,以及在结尾几卷中表现出的匆忙和混乱的迹象,[11]但都表现出对特别复杂结构的良好掌控,也充分验证了柯勒律治有名的称颂:"菲尔丁是一位多么了不起的写作大师!的确,我认为《俄狄浦斯王》《炼金术士》和《汤姆·琼斯》,这三部作品有着迄今设计最完美的情节。"[12]

我们肯定会问:"何谓完美?"当然不是因为对于人物和人物关系的探索,尽管在所有三个情节里,重点都落在作者熟练构思的

---

[11] 全文请见 F. H. Dudden, *Henry Fielding* (Oxford, 1952), II, 621-627。
[12] 引自 Blanchard, *Fielding*, pp. 320-321。

对于外部和决定性结构的揭示：在《俄狄浦斯王》中，英雄人物的性格相对于他过去行动带来的后果无足轻重，这些行动本身是在他出生前很久就被预言的；在《炼金术士》中，对菲士和萨托二人的描写都没有超出对合适道具的需求，这些道具是为了表现琼生设计的一系列复杂的欺骗；而《汤姆·琼斯》的情节则提供了这些特点的组合。如同在索福克勒斯那里，那个最重大的秘密，关于英雄人物的实际出身，非常巧妙地在整个行动前后进行了安排和暗示，并且其最终的揭晓引发了对故事中所有主要问题在最后的重新排序；同时，如同在琼生那里一样，这种最后的排序通过揭开恶行和欺骗的复杂模式而得到实现。

这三个情节从另外一个方面看又是相似的：它们基本的方向是对规则的回归，所以它们有一种基本上是静态的性质。在这一点上，它们毫无疑问反映了其作者的保守性，这种保守性在菲尔丁那里可能与这一事实相关，即他所属的，不是像笛福和理查逊那样的贸易阶层，而是绅士阶层。笛福和理查逊小说的情节，如我们已经见到的，反映了他们的阶层所拥有观念中的某种动态趋势：例如，在《摩尔·弗兰德斯》里，金钱具有一种自主的力量，它在每一个转折处都决定人物的行动。另一方面，在《汤姆·琼斯》里，如在《炼金术士》中一样，金钱不过是某种善良人物所拥有，或者被给予，或者暂时失去的东西：只有坏人才倾全力或者去得到它，或者是持有它。实际上，金钱是一个有用的情节手段，但是它不具有控制性的意义。

另一方面，人物的出身在《汤姆·琼斯》中有着非常不同的地位：作为情节中的一个决定性因素，它几乎等同于笛福的金钱或者理查逊的道德。当然，在对这一点的强调上，菲尔丁反映了他所处时代社会思想的总体要旨：社会的基础是且应该是一个由不同阶层

270

所组成的系统，每一个阶层都有他们自己的能力和责任。例如，菲尔丁对上层阶级的生动讽刺，不应该被视为对任何平等主义倾向的表达：它真的就是对其坚定信仰的阶级前提的一种礼敬。在《阿米莉娅》中，他真正迈出了很大步子，以至于说出："在所有类型的骄傲中，没有像社会地位那样如此不符合基督教信仰的。"[13]但是，那当然只是"贵族的义务"；在《汤姆·琼斯》中，菲尔丁也提到过，那种"慷慨的精神"是一种他在"出身和所受教育都低微的人中几乎没有见到过"的品质。[14]

这种阶级的稳定性是《汤姆·琼斯》中一个重要的部分。汤姆可能认为不幸的事情是，作为一位被认为出身低微的弃儿，他不能够迎娶索菲娅；但是他没有质疑这种确立他们之间隔阂的假定是否恰当。因此菲尔丁设计情节的最终目标不是必须推翻这种社会秩序的基础来让二人能够结合，而是通过揭示琼斯先生虽为私生子却属于绅士阶层而让两人的结合得以实现。然而，这一点对于明智的读者而言，并不完全是一个意外，因为汤姆身上显著的"慷慨的精神"已经表明了他高贵的血统。所以，最近那位苏联的批评家把这个故事看作一位无产阶级英雄的胜利，[15]他不但忽略了汤姆出身的诸多事实，也忽略了故事对汤姆性格所做的不间断的暗示。

菲尔丁的保守性解释了另一个以及更多《汤姆·琼斯》和《克拉丽莎》情节之间在总体上的不同：因为理查逊描写了社会加之于个人的痛苦，而菲尔丁描写了个人对社会的成功适应，这就导致了

---

[13] Bk. VII, ch. 10.
[14] Bk. IX, ch. 1. 另见 A. O. Lovejoy, *The Great Chain of Being* (Harvard,1936), pp. 224, 245。
[15] A. Elistratov, "Fielding's Realism," in *Iz Istorii Angliskogo Realizma* [On the History of English Realism] (Moscow, 1941), p. 63.

情节与人物之间非常不同的关系。

在《克拉丽莎》中，个人在整个结构中必须被给予优先性：理查逊仅仅把特定的个人聚集到一起，而他们全部的关系有必要引起某种加长的链条反应，该反应于是在自身动力下继续发生并修正所有的人物以及他们之间的相互关系。另一方面，在《汤姆·琼斯》中，它所描述的社会和更大的秩序必须具有优先性，所以，情节的功能就是执行一个物理的而非化学的变化：它就像一种磁铁那样发挥作用，吸引每一颗单个的粒子摆脱因临时事件和人类的不完善而导致的任意秩序，并把他们全部放回到他们自己的合适位置。这些粒子自身——人物——的组成不是在过程中被修正的，而情节所发挥的作用是去揭示更重要的东西，即所有的人类粒子都屈从于一个终极的不可见的力量，这种力量存在于宇宙中，无论这些粒子在那里是否要去显示它。

如此一种情节反映了新古典主义大体上的文学策略：正如创造一个场域的力量使得磁性的宇宙法则变得可见，作家的最高任务是让人类场景中宇宙秩序的运行变得可见——为一种手工之作揭开面纱，即蒲柏所谓"自然不会犯错，一如既往地神性光亮，/一束清晰、永恒的宇宙之光"。

这个有关人物广阔得多的视角明显减弱了任何一个特别的单独实体被赋予的自然和行动的重要性——他们主要作为对自然伟大样本的显现而变得有趣。这就说明了菲尔丁对人物每一方面的刻画处理——不但让剧中人物全都个性化了，而且也对他们的主体生命、道德发展以及个体关系都给予了相应程度的关注。

菲尔丁描写人物的主要目标清晰但有局限：根据任务需要而给予尽可能少的诊断性特征，以此来把他们安排到适合他们的类型中。这就是他所谓"发明"或"创造"的概念："快速而睿智地深入到我们深思的所有目标的真正精髓中。"[16] 在实践中，这意味着一旦个体被恰当地贴上了标签，留给作者的唯一的任务就是保证这一个体在言行上继续保持一致。如亚里士多德在《诗学》中所言，"人物"是"揭示道德目的之物"，因此"不能使这一点明确的言语……是不能表现人物的"。[17] 所以，牧师苏普莱［Parson Supple］*必须永远保持"柔软"的特征。

因此，菲尔丁没有进行任何尝试来使他的人物变得个性化。奥尔沃西因他的名字得以被充分地归类，然而汤姆·琼斯的名字，由于它是由英语中两个最为普通的名字组合而成，这告诉我们必须把他看作一般男子的代表，以符合他的创造者要表现的"不是人，而是风俗；不是某个个人，而是一类人"的目的。[18]

"风俗"这个词的范围在过去几个世纪里已经如此彻底地缩减了——毫无疑问是个人主义缩小了这些领域，在这些领域中，思想和行动的一致性普遍地被人们所期待——"风俗性人物"这个词不再有太多意义。理查逊的文学目标，如 B. W. 道恩斯所指出的，[19] 对人物——个人心理和道德构成中的稳定因素——的关注不如对个性的关注：他没有分析克拉丽莎这个人物，但对她的整个生存提供了一份完整而详尽的行为性报告，通过我们完全参与到她的生活中，她才得以被定义。另一方面，菲尔丁的目的是分析性的：他的兴趣不在于任何具体个人在任何特定时间里种种动机的准确形态，而仅在于某个人的那些特征——这些特征使他可以代表他的道德和社会种属。所以他根据他对人类行为也即"风俗"的一般认识来研究每

---

［16］ Bk. IX, ch. I.
［17］ Ch. 6, No. 17.
［18］ *Joseph Andrews*, Bk. III, ch. 1.
［19］ *Richardson*, pp. 125-126.
　*　"supple"一词本义就是"柔软的、灵活的"。

位人物，而任何完全属于个体性的事物则没有被分类的价值，也没有任何必要去进行深入探究。如果如约翰逊所言，菲尔丁只给我们一个外壳，这是因为通常单单表皮就足以确定类属——专家不需要去分析内核。

菲尔丁主要采用从外部来处理人物的方法，还有许多其他原因，包括社会的和哲学的以及有关文学秩序的原因。首先，这个相反的方法牵涉到对合宜的损害：如菲尔丁的表姐玛丽·沃特丽·蒙塔古夫人所指出的，有一个非常糟糕的惯例就是理查逊的女主人翁"把她们所想的全都宣告出来"，因为"用于遮羞的无花果树叶之于我们的思想，如同之于我们的身体一样必要"。[20]如我们所已经见到的，这也与作为一个整体的古典传统是一致的，要避免使用亲昵而自白性的方法去处理个性；并且在任何情况下，自我意识的哲学问题仅仅在亚里士多德之后的六个世纪、在普罗提诺的著作中才开始受到关注。[21]最后，明显见于对布利菲尔和索菲娅的处理上，菲尔丁的喜剧目的本身要求一种外部的方法，而且这是由于一种紧迫的原因。如果我们把自身与人物等同，我们将不会有心情欣赏更大喜剧里的幽默，在其中，这些人物是引人发笑的参与者：我们被告知，生活仅仅对于思考的人而言才是一部喜剧。当他的人物在他的棍棒惩处下颤抖时，喜剧作家不应让我们感受到每一次抽打的痛击。

对于所有的事件，菲尔丁明确甚至夸张地表示拒绝深入到人物的内心之中，其总的前提是，"我们的任务是陈述事实，我们把分析原因留给那些有更高智慧的人"。我们已经注意到布利菲尔和索

---

[20] *Letters and Works*, II, 291.
[21] 见 A. E. Taylor, *Aristotle* (London, 1943), p. 108。

菲娅的感情是如此之少地被谈及,这与那些理性的决定相反。这在菲尔丁的身上表现得尤为自觉:他嘲讽地评价布利菲尔说,"对于我们而言,这是一个不恰当的任务,如果要去探访他的思想深处的话,就如一些可耻的人搜寻他们朋友最为隐私的事情那样,他们会常常去打探朋友的抽屉和橱柜,结果只会发现他们自己在这个世界里的贫穷和卑鄙";同样,当索菲娅初次了解到汤姆的爱情,菲尔丁开始这样描写索菲娅的感情,并为自己开脱说:"至于她当下的思想情况,我愿意坚持贺拉斯的原则,即因为无望成功(捕捉她的思想),故不必企图对其进行描述。"[22]

因此,菲尔丁对主观维度的回避是完全自觉的。但是那当然并不意味着它没有缺陷,因为毫无疑问它有,并且每当重要的情感到达高潮时,它们就变得非常明显。尽管柯勒律治对于菲尔丁有无限爱戴,他也曾指出,在索菲娅和汤姆·琼斯最终和解前,在他们的独白里,没有什么不会"更加具有强迫性和非自然的特点:语言没有活力或精神,整件事情显得不协调,且完全缺乏心理的真实"。[23]事实上,菲尔丁仅仅只是给予了我们一个平常的喜剧场景:由男主人翁身上强烈的悔过之情而引起的夸张情感所遭遇到的,是女主人翁对没有信仰的追求者持有的同样夸大的不恰当鄙视。当然,不久以后,索菲娅接受了汤姆,而我们也对她异常突然且无法解释的转变感到惊讶:这一结局被赋予了一股特定的喜剧气氛,但是以丧失牵涉其中的情感真实为代价。

这种感情上的不自然特点在《汤姆·琼斯》中非常普遍。比如,当男主人翁被逐出了奥尔沃西的府邸,我们被告知"……他目

---

[22] Bk. II, ch. 4; Bk. IV, chs. 3, 14.
[23] 引自 Blanchard, *Fielding*, p. 317。

前陷入了最为激烈的苦恼中,他用手撕扯着他的头发,其他大部分举动大体上伴随着阵阵的疯狂、愤怒和绝望";不久,他读索菲娅的分手信"不止百遍,并如通常那样吻它百遍"。[24] 菲尔丁使用这些陈腐的夸张来确保他笔下人物感情的强度,强调为使用喜剧方法而付出的代价:它使得他不能令人信服并持续地抵达他笔下人物的内在生活,这样无论何时,当他不得不去呈现他们的情感生活时,他只能通过外部的方式让他们做出夸张的肢体反应。

菲尔丁笔下人物不能令人信服的内在生活意味着他们心理发展的可能性极为有限。例如,汤姆·琼斯的性格表现出某种发展,但却是一种非常概略的类型。汤姆早期的鲁莽,包括青年人对于世俗智慧的缺乏以及他健硕的狂野特点,导致他蒙受羞辱,从奥尔沃西的府中被驱逐出来,随后在旅途中和在伦敦遭遇诸多困难,并明显不可逆转地失去了索菲娅的爱情。同时,他的优良品质,如他的勇气、荣誉感和仁慈之心,所有这些都在开头得到了迅速的一瞥,并最终合力让他从种种不幸的低点中解脱出来,重新让他获得爱情以及周围人对他的尊重。尽管这些不同品质在不同时间显露在台前,其实它们一开始就已经被呈现出来;我们还未足够接近汤姆的思想,除了相信菲尔丁的暗示而不能有任何举动,这种暗示就是他的男主人翁将凭借他从经验中学到的智慧来控制他的弱点。

菲尔丁接受了人性在本质上是静态的观念,他是在追随亚里士多德的神圣时间观,这种观点实际上被他所处时代里的大多数哲学家和文学批评家以更加呆板的方式坚持。[25] 当然,它是一种非历史

---

[24] Bk. VI, ch. 12.
[25] 见 Leslie Stephen, *English Thought in the Eighteenth Century* (London, 1902), II,73-74; R.Hubert, *Les Sciences sociales dans l'Encyclopédie* (Paris, 1923), pp. 167 ff。

的人物观，如菲尔丁在《约瑟夫·安德鲁传》中所展示的那样，他宣称他的人物都"来自于生活"，但补充说，特别是那位被讨论的律师"不但活着，而且四千年来一直如此"。[26]它是遵循逻辑的——如果人类本性在本质上是稳定的，便没有必要去仔细描述那些过程，它的任何一个例子都依赖这些过程而获得完全的发展；这些过程都不过是对一种德性构造所进行的短暂和肤浅的修正，而这一德性构造从出生时就被不可更改地固定了。例如，这就成为以下方式的前提，即尽管汤姆和布利菲尔同出于一个母亲，且在同一个家庭被相同的家庭教师带大，但他们各自的道路从一开始就不可更改地被设定为不同的方向。

同理查逊的比较再一次变得完整了。我们感觉到克拉丽莎心理发展的许多部分，起源于她的经验所带来的她对自己过去理解的持续加深：结果是人物和情节变得不可分割。另一方面，汤姆·琼斯却根本没有触及他自己的过去：我们在他的行动中感受到一种特定的非现实性，因为它们似乎总是对刺激产生自发反应，而刺激又由被操控的情节提供；对于它们是一种发展中的德性生活的显现，我们对此毫不知情。我们只会感到意外，比如，当接受了贝拉斯通夫人的50镑后，汤姆立即就给南丁格尔上了一堂有名的关于性伦理的课。[27]不是因为这两个行为存在内在的冲突——汤姆的道德观一直就是建立在一种严厉得多的极恶观念上，这一观念让人宁愿伤害他人也要做到与自身的道德准则相符；但是如果给予我们某种暗示来表明汤姆了解自己的言论与自己过去的实践有明显的矛盾，他可能会不那么自负，并因此令人更加信服。当然在实际上，汤姆本性

---

[26] Bk. II, ch. I.
[27] Bk. XIV, ch. 7.

中的不同部分彼此间极少进行沟通，因为只有一个媒介负责这种交流——个体意识，通过它过去的全部行为才得以发挥作用——菲尔丁没有带领我们进入这种意识，因为他相信个体性格是由特殊的、朝向行动的稳定且不同的倾向构成的组合，而不是它自己过去的产品。

由于这些相同的原因，个人关系在《汤姆·琼斯》里也是相对不重要的。如果有一种控制性的力量独立于那些个体的行动者和他们的地位，而且他们自身的性格都是内在和不变的，则菲尔丁没有理由要对他们相互的感情给予密切的关注，因为它们都不能发挥决定性的作用。在这里，索菲娅与布利菲尔之间的情形再一次变得典型，它反映了《汤姆·琼斯》的结构在何种程度上作为一个整体对这些人物间任何有效沟通之缺乏的依赖：就像布利菲尔必定要误解索菲娅，奥尔沃西也必须同样不能看到布利菲尔的真实面目，汤姆也必须或是不能了解布利菲尔的真实本性，或是不能恰当地向奥尔沃西或者索菲娅表达自身，直到结尾的场景才把真相解开。因为，既然菲尔丁对于人类生活的观点和他的主要文学目的，不允许他让自己的情节有助于加深对个人关系的探索，他因此需要一个建立在作为欺骗和意外的精巧对应物上的结构，而如果人物不能分享彼此的思想并把命运掌控在自己的手上，这将是不可能实现的。

于是，《汤姆·琼斯》中对情节和人物的处理之间有一个绝对的联系。情节具有优先性，所以情节必须包含有复杂化和发展的那些因素。菲尔丁通过在一个中心行动上——该中心行动在一些要件上，同《克拉丽莎》中的一样简单——叠加一个具有相对自主性的次要情节和片段所构成的非常复杂的系列而实现这一点。它们（次要情节和片段）围绕着一个主要的题目，符合种种戏剧性变化的性质。这些相对独立的叙述单位被组合进一个相互联结的系列，该系列的精巧而整齐的特征表现在这本书的形式顺序上，这是它最明显的外在特征：不像笛福和理查逊的小说，《汤姆·琼斯》被仔细区分成大小不一的组成单位——两百多个章节被各自组织进18卷书里，这18卷又各以6卷被归入3组，分别被用于描写主要人物的早期生活、去伦敦的旅程，以及到达后的活动。

　　这一叙述脉络的极度多样化安排当然再次加强了菲尔丁不会长久专注于任何一个场景或人物的倾向。例如，在他所引用的段落中，没有一处像理查逊描写克拉丽莎与索尔姆的交流那样对人物间的交流给予密集式的描写；菲尔丁的大部分时间花在让最初的误解和场景的规模变得清晰上，而被允许的处理人物特征的方式不过是一位狡猾的伪君子、一位陷入困境的少女和一位严厉的父亲。但是，例如，即使有任何完全关注索菲娅感情的部分，也很快被对余下场景的处理中断：因为，正如当乡绅韦斯顿怒冲冲走出房间，我们立即扔下索菲娅并因此省去了延长的对她所遭受痛苦的意识，在下一章中，我们的注意力很快就从她与汤姆·琼斯分别时的交谈被转移开，这是因为插入了菲尔丁的宣告："……这个场景——我相信我的一些读者会认为它持续太长，被另外一个性质如此不同的场景中断，以致我们将会把它的关系保留到另外一个不同的章节里进行叙述。"[28]

　　这是《汤姆·琼斯》的典型叙述方式：作者的评论让事实没有秘密，他的目标不是让我们完全沉浸于他的虚构世界，而是通过构思一个关于场景和人物的有趣对照物，来展示他自己独出心裁的资源所具有的灵巧性；快速变换是菲尔丁喜剧风格的精华，一个新

---

[28] BK. VI, ch. 8.

的章节总是为人物带来一个新的环境，或者为了进行反讽式比较，让不同的人物处在一个相似的场景中。而且，通过利用极为多样的手段，章节的题头通常是重要的指针，我们的注意力被持续地引向这一事实，即这本书里根本的凝聚性力量不在于那些人物和他们的关系，而在于一个机智的、具有文学性的结构，该结构有着高度的自主性。

这个程序的效果和它之于菲尔丁处理人物的关系可以依据一个简短的场景来进行总结，这个场景发生在汤姆听到奥尔沃西将从病中恢复的消息时。他"在一个极为怡人的小树林里"散步，并思考着残酷的命运把他与心爱的索菲娅分开：

> 只要能拥有你，哪怕你的全部财产仅仅是一身破衣烂衫，世上也再没有一个人会让我妒忌！全身穿戴着来自印度群岛的珠宝，那些最夺目的切尔克斯美人*在我眼中看来是多么可鄙！但是我为什么要提及另一个女人？要是我认为我的眼睛能够温柔地欣赏其他任何人，我的双手会把她们从我的头脑里揪出去。不，我的索菲娅，如果残酷的命运把我们永远分开，我的灵魂将只会爱你一人。为着你，我将永远保持贞洁、专一……
>
> 说完这些话，他突然站起来观望——不是索菲娅——不，也不是一位要出入土耳其皇帝豪华府邸而穿着华丽典雅服装的切尔克斯姑娘……

他观望的是莫莉·西格里姆，"在交谈之后"，交谈内容被菲尔丁省

---

* 切尔克斯人是北部高加索地区的一个白种民族，以出迷人的美女而闻名欧洲。

去了，汤姆同她离开走向"小树林里最浓密的地方"。[29]

　　这个情节中最不可信的地方就是他的措辞：这里显示的语言习惯与我们期望的汤姆·琼斯的语言习惯没有什么明显的关系。但是，对于菲尔丁的直接目的而言，它们当然是一种风格的需要——以对非英雄和非浪漫的人类行为所做的雄辩，而对英雄和浪漫的人类语言的炫耀进行喜剧性压缩。汤姆·琼斯不再是菲尔丁对恋人誓言表达怀疑的工具；他必须要明确地讲出来，对牧歌式传奇进行夸张性修辞的戏仿增强了随后在路途中的遭遇，这种路途中的遭遇属于牧羊女歌中非常不同的世界。菲尔丁也不能停下来而去仔细描述心理历程，借此汤姆就从索菲娅的浪漫情人变形为莫莉的一呼即应的勇士：为了描写这个老生常谈的"行动胜于语言"的表达，行动必须非常安静，且它们必须紧随极为冠冕堂皇的语言之后。

　　该片段与这部小说更庞大的结构构成了一种典型的关系。菲尔丁从总体上对主题进行组织，其中之一就是性别在人类生活中的合适位置；这一相遇利落地描写出了头脑冲动的年轻人所具有的矛盾倾向，并表明汤姆还没有到达成年人所具有的道德自律水平。所以，这个场景在总体道德和理智的策划上发挥其作用；它也与情节的展开有着极为紧密的联系，因为汤姆的放荡最终也成为奥尔沃西遣走他的一个因素，导致了那些让他去经历的痛苦考验，并最终让他成为索菲娅的合格伴侣。

　　同时，菲尔丁对此场景的处理也是避免在当时或稍后对汤姆感情进行任何仔细刻画的典型例子——过于严肃地看待他的主人翁的不贞会损害菲尔丁在这段情节中的主要喜剧意图，他所以使用如此方式来操控它，是为了防止我们去赋予它某种重要后果，而这种后

---

[29] Bk. XIV, ch. 7.

果却是它在日常生活里会带来的。喜剧,尤其是精心构思基础上的喜剧,经常包含有一种有限的心理阐释倾向:它应用在先前所征引的表现布利菲尔恶毒和索菲娅痛苦的场景中,而奥尔沃西的突然患病以及恢复——这导致了汤姆的放纵,必须被置于同一视角下。我们一定不要去详述这个事实,即奥尔沃西不能够辨别风寒和致命性疾病,因为其意图并非想要我们得到有关他性格的暗示——他或者是一位粗暴的忧郁症患者,或者不幸且拙劣地选错了医生:奥尔沃西的疾病仅是一种策略性的受寒,除了菲尔丁叙述策略的转移,我们千万不要因此推论出一些其他的什么东西。

于是,《汤姆·琼斯》似乎从总体上为小说形式例证了一条具有重要意义的原则:也即是,情节的重要性与人物的重要性构成相反的比例。这一原则有一个有趣的推论:把叙事组织进一个加长且复杂的形式结构,会让主要人物变成结构的消极代理人,但是它会补偿性地为引入不同类型的小人物提供更多的机会,对这些小人物的处理不会以同样的方式被主要人物妨碍,主要人物的角色是根据叙事意图的复杂情形来加以分配的。

这一原则和它的推论似乎是造成柯勒律治对那些场景中勉强和不自然的品质进行比较的原因,这一比较是在《汤姆·琼斯》中主要人物和菲尔丁所描写的那些"驭马人,男房东,女房东,男侍者"等人物之间进行的,"没有(比这些描写)更真实,更开心或更幽默的了"。[30] 这些小人物仅出现在这样的场景中,即恰好需要对他们所具有的心理特征进行一定量的呈现;由于沃诺尔夫人不再承担主要叙事构思的任何任务,她于是可以让自己从韦斯顿的家

---

[30] 引自 Blanchard, *Fielding*, p. 317。

中解脱出来，而菲尔丁使用的方法也立即使其成功地具有了喜剧性、社会学的透视性以及显著的特殊性；[31] 对于个性和可能性而言，也不存在任何激烈（行动）的问题，而这种激烈的行动为诸如汤姆·琼斯或索菲娅离家出走的方式增添了色彩。

这就是具有精巧构思并极具喜剧性的小说模型，从菲尔丁和史沫莱特到狄更斯：创造性强调被放在那些与情节的规划并无深入关联的次要人物身上；然而对汤姆·琼斯、罗德里克·蓝登以及大卫·科波菲尔作为小说人物的强调却没有那么可信，因为他们的个性与他们必须扮演的角色没有多少直接的关系，并且他们在一些情节中做出的行动显示出某种弱点或愚蠢，而这种情节可能与作者创作他们的实际意图不一致。

另一方面，这类小说使用了非常不同的情节类型，它或许是小说中最典型的，并获得了其他任何文类尚未重复过的效果。从斯特恩和简·奥斯丁到普鲁斯特和乔伊斯，亚里士多德式的情节对于人物的优先性已被完全颠覆，并且一种新型的形式结构已经逐步形成，其中，情节仅尝试表现普通的生活进程，并因此变得完全依赖于人物和他们之间关系的发展。笛福，尤其理查逊为这种传统提供了原型，正如菲尔丁为相反的传统提供了原型一样。

Ⅲ

在约翰逊对菲尔丁小说极其著名的批评中，他所关注的是小说的基本技巧，但从他自己的观点来看，小说中的道德弱点可能是决定性因素。在他唯一公开提及菲尔丁的地方，尽管也仅仅是以

---

[31] BK. VII, ch. 7.

暗示的方式，他对菲尔丁所进行的关注也正是在这一点上。在《漫谈者报》中，约翰逊谴责了"熟悉的历史"造成的效果，因为其中邪恶的男主人翁们被塑造得具有非凡的吸引力，以至于"我们对他们的错误失去了憎恶之情"，这明显体现在《罗德里克·蓝登传》和《汤姆·琼斯》中，且主要是在思想上。[32]他后来肯定告诉过汉娜·莫尔，称与《汤姆·琼斯》相比，他"几乎不了解一部更腐化的作品"；[33]而另一方面，他赞扬了《克拉丽莎》，重要的原因在于"唯有理查逊有能力立即教会我们尊重与嫌恶；使有德性的憎恨压倒所有机智、优雅和勇气所自然激发的仁慈，并最终让男主人翁沦落于恶棍之流"。[34]

我们发现今天很难认同约翰逊憎恶《汤姆·琼斯》中有关道德的许多观点，而我们的确更有可能产生对理查逊的不公正认识，并且不加质问地认为他对于女性贞洁问题的关切，以及他的女主人翁对于女性贞洁问题的关切，只能通过他的好色或者她们的虚伪而得到解释。但事情或许不是这样，并且与之相反，我们必须公正地承认在《汤姆·琼斯》中有许多违犯道德的情形，它们却受到了比任何一位清教道德家所可给予的都要更加宽容的处理。例如，笛福和理查逊对酗酒的谴责都很严厉；但是当汤姆·琼斯因为奥尔沃西从病中恢复感到高兴而醉酒时，菲尔丁没有表露出责备之情：不可否认，正是这种鲁莽导致了主人翁后来被赶出家门，但是菲尔丁唯一的直接评论是对"真理在酒中"这句陈腐之语进行的幽默的编辑式发挥。[35]

---

[32] No. 4.
[33] *Johnsonian Miscellanies*, 11, 190.
[34] "Rowe," *Lives of the Poets*, ed. Hill, II, 67.
[35] Bk. V, ch. 9.

然而，正是性的问题，无论在《汤姆·琼斯》的道德设计中，还是在它的批评家们的反对声中，都是必不可少的。菲尔丁当然不会认可他的主人翁的无节制行为，而汤姆本人也承认在这方面曾经"犯过错"；但是整部小说中的总体倾向无疑是在为这一谴责进行辩护，并让不贞洁显得像是一桩可饶恕的罪行——例如，甚至好心的米勒太太，似乎她在这些事情上也曾摆出一副极不在乎的样子向索菲娅恳求，称汤姆"自从在城里见到了她以后，从没对她犯下过一桩不贞洁的过错……"。[36]

在菲尔丁的设计里，明显没有像理查逊期望的那样对出轨进行惩罚，无论是对汤姆·琼斯还是对其他许多在这方面犯下严重罪行的人物。即使在《阿米莉娅》中，布斯的通奸本身不但比任何可以控诉汤姆·琼斯的事件都要严重，而且菲尔丁也对其进行了严厉得多的处理，但情节最终还是让布斯摆脱了他那些行为所带来的后果。所以，才有对福德·马多克斯·福德[Ford Madox Ford]所做谴责的重大辩护——他谴责"像菲尔丁，以及在某种程度上萨克雷这样的人物，他们佯装如果你是一位乐呵的醉汉、色鬼、挥霍财产的浪荡子以及扒窃女性裙兜的小偷，你终将会发现有一位仁慈的叔父，隐藏身份的父亲或是一位将交给你千万畿尼、无数地产和可爱女郎玉手的慈善家——这些人对于政治体*是有害的，也是极为糟糕的情节组织者"。[37]

当然，福德选择无视菲尔丁积极的道德意图以及总体上的喜剧

---

[36] Bk. XVIII, ch. 10.
[37] *The English Novel from the Earliest Days to the Death of Conrad* (London, 1930), p. 93.
  * "政治体"（the body politic）是一个古老的政治哲学概念，从古希腊到霍布斯都使用此语来指称一国（城邦）之全体成员。其以"身体"为喻，强调任一成员都是肌体的一分子。

情节倾向，其目的是在执行正义时以丧失某种公平为代价而获得幸福的结局。因为——尽管长久以来菲尔丁本人被视为某种放荡者一样的人物，然而他在文学上的伟大之处直到学术研究澄清了对他的指控之后，才得到完整的公正对待。这些指控由时人流传并被他的第一位传记者墨菲重复——菲尔丁其实与理查逊一样都是十足的道德家，尽管分属不同类型。他认为道德远不是依据公众观点的要求而压迫本能的结果，其本身是一种自然的向善和慈悲的趋向。在汤姆·琼斯身上，他努力塑造一位拥有道德心肠的英雄，他同时也拥有充沛精力却缺乏深思熟虑——这是天性之善所特别易于趋向的，也容易导致错误甚至罪行。所以，要实现他的道德目标，菲尔丁不得不去呈现那颗善良的心在通达成熟以及有关此世界知识的险途中所遭受到的威胁。然而，与此同时，为了显得他没有为其主人翁开脱，菲尔丁必须证明：尽管汤姆的这些道德过失在道德成长的过程中是一种可能，甚至必需的阶段，这些过失却没有表现出恶意的倾向；甚至在汤姆·琼斯无忧无虑的本能中有一种慷慨的特征，这是克拉丽莎以自我为中心且冷淡的品德所缺乏的。所以，这个故事的幸福结局远不是福德所声称的表现了道德和文学的混乱，而实际上是菲尔丁道德和文学逻辑的顶点。

菲尔丁和理查逊作为道德家的对比在他们非常不同的叙述视角所带来的效果中得到加强。理查逊的注意力集中于个人，于是他所处理的任何道德或邪恶问题都会被极力放大，并产生它在行动中所反映出的全部可能后果；另一方面，菲尔丁处理了如此众多的人物以及如此复杂的情节，以至于他不能把这种重要性赋予单独的个人品德或恶行。

除了在情节上的这种倾向，菲尔丁作为道德家的意图中还有一部分是把每一个现象都置于它更大的视野中。例如，性的道德和性的罪行都被放到了一个宽阔的道德视野中,并且其结果并不总是性改革者们所期望强调的。例如,菲尔丁懂得并且也希望展示,有些婚姻设计可以比最不受约束的放荡行为更为恶劣:看看布利菲尔,他的"计划就其措辞而言是极为可敬的,就是通过婚姻夺过一位小姐的财产"。他也懂得,道德上对于滥交的愤怒不必是真正的德性之爱的结果:读读这一段落,它告诉我们"排斥所有粗野的同居,把所有衣衫破烂的妓女从墙内赶出去,这是每一个人能力之内的事。我的女房东非常严格地遵守这一点,并且她的那些具有德性且不会衣衫褴褛去旅行的客人们有足够充分的理由期望她这么做"。[38] 菲尔丁在这里表现出的斯威夫特式的温和让我们想起了与道德自负所常关联的残忍和不公;但是一位思想狭隘的道德家可能在这种反讽背后看到令人震惊的、对"衣衫褴褛的妓女"进行谴责的失败,甚至还可能会看到对她们隐含的同情。

菲尔丁于是力图拓宽我们的道德理解力而不是强化针对淫荡行为的惩罚措施。但同时,他作为传统社会道德传声筒的功能意味着他对性伦理的态度不可避免地合乎社会规范;如博斯韦尔所称,它当然不是"鼓励一种紧张的并不太可能的道德",[39] 但更不如说是如莱斯利·斯蒂芬所言,它反映了"有理智的人们一般用于支配自己行为的准则,以区别那个他们因之在语言中佯装被支配的规则"。[40] 或许,亚里士多德的中庸之道可能对呆板的伦理原则进行过某种程度的颠覆;或许正是作为一位优秀的亚里士多德派学者,菲尔丁极近于表明,贞洁的品质在布利菲尔身上表现得太多与在汤姆身上表现得太少是同样糟糕的事情。

---

[38] Bk. XI, ch. 4; Bk. IX, ch. 3.
[39] *Life of Johnson*, ed. Hill-Powell, II, 49.
[40] *English Thought in the Eighteenth Century*, II, 377.

毕竟，约翰逊以自己的方式成为一位严格的伦理主义者，还有另一个原因说明他为什么本来就该发现《汤姆·琼斯》是一部不道德的书。喜剧——只要在观众和参与者之间保持一种心情愉快的气氛——经常在行为和感情上产生某种程度的相互关联，而我们在日常生活中可能不会如此宽容地对待这些行为和感情。或许，《汤姆·琼斯》中最引人注目之处是菲尔丁具有精于世故的愉快幽默，并且这种幽默经常说服我们把失范的性行为看作滑稽可笑的事情而不是邪恶的事情。

　　例如，菲茨帕特里克夫人就是在这些话中被安排退场的："她在镇上有礼貌的人口中享有美誉，并且是一位如此优秀的经济师，她能够花掉她自己财产所带来收入的三倍而让自己不至于负债。"[41] 菲茨帕特里克夫人一定要忠于自己的性格，并还被纳入到欢喜结局之列；菲尔丁不能扰乱他与读者最后会面的欢愉，因此他没有表达自己对菲茨帕特里克夫人不正当收入来源的憎恶，我们必须以此来推测他的人物。

　　当然，在其他的场合，菲尔丁对于那个持久作为喜剧资源的性所制造的幽默要公开得多：例如，在《大英雄乔纳森·魏尔德传》[Jonathan Wilde] 中，那艘船的船长问主人翁"他身上是否跟在风暴中强奸一位妇女一样没有一丝基督教的精神？"[42] 或者在《汤姆·琼斯》中，沃诺尔夫人面对索菲娅的提问"沃诺尔，你不会对任何侵犯你贞洁的人开枪吗？"所做的著名反诘——"当然，小姐……一个人的贞洁是一件宝贵的东西，特别是对于我们这些穷苦的佣人而言；因为它就是我们的生计，如同躯体会说：我至死都憎恨火

---

[41] Bk. XVIII, ch. 13.
[42] Bk. II, ch. 10.

器。*"〔43〕当然，如他在总体上对道德问题的处理一样，菲尔丁在此处的幽默中有一种相同的在扩大的倾向：我们一定不要忘记，即使最具德性的愤怒都会犯下初级的逻辑谬误，或者人类即使忠诚于道德，也可能事后反悔。但是对于菲尔丁的许多幽默所做的无言的假设，无疑表明它在现代意义上的那种"宽阔的胸怀"，一般倾向于含有对性的指涉，它是扩大的同情的一部分，而这种同情又是他的小说作为一个整体所激发我们的：事实上，增添一些对于道德有益的淫秽色彩，是对为性所苦恼的人性进行道德教育的必需部分。至少，这就是喜剧的古典角色，而菲尔丁或许就是延续这一传统的最后一位伟大作家。

IV

对于大多数现代的读者而言，不是菲尔丁的道德观，而是他的文学观才招致反对的声音。他对自己角色的定位是充当一位向导，他不满足于带领我们"走到这一伟大的人性剧场的幕后"，〔44〕而是觉得他必须解释在那里发生的所有事情；当然，这样一种作者施加的干预，容易减弱叙事的权威性。

菲尔丁在《汤姆·琼斯》中进行的个人干预始于他对乔治·李特勒屯大人的献辞。必须承认，这个献辞大大有助于证明约翰逊对于这种形式写作所给予的定义——"对一位恩主的谦卑致辞"。在他的整部作品中，菲尔丁还提到了许多其他的恩主，其中就有拉尔夫·艾伦和大法官哈德威克，更不用说菲尔丁有意恭维其他相识的

---

〔43〕 Bk. VII, ch. 7.
〔44〕 Bk. VII, ch. 1.
　*　暗指她不会对侵犯她贞洁的人开枪。

人，包括他的外科医生约翰·兰比先生，和不同的客栈老板。

这些援引的结果毫无疑问打破了小说所要表现的想象世界里的魔咒：但对于这个自治世界的主要干预来自于菲尔丁的序言性章节，其中含有文学和道德的内容，更多的是来自于他在叙事本身中经常插入的讨论和对读者进行的旁白。毫无疑问，菲尔丁此处的实践导致他完全走向了与理查逊相反的方向，并把小说变成了一种社会性的，并且真正社交的文学形式。菲尔丁把我们引向一个迷人的循环，构成该循环的不但有虚构的人物，也有菲尔丁的朋友与过去的诗人和道德家中他最中意的人们。的确，他几乎同留意他的观众一样留意他的人物，而他的叙事远不是我们从锁孔中所窥见的那种熟稔的戏剧，而是一系列由一位亲切的健谈者在路边的旅馆中所进行的回忆——这即是他在故事中热衷的公共场所。

这种运用于小说的方法与菲尔丁的主要意图非常一致——它推崇一种保持距离的效果，从而让我们不会完全沉浸在人物的生活中，以至于让我们对他们的行动所产生的更大暗示失去警惕性——菲尔丁在其操控全知全能的合唱能力之内引出这些暗示。另一方面，菲尔丁所进行的干预明显针对假想叙事的意义，这几乎与每一位叙事前驱分道扬镳——首先是荷马确立的叙事，亚里士多德曾称赞他的叙事"几乎与其自身无关"，并在其他地方保持了这种平心静气的叙述者态度，或是对众多人物之一进行模仿的模仿者态度。[45]

很少有读者不想读到序言性的章节，或者菲尔丁的有趣旁白，但是它们无疑都减弱了叙事的现实性：作为理查逊的朋友，托马斯·爱德华兹写道，"我们看见的每一个时刻"都是菲尔丁"戴着面罩"，然而理查逊却是"事物本身"。[46]所以，尽管菲尔丁对他的

---

[45] *Poetics*, chs. 24, 3.
[46] McKillop, *Richardson*, p. 175.

人物和对行动的表现喋喋不休，从而开启了英国小说中的一种受欢迎的实践，但毫不奇怪，大多数现代的批评家都对此进行谴责，并且就是基于以上理由。例如，福德·马多克斯·福德抱怨说："从菲尔丁到梅瑞狄斯的英国小说作家所面临的问题是，他们没有一个人关心你是否相信他们的人物"；[47]亨利·詹姆斯对特罗洛普以及其他"有成就的小说作家们"的方式感到震惊，他们承认"在漫衍的部分、一个括号或者一个旁白之内"，他们的虚构"只是为了使人信以为真"。詹姆斯接着确立起了小说家对他创作所应有态度的中心原则，这一点非常近似于上文所描述的、内在于形式实在论的观点：詹姆斯说，特罗洛普以及任何分享他的观点的小说作家，

> 承认他所叙述的事件并没真正发生，他能够给予故事以读者最喜欢的任何变化。对一种神圣职务的如此背叛之于我而言，我承认，似乎是一项严重的犯罪；这是我根据申辩的态度所意指的，并且在特罗洛普那里，每一点让我感到震惊的程度都如同我在吉本或者马科莱那里所感受到的一样。这表明小说作家们不如历史学家们那样着迷于寻找真理（当然我所谓的真理就是，他假设我们必须承认他的各种前提，而不论这些前提会是什么），而这么做时，它就一下子剥夺了小说家的所有立足之地。[48]

当然，菲尔丁"寻找真理"的意图是毫无疑问的——在《汤姆·琼斯》中，他的确告诉我们："我们决心自始至终指引我们的笔朝向真理的方向。"但是他可能低估了真理与保持读者"历史信

---

[47] *English Novel*, p. 89.
[48] "The Art of Fiction" (1884); 引自 *The Art of Fiction*, ed. Bishop, p. 5。

仰"之间的联系。这至少是《汤姆·琼斯》临近末尾一段的提示,菲尔丁宣称,他宁可让他的主人翁被绞死,也不会以不自然的方式把他从他的麻烦中解脱出来,"因为我们宁可讲述他在泰伯恩行刑场被绞死(结果很可能就是这样),也不要抛弃我们的正直,或者动摇我们读者的信仰"。[49]

对于他创作中的现实所持有的这种反讽态度可能要为《汤姆·琼斯》中暗示的主要批评性疑虑部分地负责。它基本上是一本非常真实的书,但是它的真理,引用R. S. 克莱恩[R. S. Crane]的话,在这部小说中是被"翻译"出来的,却绝不是明朗的。[50] 从他的人物或者他们的行动中,我们没有得到关于菲尔丁自身道德品质的深刻理解,但是从那些他为了人性的改善而进行的英勇斗争中——这些斗争是他在极恶劣的个人环境里作为地方法官而进行的,或者甚至从他的作品《里斯本航海日志》中,我们却获得了对他的道德品质的理解;如果单从小说来分析我们所得到的印象,这种印象肯定且明显就是,我们对于尊严和大度的残余印象主要来自于菲尔丁以自身角度进行发言的段落。而这当然是一种技巧带来的结果,这种技巧至少在下述意义上是有缺陷的,即仅通过人物和行动,不能够传达更大的道德意义,而这只能通过某种对于情节而言有些唐突的模式以及直接的编辑式评论来提供。如亨利·詹姆斯所言:汤姆·琼斯"有如此旺盛的'生命力',就喜剧和使用讽刺的效果而言,几乎达到了'让他拥有一种思想'的地步";因此,几乎但不是完全,"他的作者——'他'堂皇地拥有一种思想——对他和他的周围(应该有)如此一种充分的反思,以便我们可以通过菲尔丁的美好旧道

---

[49] Bk. III, ch. 1; Bk. XVIII, ch. 1.
[50] "The Concept of Plot and the Plot of *Tom Jones*," *Critics and Criticism Ancient and Modern* (Chicago, 1952), p. 639.

德的成熟形态来理解他……",[51]这是有必要的。

当然,所有这些不是要说明菲尔丁并没有成功:《汤姆·琼斯》当然有资格接受一位早期匿名的崇拜者对它的赞扬,称它"整体上……是迄今发表的最真实的书"。[52]但它是一种非常个人的且不可复制的成功类型:菲尔丁的技巧太具有折中的性质,以致不会在小说传统中成为永久的因素——《汤姆·琼斯》仅在部分意义上是小说,还有许多其他的东西——流浪汉故事、滑稽戏剧、应景的小品等。

另一方面,菲尔丁离开形式实在论的经典之作非常清楚地表明了这种新文类不得不面对的最重要问题的本质。在笛福那里,以及一定程度上在理查逊那里,对完全真实性的冗长宣言易于模糊如下事实,即如果小说要获得与其他文类同等的地位,它必须要与文明价值观的整个传统相接触,并以一种评估性的现实主义对描述性的现实主义予以增补。对于巴鲍德夫人的疑问,关于在何立场上她认为相比莎士比亚,理查逊是一位要逊色得多的作家,柯勒律治的回答是:"理查逊只是有趣。"[53]对《克拉丽莎》做如此一种总体的评价无疑是不公平的,但是它表明了一种描述性的现实主义的可能局限:我们将会完全沉浸于那些人物和他们行动的现实中,但结果我们是否变得更加聪明则值得怀疑。

菲尔丁给小说这种文类带来了从根本上比叙事技巧重要得多的某种东西——一种对于人事负有责任的智慧,这些人类事务作用于

---

[51] "Preface," *The Princess Casamassima*.
[52] *Essay on the New Species of Writing Founded by Mr. Fielding*, 1751, p. 43.
[53] 引自 Blanchard, *Fielding*, p. 316。

小说中的行动和人物。他的智慧可能不具有那种最高秩序的性质；就像他所喜爱的琉善*的智慧一样，它有点随和的倾向并有时是机会主义的。然而，在《汤姆·琼斯》的结尾，我们感觉到我们所接触的不仅仅是关于想象性人物的有趣叙事，而是关于人类兴趣中几乎所有话题的令人振奋的大量建议和挑战。不仅仅如此：这种被激发的动力来自于一个真正掌握人类现实的思想，他从未被欺骗，也从未欺骗自身、他的人物或者作为整体的人类。在他努力为这种新文类注入莎士比亚式道德的某种东西时，菲尔丁已经离形式实在论过远而无法开启一种可行的传统，但是他的作品如一种永久的提示物那样发挥作用，如果这种新文类要挑战旧的文学形式，它不得不找到一种能够传达令人信服的印象和对生活进行睿智评估的方式，这种评估只能来自于比笛福或者理查逊看待人类事务更宽阔的视野。

所以，尽管必须同意约翰逊关于钟表的比喻要旨，我们也必须补充说它是不公平且是误导性的。毫无疑问，理查逊带领我们更深入地观察到人类机器更深层的运作；但是菲尔丁肯定有权反驳，称在本性之内除了个人意识外还有许多其他的机器，他也可能表达了他令人诧异的懊恼，认为约翰逊明显地忽略了如下事实，即他参与探索了一个更巨大且同样复杂的机器，这一机器就是作为整体的人类社会，这就是菲尔丁的文学主题，与理查逊的文学主题相比，它碰巧更加符合他和理查逊共有的古典观。

---

* 琉善（约120—180），一位有成就的纯文学作家，第二次智者运动中复兴古希腊演说术的参与者。

第十章

现实主义与后续传统：一则笔记

在理查逊和菲尔丁之后，小说在文学领域扮演着越来越重要的角色。小说的年创作量，从1700—1740年间平均每年7部，增长到1740年随后30年里大约平均每年20部，而这种产出量在1770—1800年间又翻了一番。[1]然而，这种量的增长在任何方面都没有与之相匹配的质的增长。除了仅有的一些例外，18世纪下半叶的小说，尽管作为当时生活的证据而不时显得有趣，或是如同感伤主义或哥特恐怖小说那样迎合了多种逃离现实的趋势，却没有多少内在的优点；并且其中许多仅是非常清楚地揭示了由书商和流通图书馆运营者们对于文学降格所施加的压力，他们都致力于满足读者群在感情和浪漫史方面对于轻松而具有替代性的爱好不加评判的需求。

然而，有几位小说作家却超越了平庸甚至更糟的水平，如史沫莱特、斯特恩和范妮·伯尼。作为一名社会记者和幽默作家，史沫莱特有许多优点，但是除了《亨弗利·克林克历险记》[1771]

---

[1] 以最大可能的保守态度提供这些数据，编译自A. W. Smith, "Collections and Notes of Prose Fiction in England, 1660-1714," *Harvard Summaries of Dissertations*, pp. 281-284, 1932; Charlotte E. Morgan, *The Rise of the Novel of Manners, 1600-1740* (New York, 1911), p. 54; Godfrey Frank Singer, *The Epistolary Novel* (Philadelphia, 1933), pp. 99-100; Andrew Block, *The English Novel, 1740-1850, a Catalogue…* (London, 1939)。

之外，他的所有小说中的中心场景和总体结构有着种种显著的缺陷，这让他在小说的主要传统中不能扮演非常重要的角色。斯特恩则是一个非常不同的例子，尽管他卓越的文学原创力赋予了他的作品以一种完全个人的特点——即便不称其为古怪的话，他唯一的小说《项狄传》[1760—1767]也为他的前辈所提出的主要形式问题提供了非常具有挑衅性的解决方案。因为，一方面，斯特恩找到了一种方式来调和理查逊的"描述性的现实主义"与菲尔丁的"评估性的现实主义"；而另一方面，他表明了这两位作家对于人物各自采用的内部和外部方法之间无需构成对抗。

斯特恩的叙事模式对形式实在论的所有方面都给予了非常仔细的关注：对详细列举的时间、地点和人物；对自然而逼真的行动顺序；对一种文学风格的创造——这种创造以最准确的语言和节奏为所描述之物提供了可能的对等物。其结果是，《项狄传》中的许多场景获得了一种生动的真实性，它融合了笛福格外简练的暗示与理查逊对人物顷刻思想、感情和姿态区分得更加详细的描述。斯特恩对于这种现实主义描述的掌握是如此娴熟，以至于如果要把它应用于小说的通常目的，斯特恩就可能成为18世纪小说作家中最杰出的人物。但毫无疑问的是，《项狄传》更像是对小说的戏仿而不那么像一部小说，而随着一种超前的技术上的成熟，斯特恩以他的反讽取代了这种新文类最近发展出来的许多叙事方法。

这一反讽的倾向特别聚焦于男主人翁自身。追求形式现实主义的命名传统，斯特恩准确地告诉我们他的人物是如何命名的，以及仅此一项如何象征被赋予该名称的人物的不幸命运；然而，显见的是，可怜的特里斯特拉姆仍然是一个难以捉摸的人物，或许因为哲学教会了他——个人的身份并不是通常所认为的那样只是一个如此简单的问题：当牧师问他"——那么你是谁呢？"，他只能回答，

"别让我犯糊涂",[2]因此这延续了休谟在《人性论》中对主体产生的怀疑。[3]但是斯特恩的主人翁持续逃离我们理解的主要原因,是他的作者在玩弄可能是形式实在论中的最基本问题,即对叙事中时间维度的处理。

《项狄传》中的主要时间顺序是基于——又一次与时间哲学中的最新趋势保持一致——叙述者意识里关联物的流动。既然每一存在于思想中的事件都在当下发生,斯特恩就能够以全部的生动性来描述其中的一些场景——理查逊对"生动的现在时态的使用"让这种生动性变成可能;与此同时,既然是特里斯特拉姆·项狄在详述他自己"生活和见解"的故事,斯特恩也能够驾驭更长远的笛福的自传式回忆录的时间视角;另外,他使用了菲尔丁通过把种种虚构的行动同外部时间计划关联起来对时间进行处理的革新——项狄家族的历史年表与托比叔叔在佛兰德斯的战斗[4]等之类的历史事件保持一致。

然而,斯特恩并不满足于对时间问题的娴熟处理,他继续把文学和现实之间一一对应的现实主义终极前提推至它的(时间)逻辑极限。他通过为醒着的主人翁生命里的每一个小时提供一个小时的阅读内容,在他的小说和读者对它的体验之间建立起绝对的时间对应。但这当然是一种渺茫的努力,因为特里斯特拉姆总得要花掉超过一个多小时的时间把他自己在一个小时内经历的事情写下来,因此他写下的越多,我们阅读的也就越多,但是我们共同的目标却愈加减少。

---

[2] Bk. I, ch. 9; Bk. VII, ch. 33.
[3] 见 Bk. I, pt. 4, sect. vi。
[4] 见 Theodore Baird, "The Time Scheme of *Tristram Shandy* and a Source," *PMLA*, LI (1936), 803-820。

于是，斯特恩主要通过比在那以前，或自那以后所曾尝试过的，要更加直白地看待形式现实主义的时间要求而获得对于小说形式本身的一种归谬［reductio ad absurdum］*。然而，与此同时，这种对于小说恰当目的的巧妙颠覆最近赋予了《项狄传》一种特定的在身后获得的时事性话题。斯特恩对其小说时间计划尤其灵活的安排预示了它与叙事中时间顺序独断性之间的决裂，这种决裂是由普鲁斯特、乔伊斯和弗吉尼亚·伍尔夫所进行的，所以斯特恩作为现代人的先驱在20世纪20年代重新获得了批评家的偏爱。这还不是全部：当代最伟大的提倡哲学实在论的人，伯特兰·罗素［Bertrand Russell］，以《项狄传》作为范型，做出自己关于时间的成问题本质的陈述，并以斯特恩无限回归的人物来命名他似是而非的结论。[5]

斯特恩在《项狄传》中对时间维度的处理在另一个语境中尤其重要，因为它为描述性的现实主义与评估性的现实主义二者之间的联合提供了技术基础。如同菲尔丁，斯特恩也是一位学者，是一位才智之士，他同样渴望拥有全部自由去品评小说的行动或者其他任何事情。然而，菲尔丁仅可通过损害叙事的真实性来获得这一自由，斯特恩能够获得同样的目标而不必做出任何牺牲，通过把他的反思置换到他人物的思想中这种简单却巧妙的权宜方法——最深奥的隐喻因此就被置于各种思想关联进程的众所周知的矛盾中。

菲尔丁的评估性的现实主义不仅仅通过直接评论来进行，他的评价也通过把叙述顺序组织进场景的重要对照物中而变得明晰，而场景通常以讽刺的方式彼此映照，尽管经常造成的代价是让读者产

---

［5］ *Principles of Mathematics* (London, 1937), pp. 358-360.
* 归谬法是一种论辩方式，它通过首先假设对方的前提是正确的，接着举出一个极端的例子，并推导出一个荒谬的结论，从而论证其前提为谬。

生某种过分操控之感。然而,斯特恩可以一直进行这种操控而又不必破坏叙述的威信,直至我们觉得头晕眼花,既然每个过渡都是主要人物精神生活的一部分,这种精神生活当然与时间顺序几乎无甚关联。其结果是,斯特恩能够把他小说中的元素安排进他喜欢的任何顺序里,而不必武断地改变背景和人物,但在菲尔丁那里,如此一种对照物将会涉及它们的改变。

然而,斯特恩对这种自由的处理与他对自由运用时间维度的处理方式完全一样,结果造成他小说的组织原则最终不是一般意义上的叙事。斯特恩为实现评估性的现实主义又不必损害可信度而对该技巧的掌握,其最根本的含义因此主要是消极的。毫无疑问,即使在这里,在斯特恩虚构的术语之内对其表示反对,也是不可能的,因为,尽管我们可能有权在一位作家那里期待某种程度的秩序,但要从特里斯特拉姆·项狄思维的运作中去期待它,几乎没有道理。

总体来看,斯特恩的叙事方法与小说的主要传统之间比乍看上去有更重要的关系;我们可能觉得他损害了理查逊和菲尔丁的方法而不是调和了二者,但是对于他是在他们所开创的叙事方向中进行努力则至少没有什么疑问。《项狄传》中的这种连续性也延伸到主题问题[subject-matter]和人物塑造的方法上,尽管是以同样的矛盾方式。例如,斯特恩主要的主题之一就非常近似于理查逊的核心观点:托比叔叔如同克拉丽莎一样是18世纪理想之善的化身,但同时菲尔丁对于理查逊的批评是含蓄的,考虑到他将斯特恩对于性道德的男性化呈现与孀妇沃德曼眼中邪恶的拉夫雷斯相提并论。在人物塑造上,《项狄传》表现了对理查逊与菲尔丁特别强调的各方面非常具有个性化的结合。表面上看,似乎既然主要人物的意识是行动的核心,毫无疑问,斯特恩必定被列为极端倡导以内部的和主观的方法来处理人物的作家，这种方法在叙事上通常伴随有细微的特殊性。然而，实际上，尽管故事里主要人物的行动常常以对思想与行为的每一变化给予特别关注的方式来加以解释，它们自身基本上都被视为一般的社会性的与心理上的类型，且在很大程度上，是以菲尔丁的方式。

《项狄传》表明，正如作者可以自由地对他的小说所呈现的生活图景提供一种评价而无需降低表面上的真实性，因此在针对人物的内部的和外部的方法之间并不存在绝对的二分法。该问题具有极为普遍的重要性，因为在"自然性人物"和"风俗性人物"之间进行绝对分离的趋势，是一种晚近趋势在18世纪的表现形式，这种趋势把小说里的"现实主义"等同于对社会而非个体的强调，并认为那些探索人物内在生活的小说作家流于主要的现实主义传统之外。对处理人物的方法进行区分非常重要且不能被否认，可以理解的是，法国现实主义者们的文学视角丰富了我们对于该词的感受，以至于我们觉得如果巴尔扎克是一位"现实主义者"，普鲁斯特则需要使用另外某个词来描述。然而，如果我们记住叙事方法中的这些区别是强调性的而非类型性的，它们存在于一种对于形式或表象现实主义的一般忠诚之内——这种现实主义如前面所讨论的，是作为整体的小说类型的典型特征，那么小说这种传统的基本持续性会变得更加清晰。

这一特别的批评问题有一个与之相近的认知意义上的类比——二元主义。重要的是，是笛卡尔——这位现代哲学现实主义的创建者，提出了二元论的问题，并让它成为过去三个世纪思想中特别受到关注的对象之一。这两个哲学的问题当然是密切相关的，因为17世纪哲学里对于认识论的热衷自然倾向于把注意力集中于个体思想怎样能够认识外在于其自身的任何物体。但是尽管二元主义戏剧化地描述了观看现实的不同方式之间的对立，它事实上没有导致任何对自我或外在世界现实的完全拒绝。同样地，尽管不同的小说作家都对意识里的内在和外在目标给予了程度不同的重要性，他们也从未完全拒绝任何一方；相反，他们征询的基本条件被叙事中二元主义的对等物所支配——个人与其环境之间的关系成为问题的本质。

笛福似乎在小说家的主观的和外部的动机之间占据着非常中心的位置：个体自我与物质世界，作为笛福运用形式现实主义的结果，二者在他的小说中均被给予了比此前虚构作品中更为重大的现实性。的确，他的叙述视角，即自传式的回忆视角，表明它本身如此适合于反映内部和外部世界之间的紧张感，这一事实表明认知的个体自我这一视角的笛卡尔式的转移，其本身是经过计算而让外部及内部世界的一幅定义更加清晰的图画变成可能。

后来的小说作家当然都采用了不同途径来表现这一二元性，但重要的是，即使自理查逊以来的那些人都把最重大的强调放到主观和心理的方向，他们也都对形式现实主义的种种可能性发展以及社会描写做出了一些最重大的贡献。例如，普鲁斯特在其给予我们的众多事物中，为我们提供了笛卡尔式自省的档案；这一自省在揭示第三共和国的外在世界与叙述者记忆中的内在世界两方面同样显著。亨利·詹姆斯在技巧上的成功也能被视为对这二元的两端进行灵巧操控的结果：在其后期的小说中，读者被纳入到了一个或多个人物的主观意识中，而借由巧妙选择的不利视角，詹姆斯从侧面嘲讽地打开了观察外在社会事实的视野，金钱、阶级与文化的疯狂，这些都是主观经验的根本决定因素，尽管它们几乎不能被它们的人类代理人所注意，仅当故事结束时通过读者才得到完全识别。乔伊斯的《尤利西斯》，在如此多的方面构成小说发展的顶点，在处理二元的两极时也当然是自身的顶点：在它最后的两卷中，对莫莉·布鲁姆白日梦的白描式呈现以及对她丈夫屉匣中物品的列举，都是对主观和客观两极的二元主义的叙述方式进行调整的一些带有轻视意味的纯粹例子。

于是，作为例子的斯特恩，以及哲学上二元主义的类比，都倾向于支持以下观点，即理查逊的和菲尔丁的小说在叙事方法上的两个主要差别，绝对不是两种相对的且不可调和的小说类型的体现，而不过是相当清晰地构成对照的诸多问题的解决，这遍布在小说的整个传统之中，并且这些问题的明显分歧事实上也能得到和谐的调解。的确，可以认为，该类型本身的完全成熟仅当这一调解得到实现时才会到来；并且可能的情形是，简·奥斯丁的盛名得益于英国小说的这个传统，且主要来自于她对这些问题的成功解决。

在这一点上以及在其他的许多方面，简·奥斯丁是范妮·伯尼的传人，在聚合理查逊和菲尔丁这些天才加之于小说的这些不同方向上，她本人并不是一位不重要的人物。两位女性小说作家在她们仔细描述家庭生活时追随着理查逊——写作《查尔斯·格兰迪森爵士传》中不那么紧张的家庭矛盾的理查逊。同时，范妮·伯尼和简·奥斯丁在对她们的叙事材料采取一种更为疏离的态度方面以及从喜剧和客观的视角对其进行评价的方面则追随菲尔丁。正是在这一点上，简·奥斯丁在技巧上的天赋获得了自身的证明。她省去了叙事者的参与，无论是像在笛福那里作为回忆录的作者，还是像在理查逊那里作为信函写作者，这可能是因为这两种角色让自由评论和评估比自由安排（结构）更加困难；相反，作为一位坦白的作者，她效仿菲尔丁的方式来讲她的故事。然而，在简·奥斯丁那里进行评论的叙事者的变体,变得更加谨慎以至于它并没有实质地影响到她叙事的真实性。她对人物和人物思想状态的分析以及对动机和形势的反讽性并置,与菲尔丁一样直截了当,但是它们似乎并不是来自于一位爱叨扰的作者,而是来自于社会和心理理解中的某种威严而冷漠的精神。

与此同时,简·奥斯丁使她的叙述视角足够多样化,以便不仅给予我们编辑式的评论,而且给予我们许多笛福和理查逊在心理上对于人物主观世界的接近。在她的小说中,一个人物的意识通常被策略性地安排而具有一种优势的地位,他的精神生活比起其他人物得到了更加完整的解释。例如,在《傲慢与偏见》(发表于1813年)中,这个故事实质上是从女主人翁——伊丽莎白·班尼特的视角来讲的;但这种认同总是通过叙事者充当另一冷静分析者的角色来获得证明,其结果是,读者没有丧失他们对小说整体的批评意识。关于视角的同样的策略也被极为精彩地应用于《爱玛》(1816),这部小说融合了菲尔丁在传达社会整体意义方面的特殊长处,以及亨利·詹姆斯在读者对人物个性和环境的全部复杂性逐渐增长的意识中对小说重要结构连续性的确定,小说主要通过这一人物而得到讲述:呈现爱玛·伍德豪斯的内在生活占去了逐步被揭示的故事的许多部分,通过渐进的揭示,詹姆斯表现了梅奇·法兰基或兰伯特·斯特莱特这两个人物。

简·奥斯丁的小说,简而言之,必须被视为是对两个普遍的叙事问题最为成功的解决方案,理查逊和菲尔丁对此问题仅提供了部分答案。她能够把描述性的现实主义与评估性的现实主义以及处理人物的内外部方法的长处组合进一个和谐的统一体;她的小说不依靠蔓衍或花招儿而具有真实性,不像饶舌的小品文而具有社会评论的智慧,并且还具有社会秩序感却不是通过牺牲人物的个性和自主性而获得。

简·奥斯丁的小说在许多方面也是18世纪小说的顶峰。在这些小说的主题上，尽管存在着一些明显的不同，它们却延续了笛福、理查逊和菲尔丁等人特有的许多兴趣。例如，简·奥斯丁比笛福更加直接地面对因经济个人主义和中产阶级寻求提高的地位而引起的社会和道德问题；她追随理查逊的脚步把她的小说建立在婚姻问题之上，特别是该问题中女性的合适角色；她对社会系统中种种恰当规则的终极画像类似于菲尔丁的，尽管它（画像）对人物和他们处境的处理总体上更加严肃和有所分别。

简·奥斯丁的小说在另一意义上也具有代表性；如我们所已经见到的，它们反映了这一进程，女性借此进程在文学舞台上扮演着愈加重要的角色。大部分18世纪小说实际上都为女性所写，但在很长时间内，这仅是在数量上保持优势；只有简·奥斯丁才完成了范妮·伯尼开始的工作，并在更为重要的问题上挑战了男性的特权。她的例子表明，女性情感在某些方面更擅长去揭示人际关系的微妙之处，并因此在小说这个领域里具有真正的优势。女性更擅于驾驭人际关系领域的原因难以说清也不可尽述；主要原因之一可能如约翰·斯图尔特·密尔 [John Stuart Mill] 所宣称的那样："妇女从社会中所接受的所有教育灌输给她们这样一种观念，即与她们发生关联的个人是她们唯一对其负有义务的人。"[6] 至于这一点与小说之间的关联，几乎不存在什么疑问。例如，亨利·詹姆斯在一篇具有审慎节制特点的献辞里就对此有过暗示："女性是纤弱而耐心的观察者；她们似乎是让鼻子去贴近生活的纹路。她们以个人的鉴赏趣味去感受和观察真实的事物，她们的观察在数以千计令人愉快的卷帙

---

[6] *The Subjection of Women* (London, 1924), p. 105.

中被记录下来。"[7]更加概略地看,詹姆斯在其他地方也把现代文明中"小说的极为突出的显著性"与"女性态度极为突出的显著性"联系起来。[8]

在简·奥斯丁、范妮·伯尼和乔治·艾略特那里,女性视角的诸多优势超越了社会视野的限制,直到最近,二者才联系起来。同时,无疑正确的情形是,女性读者在小说读者群中的优势地位与一种独特的软弱和非现实性相关联,而形式又易于受到此软弱和非现实性的影响——它倾向于对此领域进行限制,在该领域中,它在心理和智力上的种种区别仅对一小部分任意选择的人类情形发生作用;这是一种自菲尔丁以来的限制,它以对经验的框架和观点被允许表达的范围进行某种压缩,已经影响到除极少部分英语小说之外的所有小说。

于是,在18世纪早期小说作家与他们主要的继承者之间,在叙事方法和社会背景两方面都存在着一种真实的连续性。结果是,尽管有人或许不能讲出一个18世纪小说作家的流派,但是通过诉诸一个更大的视角,并把他们同之前任何创作虚构性作品的作家或海外与他们同时代的作家进行比较,他可以发现他们已形成了一个文学运动,其成员之间有诸多的相似。这种亲近关系对于19世纪早期的小说批评家而言极为明显:例如,黑兹利特就理查逊、菲尔丁和斯特恩对于"人类真实本性"的空前忠诚,倾向于把他们视为是相

---

[7] "Anthony Trollope," *Partial Portraits* (London, 1888), p. 50. 对交谈进行的一个比较研究显示女性谈话的37%是关于人的,而男性谈话中相似的部分则占16%,见M. H. Landis and H. E. Burtt, "A Study of Conversations," *J. Comp. Psychology*, IV (1924), 81-89。

[8] "Mrs. Humphry Ward," *Essays in London* (London, 1893), p. 265.

类的。[9]这种家族相似性在海外得到更加清晰的发现。在法国，如乔治·圣茨伯里所指出的，文学与虚构性作品里的生活二者之间的关系在整个18世纪仍然相距更加遥远和更为正式。[10]所以英国在此文类中的突出地位自18世纪中期以来一直都得到认可，菲尔丁、斯特恩以及其中的首要者理查逊都是主要的人物：狄德罗甚至表达过一种愿望，即找到一个新的名称来把理查逊的小说同他的本土传统中的"传奇"区分开来；[11]对于许多法国和德国读者而言，例如，理查逊与菲尔丁之间最大的不同与以下事实相比则显得无足轻重，该事实就是二者与他们的外国同侪相比更具现实性。[12]

对18世纪英国小说无上地位进行的法国式证明，同时又伴有对此现象进行的解释，该现象极大地迎合了上述社会变革与新形式兴起之间的联系。于是，在更大社会背景中对小说进行的第一个重要研究来自于斯塔尔夫人，她的《关于文学与社会机构之间关系的思考》[*De la littérature, considérée dans ses rapports avec les institutions sociales*, 1800]已经预告了今天分析的许多因素；[13]然而德·博纳尔，似乎是使用"文学是关于社会的表达"这一程式的第一位批评家，在他的《风格与文学》[*Du style et de la littérature*, 1806]一书中为英国小说享有显著地位的历史原因勾勒了一幅与斯塔尔夫人极为相似的图画。他理所当然地认为小说在本质上关注私人和家庭生活，没有什么会比以下情形更为自然：一个特别商业

---

[9] 见Charles I. Patterson, "William Hazlitt as a Critic of Prose Fiction," *PMLA*, LXVIII (1953),1010。
[10] *History of the French Novel* (London, 1917), I, 469.
[11] *CEuvres*, ed. Billy, p. 1089.
[12] 例见L. M. Price, *English Literature in Germany* (Berkeley and Los Angeles, 1953), p. 180。
[13] 特别见于Part I, ch. 15: "De l'imagination des Anglais dans leurs poésies et leurs romans"。

化、小资化和城市化的社会——它如此强调家庭生活,以及更甚者,它在高雅文学类型中的表达如此贫乏——理应在一个关注日常生活和家庭事务的文类中获得成功。[14]

法国文学的进程为社会因素和文学因素的重要性提供了另一种形式的确证,这些因素与英国小说早期发展的联系已在这里谈过。这一文类开始于巴尔扎克和司汤达,它的第一个重大的全盛期发生在法国大革命把法国中产阶级置于社会和文学的统治地位之后不久,而他们的对手英国人在1689年的光荣革命中——整好一个世纪前——就已经获得了此一地位。如果说巴尔扎克和司汤达在欧洲小说传统中是更加伟大的人物,部分原因当然是他们得益于历史所给予的优势:不仅因为与英国相比,他们关注的社会变革得到了更多的戏剧性表达,而且因为在文学上,他们不仅成为他们的英国前辈们的受益者,而且也是一种新批评气候的受益者——与新古典主义的批评相比,这一批评气候更加有助于形式现实主义的发展。

当前的部分争论是,小说比通常所认为的更加密切地联系于整个文学与智力环境,第一批伟大的法国现实主义者与浪漫主义的密切联系即是这一情形的实例。浪漫主义的特征当然在于对个人主义和原创性的强调,而这又在小说里首次获得文学上的表达:许多浪漫主义作家用特别的激情表达自身,以反对古典批评理论中的元素,而这些元素对形式现实主义充满敌意。例如,在《抒情歌谣集》[*Lyrical Ballads*,1800]的序言中,华兹华斯宣称作家必须"把他的目光盯在物体上",并在"人类真正的语言"中表现对普通生活的各种经验;而法国人与他们过去文学的分裂在《欧那尼》[*Hernani*,1830]的描写中找到了最具戏剧性的表达,维克多·雨

---

[14] *CEuvres complètes* (Paris, 1864), III, col. 1000.

果在其中对空洞的"合宜"表达了蔑视,因为它限制了文学的对象应该被描述的方式。

　　这就是18世纪早期的小说家们所提示的一些更大的文学视野。与简·奥斯丁,或者与巴尔扎克和司汤达相比,笛福、理查逊以及菲尔丁都有非常明显的技术弱点。然而,从历史上看,他们具有两种重要性:一种明显的重要性在于,这些作家为创立一种在过去两个世纪里占据支配性地位的文学形式而做出的主要贡献;毫无疑问,同样伟大的重要性来自于这样一个事实,即他们都受益于他们在本质上都是独立的革新者这一事实,他们的小说从总体上为此形式提供了三个定义相当分明的形象,并为它们在此后传统里的基本差异确立了一个特别完整的概览。当然,他们也对我们提出了更加绝对的要求。与在其他任何文学类型中相比,生活的多重性质在小说中可以更多地对艺术的不足进行补偿:几乎没有什么疑问,当笛福、理查逊和菲尔丁以一种非常少见且人们为之感恩的完整性和信念来表达他们自己对于生活的感受时,他们比许多后来的小说作家为自身赢得了更加牢固和不朽的文学声誉,尽管这些后来的作家们在技巧上拥有更丰富的经验。

后 记

"一个可以讨论的问题":小说的兴起

W. B. 卡诺坎

在20世纪50年代早期,当我还是马萨诸塞州剑桥市的一名本科生时,我想我绝对不会在课程中阅读小说,除非人们把《格列佛游记》[Gulliver's Travels]或《拉塞勒斯》[Rasselas]算作小说——这两本书都被纳入对18世纪进行历时概览的书目中。在此过程中,不知什么时候,我肯定读过《汤姆·琼斯》和《约瑟夫·安德鲁传》,尽管不是在乔治·舍伯恩关于19世纪以前小说的课程上——因为我没有选这门课,尽管我对18世纪有所喜好。我不觉得在对小说的冷淡态度上我与其他人有何不同,而且我知道这并不是因为我对诗歌或戏剧有种特别强大的领悟,也不是因为我特别憎恨小说——我花了一个夏天的时间来阅读《魔山》[The Magic Mountain]。这仅仅是因为在20世纪50年代早期的哈佛,小说并不像现在这样引起人们的关注,因为它还没有取得相同的经典地位。我读乔叟、斯宾塞、弥尔顿和浪漫主义诗歌,我读丁尼生、布朗宁和阿诺德三位诗歌巨头,我也读20世纪的美国诗歌。我选修的戏剧课程,是从现代戏剧和剧院的开端到结束,包括契诃夫、斯特林堡和奥尼尔。我写过一篇有关斯威夫特布道辞的荣誉学术论文[honors essay]*。

---

* 荣誉学术论文,通常是本科生所写的比普通论文更长、更有研究深度的学术论文。

我参加关于18世纪小说的研讨班,恶补斯特恩、史沫莱特和戈德史密斯的作品并被教导去讨厌理查逊,但这时已经是在研究生院期间。我参加了一个关于詹姆斯的研讨班,我也去补读库柏、麦尔维尔、霍桑以及那些美国自然主义作家的作品。我的本科生课程现在看来即便不算反常的话也是很不平常的。

可以肯定的是,我没有选修包括舍伯恩的课程在内的其他本科生课程,包括哈里·莱温的著名课程"普鲁斯特,乔伊斯和曼",和由伊恩·瓦特的同事、康拉德专家、我未来的同事阿尔伯特·格拉尔德教授的课程"现代小说的形式",因为它正式的名称是"比较文学166",该课程被亲昵地称为"比-文-一性之性"。我没有选修这些课程是因为我不必选修,也因为我觉得它们都在主流之外——在20世纪50年代早期的确如此,但它们也极受欢迎。于我而言,那也反映了小说的地位:流行的,当然;前卫的,有时;但作为真正严肃的东西,则未必——除非你是在一个研究生研讨班的纯粹气氛中去研究它。当到了要写论文的时候,我(毫无所感地)写了一篇关于查尔斯·丘吉尔诗学讽刺的论文。小说不是我主要的精力所在,无论莱温和格拉尔德的课程如何受欢迎。现在,在我没有小说的本科生年代过去50年之后,情况与之前相比也几乎没有改变多少。到了20世纪80年代中期,斯坦福的英文系对本科生提出了一项新的要求,即学习"诗歌与诗学"这门课程,因为学生们都愿意阅读小说而尽可能地排斥其他所有文学类型。概言之,诗歌吓住了他们。

为什么在20世纪50年代早期的哈佛,小说处在如此边缘的位置呢?首先,如今天所熟知的情形,甚至英国"文学"都是学院里的迟到者,而小说,作为"文学"领域里的迟到者,不得不慢慢挤进课程大纲里。其次,哈佛不是新奇学术的温床,而且英语系,除了年轻、才华横溢、口无遮拦以及桀骜不驯的格拉尔德之外，与更传统的形式相比，他们对小说的兴趣要少得多，即使布利斯·佩里（1907—1930年间在哈佛任教）早在19世纪90年代就在普林斯顿讲授过小说，并且小说在世纪之交就曾出现在哈佛的英语系课纲里。[1] 但是在20世纪50年代早期，如果你想看到一些不同且吸引人的东西，你倒可能会（像我一样）去看瓦尔特·杰克逊·贝特所提供的对塞缪尔·约翰逊的道德—心理分析。再次，艾略特的诗学和"新批评"曾风行一时，尽管现在看来这股潮流几乎已经退潮。其时，"新批评"开始让文学关注虚构性作品，但最为显著的还是它对诗歌长期而机警的注意。[2] 事实上，如果没有"新批评"，小说可能要比实际发生的情况更早地扫清道路而跃居正式的支配性地位。而一种后见之明让人们追问，是否20世纪30年代的"新批评"根本不是一种后卫的牵制行动，不是对一个过程进行草率而任性的干扰——该过程开始于18世纪，在19世纪的下半叶积蓄起力量，在

---

[1] 布利斯·佩里以他在普林斯顿的教案为基础，发表了 *A Study of Prose Fiction* (Boston: Houghton, Mifflin, 1902)，对象是上课的教师。哈佛在早期进行的小说教学掌握在Boylston修辞与演讲教授Adams Sherman Hill以及更年轻的G. H. Maynadier手中，后者成为了笛福、史沫莱特和菲尔丁的编辑。Hill在世纪之交（当时他已年近六旬）开设的课程，受到崇敬的内容大多都在删节的部分。Hill的"English Novel from Richardson to George Eliot"被删节的部分为1898—1899年，1999—1900年，以及1900—1901年。
[2] 这种世事变幻的症候出现在J. Isaacs为A. A. Mendilow的 *Time and the Novel* (London: Peter Nevill, 1952)所写的导言中："在大约1/4的世纪里，'新批评'……一直致力于对抒情诗歌进行细读……近些年，同样是这些大师们，约翰·克罗·兰瑟姆、艾伦·泰特、R. P. 布莱克姆以及其他人，已把他们的注意力转向对小说艺术进行同样的细读，并且因为这次所涉及的单元要比抒情诗的单元广大，所以他们的结论也都具有更广泛的活力。小说作品以某种方式超越了国界，而这则是抒情诗因其本性所限无法做到的。现代的小说作家们逐渐意识到他们前辈的成就和方法……考虑到小说技巧在过去数百年——尤其过去五十年间令人眩晕的加速发展，令人吃惊的是，文学的学术体却极少去分离商并描绘它的重要发展。"(p. v)

20世纪的下半叶开花结实,即小说在学院以及在公众的想象里上升到优势位置。

"小说兴起"的故事并未完全得到特别的认可,尽管一些研究如威廉·比蒂·华纳的《许可娱乐:小说阅读在不列颠的上升,1684—1750》[*Licensing Entertainmet: The Elevation of Novel Reading in Britian, 1684-1750*]和理查德·斯当的《英国的小说理论:1850—1870》[*The Theory of the Novel in England, 1850-1870*]帮助驱散了任何以为小说批评是从亨利·詹姆斯的宽阔额头上全面兴起的看法。[3]这里没有空间容纳那个(小说兴起的)故事的迷你版,然而有人来继续这个故事的时机却已完全成熟;密涅瓦[Minerva]的猫头鹰在日落时起飞,即使对小说死亡的预测总是错误的,但至少可能的是,在接下来的两个或三个世纪里,人们将会看到"电影的兴起"、"媒体的兴起"或"网络空间的兴起"已占据支配性地位。但是,在小说已经兴起的这样一个更大的历史事件中,把瓦特作品的出现视为一个关键性时刻,这样才能最好地欣赏他的作品。小说上升到詹姆斯称之为"可讨论的"事件的地位,毋庸讳言成为《小说的兴起》一书的前提。

通过珀西·卢伯克的《小说的技艺》[*The Craft of Fiction*,1921]和E. M. 福斯特的《小说面面观》(1927),维多利亚时期的小说评论、我将称之为后维多利亚时期的小说评论,以及卢伯克和福斯特在英国和美国就此主题发表的所有内容,可分为三个主要范畴,每一个都与其他两个重合:一、对小说"艺术"的捍卫;二、

---

[3] William Beatty Warner, *Licensing Entertainment: The Elevation of Novel Reading in Britain, 1684-1750* (Berkeley: University of California Press, 1998); Richard Stang, *The Theory of the Novel in England: 1850-1870* (New York: Columbia University Press, 1959).

对它的分类类型进行的分析；三、对它的技术性基础进行的分析。另外，在当时的维多利亚时期，还有正在进行的通过解决对价值的各种主张来建立经典（作品）的需要。着迷于"伟大的书"和"最好的书"这一思想，维多利亚时期的人们必然要回应这一问题——而且他们的确也这么做了——哪些是最好的小说呢？

他们的答案与我们的并非完全不同。1886年，约翰·卢伯克爵士，英国维多利亚时期最勤勉地去确定好书的行动者之一，提出了一个"最好的100本书"的书单。《鲁滨逊漂流记》《格列佛游记》以及《威克菲牧师传》都被包括在内，尽管菲尔丁和理查逊不在其中。在"现代小说"这一类型里，奥斯丁（无论《爱玛》还是《傲慢与偏见》）、萨克雷（《名利场》和《潘登尼斯》）、狄更斯（《匹克威克外传》以及《大卫·科波菲尔》）、乔治·艾略特（《亚当·比德》）、金斯利（《往西去啊！》），以及鲍沃尔·李敦（《庞贝城最后的日子》）都被包括在内，也包括司各特的所有作品，这样就使100本好书的实际数目增加了许多。勃朗特姐妹缺席了此名单，尽管斯温伯恩在随后那场引人入胜的愚蠢争论中敦促要纳入她们，当兰登书屋要按照等级确定20世纪的100本好书时，一场相似的争论在1998年初夏重现，于是通过强调其是"文学"的一个徽章，小说已经成为杰出的文类。据我所知，最近没有人提议选出过去数百年内最优秀的100位诗人或最好的100首诗。通过兰登书屋的皇皇巨著，小说的兴起令人满意地得到了确认——如果需要这种确认的话。[4]

---

[4] 卢伯克的书单，以及随之而来的争议，可参见 *The Best Hundred Books, by the Best Judges, a Pall Mall Gazette* "Extra," no. 24 (London, 1886)。关于事件本身，见我的文章 "Where Did Great Books Come From, Anyway?" *Stanford Humanities Review*, 6:1 (1998), 51-64; 以及 *The Book Collector*, 48 (1999), 352-371。至于兰登书屋的100本最好的书，见 "The Living Arts," *New York Times*, 20 July 1998。在兰登书屋把它的书单公之于众之后数天内，伦敦的《独立报》评出了一个最差的100本书的书单，见 "Friday Review," 24 July 1998。《尤利西斯》在两个榜单上都排名第一。

但是值得思考的问题是,如果没有两年前随着瓦尔特·贝森特爵士发表《小说的艺术》而突然引发的讨论,卢伯克以及所有争论"一百年中最好的"人们是否如此乐意纳入小说——该书首先以讲座的形式与观众见面,该讲座于1884年4月25日在大不列颠皇家学院举行,书则出版于5月。正是贝森特把这个问题最为直截了当地放到台前:小说真正毫无疑问地是"艺术"吗?而正是亨利·詹姆斯从贝森特那里受到启发而回答了这个问题,即使不是一劳永逸的话,至少比他之前的所有人都要更加果断。尽管贝森特宣称该问题的答案完全不成为问题,他的提议也是辩护性的:"我期望,"他说,"把小说看作一种艺术,"通过这样做"我不得不首次提出某些建议。它们都不新鲜,因此不太可能遭受质疑,然而它们从未如此广泛地被视为,可以说,组成了民族心智的一部分。"这些提议中最重要的第一条,足有可能受到质疑且如贝森特所言还没有彻底融入"民族心智"的是"小说在每一种方式上都是一种艺术,理应被称为绘画、雕塑、音乐和诗歌这些艺术的姊妹和平辈;也即是说,她的领域是无限的,她的可能性是广大的,她的卓越之处值得景仰,如同对她的任一姊妹艺术所宣称的那样"。[5] 如马克·斯皮尔卡所评论的那样,[6] 这是一个精彩的詹姆斯式的反讽,"一位亲切的傻瓜"(这称谓可能太过强烈,但对于贝森特而言,并不是一种不可能的描述)应该激发詹姆斯写作了他自己有决定性意义的"小说的艺术"一文,该文章并未武断地而是论证性地从理论上讨论了小说的问题:"仅仅在一段较短的时间前,"詹姆斯说,"人们可能认为英国小说不是法国人所称的'可以讨论的'问题。它的神态显

---

[5] Walter Besant, *The Art of Fiction* (London: Chatto and Windus, 1884), p. 3.
[6] Mark Spilka, "Henry James and Walter Besant: 'The Art of Fiction' Controversy," *Novel* 6 (1973), 102.

示出在它背后似乎没有关于它自身的理论、信念和意识——没有表达一种艺术的信仰,它是选择和比较的结果。"这并非说"它对小说而言必然是更糟的",但是詹姆斯欢迎并使得这种假定成为"民族心智"的一部分,即小说的确是一种美的艺术,是多种选择和比较的结果,而不仅仅是讲故事的自发性的倾泻。"舒适的、愉快的感情……小说就是小说,正如布丁就是布丁一样,我们对它唯一能做的事就是吞下它"——这种曾经风行的观点如今不再充分。小说"必须严肃地看待自身,因为公众也如此看待它"。[7]并且,在詹姆斯之后,小说就是小说正如布丁就是布丁的看法明显减少,无论是20世纪50年代哈佛英语系的一些成员可能还紧抓住它不放;还是在关于卢伯克"最好的100本书"的争论中,伟大的(普鲁士出生的)书商伯纳德·夸里奇报告说"到达伦敦的1842年,我加入了莱斯特广场上的一个文学机构,并阅读了他们所有的历史作品。至于读小说,我没时间。我的一个朋友整晚都在读小说,一天早晨他被发现在他的床上死去"。[8]阅读小说,在夸里奇看来,是一种潜在的致命爱好。

詹姆斯层次丰富的文章,确立了小说的艺术首先是小说技巧的一种功能,它立定在高耸的浮雕之中,反对那些在他同时代人中间常常被当作理论的东西:一方面,是一种基本的或者极为混乱的分类,一种对类型批评的随意融合以及把小说归入不同类型的分类方法;另一方面,是一些被抬高成为入门者指导技术的东西。弗里德里希·斯皮尔哈根的《关于小说理论和技巧的文章》[*Beiträge zur Theorie und Technik des Romans*]在贝森特和詹姆斯的文章之前一年

---

[7] Henry James, *The Art of Fiction and Other Essays*, intro. Morris Roberts (New York: Oxford University Press, 1948), pp. 3-4, 4.

[8] *The Best Hundred Books*, p. 21.

发表，里面有关于喜剧小说，关于"自叙体小说"，关于小说和短篇小说、小说和戏剧的一些章节。珀西·罗素的《英国和美国小说指南》[A Guide to British and American Novels，1894] 告诉我们，这是"36年间对英国、美国和澳大利亚小说持续研究"的结果，它的章节中（除了其他内容外）有历史小说、战争小说、航海小说、政治小说、苏格兰和爱尔兰小说、情感小说、宗教小说、经商生活小说、节欲小说、中学和大学生活小说，以及针对年轻人的小说。在《小说：它是什么》[The Novel: What It Is，1896] 一书中，F. 马里昂·克劳福德对"什么是小说？"这个问题给予了一个戏剧性的类比，这"可能"是他最好的答案："它是，或应该是衣袋里的舞台。"而在《小说的材料与方法》[Materials and Methods of Fictions，1908] 一书中，克莱顿·哈密尔顿对于技巧的关注与通常的分类习惯结合到一起：在题为"环境"（关于此主题他引用了左拉的概念）的一章中，他列举了，根据福斯特准确而不怀好意的计算，不少于9类天气，例如，"修饰性的""实用性的"，以及如此一些冗余的分类，如"为了描述一个人物的""作为一种对人物的控制性影响的"或者甚至（在"通常的育婴故事"中）"不存在的"。[9]

福斯特对于学术分类具有极大的兴致，尤其对于《小说的材料与方法》，他在提及此书时隐藏了作者的身份但同时给出了书名，这让确定作者身份变得容易。《小说的材料与方法》，福斯特迅捷地报告说，是"许多年来我曾经见到的关于小说最了不起的

---

[9] Friedrich Spielhagen, *Beiträge zur Theorie und Technik des Romans* (Leipzig: Verlag von L. Staackmann, 1883); Percy Russell, *A Guide to British and American Novels*, 2nd ed., "Carefully Revised" (London: Digby, Long, 1895), p. vii; F. Marion Crawford, *The Novel: What It Is* (London: Macmillan, 1896), p. 49; Clayton Hamilton, *Materials and Methods of Fiction*, intro. Brander Matthews (New York: Baker and Taylor, 1908), pp. 107 (关于左拉), 110f. (关于天气)。

著作。它跨过大西洋来到我的面前——似乎是乘着具有魔法的翅膀——我将永远也不会忘记它"。哈密尔顿对于文学天气的分类尤其让他觉得有趣:"我喜欢他对不存在(天气)的投入。他让所有事物变得如此科学和整饬"——真正以大西洋彼岸的方式。[10]但事实上,福斯特之于哈密尔顿的关系与詹姆斯同贝森特的关系是一样的:敏捷而又口若悬河的思想家与平庸的雇佣文人之间的关系。而且二者都从事各种传统类型的写作。布利斯·佩里于1902年称:"我们习惯于称任何一本小说都包含有潜在兴趣的三个元素,即人物,情节,以及环境或背景。"[11]哈密尔顿有一章叫作"情节";福斯特,关于"故事"和"情节"的章节,以及对基于时间的"故事"和基于因果的"情节"之间的区分仅仅分解了,尽管灵巧地,哈密尔顿的"所有叙事结构中最简单的结构"——"沿着一个单股的因果对各种事件进行直截了当的安排"。哈密尔顿有一章关于"人物";福斯特,有两章关于"人"。而且哈密尔顿关于"人物"——"我们在小说家的书页上遇见了两类人物,静态人物以及动态人物"——实质上与福斯特后来对"扁平人物"与"圆形人物"的区别密切相关,如今已经深深蚀刻在小说批评的历史上。[12]佩里和哈密尔顿以及福斯特之间的这些连接点透露出事后所能见到的东西:截至福斯特在1927年的"克拉克讲座"——构成了《小说面面观》这本书,对小说中分类和技巧的分析在当时已经达到了它能到达的极限。小说是一种艺术——或至少是一种最高的"技艺",如在珀西·卢伯克的詹姆斯研究的题

---

[10] E. M. Forster, *Aspects of the Novel* (New York: Harcourt, Brace, 1927), pp. 26, 27.
[11] Perry, p. 95.
[12] Hamilton, *Materials and Methods of Fiction*, pp. 62, 80; Forster, *Aspects of the Novel*, p. 103ff.

目中所显示的那样,《小说的技艺》(1921)[13]——这并没有受到严重的怀疑,即使它的地位仍然有待被完全证实。第二次世界大战以及它带来的种种痛苦并不遥远,而由一位不太知名的匈牙利人所做的冷僻研究,其动机起源于第一次世界大战的爆发,[14]还有待在英美世界里被发现。战争来临了,伊恩·瓦特在桂河旁边的战俘营里度过了3年时光,在战争结束后不到10年间,他就发表了《小说的兴起》。随着该著的问世,小说批评和小说史发生了显著可见的变化,且是迄今为止永久性的变化。

什么原因能够解释《小说的兴起》这本书不可思议的书架生命[shelf life]以及它的影响力呢?当它于1957年首次面世时,它就得到了充满敬意的书评——但完全不是以那种让人猜测对该书的好评可以持续多久的方式。对18世纪小说研究的年度书目进行评论的该君,称这本书"范围广泛,有前瞻性,内容翔实"——这也是事实,但是该评论在学术性方面稍显空虚,毕竟其特点是关于年度书目本身;书评者以更为平和的语气重复他对该书的赞扬,并进而对书中的一些结论提出异议:"瓦特先生阅读广泛且思考深刻;他的推论都很有趣。"这不是那种胡乱的赞美,它预告了接下来40年最畅销的学术书单。《时代文学增刊》称这本书是"有见地的研究",但是给予它的版面不及同期罗伯特·哈尔斯班德为玛丽·沃特丽·蒙塔古夫人所做的"了不起的"传记。只有欧文·豪,在《党派评论》

---

[13] Percy Lubbock, *The Craft of Fiction*, intro. Mark Schorer (New York: Viking, 1957). 在该版本的序言里,当讨论对题目最开始的选择时,卢伯克进行了一种巧妙的修辞行动,这就是把"技艺"与"艺术"放到一起形成一个整体。

[14] Georg Lukács, *The Theory of the Novel*, trans. Anna Bostock (Cambridge: M.I.T. Press, 1971). 在1962年的序言里,卢卡奇描述了该书的起源:"写作的直接动机是因为一战的爆发……我自己极具个人色彩的态度属于强烈的、全球性的对战争及好战情绪的明确反对,这种反对尤其出现在战争初期。"(p. 11)

上脱颖而出,称《小说的兴起》是"精粹的典范",而希拉里·科克,在《幸会》上有些怠慢地称其为那些"被很好铭记的作品"的学术性注解,即使他承认,《小说的兴起》"熟练地"对社会和经济背景进行了关注。在它问世之初,几乎很少有证据让任何一个人能预测到瓦特这本书的重要性,尤其是它持久的重要性。[15]

那种持续性已经得到了多重确定。首先,《小说的兴起》抓住了对小说进行关注的潮流的顶峰,而这又与战争的结束不期而合。其次,它没有明显去关注任何挥之不去的怀疑——即没有关注政府官员是否认为小说不是一种艺术形式。其三,它汇集了分类和技巧批评的线索,把它们纳入到新的综合中,又对"现实主义"这一概念给予了新的特征,这是一个在之前的小说论著中如此普通却又如此难以捉摸的标签。其四,它没有逃避评价的问题,尽管(如在詹姆斯那里)它让关于技巧问题的评价变得独立(至少在第一个例子中)。其五,它把哲学和社会学的主题带入到小说中,且并非偶然地,在此过程中把卢卡奇引入到英美批评中。无论它对形式价值做过多少努力,《小说的兴起》都超越了形式价值本身,例如,把"人物"主要作为它的"环境"的一种功能,而环境又不是外在的天气,而是一种强力社会系统。[16] 这样,《小说的兴起》几乎神秘地预测并影响了未来,"新批评"要向文学文本的社会和文化批评做出妥协。小说作为人工制品是即将来到的巨变的完美号手。《小说的兴起》是在正确时间出现的正确的书。最后,因为瓦特的努力写作是为了保证如此一个结果,所以它是一本易读的、直

---

[15] *Philological Quarterly* 37 (July, 1958), 304, 305; *TLS*, 15 February 1957, 98; *Partisan Review* 25 (Winter, 1958), 150; *Encounter* 8 (1957), 84.

[16] 关于《小说的兴起》的起源和动机,见Ian Watt, "Flat-Footed and Fly-Blown: The Realities of Realism," *Stanford Humanities Review* 8 (2000), 以及 *Eighteenth-Century Fiction* (12:2, January 2000), 125-144。

截了当的书，尽管它也是这样一本书：其直截了当之处半掩了平静修辞表面下最深沉情感的分层。这篇文章剩下的部分是对于本书特征的简要评论，这些特征使得瓦特的作品能够成为一种长久存在的现象。

* * *

《小说的兴起》一直是检验的标准，这导致其他在战后转向小说的批评家和批评（总的来说）都不大被人记住，但他们的人数却还不少——所以有希拉里·科克关于"被很好铭记的作品"的轻蔑评价——并且，他们所有人一起极大增强了该兴趣的氛围，并让小说更明显地成为"可讨论的"。拉尔夫·福克斯的《小说和人民》[The Novel and the People] 首次发表于1937年（死后发表，因为福克斯死于西班牙内战），1945年在美国重印，激进作家和小说家霍华德·法斯特为它写了一个"美国版序言"，霍华德赞扬这本书是"一位相信伟大艺术只能从人民中产生的马克思主义作家的精彩记录"。[17] 英国批评家和小说家罗伯特·利德尔在1947年发表了《小说论丛》，一开始就对一些贬低的观点做出回应，"这些观点负面地影响了小说家和批评家，而且它们的许多严重错误可以直接追溯到对该艺术形式的低俗看法"。到1960年，融合了技术和道德批评，且带有不少艾略特的人文主义色彩的利德尔的《小说论丛》，被重

---

[17] Ralph Fox, *The Novel and the People* (New York: International Publishers, 1945), p. 10. 该版本不仅包括了法斯特的"序言"，而且还有"出版商的笔记"和 John Lehmann 的一份关于福克斯的简短回忆录，该回忆录最初发表于 *Ralph Fox: A Writer in Arms*, ed. John Lehmann, T. A. Jackson, and C. Day Lewis (New York: International Publishers, 1937)。

印了5次。[18] 利德尔在1953年还发表了《小说的一些原则》[Some Principles of Fiction],该书在1961年被重印了两次。

在战后关于小说的阐释和历史的名单上,不用停下观察,就可能会注意到对单个作家的研究。布鲁斯·麦卡洛的《代表性的英国小说作家:从笛福到康拉德》(1946),一个对不同类型小说进行生硬分类的研究,讨论了20位单个作家和他们的20本单部小说:例如,"喜剧小说"(《项狄传》),"心理小说"(《米德尔马契》),以及"印象主义小说"(《吉姆老爷》);亚历山大·考伊的《美国小说的兴起》(1951),是一部庞大的贯穿亨利·詹姆斯对美国小说进行的概览的作品,结尾部分名为"新的路向(1890—1940)",其中《愤怒的葡萄》是最后一部被大力吹捧的作品;A. A. 门迪罗的《时间与小说》(1951)中对时间的叙事处理成为这种技巧的标准;多萝西·凡·根特的《英国小说:形式与功能》(1953)是对从《唐·吉诃德》到乔伊斯《一个青年艺术家的画像》等单部小说进行的纵览,带有一种"新批评式的"偏见,反映在(例如)对《唐·吉诃德》的处理上,认为它例证了"戏仿与悖论";[19] 理查德·切丝的《美国小说及其传统》(1957)与瓦特的著作发表于同一年;而且,在某些方面极为相关,瓦特的朋友阿诺德·克托所著的《英国小说入门》(1951),是一部从作家到作家和从小说到小说的研究——但是其在开篇中着意"要面对——即便不是满意回答的话——这些基本的问题:小说到底为什么兴起,以及为什么当它兴起时它就应该兴起呢"。[20] 在小说的这些孜孜以求的研究者中,有

---

[18] Robert Liddell, *A Treatise on the Novel* (London: Jonathan Cape, 1947), p. 13.
[19] Dorothy Van Ghent, *The English Novel: Form and Function* (New York: Rinehart, 1960), p.viii.
[20] Arnold Kettle, *An Introduction to the English Novel*, 2 vols (New York: Harper and Row, 1960), 1:7.

些依然是熟悉的名字，其他则不是。但是不管记住还是忘记，许多批评家都在忙着思考小说。瓦特在这股潮流正在发生的时候抓住了它。

这股浪潮也会冲刷掉对任何仍然怀疑小说正当性的人进行回应的需要：小说在艺术上值得去关注以及事情就是那样。或者几乎就是那样。当罗伯特·利德尔仍然以为他需要回应那些对这种形式持"低等看法"的人，任何选择把他的书称作《小说的兴起》或就亚历山大·考伊而言，《美国小说的兴起》的人，他就是在间接回应一位存疑者。小说在兴起作为不可否认的辉格党主义观点与小说的重要性密切相关，包括它的力量和它的成功。无论什么恰巧已经在"兴起"，无论是好（"民主的兴起"）或是坏（"法西斯主义的兴起"），都有理由引起我们的注意。而且如果小说（如在理查德·切丝的书名中）参与到一种"传统"中，则越多越好。瓦特不仅一直相信平实的散文体，也相信平实的题目：《小说的兴起》的地位多少也受益于它的简洁性，以及它所拥有的复杂的暗含之义，而这也正是瓦特决定如此命名它的原因。[21]

瓦特的分类同样既简单又令人难忘。对于之前的一大堆分类，如斯皮尔哈根的，或布鲁斯·麦卡洛的，或哈密尔顿对天气的9种分类，瓦特操起了奥卡姆剃刀〔Occam's razor〕。谁会记得住这9种类型的天气呢？但是谁记不住描述性的现实主义与评估性的现实主义之间的区分呢，它一方面基于笛福和理查逊的经验主义实践，另一方面又有菲尔丁的经验主义实践？那些有理论情结的人

---

[21] 作为"斯坦福人文中心"的第一位主任，瓦特很早就对中心应该叫什么进行了讨论。当我们有些人认为另外的名字可能会更好时（我自己回忆——并不自豪地——曾提议过一个名称"人文主义研究院"），瓦特有着一贯准确的感觉，认为平实才是我们所需要的。

会抱怨，而且有理由抱怨，认为现实主义的概念在瓦特之后一如既往地是一个恼人的概念，认为描述性的现实主义以及评估性的现实主义最终都回避了是什么让现实主义成为真实的问题，而且认为瓦特定义的现实主义对人物和特殊人物个体性的依赖与对他们行动的时间和地点（第29页）的依赖一样，都没有让我们超出起点太远。[22] 这是正确的，但是即使有可行的名称来称呼笛福和理查逊以及菲尔丁所做的事情，也只是向经验主义的清晰性和理解跨进了一步。

然而，如它实际上向前看一样，《小说的兴起》没有回避传统的评价，尽管只是给它加上了一种原创性的观察以及策略性地回避了教条主义或夸饰之辞。评价是传统批评的"阿喀琉斯之踵"。批评家越是口无遮拦，时间越有可能会给予报复。约翰逊对于玄学派或阿诺德对于蒲柏的评论已显得是过时和不合拍之论——正如T. S. 艾略特对玄学派的评论一样，无论他对多恩及他的同行们的重要评论与约翰逊的有多么不同。当瓦特发表《小说的兴起》时，批评家们如利维斯和温特斯仍在致力于他们所思考的问题——上帝的工作是消除判断的根本性和枝节性谬误，无论是大众的或是批评家的，他们在其周围见到这些谬误并以他们自己的话语来取代。另一方面，诺思洛普·弗莱看到像利维斯和温特斯这样的批评家在这个战场上发射火力，他在《批评的剖析》——该书与《小说的兴起》发表于同一年——的"论辩的序言"中宣称，对作家进行排序和评价是浅薄而不科学的游戏活动，就像在桌面上移动玩具士兵一样。[23]

---

[22] Warner, *Licensing Entertainment*, pp. 32-39.
[23] Northrop Frye, *Anatomy of Criticism: Four Essays* (Princeton: Princeton University Press, 1957), 例如第24页："有些批评家陶醉于同标签为'弥尔顿'或'雪莱'的玩具士兵进行宗教的、反宗教的，或政治的战争，而不是着意于去研究诗歌。"

利维斯和温特斯判断的教条主义正与弗莱不加判断的绝对主义相匹配,而瓦特的策略与利维斯和温特斯或弗莱这两个极端保持同样的距离。出于习惯性的羞怯,他解释说,尽管他主要寻求阐释"小说与众不同的诸文学特质,与使它生长和繁荣起来的社会诸特质之间的持久关系……我还想对笛福、理查逊和菲尔丁进行一个总体上的批评定位"(第 i 页)。让他私下最为投入的问题还是那一对老冤家——理查逊与菲尔丁的对立。

同时,假设我自己的本科生经历具有代表性(尽管可能也并不完全是这种情形),菲尔丁很容易居于优胜的地位,尽管理查逊的传记作者,艾伦·麦基洛普,如果还不完全是理查逊的拥护者的话,至少是他的代言者。[24] 这位相当好斗的(他实际上曾经是一位拳击手)教授在哈佛教过 18 世纪小说的研讨班,他认为《莎美拉》为《帕美拉》提供了一个相当重要的评论,而《克拉丽莎》是一个太感伤也太长以致难以严肃处理的综合体。我当时并没有质疑这些态度。当我第一次阅读《小说的兴起》时,我带有一定的惊异,甚至沮丧。我确定地认为瓦特对于理查逊的评价肯定是错的,同菲尔丁仿英雄式的极浓重的男子汉气概相比,他似乎如此明显又悄悄地对理查逊在风格与理解上的内在性喜欢得更多一些。我仍然认为瓦特对于菲尔丁的成就有所遗失,恰恰是他对小说的定义让他的注意力偏离了菲尔丁杰作的诸多优点。《汤姆·琼斯》实际上是他给予

---

[24] Alan Dugald McKillop, *Samuel Richardson: Printer and Novelist* (Chapel Hill: University of North Carolina Press, 1936). "塞缪尔·理查逊的作品不需要如此大量的修复或以公正审查的名义进行的热切辩护。现代的读者和学者已不自觉地更多关注菲尔丁,但即使争辩说理查逊不属于所有时代而只属于一个时代,我们对那个时代逐渐增长的兴趣也让我们不应该把他的存在看成理所当然。"(p. vii). 我们可以想象,当下的一项关于菲尔丁的研究会将麦基洛普的开场白调换顺序:"现代的读者和学者已不自觉地更多关注理查逊,但……"

喜爱和尊重的一本小说，但称"菲尔丁的技巧太具有折中的性质以致不会在小说传统中成为永久的因素"，或"《汤姆·琼斯》仅在部分意义上是小说"，或"菲尔丁的人物都没有一个令人信服的内在生活"，则不但意味着一种文类的形式主义，也意味着一种相关的价值标准（第350、333页）。不管怎样，像瓦特对理查逊的评价那样的重要评价，通常不会产生如此经久不衰的效果；艾略特对于玄学派的评价，为"新批评"的策略提供了材料，在一段时间内显得相对重要，但是它的教条主义性质随着时间的推移却是在反对"新批评"。《小说的兴起》的策略，依赖于分析与暗示而非一种利维斯式或温特斯式的教条主义，已经让理查逊的研究者们能够创造性地开展他们的工作至今达40年，而不会受到任何焦虑的困扰——担心他们的话题配不上提高了的注意力。如果瓦特确认了小说值得尊重，他则甚至是为理查逊做出了更大的努力，授予了他作为"同行中的佼佼者"的不凡地位。

但是，总体来看，主要是把哲学和社会学的知识引入文学研究才让瓦特的作品保持如此持久的影响力。那位对年度书目进行评论的人称这本书"范围广泛，有前瞻性，内容翔实"，并补充说"瓦特先生阅读广泛且思考深刻"，所以他不必因为没有特别注意到作者整体的广博程度而受到极力的指责。瓦特对于自己的学问保持一种谦虚的态度，只有通过重读《小说的兴起》——或阅读他（最后可见）在1978年的演讲，"扁平足的以及蝇蛆病的：现实主义的多种现实"——人们才会意识到他是多么知识渊博、对当时人们不甚熟悉的学问研究得多么深入。

简而言之，《小说的兴起》中谨慎的引用和脚注不仅有涂尔干、托尼，以及韦伯，也有经济历史学家H. J. 哈巴库克，社会学家乔治·赫伯特·米德和塔尔科特·帕森斯，人类学家A. R. 拉德克利夫-布朗和罗伯特·雷德菲尔德——当瓦特讨论工业资本主义下社会的重组时，就出现了他的《尤卡坦的民间文化》(1941)。其中对婚姻及其对女性之影响的讨论，是对多配偶制的概述以及对休谟晦涩的"论多配偶制与离婚"的注解。事实上，瓦特比他实际上所持的观点对多配偶制有更多同情，这要归功于休谟，然而在思考相关"爱情与小说"的问题时，则是瓦特自己判断什么是重要的。然后还有奥尔巴赫和卢卡奇，后者如今是家喻户晓的名字，但当时在英语研究中则完全是陌生的。奥尔巴赫与卢卡奇每人仅在瓦特的文本中出现过一次，但是我们从"扁平足的以及蝇蛆病的：现实主义的多种现实"一文中了解到，研究二者花去了他两个月的工作时间，其中还包括"第三次学习德语"。[25] 如今我们会称这些结果是"跨学科"的，但是"跨学科"现在是一个妄自尊大的概念，而不是那个我曾听到的伊恩·瓦特所凭借的概念。跨学科的习惯之于他而言不过是一天的工作而不是一种炫耀性展示的原因。在"扁平足的以及蝇蛆病的：现实主义的多种现实"一文中，他挑出阿多诺，认为他比其他任何一位单独的作家在形成《小说的兴起》的写作思想时发挥着更大的作用，他在序言里承认了这一"债务"关系，尽管阿多诺接下来并没有出现在文本中，无疑这是因为瓦特后面不需要他了。任何一位没有那么讨厌炫耀的人都会毫无困难地把阿多诺塞进这本书。

正是这种混合，虽然是审慎和不明显的，即将社会学、文化、哲学的知识混合进它的论证主体，让瓦特的著作成为正确的时间出现的正确作品。"新批评"快到了它长跑的终点，而文化研究出现在了地平线上，20世纪60年代的社会意识正成为一种在等待发生的现象；所有的兆头都是有利的。不是瓦特曾让他的书与20世

---

[25] Watt, "Flat-Footed and Fly-Blown," p. 149.

纪60年代思想和行动更加无稽的边界发生联系，而是他关注着社会历史、日常的文化生活，以及一个底层阶级的经验——楼梯底下佣人的经验，所有这些都从他在牛津大学圣约翰学院的本科生时代的知识环境中自然生发出来，而这些也都被证明正是社会所需要的。像《小说的兴起》一样，雷蒙德·威廉斯和埃里克·霍布斯鲍姆这些英国马克思主义者的社会—历史著作，以及后来瓦特的朋友和同龄人杰克·古迪的人类学研究，都回应了这些需要；如同瓦特一样，在利维斯以及其他人已经落入被人遗忘而相对默默无闻的境地时，威廉斯、霍布斯鲍姆，以及古迪还没有失去吸引人的魅力。毫不奇怪的是，1962年《小说的兴起》第三次被印刷时，书皮的背面印着一则来自《美国社会学刊》的评论："本书对历史社会学和知识的社会学做出了杰出的贡献。"以这样或那样的方式，这是时代所要求的：例如，扁平的人物对于我们而言，如菲尔丁的人物在瓦特的叙述中，被巧妙地定义为由"朝向行动的稳定且不同的倾向"构成的具体组合；圆形人物，像理查逊的人物，在瓦特的叙述中，作为他们自己活生生的成品，有着被社会决定的过去（第335页）。范式已经发生了转移，旧的世界已经让位给新的世界。

最后，需要说明的是，本书真正的可读性来自于瓦特的理念，他在"扁平足的以及蝇蛆病的：现实主义的多种现实"一文中对该理念表述得很清楚，即"批评应该在它企图获得表述的清晰度和可理解性方面，尽可能地成为一种常识"。[26]《小说的兴起》一书的写作既准确无误又明白易懂，它的效果既循序渐进又循循善诱，而不是闪烁着火花或者"精妙绝伦"。这让人想努力引述一两个句子

---

[26] Watt, "Flat-Footed and Fly-Blown," p. 165.

加以证明——但问题的关键（如同在该书的跨学科性这个问题上一样）是瓦特的散体行文几乎并不引起人们对句子本身的关注。他的大部分句子都普普通通，似乎喊着不要被引述，并一路与深入写作它们时产生的痛苦成反比。或者，更认真地说，就是那些我在阅读其写作时几乎肯定要遭遇的痛苦。我从来没有见过《小说的兴起》的手稿，并且很明显也没有手稿仍还存在，但是我见过瓦特其他的手稿和书信，这些是他作为英语系主任或者斯坦福人文中心主任时写下的，也有他尚待发表的作品。手稿上反复修改的密集度让我对其产生了难以磨灭的敬意——我的敬意同样给予那些多年来受托付去解读和打印这些手稿的专心致志又技能丰富的转译者们。[27]一张典型的瓦特的手稿看上去像一幅指向所埋宝藏的示意图：一份写得满满的、字迹很小的脚本，纸张上到处都是插入和换位的记号，大量被画圈的句子和箭头指示着这些修改应该置于何处。经常的情形是，这些修改——如果不是任意的话，似乎受到了一种风格意识的支配，这种风格意识如此详细，以至需要一连串最细微的调整。在风格的问题上，通过反复的修改，瓦特实现了一种状态——它能很好地掩盖为达到这一点而需要的劳动。最终的成果就是一部散体著作，它理应会受到艾迪生或斯梯尔的欢迎而与他们自己的文章相配——这二位是写作清晰明了文章的大师，不会阻拦所有前来阅读的人。瓦特在《小说的兴起》一书中获得持久成功的一个原因是他写了一本大家实际上都能阅读的书。[28]

[27] 对于那些我了解的人，理应在此处提到他们的名字：Carolyn Fetler, Ginny Shrader, Sue Dambrau, 以及 Dee Marquez。

[28] 伊恩·瓦特讲座 "Realism and Modern Criticism of the Novel" 复印本的背面展现了他痛苦的修改过程。该讲座作为特别的一期第一次发表在 *Stanford Humanities Review* 8 (Spring 2000) 上，题为 "Cultural History: The Case of Ian Watt"。该页被复印在这里，承蒙斯坦福大学图书馆特别收藏部提供。

后记 "一个可以讨论的问题"：小说的兴起

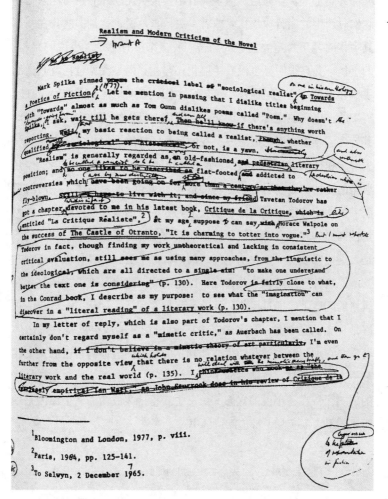

伊恩·瓦特对讲座"Realism and Modern Criticism of the Novel"所做的修改,藏于斯坦福大学图书馆

然而，必须要说明的是，这种简明性既是欺骗性的，也是努力挣来的——或至少是保护性的，像一位卫士守卫着思想和情感的流动，使其不会违背对清晰自如的表达进行追求的愿望。常常地，人的紧迫感突破了《小说的兴起》的表面，正是人的紧迫感引起了瓦特对小说本身以及对它的"形式现实主义"的注意，就（小说）这种新文类带来的"对人类生活经验完整而可信的报告"而言（第29页），这是一个奇怪的空洞的词语。"可信的"一词在这里起着至关重要的作用：它的弦外之音会使人想起与存在主义的真实性之间的关联，并且在这个语境下，有关人类经验任何报告的"完整性"需要组合进的就不只是美满的结局。瓦特在古典的喜剧情节中没有发现同样的真实性（这就是为什么《汤姆·琼斯》不会那么容易被他纳入到自己推演的模式中），如他在笛福失去个性化的小说或理查逊《克拉丽莎》的心理戏剧中所发现的那样，二者之于他而言都代表了他们真正所是的事物的更真实版本。

是时候倾听瓦特自己的声音了。首先，关于笛福，他很久以前就"吹嘘过小说——其建议就是个人之间的关系确实就是生活里最重大且终结性的问题"，而且他独自（"他，也只有他"）"在过去所有伟大的作家中，以冷峻的笔调描写了为生存而进行的挣扎，而最近的历史把这种冷峻的笔调又带回人类舞台的中心位置"（第156—157页）。读到这些，我们不禁记起瓦特本人在三年多的时间里待在桂河旁的战俘营为了生存而进行的斗争，这是笛福笔下的一些人物曾从中幸存的一种经历——但是，在西方的小说中如同在生活本身中一样，没有很多人（曾有如此经历）。

瓦特对于《克拉丽莎》的讨论同样有力，他也意识到了一种可怕的真实性——无论理查逊的小说与笛福的一切有何不同：

正是对一个简单情景持续进行充实和使其变得复杂的能力，让理查逊成为今日为人所知的最伟大的小说家；并且它也表明，小说最终在文学上变得成熟，它的形式资源不但能够支撑理查逊给予他的写作以巨大想象力的扩张，还能够引导他摆脱他在批评上的先入之见所具有的扁平说教，而转到对他笔下人物进行深刻的透视上，以至于他们的经验参与到了人类生活本身所具有的令人生畏的模糊性中。（第287页）

如今有多少老练的、学识渊博的批评家，会像瓦特本人一样允许他们自身不感到羞耻地去讲述"人类生活本身所具有的令人生畏的模糊性"？或许，只与那些能够从桂河旁战俘营里生存下来的人数一样多。

321   "形式现实主义"，人们会说，是瓦特使用的一种用词上的辩护，以及对"新批评"类型的形式主义所进行的几乎反讽式的致意，以反对构成小说兴起之基础的存在主义的恐怖。"它是……可能的，"瓦特以他沉着的、不动感情的方式说，"对世俗化进行衡量是这种新类型兴起不可缺少的条件。"但是他继续翻译了卢卡奇著作中著名而远不是无动于衷的一个时刻，卢卡奇以一种直白的笔调在书中指明了这一时刻："小说，乔治·卢卡奇曾经写道，是一个被上帝抛弃的世界里的史诗。"（尽管准确，但是根据卢卡奇的声称："小说是上帝遗弃的世界里的史诗"，[29]这一翻译没能完全抓住这个世界里上帝的遗弃之物。）于是，似乎为了恢复平衡，瓦特引用了萨德一个非常普遍的观点——或者即便它不是萨德而是其他

---

[29] Georg Lukács, *Die Theorie des Romans: Ein geschichtsphilosophischer Versuch über die Formen den grossen Epik* (Berlin: Paul Cassirer, 1930), p. 84.

任何人所写，它至少会是一个非常普遍的观点：小说表现了，"用德·萨德侯爵的话说……'一幅世俗风尚的图画'"（第92—93页）。揭去冷静的外表，瓦特对小说的理解，尽管受到他保护性平易风格的影响，也非常近似于卢卡奇的观点：小说是被遗弃世界里超验性的无家可归的一个意象。《小说的兴起》的力量在于它拒绝忽视日常的痛苦，同样地，它也拒绝向自怜性的修辞性安慰妥协。

* * *

我们中那些长期耕作在小说领域之外的人，他们看待《小说的兴起》不仅有欣赏的目光，也会带有一丝妒忌：为什么瓦特如此幸运？但我的观点是，不管你喜欢与否，瓦特并不"幸运"。或者即便他是（幸运的），他的幸运也是那种受到灵感激发的幸运，而这是学者和批评家们只有极少的机会才能获得的。在写作《小说的兴起》时，瓦特表达过这种认识，即小说长久的兴起一直是现代世界里一个限定性的特点。他也直觉地知道小说的时代已经完全到来——无论更长远地看它会面临什么样的命运。在这种认识中，瓦特拥有了他的未来，这种未来又变成了当下，深入到了他的骨髓里。

斯坦福大学

索 引[*]

题目通常不单独列出索引，而是置于作者栏下；小说人物，编辑者，编纂者，版本，以及现代期刊则不类此进行索引。

Aaron, R.I., R. I. 艾伦, *The Theory of Universals*,《普遍性的理论》, 12 n

Achermann, Rudolph, 鲁道夫·阿克曼, *Microcosm of London*,《伦敦的缩影》, 218 n

Addison, Joseph, 约瑟夫·艾迪生, 29, 52, 61, 151, 171; death-bed speech, 临终床榻上的沉思, 218;*Guardian*,《卫报》, 169, quoted, 43;*Spectator*,《旁观者》, 36, 216, quoted on Homer, 论荷马, 246, on London, 关于伦敦, 178

Adventurer, The,《探险者报》, quoted, 58

Aeschylus, 埃斯库罗斯, 23

Aesop, 伊索, 163

Alchemist, The,《炼金术士》, 269

Aldridge, A. O., A. O. 奥尔德里奇, "Polygamy and Deism", "多配偶制与自然神论", 147 n; "Polygamy in Early Fiction…", "早期小说中的多配偶制……", 147 n

Allen, Ralph, 拉尔夫·艾伦, 285

Allestree, Richard, 理查德·阿莱斯特里尔, author (?) of *The Ladies' Calling*,《女士们的召唤》的作者(?), quoted, 144

Amory, Thomas, 托马斯·阿莫里, *Life of John Buncle*,《约翰·班克乐传》, 147

Anderson, Paul B., 保罗·安德森, "Thomas Gordon and John Mottley, *A Trip through London*, 1728", "托马斯·戈登与约翰·莫特利,《伦敦纪行》, 1728", 180 n

Applebee's Journal,《苹果蜂杂志》, quoted, 53, 77-78, 241, 244

Apuleius, 阿普列乌斯, *The Golden Ass*,《金驴记》, 33

Aristophanes, 阿里斯托芬, 256

Aristotle, 亚里士多德, 15, 79, 156, 168, 201-202, 248, 249, 250, 254, 271, 273, 274, 280, 283; *Metaphysics*,《形而上学》, 21 n; *Poetics*,《诗学》, 250, quoted, 19, 107, 251 n, 257, 271, 286; *Politics*,《政治学》, 196, quoted, 87; *Posterior Analytics*,《后分析篇》, 16 n

Arnold, Matthew, 马修·阿诺德, 43, 176

Astell, Mary, 玛丽·阿斯特尔, *A Serious Proposal to the Ladies*,《献给女士们的一条严肃建议》, 145

---

[*] 索引中页码为原文页码，即本书边码，"12 n"表示第12页注释，"quoted, 43"表示第43页引用，后同。

Aucassin and Nicolette,《乌加桑和尼科莱特》, 33

Auerbach, Erich, 埃里希·奥尔巴赫, *Mimesis: The Representation of Reality in Western Literature*,《摹仿论：西方文学中的现实再现》, 79

Augustanism, 奥古斯都主义, 28-30, 52, 194, 260; and see under Critical tradition, Neo-classicism, 并见"新古典主义批评传统"栏下

Austen, Jane, 简·奥斯丁, 130, 145, 185, 220, 280, 301; place in the tradition of the novel, 在小说传统中的位置, 296-299; *Emma*,《爱玛》, 297; *Northanger Abbey*,《诺桑觉寺》, 163; *Pride and Prejudice*,《傲慢与偏见》, 297

Austen-Leigh, R. A., R. A. 奥斯丁-雷, "William Strahan and His Ledgers", "威廉·斯特拉恩与他的账本", 37 n

Authorship in the eighteenth century, 18世纪的作者身份, 52-59, 99, 101, 290, 298-299

Autobiography, 自传, 191, 209, 292; in memoir, compared to epistolary form, 在回忆录中与书信形式的比较, 192-193; and Puritanism, 与清教主义, 75; imitated in Defoe's novels, 在笛福的小说中被模仿, 100-101, 107, 295; difficulties of, as formal basis of *Moll Flanders*, 作为《摩尔·弗兰德斯》之形式基础的困难, 113-117; *Robinson Crusoe* as autobiogra-phical,《鲁滨逊漂流记》的自传性, 90-91

Bachelors, 鳏夫, 146-147

Bachelor's Soliloquy, The,《鳏夫的独白》, quoted, 147

Bacon, Francis, 弗朗西斯·培根, *Advancement of Learning*,《知识的进步》, 62

Baird, Theodore, 西奥多·贝尔德, "The Time Scheme of *Tristram Shandy* and a Source", "《项狄传》的时间结构及其源头", 292 n

Balzac, Honoré de, 奥诺雷·德·巴尔扎克, 27, 30, 180, 294, 300, 301; *Les Illusions perdues*, quoted, on *Clarissa*,《幻灭》对于《克拉丽莎》的引用, 212; *Le Père Goriot* (Rastignac),《高老头》(拉斯蒂涅), 27, 94

Barbauld, Mrs. Anna Laetitia, 安娜·蕾蒂西亚·巴鲍德夫人, 83 n, 288; "Life" prefixed to the edition of Richardson's *Correspondence*, quoted, on Defoe and Richardson, 为《塞缪尔·理查逊通信集》所写的序言"生平"，其中对笛福和理查逊的讨论, 175-176, on Richardson as realist, 关于理查逊作为现实主义者的讨论, 17

Baxter, Reverend Richard, 理查德·巴克斯特牧师, 103; on prose style, 关于散文体风格, quoted, 102; *Reliquiae Baxterianae*,《巴克斯特遗稿》, quoted, 102

Behn, Aphra, 阿芙拉·贝恩, 19, 33

Beloff, Max, 马科斯·贝洛夫, *Public Order and Public Disturbances, 1660-1714*,《公共秩序与公众骚乱, 1660—1714》, 178

Bennett, Arnold, 阿诺德·班尼特, 133

Bentley, Richard, 理查德·本特利, 241

Berkley, George, Bishop of Cloyne, 乔治·伯克莱, 克莱恩教区主教, 18; *Three Dialogues Between Hylas and Philonous*,《海拉斯和菲洛努斯的三篇

对话》, quoted, 16

Bernbaum, Ernest, 欧内斯特·伯恩鲍姆, *The Mary Carleton Narratives, 1663-1673*,《玛丽·卡尔顿的叙事, 1663—1673》, 106

Besant, Sir Walter, 瓦尔特·贝森特爵士, *London Life in the Eighteenth Century*,《18世纪的伦敦生活》, 182 n, 218 n

Bible, The,《圣经》, 76

Biography, 传记, 191-192; Defoe's regard for, 笛福对其的敬意, 107; rogue biographies and *Moll Flanders*, 癞子传记与《摩尔·弗兰德斯》, 106, and see under Autobiography, 并见"自传"栏下

Bishop, John Peale, 约翰·皮尔·毕舍普, on *Moll Flanders*, error in dating, 对《摩尔·弗兰德斯》创作时间的误判, 129; praise of, 对《摩尔·弗兰德斯》的赞扬, 118

Black, F. G., F. G. 布莱克, *The Epistolary Novel in the Late Eighteenth Century*,《18世纪晚期的书信体小说》, 191 n

Blackwell, Thomas, 托马斯·布莱克维尔, *Enquiry into the Life and Writings of Homer*,《荷马的生平与写作之探寻》, 245-246, 253

Blair, Robert, 罗伯特·布莱尔, *The Grave*,《坟墓》, 217

Blake, William, 威廉·布莱克, "On Homer's Poetry", "论荷马的诗", quoted, 243

Blanchard, F. T., F. T. 布兰卡德, *Fielding the Novelist: A Study in Historical Criticism*,《小说家菲尔丁: 历史批评研究》, 260 n, quoted, 269, 273, 279, 288

Block, Andrew, 安德鲁·布洛克, *The English Novel, 1740-1850, A Catalogue...*,《英国小说, 1740—1850, 一份目录……》, 290 n

Boccacio, 薄伽丘, *Decameron*,《十日谈》, compared to *Pamela*, 与《帕美拉》的比较, 203-204

Bolton, Robert, Dean of Carlisle, 罗伯特·博尔顿, 卡莱尔的教长, *Essays on the Employment of Time*,《论时间的安排》, quoted, 46

Bonald, De, 德·博纳尔, *Du style et de la littérature*,《风格与文学》, 300

Bonar, James, 詹姆斯·博纳, *Theories of Population from Raleigh to Arthur Young*,《从罗利到亚瑟·扬的人口理论》, 147 n

Books, output of, 书籍的生产量, 36-37; prices of, 书籍的价格, 41-43

Booksellers, concentrated in London, 集中在伦敦的书商, 178; literary influence of, 书商的文学影响, 53-59, 290; power and status of, 书商的权力与地位, 52-55

Boswell, James, 詹姆斯·博斯韦尔, as writer of confessional autobiography, 作为自白式自传的作者, 75; *Life of Johnson*, quoted,《约翰逊传》所引: Boswell on Fielding as moralist, 博斯韦尔论作为道德家的菲尔丁, 283; Johnson's comparison between Fielding and Richardson, 约翰逊比较菲尔丁与理查逊, 261; Johnson's views on marriage, 约翰逊关于婚姻的看法, 164

Botsford, J. B., J. B. 博茨福德, *English Society in the Eighteenth Century...*,《18世纪的英国社会……》, 146 n

Bradford, Governor William, 威廉·布拉德福德总督, *History of Plymouth Plantation*,《普利茅斯种植园史》, 82

Bradshaigh, Lady Dorothy, 多萝西·布雷德莎福女士, 246, 247; letters from Richardson to, 理查逊写给她的信, 217; quoted, 183-184, 194, 243

Bray, René, 热内·布雷, *La Formation de la doctrine classique en France*, 《法国古典原则的形成》, 249 n

Brontë, Charlotte, 夏洛蒂·勃朗特, *Jane Eyre*, 《简爱》, 231

Brontë, Emily, 艾米莉·勃朗特, *Wuthering Heights*, 《呼啸山庄》, 231

Brooke, Henry, 亨利·布鲁克, *Collection of Pieces*, 《碎片集》, quoted, 165

Broome, William, 威廉·布鲁姆, 241

Bunyan, John, 约翰·班扬, 19, 26, 33, 80, 83, 84; *Grace Abounding*, 《罪魁蒙恩记》, 75; *Life and Death of Mr. Badman*, 《巴德曼先生的生死》, 19, 31, quoted, 143; *The Pilgrim's Progress*, 《天路历程》, 24, great popularity of, 极受大众欢迎, 50

Burch, Charles, E., 查尔斯·E. 伯奇, "British Criticism of Defoe as a Novelist, 1719-1860", "关于小说家笛福的英国批评, 1719—1860", 132 n

Burke, Edmund, 爱德蒙·伯克, on size of reading public, 论读者群的规模, 36

Burnet, Gilbert, 吉尔伯特·伯内特, *History of His Own Time*, 《他自己时代的历史》, 20

Burney, Fanny, 范妮·伯尼, 290; and Jane Austen, 与简·奥斯丁, 296, 298; and feminine point of view, 与女性观点, 299; *Diary*, 《日记》, quoted, 43

Burridge, Richard, 理查德·伯里奇, *A New Review of London*, 《伦敦新评》, 180 n

Burt, H. E., and Landis, M. H., H. E. 伯特和M. H. 兰蒂斯, "A Study of Conversations", "对话研究", 298 n

Butler, Bishop Joseph, 约瑟夫·巴特勒主教, 18

Butler, J. D., J. D. 巴特勒, "British Convicts Shipped to American Colonies", "运往美国殖民地的英国罪犯", 96 n

Calvin, John, 约翰·加尔文, 75, 160

Calvinism, 加尔文主义, 73-76, 85, 90-92

Camus, Albert, 阿尔伯特·加缪, *La Peste*, 《鼠疫》, 133

Capital, modern industrial, and *Robinson Crusoe*, 现代工业都市, 和《鲁滨逊漂流记》, 60-70

Carlson, Lennart, 伦纳特·卡尔森, *The First Magazine*, 《第一杂志》, 52 n

Carlyle, 卡莱尔, "Burns", "彭斯", quoted, 33

Carpenter, Edward, 爱德华·卡朋特, *Thomas Sherlock*, 《托马斯·舍洛克传》, 36n, quoted, 179

Carter, Elizabeth, 伊丽莎白·卡特, 145

Cary, Joyce, 乔伊斯·卡利, *Herself Surprised*, 《惊呆了她自己》, 118

Cassandra (La Calprenède), 《卡珊德拉》(拉·卡尔普莱奈德), 250

Cassirer, Ernst, 厄恩斯特·卡西雷尔, "Raum und Zeit", "空间与时间", *Das Erkenntnisproblem...*, 《问题的知识……》, 24n

Cave, Edward, and *Gentleman's Magazine*, 爱德华·凯夫, 以及《绅士月刊》, 51-52

Cervantes, 塞万提斯, *Don Quixote*, 《唐·吉

诃德》，85-86，133，197，205，251
Chadwick, H. M., and N. K., H. M. 查德威克以及 N. K. 查德威克, *The Growth of Literature*,《文学的成长》，243 n
Chambers, Ephrain, 以法莲·钱伯斯, *Cyclopaedia*,《百科全书》，55
Chapone, Mrs., 沙蓬夫人, 153; *Posthumous Works...*,《遗作集……》, quoted, 58
Characterisation, in formal realism, 形式现实主义中的人物塑造，18-27; in Defoe, 人物塑造在笛福那里，71, 76, 78, 88, 90-92, 108-118, 124-125; in Fielding, 人物塑造在菲尔丁那里，264-265, 270-276, 278-280; in Richardson, 人物塑造在理查逊那里，168-171, 211-215, 218-229, 225-229, 231-238, 266-268, 270, 272, 275
"Characters of nature" and "characters of manners","自然性人物"与"风俗性人物", 261, 272, 294
Chaucer, Geoffrey, 杰弗里·乔叟，14, 33; *Franklin's Tale*,《弗兰克林讲述的故事》, 137; *Troilus and Criseyde*,《特洛伊罗斯与克丽西达》, 160, 171
Chesterfiled, Lord, 切斯特菲尔德爵士, Letter to David Mallet, 写给大卫·马利特的信, quoted, 195
Cheyne, Dr. George, 乔治·切恩博士, Richardson defends *Pamela* to, 理查逊为《帕美拉》辩护，152; *Letters of Doctor George Cheyne to Richardson, 1733-1743*, quoted,《乔治·切恩博士写给理查逊的书信，1733—1743》所引: on booksellers, 关于书商，54, 57; on Richardson's "nervous hyp", 关于理查逊的"神经性忧郁"，184;

on indecencies in *Pamela*, 关于《帕美拉》中的猥亵部分，202
Cibber, Colley, 科利·西伯，157
Circulating libraries, 流通图书馆, 52, 55, 145; Coleridge quoted on their devotees, 柯勒律治引用了它们的崇拜者，200; and the novel, 与小说，290; rise of, 流通图书馆的兴起，42-43
Clare, John, 约翰·克莱尔，39
Clark, Alice, 爱丽丝·克拉克, *Working Life of Women in the Seventeenth Century*,《17世纪妇女的工作生涯》，142 n
Clark, G. N., G. N. 克拉克, *The Later Stuarts, 1660-1714*,《晚期的斯图亚特王朝，1660—1714》，24 n
Clarke, Lowther, 劳瑟·克拉克, *Eighteenth Century Piety*,《18世纪的虔敬》，143 n
Class, social, and literary genre, 阶级，社会，和文学类型，79, 158-159, 165-167; and Puritanism, 与清教主义，77, 166; and sexual ideology, 与性别意识形态，158-159, 162-163, 165-167, 220-224; in Defoe, 在笛福那里，78, 114-115, 121, 131, 240, 269; in Fielding, 在菲尔丁那里，269-271, 275; in Richardson, 在理查逊那里，165-167, 213, 220-224, 238, 244-245, 269; and see under Middle-class, 并见"中产阶级"栏下
Clelia（Madeleine de Scudéry）,《科莱丽亚》（玛德琳·德·史居里），250
Cleopatra（La Calprenède）,《克莱奥佩特拉》（拉·卡尔普莱奈德），250
Cobbett, William, 威廉·科贝特, *Parliamentary History*,《议会的历史》，150 n

Coleridge, Samuel Taylor, 塞缪尔·泰勒·柯勒律治, 93; on *Robinson Crusoe*, 论《鲁滨逊漂流记》, 119-120; quoted, 26; on circulating libraries, 论流通图书馆, 200; on *Faerie Queene*, 论《仙后》, 23; on Richardson, 论理查逊, 288; on *Robinson Crusoe*, 论《鲁滨逊漂流记》, 78; on *Tatler* and *Spectator*, 论《闲话报》和《旁观者》, 163; on *Tom Jones*, 论《汤姆·琼斯》, 269, 273, 279

Collier, Jane, 简·科利尔, *Essay on the Art of Ingeniously Tormenting*, 《论灵巧折磨的艺术》, quoted, on *Clarissa*, 论《克拉丽莎》, 223, on spinsters, 论老姑娘, 145

Collier, Jeremy, 杰里米·科利尔, *Short View of the Profaneness and Immorality of the English Stage*, 《有关英国舞台上亵渎和不道德行为的短评》, 158-159, quoted, 162-163

Collins, A.S., A. S. 柯林斯, *Authorship in the Days of Johnson*, 《约翰逊时代的著作权》, 36 n; *The Profession of Letters*, 《文人的职业》, 36 n

Congreve, William, 威廉·康格里夫, *The Way of the World*, 《世界之道》, 169

Cooke, Arthur L., 亚瑟·L. 库克, "Henry Fielding and the Writers of Heroic Romance", "亨利·菲尔丁与英雄传奇的作者们", 249 n

Corbett, Sir Charles, bookseller, 书商查尔斯·科比特爵士, 53

Covent Garden Journal, The, 《卡文特花园周刊》, quoted, 255

Cowper, William, 威廉·考珀, 147

Crane, R. S., R. S. 克莱恩, "The Concept of Plot and the Plot of *Tom Jones*", "情节的概念与《汤姆·琼斯》的情节", quoted, 287

Criminality, and individualism, 犯罪行为与个人主义, 94-96; and secularization, 与世俗主义, 128; in *Moll Flanders*, 《摩尔·弗兰德斯》中的犯罪行为, 110-115

Critical Remarks on Sir Charles Grandison, Clarissa and Pamela, 《关于〈查尔斯·格兰迪森爵士传〉,〈克拉丽莎〉和〈帕美拉〉的批判性评论》, quoted, 172, 182, 194-195

Critical tradition, classical and neo-classical, 古典主义和新古典主义的批评传统: and the booksellers, 与书商, 52-59; and formal realism, 与形式现实主义, 14-30, 33, 285-286, 301; and the novel, 与小说, 30, 205-206, 301; and Defoe, 与笛福, 49, 57-58, 99, 101, 240-242; and Fielding, 与菲尔丁, 54, 56, 58, 239, 248-250, 257-259, 260-262, 268-275, 285-289; and Richardson, 与理查逊, 49, 57-58, 176, 193-195, 219, 242-248

Cross, Wilbur L., 威尔伯·L. 克罗斯, *History of Henry Fielding*, 《亨利·菲尔丁的历史》, 20 n, 25n, 55 n, 251 n

Croxall, Reverend Samuel, 塞缪尔·克罗克索尔牧师, *A Select Collection of Novels and Histories in Six Volumes*, 《小说和历史选集》, quoted, 49

Dante, 但丁, *Divine Commedy*, 《神曲》, 79

d'Aubignac, 德·奥比尼亚克神父, 241

Davenant, Charles, 查尔斯·达文南特, 146

Davis, A. P., A. P. 戴维斯, *Isaac Watts*, 《艾萨克·瓦茨传》, quoted, 56

Du Deffand, Madame, 杜·德芳夫人, quoted, on *Pamela*, 论《帕美拉》, 153

Defoe, Daniel, 丹尼尔·笛福, 9, 12, 15, 20, 27, 28, 52, 60-134, passim, 其他各处, 135, 141, 159, 175, 185, 186, 189, 192, 208, 209, 219, 248, 256, 257, 269, 270, 280, 281, 288, 291, 292, 296, 297, 298, 301; and biography, 与传记, 90-91, 100-101, 106-107; personal character, 个人性格, 90; confusion of material and spiritual values, 对物质和精神价值的混淆, 73, 82-83, 118-119; and the critical tradition, 与批评传统, 33, 57-58, 240-242; and devotional literature, 与宗教文学, 50; his heroes, 他的主人翁, 78; and individualism, 与个人主义, 57, 62, 65-92; as Londoner, 作为伦敦人, 180-183, 186; use of milieu, 对环境的使用, 26; his names, 他的命名, 19, 20, 105; on old maids, 论老姑娘, 144; on oral tradition, 论口头传统, 241; and personal relationships, 一种私人关系, 65-70, 92, 109-112; his plots, 他的情节, 14, 104-108; his prose style, 他的散文风格, 29, 30, 100-104; and reading public, 与读者群, 49-50, 57-59; his formal realism, 他的形式现实主义, 11, 17, 32-34, 74, 84-85, 104, 129-131, 175; his religion, 他的宗教, 75-76, 77-78; his reputation, 他的名声, 93, 132-134, 242; and sex, 与性的关系, 67-69, 114, 159, 161, 165; and social classes, 与社会阶级, 40, 59, 65, 76-80, 114-115, 121, 131, 240, 269; and time, 与时间, 24, 116-117; on writing, 关于写作, 57, 99, 241

Criticism of, 对笛福的批评: by Mrs. Barbauld, 巴鲍德夫人所写, 175-176; by John Peale Bishop, 约翰·皮尔·毕舍普所写, 118, 129; by Camus, 加缪所写, 133; by Coleridge, 柯勒律治所写, 93, 119-120; by Dickens, 狄更斯所写, 68; by Bonamy Dobrée, 波纳梅·多布里所写, 126-127; by E. M. Forster, E. M. 福斯特所写, 108, 133; by D. H. Lawrence, D. H. 劳伦斯所写, 185; by F. R. Leavis, F. R. 利维斯所写, 93; by Malraux, 马尔罗所写, 133; by William Minto, 威廉·敏托所写, 93; by Rousseau, 卢梭所写, 86; by Mark Schorer, 马克·肖勒所写, 93; By Leslie Stephen, 莱斯利·斯蒂芬所写, 93, 103, 108; by Reed Whittemore, 里德·惠特莫尔所写, 128; by Virginia Woolf, 弗吉尼亚·伍尔夫所写, 93, 120, 133

Works, 笛福作品:

Applebee's Journal, quoted, 《苹果蜂杂志》所引: on literature as a trade, 论文学作为一门生意, 53; on Marlborough's funeral, 论马尔堡的葬礼, 77-78; on Pope's *Homer*, 论蒲柏的《荷马》, 241; on true courage, 论真正的勇气, 244

Augusta Triumphans, 《赢取辉煌的胜利》, 180-181

Captain Singleton, 《辛格尔顿船长》, 63, 65

The Case of Protestant Dissenters in Caro-

lina,《关于卡罗莱纳的新教异议者》, quoted, 73

Colonel Jacque,《雅克上校》, 63, 65, 78, 94, 96; quoted, 165

The Complete English Tradesman,《十足的英国商人》, quoted, 143; editor of 1738 edition quoted, 1738年版编辑, 57; editor of 1839 edition quoted, 1839年版编辑, 186

The Dumb Philosopher,《哑巴哲学家》, quoted, 73

An Essay upon Literature,《论文学》, 240-241

An Essay upon Projects,《规划论》, 145

The Family Instructor,《家庭教师》, 50, 66

The Felonious Treaty,《重罪条约》, quoted, 240

The History and Reality of Apparitions,《魅影的历史与现实》, quoted, 242

A Journal of Plague Year,《大疫年纪事》, 94

Defoe, Daniel-contd, 笛福（后续）

Works-contd, 笛福作品（后续）

Life of Mr. Duncan Campbell,《邓肯·坎贝尔先生的生平》, quoted, 107, 240

Memoirs of a Cavalier, Preface,《一位骑士的回忆录》序言, quoted, 104

Mist's Journal,《密斯特周刊》, quoted, 240

Moll Flanders,《摩尔·弗兰德斯》, 11, 19, 26, 29, 93-134, 188, 208, 215, 219; heroine's character, 女主人翁的性格, 108-111, 112-115, 116-118, 124-125, 132, 179, 186, 188; and economic individualism, 与经济个人主义, 63, 65, 66, 111-112, 114-115, 124-125; inconsistencies in, 前后矛盾之处, 98-99, 112, 116-117; irony in, 反讽之处, 97-98, 118-130; and love, 与爱情, 109-112, 121, 165; and marriage, 与婚姻, 116-117, 143; possible models for, 可能的模式, 106-107; moral aim of, 其道德目标, 98, 115-118, 123-126, 131-132; narrative method in, 其叙事模式, 96-104, 130-131; and Defoe's other novels, 与笛福的其他小说, 93-96; personal relationships in, 其中的私人关系, 108-112, 133-134; plot of, 其情节, 99-100, 104-108, 112, 131-132; point of view in, 其中的观点, 116-118, 126-127, 131-132; psychology in, 其中的心理学, 108-115, 123; and urban outlook of heroine, 女主人翁的城市观, 179; quoted, 66

A Plan of the English Commerce,《英国商业计划》, 66

The Poor Man's Plea,《穷人的申辩》, quoted, 158

Religious Courtship,《虔诚的爱情》, 155

A Reply to a Pamphlet, Entitled "The Lord Haversham's Vindication of His Speech…",《答一份小册子，名为"哈弗莎姆爵士为其言论进行的辩护……"》, quoted, 90

The Review,《评论报》, 40; influence of on Defoe's development, 关于笛福发展的影响, 103-104; quoted, 63, 67, 103, 161, 240

Robinson Crusoe (in general, or the trilogy as a whole),《鲁滨逊漂流记》（全集，或三部曲）, 17, 19, 62-92; as autobiographical, 作为自传, 90; characterization in, 其人物塑造, 71, 76,

78，88，90-92；and dignity of labour, 与劳动尊严, 73-74；and economic indivi-dualism, 与经济个人主义, 63-71；and economic specialization, 与经济专门化, 71-72；moral and spiritual issues in, 其中的道德和精神问题, 76-83，90-91，128；as myth, 作为神话, 85-89；and personal relationships, 其中的私人关系, 64-71，88-92，111；price of, 其价格, 41，81；and Puritanism, 与清教主义, 74-78，80-85；and secularization, 与世俗化, 80-85，128；serialized, 系列化；similarities to *Moll Flanders*, 与《摩尔·弗兰德斯》的相似之处, 93-96

The Life and Strange Surprising Adventures of Robinson Crusoe, success of,《鲁滨逊·克鲁索的生活和奇妙历险》的成功, 89；quoted, 63，68，69，70，71，72，87

Farther Adventures of Robinson Crusoe,《鲁滨逊漂流记续集》, 89；quoted, 66，68，69

Serious Reflections during the Life and Surprising Adventures of Robinson Crusoe,《鲁滨逊漂流期间的严肃沉思》, 69，70 n，89-92，120；quoted, 80-81，82，89，90，91

Roxana,《罗克珊娜》, 19，63，65，93，94，105；quoted, 142

The Shortest Way with Dissenters,《对待不服从国教者的最简捷方法》, 126-127

The Storm,《风暴》, 240；quoted, 103

A System of Magic,《魔法的体系》, quoted, 242

The True-Born Englishman, Preface,《纯正的英格兰人》序言, quoted, 99

A True Collection...,《真正的收藏……》, quoted, 125

The True Relation of the Apparition of Mrs. Veal,《维尔夫人幽灵的真实关系》, 103，217

De la Mare, Walter, 瓦尔特·德·拉·梅尔, *Desert Islands and Robinson Crusoe*,《沙漠荒岛与鲁滨逊·克鲁索》, 66

Delany, Mrs. Mary, 玛丽·德拉尼夫人, 142，183；*Autobiography and Correspondence*,《自传与通信集》, quoted, 169

Delany, Dr. Patrick, 帕特里克·德拉尼博士, 160；*Reflections upon Polygamy*,《关于多配偶制的思考》, quoted, 148

Deloney, Thomas, 托马斯·德洛尼, 183

Dennis, John, quoted, 约翰·丹尼斯所引：on imagery, 论意象, 29；on love and bawdy, 论爱情和淫荡, 203；on rape in tragedy, 论悲剧里的强奸, 227-228

Dent, Arthur, 亚瑟·登特, *Plain Man's Pathway to Heaven*,《普通人的升天之路》, 80

Descartes, 笛卡尔, 12，15，16，18，91；his dualism, 他的二元论, 295；*Discourse on Method*,《方法论》, 13；*Meditations*,《沉思录》, 13

Dickens, Charles, 查尔斯·狄更斯, 259；*David Copperfield*,《大卫·科波菲尔》, 280；quoted, on Defoe, 对笛福的引用, 68

Dickson, F. S., F. S. 狄克森, on *Tom Jones*, 论《汤姆·琼斯》, 25 n

Diderot, 狄德罗, *Éloge de Richardson*,《理查逊颂》, 299, quoted, 201, 235；*Le Neveu de Rameau*,《拉摩的侄儿》, 235

索引 399

Dignity of labour，劳动尊严，72-74

Division of labour，劳动分工，44-45，71-72

Dobrée, Bonamy，波纳梅·多布里，"Some Aspects of Defoe's Prose"，"笛福散文的某些方面"，quoted，126-127

Dobson, Austin，奥斯丁·多卜生，*Samuel Richardson*，《塞缪尔·理查逊》，150 n，199 n

Doddridge, Philip，菲利普·多德里奇，*Diary and Correspondence of Philip Doddridge*，《菲利普·多德里奇日记及书信集》，51 n

Dodsley, Robert，罗伯特·多兹利，53

Don Juan，《唐·璜》，85-86

Donne, John，约翰·多恩，61

Donnellan, Mrs. Anne，安妮·唐纳伦夫人，letter comparing Fielding and Richardson，对菲尔丁和理查逊进行比较的书信，quoted，184

Don Quixote，《唐·吉诃德》，85-86

Dostoevsky，陀思妥耶夫斯基，30；*The Brothers Karamazov*，《卡拉马佐夫兄弟》，84；*The Idiot*，《白痴》，133

Downs, B. W.，B. W. 道恩斯，*Richardson*，《塞缪尔·理查逊》，272，quoted，184，216

Draper, John W.，约翰·W. 德雷普，*The Funeral Elegy and the Rise of English Romanticism*，《葬仪挽歌及英国浪漫主义的兴起》，217

Dreiser, Theodore，西奥多·德莱塞，180，219

Drelincourt, Charles，查尔斯·迪林科特，218；*On Death*，《论死亡》，217

Dryden, John，约翰·德莱顿，61，79

Dualism, in philosophy and the novel，哲学和小说中的二元论，294-297

Duck, Stephen，斯蒂芬·达克，39；*Poems on Several Occasions*：*Written by Stephen Duck...*，quoted, on education，《写于不同场合的诗……》对教育的讨论，39

Dudden, F. H.，F. H. 达顿，*Henry Fielding*，《亨利·菲尔丁传》，269 n

Dunton, John，约翰·邓顿，*The Ladies' Mercury*，《女士的信差》，151；*The Night Walker*；*or Evening Rambles in Search after Lewd Women*，《夜行人：或，夜间漫游以搜寻淫荡的女子》，128

Duranty，杜兰蒂，10

Durkheim，涂尔干，*De la division du travail social*，《社会分工论》，89；"La Famille conjugale"，"基要家庭"，139

Ebeling, Herman J.，赫尔曼·J. 埃博林，"The Word Anachronism"，"关于'时代误置'一语"，23

Eclectic Review, The，《折中评论》，on Richardson，论理查逊，quoted，216

Economic individualism，经济个人主义，see under Individualism，见"个人主义"栏下

Education，教育，37-40

Edwards, Thomas，托马斯·爱德华兹，on Fielding and Richardson，论菲尔丁和理查逊，quoted，286

Eliot, George，乔治·艾略特，299；*Middlemarch*，《米德尔马契》，225；as Puritan，作为清教徒，85；quoted，248

Eliot, T. S.，T. S. 艾略特，"*Ulysses*, Order and Myth"，"《尤利西斯》，秩序与神话"，quoted，255-256

Elistratov, Anna，安娜·叶利斯特拉托夫，

"Fielding's Realism", "菲尔丁的现实主义", 270

Elledge, Scott, 斯科特·埃乐奇, "The Background and Development in English Criticism of the Theories of Generality and Particularity", "一般性和特殊性理论的英国批评的背景与发展", 17 n

Engels, 恩格斯, quoted, 178 n

Ephesian matron, 以弗所的寡妇, 10

Epic, and the novel, 史诗与小说, 239-259; and see under Defoe, Fielding, Homer and Richardson, 并见"笛福","菲尔丁","荷马"以及"理查逊"栏下

Epistolary form, 书信体形式, see under Letter writing, 见"书信写作"栏下

Essay on the New Species of Writing Founded by Mr. Fielding, 《论菲尔丁先生创立的写作新类型》, quoted, 20, 287

Euphues, 《尤弗伊斯》, 193

Euripides, 欧里庇得斯, 135

Evans, A. W., A. W. 埃文斯, *Warburton and the Warburtonians*, 《沃伯顿及沃伯顿主义者》, quoted, 83

Fabliau, 《寓言诗集》, 10

Family, the, 家庭, 139-141, 178, 222; in Defoe, 家庭在笛福那里, 50, 65-67, 110, 155; in Richardson, 家庭在理查逊那里, 215, 220-224

Faust, 《浮士德》, 85-86

Felton, Henry, 亨利·费尔顿, 242

Female Spectator, The, 《女性旁观者》, 151

Female Tatler, The, 《女性闲话报》, 151

Fénelon, archbishop of Cambrai, 康布雷大主教费内隆, *Télémaque*, 《特勒玛科斯》, 249-250, 256

Fenton, Elijah, 以利亚·芬顿, 241

Fielding, Henry, 亨利·菲尔丁, 9, 11, 20, 54, 55, 58, 93, 133, 146, 184-185, 219, 248-259, 261-289, 290, 292, 296, 299, 300, 301; his characterization, 他的人物塑造, 264-265, 270-276, 278-280; and class, 与阶级, 269-271, 275; on commercialization of letters, 论书信的商业化, 54, 56; and the epic analogy, 与史诗类比, 248-259; on Fénelon's *Télémaque*, 论费内隆的《特勒玛科斯》, 249-250, 256; his humour, 他的幽默, 281, 284; use of milieu, 对环境的运用, 27; and mock-heroic, 仿英雄, 253-255, 257-258; as moralist, 作为道德家, 289-298; his names, 他的命名, 19-20, 271-272; and neo-classicism, 与新古典主义, 248-249, 254-255, 257, 258, 260, 272-273, 288-289; his prose style, 他的散文体风格, 29-30, 254-255, 257, 264, 268, 274; his realism of assessment, 他的评估性的现实主义, 288-289, 290-291, 293; his formal realism, 他的形式现实主义, 253, 256, 257, 294, 296, 297, 298; compared to Richardson, 与理查逊的比较, 260-289; on Richardson's *Clarissa*, 论理查逊的《克拉丽莎》, 211, 235; on his *Pamela*, 论理查逊的《帕美拉》, 25, 168-170; and sex, 与性爱, 277-279, 281-284; time in, 其作品的时间观, 25

Criticism of, 对菲尔丁的批评:

by Boswell, 博斯韦尔所写, 283; by Coleridge, 柯勒律治所写, 269, 279; by Mrs. Donnellan, 唐纳伦夫人所写, 184; by Thomas Edwards, 托马斯·爱德华兹

所写，286；by Anna Elistratov, 安娜·叶利斯特拉托夫所写，270；in *Essay on the New Species of Writing Founded by Mr. Fielding*, 在《论菲尔丁先生创立的写作新类型》中，20，287；by Ford Madox Ford, 福德·马多克斯·福德所写，281-282；by Henry James, 亨利·詹姆斯所写，287-288；by Johnson, 约翰逊所写，260-261，280；by D. H. Lawrence, D. H. 劳伦斯所写，185；by Monboddo, 蒙博度爵士所写，255；by Richardson, 理查逊所写，188；by Leslie Stephen, 莱斯利·斯蒂芬所写，283

Works, 菲尔丁的作品：

Amelia,《阿米莉亚》，180，25 n；and *Aeneid*, 与《埃涅阿斯》，255-256；names in, 其中的姓名，20；treatment of sexual problems in, 对两性问题的处理，281；quoted, 56，270

The Covent Garden Journal,《卡文特花园周刊》，178 n，256；quoted, 58，248，255

Jonathan Wilde,《大英雄乔纳森·魏尔德传》，quoted, 284

Joseph Andrews,《约瑟夫·安德鲁传》，208，239，256；comic epic in prose, 散文体喜剧史诗，248-251；mock-heroic in, 其中的仿英雄，253-254；Millar's price for, 书商米勒给予它的价格，55；quoted, 272

Journal of a Voyage to Lisbon,《里斯本航海日志》，287；"Preface," preferring "true history" to epic, 序言，与史诗相比更倾向于"真实的历史"，256-257

Shamela,《莎美拉》，152，168-169，170，202-203；quoted 25，153，171

Tom Jones,《汤姆·琼斯》，11，144，169，215，239，260-289；as comedy, 作为喜剧，279，282-284；and drama, 与戏剧，257-258；and epic, 与史诗，251-253；irony in, 其反讽之处，254-255，263；use of milieu, 对环境的运用，27；type names in, 其类型名称，20；narrative method, 叙事模式，276-278；plot of, 其情节，251-253；268-271，276，278-280，282-283；prose of, 其散文体，29-30，253-255；point of view in, 其观点，252-254，285-288；publication of, 其发表，42；time scheme in, 其时间结构，25；quoted, 248，251，257

Tom Thumb, a Tragedy,《大拇指汤姆，一则悲剧》，258

The True Patriot,《真正的爱国者》，quoted, 54

Preface to Sarah Fielding's *David Simple*, 为萨拉·菲尔丁《戴维·辛普尔历险记》写的序言，251

Fielding, Sarah, 萨拉·菲尔丁，*David Simple*,《戴维·辛普尔历险记》，186，207，Fielding's Preface to, 菲尔丁为其写的序言，251，*Ophelia*,《欧菲利亚》，quoted, 169

Filmer, Sir Robert, 罗伯特·菲尔莫爵士，150；his *Patriarcha*, 他的《父权制》，140

Flaubert, 福楼拜，10，30，130，191；*Madame Bovary*,《包法利夫人》，205

Foerster, Donald M., 唐纳德·M. 福斯特，*Homer in English Criticism*,《英国批评中的荷马》，242 n，243 n，246

Ford, Ford Madox, 福德·马多克斯·福德，*The English Novel from the Earliest Days to the Death of Conrad*,《从最初到康拉德去世之间的英国小说》，quoted,

281-282，286

Forde, Daryll, joint-editor, *African Systems of Kinship and Marriage*，达里尔·福尔德，《非洲的亲属关系与婚姻系统》的合作编辑，139

Fordyce, James，詹姆斯·福代斯, *Sermons to Young Women*，《写给年轻妇女的布道文》, quoted，171

Forster, E. M.，E. M. 福斯特，133; *Aspects of the Novel*，《小说面面观》，94，108，129, quoted，22; *Howard's End*，《霍华德庄园》, quoted，185

Forster, John，约翰·福斯特，*Life of Charles Dickens*，《查尔斯·狄更斯传》, quoted，68 n

Freud, Sigmund，西格蒙德·弗洛伊德，234;"'Civilised' Sexual Morality and Modern Nervousness","'文明的'性道德及现代的紧张感"，quoted，228

Frye, Northrop，诺思洛普·弗莱，"The Four Forms of Fiction"，"小说的四种形式"，quoted，22

Furetière，菲尔第耶尔，11，33

Galsworthy, John，约翰·高尔斯华绥，133
Gay, John，约翰·盖伊，*The Beggar's Opera*，《乞丐的歌剧》, 95; *Trivia*,《三岔口》, 180 n

Generality, as opposed to particularity, in Fielding，在菲尔丁那里与特殊性相对的一般性，261，264，271-273; and see under Particularity，并见"特殊性"栏下

Gentleman's Magazine, The，《绅士月刊》，51-52; quoted，145，199

George, Mary D.，玛丽·D. 乔治，*London Life in the 18th Century*，《18世纪的伦敦生活》, 4 n，46，182 n，86 n

Gibbon, Edward，爱德华·吉本，286

Gilboy, E. W.，E. W. 吉尔博伊，*Wages in 18th Century England*，《18世纪的英国工资》, 41 n

Gildon, Charles，查尔斯·吉尔敦，*Robinson Crusoe Examin'd and Criticis'd*，《鲁滨逊·克鲁索的检查及批评》，69; quoted，41，81

Globe theatre，环球剧场，42

Goethe，歌德，176

Golden Ass, The,《金驴记》, 33

Goldsmith, Oliver，奥利弗·戈德史密斯，65，95; *Citizen of the World*,《世界公民》, 150，217 n;"The Distreses of a Hired Writer", quoted, on commercialization of literature，"一位雇佣作家的苦恼"对文学商业化的讨论，53-54; *Enquiry into the Present State of Learning*,《对当前学问状况的追问》, 56, quoted, on effect of bookseller's patronage，论书商赞助的影响，56; "Essay on Female Warriors","论女战士", 147 n; *The Good Natur'd Man*,《好性子的人》, quoted, 44; *The Traveller*, quoted, on individualism,《旅行者》论个人主义，64

Gosling, Sir Francis, bookseller and banker，弗朗西斯·戈斯林爵士，书商和银行家，53

Graham, Walter，沃尔特·格雷厄姆，*English Literary Periodicals*,《英国文学期刊》, 167 n

Grainger, Miss, letter from Richardson to，理查逊写给格兰杰小姐的信, quoted, 188，212

Grand Cyrus, The（Madeleine de Scudéry）,

《居鲁士大帝》(玛德琳·德·史居里), 250

Granville, George, 乔治·格兰维尔, *The She-Gallants*,《女勇士》, quoted, 163

Gray, Thomas, 托马斯·格雷, 147

Green, T. H., T. H. 格林, "Estimate of the Value and Influence of Works of Fiction in Modern Times", "现代小说作品价值与影响评估", quoted, 22, 31, 51, 71

Gregory, Dr. John, 约翰·格雷戈里博士, *A Father's Legacy to His Daughters*,《父亲留给女儿们的遗产》, quoted, 169

Grew, Nehemiah, 尼希米·格鲁, 146

Griffith, D. W., film-director, D. W. 格里菲斯, 电影导演, 25

Griffith, Mrs. Elizabeth, 格里菲斯夫人, *Lady Barton*,《巴顿女士》, quoted, 43

Grimmelshausen, 格里梅尔斯豪森, 33

Grub Street, 葛拉布街, 54-57, 242

Grub Street Journal, The,《葛拉布街周刊》, quoted, 52

Guardian, The,《卫报》, 169; quoted, 43, 48-49, 157

Gückel, W., and Günther, E., W. 古科尔和E. 金特, "D. Defoes und J. Swifts Belesenheit und literarische Kritik", "D. 笛福和J. 斯威夫特的学识与文学批评", 70 n

Günther, E., see under Gückel, W., E. 金特, 见 "W. 古科尔" 栏下

Habakkuk, H. J., H. J. 哈巴库克, "English Land Ownership, 1680-1740", "英国土地所有权, 1680—1740", 41 n; "Marriage Settlements in the Eighteenth Century", "18世纪的婚姻安排", 143 n

Haller, William, 威廉·哈勒, *The Rise of Puritanism*,《清教主义的兴起》, quoted, 82

Haller, William and Malleville, 威廉·哈勒和马尔维尔·哈勒, "The Puritan Art of Love", "清教徒的爱情艺术", quoted, 155

Hamlyn, Hilda M., 希尔达·M. 哈姆林, "Eighteenth Century Circulating Libraries in England", "英格兰18世纪的流通图书馆", 43 n

Hammond, J. L., and Barbara, J. L. 哈蒙德和芭芭拉·哈蒙德, *The Town Labourer, 1760-1832*,《城市劳动者, 1760—1832》, 39 n

Hardwicke, Lord Chancellor (Philip Yorke), 大法官哈德威克 (菲利普·约克), 149, 150 n, 285

Hardy, Thomas, 托马斯·哈代, 30

Harman, Thomas, 托马斯·哈曼, *Caveat for Common Cursitors*,《对于普通书记官的告诫》, 106

Harrison, Frank Mott, 弗兰克·莫特·哈里森, "Editions of *Pilgrim's Progress*",《天路历程》的版本", 50

Hasan, S. Z., S. Z. 哈桑, *Realism*,《现实主义》, 12 n

Hayley, William, 威廉·海利, *Philosophical, Historical and Moral Essay on Old Maids*,《关于老姑娘的哲学,历史和道德论》, 145

Haywood, Eliza, 伊莱扎·海伍德, *The Female Spectator*,《女性旁观者》, 151; *History of Miss Betsy Thoughtless*,《粗心的贝特西》, 180, quoted, 159

Hazlitt, William, 威廉·黑兹利特, 299; *Lectures on the English Comic Writers*, quoted, on Richardson,《关于英国喜剧

作家的讲座》中关于理查逊的部分，34

Head, Richard, 理查德·赫德, 33

Heal, Ambrose, 安布罗斯·希尔, "The Numbering of Houses in London Streets", "对伦敦街道上房子的计数", 182 n

Heberden, Dr., 贺伯顿博士, 152

Hegel, 黑格尔, 176; *Philosophy of Fine Art*, 《艺术哲学》, 239

Heliodorus, 赫利奥多罗斯, *Aethiopica*, 《埃塞俄比亚传奇》, 28

Hemmings, F. W. J., F. W. J. 赫明斯, *The Russian Novel in France, 1884-1914*, 《俄国小说在法国，1884—1914》, 83-84

Herodotus, 希罗多德, 256

Hervey, James, 詹姆斯·赫维, *Meditations among the Tombs*, 《墓间沉思》, 217

Hesiod, 赫西俄德, 257

Highmore, Miss Susanna, letters of Richardson to, 理查逊写给苏珊娜·海默尔小姐的信, quoted, 152, 162, 245

Hill, Aaron, 艾伦·希尔, 246; letters to Richardson, 写给理查逊的信, quoted, 174, 201; letter from Richardson to, 理查逊写给他的信, quoted, 208, 246

Historical outlook, of modern period and of novel, 现代的历史图景和小说的历史图景, 21-24

Hobbes, Thomas, 托马斯·霍布斯, 16, 174; *Elements of Law*, 《法律要义》, 62 n; *Leviathan*, 《利维坦》, quoted, 18, 128

Hodges, Sir James, bookseller, 书商詹姆斯·霍奇斯爵士, 53

Homer, 荷马, 33, 41, 79, 286; Blackwell on, 布莱克维尔论荷马, 245-246; Defoe on, 笛福论荷马, 240-242; Fielding on, 菲尔丁论荷马, 249-256; Richardson on, 理查逊论荷马, 242-248; *Iliad*, 《伊利亚特》, 240, 245, 246, 249; *Margites*, 《马尔吉特斯》, 250; *Odyssey*, 《奥德赛》, 68, 207, 241, 245, 249, 250, 256

Hone, Joseph, 约瑟夫·霍恩, *Life of George Moore*, 《乔治·摩尔的生平》, quoted, 137

Hopkinson, H. T., H. T. 霍普金森, "Robert Lovelace, The Romantic Cad", "罗伯特·拉夫雷斯，一个风流的无赖汉", 214 n

Horace, 贺拉斯, 240, 248, 252, 273; quoted, 234

Hornbeak, Katherine, 凯瑟琳·霍恩比克, "Richardson's Aesop", "理查逊的伊索", 163 n

Hubert, René, R. 休伯特, *Les Sciences sociales dans l'Encyclopédie*, 《大百科全书中的社会科学》, 275 n

Huet, 休伊特, "Of the Origin of Romances", "关于传奇的起源", quoted, 49

Hughes, Helen Sard, 海伦·萨德·修斯, "The Middle Class Reader and the English Novel", "中产阶级读者与英国小说", 35 n

Hugo, Victor, 维克多·雨果, *Hernani*, 《欧那尼》, 301

Hume, David, 大卫·休谟, 18; "Of Polygamy and Divorces", "论多配偶制及离婚", 147 n; "On the Populousness of Ancient Nations", "论古代人口的密度", 144 n; *Treatise of Human Nature*, 《人性论》, 291, quoted, 21, 92

Hutchins, John H., 约翰·H. 哈钦斯,

Jonas Hanwa,《乔纳斯·汉韦》, 144 n
Hutton, William, 威廉·哈顿, 39

Identification, 认同, 191-192, 200-207, 297; of Defoe and Moll Flanders, 笛福和摩尔·弗兰德斯的认同, 113-116, 126-127; of Richardson and Lovelace, 理查逊和拉夫雷斯的认同, 235-236

Individualism, 个人主义, 60, 132-134, 141-142, 150, 177, 224-225, 301
  economic, 经济个人主义; 60-74, 82-83, 178; and the family, 与家庭, 66-70, 140; and marriage, 与婚姻, 138-146; in Defoe, 在笛福那里, 61-71, 86-87, 94-96, 114-115; in Fielding, 在菲尔丁那里, 269; in Richardson, 在理查逊那里, 222-223
  feminine, 女性个人主义: 142-146, 222-225
  philosophical, 哲学的个人主义: 13-15, 18, 21, 26, 62, 141, 225

Irony, in the novel, 小说中的反讽, 130; in Defoe's Moll Flanders, 笛福《摩尔·弗兰德斯》中的反讽, 118-130; in Fielding, 菲尔丁的反讽, 254-257, 263, 287, 293; in Richardson, 理查逊的反讽, 211, 228; in Sterne, 斯特恩的反讽, 291-294

James, Henry, 亨利·詹姆斯, 200, 295-296, 297; on formal realism, 论形式现实主义, 286; The Ambassadors,《大使》, 297; "Anthony Trollope", "安东尼·特罗洛普", 20, quoted, 298; The Art of Fiction, "小说的艺术", quoted, 286; "Mrs. Humphry Ward", "汉弗莱·沃德夫人", quoted, 299; Portrait of a Lady,《一位贵妇人的画像》, 200, 225; The Princess Casamassima, Preface, quoted, on Tom Jones,《卡萨玛西玛公主》序言中论《汤姆·琼斯》, 287; Wings of the Dove,《鸽翼》, 200; What Maisie Knew,《梅奇知道什么》, 297

Jeffrey, Francis, 弗朗西斯·杰弗里, quoted, on Richardson, 论理查逊, 175

Johnson, E. A. J., E. A. J. 约翰逊, Predecessors of Adam Smith,《亚当·斯密的先驱们》, quoted, 146

Johnson, Dr. Samuel, 塞缪尔·约翰逊博士, 51, 146, 164; compares Fielding and Richardson, 对菲尔丁与理查逊的比较, 260-263, 268, 272, 280-284, 289; on Fielding, 论菲尔丁, 260; on Tom Jones, 论《汤姆·琼斯》, 280-281; on letter-writing, 论书信写作, 191, 229; on novels, 论小说, 280; on Richardson's character, 论理查逊的人物, 260; on Richardson's genius, 论理查逊的天才, 219; on Clarissa, 论《克拉丽莎》, 219, 228-229, 281; in The Adventurer, 在《探险者报》中, quoted, 58; Dictionary,《牛津英语词典》, 55, quoted, 164; Lives of the Poets,《诗人传》, 55, quoted, 37, 41, 229; "Preface to Shakespeare", "莎士比亚序言", quoted, 26; The Rambler,《漫谈者报》, quoted, 261; sayings quoted, 引用的语录, 88, 157, 162, 191

Johnson on Shakespeare, ed. Raleigh,《约翰逊论莎士比亚》, 拉雷夫编, 26 n

Johnson, Thomas H., joint editor of The Puritans, 托马斯·H. 约翰逊,《清教徒》的合作编辑, quoted, 75

Jones, M. G., M. G. 琼斯, *The Charity School Movement...*,《慈善学校运动……》, 38 n, 39 n

Jonson, Ben, 本·琼生, 61, 79, 269; *The Alchemist*,《炼金术士》, 269

Journalism, 新闻业, 196-198, 206; Defoe and, 笛福与新闻业, 103-104, 197-198, development of, in eighteenth century, 新闻业在18世纪的发展, 50-52, 71

Joyce, James, 詹姆斯·乔伊斯, 32, 280, 293; *Ulysses*,《尤利西斯》, 206-207, 225, 296

Judges, A.V., A. V. 贾吉斯, *The Elizabethan Underworld*,《伊丽莎白时期的底层社会》, 95 n

Kalm, Pehr, 佩尔·卡尔姆, *Kalm's Account of His Visit to England...*,《卡尔姆英国游记……》, quoted, 45, 72, 186-187

Kames, Lord, 卡穆斯爵士, *Elements of Criticism*,《批评的要素》, quoted, 16-17

Kant, Immanuel, 伊曼努尔·康德, *Fundamental Principles of the Metaphysic of Morals*,《道德形而上学原理》, quoted, 225

Kany, Charles E., 查尔斯·E. 卡利, *The Beginnings of the Epistolary Novel in France, Italy, and Spain*,《书信体小说在法国、意大利和西班牙的开端》, 191 n

Keach, Benjamin, 本杰明·基奇, 80

Kermode, Frank, 弗兰克·克莫德, "Richardson and Fielding", "理查逊与菲尔丁", 260 n

King, Gregory, 格雷戈里·金, *Natural and Political Observations and Conclusions upon the State and Condition of England*,《对英国状态和条件的自然和政治观察及其结论》, 140, 190, quoted, 40

Knight, Charles, 查尔斯·奈特, *Popular History of England*,《英格兰的大众历史》, quoted, 149

Knights, L. C., L. C. 奈茨, *Drama and Society in the Age of Jonson*,《琼生时代的戏剧与社会》, 140 n

Knox, John, 约翰·诺克斯, 160

Krutch, Joseph Wood, J. W. 克鲁奇, *Comedy and Conscience after the Restoration*,《复辟之后的喜剧与良知》, 159 n

La Calprenède, 拉·卡尔普莱奈德, 28, 33; *Cassandre*,《卡珊德拉》, *Cleopatra*,《克莱奥佩特拉》, 250

Lackington, James, bookseller, 书商詹姆斯·拉金腾, 39; *Confesssions*,《忏悔录》, quoted, 37; *Memoirs*,《回忆录》, quoted, 47

Laclos, Choderlos de, 肖德洛·德·拉克洛, *Les Liaisons dangereuses*,《危险关系》, 30

Ladies' Library, The (Steele),《女士图书馆》(斯梯尔), 151

Ladies' Mercury, The (periodical),《女士的信差》(期刊), 151

Lady's Calling, The,《女士们的召唤》, quoted, 144

La Fayette, Madame de, 德·拉法耶特夫人, 30, 85; *La Princesse de Clèves*,《克莱芙王妃》, 30; *Zaïde*,《扎伊德》, 246

Lamb, Charles, 查尔斯·兰姆, on Defoe, 论笛福, quoted, 34

Landis, M. H., and Burtt, H. E., H. E.

伯特和M. H. 兰蒂斯，"A Study of Conversations"，"对话研究"，298 n

Lannert, Gustaf, 古斯塔夫·兰诺特, *Investigation of the Language of "Robinson Crusoe"*,《〈鲁滨逊漂流记〉的语言调查》, 101 n

Laslett, T. P. R., T. P. R. 拉斯利特, Introduction, Filmer's *Patriarcha*, 为菲尔莫《父权制》所作的序言, 140 n

Law, William, 威廉·洛, *A Serious Call to a Devout and Holy Life*,《对虔诚而圣洁生活的严肃召唤》, 152, quoted, 158

Lawrence, D. H., D. H. 劳伦斯, quoted, on the novel, in *Apropos of Lady Chatterley's Lover*, 在《为〈查泰莱夫人的情人〉所作的辩护》中论小说, 185, in *Lady Chatterley's Lover*, 在《查泰莱夫人的情人》中论小说, 202; on personal relations, 论私人关系, quoted, 185; and Puritanism, 与清教主义, 85; on Richardson, 论理查逊, quoted, 203

Lawrence, Frieda, 弗里达·劳伦斯, "Foreword", *The First Lady Chatterley*,《第一夫人夏特丽》的序言, quoted, 137

Leake, James, bookseller, 书商詹姆斯·利克, 52

Leavis, F. R., F. R. 利维斯, 258; *The Great Tradition*, on Defoe,《伟大的传统》论笛福, quoted, 93

Lecky, W. E. H., W. E. H. 莱基, *History of England in the Eighteenth Century*,《18世纪英国史》, 180 n

Lee, William, 威廉·李, *Life and Writings of Daniel Defoe*,《丹尼尔·笛福的生平与创作》, quoted, 53, 77-78, 240, 241, 244

Leisure, increase of, 闲暇的增加, 43-47; and letter-writing, 闲暇与书信写作, 189; and *Pamela*, 闲暇与《帕美拉》, 47, 161-162; and *Robinson Crusoe*, 闲暇与《鲁滨逊漂流记》, 70-71

Lesage, 勒萨日, 11

L'Estrange, Sir Roger, 罗杰·雷斯特兰基爵士, 163

Letter-writing, 书信写作, 198; development of familiar letter-writing in England, 英国非正式信函写作的发展, 187-191; literary tradition of, 书信写作的文学传统, 176, 193-196; use of, by Richardson, 理查逊对书信写作的运用, 191-196, 208-211, 266-267

Lintot, Bernard, bookseller, 书商伯纳德·林托特, 53

Lintot, Henry, bookseller, 书商亨利·林托特, 53

Literacy, 识字能力, 37-40

Locke, John, 约翰·洛克, 12, 16, 18, 24, 29, 31, 64, 102, 150; *Essay Concerning Human Understanding*,《人类理解论》, quoted, 15, 21, 28, 30, 65, 102; *Two Treatises of Government*,《政府二论》, 62, quoted, 64, 141

London, 伦敦, 189; growth of, 伦敦的扩大, 177-180; Defoe and, 笛福与伦敦, 59, 180-183, 185, 186; Fielding and, 菲尔丁与伦敦, 184-185; Richardson and, 理查逊与伦敦, 181-187; and see under Urbanisation, 并见"城市化"栏下

Longinus, 朗吉努斯, 248

Loos, Anita, 阿尼塔·露丝, *Gentlemen Prefer Blondes*,《绅士们喜欢金发女

408

郎》，118
Los Angeles，洛杉矶，217
Love，爱情，135-173，202-207，220-238；classical attitude to，对待爱情的古典态度，135-136；and individualism，爱情与个人主义，156-157；and marriage，爱情与婚姻，136-138，164-167，168-171；and the novel，爱情与小说，136-138，148-149，154，164-167，172-173，238；romantic，浪漫爱情，135-138，155-156，167-168
Lovejoy, A. O.，A. O. 拉夫乔伊，*The Great Chain of Being*，《伟大的存在之链》，270 n
Lover, The (periodical)，《情人》(期刊)，quoted, 159
Lucian，琉善，288
Lukács，卢卡奇，*Die Theorie des Romans*，《小说理论》，quoted, 84
Lyly, John，约翰·黎利，19，28；*Euphues*，《尤弗伊斯》，193
Lyttleton, Lord George，乔治·李特勒屯爵士，285

McAdam, Jr., E. L.，小 E. L. 麦克亚当，"A New Letter from Fielding"，"来自于菲尔丁的一封新的信函"，quoted, 211, 235
Mckillop, Alan D.，艾伦·D. 麦基洛普，"Epistolary Technique in Richardson's Novels"，"理查逊小说中的书信体技巧"，209 n；"The Mock-Marriage Device in *Pamela*"，《帕美拉》中虚假婚姻的设计"，150 n；"Richardson, Young and the *Conjectures*"，"理查逊、扬和《猜想》"，218 n，247；*Samuel Richardson: Printer and Novelist*，《塞缪尔·理查逊：印刷商与小说家》，47 n，55 n，152 n，153 n，162 n，174 n，187 n，195 n，202，208 n，212 n，219，286 n
Macaulay, Thomas Babington，托马斯·巴宾顿·麦考利，286；*Literary Essays*，《文学论文集》，quoted, 51
Machine, Ivor W.，艾弗·W. 梅钦，his dissertation, "Popular Religious Works of the Eighteenth Century: Their Vogue and Influence"，其博士论文《受人欢迎的18世纪宗教作品：风行与影响》，50 n
Macpherson, James，詹姆斯·麦克弗森，*Temora*，《特莫拉》，quoted, 246
Magnae Britanniae Notitia，《大不列颠通告》，quoted, 141
Maitland, F. W.，F. W. 梅特兰，quoted, 61
Malraux, André，安德烈·马尔罗，*Les Noyers de l'Altenburg*，《阿腾堡的胡桃树》，quoted, 133
Mandelslo, J. Albrecht von，J. 阿尔布雷克特·曼德尔斯洛，*The Voyages and Travels of J. Albert de Mandelslo*，《小艾伯特·德·曼德尔斯洛的航行和旅程》，88
Maneville, Bernard，伯纳德·曼德维尔，*Fable of the Bees*，quoted，《蜜蜂的寓言》所引：on education，论教育，39；on marriage，论婚姻，171；on public and private attitudes to bawdy，论公众和个人对待淫荡的态度，199；on verbal prudery，论语言上的谨慎，163
Manley, Mary de La Rivière，玛丽·德·拉里维耶尔·曼丽夫人，19；*New Atalantis*，《新亚特兰蒂斯》，157；*Power of Love...*，《爱情的力量……》，quoted, 157 n

Mann, Elizabeth L., 伊丽莎白·L. 曼, "The Problem of Originality in English Literary Criticism, 1750-1800", "英国文学批评中的原创性问题, 1750—1800", 14 n

Mann, William Edward, 威廉·爱德华·曼, *Robinson Crusoë en France*,《〈鲁滨逊漂流记〉在法国》, 70 n

Mannheim, Karl, 卡尔·曼海姆, *Ideology and Utopia*,《意识形态与乌托邦》, quoted, 87

Marivaux, Richardson and, 理查逊与马里沃, 192

Marlborough, Duke of, 马尔堡公爵, Defoe's obituary of, 笛福给予其的讣告, quoted, 77-78

Marlowe, Christopher, 克里斯托弗·马洛, 131-132

Marmontel, 马蒙泰尔, 119

Marriage Act (1754), 婚姻法案 (1754), 149-151

Marriage, crisis of, in eighteenth century, 18世纪的婚姻危机, 142-148; and economic individualism, 与经济个人主义, 138-140, 142-143; and Puritanism, 与清教主义, 136-137, 143, 146, 155-160, 166; modern form of, developing, 发展婚姻的现代形式, 137-143, 149-151, 164; in Defoe, 在笛福那里, 143; in Fielding, 在菲尔丁那里, 262, 283; in Richardson, 在理查逊那里, 220-228, 234

Marshall, Dorothy, 多萝西·马歇尔, *The English Poor in the Eighteenth Century*,《18世纪的英国贫民》, 38 n, 143 n

Marx, 马克思, *Capital*,《资本论》, quoted, 81; *Communist Manifesto*,《共产党宣言》, quoted, 178 n; *Notes on Philosophy and Political Economy*,《哲学与政治经济学手稿》, quoted, 70

Masochism, in *Clarissa*,《克拉丽莎》中的受虐倾向, 232-234

May, Geoffrey, 杰弗里·梅, *The Social Control of Sex Expression*,《性表达的社会控制》, 156 n

Mayhew's Characters,《梅休的人物谱》, ed. Quennell, 昆内尔编, quoted, 111

Mead, G. H., G. H. 米德, *Mind, Self, and Society*,《心灵, 自我, 以及社会》, 201 n

Mead, Margaret, 玛格丽特·米德, *Sex and Temperament*,《两性与气质》, quoted, 162

Meredith, George, 乔治·梅瑞狄斯, 286

Merrick, M. M., M. M. 梅里克, *Marriage a Divine Institution*,《婚姻, 一个神圣的机构》, 150 n

Merton, Rorbert K., 罗伯特·K. 默顿, "Social Structure and Anomie", "社会结构与社会失范", 94 n

Middle class, attitude of, to epic, 中产阶级对于史诗的态度, 243-244; importance of, in reading public, 读者群的重要性, 48-49; increased prominence of, in literature, 文学不断增长的突出地位, 61-62; and the novel, 与小说, 300; Defoe and Richardson as representatives of, 笛福和理查逊成为代表, 59; and *Moll Flanders*, 与《摩尔·弗兰德斯》, 114-115

Mill, John Stuart, 约翰·斯图尔特·密尔, *The Subjection of Women*,《妇女的屈从地位》, quoted, 298

Millar, Andrew, bookseller, 书商安德

鲁·米勒,53,55

Miller, Perry, 佩里·米勒, "Declension in a Bible Commonwealth", "基督教联合体的衰落", 81 n; joint-editor of *The Puritans*,《清教徒》的联合编辑, quoted, 75

Milton, John, 约翰·弥尔顿, 14, 80, 155, 160, 246; *Paradise Lost*,《失乐园》, 137, quoted, 77

Minto, William, 威廉·敏托, *Daniel Defoe*,《丹尼尔·笛福传》, quoted, 93

Mist's Journal,《密斯特周刊》, quoted, 240

Moffat, James, 詹姆斯·莫法特, "The Religion of Robinson Crusoe", "鲁滨逊·克鲁索的宗教", 76 n

Molière, 莫里哀, *Tartuffe*,《伪君子》, 169

Monboddo, Lord, 蒙博度爵士, *Of the Origin and Process of Language*, on Fielding,《关于语言的起源与发展》论菲尔丁, quoted, 255

Montagu, Lady Mary Wortley, 玛丽·沃特丽·蒙塔古夫人, on *Grandison*, 论《查尔斯·格兰迪森爵士传》, 138, 146; quoted, 所引; on gallantry, 关于骑士风度, 215; on intimate self-revelation, 关于亲密关系的自我揭示, 272; on novels, 关于小说, 44; on *Pamela*, 关于《帕美拉》, 148; on Richardson, 关于理查逊, 151; on "scribbling treaties", 关于"涂鸦协议", 189

Montesquieu, 孟德斯鸠, *De l'esprit des lois*,《论法的精神》, 138

Moore, George, 乔治·摩尔, quoted, 137

Moore, John R., 约翰·R. 摩尔, "Defoe's Religious Sect", "笛福的宗教派别", 85 n

Moore, Robert E., 罗伯特·E. 摩尔, "Dr. Johnson on Fielding and Richardson", "约翰逊博士论菲尔丁与理查逊", 260 n

More, Hannah, 汉娜·莫尔, 280

Morgan, Charlotte E., 夏洛特·E. 摩根, *The Rise of the Novel of Manners, 1600-1740*,《风俗小说的兴起, 1600—1740》, 290 n

Morgan, Edmund S., 爱德蒙·S. 摩根, *The Puritan family*,《清教家庭》, 146 n

Morison, Stanley, 斯坦利·莫里森, *The English Newspaper*,《英国报纸》, 53 n

Moritz, Carl Philipp, 卡尔·菲利普·莫里茨, *Travels*,《游记》, 38

Mornet, Daniel, 丹尼尔·莫尔内, his unpublished MS. "Le Mariage au 17e et 18e siècle", 他未经发表的手稿"17和18世纪的婚姻", 138 n

Mumford, Lewis, 路易斯·芒福德, *The Culture of Cities*,《城市的文化》, 178 n, 206, quoted, 187, 196

Muralt, B. L. de, B. L. 德·缪拉尔特, *Letters Describing the Character and Customs of the English and French Nations*,《描述英法两国性格和风俗的书信》, quoted, 44

Murohy, Arthur, 亚瑟·墨菲, 283

Naming of characters, in formal Realism, 形式现实主义中的人物命名, 18-21; in Defoe, 在笛福那里, 19, 20, 105; in Fielding, 在菲尔丁那里, 19-20; in Richardson, 在理查逊那里, 19, 20; in Sterne, 在斯特恩那里, 291

Nangle, B. C., B. C. 南格尔, *The Monthly*

索引 411

Review, 1st Series, 1749-1789,《每月评论，第1系，1749—1789》, 53 n

Naturalism, 自然主义, 32; and see under Realism-French literary movement, 并见"现实主义—法国文学运动"栏下

Needham, Gwendolyn B., G. B. 尼达姆, her dissertation, "The Old Maid in the Life and Fiction of Eighteenth-Century England", 其博士论文"18世纪英国生活和小说中的老姑娘", 144 n; joint author of *Pamela's Daughters*,《帕美拉的女儿们》的合作作者, 144n, 146 n, 161, 162, 163 n, 170 n

Negus, Samuel, printer, 印刷商塞缪尔·尼格斯, 37

Neo-classicism, and the general, 总体上的新古典主义, 16-17, 272-273; and the novel, 与小说, 260-262; and the structure of *Tom Jones*, 与《汤姆·琼斯》的结构, 271-272, 274-275; and see under Augustanism, Critical tradition, 并见"批评传统之奥古斯都主义"栏下

Neo-Platonism, 新柏拉图主义, 16, 273

Newton, Isaac, 艾萨克·牛顿, 24

New Yorker, The,《纽约客》, 68

Noble, Francis, and John, book-Sellers, 书商弗朗西斯·诺贝尔和约翰·诺贝尔, 55

Novel, the, and the critical tradition, 小说和批评传统, 176, 192-194, 258; and epic, 和史诗, 239-240, 245-259; in France, 在法国, 30, 299-301; and individualism, 与个人主义, 60-62, 71-72, 89; and love, 与爱情, 136-138, 148-149, 154, 164-167, 172-173, 238; output of, in eighteenth century, 18世纪的产量, 290; and personal relationships, 与私人关系, 66-71; prices of, 价格, 41-42; and Puritanism, 与清教主义, 74-85, 90; its reading public, 它的读者群, 42; and secularisation, 与世俗主义, 80-85; the term, 术语, 10, 299; tradition of, 其传统, 34, 66, 130-135, 164, 171-173, 174-177, 287-288, 290-301; and see under Realism, 并见"现实主义"栏下

Oedipus Tyrannus,《俄狄浦斯王》, 269

Old maids, 老姑娘, 144-146, 148

Original London Post, The,《新伦敦邮报》, 42

Originality, 原创性, 13-15, 17, 57-59, 134, 247-248

Osborne, John, bookseller, 书商约翰·奥斯本, 55

Pareto, Vilfredo, 维尔弗雷多·帕累托, *The Mind and Society*,《心灵与社会》, 136

Parsons, Talcott, 塔尔科特·帕森斯, "The Kinship System of the United States", "美国的亲属系统", 139 n

Particularity, of background, 背景的特殊性, 18, 21-27; of characterization, 人物塑造, 18-21, 166; in philosophy, 在哲学中, 15-17, 21; in Richardson, 在理查逊那里, 266-267; and see under the generality, 并见"一般性"栏下

Pascal, 帕斯卡尔, *Pensées*,《沉思录》, quoted, 65

Pater, Walter, 瓦尔特·佩特, *Marius the Epicurean*,《伊壁鸠鲁主义者马里乌斯》, quoted, 176

Patterson, Charles I, 查尔斯·I. 帕特

森,"William Hazlitt as a Critic of Prose Fiction","散体小说批评家威廉·黑兹利特",299

Pavlov, 巴普洛夫, 108

Payne, William L., 威廉·L. 佩恩, *Mr. Review*,《评论先生》, 103 n

Peacock, Thomas Love, 托马斯·L. 皮科克, *Crotchet Castle*,《科罗切特岛》, 258

Pepys, Samuel, 萨缪尔·皮普, 75; *Diary*,《皮普日记》, quoted, 128

Perrault, Charles, 查尔斯·佩罗, 241

Personal relationships, and economic individualism, 私人关系与经济个人主义, 70, 92, 133-134; and letter-writing, 与书信写作, 190; and the novel, 与小说, 92, 131, 133, 185; and urbanization, 与城市化, 185-187, women and, 妇女与私人关系, 298; in Defoe, 在笛福那里, 92, 109-112; in Fielding, 在菲尔丁那里, 263-265, 267, 271, 276; in Richardson, 在理查逊那里, 177, 200-201, 220, 238, 266-267

Petronius, 佩特罗尼乌斯, *Satyricon*,《萨蒂利孔》, 28

Petty, Sir William, 威廉·佩蒂爵士, quoted, 146

Picaresque novel, 流浪汉小说, 10; Defoe and, 笛福与流浪汉小说, 94-96, 130; Fielding and, 菲尔丁与流浪汉小说, 288

Pilkington, Laetitia, 蕾蒂西亚·皮尔金顿, *Memoirs*,《备忘录》, quoted, 157

Place, Francis, 弗朗西斯·普拉斯, 46

Plant, Marjorie, 马乔里·普兰特, *The English Book Trade*,《英国的书市》, 37n, 178

Plato, 柏拉图, 21

Plot, of epic and novel compared, 史诗情节与小说情节的比较, 239-240, 251-253; and see under Defoe, *Moll Flanders*; Fielding, *Tom Jones*; Richardson, 并见"笛福,《摩尔·弗兰德斯》","菲尔丁,《汤姆·琼斯》"和"理查逊"栏下

Plotinus, 普罗提诺, 273

Plumer, Francis, 弗朗西斯·普卢默, author（？）of, *A Candid Examination of the History of Sir Charles Grandison*,《对查尔斯·格兰迪森爵士历史的坦诚考察》的作者（？）, 157n

Plutarch, 普鲁塔克, 240

Point of View, in the novel, 小说中的观点, 117-118; in Jane Austen, 在简·奥斯丁那里, 296-297; in Defoe, 在笛福那里, 98, 113-118; in Fielding, 在菲尔丁那里, 285-288; in Richardson, 在理查逊那里, 208-211, 228-231, 235-236, 238

Polygamy, 多配偶制, 147-149

Pope, Alexander, 亚历山大·蒲柏, 54, 146, 147; *Iliad*, Publication of,《伊利亚特》的出版, 41, quoted on Homer, 蒲柏论荷马, 243; *Odyssey*, Defoe on, 笛福论《奥德赛》, 241-242; quoted, 271

Powell, Chilton Latham, 奇尔顿·莱瑟姆·鲍威尔, *English Domestic Relations, 1487-1653*,《英国的家庭关系, 1487—1653》, 150 n

Powicke, F. J., F. J. 波威客, *Life of the Reverend Richard Baxter, 1615-1691*, quoted on prose style,《理查德·巴克斯特牧师传, 1615—1691》对散文体风格的讨论, 102

Praz, Mario, 马里奥·普拉茨, *The Romantic Agony*, 《浪漫主义的苦恼》, 231

Price, Lawrence M., L. M. 普莱斯, *English Literature in Germany*, 《德国的英国文学》, 300 n

Price, Richard, 理查德·普莱斯, *Observations on the Nature of Civil Liberty*, 《关于公民自由本质的观察》, 36

Print as a literary medium, 印刷作为文学的媒介, 196-200, 206

Privacy, increasing domestic, 日益增长的家庭隐私, 187-189

Private Experience, and the novel, 私人经验与小说, 174-207; and see under Subjective Propertius, 并见"普罗佩尔提乌斯"栏下, 240

Propertius, 普罗佩尔提乌斯, 240

Proust, 普鲁斯特, 21, 280, 292, 294-295

Psychology, in Defoe, 心理学在笛福那里, 108-109, 112-115; in Fielding, 在菲尔丁那里, 264, 270-279; in Richardson, 在理查逊那里, 194-195, 225-238, 275

Puritanism, 清教主义, 60, 213, 231; and death, 与死亡, 217-218; its democratic individualism, 它的民主个人主义, 77-80; and marriage, 与婚姻, 137, 146, 155-156; and the novel, 与小说, 74-80, 225; its secularisation, 其世俗化, 81-83, 127-128; and sex, 与性爱, 128, 155-168, 172, 234; and subjective direction in literature, 与文学中的主观倾向, 74-76, 177; and Defoe, 与笛福, 75-85, 90-92, 124; and Richardson, 与理查逊, 85, 172, 222

Rabelais, 拉伯雷, 19, 256

Radcliffe-Brown, A. R., joint editor of *African Systems of Kinship and Marriage*, A. R. 拉德克利夫-布朗, 《非洲的亲属关系与婚姻系统》合作编辑, his Introduction, 他的序言, quoted, 139

Ralph, James, 詹姆斯·拉尔夫, *The Case of the Authors*, 《作家的箱子》, quoted, 54-55; *The Taste of the Town: or a Guide to all Public Diversions*, 《城市的味道, 或所有公共交通指南》, 180n

Rambler, The, Johnson in, 约翰逊在《漫谈者报》中, quoted, 261; Richardson in, 理查逊在《漫谈者报》中, 167

Ranby, John, 约翰·兰比, 285

Ranulf, Svend, 斯文·雷纳夫, *Moral Indignation and Middle Class Psychology*, 《道德的愤怒与中产阶级心理》, 124

Reading Public, changes in, 读者群的变化, 47-48; factors restricting, 限制读者群的因素, 37-43; growth of, 读者群的增长, 37; size, 读者群的规模, 35-37; tastes of, 读者群的品位, 48-52; women in, 读者群中的女性, 43-45, 47, 74-75, 148, 151-154, 246-247

Realism, 现实主义, 9-34, 292-301

of assessment, 评估性的现实主义: defined, 定义, 288; in Jane Austen, 在简·奥斯丁那里, 296-297; in Fielding, 在菲尔丁那里, 256-257, 288, 290-291; in Sterne, 在斯特恩那里, 291-294

French literary movement, 法国文学运动, 10-11, 17, 294, 300-301

formal or presentational, 形式或描述性的现实主义: defined, 定义, 30-34; and the critical tradition, 与批评传统, 14-

30, 33, 261, 285-286, 301; elements of, 其元素, 13-31; and epic, 与史诗, 253; ethically neutral, 伦理上中立, 117-118, 130; and language, 与语言, 27-30, powers of, 其力量, 32-32, 130; and romance, 与浪漫传奇, 204-205; in Jane Austen, 在简·奥斯丁那里, 296-297; see also under Defoe, Fielding and Richardson, 并见"笛福","菲尔丁"和"理查逊"栏下

philosophical, 哲学现实主义, 11-13, 27-28, 31-32, 292, 295

Réalisme (periodical), 《现实主义》(期刊), 10

Reasons against Coition, 《反对交媾的理由》, 157n

Reddaway, T. F., T. F. 雷德韦, *The Rebuilding of London after the Great Fire*, 《大火之后重建伦敦》, 178 n, 180 n

Redfield, Robert, 罗伯特·雷德菲尔德, *Folk Culture of Yucatan*, 《尤卡坦的民间文化》, 64n

Reeve, Clara, 克拉莱·里夫, *The Progress of Romance*, 《浪漫传奇的进步》, quoted, 93-94

Reid, Thomas, 托马斯·里德, 12, 18

Rembrandt, 伦勃朗, 10, 17

Review, The, 《评论报》, 40, 103-104; quoted, 63, 67, 103, 161, 240

Reynolds, Sir Joshua, 乔舒亚·雷诺兹爵士, in *The Idler*, 在《懒散者》中, quoted, 17

Reynolds, Myra, 迈拉·雷诺兹, *The Learned Lady in England, 1650-1760*, 《英格兰的知识女性, 1650—1760》, 152 n, quoted, 144

Richardson, Samuel, 塞缪尔·理查逊, 9, 11, 20, 28, 47, 49, 93, 131, 133, 135-238, 254, 257, 290, 291, 293, 294, 296, 297, 298, 299, 300, 301; and social class, 与社会阶层, 59, 165-167, 213, 220-224, 238, 244-245, 269; on the classics, 论文学经典, 194, 43-48; and the critical tradition, 与批评传统, 33, 56, 58-59, 192-195, 247-248; and devotional literature, 与宗教文学, 50; his didactic purpose, 其说教目的, 215-219, 235-236, 238; compared to Fielding, 与菲尔丁的比较, 260-268, 275, 280-283, 287-289; on Homer, 论荷马, 243-248; his humour, 他的幽默, 210-211; irony in, 其反讽, 211; use of letter form, 对书信体的运用, 192-196, 208-211, 228-230; as Londoner, 作为伦敦人, 180, 181-185, 190; and love, 与爱情, 135-173, 208-238; and marriage, 与婚姻, 137-138, 141, 143-144, 145-151, 156-157, 163-164, 166-167, 171, 204, 220-226; use of milieu, 对环境的运用, 26-27; his names, 其命名, 19, 236; narrative method, 叙事模式, 175-176, 203-204, 208-211; and the novel form, 与小说形式, 202, 208, 219, 301; and originality, 与原创性, 14-15, 58, 194, 247-248; particularity of description, 描写的特殊性, 17, 34; and personal relationships, 与私人关系, 177, 200-201, 220, 238, 266; his plots, 其情节, 14, 135, 153-154, 220, 238; as printer, 作为印刷商, 52, 57, 196-200; prose style, 散文体风格, 29-30, 192-197, 219; and Puritanism, 与清教主义, 85,

172, 222; and reading public, 与读者群, 45-50, 57-59, 151-154; his formal realism, 其形式现实主义, 32-34, 57, 153-154, 290-292; his religious views, 其宗教观点, 216-218; and sex, 与性爱, 154-173, 199, 202-204, 209, 220-238; as suburban, 作为城郊居民, 186-188, 190; and time, 与时间, 24-25, 191-194; and women readers, 与女性读者, 151-154; and Young's *Conjectures on Original Composition*, 与扬的《关于原创性写作的几点猜想》, 218, 247-248

Criticism of, 对理查逊的批评:

By Mrs. Barbauld, 巴鲍德夫人所写, 17, 175-176; by Mrs. Chapone, 沙蓬夫人所写, 58; by Coleridge, 柯勒律治所写, 288; by Mrs. Donnellan, 唐纳伦夫人所写, 184; in *Eclectic Review*, 在《折中评论》中, 216; by Thomas Edwards, 托马斯·爱德华兹所写, 286; by Fielding, 菲尔丁所写, 25, 168-170, 211, 235; in *Gentleman's Magazine*, 在《绅士月刊》中, 199; by Hazlitt, 黑兹利特所写, 34 n; by Francis Jeffrey, 弗朗西斯·杰弗里所写, 175; by Johnson, 约翰逊所写, 219, 228, 260-261, 281; by D. H. Lawrence, D. H. 劳伦斯所写, 203; by Lady Mary Wortley Montagu, 玛丽·沃特丽·蒙塔古夫人所写, 138, 146, 148, 151, 272; by Rousseau, 卢梭所写, 219; by George Saintsbury, 乔治·圣茨伯里所写, 176; by Martin Sherlock, 马丁·舍洛克所写, 247; in *The Tablet, or Picture of Real Life*, 在《书写板, 或真实生活的图画》中, 168; by Thomas Turner, 托马斯·特纳所写, 217-218

Works, 理查逊的作品:

Clarissa, 《克拉丽莎》, 19, 24-25, 27, 57, 146, 174, 181-182, 183, 188, 191, 192, 195, 197, 198-9, 201, 208-238, 244, 248, 294; characterisation in, 其中的人物塑造, 211-215, 218-219, 225-229, 231-238; compared to *Tom Jones*, 与《汤姆·琼斯》的比较, 260-268, 275, 277, 288; composition of, 其创作, 208; death of Clarissa, 克拉丽莎之死, 215-219, 232-234; publication of, 其出版, 42; quoted, 159, 247

Familiar Letters, aim of, 《非正式书信》的目标, 190; quoted, 159, 169, 195

Sir Charles Grandison, 《查尔斯·格兰迪森爵士传》, 19, 26, 138, 160, 182, 195, 296; quoted, 146, 147, 151, 157, 243-244, 246

Pamela, 《帕美拉》, 11, 17, 19, 26, 29, 47, 55, 135-173, 174, 181, 188, 189, 193, 194, 195, 196, 201-205, 232, 244, 246; characterisation, 其人物塑造, 168-171; compared to *Clarissa*, 与《克拉丽莎》的比较, 208-209, 216, 220, 228; and *Joseph Andrews*, 与《约瑟夫·安德鲁传》, 239; surprising success of, 其惊人的成功, 55; and waiting maids, 与女仆, 47, 143-144, 148

The Rambler, paper in, 在《漫谈者报》上的文章, 167

Riedel, F. Carl, F. 卡尔·里德尔, *Crime and Punishment in the Old French Romances*, 《法国旧传奇里的罪与罚》, 136 n

Rivington, Howard, 霍华德·里文顿,

The British Post Office: *A History*,《英国邮局的历史》, 189 n

Robinson, Sir Thomas, 托马斯·鲁滨逊爵士, quoted, 150

Romances, 传奇, 11, 28, 41, 136, 165-166; Defoe on, 笛福论传奇, 241; Fielding and French heroic romances, 菲尔丁与法国英雄传奇, 248-249, 250, 252, 258; Richardson and, 理查逊与传奇, 137, 192; *Pamela* and,《帕美拉》与传奇, 153-154, 165, 204-206

Romanticism, and the novel, 小说与浪漫主义, 301

Rougemont, de, 德·胡格蒙, *L'Amour et l'Occident*,《爱情与西方》, quoted, 137

Rousseau, 卢梭, 75, 87; *Émile, ou De l'éducation*, quoted, on *Robinson Crusoe*,《爱弥儿, 或关于教育》中对《鲁滨逊漂流记》的引用, 86; *Lettre à d'Alembert*, quoted, on *Clarissa*,《致达朗贝论戏剧书》中对《克拉丽莎》的引用, 219

Rowe, Nicholas, 尼可拉斯·罗, *Fair Penitent*, and *Clarissa*,《公正的忏悔》和《克拉丽莎》, 214, 224

Royal Society, and prose style, 皇家学会与散文风格, 101

Russell, Bertrand, 伯特兰·罗素, *Principles of Mathematics*, and *Tristram Shandy*,《数学原理》和《项狄传》, 292

Sade, Marquis de, 德·萨德侯爵, 231; *Idée sur les romans*,《小说的观念》, quoted, 84

Sadism, in *Clarissa*,《克拉丽莎》中的虐待狂, 223, 231-237

St. Augustine, 圣奥古斯丁, 156; *Confessions*,《忏悔录》, 75

St. Francis of Assisi, 阿西斯的圣弗朗西斯, 95

St. Paul, 圣保罗, 156, 202; *Romans*,《罗马书》, quoted, 234

Saintsbury, George, 乔治·圣茨伯里, *The English Novel*, quoted, on *Pamela*,《英国小说》中关于《帕美拉》的部分, 176; *History of the French Novel*,《法国小说史》, 299; "Literature", "文学", 54

Sale, Jr., William, 小威廉·塞尔, *Samuel Richardson, Master Printer*,《塞缪尔·理查逊, 主要的印刷商》, 217n

Salmon, Thomas, 托马斯·萨尔蒙, *Critical Essay Concerning Marriage*,《关于婚姻的批评文章》, 138 n; quoted, 159

Salters' Hall controversy, 索尔特斯大厅争议, 82

Saussure, César de, 凯撒·德·索绪尔, *A Foreign View of England*,《对于英国的一种域外看法》, quoted, 44

Scarron, 斯卡龙, 11

Scheler, Max, 马克斯·舍勒, *Versuche zu einer Soziologie des Wissens*,《知识社会学问题》, 14 n

Schneider, H. W., H. W. 施奈德, *The Puritan Mind*,《清教思维》, quoted, 81

Schorer, Mark, 马克·肖勒, "Introduction", *Moll Flanders*,《摩尔·弗兰德斯》序言, quoted, 93

Schücking. L. L., L. L. 许京, *Die Familie im Puritanismus*,《清教主义家庭》, 156 n

Scudéry, Madeleine de, 玛德琳·德·史

居里，28；*Clelia*，《科莱丽亚》，*The Grand Cyrus*，《居鲁士大帝》，250

Secker, Bishop Thomas, later Archbishop, 托马斯·塞克主教，后来的大主教，quoted, 179-180

Secord, Arthur W., 亚瑟·赛科德, "Defoe in Stoke Newington", "笛福在斯托克纽因顿"，85 n；*Studies in the Narrative Method of Defoe*，《笛福的叙事方法研究》，67 n, 88 n

Secularisation, in eighteenth century, 18世纪的世俗化, 82-83; of morality, 道德的世俗化, 128, 156; and the novel, 与小说, 83-85; of Puritanism, 清教主义的世俗化, 76, 82-83, 127-128, 156; of reading public, 读者群的世俗化, 49; in Defoe, 在笛福那里, 80-85, 128

Selkirk, Alexander, 亚历山大·塞尔柯克, 70

Sentimentalism, 感伤主义, 174-175, 290

Servants, domestic, 家庭佣人, 47, 143-144, 148

Servius, 塞尔维乌斯, *Commentary on Virgil's Aeneid*,《维吉尔〈埃涅阿斯〉评注》, quoted, 135

Sex, and individualism, 性与个人主义, 156-157; and middle class, 与中产阶级, 158-160; and Puritanism, 与清教主义, 128, 155-168, 172, 234; in Defoe, 在笛福那里, 67-69, 114, 159, 161, 165; in Fielding, 在菲尔丁那里, 277-279, 281-284; in Richardson, 在理查逊那里, 154-173, 199, 202-204, 209, 20-38

Sexual roles, development of the modern concept of, 现代性别角色概念的发展,

160-164; in Richardson's *Clarissa*, 在理查逊的《克拉丽莎》中, 209-210, 220-222, 224-238; in his *Pamela*, 在《帕美拉》中, 160-168, 172; in Sterne, 在斯特恩那里, 294

Shaftesbury, 3rd Earl of, 莎夫茨伯里伯爵三世, 17; *Essay on the Freedom of Wit and Humour*,《论机智与幽默的自由》, quoted, 16

Shakespeare, William, 威廉·莎士比亚, 14, 17, 23, 26, 31, 61, 79, 140, 178, 288; *All's Well that Ends Well*,《皆大欢喜》, quoted, 132; *Romeo and Juliet*,《罗密欧与朱丽叶》, 160, 171, 238; *Winter's Tale*,《冬天的故事》, 67, quoted, 197

Shaw, Bernard, 萧伯纳, *Man and Superman*,《人与超人》, quoted, 169

Shebbeare, John, 约翰·谢比尔, *The Marriage Act* (novel),《婚姻法案》(小说), 150

Shenstone, William, 威廉·申斯通, 147; *Letters*,《通信集》, 195 n, quoted, on *Clarissa*, 论《克拉丽莎》, 57, on *Pamela*, 论《帕美拉》, 193

Sherburn, George, 乔治·舍伯恩, "Fielding's *Amelia*: An Interpretation", "菲尔丁的《阿米莉娅》：一种阐释", 255, quoted, 258; "The Restoration and Eighteenth Century" in *A Literary History of England*, "王朝复辟与18世纪", 载《英国文学史》, quoted, 164

Sherlock, Martin, 马丁·舍洛克, on Richardson, 论理查逊, 247

Sherlock, Bishop Thomas, son of William, 托马斯·舍洛克主教, 威廉·舍洛克之子, quoted, 179; his *Letter... on the*

418

Occasion of the Late Earthquakes…，他的《伦敦主教阁下在最近地震后写给伦敦人民和牧师的信……》，36

Sherlock, William, Dean of St. Paul's，威廉·舍洛克，圣保罗教堂的牧师，218

Sidney, Sir Philip，菲利普·锡德尼爵士，19，28；Arcadia，《阿卡迪亚》，24，26，204

Singer, Godfrey Frank, G. F. 辛格，The Epistolary Novel，《书信体小说》，191 n，290 n

Smith, Adam，亚当·斯密，63；Wealth of Nations，《国富论》，72

Smith, A. W.，A. W. 史密斯，"Collections and Notes of Prose Fiction in England, 1660-1714"，英国散文体虚构作品集及笔记，1660—1714，290 n

Smith, John Harrington，约翰·哈林顿·史密斯，The Gay Couple in Restoration Comedy，《复辟时期喜剧里的快乐夫妇》，quoted，163

Smith, Warren Hunting，沃伦·亨廷·史密斯，Architecture in English Fiction，《英国小说中的建筑》，27 n

Smollett, Tobias，托比亚斯·史沫莱特，20，219，259，280，290；Humphrey Clinker，《亨弗利·克林克历险记》，50，144，290，and the life of the town，与城市生活，180；Roderick Random，《罗德里克·蓝登传》，280

Societies for the Reformation of Manners，风俗改良协会，158

Society for the Encouragement of Learning，知识推广学会，53

Society for the Propagation of Christian Knowledge，基督教知识推广学会，143

Sophocles，索福克勒斯，Oedipus Tyrannus，《俄狄浦斯王》，269

Space, particularization of，空间的具体化，26-27

Spate, O. H. K.，O. H. K. 斯佩特，"The Growth of London, A.D. 1600-1800", in Historical Geography of England，"伦敦的成长，1600—1800"，载于《英国的历史地理》，178 n，179 n

Spectator, The，《旁观者》，18，36，50-52，163，216，quoted，178，246

Spengler, Oswald，奥斯瓦德·斯宾格勒，Decline of the West，《西方的没落》，quoted，22

Spenser, Edmund，爱德蒙·斯宾塞，14，61；Faerie Queene，《仙后》，23，137

Spinster, The (periodical)，《老姑娘》（期刊），quoted，145

Sprat, Bishop Thomas，托马斯·斯普拉特，History of the Royal Society，《皇家学会史》，quoted，101

Staël, Madame de，斯塔尔夫人，De l'Allemagne，《论德国》，quoted，176，177，205-206；De la littérature, considérée dans ses rapports avec les instantions sociales，《关于文学与社会机构之间关系的思考》，135，300

Stamm, Rudolph，鲁道夫·施塔姆，"Daniel Defoe: An Artist in the Puritan Tradition"，"丹尼尔·笛福：清教传统下的艺术家"，85；Der aufgeklärte Puritanismus Daniel Defoes，《开明的清教徒丹尼尔·笛福》，85 n

Steele, Richard，理查德·斯梯尔，52，61；The Christian Hero，《基督教英雄》，quoted，48-49；The Ladies' Library，《女士图书馆》，151；The Lover，《情人》，quoted，159；The Spinster，《老姑

娘》, quoted, 145; *The Tender Husband*, 《温柔的丈夫》, 144, 152, 180

Stendhal, 司汤达, 94, 132, 220, 300, 301; *Le Rouge et le noir*, 《红与黑》, 27, 94

Stephen, Leslie, 莱斯利·斯蒂芬, "Defoe's Novels", "笛福的小说", 103, quoted, 93, 108; *History of English Thought in the Eighteenth Century*, 《18世纪的英国文学与社会》, 35, 275 n; on Fielding, 论菲尔丁, 283

Sterne, Laurence, 劳伦斯·斯特恩, 20, 21, 143, 219, 280, 290-294; his characterization, 他的人物塑造, 294-295; *Tristram Shandy*, 《项狄传》, 290-294, Richardson on, 理查逊对其的评价, 203

Stiltrennung, 风格分离, 79, 83, 166-167

Strahan, William, printer, 印刷商威廉·斯特拉恩, 53; quoted, 37

Subjective, the, in classical literature, 古典文学中的主观性, 176-177, 205-206, 272-273; development of in modern civilization, 在现代文明中的发展, 176-177; and the epistolary form, 与书信体形式, 190-195; and the novel, 与小说, 177, 198-200, 202-203, 205-207; in philosophy, 在哲学中, 22, 177, 295; and Puritanism, 与清教主义, 74-77, 177; and the suburb, 与城郊, 186-187; in Defoe, 在笛福那里, 74-76, 175, 295; in Fielding, 在菲尔丁那里, 272-276, 278; in Henry James, 在亨利·詹姆斯那里, 295-296; in James Joyce, 在詹姆斯·乔伊斯那里, 207, 296; in Proust, 在普鲁斯特那里, 295; in Richardson, 在理查逊那里, 167-168, 175-177, 191-193, 204-205, 238; in Sterne, 在斯特恩那里, 294

Suburban life, development of, 郊区生活的发展, 186-187; Defoe and, 笛福与郊区生活的发展, 186; Richardson and, 理查逊与郊区生活的发展, 183, 189-189, 206

Sutherland, Edwin H., 埃德温·H.萨瑟兰, *Principles of Criminology*, 《犯罪学原理》, 94 n

Sutherland, James R., 詹姆斯·R.萨瑟兰, "The Circulation of Newspapers and Literary Periodicals, 1700-1730", "报纸与文学期刊的流通, 1700—1730", 36 n; *Defoe*, 《笛福传》, 70 n

Swedenberg, H. T., H. T.斯韦登伯格, *The Theory of the Epic in England, 1650-1800*, 《英国的史诗理论, 1650—1800》, 251 n

Sweets of Sin, 《罪恶的糖果》, 206

Swift, Jonathan, 乔纳森·斯威夫特, 29, 146, 147, 283; *Conduct of the Allies*, 《同盟者的品格》, 36; *Description of the Morning*, 《晨间的描述》, 28; *Journal to Stella*, 《给斯黛拉的日记》, 36 n; *Letter to a Very Young Lady on Her Marriage*, 《关于她的婚姻而写给一位特别年轻女士的信》, quoted, 160; "A Project for the Advancement of Religion and the Reformation of Manners", "一个致力于宗教进步和风俗革新的计划", quoted, 179

Tablet, or Picture of Real Life, The, 《书写板, 或真实生活的图画》, quoted, 168

Talbot, Miss Catherine, 凯瑟琳·塔尔伯特小姐, quoted, 187

Tate, Allen, 艾伦·塔特, "Techniques of Fiction",《小说的技巧》, quoted, 27

Tatler, The,《闲话报》, 50, 143 n, 163; quoted, 28, 51

Tawney, R. H., R. H. 托尼, Religion and the Rise of Capitalism,《宗教与资本主义的兴起》, 73

Taylor, A. E., A. E. 泰勒, Aristotle,《亚里士多德传》, 273 n

Taylor, Jeremy, 杰里米·泰勒, Rule and Exercises of Holy Living and Holy Dying,《神圣生活与神圣死亡的规则和练习》, 217

Taylor, John Tinnon, 约翰·提农·泰勒, Early Opposition to the English Novel,《英国小说的早期对手》, quoted, 43

Temple, Sir William, 威廉·坦普尔爵士, quoted, 143

Texte, Joseph, 约瑟夫·特科斯特, Jean-Jacques Rousseau and the Cosmopolitan Spirit in Literature,《让-雅克·卢梭文学中的世界精神》, 17 n

Thackeray, W. M., W. M. 萨克雷, 259, 282

Thomson, Clara L., C. L. 汤姆森, Richardson,《塞缪尔·理查逊传》, quoted, 153, 190

Thomson, James, 詹姆斯·汤姆森, 147

Thornbury, Ethel M., 埃塞尔·M. 索恩伯里, Henry Fielding's Theory of the Comic Prose Epic,《亨利·菲尔丁的散文体喜剧史诗理论》, quoted, 259

Thrale, Mrs., 施拉尔夫人, 191, 261; quoted, 44; Thraliana, Johnson quoted in,《施拉尔夫人轶事》中对约翰逊的引用, 88, 162, 261

Thucydides, 修昔底德, 256

Tibullus, 提布卢斯, 240

Tieje, A. J., A. J. 帖耶, "A Peculiar Phase of the Theory of Realism in Pre-Richardsonian Prose-Fiction", "前理查逊时期现实主义理论的特别阶段", 33n

Time, and formal realism, 时间与形式现实主义, 21-26; and portrayal of inner life, 时间与对内在生活的描写, 191-193; in Defoe, 在笛福那里, 24, 116-117; in Fielding, 在菲尔丁那里, 25; in Richardson, 在理查逊那里, 24-25, 191-194; in Sterne, 在斯特恩那里, 291-293

Tindall, William York, 威廉·约克·廷代尔, John Bunyan: Mechanick Preacher,《约翰·班扬：工匠传道者》, 75 n

Tonson, Jacob, and nephews, 雅各布·汤森与其侄子们, 53

Tragedy, Richardson on, 理查逊论悲剧, 215-216

Tristan and Isolde,《特里斯坦与伊索尔德》, 238

Troeltsch, Ernst, 厄恩斯特·特洛尔奇, Social Teaching of the Christian Churches,《基督教堂的社会教育》, 73, 75, quoted, 74

Trollope, Anthony, 安东尼·特罗洛普, 20, 286

Turner, Thomas, 托马斯·特纳, quoted, 217-218

Unconscious, the, in Richardson, 在理查逊那里的无意识, 202, 228-238

Universals, 普遍性, 12, and see under Particularity, 并见"特殊性"栏下

"Mr. Urban"(in Gentleman's Magazine), on Clarissa, "厄本先生"(在《绅士月刊》

中)论《克拉丽莎》, quoted, 199

Urbanisation, in eighteenth century, 18世纪的城市化, 177-186, 189, 190-191, 196, 245; and personal relations, 与私人关系, 185-187, 190, 206; and private experience, 与私人体验, 186-191; and Joyce's *Ulysses*, 与乔伊斯的《尤利西斯》, 206-207; and Richardson, 与理查逊, 181-185, 190-191

Utter, R. P., joint author of *Pamela's Daughters*, R. P. 乌特,《帕美拉的女儿们》的合作者, 144 n, 146n, 161, 162, 163, 170 n

Van Doren, Carl, 卡尔·凡多伦, *Life of Thomas Love Peacock*,《托马斯·拉夫·皮科克的生平》, quoted, 258

Venus in the Cloister, or the Nun in Her Smock,《修道院里的维纳斯,或罩衫下的修女》, 152

Vicarious experience, 替代性经验, 71, 201-207, 290

Virgril, 维吉尔, 240, 253; *Aeneid*,《埃涅阿斯》, 135, 255; Defoe on, 笛福论维吉尔, 242; Fielding and, 菲尔丁与维吉尔, 257; Lovelace on, 拉夫雷斯论维吉尔, 247

Vogüé, Eugène de, 欧仁·德·沃格于埃, 83

Voltaire, 伏尔泰, *Essay on Epic poetry*,《论史诗》, quoted, 246

Vossius, Isaac, 艾萨克·沃修斯, 147

Wallace, Robert M., 罗伯特·M. 华莱士, "Fielding's Knowledge of History and Biography", "菲尔丁的历史与传记知识", 257 n

Walpole, Horace, 贺拉斯·沃波尔, 146, 147; quoted, 150

Warburton, Bishop William, 威廉·沃伯顿主教, quoted, 83

Ward, H. G., H. G. 沃德, "Richardson's Character of Lovelace", "理查逊笔下的人物拉夫雷斯", 214 n

Ward, Ned, 内德·沃德, *The London Spy*,《伦敦的间谍》, 157 n

Watt, Ian P., 伊恩·P. 瓦特, "The Naming of Characters in Defoe, Richardson and Fielding", "笛福、理查逊以及菲尔丁对于人物的命名", 20 n

Watts, Isaac, 艾萨克·瓦茨, 56, 147; "The End of Time", "时间的终点", quoted, 45; *Improvement of the Mind*,《思维的提升》, 45

Weber, Max, 马克斯·韦伯, 73, 90; *Essays in Sociology*,《社会学论文集》, 67 n; *The Protestant Ethic and the Spirit of Capitalism*,《新教伦理与资本主义精神》, 64 n, 83 n, 89; *The Theory of Social and Economic Organization*,《经济与社会组织理论》, 63, 64n

Weekley, Ernest, 欧内斯特·威克利, *Surnames*,《姓氏》, 236n

Weinberg, Bernard, 伯纳德·温伯格, *French Realsim: the Critical Reaction 1830-1870*,《法国现实主义:批评的反动 1830—1870》, 10 n

Wellek, René, 雷内·韦勒克, *The Rise of English Literary History*,《英国文学史的起源》, 24 n

Wesley, John, 约翰·韦斯利, quoted, 56

Westcomb, Miss Sophia, letters from Richardson to, 理查逊写给索菲娅·维斯特扣姆小姐的书信, quoted, 188,

190-191

Westminster Assembly, catechism of, 威斯敏斯特会议的教义问答, 76

Wharton, Philip, Duke of, 菲利普・沃顿公爵, 215

Wheatley, Henry B., H. B. 威特利, *Hogarth's London*, 《霍加斯的伦敦》, 217 n

White, Florence D., 弗洛伦斯・D. 怀特, *Voltaire's Essay on Epic Poetry: A Study and an Edition*, 《伏尔泰论史诗: 研究和版本》, quoted, 246

Whiteley, John H., 约翰・H. 怀特利, *Wesley's England*, 《韦斯利的英国》, 143 n

Whittmore, Reed, 里德・惠特莫尔, *Heroes and Heroines*, 《男女主人翁》, quoted, 128

Whole Duty of Man, The, 《人的全部责任》, 152

Wilcox, F. H., F. H. 威尔科克斯, "Prévost's Translations of Richardson's Novels", "普雷沃斯特对理查逊小说的翻译", quoted, 196-197

Wilson, Walter, 瓦特・威尔逊, *Memoirs of the Life and Times of Daniel DeFoe*, 《丹尼尔・笛福的生平及时代回忆录》, 34 n

Wirth, Louis, 路易斯・沃斯, "Urbanism as a Way of Life", "城市主义作为一种生活方式", 178 n

Women readers, 女性读者, 43-45, 47; and epic, 与史诗, 246; and the novel, 与小说, 151-152, 298-299; Richardson's appeal to, in *Pamela*, 《帕美拉》中理查逊对女性读者的吸引力, 152-154

Woolf, Virginia, 弗吉尼亚・伍尔夫, 79, 113, 133, 188, 292; "Defoe", "笛福", quoted, 93; "Robinson Crusoe", "鲁滨逊・克鲁索", quoted, 120

Wordsworth, 华兹华斯, Preface to *Lyrical Ballads*, 《抒情歌谣集》序言, quoted, 301

Xenophon, 色诺芬, 256

Yorke, Philip C., 菲利普・C. 约克, *Life and Correspondence of Philip Yorke, Earl of Hardwick*, 《哈德威克爵士, 菲利普・约克的生平和书信》, 149 n, 258 n

Young, Edward, 爱德华・扬, on *Clarissa*, 论《克拉丽莎》, 201; *Conjectures on Original Composition*, Richardson's share in, 《关于原创性写作的几点猜想》中理查逊的部分, 247-248, quoted, 14, 218; *Night Thoughts on Life, Death, and Immortality*, 《关于人生, 死亡, 以及不朽的夜间思考》, 217; *On Women*, 《论妇女》, quoted, 163

Young, George M., 乔治・M. 扬, *Last Essays*, 《晚期论文集》, quoted, 220

Zola, 左拉, 32, 180